Rousseau

La Nouvelle Héloïse

Les auteurs

Jean-Francois Perrin est professeur honoraire à l'université Grenoble-Alpes. Sur l'œuvre et la pensée de Rousseau, il a publié *Politique du renonçant : le dernier Rousseau*, *Rousseau : Le chemin de ronde*, *Le chant de l'origine* (à propos des *Confessions*), et édité le manuscrit "Condillac" de *Rousseau Juge de Jean-Jacques*. Il a par ailleurs publié *Poétique romanesque de la mémoire* (2 tomes – XVIIe-XIXe siècles) et *L'Orientale allégorie : le conte oriental au XVIIIe siècle en France*. Il a rédigé la partie littéraire de la présente étude sur *La nouvelle Héloïse*.

Frédéric Calas est professeur de langue française à l'université Paul-Valéry de Montpellier, spécialiste de langue française et stylistique des XVIIe et XVIIIe siècles. Il a publié en 2020 *Cinq études sur Rousseau*, avec Anne-Marie Garagnon. Il a rédigé, avec Agnès Steuckardt, la partie "Travail du texte".

Agnès Steuckardt est professeure de linguistique française à l'université Paul-Valéry de Montpellier. Elle a rédigé, avec Frédéric Calas, la partie "Travail du texte".

La collection *Clefs concours Lettres* est dirigée par
Jean-Christophe Abramovici.

La conseillère grammaire est : **Françoise Poulet**.

Direction scientifique des *Clefs concours* : **Philippe Lemarchand**.

Édition : Beatriz de Isasi.

ISBN : 978-2-35030-755-8

CLEFS CONCOURS   LETTRES XVIIIe SIÈCLE

Jean-François Perrin

Frédéric Calas   Agnès Steuckardt

Rousseau

La Nouvelle Héloïse

Atlande

SOMMAIRE

PROBLÉMATIQUES

TRAVAIL DU TEXTE

NOTICE :

L'édition citée dans ce volume est *Julie ou la Nouvelle Héloïse*, édition présentée et annotée par Érik Leborgne et Florence Lotterie, Paris, GF Flammarion, 2018. Les numéros de pages entre parenthèses y renvoient. Les références aux lettres se font selon le modèle [II, 13, 277]; pour renvoyer à la partie puis à la lettre et à la page.

Un système de circulation entre sections est proposé en cours de lecture. Exemple (v. Composition du roman). Les renvois à la bibliographie apparaissent entre crochets. Quand il existe plusieurs références au même auteur pour une même année, elles sont distinguées comme suit : [CHARLES, 2018 (b), p. 25].

ABRÉVIATIONS

AJJR : *Annales de la Société Jean-Jacques Rousseau*, Genève

CC. : *Correspondance complète de J.-J. Rousseau* (éd. R.-A. Leigh), SVEC, Genève-Oxford (1965-1996)

DHS : Revue *Dix-huitième Siècle*

EJJR : *Études Jean-Jacques Rousseau.*

OC. I, II, III, IV, V : Jean-Jacques Rousseau, *Œuvres complètes*, Paris, Gallimard, Bibliothèque de la Pléiade, 1959-1995, 5 vol.

RHLF : Revue d'histoire littéraire de la France, Paris

RHMC : Revue d'histoire moderne et contemporaine, Paris

SVEC : *Studies on Voltaire and The Eighteenth Century*, Genève, Institut et musée Voltaire puis Oxford, The Voltaire Foundation

AVANT-PROPOS

Moi je vais m'en aller. O Diotima, qui sait,
Bien plus tard reviendra l'heure de te revoir.
(Hölderlin, L'adieu)

"Oui, mon bon et digne ami, pour nous aimer toujours il faut renoncer l'un à l'autre" (ii, 18, 438). "Cette formule de Julie est peut-être la clef du roman" écrit Henri Coulet dans son édition de La Nouvelle Héloïse [t. 1, p. 541]. Y a-t-il des romans en forme de serrure ? Y a-t-il des lectures en forme de clef ? Ces questions inspirées d'Henri Michaux suggèrent immédiatement l'idée que toute lecture qui se prend pour une clef a des chances de transformer le roman en la serrure qui lui convient. Tel est le destin des interprètes : ils passent et l'œuvre demeure dans son énigme, disponible à d'autres interprétations qui l'actualiseront indéfiniment, tant qu'elle restera capable de vivre pour au moins un lecteur.

On peut d'ailleurs reformuler le problème posé en changeant de métaphore, par exemple en ouvrant Kafka : "un livre doit être la hache pour la mer gelée en nous" [à Oskar Pollack, janvier 1904, OC. Pléiade, t. 3]. S'il est un écrivain qui manie la hache c'est bien Rousseau : ce livre n'est point fait pour circuler dans le monde... tous les sentiments seront hors de la nature... Quiconque veut se résoudre à lire ces lettres... Jamais fille chaste n'a lu de roman... celle qui... osera en lire une seule page est une fille perdue... La mer gelée, c'est celle des préjugés, de l'opinion, de l'idéologie mystificatrice, c'est la surdité cadenassée à l'intime du désir, à la vie... Dans l'économie du roman, c'est le calcul froid d'un mariage programmé qu'affronte un amour conçu comme électif et prédestiné par les deux protagonistes et leur amie, mais conçu parallèlement comme résultant du hasard des circonstances, comme tout ce qui existe, par l'athée Wolmar, qui entend bien agir sur lesdites circonstances et sensibilités pour intégrer cet amour à l'Ordre tel qu'il le conçoit. C'est un des résumés possibles du roman. C'est aussi une façon d'entrer dans les intentions de Rousseau. Selon les Confessions et l'Entretien sur les romans ("j'ai changé de moyen mais non pas d'objet"), il s'agissait moins en effet d'écrire un roman d'amour de plus, que de présenter au siècle la possibilité de rapprocher deux modèles éthiques comparables, qu'on croie ou non au Ciel. À cet égard, les antinomies à l'œuvre dans la première moitié du roman ne sont si accentuées (Wolmar en est le cœur déjà) que pour préparer le problème de cette confrontation par la suite – sans le résoudre, il va de soi, par privilège de l'art en son ambivalence ou son secret.

De fait, Rousseau réduit si peu la complexité de ses personnages à l'on ne sait quelle transparence, qu'il s'agisse de leur conscience vigile ou de l'idée qu'ils se font d'eux-mêmes et de leurs rapports, qu'il les amène tous à reconnaître à un moment ou un autre (et pour certains de façon récurrente) les erreurs ou les illusions dans lesquelles ils ont été pris ou qu'ils se sont construites tout au long de leur existence romanesque. C'est un des aspects les plus intéressants de la forme épistolaire polyphonique que de permettre l'ouverture de cette conscience problématique, caractéristique du héros romanesque "moderne" dont parle Kundera dans L'Art du roman ; lire La Nouvelle Héloïse, c'est ainsi apprendre à relire plusieurs fois ce que nous avons lu à travers les réinterprétations que se procurent les personnages eux-mêmes et les commentaires de l'Éditeur, sans parler de la façon dont la chaîne des estampes y joue son propre jeu miroitant. Sans compter les apories concertées de la seconde préface et les paradoxes de la première. S'il est une œuvre qui dit fortement que l'interprétation est toujours une réinterprétation elle-même en attente d'être remise en question, c'est bien celle-là.

Dans ce champ – ou ce chantier – interprétatif, la Julie travaille la dimension de ce qu'on nommait en ce temps-là l'indélibéré ou le sentiment (en l'opposant à l'esprit ou à la raison) dont les dynamiques spécifiques apparaissent particulièrement (sans qu'il faille les y réduire d'ailleurs), dans les séquences de fièvre maladive, de "transports", de fureur et de rêve. Ce roman a bien commencé comme une chimère d'amour dans l'imagination de l'ermite de Montmorency, et s'il s'est au fil de l'écriture converti en bien autre chose, il est littéralement tissé de la matière des songes, c'est-à-dire du désir en tant qu'inconscient. À cet égard, on pourrait relire l'intégralité du roman comme chaîne de rêves, éveillés ou non, depuis la lettre du Valais jusqu'au cauchemar de Villeneuve. Oublier cette logique du Désir en tant qu'il affronte la Loi, ce serait retirer à l'œuvre l'énigme que la formule de Julie tend précisément à sublimer mystiquement, mais dont notre lecture doit se faire un moteur herméneutique.

– Mystiquement ? “La véritable philosophie des amants est celle de Platon ; durant le charme ils n’en ont jamais d’autre. Un homme ému ne peut quitter ce philosophe ; un lecteur froid ne peut le souffrir” (II, 11, 270). Or l’on ne platonise pas en clef de pétrarquisme au siècle du libertinage, sans payer le prix fort en termes de péripéties, mais aussi de forçage de la langue : il s’agit de faire entendre et voir (L’inoculation de l’amour est aussi l’une des estampes du roman) qu’il faut l’“enthousiasme de l’amour” et les conduites à toute outrance qu’inspire son énergie pour que s’opère – et à chaque fois in extremis – la réintégration mutuelle des amants dans l’Un-Bien dont la désintégration est dès l’origine programmée par le scandale latent de leur relation. S’ils font renaître à merveille l’amour électif et l’union prédestinée issus de L’Astrée, ils s’aiment au XVIIIe siècle et sont d’emblée astreints à se séparer par la rigidité traditionnelle des rapports sociaux (jamais l’obstacle parental dans le roman idéaliste n’avait été traité dans les termes d’un conflit de la Nature avec la Société), puis mis à l’épreuve de la dissolution généralisée des mœurs qu’incarne la vie parisienne moderne, puis des mystères de Clarens où tel alchimiste des âmes s’imagine convertir en honnête amitié la mémoire absolue de l’amour : autant dire que d’un pays à l’autre, c’est tomber de Charybde en Scylla. Tout le roman est donc aussi l’histoire d’un platonisme survolté, comme il n’en fut jamais depuis L’Astrée, par la résistance quasi épique de l’Un à sa division programmée, sur tous les terrains de manœuvre possibles, par le régime de la Dissemblance – jusqu’à la fin :

> Deux amants s’aiment-ils l’un l’autre ? Non ; *vous* et *moi* sont des mots proscrits de leur langue : ils ne sont plus deux, ils sont un. [VI, 7, 792]

Pour orchestrer cela, il a fallu composer ce roman comme une longue romance qui commence par la fin sur des vers de Pétrarque et dont les deux mouvements se reflètent l’un dans l’autre, de telle sorte que l’endroit s’y lit à l’envers et réciproquement, selon un contrepoint incroyablement maîtrisé : *E’l cantar che nell’anima si sente* – Pétrarque encore.

Romance pour romance, fiction pour fiction, Rousseau en tire une nature humaine plus vraisemblable que les vérités supposées acquises par ses adversaires sur la chute originelle, l’agressivité originelle, etc. S’il s’agit là encore d’inconscient, c’est d’un inconscient de la théorie, qui oublie son articulation à la narration qui la fonde, s’agissant de raconter à quoi ressemblait l’origine de l’humanité. C’est bien la question que toute l’œuvre de Rousseau pose à ses lecteurs. Dans quel roman de l’homme sommes-nous pris lorsque nous pensons ou croyons penser une anthropologie ? La question est aussi celle que pose l'*Entretien sur les romans*, précisément dans un dialogue paradoxal :

> N. Je doute, et je ne saurais vous dire, combien ce doute m'a tourmenté durant la lecture de ces lettres. Certainement, si tout cela n'est que fiction, vous avez fait un mauvais livre : mais dites que ces deux femmes ont existé ; et je relis ce Recueil tous les ans jusqu'à la fin de ma vie
>
> R. Eh ! qu'importe qu'elles aient existé ? Vous les chercheriez en vain sur la terre. Elles ne sont plus.
>
> N. Elles ne sont plus ? Elles furent donc ?
>
> R. Cette conclusion est conditionnelle : si elles furent, elles ne sont plus. [927-928]

Relire cet échange après avoir refermé le roman, c'est peut-être se dire que la mer gelée que le livre brise en nous est celle d'une idée étriquée de ce que peut la fiction pour transformer la vie.

REPÈRES

CHRONOLOGIE DE RÉDACTION-PUBLICATION DE *LA NOUVELLE HÉLOÏSE*

La biographie contextualisée de l'édition G-F. ne laissant rien à désirer, il a paru utile de la compléter par une chronologie de la rédaction-publication du roman d'après la correspondance de Rousseau, entre 1756 et 1761.

- *CC.* n° 444. 23 IX 1756. Deleyre à R. Première allusion au roman : "suivons dans vos bois les deux nouvelles idoles de votre imagination".

- n° 448. 2 XI 1756. Deleyre à R. Mention des *Lettres sur les Anglais et les Français* de Muralt demandées par R.

- n° 449. 29 XI 1756. Allusion de Deleyre à une noyade éventuelle des deux amants, ce qu'il approuverait, "car la terre n'est pas digne de les posséder, tels que vous les avez dépeints".

- n° 505. 22 V 1757. Mme d'Houdetot invite R. à dîner. R. lui déclarera son amour quelques jours plus tard. Du 22 mai au 31 juillet, il lui adresse entre dix et vingt lettres dont deux subsistent (CC. n° 509 et 533).

- n° 581. 23 XI 1757. R. annonce à Mme d'H. qu'il va lui copier la seconde partie du roman (parties IV et suivantes en cours de rédaction). Son éditeur Rey est venu le rencontrer. Ils ont parlé de huit estampes éventuelles. R. a rédigé les textes. (Finalement Rey trouvera cela trop cher).

- n° 614. 13 II 1758. R. compte achever le roman pour Mme d'H., "car quand même les quatre parties faites verraient le jour, la cinquième que je vous destine ne le verra jamais." (Il s'agit des parties V-VI dans la version publiée).

- n° 788. 14 III 1759. R. écrit à Rey qu'il met au net son manuscrit : "On suivra exactement [...] l'orthographe, la ponctuation, même les fautes, sans se mêler d'y rien corriger. Vous ne ferez point paraître l'ouvrage par parties, mais tout à la fois". Il a écrit l'*Entretien sur les romans* et entend l'éditer à part.

- n° 796. Vers le 12 IV 1759. R. envoie à Rey une proposition pour la page de titre. Quant à la composition : "Il ne faut pas imprimer les lettres de suite comme elles sont dans le manuscrit, mais chaque lettre doit recommencer une page, et pour ne pas laisser trop d'espaces blancs il faut tâcher de faire finir la lettre précédente le plus près qu'il se pourra du bas de la page."

- n° 871. 13 X 1759. Rey critique l'épaisseur excessive de la Ve partie par rapport aux précédentes et propose de diviser le roman "en six parties égales".

- n° 928. 18 I 1760. R. souhaite une modification du titre: "au lieu de *moderne Héloïse,* mettez *nouvelle Héloïse.*"

- n° 1037. 20 VI 1760. R. critique les épreuves de la page de titre: "Je suis d'avis que le titre se partage et qu'il y en ait deux au lieu d'un. Le premier n'aura que ces mots. *Julie ou la nouvelle Heloïse. Première partie* Le second titre comprendra le reste. En un mot, il faut absolument trouver quelque expédient pour que le titre simple ou double contienne tout ce que j'y ai mis, et pourtant qu'il ne soit pas confus."

- n° 1126. 22 X 1760. R. envoie un exemplaire du roman au directeur de la Librairie, M. de Malesherbes. Il lui annonce la publication séparée de l'*Entretien sur les romans* accompagné d'un "petit extrait de Platon sur l'imitation théâtrale".

- n° 1128. 23 X 1760. Rey écrit à R. que le tirage est de 4000 exemplaires, dont la moitié pour la France, le reste réparti entre Londres, Genève et l'Allemagne. Il compte en retirer 10000 livres. "Je ferai en sorte que les 1000 écus [2160 livres/francs] vous soient payé en mars prochain."

- n° 1131. Fin octobre 1760. L'académicien Duclos, qui a en main une partie du roman demande le nom de l'auteur: "quel qu'il soit, je l'aime beaucoup. Dites-le lui si vous n'êtes que l'éditeur."

- n° 1133. Malesherbes avertit Rousseau qu'il "n'est défendu en aucun pays de contrefaire un livre paru en pays étranger". Rey le sait et R. est en droit de vendre son manuscrit à un imprimeur de son choix. Il enverra une permission pour la publication annoncée au n° 1126.

- n° 1136. 31 X 1760. R. écrit à M. de Lorenzy qu'il espère la parution du roman cet hiver. F. Coindet fait réaliser des estampes pour les imprimer dans un recueil à part. Certain de leur succès, R. regrette qu'elles n'aient pu être jointes à l'édition originale du roman.

- n° 1151. 5 XI 1760. R. envoie des observations à Coindet sur les épreuves des estampes suivantes: *La matinée à l'anglaise, La confiance des belles âmes, des monuments des anciennes amours*, et *La honte et le remords vengent l'amour outragé*.

- n° 1152. R. répond au n° 1133. Il craint de léser Rey : "j'aurais vendu mon manuscrit deux fois, et comment aurais-je ce droit de l'aveu de celui avec qui j'ai traité ?"

- n° 1158. 10 XI 1760. Duclos auquel R. a envoyé les parties I-V. lui rend compte de sa lecture : "Cela ne réussira pas médiocrement pour le petit nombre, et cela sera célèbre pour tous. [...] Si l'ouvrage est de vous, j'en suis bien aise, parce que je vous aime."

- n° 1161. Malesherbes répond à n° 1158 : R. n'a pas de scrupules à avoir. Rey était au courant. [Sur la question de la propriété littéraire à cette époque, et sur les revenus tirés de ses manuscrits par Rousseau, voir Birn, 1993].

- n° 1164. R. admet son point de vue.

- n° 1166. 19 XI 1760. R. remercie Duclos, tout en s'interrogeant encore sur la possibilité de ne publier que les parties I-IV : "Je crois la quatrième partie la meilleure de tout le recueil, et j'ai été tenté de supprimer les deux suivantes. Mais peut-être compensent-elles l'agrément par l'utilité, et c'est dans cette opinion que je les ai laissées. Si Wolmar pouvait ne pas déplaire aux dévots, et que sa femme plût aux philosophes, j'aurais peut-être publié le livre le plus salutaire qu'on pût lire dans ce temps-ci."

- n° 1167. Novembre 1760. Le libraire-imprimeur Guérin écrit à R. que Malesherbes l'a informé de ce que Rey a été mis au courant de la permission accordée d'imprimer en France le roman. Il se charge des estampes et de la préface dialoguée. Il se propose pour une édition générale des œuvres de R.

- n° 1170. Vers le 22 XI 1760. Duclos répond au n° 1166. "Vous auriez eu grand tort de supprimer les deux dernières parties, l'ouvrage est trop fait, pour qu'il puisse se passer de dénouement. Je dis même qu'il faudra l'addition de l'histoire d'Edouard. [...] Je pense encore que vous devez dans la préface prévenir le lecteur sur la longueur ou plutôt l'étendue de deux lettres du 4e tome et deux du cinquième. Elles feraient, à l'exception de celle sur l'Élysée, un excellent traité séparé ; mais qui ne sera pas lu avec tant de plaisir dans le lieu où il se trouve ; parce qu'il suspend un intérêt très vif. Les philosophes qui ne goûteront pas Julie sont privés de bien des lumières. Ne regrettez pas leur suffrage. À l'égard des dévots, Wolmar m'alarmerait pour l'éditeur, si je n'espérais pas qu'ils sauront quelque gré à celui qui en ébranchant l'arbre, en défend le tronc contre ceux qui veulent l'arracher. Le temps qui court doit les avoir préparés à cette distinction, qu'ils n'auraient sûrement pas faite autrefois."

- n° 1174. Vers 26 XI 1760. R. informe Duclos qu'il a détruit le manuscrit des aventures de Milord Edouard après en avoir fait un extrait confié à Mme de Luxembourg. En ce qui concerne Wolmar, et le "danger qu'il peut faire courir à l'Editeur, cela ne m'effraie point [...]. À Dieu ne plaise que je veuille ébranler cet arbre sacré que je respecte et que je voudrais cimenter de mon sang. Mais j'en voudrais bien ôter les branches qu'on y a greffées, et qui portent de si mauvais fruits."

- n° 1184. 8 XII 1760. Duclos annonce à R. qu'il a loué le roman "en pleine Académie et dans plusieurs lieux à peu près aussi secrets. Je serai fort trompé [...] si cela n'a pas le plus grand succès."

- n° 1209. 26 XII 1760. Rey annonce à R. que les 2000 exemplaires du roman sont vendus au libraire parisien Robin, et que Malesherbes en a autorisé l'entrée en France. Il sait qu'une impression française sera diffusée sous six mois. Il annonce à R. que les libraires concernés lui offriront "trente louis neuf avec le premier exemplaire de la nouvelle édition de Paris".

- n° 1217. 4 I 1761. Le Maréchal de Luxembourg s'impatiente du retard de parution du roman à Paris alors qu'il se vend en Angleterre. La Cour attend cette publication.

- n° 1223. 19 I 1761. R. écrit à Coindet qu'il trouve "ignoble" la XIIe estampe.

- n° 1227. Vers le 20 I 1721. Duclos est impatient de lire la "seconde préface raisonnée" du roman. Elle sera publiée en février. Rousseau en retirera 1200 livres.

- n° 1231. 25 I 1761. Coindet répond sur les estampes. L'édition Rey se vend à Paris. Très vite épuisée, on la loue à la journée puis à douze sous l'heure de lecture. [Sur cet engouement parfois frénétique, voir Darnton, 1985, ch. VI].

- n° 1235. 26 I 1761. R. a en mains l'édition Robin-Grangé du roman (édition expurgée avec permission tacite de Malesherbes). Il écrit à Coindet qu'elle est bourrée de défauts et qu'il envisage de la désavouer. Il en reçoit 1000 livres (qui viennent en fait de Rey, cf. n° 1209) [En tout, Rousseau a donc reçu 4360 livres/francs pour son roman. Pour situer cette somme (il n'a pas d'autres revenus que la copie de musique et éventuellement de ses manuscrits), voir SGARD, 1982].

- n° 1240. 28 I 1761. Malesherbes prend acte de son mécontentement : Quand paraîtra l'édition désavouée, "le public aura les deux éditions entre les mains et jugera."

– En comptant les contrefaçons en série dans toute l'Europe, il y eut, selon R. Darnton, au moins 70 rééditions du roman au XVIIIe siècle.

UN ROMAN ÉPISTOLAIRE NOVATEUR

Du roman épistolaire avant Rousseau

Avec le roman-mémoires, le roman épistolaire est l'une des formes dont les écrivains du XVIIIe siècle ont privilégié l'exploration. De *L'Astrée* à *La Princesse de Clèves,* le roman avait connu le procédé des lettres et des billets, parfois décisifs pour l'action, intégrés à la trame narrative. Plus récemment les *Lettres portugaises traduites en français* (1669), monodie épistolaire déchirante d'une religieuse abandonnée à l'adresse d'un amant infidèle, connaissent un vif succès et sont beaucoup imitées. Si l'arrière-plan littéraire de ces *Lettres*, outre leurs accents raciniens, puise à la tradition antique de l'héroïde ou de l'idylle, le XVIIIe siècle s'en inspire à son tour en des romans qui exploitent la forme monodique pour confronter la langue à la problématique alors neuve, du moins dans la prose narrative, du "monde moral" envisagé dans ses infinitésimaux [STEWART, 2010] : "il n'y a que le sentiment, écrit Marivaux en 1731, qui nous puisse donner des nouvelles un peu sûres de nous [...] il ne faut pas trop se fier à celles que notre esprit veut faire à sa guise, car je le crois un grand visionnaire" [2007, p. 74] ; on lit cela dans les premières pages de *La Vie de Marianne*, une correspondance envoyée par "une femme qui pense" à une amie à laquelle elle conte les aventures sentimentales compliquées de sa jeunesse orpheline ; la fiction de la correspondance, si elle inclut d'une certaine façon les réactions de la destinataire, y reste tout de même secondaire par rapport à la dimension "roman-mémoires". C'est l'année suivante que paraît le premier chef-d'œuvre de la monodie épistolaire en tant que telle, avec les *Lettres de la marquise de M*** au comte de R**** de Crébillon fils. Il y renouvelle l'héritage des héroïdes, des *Lettres portugaises*, et des "lettres d'Héloïse" alors à la mode, au filtre de la mondanité et de ce qu'on appelle alors, dans le cercle néo-précieux de Mme de Lambert, "la métaphysique de l'amour". Crébillon y joue sur les variations de perspective à propos du même événement, calque la progression dramatique sur l'évolution des sentiments de l'héroïne, introduit des éléments de réminiscence affective qui font jouer la mémoire et le temps, tout en brossant quelques portraits satiriques où se reflète l'époque.

Parallèlement à ce courant issu des *Portugaises*, s'est développé ce qu'Alain Montandon nomme la "lettre-relation" [MONTANDON, 1999], dont l'exotisme autorise plus de jeu dans la dimension satirique. Le meilleur s'en manifeste très tôt, avec les *Lettres persanes* (1721), où Montesquieu complexifie le modèle de Marana (*L'Espion turc*, fin XVIIe siècle) à travers ses deux Persans, eux-mêmes reliés à d'autres correspondants masculins et féminins ; ce dispositif servant le projet de mêler, écrit-il, "de la philosophie, de la politique et de la morale, à un roman". Parmi les innombrables imitations qui s'ensuivirent, ressortent les *Lettres d'une Péruvienne* de Mme de Grafigny (1747) qui s'inscrit parallèlement dans la ligne de la monodie épistolaire (le fiancé à laquelle elle écrit depuis la France finira par l'oublier). La satire de mœurs conduite au point de vue d'une femme, sa recherche du bonheur dans l'amitié au défaut de l'amour perdu, la promotion de la nature en contre-modèle de la société vaudront à ce roman trente éditions attestant son succès.

En 1742, est traduit le *Pamela or Virtue Rewarded* de Richardson, centré sur la correspondance d'une jeune cameriste aussi vertueuse que virtuose en l'art de narrer au jour le jour, à sa famille qui ne répond jamais, sa résistance victorieuse aux entreprises séductrices d'un maître qui finira par l'épouser. Jusqu'alors, selon Voltaire, "on ne lisait guère dans l'Europe de romans anglais avant *Paméla*" [CHARLES 2018 (a), p. 9]. Le roman déclenche une violente polémique, les uns dénonçant l'adresse d'une coquette qui cherche à se faire épouser en dépit de sa condition, les autres admirant l'héroïsme d'une pauvre femme de chambre en proie aux ruses et aux violences d'un grand seigneur ; un débat que Diderot transcende dans une lettre à Sophie Volland du 16 septembre 1762 : "Non, Mademoiselle, non ; ce n'est pas l'histoire d'une femme de chambre tracassée par un jeune libertin. C'est le combat de la vertu, de la religion, de l'honnêteté, de la vérité, de la bonté, sans force, sans appui [...] contre la grandeur, l'opulence, le vice et toutes les puissances infernales." En 1751, l'abbé Prévost livre une traduction relativement abrégée d'un roman épistolaire impliquant plus de vingt correspondants qui fait fureur en Angleterre depuis sa parution en 1748 : *Clarisse Harlowe*, un roman fleuve qui va enthousiasmer le public français. Diderot chantera ses louanges dans un *Éloge de Richardson* (1762) où il exalte le réalisme de l'auteur, son sens du détail vrai, le sentiment de présence intense émanant des personnages principaux : la sublime Clarisse en proie à la jalousie des siens qui veulent la marier par intérêt à un individu ignoble, et confrontée par surcroît aux entreprises séductrices d'un séducteur sans scrupules, Lovelace, qui finira par la violer après l'avoir droguée. Un scélérat que l'auteur du *Paradoxe sur le comédien* ne peut cependant s'empêcher d'admirer : "c'est qu'il n'y a rien de vil dans sa scélératesse ; c'est qu'il vous est impossible de le mépriser [...] ; c'est qu'à tout prendre nous aimons mieux un être moitié bon moitié mauvais, qu'un être indifférent." Quant à Rousseau, il estimait en 1758, dans sa *Lettre sur les spectacles*, qu'"on n'a jamais fait encore, en quelque langue que ce soit, de roman égal à Clarisse, ni même d'approchant".

Ces deux romans de Richardson affichent dans leur version originale un programme moralisateur reflété dans tel titre que l'abbé Prévost se gardera bien de traduire : *Clarissa, or the History of a Young Lady : Comprehending the Most Important Concerns of Private Life. And Particularly Showing the Distresses that May Attend the Misconduct Both of Parents and Children, in Relation to Marriage*. De fait, Clarisse moralise à outrance : leçons à Lovelace sur la vraie politesse ou la générosité véritable, réflexions sur le duel, devoirs réciproques des parents et des enfants enseignés à Miss Howe, leçons sur la conduite des filles, et puis évidemment tout ce qui tourne autour de la question du mariage. Richardson ira jusqu'à publier à part l'intégrale de ses *Méditations* dont certaines sont incluses au roman. Pour le public français, le titre se résume à *Lettres anglaises ou Histoire de miss Clarisse Harlove*. Le roman est ainsi rattaché à un paradigme incluant les *Lettres persanes*, les *Lettres écrites de Londres sur les Anglais* de Voltaire (1734), et les *Lettres d'une Péruvienne*, explicitement rappelées dans la préface de Prévost. Génériquement, celui-ci met donc l'accent sur le document plutôt que sur le manuel de morale, en suggérant dans sa préface qu'il y a de l'authentique dans ce roman : "Quoique je le mette au rang des ouvrages d'imagination, parce que l'éditeur anglais n'exige pas qu'on en prenne une autre idée, plusieurs personnes respectables de la même nation m'assurent que c'est l'histoire d'une famille connue." C'est de bonne guerre dans un contexte qui a certes fort évolué depuis la proscription des romans par le chancelier d'Aguesseau (1728-1750), mais où ils demeurent au bas de la hiérarchie des genres. En outre, dans les recompositions qu'il opère, Prévost réduit considérablement la seconde partie (après le viol de Clarisse) qui développait jusqu'à sa mort une sorte d'hagiographie de sa rédemption, tout en oblitérant parallèlement bon nombre de références théologiques ; de sorte, comme l'écrit

Shelly CHARLES, qu'il parvient "à laïciser le texte et à déplacer sa force du plan religieux au plan sentimental" [1999, p. 39]. C'est évidemment un choix artistique dicté par un traducteur rompu, comme romancier, aux ambivalences et aux paradoxes constitutifs de l'écriture à la première personne, dont il a sondé les ressources, les possibles et les frontières depuis les *Mémoires d'un homme de qualité* (1728), jusqu'à l'*Histoire de M. Cleveland, fils naturel de Cromwell* (1731-1739). Car qu'est-ce donc que le roman de Richardson, sinon la confrontation épistolaire de deux écrivains-nés sous le regard aussi attentif que passionné de deux lecteurs privilégiés élus comme confidents, Miss Howe et John Belford ?

La dimension polyphonique qu'apporte Richardson révolutionne le genre épistolaire : la confrontation des points de vue sur les événements déclenche un travail interprétatif incessant entre correspondants ; écrivant au plus près de leur actualité, les personnages centraux dégagent un puissant effet de réel, la contrepartie en étant une sorte de myopie quant à l'avenir qui les rend dépendants de l'avis des autres, ce qui démultiplie les approches ; de cette complexité Richardson a délibérément joué pour y impliquer ses lecteurs : c'est "exprès, écrit-il dans une lettre de 1753, qu'il s'est joué de [ses] lecteurs, cherchant à les faire penser tantôt d'une manière, tantôt d'une autre au sujet des mêmes personnages" [CHARLES, 2018 (b), p. 25]. Il y a bien matière à interprétation car la psychologie de ses héros, et singulièrement de ses héroïnes, touche au domaine des affects inconscients que Diderot, dans l'*Éloge*, repère au "ton dissonant" de certaines lettres, y décelant "un sentiment secret" dont les affleurements ne peuvent qu'inciter au travail herméneutique : "C'est lui, écrit-il de l'auteur [...] qui apprend à discerner les motifs subtils et déshonnêtes qui se cachent et se dérobent sous d'autres motifs qui sont honnêtes et qui se hâtent de se montrer les premiers" [RICHARDSON, 1999, t. 2, p. 687]. Si les replis cachés du cœur humain sont un lieu commun, leur mise en action au fil d'une immense fiction polyphonique ressentie par tous les lecteurs contemporains comme l'image même de la vie, apporte tout autre chose, non seulement dans l'ambivalence de l'écriture et de ses ruses, mais aussi dans les séquences oniriques où Lovelace s'incarne en diverses bêtes féroces et fascinantes, les êtres maléfiques qui circonviennent l'héroïne en sa vie recluse, la drogue qu'on lui fait absorber pour la violer, etc., par où le roman touche au fantastique qu'exploitera le genre gothique à la fin du siècle.

De telles tensions, incarnées dans un style quasi vériste avant la lettre, ne pouvaient que provoquer des projections puissantes : on s'apitoie ou l'on pleure en lisant, on invective ou l'on prie, on se dispute aussi, comme à propos de personnages réels… [CHARLES 1999, p. 16 sv.]. C'est ce qu'avait souhaité l'auteur, qui publie en trois livraisons la dernière année de l'héroïne, l'ultime étant forcément la plus attendue : sept mois durant lesquels lui-même et certains journaux reçurent quantité de lettres réclamant qu'elle fût sauvée. Avant Rousseau, Richardson a su "ce que c'est que d'avoir à faire au public" (*OC.* I, p. 546).

La Nouvelle Héloïse, roman épistolaire

La chose qu'on y a le moins vue […] est la simplicité du sujet et la chaîne de l'intérêt, qui, concentré entre trois personnes, se soutient durant six volumes, sans épisode, sans aventure romanesque, sans méchanceté d'aucune espèce, ni dans les personnages, ni dans les actions. […] [Richardson] a cela de commun avec les plus insipides romanciers, qui suppléent à la stérilité de leurs idées à force de personnages et d'aventures. Il est aisé de réveiller l'attention en présentant incessamment et des événements inouïs et de nouveaux visages, qui passent comme les figures de la lanterne magique ; mais de soutenir toujours cette attention sur les mêmes objets, et sans aventures merveilleuses, cela, certainement, est plus difficile.
[ROUSSEAU, *Les Confessions*, XI, OC. I, p. 546]

Il y en a qui pensent que cette simplicité est une marque de peu d'invention. Ils ne songent pas qu'au contraire toute l'invention consiste à faire quelque chose de rien, et que tout ce grand nombre d'incidents a toujours été le refuge des poètes qui ne sentaient dans leur génie ni assez d'abondance, ni assez de force, pour attacher durant cinq actes leurs spectateurs par une action simple, soutenue de la violence des passions, de la beauté des sentiments et de l'élégance de l'expression.
[RACINE, Préface de *Bérénice, Théâtre complet*, I, p. 375].

Passionné de romans depuis son enfance, Rousseau connaît de première main la tradition qu'on vient de rappeler, qui n'est d'ailleurs qu'une des branches de son immense culture romanesque depuis le roman grec jusqu'aux modernes romans-mémoires, y compris libertins [LECERCLE, 1979, I, ch. 1 ; COULET, 1966-1968, *AJJR* 44 ; ALTACHINA, 2012], sans oublier son imprégnation des grands classiques antiques, de Homère à Ovide en passant par Virgile et Plutarque (lu dans Amyot). De Richardson, il n'a pas seulement dévoré *Clarisse*, mais aussi *Pamela* et *Grandison* dont Shelly Charles a montré la participation significative à l'intertexte du roman [2018 (a), p. 30-50] : en ce qui concerne *Pamela*, il s'agit principalement de la seconde partie du roman consacrée à la vie maritale de l'héroïne [pour *Grandison*, voir CHARLES, 2013 ; ce n'est pas la traduction de Prévost qu'a lue Rousseau, mais une traduction genevoise antérieure.]

Dans l'impression originale de 1760, le roman est intitulé *Lettres de deux amans, habitans d'une petite ville au pied des Alpes/ Recueillies et publiées par J.J. Rousseau ;* avec comme faux titre et titre courant : *Julie, ou La nouvelle Heloïse*. D'emblée, la haute montagne s'invite dans le roman moderne, qu'elle n'intéressait pas jusqu'alors ; d'emblée aussi la ville de province rivalise avec les capitales. Dans une version antérieure, Rousseau avait pensé à "moderne Heloïse". Bussy-Rabutin avait publié en 1697 une traduction partielle et partiale des *Lettres* d'Héloïse et Abélard adaptée dans le style des *Lettres portugaises* qui recueillit un grand succès en mettant l'accent sur la problématique du conflit entre l'amour et la grâce. De nombreuses adaptations de cette correspondance suivirent dans la même ligne jusqu'au milieu du XVIIIe siècle. Celle de Pope : *Eloisa to Abelard* (1717), traduite en français par Colardeau en 1758, qui met en scène la fureur amoureuse de la supérieure du Paraclet suscitée par une lettre d'Abélard qui ne lui est pas destinée, déclencha un puissant engouement dans le public. Cette version s'apparentait au genre de l'héroïde ovidienne, en vogue dans la seconde moitié du siècle, comme paradigme de la lettre amoureuse [BERCHTOLD, 2012] : un genre élégiaque dont le style coule naturellement de la culture de l'auteur vers la plume de ses héros, quoique Rousseau soit le seul romancier en son temps à adapter, dans la seconde partie de sa ~~moderne~~/*nouvelle Héloïse*, la dimension rédemptrice des lettres originales [MONTOYA, 2012 et CHALLANDES, *AJJR* 44].

Conformément à sa tournure provocatrice, la préface du "recueil de lettres" qu'est la *Julie* (la préface dialoguée emploie "roman" pour désigner les fictions des autres) prend à revers cette inscription implicite dans la mode culturelle parisienne et lettrée, en insistant sur le caractère provincial des héros affiché par le titre, tout en y ajoutant leur foncière immaturité :

> Quiconque veut se résoudre à lire ces lettres doit s'armer de patience sur les fautes de langue, sur le style emphatique et plat, sur les pensées

communes rendues en termes ampoulés ; il doit se dire d'avance que ceux qui les écrivent ne sont pas des Français, des beaux-esprits, des académiciens, des philosophes ; mais des provinciaux, des étrangers, des solitaires, de jeunes gens, presque des enfants, qui, dans leurs imaginations romanesques, prennent pour de la philosophie les honnêtes délires de leur cerveau. [p. 50 ; toutes les références au roman renvoient à la pagination de l'édition GF Flammarion, 2018].

Ce qui est d'emblée poser qu'ils ne sont pas du même *ordre* – y compris par rapport aux "modernes romans anglais" qu'évoque ironiquement une note de la préface dialoguée (922) [Sur la "concurrence des codes" littéraires classiques/modernes, anglais/français en tension dans la composition du roman, voir BERCHTOLD, 2012 (b)]. La comparaison s'imposa pourtant dès l'année qui suivit la publication : en septembre 1761, paraît en effet dans *The Critical Review* un *Parallèle* rapidement traduit par Suard dans le *Journal étranger*. On y lit, entre autres, que "cet ingénieux écrivain a formé son plan sur celui de *Clarisse*", que la première lettre de Saint-Preux met aussitôt le lecteur au fait quand il y faut trois volumes chez Richardson, que si Clarisse offre un "modèle de perfection" difficile à imiter, Julie, en sa faiblesse humaine et sa rédemption par le mariage est sans doute plus accessible, quoique Rousseau donne des airs de Cour à ses personnages champêtres ; chez Richardson, en revanche, "tous les caractères sont tels que nous les voyons dans le monde" car il demeure "inimitable dans l'art de copier la nature" [*Journal étranger*, déc. 1761, art. IX, p. 184-195]. Éloge ou blâme, les deux romans demeureront liés jusqu'à la fin du siècle, où la comparaison est mise en conversation dans *L'Émigré* de Sénac de Meilhan (1797) : "la Julie de Rousseau a des beautés ; mais sans Clarisse elle n'aurait pas existé ; c'est une imparfaite imitation de cet ouvrage sublime". Pour autant, Sade, qui admirait Rousseau, pensait que "peut-être n'eussions-nous jamais eu Julie sans Manon Lescaut" (*Idées sur le roman*), et Voltaire, dans un pamphlet anonyme (*Aloysia*), lit la Ire partie comme un roman libertin. Cela dit, le parallèle avec *Clarisse* est rapidement devenu un poncif ; Shelly Charles en résume ainsi les traits saillants :

> Une histoire, celle d'une jeune fille victime d'un père qui veut forcer ses inclinations ; un genre et des personnages, le roman épistolaire à plusieurs voix, où Julie et Claire d'Orbe reprennent les rôles de Clarisse et d'Anne Howe, leur ardente amitié, la figure grave et tragique de l'héroïne, l'enjouement lucide de l'amie ; des "tableaux", celui d'une fille brutalisée par son père, celui d'une jeune femme sur son lit de mort... Le démon de l'analogie faisant le reste, on finit par trouver en Saint-Preux un Lovelace

> et en milord Edouard son ami Belford. On trouva même du Lovelace dans Wolmar. [2013, p. 63-64]

On peut ajouter, avec Laurent VERSINI, que “la formule richardsonienne du roman du sentiment qui est en même temps et plus encore le roman de la vertu séduit le citoyen de Genève” [1979, ch. V], et qu’à cet égard les prêches de Clarisse trouvent écho (non sans quelque grain de sel) dans le “manuel” que Saint-Preux constitue à son propre usage en recopiant, à Paris, les lettres de sa “jolie prêcheuse” (II, 13) ; ou encore que depuis la genèse rêvée du roman, telle que narrée dans les *Confessions* comme correspondance entre trois personnages, le modèle offert par Richardson aboutit à une polyphonie. Rousseau ne s’est d’ailleurs pas inspiré de la seule *Clarisse*, on l’a noté, mais aussi de la seconde partie de *Pamela* et de *Grandison* – un roman épistolaire “sans méchants” qui précède la *Julie* sur ce plan, et qui met en scène non pas une femme entre deux hommes, mais le contraire exact : Grandison entre Clémentine et Harriett – ce qui rejoint le rêve initial à l’Ermitage, sans exclusive d’autres rapprochements, notamment entre Grandison et Wolmar ou encore Milord Edouard.

Mais revenons au genre épistolaire pour évaluer ce qu’y apporte *La Nouvelle Héloïse*. Peut-être pour commencer une approche méditée de la dimension ’pratico-pratique’ de la lettre : quelle est la faute majeure de Julie ? C’est d’avoir ouvert la première lettre de son maître d’études : “ce fut là mon crime, et tout le reste fut forcé”, écrit-elle en III, 13 (410) ; autrement dit, la lettre qui ouvre le roman se résume à un geste appelant un geste réciproque : la lettre est action, comme le geste d’ouvrir un roman selon la préface. Qu’une lettre ait du retard, et voilà l’exilé au Valais plongé dans l’angoisse : s’il était oublié ? Il faudra que l’amante le rassure en lui expliquant les rythmes de la poste à Vevey (I, 19-20) : voilà la matérialité du courrier, de son différé postal en l’occurrence, érigée en accélérateur de passion ; mais en révélateur aussi bien, quand Julie en tire une analyse des sentiments de Claire à l’égard de Saint-Preux, alors en Italie :

> Le Courrier d’Italie semblait n’attendre pour arriver que le moment de ton départ, comme pour te punir de ne l’avoir différé qu’à cause de lui. Ce n’est pas moi qui ai fait cette jolie découverte ; c’est mon mari qui a remarqué qu’ayant fait mettre les chevaux à huit heures, tu tardas de partir jusqu’à onze, non pour l’amour de nous, mais après avoir demandé vingt fois s’il en était dix, parce que c’est ordinairement l’heure où la poste passe.
>
> Tu es prise, pauvre cousine ; tu ne peux plus t’en dédire. [VI, 13, 736]

Voici l'enveloppe : "on me dit qu'il y a une lettre ; je tressaille ; je la demande agité d'une mortelle impatience : je la reçois enfin. Julie, j'aperçois les traits de ta main adorée ! La mienne tremble en s'avançant pour recevoir ce précieux dépôt. Je voudrais baiser mille fois ces sacrés caractères" (I, 21,101). Mais si une lettre attendue bouleverse au premier contact, une lettre inattendue déclenche la mémoire affective :

> Julie ! une lettre de vous !... après sept ans de silence !... oui c'est elle ; je le vois, je le sens : mes yeux méconnaîtraient-ils des traits que mon cœur ne peut oublier ? Quoi ! vous vous souvenez de mon nom ? vous le savez encore écrire !... en formant ce nom, votre main n'a-t-elle point tremblé ? Je m'égare, et c'est votre faute. La forme, le pli, le cachet, l'adresse, tout dans cette lettre m'en rappelle de trop différentes. [VI, 7, 790]

Enfin, si l'on a pu reprocher comme invraisemblance aux héroïnes de Richardson de passer leur vie à écrire jour et nuit, Rousseau passe outre hardiment : son héros écrit parfois *in medias res* si l'on peut dire, dans une sorte de reportage sur le vif comme à Meillerie, ou comme en cette lettre écrite dans le cabinet de Julie : "On ouvre !... on entre !... c'est elle ! c'est elle ! je l'entrevois, je l'ai vue, j'entends refermer la porte. Mon cœur, mon faible cœur, tu succombes à tant d'agitations" (I, 54,185).

Le recueil des lettres de l'amante que recopie l'amant prend prétexte de l'usure consécutive à trop de relectures, quoiqu'il les sache par cœur (II,13) ; mais copier c'est encore jouir et prolonger la jouissance ; c'est aussi faire signe vers le procès d'écriture en cours, son art [LABROSSE, 2012 (a), p. 55-64]. À Vevey, la difficulté est de conserver les lettres à l'abri d'une indiscrétion qui serait fatale. Qu'elles soient découvertes et le sort des amants bascule vers la séparation définitive : Claire fait comprendre à l'amant la nécessité, désormais, de renoncer. Mais si jusqu'alors, le trio s'entrelisait, on apprendra dans la IVe partie que M. de Wolmar a eu accès, dès avant son mariage, à l'ensemble, lettres de Claire comprises qui lui seront très utiles pour mettre au point sa pédagogie de l'amnésie : "Ce que vous avez écrit à Julie au sujet du portrait a servi plus que tout le reste à m'en éclaircir le mystère" (IV,14, 602). Chez Richardson également, notamment dans *Pamela*, le séducteur invétéré intercepte des lettres qui ne lui sont pas destinées afin de s'en servir contre sa persécutée ; chez Rousseau, la catastrophe des lettres surprises sert Wolmar en le dotant de l'omniscience de l'auteur à l'égard des personnages, cependant que, parallèlement, et dès avant son intervention dans le roman, les souvenirs précis (sinon les copies) que les protagonistes conservent de leurs lettres les dotent d'une sorte de mémoire collective doublant en arrière-plan la continuité de leurs échanges. (Réserve faite des lettres supprimées par l'éditeur, égarées par la poste ou expressément réservées, comme la VI, 3 de Milord Edouard à Wolmar. Ces élisions participent évidemment, elles aussi, au concert général).

Il arrive ainsi aux uns et aux autres de citer des extraits afin d'appuyer une argumentation : "Si l'amour est un désir qui s'irrite par les obstacles, comme vous le disiez encore, il n'est pas bon qu'il soit content", écrit Claire à l'amant (III, 7, 385), ou bien pour attester d'un état d'âme "Je ne vois partout que sujets de contentement, et je ne suis pas contente. une langueur secrète s'insinue au fond de mon cœur ; je le sens vide et gonflé, comme vous disiez autrefois du vôtre", confie Mme de Wolmar à Saint-Preux (VI, 8, 812-813), citant la péroraison d'une de ses lettres parisiennes (II, 17). De sorte que ce corpus épistolaire partagé peut aussi faire contrepoids à l'interprétation qu'en a Wolmar en IV, 14, comme l'écrit son épouse à Saint-Preux :

> C'est dans cette délicatesse qui survit toujours au véritable amour, plutôt que dans les subtiles distinctions de M. de Wolmar, qu'il faut chercher la raison de cette élévation d'âme et de cette force intérieure que nous éprouvons l'un près de l'autre, et que je crois sentir comme vous. Cette explication du moins est plus naturelle, plus honorable à nos cœurs que la sienne, et vaut mieux pour s'encourager à bien faire ; ce qui suffit pour la préférer. [VI, 8, 806]

Rousseau a donc fait de son roman épistolaire ce qu'on pourrait nommer un corpus herméneutique en acte qui oblige le lecteur à mobiliser ses propres dispositions interprétatives, ce qui aboutit au même résultat que celui visé par Richardson : susciter des interprétations divergentes et ainsi faire penser [Séité, 2002 ; Leone, 2010].

Cette mémoire partagée ne contribue pas peu à l'unité d'ensemble du roman, laquelle, nous le verrons en étudiant sa composition, fait travailler dans la seconde partie la mémoire des séquences-clés de la première, corrélativement à tout un dispositif d'amorces disposées dans celle-ci afin de préparer celle-là. La puissance de ce processus d'harmonisation du roman en six parties que Rousseau hésita jusqu'au dernier moment à livrer au public, au lieu de l'achever avec la promenade sur le lac, éclaire en profondeur l'idéal du roman des "belles âmes" tel que le conçoit son maître d'œuvre : "dans une société très intime, les styles se rapprochent ainsi que les caractères, et [...] les amis confondant leurs âmes confondent aussi leurs manières de penser, de sentir et de dire" (*Entretien sur les romans*, 927) – un idéal que condense, du moins en apparence, la "matinée à l'anglaise" (V, 3). Rousseau concevait bien, néanmoins la disparate des parties V-VI ; il avoue à l'académicien Charles Duclos les avoir laissées pour "compens[er] l'agrément par l'utilité" (v. Chronologie de rédaction-publication, n° 1166).

Cela pose la question du didactisme de certaines des lettres du roman, et bien en amont des parties V et VI, puisque l'économie domestique de Clarens est déjà largement présentée dans les lettres IV, 10-11, avant d'être complétée en V, 2-3. Ce trait va bien au-delà de ce que Richardson s'était permis sur ce plan. À cet égard, l'envergure de Rousseau et les projets qu'il a en cours : la *Lettre sur les spectacles*, l'*Émile* et le *Contrat social*, enrichissent le genre de "lettres philosophiques" qui n'ont de parentes dans ce siècle que chez Voltaire et Montesquieu, qu'elles surpassent par leur portée. Cela y compris pour les lettres sur le duel et le suicide, qui ne sont certes pas les seules à traiter la question au XVIIIe siècle, comme l'a montré Robert FAVRE [1978, ch. IX], mais qui jouent chacune dans l'intrigue un rôle déterminant puisqu'elles introduisent, pour ainsi dire *ès* qualité, le personnage de Milord Edouard. Quant à l'ample portée philosophique et morale des autres lettres 'didactiques', les thèses sur l'éducation dont les Wolmar discutent avec Saint-Preux mobilisent la réflexion de Rousseau sur celles de Locke et d'Helvétius ; l'économie domestique de Clarens dialogue avec les idées de Fénelon et des physiocrates en même temps qu'avec certains aspects du roman utopique antérieur ; en ce qui concerne la politique, à défaut de celle de la France dont Rousseau s'interdit de parler et qu'il délègue à une série de lettres du héros à M. d'Orbe non incluses dans le recueil, celle de Genève sera traitée par Claire la Lausannoise qui reprend dans son style le propos de la "Dédicace" de *L'Inégalité* sur la dégénérescence sensible des idéaux républicains dans un État contaminé par les mœurs de la modernité européenne ; l'incroyance de Wolmar repose le problème classique de l'athée vertueux, exacerbant les préoccupations métaphysiques de Mme de Wolmar qu'alimente la "Profession de foi du vicaire savoyard", même si sa religion ne s'y résume pas – préoccupations directement reliées à l'intrigue puisqu'en l'empêchant d'être heureuse, l'athéisme de son mari remet en cause son équilibre moral sans qu'il en prenne la mesure pour celui de Clarens.

Dans quel registre classer les lettres parisiennes de la IIe partie? Auprès des *Lettres persanes* pour la dimension satirique et le point de vue d'un étranger sur la mondanité parisienne; auprès des *Lettres sur les Français et les Anglais* de Muralt pour l'ambition 'ethnographique' affichée, quoique naïvement, par un jeune lettré mal dégrossi; assurément enfin dans celui des lettres-relation. À ce propos, le didactisme plus haut évoqué de certaines lettres est compensé par leur inscription dans ce registre épistolaire plus romanesquement vivant: comme l'amant écrivait à l'amante une relation du Valais dans la première partie, Saint-Preux écrit une relation de Clarens à son ami Milord Edouard, alors en voyage, comme il lui avait envoyé la magnifique lettre à propos de la promenade sur le lac et de la visite au "monument des anciennes amours" qui clôt la IVe partie. En termes de coloris et de pittoresque, certaines séquences de ses deux premiers envois sur Clarens n'ont rien à envier à la description du Valais, à laquelle elles font d'ailleurs écho, comme les Valaisans font écho aux "Montagnons" de la *Lettre sur les spectacles*. Sur le fond et dans la forme, il s'agit toujours de l'évocation d'un "meilleur monde possible" dans le Monde tel qu'il va (fort mal). Dans l'économie du roman, les lettres de Clarens suppléent avantageusement au récit de l'Ailleurs que le héros, revenu du bout du monde après en avoir fait le tour, pourrait donner si l'on se trouvait dans le *Cleveland* de Prévost ou dans un roman utopique: Saint-Preux le dit clairement: "O Tinian! ô Juan-Fernandez! Julie, le bout du monde est à votre porte!" (IV, 11, 562). C'est une des plus belles illusions du héros et du couple Wolmar: elle devra se briser mais n'importe, avec Edouard nous imaginerons poétiquement l'Élysée de Julie avant d'entrer au salon d'Apollon, puis nous vendangerons à l'automne "les dons du père Lyée" (alias Bacchus), etc.

Nous l'imaginerons car la prose lyrique qui porte ces descriptions est propre à nous y convier, en même temps qu'elle marque l'originalité littéraire de l'approche du genre épistolaire qu'a Rousseau. Nous verrons ailleurs comment les principes et la pratique de l'auteur d'un *Dictionnaire de musique* et du *Devin du village* règlent la composition d'ensemble du roman, autant que cette lettre capitale, parce que centrale, qu'est la lettre III, 18. À cet égard, Rousseau dit clairement, dans l'*Entretien sur les romans*, comment la persuasion qu'il souhaite entraîner chez ses lecteurs procède d'une approche musicale de l'enchaînement des lettres:

Leurs lettres n'intéressent pas tout d'un coup; mais peu à peu elles attachent : on ne peut ni les prendre ni les quitter. La grâce et la facilité n'y sont pas, ni la raison, ni l'esprit, ni l'éloquence; le sentiment y est, il se communique au cœur par degrés, et lui seul à la fin supplée à tout. C'est une longue romance dont les couplets pris à part n'ont rien qui touche, mais dont la suite produit à la fin son effet. [915]

Ouvrons l'article ROMANCE de son *Dictionnaire* :Une romance bien faite, n'ayant rien de saillant, n'affecte pas d'abord ; mais chaque couplet ajoute quelque chose à l'effet des précédents, l'intérêt augmente insensiblement, et quelquefois on se trouve attendri jusqu'aux larmes sans pouvoir dire où est le charme qui a produit cet effet. [*OC.* V, p. 1028].

La réussite proprement *bouleversante* de cet effet, c'est toute l'histoire de la réception de *La Nouvelle Héloïse* au XVIIIe siècle. Dans la masse des lettres envoyées par ses lecteurs, on rencontre ainsi la longue missive d'un amateur féru de rhétorique, l'abbé Cahagne, qui se dit plus "affecté" et "intéressé" par la "mélancolie douce" du ton dans le second volume qu'il ne l'avait été en lisant le premier (jugé plutôt disparate), s'autorisant d'ailleurs là d'un axiome classique : "*Docere, Delectare, Movere*, c'est la règle, Monsieur, que nous ont donnée tous nos maîtres d'éloquence. C'est la règle que la plupart de nos écrivains ne manquent pas d'oublier la première [...] c'est aussi celle qui me guide moi-même dans ma lecture" [27 février 1761, *CC.* n° 1331]. Or ce qu'il a à lui dire, c'est qu'autant l'a délecté la douceur de ton du second volume, autant l'a transporté et presque terrifié le sublime de la troisième partie : "il est bien certain, Monsieur, qu'avec ces dispositions où laisse le 2e volume, il n'est pas possible de soutenir les terribles situations du 3e. Il faut étouffer, il faut quitter le livre, il faut pleurer, il faut vous écrire qu'on étouffe et qu'on pleure" [*ibid.*, p. 187]. On saisit bien ici, sans doute, ce qu'a signifié pour les lecteurs cultivés de cette époque, l'irruption de cette langue qu'ils ont souvent ressentie instinctivement comme leur jusqu'à l'imiter dans leurs lettres à l'auteur, tout en se trouvant affectivement débordés par les effets littéralement inouïs qu'ils en éprouvaient, au point de sentir totalement se brouiller en eux la règle classique de l'*utile dulci*, ainsi que quelques autres de nature moins académique...

Si c'est en effet un lieu commun de l'Âge de l'éloquence que l'art d'émouvoir les passions et de toucher les cœurs, soit la clef de toute conviction possible, et si Rousseau le confirme lui-même dans son *Dictionnaire de Musique*, à l'article ACCENT : "c'est une vérité rebattue qu'il faut être ému soi-même pour émouvoir les autres" [*OC.* V, p. 616], il faut reconnaître qu'il a passé, dans ce domaine, toutes les bornes admises à son époque : c'est un peu sa marque ou son image chez ses contemporains, il est réputé le plus irrésistiblement passionnant des écrivains du temps (quoique pour le pire regrettent certains...), parce qu'on le sent indubitablement passionné. À cet égard cependant, peu se rendent compte de ce que son art comporte d'extrêmement réfléchi, voire de calculé (comme un compositeur calcule de loin, par exemple, la résolution d'une dissonance), avec la technique de composition très nouvelle qu'il invente en travaillant musicalement l'art du roman. Le ton propre à la *Nouvelle Héloïse* – et à l'art de Rousseau en ce qu'il a de plus original dans le domaine du roman épistolaire, tient à l'accent mis par lui sur l'art de *persuader* ("persuader sans convaincre" en est la formule récurrente un peu partout dans son œuvre [Starobinski 2012]), mais une persuasion curieuse car elle paraît agir par défaut, à l'opposé du *brillant* qui en est la modalité la plus répandue à cette époque experte en conversation d'esprit et en persiflage. Une persuasion sans brillant ni saillie qu'annoncent les lignes de l'*Entretien* qu'on a lues, et qui est le *mode* dans lequel Rousseau prétend avoir écrit ces lettres.

Le mode dominant sans doute, car il en est de plus véhéments et pathétiques, ainsi qu'en témoignent tant de lectrices et lecteurs [Labrosse, 1985], ou comme il en est de franchement satiriques avec les lettres parisiennes du héros que relaie dans le registre persifleur la part des réponses de Julie inspirées par Claire. Rousseau imite ici plusieurs modèles, outre certaines des *Lettres persanes : Les Confessions du comte de**** de Duclos, les *Lettres sur les Anglais et les Français* de Béat de Muralt, qu'il a sous la main, non sans pasticher pour envelopper le tout, certains aspects du style de Crébillon dans *Les Égarements du cœur et de l'esprit*. Il a en effet recherché une certaine variété stylistique : "bavardage enfantin d'Henriette dans une unique lettre dont Jean-Jacques était très fier (V, 14), langage campagnard de Fanchon, éloquence bouillante d'Edouard, badinage rieur et primesautier de Claire, sérieux posé et raisonneur du philosophe Wolmar", écrit à ce propos Versini. Comme musicien, il sait l'intérêt des contrastes de tonalité, et de l'alternance des registres. Quand Julie se plaint et désespère, Claire la secoue et/ou argumente pour la consoler ; quand la rupture est imposée à l'amant, c'est en termes vengeurs qu'il répond à l'amie, y visant Julie, alors qu'il fait soumission auprès de Mme d'Étange ; lorsque Julie se voit confrontée à l'offre de l'emmener en Angleterre avec son amant, son dilemme, exposé en registre cornélien, contraste avec l'argumentation généreuse de Bomston contre les préjugés, autant qu'avec la subtilité adroite et toute en nuances de la réponse de Claire. Dans la VIe partie, certaines lettres de Mme de Wolmar à Mme d'Orbe empruntent à l'égard de cette dernière des tours moqueurs qu'on avait pris l'habitude de ne rencontrer que chez Claire. Ces contrastes et bien d'autres qu'on peut trouver parfois un peu forcés, contribuent néanmoins à la dynamique de l'ensemble, avec des réussites flagrantes comme celle que relève Versini à propos des trois registres successifs dans lesquels est rapporté le retour de Saint-Preux, par le héros lui-même, puis par Julie, puis selon l'optique de Claire (IV, 6-9).

Cette dynamique est d'ailleurs reflétée par l'évolution du rapport entre la correspondance des amants et les lettres émanant de tiers au fil de la progression du roman : la Ie partie est un long duo des amants en proie à leur passion ; vers la fin apparaissent des lettres de tiers dont la fonction est de l'interrompre au nom de l'opinion et du préjugé social. La séparation une fois imposée puis acceptée vaille que vaille, le séjour parisien de l'amant (IIe partie) est l'occasion d'une reprise du duo, mais contaminé par l'optique et le style de la mondanité chez l'amant, ce que lui reproche l'amante dont l'envoi du portrait atteste qu'elle cède à son tour au démon de l'imitation – ce que ne manque pas de lui reprocher l'amant, qui surenchérit néanmoins en faisant retoucher le portrait. Parallèlement, en filigrane des réponses de l'amante, l'espièglerie de son amie s'invite dans ses lettres. Ainsi la séparation n'est pas seulement physique, comme à l'époque de la lettre du Valais, chacun a désormais du mal à reconnaître l'autre dans ce qu'il en lit ou en contemple, malgré leur illusion d'y trouver un substitut de présence : l'image intérieure de Julie s'avère même oubliée chez l'amant lorsqu'il sort en ville, comme il l'avoue en II, 17. Dans la IIIe partie, la proportion des lettres de tiers domine celles des amants, corrélativement à la préparation d'un mariage qui doit sceller une séparation de longue durée et surtout la conversion de l'amant de Julie en ami de cœur de Mme de Wolmar. Jusqu'à la VIe partie, c'est principalement à partir du point de vue des tiers qu'est approché le devenir de leur relation. Avec la VIe partie, le duo reprend à l'initiative de Mme de Wolmar qui tente d'inciter Saint-Preux au mariage avec Claire, laquelle est parallèlement sondée au même propos ; mais l'ancien amant comme l'amie répondent par une fin de non-recevoir, le premier préférant rester mentalement à jamais l'amant de Julie, la seconde s'affirmant résolue à ne pas l'épouser quoique s'en reconnaissant amoureuse. C'est enfin l'immense lettre XI adressée à Saint-Preux par Wolmar, entièrement consacrée au minutieux déroulé de l'agonie de Julie. Jean ROUSSET note avec raison qu'au fil de la seconde partie :

> la correspondance émanant de l'héroïne se raréfie dans le temps même où sa présence dans le roman grandit, où sa personnalité gagne en majesté et en rayonnement [...] : toutes les lettres convergent vers elle ; elle est le centre et les autres sont les miroirs qui la reflètent. À la différence de ce qui se passe dans la plupart des romans épistolaires à voix multiples, la seconde moitié de *La Nouvelle Héloïse* ne présente pas une pluralité de points de vue partiels et variables sur un ou plusieurs personnages en voie de développement, mais une contemplation ininterrompue convergeant sur un personnage unique. La position dominante de l'héroïne au centre de la société de Clarens se trouve ainsi exprimée clairement par la provenance et la répartition des lettres échangées. [2006, p. 91-92]

La conclusion qu'il en tire est que M. de Wolmar aurait réussi son pari : si la mémoire de l'amour est effacée, il n'y a plus d'amour, et les réminiscences de la promenade sur le lac où celles dont Mme de Wolmar se confie à son amie ne sont que des “crises passagères”. Reste une lettre d'outre-tombe qui rebat tout le jeu, à condition que l'on accepte de comprendre la cohérence du roman en le relisant à l'envers. Ce que nous verrons en étudiant sa composition. (v. Composition du roman).

GÉNÉALOGIE, GENÈSE ET RÉCEPTION DE *LA NOUVELLE HÉLOÏSE*

Pour comprendre dans quel contexte et quel état d'esprit Rousseau s'est lancé dans la confection d'un roman entre l'été et l'automne de 1756, alors qu'il se trouvait retiré à l'ermitage de Montmorency, à quelques lieues de Paris, il convient de remonter vers ce qu'il nomme sa “réforme”, peu après le succès du *Discours sur les sciences et les arts* en 1751 :

> Je renonçai pour jamais à tout projet de fortune et d'avancement. Déterminé à passer dans l'indépendance et la pauvreté le peu de temps qui me restait à vivre, j'appliquai toutes les forces de mon âme à briser les fers de l'opinion, et à faire avec courage tout ce qui me paraissait bien, sans m'embarrasser aucunement du jugement des hommes. [*Confessions*, liv. 8, *OC*. I, p. 362-64]

Outre sa décision de gagner sa vie comme copiste de musique plutôt que de rechercher ou d'accepter une sinécure et/ou une pension, elle l'engage en effet, à terme, dans une expérience où l'œuvre à venir ne s'engendrera qu'au prix fort, en le déportant de lui-même et d'autrui.

Vita nova

Dans les dictionnaires du XVIIIe siècle, le mot *réforme*, outre sa dénotation protestante, connote l'idée d'un retour à la règle, d'une rupture avec le désordre du monde : un changement de vie radical qu'illustre dans la tradition chrétienne la conversion de Saul sur le chemin de Damas ou celle d'Augustin à Ostie ; dans l'antiquité cela correspond à la conversion à soi ; un art philosophique impliquant également une rupture avec le monde comme la conversion religieuse, mais en vue d'un accomplissement de soi *hic et nunc* comme sujet moral [FOUCAULT, 1984, p. 33], et non comme dépossession de soi en Dieu : *sibi vacare*, vaquer à soi-même [*ibid.*, p. 252] ; de sorte que le solitaire, comme l'écrit Pétrarque, "est lui-même son propre compagnon, son propre convive et ne craint pas la solitude tant qu'il est en sa propre présence" [1999 p. 41]. C'est cette tradition que suit Montaigne, pour qui la *vita nova* par excellence serait d'ailleurs la vie effacée : "Vous avez donné le reste de vostre vie à la lumiere, donnez cecy à l'ombre" [1946, liv. I, ch. 39, "De la solitude", p. 249].

En ce qui concerne Rousseau, la IIIe promenade des *Rêveries* évoque une réclusion en vie méditative lors de sa retraite à Montmorency ; mais si ces années furent dévolues, entre autres, à élaborer la "Profession de foi du vicaire savoyard", c'est que sa réforme engage sa résistance à la *tentation d'une conversion* au scepticisme et au matérialisme, autant qu'une rupture avec la sociabilité des Lumières radicales qui les diffusaient : "[…] au lieu de lever mes doutes et de fixer mes irrésolutions ils avoient ébranlé toutes les certitudes que je croyois avoir sur les points qu'il m'importoit le plus de connoitre […] ils ne m'avoient pas persuadé mais ils m'avoient inquiété […] je ne trouvois point de bonne réponse mais je sentois qu'il y en devoit avoir" [IIIe Prom., *OC.* I, 1015-16]. Pour ce qui touche le paradigme de la conversion à soi, c'est un thème récurrent chez lui, autant dans sa correspondance que dans ses textes autobiographiques : rompre avec le monde pour vivre selon sa propre pente est chez lui un fantasme rémanent que la IIIe promenade fait remonter à sa jeunesse : "Mon ardente imagination sautoit déjà par dessus l'espace de ma vie, à peine commencée, comme sur un terrain qui m'étoit étranger, pour se reposer sur une assiette tranquille ou je pusse me fixer" [*ibid.*, *OC.* I, p. 1012]. Si bien que son œuvre décline le *sibi vivere* en toutes sortes de variations, comme par exemple à l'orée de la IIe Promenade : "Ces heures de solitude et de méditation sont les seules de la journée où je sois pleinement moi et à moi sans diversion, sans obstacle, et où je puisse véritablement dire être ce que la nature a voulu" [*OC.* I, p. 1002].

Une illumination exigeante

Ce que Rousseau appelle sa "réforme" procède de ce qui lui est arrivé en octobre 1749 sur le chemin de Vincennes, une sorte d'"inspiration", écrit-il prudemment à Malesherbes en 1762, peu soucieux d'être identifié à un illuminé mystique :

> J'allois voir Diderot alors prisonnier à Vincennes ; j'avois dans ma poche un *Mercure de France* que je me mis à feuilleter le long du chemin. Je tombe sur la question de l'Académie de Dijon qui a donné lieu à mon premier écrit. Si jamais quelque chose a ressemblé à une inspiration subite, c'est le mouvement qui se fit en moi à cette lecture ; tout à coup je me sens l'esprit ébloüi de mille lumieres ; des foules d'idées vives s'y présenterent à la fois avec une force et une confusion qui me jetta dans un trouble inexprimable ; je sens ma tête prise par un etourdissement semblable à l'ivresse. Une violente palpitation m'oppresse, souleve ma poitrine ; ne pouvant plus respirer en marchant, je me laisse tomber sous un des arbres de l'avenuë, et j'y passe une demie heure dans une telle agitation, qu'en me relevant j'apperçus tout le devant de ma veste mouillé de mes larmes sans avoir senti que j'en répandois. Oh Monsieur, si j'avois jamais pu écrire le quart de ce que j'ai vû et senti sous cet arbre, avec quelle clarté j'aurois fait voir toutes les contradictions du systême social, avec quelle force j'aurois exposé tous les abus de nos institutions, avec quelle simplicité j'aurois démontré que l'homme est bon naturellement et que c'est par ces institutions seules que les hommes deviennent méchans. Tout ce que j'ai pu retenir de ces foules de grandes vérités, qui dans un quart d'heure m'illuminerent sous cet arbre, a été bien foiblement épars dans les trois principaux de mes écrits, savoir ce premier discours, celui sur l'inégalité, et le traité de l'éducation, lesquels trois ouvrages sont inseparables et forment ensemble un même tout. [*Lettres à Malesherbes*, *OC.* I, p. 1135-1136]

De fait, l'*Émile* contient une sorte d'abrégé du *Contrat social*. Ce programme, c'est la *vita nova* enclenchée à Montmorency qui lui permettra de le réaliser ; elle lui apportera également la *Julie*, mais c'est une autre histoire, quoique liée sur un autre mode à ce "même tout" de la théorie.

Pour l'heure, en déclenchant l'écriture du *Discours sur les sciences et les arts* (1751) avec le succès phénoménal qu'il remporte contre toute attente, l'événement de Vincennes va projeter sous les feux de la scène parisienne, puis européenne, un individu qui n'était jusqu'alors qu'un petit lettré suisse sans œuvre. Les polémiques qui s'ensuivirent, puis la réussite peu après de son *Devin du Village* (1753), par l'apparent démenti qu'elle apporte aux thèses de son *Discours* autant que par les postures extrêmes que prend son auteur dans le débat qui fait rage alors sur les mérites comparés de la musique italienne et de la musique française, en font une sorte de "star" de la scène intellectuelle et mondaine. Or ce qui lui est arrivé sur la route de Vincennes poursuit son chemin dans son esprit : il a besoin de l'approfondir et pour cela il lui faut du calme et du temps. C'est la raison profonde de sa "réforme" et de son retrait à Montmorency dans la petite maison que lui offre à proximité des bois du domaine, son hôtesse Mme d'Épinay, très liée par ailleurs à la crème des Encyclopédistes : Diderot, d'Holbach et Grimm. Rousseau a derrière lui déjà le *Discours sur l'origine et les fondements de l'inégalité* (1755) où il a creusé aux racines l'intuition présentée dans son premier *Discours*, y fondant, ce que Lévi-Strauss [1962] n'a pas hésité à nommer "les sciences de l'homme".

Avec le recul, nous voyons bien que le chemin de Vincennes l'avait emmené très au-delà des idées véhiculées par l'ami Diderot auquel il rendait visite ce jour-là, assigné à résidence qu'il était à cause des idées matérialistes exprimées dans la *Lettre sur les aveugles* (1749). On pourrait dire que Rousseau, à peu près à son insu d'abord, s'est trouvé chargé par son destin d'élaborer une théorie de l'homme à la fois liée au meilleur desLumières rationalistes et matérialistes, déliée de l'hypothèse chrétienne de la Chute, et déliée surtout – c'est son apport central –, de la thèse du caractère naturel de la propriété et de l'inégalité, désormais uniquement fondées dans les conventions propres aux rapports sociaux, conventions qui doivent pouvoir être modifiées, sinon révolutionnées. Quand il s'installe à l'ermitage, Diderot et les Encyclopédistes affrontent de sérieuses difficultés car la réaction à leurs idées a repris du poil de la bête, y compris au plus haut niveau, malgré l'adroite protection du directeur de la Librairie. Diderot, avec qui Rousseau était extrêmement lié depuis dix ans, a le plus grand mal à supporter ce qu'il vit presque comme une trahison, alors qu'ils avaient jusqu'alors tout partagé. Il fera de son mieux pour ramener son ami à Paris afin qu'il se réintègre au combat commun. Mais ce que Rousseau sait en se retirant à l'Ermitage, c'est qu'il lui faut méditer sur les conséquences de sa découverte dans toute une série de domaines, dont le moindre n'est pas la question religieuse. Ce qui aboutira quelques années après à la "Profession de foi du vicaire savoyard", une synthèse dialoguée, donc ouverte et problématisée, de ce qu'il croit et de ce dont il doute. (Il avait été réintégré à sa demande dans l'Église de Genève, en 1754).

Politique, éducation, esthétique

Il avait également en tête l'approfondissement des conséquences politiques de sa découverte, qui n'étaient pas petites puisqu'il s'agissait de réfléchir aux conditions de possibilité modernes d'un régime qu'avaient connu Grecs et Romains, mais sur fond d'esclavage et en réservant les rênes à une élite citoyenne : autrement dit, la République. Il pensait pouvoir s'aider dans cette tâche des idées politiques utopistes de l'abbé de Saint-Pierre, dont commande lui avait été faite de trier les papiers et d'en faire quelque chose de publiable ; il s'aperçut vite que cette tâche, qu'il réalisa, ne lui serait pas de grand secours pour sa propre entreprise. À une époque où Montesquieu vient de publier *L'Esprit des lois* (1748) qui se prononce en faveur d'un régime monarchique à l'anglaise reposant sur l'équilibre des pouvoirs, Rousseau est le seul grand intellectuel de l'époque à réfléchir à la possibilité d'une démocratie populaire moderne. Cela donnera le *Contrat social*, publié en 1762. Or pour envisager une citoyenneté démocratique, il faut éduquer autrement les élites et concevoir sérieusement l'éducation du peuple. Cela, les Lumières y réfléchissent parallèlement, car à cette époque tout l'appareil éducatif est entre les mains de l'Église. Les deux grands penseurs contemporains de l'éducation sont le Fénelon du *Traité de l'éducation des filles* (1687) et de ce best-seller du XVIIIe que fut son *Télémaque* (1699), et l'auteur de l'*Essai sur l'entendement humain* (1689, trad. française 1700) et des *Pensées sur l'éducation* (1693) : l'empiriste Locke, qui pense que rien n'advient dans l'esprit qui ne soit passé par les sens et qui rejette toute notion d'innéité dans la formation des facultés de l'esprit. Or Rousseau pense fondamentalement autrement, puisque selon sa thèse, tout être humain est à sa naissance porteur de deux passions innées : l'amour de soi et la pitié, celle-ci à l'état latent jusqu'à l'âge de raison, ainsi que d'une capacité de perfectibilité propre à l'espèce. Il faut donc qu'il élabore une réflexion sur l'éducation fondée sur ces principes, laquelle ne pourra pas s'envisager, à un certain moment, sans examiner la place qu'y joueront Dieu et la religion.

Quand Rousseau répond à Voltaire à propos du désastre de Lisbonne, en écrivant sa *Lettre sur la Providence* (1756), il livre déjà une synthèse de ses positions : la providence divine existe ; si les apparences vont contre, c'est qu'on ne distingue pas le mal naturel, qui fait partie du meilleur ordre possible, du mal humain qui procède des rapports sociaux ; enfin, tous les arguments en faveur ou en défaveur de l'existence de Dieu pèsent peu à ses yeux devant ce qu'il appelle la "preuve de sentiment", ce qu'il nommera "l'instinct divin" de la conscience dans la "Profession de foi" : une formule empruntée au piétiste protestant Abauzit. Il n'en démordra jamais, non plus qu'avec les doutes importants qu'elle maintient ouverts, jusqu'à la IIIe Promenade des *Rêveries* qui confirme son adhésion à la "Profession de foi", tout en mentionnant les difficultés auxquelles le confrontent encore les objections matérialistes et athées.

Rousseau avait donc du pain sur la planche pour quelques centaines d'années. Il réalisa le tout entre 1756 et 1762 (y ajoutant un *Essai sur l'origine des langues* [désormais *EOL*] qu'il ne publia pas) ; sur quoi la condamnation de l'*Émile,* dès sa parution, par le Parlement de Paris, le contraignit à décamper en Suisse. Entre-temps, l'article "GENÈVE" de l'*Encyclopédie* où d'Alembert se prononçait en faveur de l'établissement d'un théâtre (jusque-là interdit, calvinisme oblige) avec l'appui des élites de la cité, provoquait la rédaction de la *Lettre à M. d'Alembert sur les spectacles* (1758) qui développe son approche politique et religieuse des questions d'esthétique [PERRIN, 2014 ; BACHOFEN et BERNARDI, 2011], réussissant du coup à empêcher, pour quelques années encore, la réalisation du projet du Petit Conseil genevois ; enfin, *last but not least*, il rédige entre 1756 et 1760 *La Nouvelle Héloïse*, dont la préface exprime, dès *l'incipit,* dans le style foudroyant qu'on lui connaît, la continuité de sa réflexion sur les enjeux politico-religieux des questions esthétiques : "Il faut des spectacles dans les grandes villes, et des romans aux peuples corrompus. J'ai vu les mœurs de mon temps, et j'ai publié ces lettres. Que n'ai-je vécu dans un siècle où je dusse les jeter au feu !"

Passion d'un été, amitiés brisées

Parallèlement à cette intense période de créativité théorique et littéraire, Rousseau aura connu ce que Gérard de Nerval nommera à son propre propos, dans *Aurélia*, "l'épanchement du songe dans la vie réelle" :

> Elle vint, je la vis, j'étois ivre d'amour sans objet, cette ivresse fascina mes yeux, cet objet se fixa sur elle, je vis ma Julie en Mme d'Houdetot, et bientôt je ne vis plus que Mme d'Houdetot, mais revêtue de toutes les perfections dont je venois d'orner l'idole de mon cœur. [*Confessions*, liv. 9, *OC*. I, p. 440]

C'était au printemps de 1757, il avait alors quarante-cinq ans, elle en avait vingt-sept, était mariée et mère, et dotée d'un amant en titre : Saint-Lambert, alors aux armées, un ami de Mme d'Épinay, de Grimm et de Rousseau, assez bon poète à ses heures (*Les Saisons*, 1769). Cette liaison s'achève à l'automne, Rousseau rendant ses lettres à la comtesse sur sa demande, dans un contexte de dégradation des rapports avec son hôtesse et d'aggravation des tensions avec les amis parisiens pour aboutir à la rupture avec Diderot, affichée à mots couverts dans la préface de la *Lettre sur les Spectacles*. Alors lancé en pleine rédaction conjointe de la "Profession de foi" et de la *Julie*, il entame à l'automne 1757 une série de lettres de direction destinées à la comtesse, les *Lettres morales*, qu'il n'enverra pas. Le manuscrit définitif du roman en six parties est mis au net en mars 1759 (v. Chronologie de rédaction-publication). À la fin de l'hiver précédent, Rousseau avait quitté l'ermitage pour Montmorency où la *Lettre sur les Spectacles* une fois rédigée, il travaille au *Contrat social* et au livre V de l'*Émile*, qui est une sorte de roman des amours d'Émile et de Sophie, deux produits expérimentaux de l'éducation négative selon la nature, destinés à s'épouser et à fonder une famille dans la société telle qu'elle est. L'ancien Encyclopédiste, y noue amitié avec le monde des Grands et va lire sa *Julie* manuscrite au château des Luxembourg, à l'invitation de la Maréchale. Le roman paraît à Londres en hiver 1760 et à Paris fin janvier 1761. C'est un triomphe.

Généalogie de la *Julie* 1. Qu'il est utile au bonheur de méditer les Anciens

On trouvera, dans l'introduction des ouvriers de l'édition G-F, l'essentiel du récit courant dans la critique sur la genèse de la composition de *La Nouvelle Héloïse*. Ce qui ne peut qu'inviter à relire les endroits concernés aux livres IX-XI des *Confessions* pour en faire son profit, sans toutefois les prendre strictement au pied de la lettre car, on l'a vu déjà (v. *La Nouvelle Héloïse*, roman épistolaire), l'élaboration de l'intrigue est sous-tendue par une lecture précise de l'ensemble des romans disponibles de Richardson, quoique Rousseau n'en fasse pas état pour l'essentiel. Il n'est pas interdit, et peut-être même recommandé, de lire un 'roman du roman' dans ces pages, ce qui ne signifie pas que ce roman-là manque de vérité, pourvu qu'on l'envisage autrement que comme factuelle, c'est-à-dire au fond poétiquement. Pour Rousseau, il s'agit moins de fidélité aux faits qu'aux sentiments qui étaient les siens lors de la composition de sa *Julie*, en tant, suivant l'esprit inspirant ses *Confessions*, que tout l'intérêt se résume à y suivre à la piste "la chaîne des sentiments qui ont marqué la succession de [s]on être, et par elle celle des événements qui en ont été la cause ou l'effet" [*OC*. I, p. 278] : une formule qui conditionne donc le souvenir des faits à la persistance de leur empreinte morale. Pour ces raisons et quelques autres, il a semblé utile de concevoir la *genèse intime* du roman dans un cadre plus large que la paraphrase anecdotique du récit des *Confessions* à laquelle on la réduit généralement : celui de la fonction dévolue aux fictions dans la représentation que livre Rousseau de sa vie intellectuelle et morale, comme recherche d'un équilibre dans l'affrontement aux épreuves de l'existence.

Pour ce faire, il faut commencer par brièvement revenir aux sources de sa culture. Dans son cours au Collège de France, Michel Foucault rappelait les principes d'une série d'exercices en usage dans les pratiques de sagesse à l'époque hellénistique, chez les stoïciens, les cyniques et les épicuriens [2001, p. 435-456]. Ces pratiques tendent toutes à une maîtrise des représentations en vue de la vie heureuse : il s'agit en somme de parvenir à une sorte d'aisance spirituelle tant à l'égard de l'avenir que du passé, en apprenant à travailler comme il convient leurs images mentales afin qu'elles contribuent au bonheur et à sa prolongation plutôt qu'à son contraire. Parmi ces techniques, trois ressortent particulièrement : la *praemeditatio malorum*, l'*avocatio* et la *revocatio*. La première a pour fonction d'entraîner le pratiquant stoïcien à se préparer aux malheurs possibles, afin de se trouver prêt à toute éventualité s'ils doivent survenir. Les épicuriens, en revanche, rejettent la *praemeditatio malorum,* au motif que "penser tout le temps à l'adversité qui peut arriver, c'est rendre ce mal continuel" [Cicéron, 1962 p. 307], pour y opposer deux pratiques : l'*avocatio* et la *revocatio* qui neutralisent les pensées négatives, soit en tournant l'esprit vers les plaisirs actuels et/ou à venir, soit par le rappel de ceux qu'on a autrefois connus [Foucault, 2001, p. 450 ; Salem, 1994, p. 44-52].

Cette expérience antique du bon usage des représentations mentales se lit depuis des lustres et s'est trouvé adaptée par les grands humanistes – Pétrarque, Érasme et Montaigne jouant là, comme en bien des domaines, un rôle essentiel. Rousseau, qui n'ignore rien des traités antiques ni de leur transmission moderne, est bien entraîné à ces techniques aidant à obtenir une certaine qualité de tranquillité morale en dépit de l'adversité, qu'illustrent fort bien les *Rêveries du Promeneur solitaire*. En ce qui concerne la *revocatio* épicurienne, il y avait une sorte de disposition spontanée, au point d'avoir largement développé la palette de l'exercice. Si tous ses textes 'autobiographiques' attestent en effet son accoutumance à la réminiscence heureuse prolongée comme antidote à la hantise du malheur, ils attestent aussi d'autres pratiques concomitantes ou alternatives, en particulier la production de fictions mentales qui lui font oublier le monde réel et ses maux au profit d'un monde imaginaire dont il est l'un des personnages, et/ou les extases contemplatives dans la nature qui procurent l'oubli de soi et des autres par l'identification au système universel des êtres.

Ces pratiques se trouvent bien résumées dans un passage du IIe entretien de ses *Dialogues* :

> Comme il aime mieux jouir que souffrir, il se refuse aux souvenirs tristes et déplaisans qui sont inutiles, pour livrer son cœur tout entier à ceux qui le flatent ; quand sa destinée s'est trouvée telle qu'il n'y voyoit plus rien d'agréable à se rappeller il en a perdu toute la mémoire et retrogradant vers les tems heureux de son enfance et de sa jeunesse, il les a souvent recommencés dans ses souvenirs. Quelque fois s'élançant dans l'avenir qu'il espére et qu'il sent lui être dû, il tâche de s'en figurer les douceurs en les proportionnant aux maux qu'on lui fait souffrir injustement en ce monde. Plus souvent, laissant concourir ses sens à ses fictions, il se forme des êtres selon son cœur, et vivant avec eux dans une société dont il se sent digne, il plâne dans l'empirée au milieu des objets charmans et presque angéliques dont il s'est entouré. [*OC.* I, p. 858]

La *revocatio* des temps heureux de la jeunesse est ici donnée pour disponible à volonté : c'est un exercice indéfiniment réitérable, comme l'indique ce passage des *Confessions* évoquant son état d'esprit le jour où il s'enfuit de Montmorency après la condamnation de l'*Émile* : "sans cesse occupé de mon bonheur passé, je le rappelle et le rumine pour ainsi dire, au point d'en jouir derechef quand je veux" [*OC*. I, liv. 11, p. 585].

Généalogie de la *Julie* 2.
De l'invention des fictions comme ressource morale

Les deux autres pratiques évoquées dans ce passage ressortissent toutes deux à ce qu'il appelle ailleurs "la ressource des fictions" [IIe dialogue, *ibid.*, p. 827], laquelle comporte trois volets qu'il importe de distinguer sans pour autant les opposer strictement, on verra pourquoi. Le premier ordre de fictions mentales projette un au-delà paradisiaque que régit une loi de compensation du mal terrestre par le bien éternel : c'est au fond une *praemeditatio malorum* inversée. Le second paraît un peu plus romanesque : il engage la production d'un univers proprement fictionnel, mais sans requérir, semble-t-il, le concours des objets mondains ; il se déroule dans l'autre monde – l'au-delà ou l'"empyrée" –, un terme qui apparaît aussi dans *Les Confessions* lorsque Rousseau entreprend d'évoquer la première étape du processus qui le conduira finalement à écrire *La Nouvelle Héloïse* :

> L'impossibilité d'atteindre aux êtres réels me jetta dans le pays des chiméres, et ne voyant rien d'existant qui fut digne de mon delire, je le nourris dans un monde idéal que mon imagination créatrice eut bientôt peuplé d'êtres selon mon cœur [...]. Oubliant tout à fait la race humaine, je me fis des sociétés de créatures parfaites aussi celestes par leurs vertus que par leurs beautés, d'amis sûrs, tendres, fidelles, tel que je n'en trouvai jamais ici-bas. Je pris un tel goût à plâner ainsi dans l'empyrée au milieu des objets charmans dont je m'étois entouré que j'y passois les heures, les jours sans compter, et perdant le souvenir de toute autre chose. [liv. 9, *OC*. I, p. 427-428]

L'oubli du réel est ici corrélatif d'un oubli radical du temps. Il est aussi clairement suspens de contacts avec l'humanité, au profit d'un autre type d'êtres, donnés pour "célestes", évoluant dans une éternité quasi divine. On y trouve encore une allusion à la fin de la Ve Promenade, lorsque Rousseau rêve de retourner à l'Ile Saint-Pierre pour y finir ses jours, oublieux des hommes sinon oublié d'eux : "délivré de toutes les passions terrestres qu'engendre le tumulte de la vie sociale, mon âme s'élanceroit fréquemment au-dessus de cette atmosphère, et commerceroit d'avance avec les intelligences célestes dont elle espère aller augmenter le nombre dans peu de tems" [*ibid.*, p. 1048-1049].

Il semble bien qu'il n'y ait pas de transposition littéraire développée de cet univers "éthéré" dans l'œuvre publiée. À la réserve, peut-être, du long passage du début du premier de ses *Dialogues* présenté sous le nom de "monde idéal" ou de "monde enchanté", qui constitue une sorte de propédeutique à la compréhension des enjeux centraux de son œuvre : ce qui caractérise les habitants de ce monde, c'est qu'ils ressemblent à ceux du monde réel moderne par l'apparence et même par les actes (on y publie des livres et des crimes s'y commettent même parfois), tout en participant d'une autre essence puisqu'ils ignorent l'amour-propre et les passions sociales, leur seule passion étant l'amour naturel de soi [Ier dialogue, *ibid.*, p. 668-673]. Cette sorte d'invention s'apparente à une forme d'utopie qu'on peut rattacher aux fictions de pensée en usage en philosophie [Binoche et Dumouchel 2013], comme dans le fameux Palais des mondes possibles chez le Leibniz des *Essais de Théodicée*, où l'une des chambres présente la vie de Sextus Tarquinus s'il avait décidé de renoncer au trône.

Justement, la *ressource des fictions* chez Rousseau comporte un troisième volet, plus franchement romanesque celui-là, où tout l'art consiste à combiner des images idéales avec des représentations issues – ou plutôt transposées – du réel. Il utilise volontiers la construction attributive "concourir à..." lorsqu'il vient sur ce terrain : "Plus souvent, laissant concourir ses sens à ses fictions, il se forme des êtres selon son cœur" lisait-on en effet un peu plus haut dans le passage cité de la VIIe Promenade ; mais le passage le plus intéressant à cet égard se lit dans la Ve Promenade :

> En sortant d'une longue et douce rêverie, en me voyant entouré de verdure, de fleurs, d'oiseaux et laissant errer mes yeux au loin sur les romanesques rivages qui bordoient une vaste étendue d'eau claire et cristalline, j'assimilois à mes fictions tous ces aimables objets et me trouvant enfin ramené par degrés à moi-même et à ce qui m'entouroit, *je ne pouvois marquer le point de séparation des fictions aux réalités* ; tant tout concouroit également à me rendre chére la vie recueillie et solitaire que je menois dans ce beau séjour. [*OC.* I, p. 1048]

La neutralisation de la pensée du mal procède ici d'une *composition de lieu* d'un genre fort peu ignacien dans son contenu (cette technique développée dans les *Exercices spirituels*, consiste à composer mentalement, avec toute la précision possible, les étapes du chemin de croix du Christ lors de sa Passion afin d'y trouver un support de méditation), mais assez proche quant aux processus imaginatifs mis en jeu : il s'agit en effet de crédibiliser en quelque sorte la chimère par une sélection de motifs tirés de l'environnement naturel de l'île, de telle sorte que celle-ci puisse être hallucinée comme espace de fiction idéaliste : la rêverie ainsi conçue et pratiquée évacue nécessairement toute image qui ne lui est pas homogène, puisque le champ de la vision intérieure s'y surimprime à celui des perceptions extérieures au point qu'elles ne peuvent plus se distinguer. On remarque au passage que cet art procède par gradations insensibles d'un mode de rêverie vers un autre, ce qui élargit d'autant la palette des possibles mentaux en ce domaine, du moins pour un sujet expérimenté.

De fait, l'expérience de Rousseau en la matière semble considérable. Les principales phases de ces gradations étaient déjà résumées dans un passage célèbre de la IIIe lettre à Malesherbes (1762) où, exaltant d'abord la beauté des bois de Montmorency et l'attrait qu'elle exerce sur lui, il ne tarde pas à la peupler en imagination d'une "société charmante" évoluant dans "un siecle d'or à [sa] fantaisie" [*OC.* I, p. 1140] : une ressource dont l'efficacité est telle que "si, dans ces momens, poursuit-il, quelque idée de Paris, de mon siecle et de ma petite gloriole d'auteur venoit troubler mes reveries, avec quel dédain je la chassois à l'instant pour me livrer sans distraction aux sentimens exquis dont mon ame étoit pleine !" C'est sans doute un bon exemple d'*avocatio* : l'émergence d'une pointe de négativité se trouve aussitôt étouffée par le processus de composition mentale des chimères et du lieu, par où l'âme s'exerce, avec l'aide de l'imagination, à retrouver en elle-même le chemin de sa vocation naturelle au bonheur. Et cela "sans distractions", autrement dit sans oubli, sans intermittences de conscience : la plénitude éprouvée, tant qu'elle dure, repoussant en revanche à l'oubli le souvenir des maux passés et la prévoyance des maux futurs – de la pénible réalité desquels témoignent d'ailleurs à l'envi les trois autres lettres !

Genèse de la *Julie* 1. Une longue histoire

Si l'on se tourne vers ce que disent les *Confessions* du processus conduisant à la *Nouvelle Héloïse*, on vérifie que la composition mentale du roman proprement dit y est présentée comme résultant de l'abandon de la modalité "monde idéal" de la rêverie (abandon dû aux circonstances : maladie, démêlés domestiques, réponse au poème de Voltaire sur le désastre de Lisbonne), pour une modalité romanesque résultant de l'exercice de la *revocatio* et s'appliquant autant à l'auteur qu'aux êtres et aux paysages qu'il a chéris dans le passé ; un exercice dont la réitération mentale incessante finit par fixer relativement les contours :

> Mes idées un peu moins exaltées restérent cette fois sur la terre, mais avec un choix si exquis de tout ce qui pouvoit s'y trouver d'aimable en tout genre, que cette élite n'étoit guère moins chimérique que le monde imaginaire que j'avois abandonné. [*OC*. I, liv. 9, p. 430]

Il poursuit en évoquant ce qui, de ses voyages et de son lac natal, est passé dans son roman – Vevey et la mémoire de Mme de Warens fournissant le site initial du récit –, avant d'en venir à la coagulation progressive de sa rêverie ouverte à tous vents en fiction à peu près composée, mais toujours *pour l'esprit :* "ces fictions, à force de revenir prirent enfin plus de consistance et se fixérent dans mon cerveau sous une forme déterminée" ; vient enfin l'écriture, comme ultime modalité – et fixation plus ou moins définitive – de tout ce lent et long processus de la rêverie : "ce fut alors que la fantaisie me prit d'exprimer sur le papier quelques-unes des situations qu'elles m'offroient, et rappellant tout ce que j'avois senti dans ma jeunesse, de donner ainsi l'essor en quelque sorte au desir d'aimer que je n'avois pu satisfaire, et dont je me sentois dévoré" [*ibid.,* p. 430-431].

Ce qu'un tel récit nous livre, c'est ce qu'on peut y deviner des habitudes mentales de Rousseau, qui n'aura jamais cessé de rêver romanesquement sa vie, comme il le dit au livre IV des *Confessions*, à propos des romans non écrits qu'il a semés sur les routes dans sa jeunesse :

> La chose que je regrette le plus dans les détails de ma vie dont j'ai perdu la mémoire est de n'avoir pas fait des journaux de mes voyages. [...] La vue de la campagne, la succession des aspects agréables, le grand air, le grand appetit, la bonne santé que je gagne en marchant, la liberté du cabaret, l'éloignement de tout ce qui me fait sentir ma dépendance, de tout ce qui me rappelle à ma situation, tout cela dégage mon ame, me donne

> une plus grande audace de penser, me jette en quelque sorte dans l'immensité des êtres pour les combiner, les choisir, me les approprier à mon gré, sans gêne et sans crainte. Je dispose en maitre de la nature entiére ; mon cœur, errant d'objet en objet, s'unit, s'identifie à ceux qui le flatent, s'entoure d'images charmantes, s'enivre de sentimens délicieux. Si pour les fixer je m'amuse à les décrire en moi-même, quelle vigueur de pinceau, quelle fraicheur de coloris, quelle énergie d'expression je leur donne ! On a, dit-on, trouvé de tout cela dans mes ouvrages, quoique écrits vers le declin de mes ans. O si l'on eut vû ceux de ma prémiére jeunesse, ceux que j'ai faits durant mes voyages, ceux que j'ai composés et que je n'ai jamais écrits. [OC. I, 162]

Cet infatigable lecteur de romans, depuis l'enfance jusqu'à la vieillesse, a vraisemblablement passé *le plus clair* de son temps à composer des fictions au long cours purement mentales, parfois complètement contemplatives, parfois suffisamment ouvertes pour que toutes sortes de "tiroirs" puissent venir s'y insérer à volonté (ou selon les circonstances), parfois plus structurées – le recours à la plume et à l'écriture étant *a priori* considéré comme nul et non avenu, et même franchement déconseillé : "pourquoi, direz-vous, ne les pas écrire ? et pourquoi les écrire, vous répondrai-je [...] que m'importoient des lecteurs, un public et toute la terre, tandis que je planais dans le ciel ? D'ailleurs portois-je avec moi du papier, des plumes ? Si j'avois pensé à tout cela rien ne me seroit venu" [*id.*].

Il parle également de cela dans ses *Dialogues*, où le personnage "Rousseau" rapporte comment se sont liés chez "J.J." son addiction de toujours à la fiction mentale, avec la méditation sur les malheurs de l'homme :

> Dans le feu de la jeunesse sa vive imagination surchargée, accablée d'objets charmants qui venoient incessament la remplir tenoit son cœur dans une ivr esse continuelle qui ne lui laissoit ni le pouvoir d'arranger ses idées, ni celui de les fixer, ni le tems de les écrire, ni le desir de les communiquer. Ce ne fut que quand ces grands mouvemens commencérent à s'appaiser, quand ses idées prenant une marche plus réglée et plus lente, il en put suivre assez la trace pour la marquer ; ce fut dis-je alors seulement que l'usage de la plume lui devint possible, et qu'à l'exemple et à l'instigation des gens de lettres avec lesquels il vivoit alors il lui vint en fantaisie de communiquer au public ces mêmes idées dont il s'étoit longtems nourri lui-même et qu'il crut être utiles au genre humain. [IIe dialogue, *OC.* I, p. 828]

Autrement dit, la venue à l'écriture, puis à l'écriture théorique, est une question de tempérament, de rythme intérieur au long cours qu'auraient brusquement actualisés en rédaction les circonstances intellectuelles du milieu parisien : délire et enthousiasme des romances idéales de la jeunesse, certes, mais celles-ci sont porteuses des intuitions centrales qui viendront sous la plume quand l'énergie vitale se sera modérée, le contexte bouillonnant des jeunes Lumières parisiennes en suscitant le désir. Pas de vraie solution de continuité (à l'inverse de la topique classique de l'illumination), mais plutôt un effet de lente émergence ou d'explicitation d'une sorte de magma mental en effervescence depuis toujours ou presque ; la suite du passage souligne la dimension 'pré ou infra-théorique' des romances imaginaires de jeunesse, procédant d'une comparaison latente entre l'exaltation du rêveur et le spectacle quotidien du malheur de ses semblables : "Dès sa jeunesse il s'était souvent demandé pourquoi il ne trouvoit pas tous les hommes bons, sages, heureux comme ils lui sembloient faits pour l'être ; il cherchoit dans son cœur l'obstacle qui les en empêchoit et ne le trouvait pas" [*id.*].

On voit alors se dessiner un paysage mental où la rêverie la plus emportée, la fiction la plus baroque (au sens des romans de La Calprenède ou de Mlle de Scudéry mêlant l'Antiquité à des trames chevaleresques et courtoises) intègre une composante méditative, sinon élaborée du moins active à l'état intuitif. Du coup, si l'émergence des thèses révolutionnaires de Rousseau dans la théorie de l'homme est bien, pour ses contemporains et pour nous, un événement majeur de l'histoire des idées (quoi qu'on pense de sa pertinence), elle est vue par l'intéressé, dans cette page du moins, comme un produit des circonstances, celles-ci ayant porté à l'expression claire et distincte une méditation "sourde" qui eût pu ne jamais advenir à sa formulation explicite et publique : "En admirant les progrès de l'esprit humain il s'étonnoit de voir croitre en même proportion les calamités publiques. Il entrevoyoit une secrette opposition entre la constitution de l'homme et celle de nos societés ; mais c'était plus tot un sentiment sourd, une notion confuse qu'un jugement clair et développé" [*id.*]. Dès lors, si le texte atteste bien une "illumination" provoquée par la question de l'académie de Dijon, c'est pour la présenter comme une *venue en clarté* de ce sentiment, une *mise en ordre* soudaine, la lecture de la question dans le *Mercure* venant "tout à coup dessiller ses yeux" et "débrouiller ce cahos dans sa tête" [*id.*].

Mais la suite du passage indique aussi que l'advenue de cette modalité proprement philosophique de la rêverie antérieure ne l'a pas pour autant supprimée : "J.J." n'a pas jeté aux orties (avec sa montre et son linge fin) sa tête farcie de romans, elle poursuit seulement ses rêves sous une autre forme, lui offrant en permanence une sorte de panorama mental en images de ce qui *devrait être en vérité,* pour évaluer les déficiences *de ce qui apparaît en réalité* et tenter de comprendre le *rapport* de l'un à l'autre : "Enflammé par la contemplation de ces grands objets, il les avoit toujours présens à sa pensée, et les comparant à l'état réel des choses il les voyoit chaque jour sous des rapports tout nouveaux pour lui" [*ibid.,* p. 829]. C'est ainsi que des visions édéniques en terres d'âge d'or ou de don-quichottisme échevelé, à la théorisation rationnelle de la genèse de l'injustice sociale, jusqu'à *La Nouvelle Héloïse* puis ce mixte de traité d'éducation et de fiction de pensée qu'est son Traité d'éducation – "c'est un assez beau roman que celui de la nature humaine" [*Émile*, liv. 5, *OC*. IV, p. 777] –, c'est *le même processus* qui poursuit son cours, de la jeunesse à la vieillesse, avec simplement des variations rythmiques et des modifications d'accentuation dans le rapport des composantes contemplatives, méditatives et romanesques. C'est ainsi l'histoire d'un contrepoint mental, selon thème et variations, de la puissance méditative avec l'"imagination créatrice" [OC. I, p. 427], que nous venons d'étudier.

Il semble alors, pour en revenir à son grand roman, que ce soit la juste perspective de l'aborder au strict point de vue de ce contrepoint : soit comme une œuvre où l'auteur pense en romancier autant qu'il romance en penseur. Pensant en romancier comme il l'a toujours fait depuis sa jeunesse, c'est-à-dire par images mentales : "toutes mes idées sont en images" écrit-il dans *Les Confessions* [*OC*. I, liv. 4, p. 174 ; voir Perrin, 2014] ; en penseur, c'est-à-dire par fictions expérimentales : l'un des procédés littéraires favoris de son ami Diderot, comme dans *Le Rêve de d'Alembert*, ou de son ami Condillac demandant au lecteur du *Traité des sensations* de s'identifier mentalement à la progressive advenue en conscience de la statue.

Genèse de la *Julie* 2.
"J'ai changé de moyen mais non pas d'objet"

Pour autant, il n'était encore jamais passé ouvertement au roman comme il l'a fait en s'engageant dans la rédaction puis la publication de la *Julie*. "J'ai changé de moyen mais non pas d'objet", écrit-il dans l'*Entretien sur les* romans (914), s'autorisant d'une strophe du Tasse reprenant un *topos* venu de Lucrèce, celui de la coupe enduite de miel pour faire absorber à l'enfant malade une potion amère ; cette image n'a rien d'une clause de style sous sa plume puisqu'on la retrouve ainsi modulée sur les lèvres de Julie agonisante, alors qu'on s'évertue autour d'elle à l'imaginer capable de guérir *in extremis :* "on m'a fait boire jusqu'à la lie la coupe amère et douce de la sensibilité" (856). Christine Hammann a rappelé que dans la citation de la *Jérusalem délivrée* qui vaut comme ouverture méta-poétique à l'œuvre du Tasse, le terme de tromperie apparaît deux fois dans les quatre vers du poète (*ingannato* / *inganno*), et montré que l'enjeu en était le choix d'un mode allégorique de la diffusion de la vérité, incluant donc une dose de mensonge et d'artifice, une problématique que Rousseau connaît de longue date par Plutarque, Le Tasse (dont il est imprégné [Hammann, 2006 (a)]) offrant pour sa part une approche christianisée de cette poétique du 'beau mensonge', puisque son épopée est conçue comme une *Énéide* chrétienne [Hammann, 2012, p. 427-429]. Cela dit, il réfléchit en moderne à ces questions depuis les rudes polémiques qu'avait occasionnées parmi les lettrés son premier *Discours*, en élaborant une théorie du soin du mal par le mal [Starobinski 1989] amorcée dans la préface de *Narcisse* (1753), une pièce de jeunesse qu'il avait fait jouer [*OC*. II, p. 972]. Ce qui nous introduit à la dimension d'illusion concertée qu'emporte le recours à la fiction par le penseur, un jeu d'illusions déployées selon les perspectives de chacun de ses personnages, afin de "faire passer" comme dit Rousseau, au plus large public, la "liqueur amère" (915) de ce qu'il appelle son "triste et grand système" [*Préface* d'une seconde lettre à Bordes, *OC*. III, p. 105]. À cet égard, la *Julie* n'est pas sa première tentative ; il avait en effet essayé auparavant d'écrire une tragédie intitulée *Lucrèce*, demeurée inachevée, mais dont la critique a montré qu'elle cherchait une voie pour atteindre un public plus large que celui des savants [Kelly, 1999 ; Leone, 2003 (b)] ; et l'on conserve l'esquisse d'un conte moral paysan à la façon de Marmontel : *Les Amours de Claire et Marcellin* [*OC*. II,

p. 1193 sv.] qui transpose certains éléments de l'intrigue de *Clarisse* dans la même perspective. Rousseau l'avait montré vers 1756 à son ami Deleyre, qui l'encouragea à poursuivre en ce sens. Mais déjà les circonstances et son propre génie l'avaient orienté vers ce qui convenait (v. Conclusion).

On ne s'étonnera plus dès lors, qu'il ait surmonté ses hésitations de dernière minute à inclure à la *Julie* les lettres immenses relatives à l'économie domestique de Clarens, et quelques autres de même estoc 'philosophique' dont il savait qu'elles intéresseraient surtout l'élite lettrée, tout en risquant d'ennuyer lectrices et lecteurs ordinaires, par des "lettres épisodiques et fastueusement raisonnées qui forcent le lecteur à la discussion quand il ne voudrait se livrer qu'au sentiment" [DORAT, préface aux *Sacrifices de l'amour* (1771), cité in DUFLO, 2012, p. 51]. Finalement, il passa outre : cela, parce qu'il savait que de *La Vie de Marianne* à *Clarisse*, les grands romans du siècle n'en sont en rien exempts, sans parler de la Romancie baroque, et sachant aussi l'habitude qu'ont les écrivains de farcir leurs textes de maximes, sentences et réflexions plus ou moins originales auxquelles il est tentant de rétorquer sur le fond [SÉITÉ, 2012] ; mais cela surtout de par sa confiance de romancier-né en l'équilibre général de la composition, et pour ce qu'il savait artistiquement de leur profonde *nécessité* au point de vue de la trajectoire morale des héros, selon les révolutions qui les affectent successivement à partir du mariage de Julie, puis dans les IVe-V^e^ parties où le maître de Clarens caresse l'ambition d'intégrer de plein gré l'ancien amant de sa femme à l'unisson paternaliste qu'il fait régner à Clarens. Que dans la VIe partie où le grand romanesque courtois survolté qui animait la première, ronge cette harmonie factice jusqu'à la dévaster, selon un retour du refoulé tel qu'on n'en vit jamais jusqu'alors dans la Romancie, est bien dans le dessein profond d'un roman conçu pour inciter son public à réfléchir aux moyens de "remédier au mal" en "remont[ant] à sa source" (923).

Réception du roman.
"Ce que c'est d'avoir à faire au public"

Vous avez une âme qui pénètre et s'attache, on la sent passer en soi quand on vous lit, on pleure d'admiration, de regret, de désir, on se passionne pour le bien, on en fait quelquefois, on croit du moins possible et vrai ce qu'on n'a jamais réalisé.

[Lettre de lecteur, in Labrosse 1985, ch. 3, § 195]

Parlant, au livre XI des *Confessions*, de la réussite à Paris de la *Julie* et de l'abondante correspondance qui en résulta pour son auteur, Rousseau écrit que lorsqu'on en prendra connaissance après sa mort, on y verra "une opposition de jugement qui montre ce que c'est d'avoir à faire au public" [*OC.* I, p. 546]. Toucher ce que nous appellerions le 'grand public' de son époque, celui des lecteurs de romans et non pas seulement le public des lettrés, est l'enjeu central du travail des Lumières pour transformer ce que nous nommons aujourd'hui l'opinion publique [Le concept prend forme au cours du XVIIIe siècle. Voir OZOUF, 1989, p. 21-53]. C'est l'enjeu de l'*Encyclopédie*, c'est tout le travail de Voltaire à l'occasion de l'affaire du protestant Calas injustement condamné à mort par l'arbitraire de la justice de l'époque, dont il obtient la réhabilitation posthume à la suite d'une vaste campagne d'opinion entamée avec le *Traité sur la tolérance* (1763). C'est parallèlement toute la réflexion esthétique des uns et des autres sur les formes littéraires qui conviennent pour ce combat: plutôt que d'écrire des tragédies mettant en scène des personnages et des destins qui ne peuvent plus intéresser parce que trop éloignés des préoccupations des gens ordinaires, Diderot invente le drame bourgeois: il sera question d'un *Fils naturel* (1757), d'un *Père de famille* (1758); Voltaire continue certes à écrire des tragédies, mais *Mahomet ou le Fanatisme* s'en prend à l'intolérance religieuse; le conte oriental et les *Mille et Une Nuits* sont à la mode? Montesquieu publie des *Lettres persanes* et Voltaire broche *Zadig ou la Destinée*. Comment parler au public de philosophie? En écrivant des *Lettres philosophiques* qui tiennent du récit de voyage. Dans les polémiques sur la religion, le grand modèle ce n'est plus le traité bien divisé et bien épais, chargé de toute l'érudition de son auteur, ce sont les *Lettres d'un provincial* qui ont fait des tous puissants jésuites la risée de l'opinion au siècle précédent; et c'est la veine satirique qui fait mouche, et déjà dans les titres: *Relation de la maladie du jésuite Berthier* (1759), *De l'horrible danger de la lecture* (1765); *Lettre sur les aveugles à l'usage de ceux qui voient* (1749) ; l'*Encyclopédie* coûte cher et prend de la place dans les bibliothèques ? Voltaire concocte un *Dictionnaire philosophique* de poche (1764). Comment parler du matérialisme en se faisant comprendre, en amusant aussi, sinon comme du rêve d'une star de l'époque, membre de l'Académie des sciences et de l'Académie française : "j'ai fait un dialogue entre d'Alembert et moi : nous y causons assez gaiement, et même assez clairement, malgré la sécheresse et l'obscurité du sujet [...]. Cela est de la plus haute extravagance et tout à la fois de la philosophie la plus profonde [...] il faut souvent donner à la sagesse l'air de la folie, afin de lui procurer ses entrées" [lettre à Sophie Volland, 7 sept. 1769]. Rousseau écrit pour sa part une *Lettre* ouverte au même à propos des spectacles : "il ne s'agit plus de parler au petit nombre mais au public, ni de faire penser les autres, mais d'expliquer ma pensée. Il a donc fallu changer de stile" [*OC.* V, p. 6].

À Paris, une princesse rate le bal de l'Opéra parce qu'elle l'a oublié, plongée qu'elle était dans la *Julie* jusqu'à quatre heures du matin, tandis qu'à l'étal des libraires on lit directement dans la rue les placards des pages du roman qui viennent d'être livrés ; ce que c'est que d'avoir affaire au public ? Voici ce que Mme de Polignac écrit à Mme de Verdelin : "[...] Vous savez que tant que le citoyen ne m'a paru qu'un philosophe et un homme d'esprit, il ne m'est pas venu en pensée de chercher à le connaître ; mais l'amant de Julie, qui l'a aimée comme elle méritait de l'être, oh ! ce n'est plus la même chose ; et, dans mon premier mouvement, j'ai été au moment de faire mettre des chevaux, de m'en aller à Montmorency, de le voir à quelque prix que ce fût, de lui dire [...], etc." [*OC.* I, p. 1541].

Comme ses congénères, Rousseau voulait toucher ce public-là en France et ailleurs ; mais pour ainsi dire en passant ; ceux qu'il vise, ce sont surtout les provinciaux, les inconnus et avant tout la jeunesse : il a cherché la voie d'un roman *populaire* – et l'a trouvée. En l'année 1761, près de la moitié de sa correspondance (400 lettres) a trait à la *Julie* [Labrosse, 1985, p. 16] : "lecture privée, individuelle, enthousiaste, lyrique ou vitupérante" [*ibid.*, p. 20] ; il s'agit là d'un phénomène inédit dans l'histoire de la correspondance : "le fait que de nombreux lecteurs au nombre duquel les érudits sont rares, prennent la plume pour échanger leurs émotions de lecture ou pour entretenir l'auteur du roman, écrit Claude Labrosse, semble constituer un phénomène nouveau" [*ibid.*, p. 21]. Dès cette année et dans les suivantes, se multiplient les *Esprits*, les *Pensées* ou les *Esprits, maximes et pensées* constitués d'extraits du roman ; puis passée la fièvre de 1761, et alors que démarre en 1762 celle provoquée par l'*Émile* et l'exil de son auteur, apparaît le débat public : "critiques, valorisateurs ou réfutateurs [...] veulent prouver, argumenter et convaincre [...] : contenu moral du livre, valeur de la fiction, légitimité et utilité du roman" [*ibid.*, p. 23].

Mais pour en revenir à la correspondance, on y constate aussi que les épistolières, comme les épistoliers parlent souvent la langue du roman : celle de la sensibilité. "Certaines lettres [...] sont proches de la relation romanesque, leur échange semble vouloir simuler le roman lu" [*id.*]. Toutefois, ce mimétisme, spontané ou non, les éloges émus ou dithyrambiques, n'excluent en rien les accès de fureur épistolaire ; ainsi tel correspondant, tenant que les seules œuvres utiles sont celles qui sont capables "d'honorer, d'élever et de rendre la vertu triomphante et le vice odieux, dangereux, détesté, puni, écrasé" annonce qu'il va jeter le roman au feu en s'écriant pour finir : "quelles maximes infâmes !"

Rousseau a parfaitement réussi à diviser son public, comme il a toujours su le faire depuis ses débuts. – 1751: "Je prévois qu'on me pardonnera difficilement le parti que j'ai osé prendre [...] je ne puis m'attendre qu'à un blâme universel; et ce n'est pas pour avoir été honoré de l'approbation de quelques Sages que je dois compter sur celle du Public" (préface du *Discours sur les sciences et les arts*). – 1761 : "Ce livre n'est point fait pour circuler dans le monde et convient à très peu de lecteurs [...]. À qui plaira-t-il donc ? Peut-être à moi seul : mais à coup sûr il ne plaira médiocrement à personne" (préface de *La Nouvelle Héloïse,* 50).

Entretien sur les romans
1. Diviser le public

"Un livre doit être la hache pour la mer gelée en nous", écrit Kafka. Sinon à quoi bon ? Cette hache divisa d'emblée le clan encyclopédique puisque le contempteur des sciences et des arts récemment couronné à Dijon était l'un des leurs. Lequel prend conscience que les positions qu'il défend, s'il veut les approfondir, expriment en fait une tout autre approche de la problématique des Lumières que celle défendue par ceux qu'on appelle les "philosophes" dans le public. C'est entre sa retraite à l'ermitage et la publication de la *Lettre à M. d'Alembert sur les Spectacles* que la hache-Rousseau fait son *œuvre*. Une œuvre qu'il est possible de lire avec Mark HULLIUNG [1994], comme une profonde "autocritique des Lumières" sur tous les points essentiels qui caractérisent la révolution qu'elles ont déterminée dans la pensée européenne; sans pour autant y voir un quelconque passéisme: Rousseau est à part entière un intellectuel moderne qui, sur bien des plans, anticipe des questions auxquelles nous demeurons confrontés aujourd'hui [SPECTOR, 2011].

Un livre doit être la hache qui brise en nous la mer gelée. Cette hache pourrait servir d'emblème à un genre littéraire renouvelé des Anciens par les grandes plumes des Lumières, aux fins qu'on a dites: la satire. On n'aurait garde d'oublier ici que c'est à Juvénal, contempteur de la décadence romaine, que Rousseau emprunte sa devise: *vitam impendere vero:* consacrer sa vie à la vérité. Or c'est sous le patronage d'une satire, celle de Perse *Contre les mauvais écrivains* (de l'époque de Néron) que s'ouvre l'*Entretien sur les romans*:

> O frivoles soucis des hommes! dans toute la vie quel néant! A. Qui lira ceci? P. Est-ce à moi que vous parlez? A. Ma foi, personne. P. Comment personne? A. Vous aurez deux lecteurs, ou vous n'en aurez aucun. C'est une chose honteuse et misérable. [*Satire* I, *incipit*, in Perse 1771, p. 5]

Version de Rousseau:

> N. Voilà votre manuscrit; je l'ai lu tout entier. R. Tout entier? J'entends; vous comptez sur peu d'imitateurs. N. *Vel duo, Vel nemo.* R. *Turpe et miserabile.* [907]

Et aussitôt, à cette alternative en succède une autre, non moins tranchante: "N.... Cette correspondance est-elle réelle, ou si c'est une fiction?". R. élude la réponse, refuse la dichotomie. N. repart à l'attaque: portrait ou tableau? R. traduit: "Si ces lettres sont des portraits, ils n'intéressent point; si ce sont des tableaux, ils imitent mal"; puis il suggère le pire: "Ma Julie..."; N. le coupe: "Oh! si elle avait existé! (si c'était un portrait vrai) [...] Mais sûrement ce n'est qu'une fiction" (un tableau vraisemblable), et dans ce cas-là ce roman n'a pas d'intérêt: "ce sont des gens de l'autre monde". R. rétorque par l'ironie: "j'en suis fâché pour celui-ci"; mais voici l'alternative centrale: les personnages du roman sont-ils "dans la nature"? Mais cette nature, où commence-t-elle? ou finit-elle? "R.... Qui est-ce qui ose assigner des bornes précises à la nature, et dire: Voilà jusqu'où l'homme peut aller, et pas au-delà?" Autrement dit, qu'est-ce qu'on en sait finalement? Si l'on va par là, rétorque N., on ne s'entendra sur rien: il faut bien poser des limites, des critères, une définition un “modèle commun” de l’humanité. Soit, reprend R., allons-y pour une dichotomie : quel est l’essentiel, quel est l’accessoire ? L’être ou le paraître ? Est-ce que l’habit fait l’homme par exemple ? Autant demander, rétorque N., si un fantôme de roman “sans traits ni taille [...] avec un voile pour vêtement” pourrait le figurer. Les personnages du roman ne sont pas des fantômes allégoriques, répond R. : vous cherchez des types, des caractères, des clichés en somme, quand ces personnages sont mouvants, contradictoires, imparfaits, sages et fous à leurs heures comme nous tous, mais aimant la vertu, mais jamais méchants. Peut-être, rétorque N., mais alors quoi de neuf s’ils nous ressemblent tant ? Et puis une action sans rebondissements, sans méchants... Quel ennui ! – Et la hache tombe : “R. C’est-à-dire qu’il vous faut des hommes communs et des événements rares : je crois que j’aimerais mieux le contraire” (908-910).

C’est au livre V du *Traité d’Éducation*, celui qui narre les amours d’Émile et Sophie, fruits de l’éducation selon la nature en tant qu’elle prépare à la vie sociale, qu’on peut lire ce que R. a en tête : “C’est un assez beau roman que celui de la nature humaine. S’il ne se trouve que dans cet écrit, est-ce ma faute ? Ce devrait être l’histoire de mon espèce” (*OC*. IV, p. 777). Toutes choses égales d’ailleurs, la *Julie* est un fragment de cette histoire de *ce qui devrait/pourrait être* en dépit de la dépravation de la nature humaine. À cet égard, N. ignore les *fictions qui comptent* au regard de l’avenir, soit ces romans “qu’on ne lit plus” à Paris (327) comme, parmi d’autres, *L’Astrée* et le *Quichotte*, qui révèlent une bouleversante actualité pour qui sait les réactiver à la moderne, soit selon l’anthropologie révolutionnaire de Rousseau, sous-jacente à cet *Entretien* – lequel n’est rien d’autre qu’une théorisation dialoguée (en mode socratique) de ce que peut le roman pour modifier les façons de penser, plus largement et plus profondément que les *Discours* dont le public n’est pas en mesure de saisir les enjeux profonds. Ce qu’ignore également N., mais que sait fort bien l’auteur de la *Lettre sur les Spectacles*, c’est que toute la sphère de la réflexion sur le goût (pour nous aujourd’hui l’esthétique) est en train de se polariser politiquement en direction de celui du public véritable – en province et en tous pays d’Europe –, qui n’est plus parisien que pour mémoire de son raffinement, certes accordé à l’œuvre dont il est question (voir l’éloge paradoxal que décerne à Paris l’incipit du livre XI des *Confessions*), mais absolument inconscient de ce qu’il danse au bord de l’abîme.

Si la hache divise, c'est aussi pour élire : *vel duo, vel nemo?* Soit. Il paraît qu'un roman qui tombe à Paris est mort? Il paraît qu'en province on ne lit que les vieux romans qu'on ne lit plus depuis des siècles à Paris? – Eh bien tant pis pour Paris, "où l'on s'accoutume à regarder la morale des livres comme un babil de grands oisifs"; d'ailleurs en Province, la vie n'est pas le tourbillon qu'elle est dans les capitales, de sorte qu'on y "lit beaucoup plus de romans [...] qu'à Paris" – et par surcroît "plus dans les campagnes où [...] ils y font beaucoup plus d'impression" ; et puis encore on y lit autrement, c'est-à-dire vraiment : "quand on vit isolé, comme on ne se hâte pas de lire pour faire parade de ses lectures, on les varie moins, on les médite davantage" (915-916). Justement ce roman leur parle leur langue, à ces campagnards, à ces solitaires :

> Pourquoi n'oserais-je supposer que, par quelque heureux hasard, ce livre, comme tant d'autres plus mauvais encore, pourra tomber dans les mains de ces Habitants des champs, et que l'image des plaisirs d'un état tout semblable au leur le leur rendra plus supportable ? J'aime à me figurer deux époux lisant ce recueil ensemble, y puisant un nouveau courage pour supporter leurs travaux communs, et peut-être de nouvelles vues pour les rendre utiles. [921]

Pour cet effet, il faut tout de même savoir lire et pas seulement déchiffrer, et puis disposer du temps nécessaire; la cible, ce sont les hobereaux (don Quichotte...), les propriétaires résidant sur leurs terres pour les exploiter, et les bourgeois grands ou petits des provinces, évidemment... et puis les amoureux ! Il a vu juste, comme le démontre *a posteriori*, et à l'échelle européenne, la réception du roman. Nous savons (v. Du roman épistolaire) que ce qu'on préféra à *Clarisse*, c'était la possibilité, féminine autant que masculine, de s'identifier à des personnages aux têtes ennuagées de la passion la plus folle qui fût, qui demeurassent *naturellement* vertueux à leurs propres yeux, en dépit de commencements moralement malencontreux découlant du préjugé des conditions : celui d'être né quelque-chose qui ne vaudrait déjà plus rien pour quelques-uns des contemporains de Figaro. Rousseau a vu cela. Il n'y avait que l'auteur du *Discours sur [...] l'inégalité* pour le voir et en tirer toutes les conséquences : un visionnaire systématique dans la théorie autant qu'à s'occuper du trajet des veines du visage de Julie, et jusqu'au moindre *gramen* de la flore de l'île Saint-Pierre, était, à ce qu'il semble, le destin du roman d'Europe à l'époque des révolutions approchantes.

Entretien sur les romans
2. Lire autrement : musique des âmes

Au fil du débat de l'*Entretien sur les romans,* défilent les catégories centrales des questions d'esthétique en cours (une publication conjointe de *L'Imitation théâtrale :* une synthèse par extraits des thèses esthétiques platoniciennes fut d'abord envisagée), à une époque où ce n'est pas un mince sujet, de l'abbé Du Bos à l'auteur de la *Critique du jugement*, en passant par les antinomies humiennes après avoir parcouru les *Entretiens* du père Bouhours [CASSIRER, 1990, ch. 7 ; FERRY, 1991, ch. 2-3]. Rousseau est parfaitement informé de ces questions ; sa force est de les envisager au point de vue anthropologico-politique forgé dans la *Lettre sur les spectacles* : ce qui l'autorise, par une suite d'ironiques défausses de R..., à rejeter en bloc comme impertinentes les antinomies classiques réalité / fiction, portrait / tableau, naturel / artificiel, vraisemblance / vérité, perfection / imperfection, essence / apparence, etc. Ainsi de l'alternative portrait / tableau, que René DÉMORIS [AJJR 2003, p. 264-265] situe de la sorte dans le débat d'esthétique picturale entre La Font et Estève :

> Grandeur ou vérité, modèle visible ou imaginaire, Van Loo ou Chardin ? La question, qui touche aux genres, est au cœur du débat sur la peinture, qui avait été marqué notamment par la furieuse diatribe contre les portraits lancée par La Font dans les *Réflexions*. La réponse d'Estève, plutôt méfiant à l'égard de l'imaginaire, avait été nette : Van Loo *et* Chardin. Mais son audace avait été, bien entendu, de faire de Chardin le héros de ses *Dialogues*. Faut-il trouver la réponse de Rousseau dans la seconde préface de la *Nouvelle Héloïse ?* Il y emploie des termes de peinture pour refuser de trancher le dilemme entre *portrait* et *tableau* (terme qui renvoie à une œuvre de fiction ou traitée comme fiction où peut s'exercer librement le génie du peintre), prétendant que son roman est à la fois l'un et l'autre.

Qu'on relise la suite de l'*Entretien*, et l'on constatera le refus poli mais tranchant et souvent ironique, des alternatives en cours dans le débat esthétique sur les œuvres d'art et sur les romans en particulier, à commencer par leur auctorialité réelle ou supposée (à cette époque où l'anonymat et la fausse identité sont pratiques courantes, N. est d'ailleurs surpris que Rousseau se nomme en toutes lettres comme l'éditeur, sinon vaguement l'auteur de ce recueil – en tout cas pas comme Citoyen de Genève [sur cet enjeu proprement politique, voir KELLY, 2003]. Partout R. suggère qu'il s'agit *d'autre chose* que ce qu'on est censé en attendre dans l'élite lettrée, ou encore que ce qu'on est censé en attendre ne peut que manquer *a priori* ce qui fait l'intérêt et l'utilité de ce roman, "dans des temps où il n'est possible à personne d'être bon", conformément à sa thèse centrale sur la dénaturation nécessaire de l'espèce par ses rapports. De sorte que lorsque N. lui rétorque : "Et les belles âmes, les oubliez-vous ?" (925), en homme qui n'a pas renoncé à sa question initiale sur l'existence du personnage de Julie qui lui ferait relire ce roman jusqu'à la fin de ses jours comme on relit les vies de saints quand on y croit, R. a beau jeu de le renvoyer dans les cordes en reliant la question à l'anthropologie du *Discours sur [...] l'inégalité* : "La nature les fit, vos institutions les gâtent" (*id.*). Autrement dit, "si elles furent, elles ne sont plus" (928), ce qui est adresser le lecteur aux vers de Pétrarque ornant la page de titre, soit déporter le débat réalité/fiction vers la question *ouverte* du type de vérité que délivre ce roman à qui saura le lire, laquelle est clairement donnée comme proprement *poétique*. – Une audace inouïe pour l'époque, ne serait-ce qu'en termes de hiérarchie des genres.

À cet égard, l'*Entretien* livre quelques précieuses clefs de lecture :

1. En signalant la musique comme l'inspiratrice du style des lettres des amants dont la passion naturelle se forme en "hymnes" plutôt que selon la rhétorique attendue ; et nous savons bien qu'au point de vue stylistique c'est là que le lyrisme romantique, de *Hyperion* au *Lac*, sans parler de *Werther*, des *Affinités* et de *René,* viendra alimenter sa prose et ses vers. Dans ses *Dialogues*, Rousseau est d'ailleurs on ne peut plus clair à cet égard sur ses intentions : qui douterait de l'auctorialité de son petit opéra tellement joué et rejoué en son siècle, ne peut plus en douter après avoir lu son roman [*OC*. I, p. 867]. En renvoyant N. à la façon de lire de Julie, qui consiste à méditer sa lecture en observant les effets moraux qu'elle induit dans l'âme (II, 18, 315), ce dont Diderot n'est pas si loin du reste : "Ô Richardson ! [...] J'étais, au sortir de ta lecture, ce qu'est un homme à la fin de la journée qu'il a employée à faire le bien" [Diderot, 1999, p. 685], plutôt qu'à battre la campagne en agitant des fantasmes académiques qui n'intéressent que les spécialistes (l'*Entretien*, d'abord tiré à part, est destiné en priorité aux lettrés). Lecture méditative qui est une constante du propos de Rousseau à ce sujet, jusqu'aux *Dialogues* où elle est donnée comme critère infaillible d'évaluation de ce que vaut une œuvre et la sienne en particulier : "lisez vous-même les livres dont il s'agit et sur les dispositions où vous laissera leur lecture jugez de celle où était l'Auteur

en les écrivant, et de l'effet naturel qu'ils doivent produire quand rien n'agira pour le détourner" [*OC.* I, p. 697]. (*Cf.* ce qu'en atteste le Stendhal d'*Henry Brulard :* "c'est un livre lu en cachette et malgré mes parents qui m'a fait honnête homme" [in MARIETTE-CLOT 2014, p. 352] ; sur "la transformation du lecteur par personnages interposés", voir [Jouve 1998, p. 193-205]). Il n'a en effet cessé, sous toutes les formes possibles, de s'adresser à ses lecteurs pour les former à une certaine façon de lire au point de vue éthique. À propos du premier *Discours*, André Wyss a montré d'un point de vue rhétorique comment Rousseau usait d'une double stratégie visant d'un côté à exclure certains lecteurs, et de l'autre à s'en concilier la meilleure part : stratégie de menace et de séduction, comme l'a signalé Jean Starobinski dans un article marquant sur l'ensemble des questions rhétoriques dans son œuvre [WYSS, 1988, p. 121-135; STAROBINSKI, 1982] ; pour sa part, Yannick Séité a étudié de très près comment Rousseau s'emploie à *mettre au travail* et à *faire penser* lectrices et lecteurs de *La Nouvelle Héloïse*, par le jeu parfaitement concerté du dispositif paratextuel du roman : double jeu des préfaces, ambivalence des notes, reflet révélateur des estampes sur ce que dit/ne dit pas le texte, détachement en annexe des *Amours de Milord Edouard*, comme un *autre côté du miroir* des Belles âmes [2002, p. 207-340, 351-58, 391-418, 435-40]. Pour une approche contextualisée de cet extrait d'un roman 'à méchante' que Rousseau a préféré brûler, voir [SÉITÉ, *AJJR* 44 ; COULET 1989 ; PELCKMANS 2013].

2. Ce qui nous économise le soin assez vain de reprendre le débat, rebattu en *pro* et *contra*, sur les contradictions du théoricien de la dénaturation passant avec armes et bagages au roman d'amour [LEONE, 2006 ; HAMMANN, 2012]. Si l'on n'envisage pas la stratégie de Rousseau à l'égard du public comme dialogue créatif et critique avec ses grands congénères des Lumières sur la meilleure façon de s'y prendre avec le public comme il est, pour le faire évoluer vers ce qu'il pourrait devenir, c'est qu'on n'a rien compris à toute l'affaire engagée avec l'*Encyclopédie,* où l'on peut lire, sous la plume de Diderot, à l'article RENVOIS : "prévus de loin, et préparés avec adresse, ils donneront à une Encyclopédie le caractère que doit avoir un bon dictionnaire; *ce caractère est de changer la façon commune de penser*" (mes italiques).

3. Enfin, et pour ainsi dire par conséquent, si lire c'est d'abord et avant tout examiner de quelle façon la lecture vous œuvre et vous conduit au meilleur ou au pire de vous-même, et donc expérimenter

par là *ce que peut l'art en ce domaine*, c'est la poésie d'un Pétrarque su par cœur et tant cité qui donne le *la* du roman et de son interprétation (Pétrarque que Voltaire méprisait [RUEFF, 2010, p. 287-88]), comme *E'l cantar che nell' anima si sente,* "ce chant qui se sent dans l'âme" selon la propre traduction de Rousseau (171), exactement comme la musique italienne selon Saint-Preux (et Rousseau lui-même) : un roman dont la composition d'ensemble comme le style épistolaire dominant sont d'essence musicale, et qui *demande* donc à être écouté en soi-même comme un chant poétique de l'âme à l'âme. – Ce qu'ont exactement ressenti certains lecteurs et lectrices, au point de s'en ouvrir à l'auteur, dans la langue même que cette "fiction sorcière" [LABROSSE, 1985, ch. 3, §200] leur avait enseignée.

COMPOSITION DU ROMAN

La transcendance mémorielle de l'amour véritable face aux obstacles des rapports sociaux jusque et par-delà la mort, est le sujet central de *La Nouvelle Héloïse*. Sa mise en œuvre, ou son "dessein", consiste en "la disposition de chaque partie et l'ordonnance générale du tout", selon "les règles d'une bonne modulation, dans toutes les parties où il doit être entendu, avec une telle proportion qu'il ne s'efface point de l'esprit des [lecteurs], et qu'il ne se représente pourtant jamais à leurs [yeux] qu'avec les grâces de la nouveauté." Si je transpose ici les termes du *Dictionnaire de musique* de Rousseau (art. DESSEIN [*OC*. V, p. 752]), c'est que nous avons toutes les raisons d'envisager la composition de ce roman en termes de composition musicale. D'abord parce que l'auteur nous y invite explicitement dans la préface dialoguée, en comparant son œuvre à une "longue romance" (915) ; et ensuite parce que les romanciers de notre époque nous ont appris qu'à un certain niveau de complexité, les techniques des deux arts s'apparentent, comme le pense Michel Butor : "À partir d'un certain niveau de réflexion [relatif à "l'exploration de la dimension temporelle" propre au travail romanesque], on est obligé de s'apercevoir que la plupart des problèmes musicaux ont des correspondants dans l'ordre romanesque, que les structures musicales ont des applications romanesques. [...] Musique et roman s'éclairent mutuellement" [BUTOR, 1969, p. 48].

Imitation : une composition en miroir

Le principe compositionnel fondamental pratiqué par Rousseau consiste en l'imitation, c'est-à-dire, "l'emploi d'un même chant, ou d'un chant semblable, dans plusieurs parties qui le font entendre l'une après l'autre, à l'unisson, [...] ou à quelque autre intervalle que ce soit" [*Dictionnaire de musique*, art. IMITATION, *op. cit.*, p. 861] ; dans la *Julie*, la scène de ressouvenir est précisément ce réemploi d'une séquence antérieure, mais dans un autre ton, une autre clef, de façon que la reprise ne soit, pour le dire avec Verlaine, "ni tout à fait la même ni tout à fait une autre". C'est tout l'art de la variation, ainsi présenté à l'article AIR du *Dictionnaire de musique :* "Les différentes phrases de l'air ne sont qu'autant de manières d'envisager la même image [...]. C'est par ces répétitions bien entendues, c'est par ces coups redoublés qu'une expression qui d'abord n'a pu vous émouvoir, vous ébranle enfin, vous agite, vous transporte hors de vous" [*ibid.*, p. 640]. Cet art du redoublement, pour produire son effet, s'inscrit dans l'expérience intime de la durée qui est celle de l'auditeur ou du lecteur, car "ces retours fréquents et périodiques affectent insensiblement l'âme, et la disposent à la langueur et à la tristesse", comme l'écrit Rousseau à l'article BASSE [*ibid.*, p. 653]. Dans les termes de la Ve Promenade, l'équivalent de cette périodisation lente serait sans doute le ressac des eaux du lac sur la grève et le support de contemplation qu'il propose au rêveur.

Appliqués aux ressacs du ressouvenir, ces principes veulent donc que la seconde moitié du roman (parties IV-VI) reprenne en imitation un certain nombre de séquences de la première (parties I-III), fournissant par là même la clef de sa structure [Sur l'analogie de cette structure avec la dialectique *Nouveau/Ancien Testament*, voir MONTOYA, 2012, p. 181-182; sur la problématique du "retour" dans l'économie du roman, voir ROULIN, 2010 ; SERMAIN, 2013, montre que les thèmes du meurtre et de la mort de l'héroïne filigranent la composition; voir aussi SERMAIN, 2014 pour l'étude du dispositif paratextuel du roman comme dialectique de fragmentation/unification; pour d'autres approches: BERCHTOLD, 2011 sur l'équilibrage dynamique des masses textuelles et VAN LAERE, 1968, p. 86 94 sur les ajustements de la chronologie du roman au fil des versions].

Ce principe compositionnel est d'ailleurs condensé, nous l'examinerons ailleurs (v. Conversion), dans cette charnière du roman que constitue la lettre XVIII de la IIIe partie, qui se décompose en une récapitulation des années courant depuis la "première vue" (hors diégèse) jusqu'au mariage de Julie, et une programmation de ce qui doit changer entre les amants depuis la révolution morale survenue chez Julie durant la cérémonie de son mariage, qui l'a rendue au *statu quo ante* où l'amour n'impliquait pas les sens, régénération à laquelle est convié l'"amant de son âme". Les maîtres-mots de cette programmation sont "guérison" et "rectification" ; il s'agira donc, dans les parties IV-VI, de faire revenir les scènes fondatrices de l'amour disposées au fil des parties I-III, afin que s'y opère une réévaluation telle que la permanence de l'amour véritable étant désormais d'autant plus assurée qu'elle est réfugiée dans les seules mémoires, soit rendue concevable, au moins par hypothèse, une réintégration de l'ancien amant dans le périmètre de Clarens afin d'y reprendre ses anciennes fonctions de précepteur, mais à l'égard cette fois des enfants de son ancienne amante.

Reviennent donc, au fil de la IVe partie du roman, des épisodes clefs, à commencer par le ressouvenir du voyage au Valais en la compagnie virtuelle de l'amante (Ie partie du roman), qui forme arrière-plan à l'évocation des Alpes puis du lac de Genève dans le regard du voyageur du Nouveau Monde accourant à Clarens (IV, 6). Il est ensuite initié aux mystères de l'Élysée de Julie (IV, 11), qui lui présente une métaphore exacte des îles du bout du monde d'où il revient, avant d'apprendre que ce jardin où "la nature a tout fait" a été commencé après la mort de Mme d'Étange (IIIe partie du roman), ce que le lecteur avait ignoré jusque-là. Si bien que son indiscrétion à propos d'autres bosquets restés sauvages à proximité lui vaut la honte d'une réprimande, où se profile la neutralisation mentale en cours du "baiser mortel" accordé par Julie lors d'une scène cruciale de la Ire partie (I, 13-14). C'est encore aux bosquets qu'il est conduit à l'occasion d'une matinée très chaude (IV, 12), afin que, M. de Wolmar se substituant à Claire, soit "profané", à jamais, espère-t-il, par un baiser en sa présence, ce site emblématique de la conjugaison de "l'amour véritable" avec l'expérience érotique. C'est enfin au terme de cette IVe partie que survient la promenade sur le lac et la visite au site des premières amours (IV, 17), rappel d'une autre promenade, antérieure au début du roman, et que signalait un "Ps." dans une lettre de Julie (I, 52) ; leur montée et leur séjour aux rochers de Meillerie appelant la reviviscence de l'état qui avait précédé la première "faute" de Julie, consécutive à la lecture de la lettre I, 26, précisément écrite depuis Meillerie en hiver. Cet épisode est donné à Milord Edouard comme un moment de "crise" (IV, 17 – ce terme médical déjà apparu en Ire partie à propos de la "possession" imminente de l'amante par l'amant (I, 9), signifie la proximité de l'issue, heureuse ou malheureuse, d'une maladie), où les anciens amants se sont confrontés à la tentation de la rechute et de l'adultère, Saint-Preux allant jusqu'au fantasme de se noyer avec Julie comme alternative au désespoir de ne la pouvoir jamais posséder. La portée de cette crise n'apparaît pas totalement dans cette scène, en dépit de son caractère dramatique ; c'est dans la lettre V de la Ve partie que l'arrière-plan spirituel et moral en est révélé, le lecteur apprenant que Mme de Wolmar avait résolument invité Dieu "en tiers" dans cette promenade (V, 5, 699), après qu'elle a dû connaître (IV, 15) l'athéisme foncier de son époux, ce dont elle se trouve depuis violemment affligée.

Dissonance : V^{e}-VIe parties

L'auteur de la révolution morale rapportée dans la lettre III, 18 a donc fait office de puissant adjuvant dans l'épreuve de la promenade à Meillerie, ce qui situe clairement celle-ci comme un nœud décisif dans l'économie de l'intrigue, concernant l'effectivité de l'impact du religieux dans la conduite et les conceptions de l'héroïne à Clarens. En ce qui concerne le héros, nous apprenons, par la lettre V, 2 adressée à Milord Edouard, qu'il accède désormais aux analyses psychologiques de son hôte à son égard, en s'en félicitant. Par les expériences réminiscentes en chaîne qui lui sont imposées depuis son arrivée à Clarens, il semble assimiler progressivement les vues de Wolmar à son égard, ce qui conditionne évidemment la suite de l'expérience. On verra que tel n'est pas le cas de Mme de Wolmar qui refuse les "subtiles distinctions" (VI, 8, 806) de son mari pour expliquer une constance dans la vertu qui, selon elle, procède directement des racines intactes de l'amour. Quant au héros, le récit des veillées de vendange, vers la fin de la Ve partie paraît en revanche confirmer sa transformation intérieure : il s'y montre à son ami Edouard laissant aux deux "Inséparables" le soin de réguler son ancienne "liberté de vivre à la Valaisanne" en compagnie du dieu Liber, et retrouvant avec elles l'émotion des "vieilles romances" chantées à l'unisson où renaissent "tours" et "expressions" qui furent les leurs autrefois ; c'est là une version qu'on pourrait dire "unitive" de la mémoire affective.

Pour autant, quelque chose défaille encore en lui dans ces moments d'unisson, une *dissonance* intime suggérant qu'il n'est pas si bien guéri qu'il le croit :

> Alors en jetant les yeux sur elles et me rappelant les temps éloignés, un tressaillement me prend, un poids insupportable me tombe tout à coup sur le cœur, et me laisse une impression funeste qui ne s'efface qu'avec peine. [V, 7, 718]

Ce tressaillement est la marque naturelle de l'amour électif ; dans le roman, c'est toujours le mot qui dit l'effet fulgurant de la présence de l'aimé(e) – L'Amant : "À peine [votre main] se pose-t-elle sur la mienne qu'un tressaillement me saisit" (I, 1, 57) ; l'Amante : "Cent fois le jour, quand je suis seule, un tressaillement me saisit comme si je te sentais près de moi" (II, 24, 350) ; l'amante à Claire : "les sons de sa voix plaintive me font tressaillir" (III, 13, 395 ; Saint-Preux à Edouard : "À ce son de voix je me sens tressaillir ; je me retourne, je la vois, je la sens" (IV, 6, 504). Il n'est donc pas étonnant que le héros s'avère encore capable d'une grave rechute lors du voyage qui l'emporte en Italie, en compagnie de son ami Bomston qu'il est censé aider à régler une grave crise sentimentale, mais dont une lettre de celui-ci à Wolmar nous révèle qu'il s'agit surtout là du test ultime le concernant. Il a en effet été enfin informé du projet de le désigner comme précepteur des enfants Wolmar. C'est consciemment que Saint-Preux établit un parallèle entre ce voyage et celui qui l'éloignait pour longtemps de son amante, au début de la IIIe partie : "le rapport des circonstances, écrit-il à Mme d'Orbe qui l'avait alors convaincu de la nécessité de cette séparation [II, 65], me fit songer à d'autres temps, et comparant ce départ à celui dont il me rappelait l'idée, je me sentis si différent de ce que j'étais alors, que me félicitant d'avoir Edouard pour témoin de ces différences, j'espérai bien lui faire oublier à Milan l'indigne scène de Besançon. Jamais je ne m'étais senti tant de courage" (V, 9, 723). On se rappelle qu'il avait fait irruption l'épée à la main dans la chambre de son ami, un accès de jalousie délirante lui ayant fait croire qu'il l'éloignait afin de pouvoir épouser ensuite Mlle d'Étange (III, 2). Au cours du voyage, Bomston ne manque d'ailleurs pas de lui rappeler toutes ses fautes passées dans "un tableau qui n'était pas flatté" (*id.*).

Un accident suspendant leur course à l'approche de Villeneuve, ils s'installent dans une auberge où ils poursuivront une conversation très arrosée, comme il est d'usage avec son ami anglais, le punch rappelant ici les larges rasades à la valaisanne (I, 23). C'est le côté dionysiaque du héros, Julie figurant le côté apollinien. Quand le temps du sommeil est venu, il est immédiatement frappé par la ressemblance de sa chambre non pas avec celle de Besançon, mais avec celle qu'il avait occupée à Sion lors de son premier exil au Valais, écrivant alors à son amante : "je suis arrivé à Sion sans être parti de Vevey" (I, 18, 97). Une scène de ressouvenir contrasté s'ensuit, avec l'émoi de souvenirs affluant avec intensité : "je crus redevenir à l'instant tout ce que j'étais alors : Dix années s'effacèrent de ma vie, et tous mes malheurs furent oubliés" (724) ; puis surgit le désespoir d'être condamné à ne plus même espérer, ce qui engendre des souhaits de mort à l'égard de l'aimée, comme cela avait déjà été plusieurs fois le cas dans des circonstances antérieures : ainsi lors du retour de la promenade à Meillerie (IV, 17), ou dans la IIIe partie, lorsque son amante lui étant revenue après avoir appris comment il s'était inoculé par amour, il n'hésitait pas à lui faire part d'une jalousie allant jusqu'au fantasme de meurtre suivi d'un suicide si elle devait en épouser un autre (III, 16). Survient alors un cauchemar sans fin, si bien que le héros finit, comme à Besançon, par faire irruption dans la chambre de Bomston, en s'écriant "c'en est fait, je ne la verrai plus !" (726).

Constatant son incapacité à le raisonner, son ami va le ramener à Clarens sans qu'il s'en doute tant il est absorbé par ses visions. Une fois sur place, il est incité à détruire ses chimères en allant rencontrer Julie, ce qu'il hésite d'abord à faire par honte ; cependant ayant perçu l'ouverture de la porte de l'Élysée, il longe la haie et finit par entendre les deux amies qui s'entretiennent : "je trouvai dans le son de votre voix, écrit-il à Mme d'Orbe, je ne sais quoi de languissant et de tendre qui me donna de l'émotion, et dans la sienne un accent affectueux et doux à son ordinaire, mais paisible et serein, qui me remit à l'instant, et qui fit le vrai réveil de mon rêve" (V, 9, 729). Le paradoxe est ici qu'il renonce du coup à les voir, mentant sur ce point à son ami et allant jusqu'à s'en vanter à sa correspondante. Cette visite-surprise à Clarens fait assonance narrative, mais très contrastée, en cette fin de V^{e} partie, avec l'arrivée du voyageur au château rapportée en IV, 3, tout orientée au contraire par la perspective de revoir enfin celle dont sept ans déjà le séparaient depuis l'épisode de l'inoculation : "Je vous verrai, vous y consentirez. Je la verrai, elle y consentira", écrivait-il à Claire (IV, 3, 499). Or ce que disent son cauchemar et sa conduite, c'est que l'effet immédiat de la voix de Julie suffit pour l'assurer qu'elle vit selon la mémoire de l'amour – la vue de Mme de Wolmar ne pouvant rien ajouter à cette certitude intime. C'est bien la première fois, dans le roman, que la vue *in praesentia* de l'ancienne amante est aussi résolument exclue au profit de cette pierre de touche du ressouvenir amoureux qu'est classiquement l'ouïe (on verra dans la section Non-rencontre à Clarens : l'accent *vs* la vue que c'est par un effet de réminiscence auditive que le héros avait pris conscience de son retour à Clarens).

Saint-Preux n'est donc pas sorti de son rêve, il y est remonté à la source, convertissant son cauchemar en rêverie définitive, s'y oubliant lui-même selon la topique de l'échange des âmes qui faufile le roman du début à la fin. "Je n'ai plus rien d'un homme ordinaire", répondra-t-il à Mme de Wolmar qui veut lui faire épouser Claire, désormais veuve ; il s'avoue "anéanti" sur le plan du désir, lui conseillant de ne pas raviver sa sensualité en prétendant l'aider à la contrôler : "Mon cœur est devenu, pour ainsi dire, l'organe de tous mes besoins ; je n'en ai point quand il est tranquille" (VI, 7, 794) ; cette anesthésie est encore une illusion, sans doute le devine-t-il, mais qu'importe tant qu'elle peut durer? Si bien qu'il va jusqu'à différer son départ d'Italie jusqu'à ce qu'elle ait résolu ses "scrupules" : "j'aime mieux ne vous plus voir que de revoir pour vous dire un nouvel adieu" (805). La litanie racinienne du "pour jamais", filée depuis les premières lettres du roman [RAMOND, *AJJR* 44], trouve ici son point de rebroussement, car une telle préférence signe l'exténuation de l'entreprise du *revoir* ouverte par la IVe partie du roman – Saint-Preux à Mme d'Orbe: "Souffrez que je vous voie et m'examinez vous-même, ou laissez-moi voir Julie et je saurai ce que je suis. [...] Je passerai près de vous, et je ne vous verrais point! Pensez-vous que cela se puisse? [...] Encore une fois, [...] Je vous verrai, vous y consentirez. Je la verrai, elle y consentira. [...] ah qu'elle voie une fois l'ouvrage de sa vertu!" (IV, 3, 498-499). Une séquence préparée bien en amont par ce que racontait Claire de sa réaction à l'ordre de quitter à nouveau Vevay – Claire: "Quoi! m'a-t-il dit [...], je partirais sans la revoir? Quoi! je ne la verrais plus? Non, non, nous périrons tous deux, s'il le faut [...] mais je la verrai, quoi qu'il arrive. [...] Ce *quoi ! je ne la verrai plus !* qui revenait sans cesse d'un ton plus douloureux, semblait chercher au moins des consolations pour l'avenir" (I, 65, 228. Italiques de Rousseau).

La réversion du désir de la/les voir en fierté de ne les point avoir vues signale la justesse du pressentiment funeste de Mme d'Orbe à la lecture de cette lettre: il avait bien *su*, lors de son cauchemar, qu'il ne reverrait plus Julie de Wolmar vivante. Qu'en revanche Julie d'Étange son amante demeure *semper vivens* en son souvenir, c'est ce qu'il avait posé d'emblée au début de cette réponse :

> Nos amours, nos premières et uniques amours ne sortiront jamais de mon cœur. La fleur de mes ans ne se flétrira point dans ma mémoire. Dussé-je vivre des siècles entiers, le doux temps de ma jeunesse ne peut ni renaître pour moi, ni s'effacer de mon souvenir. Nous avons beau n'être plus les mêmes, je ne puis oublier ce que nous avons été. [VI, 7, 791-792]

On retrouve à l'évidence l'analyse de Claire en III, 7, qui lui justifiait avec le même argument la nécessité de leur séparation irréversible. On sait qu'elle-même et Saint-Preux refuseront donc de se prêter à un mariage dont ils envisagent les risques extrêmes avec bien plus de pénétration, en l'occurrence, que les époux Wolmar qui ne suivent ici que leurs passions dominantes respectives: passionné d'observer ses semblables, le châtelain aimerait finir ses jours en demeurant l'œil vivant de cette petite communauté régénérée à sa main; quant à sa femme, tout ce qu'elle insinue, dans ses longues missives de la VIe partie, des élans amoureux latents de son amie et de son ancien amant, quoique non dépourvu de pertinence aux yeux des intéressés, doit se lire aussi comme une projection de sa longue attente amoureuse émergeant lentement en conscience après qu'elle l'eut crue anéantie, comme elle le reconnaît clairement dans sa lettre posthume.

Résolution et coda : La fin selon le commencement

Avec cette VIe partie, qui voit Mme de Wolmar écrire à Saint-Preux (alors en Italie) pour la première fois depuis sept ans, réapparaît le motif de l'écriture comme signe mémoratif ; on se rappelle que l'Amant avait recopié toutes les lettres de Julie dans un cahier à cet usage, lors de son exil parisien ; et c'est d'abord la réminiscence de l'écriture aimée qui le frappe, d'autant que Julie l'y nomme de son vrai nom (que le lecteur ignore) :

> Julie ! une lettre de vous !... après sept ans de silence !... Oui, c'est elle ; je le vois, je le sens : mes yeux méconnaîtraient-ils des traits que mon cœur ne peut oublier ? Quoi ? vous vous souvenez de mon nom ? vous le savez encore écrire ?... en formant ce nom, votre main n'a-t-elle point tremblé ?... Je m'égare, et c'est votre faute. La forme, le pli, le cachet, l'adresse, tout dans cette lettre m'en rappelle de trop différentes. Le cœur et la main semblent se contredire. Ah ! deviez-vous employer la même écriture pour tracer d'autres sentiments ? [VI, 7, 790]

Le lecteur reconnaît là le lyrisme haletant des lettres de jeunesse, retrouvant aussi, dans la mise en scène au présent de la réception de cette lettre, l'émoi de l'Amant à la réception du paquet contenant le portrait de l'Amante (II, 22). Il reconnaît enfin, comme dans tous les épisodes réminiscents du héros, la rapide succession d'une brève extase hors du temps, comme si la source des lettres-hymnes dont parle l'éditeur n'avait jamais été scellée, et d'une cruelle lucidité qui déchiffre sous l'apparence du même la réalité de la dissemblance.

Dans cette VIe partie apparaissent ensuite des ressouvenirs sur ellipse renvoyant à des faits jusqu'alors demeurés hors diégèse. Ils concernent surtout les deux amies, qu'il s'agisse de faits remontant à leur jeunesse où d'épisodes beaucoup plus récents qui se sont produits l'hiver précédent et qui ne pouvaient être rapportés puisque tout le monde était à Clarens. Dans la lettre 13 de la Ve partie, Mme de Wolmar avait évoqué un changement de l'attitude de son amie à l'égard de Saint-Preux, l'amitié tendant désormais à l'amitié amoureuse, selon un ressort jusque-là demeuré inaperçu mais dont la force serait comparable à ce que fut le sien : "tu l'aurais aimé, j'en suis sûre, si je ne l'eusse aimé la première" (742), lui écrit-elle en remontant donc aux tous premiers temps de leur rencontre, antérieurs à la première lettre de l'Amant. C'est alors qu'on apprend le contenu de la conversation entendue par Saint-Preux sans en comprendre les mots : "Un nouveau sentiment n'est pas né dans ton cœur ; celui qui s'y cacha si longtemps n'a fait que se mettre plus à l'aise. Fière d'oser te l'avouer à toi-même, tu t'es pressée de me le dire. Cet aveu te semblait presque nécessaire pour le rendre tout à fait innocent" (743). Dans sa réponse (VI, 2), Claire ne nie pas la thèse de son amie mais se défausse en remontant plus amont dans le hors-champ de la diégèse, vers la naissance de leur amitié donnée pour clef de ses rapports avec Saint-Preux depuis leur rencontre : "tous deux le cœur plein du même objet, nous nous accoutumâmes tellement à le placer entre nous, qu'à moins de t'anéantir nous ne pouvions plus arriver l'un à l'autre" (VI, 2, 753). Puis elle revient à l'hiver précédent pour confirmer une sorte de flirt espiègle avec Saint-Preux. Outre la scène (reprise dans une des estampes) où elle annule d'un coup de raquette bien placé une proche victoire aux échecs contre M. de Wolmar, elle se souvient encore d'un baiser qui est un peu son "baiser mortel" à elle :

> C'était un soir qu'il nous accompagnait ce duo si simple et si touchant de Leo, *Vado a morir, ben mio*. Tu chantais avec assez de négligence, je n'en faisais pas de même ; et, comme j'avais une main appuyée sur le Clavecin, au moment le plus pathétique et où j'étais moi-même émue, il appliqua sur cette main un baiser que je sentis sur mon cœur. Je ne connais pas bien les baisers de l'amour, mais ce que je peux te dire, c'est que jamais l'amitié, pas même la nôtre, n'en a donné ni reçu de semblable à celui-là. Hé bien, mon enfant, après de pareils moments que devient-on quand on s'en va rêver seule, et qu'on emporte avec soi leur souvenir ? Moi, je troublai la musique, il fallut danser, je fis danser le philosophe. [VI, 2, 756]

Il est peu douteux que l'auteur ait repensé, narrant cette scène, à ce qu'écrivait l'Amant à Julie dans la première lettre du roman :

> Vous le dirai-je sans détour ? Dans ces jeux que l'oisiveté de la soirée engendre, vous vous livrez devant tout le monde à des familiarités cruelles ; vous n'avez pas plus de réserve avec moi qu'avec un autre. Hier même, il s'en fallut peu que par pénitence, vous ne me laissassiez prendre un baiser : vous résistâtes faiblement. Heureusement que je n'eus

> garde de m'obstiner. Je sentis à mon trouble croissant que j'allais me perdre, et je m'arrêtai. Ah, si du moins je l'eusse pu savourer à mon gré, ce baiser eût été mon dernier soupir, et je serais mort le plus heureux des hommes. [I, 1, 57]

Du côté de Mme de Wolmar, ce ne sont pas des "scènes" racontées en première personne qui reviennent : c'est une partie de la chaîne de leurs communs souvenirs, donnée en mention ou en exemple à l'appui de son propos, comme lorsqu'elle rappelle à Saint-Preux l'histoire de ses errements :

> Où est-elle donc, cette grande force d'âme à laquelle il ose tant se fier ? Qu'a-t-elle fait jusqu'ici qui lui réponde de l'avenir ? Le tira-t-elle à Paris de la maison du colonel [*Cf.* II, 26.] ? Est-ce elle qui lui dicta l'été dernier la Scène de Meillerie ? L'a-t-elle bien sauvé cet hiver des charmes d'un autre objet, et ce printemps des frayeurs d'un rêve ? S'est-il vaincu pour elle au moins une fois, pour espérer de se vaincre sans cesse ? Il sait, quand le devoir l'exige, combattre les passions d'un ami ; mais les siennes ?... Hélas ! sur la plus belle moitié de sa vie, qu'il doit penser modestement de l'autre ! [VI, 6, 782-783]

C'est encore un sermon de plus à l'adresse de son cher écervelé ; néanmoins, la scène de Meillerie fut pour tous deux une cruelle épreuve, même s'ils ne purent se le dire autrement que dans le silence des larmes lors du retour à Clarens ; si bien qu'elle fait un grand pas de plus vers sa propre implication en lui écrivant que la nature entière est site mémoratif aux amants véritables :

> Croyez-vous que les monuments à craindre n'existent qu'à Meillerie ? Ils existent partout où nous sommes ; car nous les portons avec nous. Eh ! vous savez trop qu'une âme attendrie intéresse l'univers entier à sa passion, et que, même après la guérison, tous les objets de la nature nous rappellent encore ce qu'on sentit autrefois en les voyant. [*Id.*]

Si elle sait cela, alors elle sait à peu près tout désormais, et le lui fait savoir.

Apparaît enfin une divergence de fond avec les conceptions de Wolmar relatives à la mémoire de l'amour. Là où celui-ci insiste sur une cassure irréversible entre l'esprit des amours de jeunesse et celui des responsabilités adultes, elle met l'accent sur ce qui perdure de l'amour véritable dans ce qui lui succède [Osmont, 2014], qui est l'estime dont les anciens amants se gratifient l'un l'autre, tout cela reposant sur le principe intangible de l'union des âmes :

> Ah mon ami ! je sais rendre honneur à ce que mon cœur a si bien senti ; je puis être faible devant toute la terre ; mais je réponds de moi devant vous. C'est dans cette délicatesse qui survit toujours au véritable amour, plutôt que dans les subtiles distinctions de M. de Wolmar, qu'il faut chercher la raison de cette élévation d'âme et de cette force intérieure que nous éprouvons l'un près de l'autre, et que je crois sentir comme vous. [VI, 8, 806]

"Je sais rendre honneur à ce que mon cœur a senti" : ces alinéas rassemblent au fond les très nombreux passages antérieurs du roman où les uns et les autres ont célébré ce qu'ils appellent "l'ascendant" de Julie (on compte une quinzaine d'allusions à cet "ascendant" ou à cet "empire"), quelles que soient les situations où celle-ci se trouve – y compris dans la défaite ou l'échec. Mais ici l'amour sublime en devient le ressort central, exaltant l'éthique idéaliste de l'amour électif contre une psychologie matérialiste de la manipulation des imaginaires, incapable de concevoir que l'union des âmes transcende l'imagination autant que l'ici-bas. Ce qui avait été posé dès l'ouverture du roman : "ô Julie ! si cet accord venait de plus loin... si le Ciel nous avait destinés..." (I, 1, 56), et qui revient pour ainsi dire *ès qualité,* quelques lignes plus loin, dans les lignes consacrées par Julie à son amour de la dévotion et de l'avantage qu'on y trouve de s'y délester du *moi :* "elle n'est plus en moi-même ; elle est toute dans l'Être immense qu'elle contemple, et dégagée un moment de ses entraves, elle se console d'y rentrer par cet essai d'un état plus sublime qu'elle espère être un jour le sien" (813). On sait d'ailleurs qu'elle ne conçoit pas cet état sans contact perdurant avec les aimés, quoique sans images ni sensations, comme elle le déclare à son pasteur durant son agonie, "par une communication immédiate semblable à celle par laquelle Dieu lit nos pensées dès cette vie" (VI, 11, 850) ; quant à la mémoire qu'elle en conservera, elle procède d'une sorte d'auto-jugement de la conscience, une fois sortie du temps : "Je me dis qu'une partie de mon bonheur consistera dans le témoignage d'une bonne conscience. Je me souviendrai donc de ce que j'aurai fait sur la terre ; je me souviendrai donc aussi des gens qui m'y ont été chers ; ils me le seront donc encore : ne les voir plus serait une peine, et le séjour des bienheureux n'en admet point" (851). Une position théologique qui est celle de l'auteur, comme le montre cette note apposée sur sa copie personnelle du roman : "Une autre preuve du sentiment de Mme de Wolmar sur ce point est que pour être les mêmes dans l'autre vie il faut nécessairement que nous nous souvenions de ce que nous avons été dans celle-ci. Car on ne conçoit point à quoi ce mot de même peut s'appliquer dans un être essentiellement pensant, si ce n'est à la conscience de l'identité, et, par conséquent, à la mémoire. S'il ne se souvient plus d'être le même il ne l'est plus" (*OC.* II, p. 1807) (v. Religion de Julie 3).

La chaîne des images : les estampes

Michel Butor expliquait naguère qu'ayant étudié les différentes formes du canon en musique, il avait "vu qu'une des formes les plus intéressantes, c'était lorsqu'une partie était reprise, non point exactement comme elle avait été donnée, mais quand elle était reprise à l'envers" [BLANCHARD, 1971, p. 8]. Dans son *Dictionnaire de musique*, Rousseau évoque quant à lui "ce qu'on pourrait appeler double canon renversé", composé de telle façon que, "soit qu'on chante les parties dans l'ordre naturel, soit qu'on renverse le papier pour les chanter dans un ordre rétrograde, en sorte que l'on commence par la fin et que la basse devienne le dessus, on a toujours une bonne harmonie et un canon régulier" (art. CANON, *op. cit.*, p. 683). Or le déroulement de la seconde moitié du roman présente bien une série de miroirs en anamorphose, sinon inversés, des grandes scènes des progrès de l'amour depuis sa naissance, au fil de la première moitié. Une fois cette chaîne saisie, chaque scène, en amont ou en aval, laisse apparaître son double en surimpression, le lecteur jouissant de la perception des liens qui réunissent, virtuellement ou explicitement, chaque maillon de la chaîne à tous les autres dans l'économie du roman.

Mais ce canon épistolaire inclut aussi, en un contrepoint filé au cœur de son cœur, un jeu de douze estampes, comme autant de plages de silence animé d'*imagines agentes* (les "images actives" des arts mnémoniques [YATES, 1975, p. 21-22 sv.]) où la chaîne des images reflète, un peu obliquement, car tout l'art est de varier les points de vue, la chaîne des scènes de cette longue romance épistolaire condensée en douze tableaux comme il y a douze chants, dans l'épopée ou douze livres dans un roman baroque. Douze estampes, onze légendes (*legenda* – à lire), mais Rousseau écrit "Inscriptions", comme s'il songeait à graver ces titres dans la mémoire des lecteurs, où se réinscrivent parfois des phrases ou des locutions du roman, parfois seulement des thèmes, comme en miroir : *Le premier baiser de l'amour... L'héroïsme de la valeur...*

Ah jeune homme ! à ton Bienfaiteur !... La honte et les remords vengent l'amour outragé... L'inoculation de l'amour... La force paternelle... La confiance des belles ame... Les monumens des anciennes amours... La matinée à l'Angloise... Où veux-tu fuir ? Le Phantôme est dans ton cœur... Claire, Claire ! Les enfants chantent la nuit quand ils ont peur... Et la XIIe "sans Inscription" parce que son titre est inscrit en italien, cette langue du "chant qui se sent dans l'âme", sur la page de titre du roman, ce sont les deux vers de Pétrarque disant la fin dès le commencement.

Conçues avec le plus grand soin, ces estampes furent très surveillées dans leur exécution par l'auteur, en amateur compétent qu'il était, ayant appris la gravure dans sa jeunesse (*Confessions, OC*. I, p. 30) et s'étant intéressé à cet art dans sa vie adulte. On peut consulter sa correspondance à leur propos [LABROSSE, 2012 (b) et 1985, p. 209-239 ; LAVEZZI, 1993 ; sur les enjeux esthétiques de la première estampe, voir MARTIN, 2012 (a)].

Ces estampes inscrivent dans l'œuvre un chemin d'images qui pourrait aisément faire fonction de petit théâtre de mémoire à l'usage des oublieux [TISSOIRES, 2015, p. 160-177], mais aussi des curieux, car l'estampe (ainsi que sa légende apparaissant dans l'édition séparée de 1761) complète parfois le texte, ou même supplée à une lacune. Sept de ces estampes renvoient directement à une scène de ressouvenir, soit par anticipation : "Le premier baiser de l'amour" (I), "Ah jeune homme ! à ton bienfaiteur !" (scène de Besançon, II), "L'inoculation de l'amour" (III) ; soit par rétrospection : "La confiance des belles âmes" (arrivée de Saint-Preux à Clarens, IV), "Le monument des anciennes amours" (IV), "Où veux-tu fuir ? le fantôme est dans ton cœur" (cauchemar de Villeneuve, V), "Claire ! Claire ! les enfants chantent la nuit quand ils ont peur" (la farce du jeu d'échec et le flirt de cet hiver-là, VI). Les autres concernent la naissance de l'amitié de Saint-Preux et de Milord Edouard (I), l'épisode honteux de la maison de passe (II), le plaidoyer du baron d'Étange aux pieds de sa fille (III), la matinée à l'anglaise (V), le geste de Claire enfin, recouvrant d'un voile le visage de la morte (VI).

Tout lecteur un peu attentif du roman perçoit au moins intuitivement les connexions subtiles de l'ensemble de ces scènes offertes *à vue* pour qu'il les déchiffre les unes par les autres, tout en étant méthodiquement guidé par une composition en double canon renversé où l'auteur explore, avec le plus grand fruit, un art que retrouvera

Raymond Queneau : "On peut faire rimer des situations ou des personnages comme on fait rimer des mots, on peut même se contenter d'allitérations" [1965, p. 41]. Dans le troisième dialogue de *Rousseau juge de Jean-Jacques* (1771-1776), un "Français" qui n'avait pas lu une ligne de l'œuvre attribuée à "J.J." à l'ouverture des entretiens, et ne la connaissait donc que par la rumeur, est amené à parcourir une première fois de façon cursive ses écrits théoriques, puis à les reprendre de façon systématique afin de tenter de comprendre son auteur à travers eux ; or il en est arrivé à la conclusion que ses écrits "marchaient dans un certain ordre qu'il fallait trouver pour suivre la chaîne de leur contenu" et que "cet ordre était rétrograde à celui de leur publication" (*OC*. I, p. 933), l'auteur n'ayant explicité ses principes fondamentaux que dans ses derniers écrits, les premiers ne développant toutes leurs virtualités que dans l'éclairage de l'*Émile :* comme si l'essence de l'œuvre procédait, pour ainsi dire, de sa *réversibilité*. "J'achève de vivre comme j'ai commencé", écrit Julie dans sa lettre posthume : lire ce recueil en commençant par la fin sera donc *revenir au même :* les meilleures interprétations sont peut-être celles qui sont capables de rejouer mentalement l'œuvre à l'endroit et à l'envers, indéfiniment. Les estampes de la *Julie* et les chaînes de ressouvenir qui leur sont liées sont les jalons offerts à "l'Intelligence du lecteur qui met les choses en scène, elle-mêmes" [Mallarmé, 1945, épigraphe d'*Igitur*]. Qui aura aimé ce roman, Rousseau l'imagine sans doute comme cet amateur d'un bel air qui, dans sa mémoire, "le répète à volonté [...], l'exécute dans son cerveau tel qu'il l'entendit au spectacle [...], voit la scène, l'acteur, le théâtre, [...] entend l'accompagnement, l'applaudissement, fait recommencer l'opéra quand il veut" (*Dictionnaire de Musique*, art. air, *op. cit.*, p. 640).

PROBLÉMATIQUES

L'INITIATION À L'AMOUR (I, 1-65)

Platoniser : un modèle régulateur

L'enjeu central de la Ire partie du roman est d'initier les amants à ce que l'auteur nomme "l'amour véritable" ; l'enjeu de tout ce qui suivra jusqu'à l'ultime lettre de Mme de Wolmar, est d'étudier la capacité de résistance aux épreuves de la vie et du temps, de cet amour dont la langue ignore les mots "vous et moi", car les amants n'y "sont plus deux, ils sont un", ainsi que l'écrit Saint-Preux à Mme de Wolmar vers la fin (VI, 7, 792) : en ce sens, ce roman d'amour, qui est aussi parallèlement un roman de formation, est d'un bout à l'autre une fiction expérimentale. Dès la IIe partie, les amants séparés par la différence de conditions interdisant leur mariage, la rumeur qui se répand sur leur compte à Vevey, et la décision que prend l'amie de pousser l'amante à exiger le départ de l'aimé, affrontent la contamination exercée sur leur relation par le discours de la mondanité, dont la séduction se lit à livre ouvert dans les lettres parisiennes de l'amant : une épreuve dont leur discours amoureux ne sort pas en pièces, mais non plus triomphant. Une cascade de péripéties en chaîne le confronte aussitôt, les lettres ayant été découvertes, à l'amour maternel (mort de Mme d'Étange dont l'amante se croit responsable), l'amour filial (menace paternelle de suicide en cas de refus d'épouser son ami Wolmar), l'amitié de Claire (qui souhaite la rupture pour protéger Julie), la mort (l'amant s'inocule la variole de son amante), la tentation d'adultère (pour concilier l'inconciliable), et finalement l'amour de Dieu (qui sauve *in extremis* Mme de Wolmar de s'y abandonner). Le dialogue amoureux s'y exténue, jusqu'à s'interrompre par la volonté de l'amante devenue épouse et future mère, l'amant étant invité à conjuguer à son exemple amour, vertu et religion, de sorte que désormais aimer s'entende en termes d'amitié : "recueillez dans votre sein les longs discours de l'amitié ; si quelquefois elle rend diffus l'ami qui parle, elle rend toujours patient l'ami qui écoute" (III, 18, 408). Après six années de séparation, les IVe et Ve parties expérimentent la possibilité de transmuter concrètement et définitivement la relation passionnelle de naguère en rapports d'amitié au présent, selon l'alchimie risquée de M. de Wolmar qui envisage, avec sa femme, de faire de l'ancien amant le précepteur de leurs enfants. Durant cette épreuve, Saint-Preux et Mme de Wolmar vivant ensemble à Clarens, ils ne s'écrivent pas : ce qu'on apprend de leurs relations provient des lettres du premier à milord Edouard ou d'autres épistoliers. C'est à l'initiative de la seconde que leur correspondance reprend dans la VIe partie, Saint-Preux se trouvant alors à l'étranger, révélant progressivement l'échec total, de part et d'autre, de la transmutation recherchée du "véritable amour" en amour d'amitié : ce sera du moins la thèse soutenue dans cet essai.

Les traits fondamentaux de ce modèle régulateur de la relation des amants qu'est le discours du véritable amour, sont condensés à l'usage de l'aimé en partance pour le "pays galant", dans le *vade-mecum* en forme de sermon que lui envoie l'amante dans sa lettre II, 11. En voici les traits essentiels : inséparabilité de l'amour et de l'amour de la vertu ; partage ou échange réciproque des âmes aimantes ; mémoire indéfectible de l'image de l'aimé(e), garant de la fidélité dans l'infidélité même ; accès par l'amour à la révélation intime du modèle inné du vrai Bien, source de l'enthousiasme pour la vertu ; mépris des plaisirs sensuels recherchés pour eux-mêmes par la connaissance de leur transvaluation selon l'amour véritable ; mépris des maximes mondaines, de la galanterie, de la coquetterie, du libertinage ; foi et fidélité jurées entre les amants.

L'horizon philosophique de référence en est explicitement livré par une note de l'éditeur : "La véritable philosophie des amants est celle de Platon ; durant le charme ils n'en ont jamais d'autre. Un homme ému ne peut quitter ce philosophe ; un lecteur froid ne peut le souffrir" (270), ce qui inscrit le sermon de Julie dans le paradigme de la Diotime du *Banquet,* sans pour autant renier la modernité de son personnage, puisque ce lecteur insensible, non ému, voire cynique, c'est le séducteur-type des romans modernes : Lovelace, le Versac ou la Mme de Lursay des *Égarements du cœur et de l'esprit*, le Chester des *Heureux orphelins*, bientôt les séducteurs scélérats de Laclos et de Sade ; dans un autre sens, c'est M. de Wolmar, ce tempérament froid. À la différence du second, les premiers sont cependant capables de jouer ce qu'on appelle la "métaphysique du sentiment" à l'usage de celles ou ceux qui y croient, afin de les faire tomber. La note de l'éditeur indique une restriction qui signe une illusion : le platonisme latent de l'amour véritable ne tient qu'autant qu'en perdure l'imaginaire. C'est le fond de la pensée de Rousseau à cet égard, qui partage avec les lecteurs froids et les séducteurs libertins la thèse selon laquelle l'amour n'est qu'illusion, mais qui s'en distingue radicalement en postulant que cette illusion engendre le meilleur au plan moral et spirituel :

> Tout n'est qu'illusion dans l'amour, je l'avoue ; mais ce qui est réel, ce sont les sentimens dont il nous anime pour le vrai beau qu'il nous fait aimer. Ce beau n'est point dans l'objet qu'on aime, il est l'ouvrage de nos erreurs. Eh ! qu'importe ? En sacrifie-t-on moins tous ses sentimens bas à ce modèle imaginaire ? En pénètre-t-on moins son cœur des vertus qu'on prête à ce qu'il chérit ? S'en détache-t-on moins de la bassesse du moi humain ? [*Émile*, liv. V, *OC*. IV, p. 743]

La préface dialoguée reprend cette thèse pour justifier l'incohérence de surface du discours amoureux et sa tendance à s'assimiler celui de la spiritualité, incapable qu'il est de s'abaisser au niveau du langage ordinaire pour exprimer le sublime de sa chimère : "ce ne sont plus des lettres que l'on écrit, ce sont des Hymnes" (913).

Ce platonisme revendiqué est un platonisme poético-romanesque venu de la poésie italienne de la Renaissance, et qui court de *L'Astrée* jusqu'à *La Princesse de Clèves* en passant par *Clélie :* la citation de Pétrarque qui orne la seconde page de titre du roman en est la meilleure illustration. Ce platonisme est moins celui de Platon tel que nous le lisons aujourd'hui que le platonisme christianisant du *Commentaire sur le Banquet* de Marsile Ficin, un commentaire dont Jean FESTUGIÈRE [2016] a démontré l'influence sur la poésie européenne du XVIe siècle [Rousseau lit Platon dans la traduction latine de Ficin, son exemplaire annoté est conservé au British Museum. Sur le platonisme dans la *Julie*, voir BRIX, *AJJR* 44 ; sur celui de Rousseau, voir GOUHIER, 1970, ch. IV]. S'y surimpriment en II, 17, 18, 21 une série de références aux vertus héroïques romaines jusqu'à en mourir selon les historiens antiques (Socrate, Brutus, Cassius, Régulus, Caton, Cornélie, Lucrèce), censées servir de modèles à l'amant, mais qui demeureront en attente de leur actualisation dans l'intrigue, jusqu'aux lettres VI, 11-12 dévolues à l'agonie rayonnante de l'héroïne (v. Religion de Julie 4).

Ce qui œuvre là, c'est l'univers mental de la tragédie cornélienne. Sur un autre plan, qui ne s'en distingue guère au fond, si Rousseau reprend, en le modernisant dans la forme, le néo-platonisme de la Renaissance dans l'entretien des amants de son roman, il s'en sépare sur un point central quant au fond : alors que le discours issu de Ficin oppose "l'amour lascif" à l'ascèse du "véritable amour" dont la chasteté conditionne la possibilité de l'accès à la beauté intérieure que voile le beau corps de l'aimé(e), les amants du roman accéderont au second par l'expérience du premier : le baiser du bosquet de Clarens est pour chacun une révélation, l'amant se trompant d'ailleurs sur la cause de l'évanouissement de l'amante qui lui apprend dans la lettre III, 18 ce qu'il en fut : "J'appris [...] que j'avais trop compté sur moi, et qu'il ne faut rien accorder aux sens quand on veut leur refuser quelque chose. Un instant, un seul instant embrasa les miens d'un feu que rien ne put éteindre" (411) [Sur la question du désir et de la jouissance érotique du personnage, voir Martin, 2014]. Quant au héros, leur nuit d'amour lui aura enseigné de la jouissance des sens, "que leurs plaisirs épuisés n'étaient que le commencement des [s]iens" (I, 55, 185).

Avant cette nuit en revanche, le discours de Julie posait la chasteté comme valeur cardinale : "Je ne sais si je m'abuse, mais il me semble que le véritable amour est le plus chaste de tous les liens. C'est lui, c'est son feu divin qui sait épurer nos penchants naturels, en les concentrant dans un seul objet" (I, 50, 175) – la suite retrouvant le rejet du lascif comme "commerce abject" en valorisant les thèmes ficiniens : unicité de l'objet aimé, sublimité, domination des sens par le cœur, perfection de l'image aimée. Le paradoxe est que ce propos appuie un rappel à l'ordre de l'amant qui s'est oublié la veille en se montrant irrespectueux à son égard, en raison de son état d'ivresse. Ce n'est un paradoxe que si l'on oublie que ce roman est un roman d'initiation au véritable amour d'un sujet foncièrement rétif à cet égard, que faisaient rire auparavant les plaintes sur l'absence des amants de roman (I, 19) et que hante l'octroi des dernières faveurs, au point de menacer de saisir "l'occasion" en dépit du pacte auquel il avait consenti : "[...] vous êtes trop ingrate, ou je suis trop scrupuleux, et je ne veux plus refuser de la fortune les occasions que vous n'aurez pu lui ôter" (I, 8, 74).

Mais c'est là aussi qu'on saisit au plus près l'audace de ce que Rousseau a tenté en convertissant aux valeurs de ces "Romans qu'on ne lit plus" à Paris (II, 21, 327) ce maître d'études impatient, "vil séducteur" (I, 4, 63), jouisseur ("je veux jouir et tu veux aimer", I, 55, 187), vulgaire ivrogne à ses heures, adonné, comme son auteur, aux "voluptés solitaires" (II, 15, 286), parfois "amant sans délicatesse" (I, 17, 95 ; II, 7, 257 ; III, 22, 470), affichant enfin "je ne sais quelle contenance servile et basse" devant sa noble amante (IV, 7, 512), dont il s'agit de faire, presque par impossible, un "véritable amant [...] prêt à immoler sa vie pour sa maîtresse" (*Émile*, *op. cit.*, p. 743) : "Nous nous moquons des paladins ? écrit l'auteur du *Traité d'éducation*, c'est qu'ils connaissaient l'amour, et que nous ne connaissons plus que la débauche" (*id.*). S'il y a une nouvelle/moderne Héloïse, il doit y avoir un moderne Paladin dont le surnom ou le prête-nom de “Saint-Preux” illustre l’enracinement du roman, outre le code ficinien, dans la tradition courtoise et chevaleresque; mais il y faudra des épreuves et du temps: c’est seulement au début de la IVe partie qu’une lettre de Claire fera émerger ce nom dans la diégèse proprement dite, au terme de l’épreuve qualifiante que l’on sait – laquelle n’est encore qu’une propédeutique à la seule décisive: celle de l’intégration à Clarens, laquelle devra être parachevée, selon Mme de Wolmar, par l’élimination du risque qu’y représente cet “homme dangereux” s’il y demeure célibataire (V, 13, 746). – Dangereux pour sa vertu comme l’avoue sa lettre posthume, car dans leurs ultimes échanges, c’est précisément de l’échange des âmes dont ils connaissent l’expérience unitive – pour l’éternité, elle l’espère à la fin de cette lettre –, que lui parle Saint-Preux, en définissant ce qui distingue l’amitié amoureuse éprouvée pour Mme d’Orbe de ce qu’ils ont connu: “Je retrouve entre elle et moi deux amis qui s’aiment tendrement et qui se le disent. Mais deux amants s’aiment-ils l’un l’autre? Non; *vous* et *moi* sont des mots proscrits de leur langue; ils ne sont plus deux, ils sont un” (VI, 7, 792).

Rousseau a tenté de faire revenir ces valeurs et cette langue dans un siècle qui les avait perdues de vue; s’il a gagné son pari, comme l’a proposé Alan Bloom [2018, p. 43-190], c’est qu’il a tout fait pour les réacclimater en les modernisant: sur le fond, ce sont les enjeux du livre V de l’*Émile*, et dans la forme, c’est la langue des amants dans la *Julie*. Les lieux communs de la langue amoureuse trouvent en effet sous leur plume une sorte de provocante jeunesse par les comparaisons et métaphores singulières dont ils les habillent. Ce ne sont plus – plus seulement – en termes galants que ces choses sont mises, mais en termes de sciences contemporaines. Ainsi du *topos* platonisant de l’échange des âmes, formulé de la sorte par Guido Cavalcanti: “Chaque fois que deux êtres s’entourent d’une mutuelle affection, l’un vit en l’autre et l’autre vit en l’un” [Ficin, 2002, p. 44], que Julie renouvelle par l’introduction d’un concept de physique: “Nos âmes se sont pour ainsi dire touchées par tous les points, et nous avons partout senti la même cohérence. (Corrigez-moi, mon ami, si j’applique mal vos leçons de physique)” (I, 11, 81). Elle les applique fort bien si l’on consulte l’*Encyclopédie* à l’article cohésion: “en termes de physique, est la force par laquelle les particules primitives qui constituent tous les corps sont attachées les unes aux autres, pour former les parties sensibles de ces corps, et par laquelle aussi ces parties sensibles sont unies et composent le corps entier". Voici donc l'union spirituelle des amants platonisants exprimée dans le vocabulaire de la science moderne : tel est le *jeu* de Rousseau avec la langue de son époque ; et lorsqu'au siècle de la découverte de l'attraction universelle, Julie écrit : "c'est l'union des cœurs qui fait leur véritable félicité ; leur attraction ne connaît point la loi des distances et les nôtres se toucheraient aux deux bouts du monde" (II, 15, 285), non seulement elle prépare le grand voyage de l'amant (qui ne dira pas autre chose de ce qu'il y a vécu relativement à elle), mais, commente Starobinski, "l'amour fait mieux que la constante de gravitation" [1999, ch. 7].

Un autre *topos*, aussi ancien que la poésie et le roman, a été renouvelé de façon particulièrement remarquable dans la scène du bosquet de Clarens : "Une faveur ?... c'est un tourment horrible... Non, garde tes baisers, je ne les saurais supporter... ils sont trop âcres, trop pénétrants ; ils percent, ils brûlent jusqu'à la moelle... ils me rendraient furieux" (I, 14, 91-92). La blessure d'amour, le baiser empoisonné, ces lieux communs que Rousseau rencontrait en lisant le Tasse dans une scène de l'*Aminta* qui lui a peut-être inspiré le jeu de substitution des deux cousines [Hammann, 2012, p. 386], il en fait une sorte de scandale dans la langue d'amour par l'importation d'un adjectif que le dictionnaire de Féraud (1787) rattache à la langue médicale : "piquant, mordicant... Bile, humeur, pituite âcre", une incongruité dans l'usage que ne manqua pas de relever Voltaire dans son pamphlet contre le roman : "Julie, en présence de sa cousine Claire, donne à son maître un baiser très long et *très âcre* dont il se plaint beaucoup" [1961, p. 400]. C'est encore le vocabulaire médical que Rousseau appelle à la rescousse pour donner un tour provocant au *topos* du mal d'amour que seul peut guérir l'amour, avec la scénographie de "l'inoculation de l'amour" dans la IIIe partie, qui scandalisa même ses amis pour ses connotations obscènes (l'expression est déjà équivoque en langue à l'époque, et ce sont donc deux sens figurés qui sont en conflit [Seth, 2008, ch. XI]). Mais la question de l'inoculation de la variole agitant la chronique depuis des années et le terme étant bien ancré dans le débat public, il refusa de reculer au motif que qui lirait là une obscénité se jugerait soi-même : "Je n'ai jamais rien voulu changer à mes écrits pour prévenir les interprétations déshonnêtes. Quand mes idées sont pures et mes expressions correctes, je ne m'embarrasse point s'il plait au lecteur de les salir, c'est son affaire" (11 févr. 1761, *CC*. n° 1280). Ce qu'il avait en tête était bien autre chose, qui apparaît dans la description qu'il a fournie pour l'estampe, où l'on peut lire à propos du héros : "on voit, non seulement qu'il ne craint pas la communication du venin, mais qu'il la désire" (899), soit une amplification moderne du *topos* de l'amour-poison.

En renouvelant les lieux communs du discours amoureux par des comparaisons tirées de la physique moderne et de la médecine, Rousseau savait très bien ce qu'il voulait : réaccréditer dans la langue de son époque – fût-ce au prix d'un forçage de l'usage – et au-delà, dans la mémoire de la langue elle-même (c'est le privilège des grands poètes), l'éthique amoureuse platonisante qui la soutient, au revers du discours de "l'amour-goût" monté en épingle par les contemporains, comme produit circonstanciel et fortuit du "hasard" et du "moment", soit un épicurisme libertin qui n'a bien sûr rien à voir avec la recherche du plaisir de souffrir le moins possible défendu par l'épicurisme antique. Ces provocations délibérées n'empêchent en rien qu'il soit question de chaînes, de flammes, d'ardeurs, de transports, de fureurs ; que l'échange des âmes ne soit représenté en termes de transfert de "moitiés", qu'il s'agisse d'amour ou d'amitié ; que le jeu de mots amants/aimants qui remonte au maniérisme ne circule en boucle dans la correspondance, de même que le motif de l'amour "doux-amer" ou le cortège quasi litanique des variations sur le doublet tragique *amor/mors* qui, depuis *Tristan et Yseut,* hante le roman européen, etc. [sur les rémanences du mythe de *Tristan* dans la *Julie*, voir ROUGEMONT, 1939, IV, 14].

À cet égard, il convient de dire quelques mots de l'un ces *topoï* qui touchent au cœur de la mystique amoureuse platonisante : il s'agit de la métaphore de la gravure comme expression de l'impossibilité de l'oubli réciproque des amants. "Songe surtout à nos premières amours, écrit Julie à son amant à l'occasion de son entrée dans le monde : tant que ces moments purs et délicieux reviendront à ta mémoire, il n'est pas possible que tu cesses d'aimer ce qui te les rendit si doux, que le charme du beau moral s'efface dans ton âme" (II, 11, 273). C'est encore un postulat platonisant qui œuvre là : "rentre au fond de ton âme [...] c'est là que tu verras ce simulacre éternel du vrai beau dont la contemplation nous anime d'un saint enthousiasme, et que nos passions souillent sans cesse sans pouvoir jamais l'effacer" (270). *Simulacre* ? – "vieux mot, qui signifie image, statue, idole", dit en 1771 le *Dictionnaire de Trévoux*. Son image est ainsi promue comme régulatrice permanente des mœurs de l'amant, en tant qu'elle est gravée de façon indélébile au plus intime de lui-même. – "Oubly n'a pas pouvoir d'effacer ce qu'amour a gravé de son ciseau tant acéré", lit-on dans *Amadis de Gaule* [Montalvo 1577, liv. 10, ch. 51, p. 208].

Mais ouvrons *L'Astrée*, pour y trouver Diane que vient d'épouser Filandre avant d'expirer dans ses bras :

> Ô Dieux ! que j'ai ressenti vivement cette perte, et reconnu plus que véritable ce que tant de fois il m'avait prédit, que je l'aimerais davantage après sa mort que durant sa vie. Car j'ai depuis conservé si vive sa mémoire en mon âme, qu'il me semble qu'à toute heure je l'ai devant mes yeux, et que sans cesse il me dit que pour n'être ingrate il faut que je l'aime. [D'Urfé, 1927, Ie partie, livre 6, p. 235-236]

Dans ce domaine également, Rousseau tente de renouveler le lieu commun, comme lorsqu'il fait écrire à Milord Edouard voulant inciter Julie à accepter son offre de les marier en Angleterre : "L'amour s'est insinué trop avant dans la substance de votre âme pour que vous puissiez jamais l'en chasser ; il en renforce et pénètre tous les traits comme une eau-forte et corrosive, vous n'en effacerez jamais la profonde impression sans effacer à la fois tous les sentiments exquis que vous reçûtes de la nature ; et, quand il ne vous restera plus d'amour, il ne vous restera plus rien d'estimable" (II, 3, 243). Ici, c'est le vocabulaire de la gravure à l'acide qui remplace celui de la gravure au ciseau, en continuité d'ailleurs avec la dimension "mordicante" du mot "âcre". Les choix stylistiques de Rousseau n'ont rien d'une improvisation car ils servent le propos précis que nous avons dit.

Dans l'économie du roman, la régulation par l'image de Julie comme incarnation mentale de l'amour véritable est donc présentée comme ce que l'amant ne peut oublier sauf à les nier tous deux. Nous verrons plus loin (v. Effacement ou oblitération ?) comment il s'en acquitte, mais poser un jalon concernant Julie elle-même s'impose ici, puisque Mme de Wolmar fera l'épreuve, le jour de son mariage, de la tranquillité où la laisse désormais, et de façon aussi inattendue qu'inespérée pour elle, l'image de son ancien amant. Une tranquillité qu'elle n'avait plus connue depuis le baiser au bosquet. L'épreuve en est faite peu après la cérémonie, alors qu'elle a obtenu de se retirer seule à seule :

> je sentis que je vous aimais autant et plus, peut-être, que je n'avais jamais fait ; mais je le sentis sans rougir. Je vis que je n'avais pas besoin pour penser à vous d'oublier que j'étais la femme d'un autre. En me disant combien vous m'étiez cher, mon cœur était ému, mais ma conscience et mes sens étaient tranquilles, et je connus dès ce moment que j'étais réellement changée. [III, 18, 427]

Ce qu'elle retrouve là n'est rien d'autre que la conjugaison ficinienne de la chasteté et du pur amour en vue de la contemplation du Beau et du Bien qui imprégnait sa sensibilité jusqu'à l'expérience du bosquet. Le meilleur contexte qu'on puisse proposer en cette occurrence, est la lecture des lettres d'Héloïse (Julie les connaît, voir I, 24) qui prononça ses vœux avec sur elle un billet d'Abélard lui jurant fidélité, et en qui s'affrontent douloureusement une aspiration à l'oubli par la Grâce et le constat de son impossibilité (voir sur Gallica les *Lettres et épîtres amoureuses d'Héloïse et Abélard* dont le vol. 1 contient la traduction de Bussy-Rabutin).

Dialectique de la séparation

Quel est [...] le vrai sujet de [Tristan et Yseut]? La séparation des amants? Oui, mais au nom de la passion, et pour l'amour de l'amour même qui les tourmente, pour l'exalter, pour le transfigurer – au détriment de leur bonheur et de leur vie même... [ROUGEMONT, 1939, p. 27]

Pour revenir à la *Julie*, il est à cet égard remarquable, mais au plan cette fois des péripéties de la Ire partie, que la première phrase du roman pose l'exigence, certes rhétorique dans le discours séducteur de l'amant, de la nécessité, voire de l'urgence d'une séparation. Tout se passe comme si l'auteur l'avait pris au mot en imposant aux amants une sorte de rituel de séparation qui, dans cette partie, succède aux révélations de la conjugaison de l'amour physique et du véritable amour (éloignement de l'amant au Valais après l'épisode du baiser, son éloignement à Paris peu après la "nuit inconcevable" – cela sur ordre de l'amante), avant d'organiser l'économie de l'ensemble de leur relation à l'échelle de la totalité du roman. Comme si, une fois accordé aux sens ce qu'il ne fallait jamais leur accorder selon la règle courtoise-platonisante, les amants devaient subir l'épreuve du non-revoir, non pas comme sanction mais comme accomplissement de leur vocation plénière, ainsi que le formule Claire à l'adresse de l'amant pour le persuader de se soumettre, sauf à se démettre de sa valeur, en consentant à quitter Vevey pour Paris au plus tôt :

> Vos feux, je l'avoue, ont soutenu l'épreuve de la possession, celle du temps, celle de l'absence et des peines de toute espèce ; ils ont vaincu tous les obstacles, hors le plus puissant de tous, qui est de n'en avoir plus à vaincre, et de se nourrir uniquement d'eux-mêmes. [...] Le temps eût joint au dégoût d'une longue possession le progrès de l'âge et le déclin de

> la beauté ; il semble se fixer en votre faveur par votre séparation ; vous serez toujours l'un pour l'autre à la fleur des ans [...] et vos cœurs, unis jusqu'au tombeau, prolongeront dans une illusion charmante votre jeunesse avec vos amours. [III, 7, 385-386]

La Rochefoucauld écrivait que l'amour "ne peut subsister sans un mouvement continuel" [Maxime 75, éd. 1678] ; Claire répond à ses épigones, de Marivaux aux libertins, que la séparation pour jamais en garantit la constance perdurante dans la mémoire des amants. Une jouvence dont l'illusion est réaffirmée comme imaginaire reviviscence partagée en dépit de l'espace et du temps, conformément à la règle de l'échange des âmes : illusion dont nous avons vu que tant qu'elle dure, elle existe intensément comme le meilleur de ce qui est à vivre par l'élévation des sentiments qu'elle engendre. Que l'amour sublime se nourrisse d'absence plus que de présence, il suffit de relire Pétrarque ou *Bérénice* pour l'accorder ; mais que tout un roman organise minutieusement cette dialectique du début jusqu'à la fin, en faisant systématiquement primer la première sur la seconde, c'est le propre de la seule *Julie*. En commentant ce qu'écrit l'héroïne dans sa lettre d'outre-tombe : "Mon ami, je pars [...] je pars avec joie, et ce départ n'a rien de cruel", Laure Challandes souligne le cercle ainsi formé par l'histoire des amants : "Le roman s'achève comme il débute : cette séparation annoncée dans la première lettre a lieu dans la dernière. Il semble donc qu'il n'y ait eu aucun changement pour les amants : leur relation se pense au début comme à la fin en termes de distance. Seule la connotation émotionnelle a changé : d'un éloignement douloureux, on passe à une séparation joyeuse" [2011, p. 60].

Dans la I^e partie, quand la péroraison de l'amant à propos de l'émoi du baiser au bosquet s'achève sur ce trait quasi précieux : "il faut enfin que j'expire à tes pieds... ou dans tes bras" (I, 14), presque brutale est la réponse de l'amante : "Il est important, mon ami, que nous nous séparions pour quelque temps [...]. Tâchez donc de partir dès demain [...]. Je vous défends, non seulement de retourner sans mon ordre, mais de venir nous dire adieu" (I, 15, 92). Elle met ici à l'épreuve une obéissance obtenue bien en amont, dès l'engagement à la respecter pris par l'amant après son aveu (I, 4-5), "engagement téméraire" qu'il menace très vite de dénoncer (I, 8), persistant toutefois, vaille que vaille, à s'y plier, jusqu'aux lettres 11-12 où il met, à la demande de l'amante, sa conduite sous son entière autorité, en des termes qui en font son vassal d'amour à la mode courtoise : "Dès cet instant je vous remets pour ma vie l'empire de mes volontés : disposez de moi comme d'un homme qui n'est plus rien pour lui-même, et dont tout l'être n'a de rapport qu'à vous. Je tiendrai, n'en doutez pas, l'engagement que je prends, quoi que vous puissiez me prescrire" (82-83). Il n'y faillira pas, ne revenant du Valais qu'en s'installant en face de Vevey dans les rochers de Meillerie où l'artifice d'un télescope – autre clin d'œil à la modernité – supplée l'effort de l'imagination pour engendrer une présence *in absentia* de l'amante en son quotidien ; et ne revenant à Vevey qu'à l'appel de Claire, en l'absence de laquelle a lieu une première nuit d'amour, vécue *a posteriori* par l'amante dans les affres du remords.

Par la suite, Julie s'étant remise en s'appuyant sur l'estime, l'amitié et l'amour conjugués de l'amant et de l'amie, la promesse d'une excursion en chalet gaamment comparé par l'amante à une visite au "Temple de Gnide" (I, 36, 146) – dont le Rousseau des *Rêveries* dira tout le mal qu'il en pense en termes de moralité (IVe Promenade, *OC*. I, p. 1032) –, avorte évidemment sur la nécessité d'exercer la bienfaisance en faveur de Fanchon Regard ; de nouveau, l'amant doit s'éloigner : quand il se décrivait dans sa lettre "ivre d'amour, affamé de transports [attendant] ce moment tardif avec une douloureuse impatience" (I, 38, 150), le voici requis au nom de l'"amitié" et non plus de l'amour, de se précipiter au plus tôt à Neuchâtel afin de négocier l'annulation de l'engagement de Claude Anet ; puis c'est le retour prématuré de M. et Mme d'Étange qui annule le fantasme pastoral et galant du chalet ; un fantasme qui prend la dimension du palais d'Armide dans une lettre de Julie d'ailleurs assez coquine, projetant de profiter des noces de Fanchon pour faire chalet à Clarens (I, 46, *incipit*) comme on fera catleya dans un autre roman ; un palais qui n'accueillera nul Renaud, le mauvais temps ayant dissipé son mirage (I, 53). Lorsqu'enfin l'amante lui offre de la rejoindre au péril de leurs vies pour leur grande nuit d'amour, Laure Challandes est fondée à écrire, dans l'analyse qu'elle procure des lettres I, 54-55, que le récit de cette nuit étant élidé au profit de la valorisation des jouissances de l'âme dans le calme des sens, "l'attente dans le cabinet représente le vrai vécu érotique, alors que Julie est absente. L'éloignement constitue justement le vecteur de l'amplification sensuelle, le contact amoureux étant médiatisé par les vêtements de la femme aimée" [2011, p. 62].

Quand s'ensuit l'affaire du duel projeté par l'amant jaloux avec Milord Edouard, c'est un sermon en forme de réquisitoire que lui envoie l'amante, qui le rappelle sous peine de rupture à son serment de "soumission entière" à sa volonté (I, 57) : il aura beau se soumettre, le scénario de son éviction est en marche ; une fois l'affaire réglée dans l'honneur sans effusion de sang, la défense indiscrète des amants par le bouillant Anglais rend encore plus problématique la perspective d'un mariage, d'autant que l'affaire du duel s'étant ébruitée à Vevey, leur relation y devient scabreuse ainsi que Claire en avertit son amie. La péripétie qui s'ensuit détruit, par la violence du baron, l'argument d'une naissance que sa fille escomptait faire valoir, de sorte que "l'inséparable", au terme d'une entrevue avec l'amant minutieusement préparée, parvient à obtenir son consentement, dramatique certes, mais consenti pour l'amour et l'honneur de l'amante, à la séparation sans délai qu'exige à son avis la situation. Elle lui avouera plus tard qu'elle avait délibérément dramatisé la situation auprès d'eux (II, 8, 260), afin d'obtenir cette séparation dont elle savait qu'une fois obtenue, elle aurait vocation à être définitive dans l'intérêt de Julie. L'amant se trouve dès lors pris dans une dynamique centripète – le bref retour à Vevey lors de la variole de l'amante mis à part (retour d'ailleurs vécu comme un rêve par Julie à quoi répondra le rêve de Villeneuve en V, 9) –, qui le conduit au bout du monde, tandis que le seul déplacement de l'amante est celui menant à Clarens Julie d'Étange devenue Mme de Wolmar.

Incipit : Sésame ouvre-toi

Lorsque cette dernière écrit sa grande lettre rétrospective à son ancien amant alors encore à Paris, elle lui demande de relire leurs échanges initiaux afin de s'y ressouvenir sur le vif, pour ainsi dire, de la qualité morale des premiers temps de leur relation : "Relisez nos premières lettres ; songez à ces moments si courts et trop peu goûtés où l'amour se parait à nos yeux de tous les charmes de la vertu, et où nous nous aimions trop pour former entre nous des liens désavoués par elle" (III, 18, 423) : cela pour qu'il saisisse l'antithèse que présentait peu avant son mariage, leur acquiescement à l'idée d'adultère, envisagée froidement par elle dans des termes voisins de ceux d'Héloïse prononçant ses vœux avec dans l'esprit l'image de son amant : "Dans l'instant même où j'étais prête à jurer à un autre une éternelle fidélité, mon cœur vous jurait encore un amour éternel, et je fus menée au Temple comme une victime impure qui souille le sacrifice où l'on va l'immoler" (425).

À ce point, faisons une expérience en nous inspirant d'Aragon lorsqu'il écrit : "j'avais commencé à porter attention aux phrases initiatrices des romans, à leur trouver une espèce de signification magique, comme à des Sésame ouvre-toi !" [1969, p. 75]. Recherchons donc la diffusion de l'*incipit* de la première lettre dans la première partie, et pour cela, dégageons-en pour commencer les traits du propos. *Déclaration* :

> Il faut vous fuir, mademoiselle, je le sens bien : j'aurais dû beaucoup moins attendre ; ou plutôt il fallait ne vous voir jamais. Mais que faire aujourd'hui ? Comment m'y prendre ? Vous m'avez promis de l'amitié ; voyez mes perplexités, et conseillez-moi. I, 1, 55

Tournure impersonnelle exprimant l'exigence ressentie de la séparation ; excuse de l'audace de la déclaration par son urgence ; fatalité d'une première vue qui a tout enclenché à l'insu de la volonté ; perplexité quant à la conduite à tenir ; demande d'aide au nom d'une promesse d'amitié en laquelle on a foi. Les résonances raciniennes de cette déclaration sont évidentes. Antiochus : "Je me suis tu cinq ans ; et jusques à ce jour/D'un voile d'amitié j'ai couvert mon amour [...]/Quel fruit me reviendra d'un aveu téméraire ?/Ah ! puisqu'il faut partir, partons sans lui déplaire" [*Bérénice*, I, 2]. Bérénice : "Je l'aime, je le fuis ; Titus m'aime, il me quitte" [scène dernière].

Voici *l'aveu* en I, 4, 63 : "Il faut donc l'avouer enfin, ce fatal secret trop mal déguisé ! Combien de fois j'ai juré qu'il ne sortirait de mon cœur qu'avec la vie ! La tienne en danger me l'arrache ; il m'échappe, et l'honneur est perdu." Exigence de l'aveu introduite par la reprise de la tournure impersonnelle de 'l'*incipit* de l'*incipit*', pour le dire ainsi, renforcée par une marque de conséquence liant l'aveu à la déclaration ; fatalité d'un amour réciproque ; inutilité d'une résistance qui n'a fait que le manifester ; parjure intime à l'égard de la promesse de secret qu'on s'était faite à soi-même ; reprise *in fine* du motif de la nécessité comme conséquence d'avoir mis l'amant au défi du suicide ; dimension involontaire : "il m'échappe" ; dimension tragique non plus racinienne mais cornélienne – Rodrigue : "Que je sens de rudes combats !/Contre mon propre honneur mon amour s'intéresse" [*Le Cid*, I, 6]. Dilemme insoluble puisque là où Pauline dit "Mon père et mon devoir étaient inexorables" (*Polyeucte*, sc. 3), Julie s'en remet à son cœur pour une intenable conciliation [Viglieno, 2019, p. 184-85]. De fait, le caractère de Julie est de vouloir par impossible conjuguer amour, honneur et vertu. Ce qu'elle croit obtenir en remettant sa gloire dans les mains de l'amant : "Tes vertus sont le dernier refuge de mon innocence ; mon honneur s'ose confier au tien, tu ne peux conserver l'un sans l'autre" (65); on aura noté le passage au tutoiement qui signe dans l'énonciation le consentement amoureux.

En I, 11, 80, l'*incipit* revient pour dire cette fois le progrès de *l'attachement de réciprocité:* "Mon ami, je sens que je m'attache à vous chaque jour davantage; je ne puis plus me séparer de vous; la moindre absence m'est insupportable, et il faut que je vous voie ou que je vous écrive, afin de m'occuper de vous sans cesse." La nécessité de la fuite postulée par l'amant est désormais convertie en nécessité de coprésence sous la plume de l'amante, l'activité épistolaire en étant le supplément dans l'imaginaire. Le registre élégiaque s'est substitué au registre tragique, amorçant dans l'économie du roman la cantilène du manque, mais sous le mode de la confidence heureuse. C'est qu'entre-temps, l'amante a pris conscience de ce qu'elle avait confondu chute et aveu, ce qui justifiait l'argumentaire implicite de sa lettre d'aveu (*id.*). Elle vit désormais une période faste, durant laquelle elle expérimente un mode amoureux platonisant, à la différence de l'amant qui lui reproche sa tranquillité au nom des "sacrifices" imposés à ses pulsions, en des termes parfaitement clairs eu égard au vocabulaire de l'époque: "et de quoi me sert l'abstinence éternelle et volontaire de ce qu'il y a de plus doux au monde, si celle qui l'exige ne m'en sait aucun gré? Certes, je suis las de souffrir inutilement, et de me condamner aux plus dures privations sans en avoir même le mérite" (I, 8, 74) ; ce mérite lui est acquis, il le sait, elle le lui redira; mais c'est la compassion pour les "agitations convulsives" confinant à l'évanouissement suscitées par sa retenue en sa présence qui l'incitera à lui céder, comme elle l'avoue à Claire "Peut-être l'amour seul m'aurait épargnée [...] c'est la pitié qui me perdit (I, 29, 127) ; sa cousine verra sans doute plus loin, ou plus profond, en lui rappelant que l'état où elle l'a vue elle-même après avoir exilé l'amant au Valais: "quel fut mon effroi quand je te vis dégoûtée de vivre et si près de la mort" (I, 30, 129), exprimait tout autre chose que le goût de platoniser [Crogiez, 2015]. Pour l'heure, toutefois, cet amour est vécu comme naturellement chaste:

> deux mois d'expérience m'ont appris que mon cœur trop tendre a besoin d'amour, mais que mes sens n'ont aucun besoin d'amant. Jugez, vous qui aimez la vertu, avec quelle joie je fis cette heureuse découverte. Sortie de cette profonde ignominie où mes terreurs m'avaient plongée, je goûte le plaisir délicieux d'aimer purement. [I, 9, 76]

Cet état demeurera sa référence privilégiée après son mariage, la "révolution" (III, 18) qui s'opère en elle lors de la cérémonie aboutissant, comme on l'a vu, et selon le sens étymologique du terme, à un retour intime à cet état d'indifférence sensuelle conjugué au pur amour qu'elle évoque ici – une révolution morale qui d'ailleurs engendre celle, toute physique – de l'amant autour du globe ("j'ai passé quatre fois la ligne"), convié qu'il est à y "épurer un sentiment si cher pour le rendre durable" par où il s'élèvera par le renoncement à la qualité d'"amant de [s]on âme" (*id.*). Il s'y qualifiera suffisamment à ses yeux et à celui de son époux pour que celui-ci l'invite à Clarens après qu'elle lui eut fait l'aveu de leur passé d'amants (IV, 4). Ce qui n'est qu'une nouvelle étape de son roman de formation, autrement dit du leur, puisque M. de Wolmar conditionne secrètement (avec l'aide de Claire, et non sans avoir à disposition toute leur correspondance passée) son intégration à la communauté au radical oubli de ce qu'ils se furent naguère au profit de ce qu'ils sont devenus. – Une entreprise qui, nous le savons, va à l'exact encontre de la loi romanesque platonisante de l'impossible oubli dans l'amour véritable.

Revenons à la diffusion de l'incipit dans la Ire partie, soit la chute. L'amante déplore auprès de l'amie qui s'était absentée pour les funérailles de la Chaillot, d'avoir accordé à l'amant les dernières faveurs :

> Cruelle ! tu me quittes quand j'ai plus besoin de toi ; tu m'as quittée pour huit jours, peut-être ne me reverras-tu jamais. Ô si tu savais ce que l'insensé m'ose proposer !... et de quel ton !... m'enfuir ! le suivre ! m'enlever !... le malheureux !... de qui me plains-je ? Mon cœur, mon indigne cœur m'en dit cent fois plus que lui... Grand Dieu ! que serait-ce, s'il savait tout ?... il en deviendrait furieux, je serais entraînée, il faudrait partir... Je frémis... [I, 28, 126]

Il avait été appelé à Vevey depuis Meillerie toutes affaires cessantes, à cause de l'état déplorable où elle se trouvait car confrontée à l'intransigeance du baron, à l'annonce de son mariage prévu avec l'ami de ce dernier sans que son consentement ait été demandé, et *last but not least*, à une menace de suicide de l'amant réitérant celle qui avait déclenché son aveu. Il lui a donc proposé à cette occasion de suivre le chemin des romans qu'on lit à cette époque : se laisser enlever, consentir par amour à vivre dans le déshonneur. L'*incipit* résonne cette fois à l'adresse de l'amie, dans le reproche de l'avoir fuie en dépit de la nécessité où elle se trouvait et qu'elle ne pouvait ignorer ; il résonne également comme menace de séparation des "Inséparables" ; il revient encore comme aveu : elle se dit prête à tout par amour ; il sonne encore dans le tour conditionnel engageant l'avenir ("j'aurais dû beaucoup moins attendre" écrivait le maître d'étude dans sa déclaration), qui module son "il faut vous fuir" en un "il faudrait partir" résultant de la furieuse jalousie qu'elle lui suppose – à raison – comme le montrera l'affaire avec Milord Edouard. Enfin, la demande de conseil et de réconfort par l'amitié est évidemment ce que l'ensemble de la lettre, et déjà cet *incipit*, demandent avec instance.

Il s'agit donc d'un aveu à l'amie qui scelle chez cette dernière la certitude intime que de deux choses l'une: ou bien elle laisse Julie continuer de la sorte sur son erre, et elle la perdra, ce qu'elle ne conçoit pas; ou bien elle fait en sorte d'éloigner l'amant au plus vite: ce qu'elle va entreprendre, réalisant ainsi le programme de l'*incipit* selon une formule du genre: *'il faut qu'il la fuie effectivement, bon gré, mal gré'. Elle le lui avouera au début de la IIIe partie, alors que l'amante s'est engagée à l'oublier corps et âme en expiation de la mort de sa mère valétudinaire dont elle s'attribue la responsabilité. S'autorisant de leur pacte de vassalité courtoise, elle lui enjoint de la "fuir à jamais" de sorte, écrit-elle, "que mes yeux ne vous voient plus" (III, 5, 381), ce qui est reprendre à son compte l'*incipit* de sa déclaration: "Il faut vous fuir [...] ou plutôt, il fallait ne vous voir jamais". Elle lui insinue néanmoins que c'est "au nom d'un amour qui ne doit plus être" que s'écrit cette déclaration d'adieu. Et c'est réciproquement au nom de cet amour qu'il écrit à Claire: "puisqu'elle commande, il suffit" (III, 6, 383). Dans la première partie de sa déclaration il l'implorait ainsi: "qu'au moins par pitié pour moi vous daigniez m'interdire votre présence"; réciproquement, c'est par pitié pour elle qu'il se soumet, déléguant à l'amie le soin de le suppléer dans la tâche de lui faire retrouver l'équilibre du temps où ils ne s'étaient pas encore vus:

> Puisque je ne suis plus rien à mes propres yeux, puisque c'est mon sort de passer ma vie à mourir pour elle; qu'elle me regarde comme n'étant plus, j'y consens, si cette idée la rend plus tranquille. Puisse-t-elle retrouver près de vous ses premières vertus, son premier bonheur! Puisse-t-elle être encore par vos soins tout ce qu'elle eût été sans moi! [III, 6, 383]

"Il fallait ne vous voir jamais". C'est bien ce à quoi il se résout donc désormais. Ce dont le félicite Claire à l'*incipit* de sa réponse: "Comment pourrait-on vous aimer moins en vous estimant chaque jour davantage?" (III, 7, 384), en lui montrant que ce choix garantit l'imaginaire *semper-vivens* de leur amour, comme on l'a vu; – tout en lui indiquant sans détour qu'à son avis la volonté d'oubli de Julie n'est au fond qu'un moyen de persister à penser à lui, mais que s'il tente d'en profiter pour la séduire, il condamne à jamais leur amour:

> Si elle fait encore un pas vers le découragement, elle est perdue [...]. Croyez-moi, mon aimable ami, dans cet état périlleux sachez respecter ce que vous aimâtes. [...] Si vous vous obstinez auprès d'elle, vous pourrez triompher aisément; mais vous croirez en vain posséder la même Julie, vous ne la retrouverez plus. [III, 7, 389]

Reprenons, pour la clore, l'enquête sur la diffusion de l'*incipit* dans la Ire partie: *obéissance*. Nous y découvrirons un écho à ce que nous venons de lire dans la IIIe. La partie d'amour promise au chalet ayant été différée dans l'urgence pour le bien de Fanchon Regard, comme on l'a vu, l'amant répond ceci: "Je reçois votre lettre, et je pars à l'instant: ce sera toute ma réponse. Ah! cruelle! que mon cœur en est loin, de cette odieuse vertu que vous me supposez et que je déteste! Mais vous ordonnez, il faut obéir. Dussé-je en mourir cent fois, il faut être estimé de Julie" (I, 42, 154). "Il faut obéir" y rime avec "Il faut vous fuir", comme "il faut être estimé" rime par anticipation avec l'*incipit* de la réponse de Claire qu'on vient de lire. – Comme cette nécessité de l'estime dans l'amour, qui vient tout droit de la *Carte de Tendre* et des tragédies de Corneille, s'accorde avec la quête de l'honneur et de l'estime qui s'y rattache dans toute l'histoire des chutes de l'amante. Si "l'honneur est perdu" de par l'aveu, et si le cœur est dit "indigne" après avoir cédé, c'est néanmoins à l'estime de soi malgré tout que la convie l'amie: prenant sur elle une faute qu'elle a "prévue sans la prévenir" (I, 30, 129) – ce qui n'en dit pas peu sur la longue portée de ses analyses et de ses actes, épistolaires ou autres –, et jouant délibérément de la puissance idéalisante inhérente à l'illusion amoureuse pour la persuader que tant que cet amour durera, rien n'est perdu de l'honneur, non plus que le meilleur de l'éthique platonisante qui demeure la sienne: "c'est sur ce que tu croiras valoir encore que tu vaudras en effet [...]. Qu'une faute que l'amour a commise ne t'ôte point ce noble enthousiasme de l'honnête et du beau, qui t'éleva toujours au-dessus de toi-même " (I, 30, 130).

Par où Julie échappe à ce que les platoniciens de la Renaissance nomment la dégradation inhérente à "l'amour lascif" car le caractère exceptionnel de ses vertus innées, redoublé par celui d'un amour qu'on ne vit jamais, lui conserve une pureté dans la faute dont son amie elle-même s'avoue *a priori* incapable: "j'aurais fait moins de résistance à un amour pareil au tien; et, sans avoir été vaincue, je suis moins chaste que toi" (129). – Elle n'y croit sans doute pas une seconde mais l'urgence est de réactiver une estime de soi en perdition. L'estime amoureuse de l'amant fera le reste s'il y consent, comme l'amante l'en prie, redoublant ici la demande faite dans sa lettre d'aveu : que par la vertu de l'échange des âmes propre à l'amour véritable, elle vive en lui plutôt qu'en elle, y oubliant dans l'amour et l'estime conjugués un désastre moral qu'elle ne peut supporter qu'à cette condition.

> Un feu pur et sacré brûlait nos cœurs ; livrés aux erreurs des sens, nous ne sommes plus que des amants vulgaires ; trop heureux si l'amour jaloux daigne présider encore à des plaisirs que le plus vil mortel peut goûter sans lui ! [...] Sois tout mon être, à présent que je ne suis plus rien. Le seul honneur qui me reste est tout en toi, et, tant que tu seras digne de respect, je ne serai pas tout à fait méprisable. [I, 32, 134-135]

"Il faut être estimé de Julie", écrivait naguère l'amant en mission de bienfaisance, non sans telle réticence de taille : "Ah ! cruelle ! que mon cœur en est loin, de cette odieuse vertu que vous me supposez et que je déteste !". – "Que ton mérite efface ma honte" lui demande-t-elle à présent, au nom de cette vertu qu'elle lui suppose encore parce qu'elle croit sans doute plus profondément que lui au potentiel moral de l'amour, un potentiel que l'auteur du roman a décidé de leur faire éprouver vaille que vaille, selon le principe exprimé dans la préface dialoguée : "L'amour n'est qu'illusion ; il se fait, pour ainsi dire, un autre Univers ; il s'entoure d'objets qui ne sont point, ou auxquels lui seul a donné l'être [...]. L'enthousiasme est le dernier degré de la passion. Quand elle est à son comble, elle voit son objet parfait" (912).

Consolatio. La lettre du Valais (I, 23)

> *Dans le lointain, on voit une couronne de cimes resplendissantes ; plus près les hauteurs sont couvertes de sombres forêts. Une alpe peu éloignée offre des terrasses en pente douce où paissent des troupeaux dont le mugissement fait au loin résonner les vallées. Là, un lac étend son beau miroir sur le fond d'une vallée, et fait resplendir la lumière vacillante que le soleil verse sur ses flots. Ici des vallées tapissées de verdure s'ouvrent à la vue et forment des replis qui se rétrécissent en s'éloignant. Ailleurs, une montagne dénudée présente ses flancs abrupts et lisses, tandis qu'elle élève jusqu'au ciel ses glaces éternelles qui, semblables au cristal, renvoient les rayons du soleil et bravent les efforts de la canicule.*
>
> [HALLER 1795, strophes 33-34]

Albrecht von Haller perfectionna son poème *Die Alpen* entre 1729 et 1775. La traduction par de Tscharner date de 1751, l'année de la publication du *Discours sur les sciences et les arts*. La correspondance de

Rousseau exprime surtout l'apport du grand naturaliste que fut Haller à sa formation en matière botanique. Le poème dont on vient de lire deux strophes n'a pu que l'inspirer par l'éclat et la justesse des descriptions qu'on y rencontre. Pétrarque lui offrait une autre source avec le récit de son ascension du mont Ventoux qu'il pouvait lire en italien :

> Les Alpes debout et couvertes de neige [...] me parurent tout près de moi quoiqu'elles fussent à une grande distance. [...] Je l'aime, mais en rougissant et avec chagrin. [...] Oui, j'aime, mais ce que j'aimerais à ne point aimer, ce que je voudrais haïr. J'aime cependant, mais malgré moi, mais par force, mais avec tristesse et avec larmes, et je vérifie en moi-même le sens de ce vers si fameux : "Je haïrai si je puis ; sinon, j'aimerai malgré moi" – Ovide, *les Amours* III, 2, 35. [Pétrarque 1880, p. 23-24]

C'est de l'amour de Laure qu'il est question comme d'un amour malgré soi dans la tristesse et dans les larmes. "J'en vins jusqu'à souhaiter votre mort", écrira l'amante dans sa lettre III, 18, 410 ; "je voudrais que tu ne fusses plus", écrivait l'amant dans sa lettre III, 16, 404. Eux aussi vérifient la vérité cruelle de l'amour véritable qu'énonce le vers d'Ovide. Un amour de loin, un partage d'absence décidé et vécu par l'amante dans la souffrance : "sitôt que je ne vous vis plus, ma langueur m'ôta le peu de force qui me restait pour vous résister" (411). Quant à lui, il s'est soumis dans les larmes : "J'étais parti, triste de mes peines".

Mais il ajoute "consolé de votre joie" (106) : "*Laudatio, lamentatio, consolatio* dessinent trois orientations constitutives de l'élégie, qu'elle évoque le deuil, ou la séparation temporaire ou définitive des amants", écrivent Calas-Garagnon [2020, p. 29]. L'amant exilé s'est beaucoup lamenté dans les lettres précédentes. Or le Haut-Valais lui apporte la consolation par une mutation de son état d'âme aussi inattendue qu'*a priori* inexplicable : certes, le spectacle de la montagne le captive au point de le détourner d'emblée de ses rêveries mélancoliques ordinaires, certes la conjugaison des contraires en cette nature à la fois sauvage et cultivée, le captive par son harmonieuse *varietas*, mais il subsiste une énigme :

> J'attribuai, durant la première journée aux agréments de cette variété le calme que je sentais renaître en moi. J'admirais l'empire qu'ont sur nos passions les plus vives les êtres les plus insensibles [...]. Mais cet état paisible ayant duré la nuit et augmenté le lendemain, je ne tardai pas de juger qu'il avait encore quelque autre cause qui ne m'était pas connue. [107]

La réponse sortira de l'ascension qui s'ensuit le lendemain : c'est la pureté de l'air alpin qui procure la tranquillitas animi. Une pureté capable de procurer une "volupté tranquille qui n'a rien d'âcre et de sensuel". L'adjectif "âcre", dans le contexte des lettres précédentes, renvoie à l'effet du baiser du bosquet, et la volupté sans sensualité au lendemain de la "nuit inconcevable" que le héros n'a pas encore connue. Ce qui est décrit est un état de sensibilité médian excluant la douleur émanée des passions au profit de la douceur du sentiment d'exister :

> Il semble qu'en s'élevant au-dessus du séjour des hommes on y laisse tous les sentiments bas et terrestres, et qu'à mesure qu'on approche des régions éthérées l'âme contracte quelque chose de leur inaltérable pureté. On y est grave sans mélancolie, paisible sans indolence, content d'être et de penser : tous les désirs trop vifs s'émoussent ; ils perdent cette pointe aiguë qui les rend douloureux, ils ne laissent au fond du cœur qu'une émotion légère et douce. [108]

Il semble ainsi que la fréquentation des sommets ait libéré le héros, du moins pour un temps, de l'état dépressif où le laissait le sentiment de son exil loin de l'amante et sur son ordre. Il éprouve là ce qu'elle-même lui avait décrit de l'état bienheureux où la laissait, avant l'épisode du bosquet, la conjugaison de l'amour avec l'innocence. Un état dont tout assure qu'il lui était demeuré jusqu'alors inconnu. Cette *consolatio* par l'air alpin exprime ainsi un potentiel du héros à la purification de la dimension érotique de l'amour au profit de sa dimension spirituelle, qui sera précisément ce que lui demandera Mme de Wolmar en III, 18 : "ne vaut-il pas mieux épurer un sentiment si cher pour le rendre durable ?" (438). C'est là un premier élément de la portée de cette lettre à l'échelle de l'économie d'ensemble du roman.

Un second élément serait que cet épisode de séparation peut être envisagé comme prolégomènes à l'exil parisien de la IIe partie. Ce qui caractérise le paysage alpin dans la perception du héros, ce sont l'harmonie des contraires, la synthèse du Multiple dans l'Un et le caractère panoptique de la vision :

> Ce n'était pas seulement le travail des hommes qui rendait ces pays étranges si bizarrement contrastés ; la nature semblait encore prendre plaisir à s'y mettre en opposition avec elle-même, tant on la trouvait différente en un même lieu sous divers aspects. [...] Ajoutez à tout cela les illusions de l'optique [...] car la perspective des monts, étant verticale, frappe les yeux tout à la fois et bien plus puissamment que celle des plaines, qui ne se voit qu'obliquement, en fuyant, et dont chaque objet vous en cache un autre. [106-107]

Ce qui résume le propos est donc l'antagonisme entre le monde alpin et celui des plaines : le premier offre ce que les peintres nomment le "tout-ensemble", le *totum simul* de la vision panoptique, alors que la perspective du second ne montre qu'en masquant, selon une dynamique de fuite. Cet antagonisme est réélaboré plus loin dans une méditation sur le rapport de la proximité et de la distance : en montagne, tout semble plus proche, plus intense, plus profus de par la verticalité ambiante et la transparence de l'air, alors qu'en plaine, règne l'opacité qui dérobe à la vue ce qu'elle voudrait apercevoir :

> Tout cela fait aux yeux un mélange inexprimable dont le charme augmente encore par la subtilité de l'air qui rend les couleurs plus vives, les traits plus marqués, rapproche tous les points de vue ; les distances paraissant moindres que dans les plaines, où l'épaisseur de l'air couvre la terre d'un voile, l'horizon présente aux yeux plus d'objets qu'il semble n'en pouvoir contenir. [109]

C'est là une amorce implicite vers ce qu'aura à affronter le héros avec la mondanité parisienne lors de son second exil, où personne n'est identique à soi-même, où les masques couvrent les masques, où tout fuit sans cesse en un mouvement incessant devant le regard de l'observateur qui n'a d'autre issue que de se mêler, pour son malheur, au torrent des apparences. En reprenant cela au point de vue néo-platonicien, l'expérience du Haut-Valais allégorise ou figure la proximité du contact avec l'Un-Tout, tandis que l'univers "bas et terrestres", ses passions et les sentiments qui s'y éprouvent est le pays du Multiple, celui de la Dissemblance incessante, à commencer par le portrait envoyé par Julie, qui la rend, aux dires de son destinataire, dissemblable à elle-même : "La première chose que je lui reproche est de te ressembler et de n'être pas toi, d'avoir ta figure et d'être insensible" (II, 25, 351). En montagne, il n'y a pas de médiation entre le spectateur et le spectacle ; en plaine et à Paris, brume, voile, jeu de montré/caché, et culture de l'artifice accumulent les médiations. Or si la figure intime de Julie perdra progressivement de sa puissance magnétique à Paris malgré l'artifice un peu désespéré de l'envoi de son portrait, au Valais en revanche, son image intime s'identifie au paysage ainsi qu'à ses habitants : c'est la consolation bienheureuse du héros durant ce séjour. Il suffira qu'il redescende dans la plaine pour qu'à Meillerie la passion et le désespoir l'amènent à recourir à l'argument du rocher de Leucate, dans une identification au destin de la malheureuse Sappho.

Dans la tradition rhétorique comme dans celle des amants séparés, la lettre est "la conversation des absents". De cette conversation émane un portrait allégorique de l'amante dont l'on vient de visiter la douceur immanente ; mais cette douceur, dans l'imaginaire de l'amant, se mêle, et parfois de façon antagonique, avec une autre dimension de la séduction qu'elle exerce sur lui : celle de la *domna* courtoise dont l'autorité est absolue une fois reconnue. Dans la lettre du Valais, cette autorité séductrice s'inscrit dans la figure de la magicienne Armide provoquant les Croisés par ses charmes, dans l'épopée du Tasse que Rousseau sait par cœur. Dans cette lettre dont la première partie s'inscrit comme brillant avatar en prose rythmée de la scansion de l'élégie, se présente un versant épique, non comme son opposé strict, mais comme élément ou symptôme d'une problématique romanesque en cours d'élaboration selon la perspective du héros, au point où il se trouve de son initiation à l'amour, oscillant depuis le commencement entre *Éros* au plus intense chez lui, et *Agapè* au plus intense chez sa partenaire, sans qu'une alternative lui apparaisse, et dans l'ignorance où il se trouve de l'effet érotique extraordinaire que le baiser du bosquet a produit sur l'amante, autant que ce que doit à cet effet son exil, indépendamment du retour au logis du père de l'amante – incarnation de la Loi qu'affronte le Désir. Ignorant encore et surtout des affres passionnelles que vit l'amante depuis son départ, au point d'y approcher le sort de Mme de Clèves.

Dans l'ignorance où il est tenu de la réalité de l'évolution des rapports entre elle et lui, autant qu'entre eux et la volonté du baron d'Étange de marier l'amante à un ami de camp, l'amant s'abandonne à l'ivresse valaisanne avec les meilleures raisons du monde, lorgnant les beautés locales comme supports de sublimation érotique des charmes de l'aimée :

> je fus un peu choqué de l'énorme ampleur de leur gorge, qui n'a dans sa blancheur éblouissante qu'un des avantages du modèle que j'osais lui comparer ; modèle unique et voilé, dont les contours furtivement observés me peignent ceux de cette coupe célèbre à qui le plus beau sein du monde servit de moule. [112]

C'est de l'Hélène d'Homère qu'il est question. L'abondance naturelle de la beauté des Valaisannes (sa *copia*) valide en quelque sorte le raffinement poético-épique de celle de l'amante. On n'est plus dans les hauteurs où rien n'est dérobé : s'imposent des artifices pour discerner dans l'imaginaire mémoriel le sein de Julie ; ce sein entraperçu correspond, dans l'imaginaire lettré du héros, à ce qu'évoquent en surimpression ceux d'Hélène et d'Armide : "Son acerbe et dure mamelle se laisse entrevoir ;

un vêtement jaloux en cache en vain la plus grande partie ; l'amoureux désir plus perçant que l'œil pénètre à travers tous les obstacles" (113). Sur les sommets, il n'y avait plus d'obstacles à la vision béatifique. À la tablée valaisanne, ils réapparaissent en surimpression des objets réels. Le héros est déjà redescendu dans la plaine des illusions de la Dissemblance. Il n'est pas encore conscient de la disparate qui structure son désir. Sa culture littéraire conjuguée à la bonté naturelle du Valais et de ses habitants lui permet seulement de provisoirement concilier les contraires ; code élégiaque et code épique, avec le code idyllique envisagé, pour un avenir rêvé, en mode Philémon et Baucis :

> Ô ma Julie ! disais-je avec attendrissement, que ne puis-je couler mes jours avec toi dans ces lieux ignorés, heureux de notre bonheur et non du regard des hommes ! [...] Une longue et douce ivresse nous laisserait ignorer le cours des ans : et quand enfin l'âge aurait calmé nos premiers feux, l'habitude de penser et sentir ensemble ferait succéder à leurs transports une amitié non moins tendre [...] nous pratiquerions au sein de cet heureux peuple, et à son exemple, tous les devoirs de l'humanité : sans cesse nous nous unirions pour bien faire, et nous ne mourrions point sans avoir vécu. [114]

Il ignore que le roman a décidé que l'amante refusera et de se laisser enlever, et de partir l'épouser en Angleterre sous l'égide de Milord Edouard – cela parce que l'Inséparable le veut de toutes ses forces et que l'amour de ses parents prime l'amour de l'amant dans l'ordre de ses valeurs, au moins à cette époque. Le drame est qu'alors que se rassemblent à Vevey les ferments de la terrible séparation qui va mettre les amants à l'épreuve de la mondanité puis de la mort, le héros multiplie dans sa lettre les marques d'inclusion de la destinataire, lui prêtant même parfois la parole, l'emmenant partout avec lui, lui parlant, la portant pour traverser un torrent, l'adorant en un mot, autant qu'il est possible dans l'imaginaire pour un amant séparé :

> Je vous conduisais partout avec moi. Je ne faisais pas un pas que nous ne le fissions ensemble. Je n'admirais pas une vue sans me hâter de vous la montrer. Tous les arbres que je rencontrais vous prêtaient leur ombre, tous les gazons vous servaient de siège. [...] Tout me rappelait à vous dans ce séjour paisible ; et les touchants attraits de la nature, et l'inaltérable pureté de l'air, et les mœurs simples des habitants, et leur sagesse égale et sûre, et l'aimable pudeur du sexe, et ses innocentes grâces, et tout ce qui frappait agréablement mes yeux et mon cœur leur peignait celle qu'ils cherchent. [113-114]

C'est au fond ce qu'il cherchera à lui faire entendre lors de la promenade de la IVe partie à Meillerie, dans un registre autrement dramatique, nous y viendrons (v. Meillerie revisité) Mais comme à

Meillerie à peu près, son discours tombe à plat dans la réception fort critique que lui en offre l'amante :

> La relation de votre voyage est charmante, mon bon ami ; elle me ferait aimer celui qui l'a écrite, quand même je ne le connaîtrais pas. J'ai pourtant à vous tancer sur un passage dont vous vous doutez bien ; quoique je n'aie pu m'empêcher de rire de la ruse avec laquelle vous vous êtes mis à l'abri du Tasse, comme derrière un rempart. [...] Pouviez-vous ignorer que ce style n'est pas de mon goût, et cherchiez-vous à me déplaire ? Mais en voilà déjà trop, peut-être, sur un sujet qu'il ne fallait point relever [...] ainsi, mon ami, laissons le Valais pour une autre fois, et bornons-nous maintenant à nos affaires ; nous serons assez occupés. [117-118]

Or ce qu'elle lui représente n'a rien à voir avec les fantasmes dont il s'est occupé ; quand il l'emportait à chaque pas avec lui au Valais, ce qu'elle a ressenti en cette séparation qu'elle a voulue, c'est l'insupportable de sa présence absente, c'est l'attente de ce qui se dérobe, d'où une disparate, sinon une fracture car au lu de sa lettre, elle affirme qu'il ignore ce qu'elle supporte :

> Je le sens, mon ami, le poids de l'absence m'accable. Je ne puis vivre sans toi, je le sens ; c'est ce qui m'effraye le plus. Je parcours cent fois le jour les lieux que nous habitions ensemble, et ne t'y trouve jamais. Je t'attends à ton heure ordinaire ; l'heure passe, et tu ne viens point. Tous les objets que j'aperçois me portent quelque idée de ta présence pour m'avertir que je t'ai perdu. Tu n'as point ce supplice affreux. Ton cœur seul peut te dire que je te manque. Ah, si tu savais quel pire tourment c'est de rester quand on se sépare, combien tu préférerais ton état au mien ? [118-119]

"Rester quand on se sépare" est donc pire que l'exil. Elle parle ici comme Mme de Sévigné à sa fille. Rien, y compris l'imagination mémorielle ne peut combler le manque de la présence de l'aimé. Quand celui-ci disait la diversion à son désespoir provoquée par le spectacle alpin ou par les Valaisannes, quand il écrivait : "la diversité des objets me rappelant sans cesse en moi-même, je vous conduisais partout avec moi", elle lui répond : "Tous les objets que j'aperçois me portent quelque idée de ta présence pour m'avertir que je t'ai perdu. Tu n'as point ce supplice affreux." La séparation s'inscrit ainsi, sans doute pour la première fois entre eux, comme non-réciprocité dans le discours amoureux. L'épreuve de la mondanité parisienne ne fera que creuser la faille. Et puis il y a cette image en énigme qui exprime ce qu'elle sait de ce qu'il ignore : "je cultivais l'espérance, et la vois flétrir tous les jours. Que sert, hélas ! d'arroser le feuillage quand l'arbre est coupé par le pied?" Dans le contexte de l'exaltation des bienfaits de la pure nature vécue comme rêvée au Valais, cet arbre de l'espérance qu'aucune pluie ne fera revivre est sa réponse désespérée à la rêverie utopique d'une union secrète au Valais ou ailleurs qu'il lui offrira de partager après leur première nuit d'amour, en l'enlevant, mais dont elle sait déjà qu'elle la refusera quoique la désirant du plus profond de son cœur qui ne peut aimer qu'en réunissant les aimés : amie, parents, amant. – Ce qui la voue, autrement dit, à l'alternative de la séparation ou de la dégradation, soit toujours à la déréliction : "Je l'avais trop prévu ; le temps du bonheur est passé comme un éclair ; celui des disgrâces commence, sans que rien m'aide à juger quand il finira. Tout m'alarme et me décourage ; une langueur mortelle s'empare de mon âme" (118). La lettre XVIII de la IIIe partie n'expliquera rien d'autre à l'amant, en lui révélant tout ce qui lui fut dissimulé par amour de ce qui condamnait cet amour.

Du Haut-Valais vers Clarens : du roman d'amour au roman politique

Rousseau tente d'examiner aussi rigoureusement que possible, à travers le dispositif de ses personnages mis en situation en des circonstances qui les font évoluer dans le temps, *ce que peut donner*, dans le contexte de la corruption de l'espèce par les rapports sociaux qu'analyse toute son œuvre, la tentative d'y confronter frontalement le meilleur de la tradition idéaliste de l'amour. C'est la dimension *expérimentale* de ce roman, chez un penseur en qui, nous l'avons vu (v. Genèse de la *Julie* 1), se *composèrent* au contact des Lumières parisiennes, les prestiges du roman idéaliste et de la philosophie. Se forment dès lors ce qu'on pourrait appeler des plans de projection créant des passages et des rapports de longue portée entre des séquences narratives dont les enjeux, tout en demeurant organiquement liés à ceux du roman d'amour, offrent des expériences de pensée par fiction où l'auteur engage ses méditations de penseur politique. C'est dans cette perspective qu'il importe d'éclairer les rapports reliant la lettre sur le Valais de la Ire partie aux développements sur l'économie domestique de Clarens dans la IVe, non sans y inclure la présentation du passage des Alpes et de la descente vers Vevey où croit d'abord devoir se rendre le héros, invité par le couple Wolmar, au retour de son grand voyage.

Toute la partie relative à l'économie et aux mœurs du Haut-Valais développe la séquence sur les "Montagnons" de la *Lettre sur les spectacles* (*OC*. V, p. 55-59), dont le cœur du propos est de persuader le peuple genevois de la dégradation morale où il s'engagerait sans retour en consentant à l'ouverture d'un théâtre souhaitée par ses élites, afin de faire de Genève une capitale européenne comme les autres. Le mythe des Montagnons y enchante donc délibérément une sorte de ruralité montagnarde primitive susceptible de rappeler aux compatriotes de l'auteur une proximité à leurs origines républicaines dont il importe qu'ils revigorent la mémoire, en se protégeant au mieux de la corruption parisienne. Une ruralité montagnarde dont l'article CRÉTIN (c'est-à-dire crétin des Alpes) de l'*Encyclopédie* laissait au contraire entendre le pire. Peu ou pas d'argent donc, guère de médiations, auto-suffisance, modèle familial et non salarial, mœurs politiques républicaines articulées sur les mœurs familiales, ni profit ni misère, production réglée sur les besoins réels, abondance procurée par l'économie et la mesure, l'hospitalité comme valeur cultivée pour elle-même, égalité des enfants avec les parents dès l'âge de raison, quasi ignorance du rapport de maître à serviteur, primat de l'être sur le paraître, valorisation de l'ivresse comme épanchement des cœurs sincères. – Cela sachant ce que la description du Valais par l'amant de Julie doit à l'imprégnation virgilienne et pastorale de son auteur [BERCHTOLD, 2009].

Parallèlement, la relation du maître d'étude de Julie donne l'économie autarcique et la sociabilité naturelle du Haut-Valais comme image, dans l'ordre des rapports sociaux, de ce que les sommets alpins ont su lui procurer, soit un état quasi extatique contrastant par la *tranquillitas animi* qu'il y constate, avec les tensions et les alternatives d'exaltation et de dépression qui caractérisent sa vie amoureuse depuis le début du roman. Mais si l'économie sans profit ni luxe des Montagnons du Valais diffère du tout au tout de celle des plaines engagées dans des activités commerciales, c'est en revanche au bord du Léman que fonctionne l'économie quasi autarcique de Clarens, sorte de meilleur des mondes possibles dans le 'monde d'en bas' tel qu'il est, dont la section "Les mystères de Clarens" montrera qu'il développe à force d'art ce que la nature et le naturel des montagnards Valaisans produisent spontanément, tout en entretenant chez les habitants du domaine l'illusion d'une égalité masquant la réalité des rapports de domination.

Voilà pour le roman politique. Si l'on reprend le fil du roman d'amour, il suffira que le maître d'études amoureux redescende vers le lac Léman pour retrouver à Meillerie les tourments suicidaires de l'"âme sensible" confrontée à la réalité des obstacles que les rapports sociaux et le destin opposent à une passion réciproque vécue et conçue comme naturelle. Or au début de la IVe partie, lorsque le grand voyageur qu'il est devenu retrouvera les Alpes avant de descendre vers Vevey, c'est au même processus qu'assiste le lecteur : une phase "d'extase et de ravissement" en retrouvant "l'air des Alpes si salutaire et si pur", est suivie d'un "mouvement d'effroi" oppressant en entamant la descente vers Vevey (IV, 6, 502-503) – une oppression qui ne va cesser de s'aggraver au point de se transformer en "terreur" lorsqu'après le soulagement apporté par la nouvelle que c'est à deux lieues de Vevey que résident les Wolmar, il ne souhaite plus qu'une chose : qu'un accident survienne à son véhicule afin de différer encore leur rencontre. C'est qu'il craint de retrouver en Mme de Wolmar une quasi-étrangère dont l'aspect, huit ans après leur séparation, pourrait se trouver modifié par son expérience d'épouse et mère autant que par sa variole :

> Jusque-là je m'étais toujours rappelé Julie brillante comme autrefois des charmes de sa première jeunesse [...]. Maintenant j'allais voir Julie mariée, Julie mère, Julie indifférente ! Je m'inquiétais des changements que huit ans d'intervalle avaient pu faire à sa beauté. [...] Mon imagination me refusait opiniâtrement des taches sur ce charmant visage ; et sitôt que j'en voyais un marqué de petite vérole, ce n'était plus celui de Julie. [IV, 6, 502]

Nous verrons dans la section suivante, en analysant la séquence du portrait de Julie dans la IIe partie, quels enjeux essentiels la moindre altération de son image mentale emportait alors pour son amant, lequel va bientôt refuser de se séparer de la miniature (qu'il a fait refaire de mémoire) lorsqu'elle lui sera redemandée par l'entremise de Claire. Mais si nous remontons vers la lettre du Valais et la comparaison que l'amant y développe entre les appâts des jolies Valaisannes et ceux de la chaste Julie dont la pudeur et la simplicité de mise provoquent paradoxalement sa refiguration en brillante Armide triomphant par les charmes de son "acerbe mamelle" devinée sous le fichu qui la voile, nous constatons qu'à la différence de la clarté séductrice de l'image de l'amante qui accompagne comme son double virtuel le voyageur d'alors, cette image, à l'approche des retrouvailles après des années de séparation, est devenue une représentation brouillée : "Je ne voyais plus Julie ; mon imagination troublée ne me présentait que des objets confus ; mon âme était dans un tumulte universel" (IV, 6, 503). L'attendant dans l'angoisse devant la grille de Clarens après s'être fait annoncer, ce n'est pas son image qu'il contemplera d'abord, puisque les Wolmar viennent à lui "par un autre côté" ; mais c'est en entendant *sa voix* qu'il la *reconnaîtra* tandis qu'elle court vers lui : "À ce son de voix je me sens tressaillir ; je me retourne, je la vois, je la sens. [...] Adieu crainte ; adieu terreur, effroi, respect humain. [...] je pétille de joie en la serrant dans [mes bras]" (504). C'est ainsi que le "resserrement" de l'oppression jusque-là subie se convertit en étreinte, tandis qu'il *voit* "du coin de l'œil" qu'on s'empare de ses affaires, "presque oppressé d'aise de voir qu'on y prenait possession de [lui]". C'est vraiment *tout un programme* que cette prise de possession. Mais n'en disons pas plus pour le moment.

L'ÉPREUVE DE LA MONDANITÉ (II, 14-27)

Contextualisation

La première partie du roman s'achève sur une seconde séparation. Celle-ci est aussitôt ressentie par l'amant comme un exil, une quasi mort, alors qu'une boucle se referme, l'enfermant dans l'extranéité autant par rapport aux temps heureux de Vevey que par rapport au monde dans lequel il entre : "Hélas, je commençais d'exister et je suis tombé dans l'anéantissement ; l'espoir de vivre animait mon cœur ; je n'ai plus devant moi que l'image de la mort, et trois ans d'intervalle ont fermé le cycle fortuné de mes jours" (II, 1, 233). L'*incipit* de cette lettre exprime donc la rupture virtuelle redoutée de l'union des âmes. Par la suite, son discours deviendra fragmentaire, incohérent, dans les fragments transmis à Claire par son ami anglais. Il se trouve en effet dans une grave dépression dont il n'émergera qu'à la lettre 10. Pour l'heure, l'image jadis brillante de Julie s'est obscurcie : "je ne sais plus à qui j'écris", lui écrit-il (*id.*), mettant en question la possibilité même de l'énonciation conjointe du discours amoureux. De fait, la contagion progressive du discours parisien sur l'esprit de ses lettres le rendra presque étranger à la langue jusqu'alors partagée avec l'amante.

En ce qui concerne les lettres 2 à 10, elles présentent la tentation puis la résistance de Julie aidée par Claire, à l'égard de la suggestion de Milord Edouard d'aider les deux amants à légitimer leur union en

Angleterre. Passons ses arguments dans la résolution de son dilemme en faveur du bonheur de ses parents, pour insister sur le choix qu'elle y fait d'y confirmer la requalification éthique de l'amour en acceptant de le confronter à la négativité de la corruption parisienne. Le discours de ses alliés l'y aide d'ailleurs, puisque Milord Edouard, comme Claire, soulignent tous deux le caractère exceptionnel du modèle d'humanité que forme l'union des amants, couple dont la valeur n'est pas réductible à la simple somme de ses parties, et dont l'attrait est proportionné à celui que Julie elle-même exerce sur son entourage. – Il convient de remarquer ici que la sphère des amants est dite exercer une contagion 'sublimante' sur ce qui l'environne, ce qui fait antithèse avec la contagion avilissante qu'exercera la sphère parisienne sur l'amant: le couple de Vevey (puis le monde de Clarens) sont en effet pour Rousseau des opérateurs romanesques de mise en question des rapports sociaux contemporains. Dans cette suite de lettres, on observe en outre que l'argumentaire de Julie en direction de son amant tend à lui renvoyer en miroir une dialectique qui lui avait permis, dans la première partie, d'échapper au mépris d'elle-même. Il ne peut déchoir à lui-même dans sa dépression, sans la faire parallèlement déchoir elle-même; d'où une exhortation à se ressaisir pour l'amour d'elle, en dépit de leur séparation, qui promeut son image comme régulateur de son existence:

> Non, mon respectable ami, ce n'est point toi que je reconnais dans cette lettre efféminée que je veux à jamais oublier et que je tiens déjà désavouée par toi-même. J'espère, tout avilie, toute confuse que je suis, j'ose espérer que mon souvenir n'inspire point des sentiments si bas, que mon image règne encore avec plus de gloire dans un cœur que je pus enflammer, et que je n'aurai point à me reprocher, avec ma faiblesse, la lâcheté de celui qui l'a causée. [II, 7, 259]

De sorte que lorsque reprend le discours de l'amant (lettre 10 à Claire), tout paraît s'être réordonné, son égarement étant dénoncé comme chute morale et atteinte irresponsable à l'image de Julie:

> Qu'elle doit gémir de voir profaner son image dans un cœur si rampant et bas! Qu'elle doit de dédains et de haine à celui qui put l'aimer et n'être qu'un lâche! Connaissez toutes mes erreurs, charmante Cousine; connaissez mon crime et mon repentir; soyez mon Juge, et que je meure; ou soyez mon intercesseur, et que l'objet qui fait mon sort daigne encore en être l'arbitre. [II, 10, 263]

Une image qui a recouvré sa souveraineté: "Je sens ranimer en moi ce feu pur et saint [...] je serai par vous tout ce que je dois être [...] cette immortelle image que je porte en moi me servira d'égide..." (267). Cette séquence fait miroir à ce que lui écrivait Julie en I, 32: "tu t'élèves quand je me dégrade [...] sois tout mon être à présent". Le début de la lettre 12, autant dans la citation de Métastase : *O de quelle flamme d'honneur et de gloire je sens embraser tout mon sang, âme grande, en parlant avec toi*, que dans la paraphrase qui la suit, annule le danger de dissonance présenté en ouverture, et marque à nouveau l'effet 'pragmatique' de la lettre comme double ou supplément du corps de l'absente. L'expérience parisienne est alors acceptée comme une épreuve de l'amour pur. C'est l'amante qui en détermine les règles, dans une lettre de "recommandation", dit-elle pour euphémiser son sermon (on pourrait aussi parler de 'lettre de direction' dans le langage de la religion), sorte de bréviaire conçu par la Dame à l'usage de son chevalier servant, si l'on regarde cela à travers le filtre courtois, comme Rousseau a eu la tentation de le souligner, avec la référence (supprimée) de la conclusion de la lettre précédente à un roman du XVe siècle, *Le Petit Jehan de Saintré* – on suppose que cette suppression tient à l'identification négative des contemporaines qu'elle illustre dans la *Lettre sur les spectacles :* "Parcourez la plupart des pièces modernes, c'est toujours une femme qui sait tout, qui apprend tout aux hommes, c'est toujours la Dame de Cour qui fait dire le catéchisme au petit Jehan de Saintré" (*OC.* V, p. 45). C'est Julie encore qui tirera les leçons de l'expérience dans la lettre qui referme la séquence parisienne. Entre ces deux lettres, et hormis les lettres 20, 22 et 25 relatives à l'envoi du portrait, le discours de l'amant court sur son erre, les réponses de l'amante se montrant inefficaces à l'infléchir. Ce qui ne laisse pas de donner à réfléchir sur les enjeux d'une telle émancipation.

La prêcheuse catéchise donc l'impétrant, présupposant d'emblée trois acquis : le travail intellectuel n'a pas dégradé son naturel, le langage de la galanterie lui demeure étranger, l'ardeur de l'amour véritable a "déployé" les facultés innées de son l'âme. L'éducation sentimentale de l'amant aurait au fond été une propédeutique à la vie dans le monde, mais selon la voie naturelle (c'est à peu près l'état où Rousseau souhaite Émile à l'orée du livre V); d'où l'image printanière d'une âme-fleur en plein épanouissement. – Le caractère illusoire de cette idéalisation est souligné par la remarque persifleuse de l'éditeur en note : "Justesse de sens inséparable de l'amour ? Bonne Julie, elle ne brille pas ici dans le vôtre" (269). Dans ces recommandations, ce qui lie le double danger de l'oubli de la vertu et de l'amour, c'est la corruption mondaine. Ce n'est pas sa version grossière, au niveau des sens, qu'elle redoute d'ailleurs, mais la contamination insidieuse de ce qu'elle appelle "les maximes du monde" et ses “sophismes adroits”, autrement dit toute l’idéologie de la mondanité comme masque du Mal ; “fausse raison”, “fières erreurs”, écrit-elle, “car la source du bonheur n’est toute entière ni dans l’objet désiré ni dans le cœur qui le possède mais dans le rapport de l’un et de l’autre” (272). Entre la permanence réciproque postulée de l’image intérieure des amants et les inconstances potentielles de l’amant, le discours de l’amour véritable exprime une inquiétude jalouse quant à la résistance aux tentations auxquelles expose la séparation, soit la déconnexion du plaisir et de l’amour : “tu les goûteras séparés de lui, et ne les pourras reconnaître” (273). Le futur de l’indicatif la fait prophétesse de malheur comme ultime recours du discours amoureux affirmant l’irréductible de sa puissance selon un autre sens du mot “simulacre” (270) qui, selon le Trévoux, se dit aussi pour “spectre, fantôme” : “le souvenir de nos premières amours te poursuivra malgré toi. Mon image, cent fois plus belle que je ne fus jamais, viendra tout à coup te surprendre. À l’instant le voile du dégoût couvrira tous tes plaisirs, et mille regrets amers naîtront dans ton cœur” (273).

La voici donc projetée en moderne Érinye pratiquant l’amour véritable dans la vengeance même : “Mon bien-aimé, mon doux ami, ah ! si jamais tu m’oublies... Hélas ! je ne ferai qu’en mourir ; mais toi tu vivras vil et malheureux, et je mourrai trop vengée” (*id.*). Elle mourra bien d’un impossible amour terrestre, laissant amant, amie et mari on ne peut plus malheureux, quoiqu’elle n’ait souhaité se venger de quiconque à cette occasion, bien au contraire. La parole de Julie est ici à hauteur de destin, comme dans la tragédie ou l’épopée. Mais par là-même, dans sa négativité envisagée, l’épreuve a vocation, quels qu’en soient les aléas, à confirmer sa confiance en la puissance qualifiante de l’amour électif : “Va, mon aimable ami, chercher sous les auspices du tendre amour un sort digne de le couronner” (274). Ainsi les éventuelles trahisons de l’amant, comme la contamination progressive de son discours par la mondanité, sont-elles conçues comme autant d’épreuves nécessaires, en vue de la sublimation du sentiment amoureux et de son discours.

Mondanité

À l'*incipit* de la lettre 14, le spectacle parisien ne présente qu'un chaos d'où n'émerge aucun sens : "vaste désert", "solitude affreuse", "morne silence" : telles sont les premières impressions du jeune lettré étranger confronté à l'agitation d'une grande capitale ; très vite imité, cet *incipit* passera en lieu commun [DELON, 2012, p. 34]. C'est une radicale extranéité à ce monde de la confusion qui s'exprime, en des mots qui paraphrasent ceux d'Ovide exilé chez les Sarmates, *Barbarus hic ego sum quia non intelligor illis,* que Rousseau mit en épigraphe à son premier *Discours* : "je n'entends point la langue du pays, et personne ici n'entend la mienne". Deux choses sont dès lors posées par l'amant : la langue du duo amoureux, celle de l'amour véritable, est ici une langue étrangère ; quant à la langue du pays, elle ne le lui est pas moins, mais contraint par force autant que par amour à vivre à Paris, il va lui falloir l'apprendre, au risque d'y gâter la sienne.

Par la suite, à partir du moment où le spectateur s'est "plongé dans le torrent" (II, 17, *incipit*), lui apparaît la raison de l'initiale insignifiance du monde parisien, liée qu'elle est à la "mobilité" des objets. Dans ce milieu agité, l'observateur n'a que deux possibilités : soit adopter une posture de ferme objectivité qui garantit la stabilité de sa perspective mais ne saisit ses objets qu'en les isolant de leurs *rapports ;* soit se mêler au flux, avec le risque d'y perdre le minimum de distanciation nécessaire au discernement, en ne retenant "que des impressions confuses qui ressemblent au chaos" (296). À cette impasse, LÉVI-STRAUSS [1962] opposerait cette remarque : "dans l'expérience ethnographique [...] l'observateur se saisit comme son propre instrument d'observation ; de toute évidence, il lui faut apprendre à se connaître [...] une évaluation qui deviendra partie intégrante de l'observation d'autres soi."

Or la connaissance de soi est précisément *l'angle mort* de l'apprenti ethnographe, dont le pari aussi risqué qu'inévitable sera de rechercher un compromis dans cette alternative, en acceptant la contamination mondaine des manières, du regard et même du discours parisien, du moins "jusqu'à un certain point", afin tout simplement d'être reçu, condition *sine qua non* de l'exercice de son observation – n'ayant que cela à y faire (il est pensionné par Lord Bomston), pratiquant une autre religion, ayant statut d'étranger. Pour être accepté, il convient d'acquérir un art dont l'amante sait trop bien qu'il le possède à fond : celui de séduire. Mais la façon parisienne en ce domaine est une tout autre affaire dont il énumère conditions et règles : celles de l'honnêteté, sinon de la galanterie : une sorte singulière d'ascèse, fort exigeante en ce qu'elle demande de prudence et de capacité de dissimulation ; pour l'heure, il n'en voit que les avantages, d'autant que l'amitié de Bomston lui vaut celle de ses amis dans la place (II, 17, 297).

Selon la lettre 14, la société, les mœurs et le langage parisiens sont régis par un processus de perpétuelle mutation des apparences couvrant la stricte hiérarchisation des rapports sociaux : Paris est "la ville du monde où les fortunes sont les plus inégales" (280), autant que leur régulation : chacun y parle si automatiquement "le langage de son habit" (281), que situations et intérêts de tel ou tel laissent prévoir ce qu'il dira ou fera (d'où la comparaison de la mondanité à un "tableau mouvant" (284), ces "tableaux mécaniques" à automates dont raffolait l'époque [Chappuis, 1979, ch. 7]). De façon concomitante, ce déterminisme social se masque d'une échangeabilité quasi générale des "tons", des manières et des styles voilant ce qui la soutient : "quoique tous prêchent avec zèle les maximes de leur profession, tous se piquent d'avoir le ton d'un autre. Le Robin prend l'air cavalier, le financier fait le Seigneur, l'Évêque a le propos galant, l'homme de cour parle de philosophie, l'homme d'État de bel-esprit" (283). Cette virtuosité mimétique concerne également les femmes, puisque les bourgeoises imitant les dames de la cour, celles-ci s'en rendront inimitables par l'imitation des prostituées comme *must* de la Distinction à la mode. La violence sociale se travestit jusqu'au non-sens en frivolité généralisée, sur fond de corruption générale. Il en découle une dévaluation du rapport à la vérité, autrement dit un discours foncièrement sceptique qui ne prend pas ce qui se dit pour ce qui se fait, qui déconnecte maximes et principes affichés des conduites effectives, considère la morale comme "pur verbiage", etc.

Tout cela se rencontrait déjà dans le Pascal des fragments sur le divertissement ou sur le pouvoir de l'imagination, non moins chez La Rochefoucauld ; le ballet des fausses apparences folles d'elles-mêmes avait été épinglé par deux ethnologues persans qui n'étaient pas dépourvus de capacités d'analyses socio-économiques. Le Suisse Béat de Muralt, quoique d'une plume moins allègre que le héros de Rousseau, s'était déjà effaré les rythmes effrénés de deux grandes capitales contemporaines, sans compter la vigoureuse satire des grandes cités dans les écrits antérieurs de Rousseau lui-même ; l'amant de Julie écrit d'ailleurs un petit traité (que nous ne lisons pas mais qui est communiqué à Julie par les amis auxquels son amant l'a envoyé – cf. le PS de la lettre 27), dans lequel il développe une analyse plus profonde de la société parisienne. Au reste, Rousseau (comme éditeur) a bien pris soin de prendre ses distances, tant à l'égard du propos que du style de ces lettres, dans la note infrapaginale de la lettre 14 (279). Pour autant, demeure, mais en filigrane, l'originalité de son approche en ce domaine, laquelle procède de son anthropologie générale. Sous rapports sociaux, chacun vit dans la hantise du regard de l'Autre : ce règne de l'apparence est le résultat d'une dénaturation collective qui n'a d'autre source que l'invention de la propriété, c'est-à-dire de l'inégalité. C'est la clef de tout son propos en tous ses ouvrages, y compris ces lettres parisiennes en ce qu'elles exemplifient de la prolifération des masques où se dissimule le règne omniprésent de "l'amour de soi-même et de toutes choses pour soi" (La Rochefoucauld) : l'amour-propre autrement dit, un produit social inflammable qui alimente et menace à la fois l'ordre des rapports – tout le jeu de convenances de l'honnêteté mondaine n'ayant d'autre fonction que de sauvegarder un minimum de cohérence, au moins dans les apparences, afin que le système continue à fonctionner : c'est ce que pense Rousseau à la suite, sur ce dernier plan du moins, des moralistes classiques et des tenants modernes du principe de l'intérêt bien compris en matière économique et sociale.

Ce qu'observe le héros quant à lui, c'est l'affolement contemporain de ce dispositif de sauvegarde, entraînant une surenchère effrénée dans la valorisation des masques et la confusion des identités dont l'opéra, le théâtre et la musique elle-même attestent la virulence contagieuse qui ne peut qu'inquiéter. Ce qui le frappe en particulier comme amant de Julie, ce sont les conséquences induites dans le domaine des rapports au sein du couple : "la première venue, le premier venu [...] tous sont presque également bons" (328), le mariage n'étant qu'un adjuvant commode à la facilité des liaisons ; quant au discours sur l'amour, son dictionnaire a enlevé toute portée à la notion d'adultère, et évacué "les mots mêmes d'amour et d'amant" avec leur constellation de métaphores passionnelles. Une observation parfaitement accordée à ce qu'on lit à ce propos dans tous les romans et contes libertins du temps – mais une observation qu'il convertira en argument dans la IIIe partie pour inciter Julie à l'adultère au prix d'un compromis douteux avec leur propre éthique de l'amour : "Quel mal reçoit un mari d'une infidélité qu'il ignore ? De quelle complaisance une femme ne rachète-t-elle pas ses fautes ? [...] ce prétendu crime dont on fait tant de bruit n'est qu'un lien de plus dans la société" (III, 16, 405). La lettre III, 18 de Mme de Wolmar en attestera la tentation réciproque, tout en réfutant *a posteriori* l'argument au nom de leur éthique amoureuse.

Il y a là, sur le fond comme dans le style quasi crébillonien de cet observateur engagé malgré lui jusqu'au cou dans le code de la mondanité, de quoi faire frémir son amante si l'on se réfère au code des "Romans qu'on ne lit plus" (327) qu'ils ont jusqu'alors partagé. La seule interchangeabilité qu'elle connaisse et admette, la voici de la plume de l'amant, au lendemain de leur "nuit inconcevable" :

> Ce n'est que d'hier seulement que j'ai goûté cette volupté si pure. Tu m'as laissé quelque chose de ce charme inconcevable qui est en toi, et je crois qu'avec ta douce haleine tu m'inspirais une âme nouvelle. Hâte-toi, je t'en conjure, d'achever ton ouvrage. Prends de la mienne tout ce qui m'en reste, et mets tout à fait la tienne à la place. [I, 55, 187]

L'aliénation réciproque des âmes aimantes est le fil rouge de l'ensemble du roman en dépit des aléas, des obstacles et des écarts – bref, de toutes les épreuves et péripéties auxquelles elles se trouvent affrontées : "deux âmes si étroitement unies, demande Julie, à propos de son supposé rêve durant sa variole, ne sauraient-elles avoir entre elles une communication immédiate, indépendante du corps et des sens?" (III, 13, 396); "j'ai fait le tour entier du globe, écrit Saint-Preux au retour de son voyage et n'ai pu vous échapper un moment. On a beau fuir ce qui nous est cher, son image, plus vite que la mer et les vents, nous suit au bout de l'univers ; et partout où l'on se porte, avec soi l'on y porte ce qui nous fait vivre" (IV, 3, 494) ; et quand à la fin du roman, Julie lui propose de se réunir à Clarens en épousant Claire, désormais veuve, il lui répond : "O Julie ! il est des impressions éternelles que le temps ni les soins n'effacent point. La blessure guérit, mais la marque reste, et cette marque est un sceau respecté qui préserve le cœur d'une autre atteinte" (VI, 7, 791).

À cette aliénation irréductible de la constance amoureuse s'oppose l'aliénation non moins irréductible de l'être dans le paraître propre aux collectivités modernes : "c'est le premier inconvénient des grandes villes que les hommes y deviennent autres que ce qu'ils sont, et que la société leur donne, pour ainsi dire un être différent du leur" (II, 21, 329) ; une aliénation qui est désappropriation radicale des subjectivités individuelles : "le *je* est presque aussi scrupuleusement banni de la société française que des écrits de Port-Royal ; et les passions humaines, aussi modestes que l'humilité chrétienne, n'y parlent jamais que par *on*" (II, 17, 306) ; d'où cette formule sur laquelle ironisera Julie (II, 15), mais qui, envisagée au point de vue de la défiguration de l'éthique amoureuse par la mondanité, s'avère lourde de sens :

> Quiconque aime à se répandre et fréquente plusieurs sociétés doit [...] changer de principes comme d'assemblées [...] : il faut qu'à chaque visite il quitte en entrant son âme, s'il en a une ; qu'il en prenne une autre aux couleurs de la maison, comme un laquais prend un habit de livrée, qu'il la pose de même en sortant et reprenne, s'il veut, la sienne jusqu'à nouvel échange. [II, 14, 283]

Qu'est-ce d'autre que *le mode mondain de l'échange des âmes* qui se trouve là décrit ? Or l'amante lira bientôt cet aveu de l'amant qui l'identifie à ce mode : "Chaque jour en sortant de chez moi j'enferme mes sentiments sous la clef, pour en prendre d'autres qui se prêtent aux frivoles objets qui m'attendent" (308) ; la conséquence en étant que l'image intime de l'amante s'oblitère, et du même coup sa propre identité, qu'il décrit comme en voie de dissolution dans le flux de la mondanité :

> Forcé de changer ainsi l'ordre de mes affections morales, forcé de donner un prix à des chimères, et d'imposer silence à la nature et à la raison, je vois ainsi défigurer ce divin modèle que je porte au dedans de moi, et qui servait à la fois d'objet à mes désirs et de règle à mes actions, je flotte de caprice en caprice, et mes goûts étant sans cesse asservis à l'opinion, je ne puis être sûr un seul jour de ce que j'aimerai le lendemain. [II, 17, 308-309]

CQFD, si l'on ose dire. La dernière phrase pourrait être signée d'un Meilcour ; quant au mot "goût", sa connotation libertine signale la perturbation du discours amoureux par son contraire. Démonstration est faite de ce que l'observateur qui prétendait s'immerger dans le torrent sans s'y noyer, se trouve à la veille de sa métamorphose en vaguelette : le code de l'éthique amoureuse prêché en II, 11 s'avère sinon obsolète, du moins relégué à la portion congrue, tandis que le verbe aimer se trouve conjugué en mode d'inconstance.

Contagion

Si l'image régulatrice de l'amante se dilue donc progressivement dans le flux de la mondanité parisienne, de ces lettres au fond désolantes elle se trouve la destinataire ; c'est donc en fonction de cette destination et de cette image en cours d'oblitération qu'elles doivent être envisagées. Or si le repérage des thèmes 'parisiens' autorisait une description disons tabulaire, leur répercussion sur le discours de l'amant exige une approche dynamique de la progressive contagion de son propos par les objets auxquels il paraît s'en prendre.

Au départ, dans la lettre 14, s'affirme clairement l'hétérogénéité ressentie du langage de la mondanité et de celui des amants. Nous venons de voir qu'occupé à longueur de journées à l'apprentissage théorique et pratique du premier, le héros ne retrouve le second qu'une fois rentré chez lui ; si cet apprentissage lui profite en le répandant dans le monde parisien jusqu'en ses élites, il paraît devenu incapable de ne pas en imprégner les lettres envoyées à l'amante. Si bien qu'en voulant dénoncer, par exemple, les "sophismes subtils" propres à ceux qu'il côtoie (281), il recourt aux mêmes subtilités, à très peu près, en ses propres satires. En des sortes de commentaires stylistiques Julie, bien avertie par Claire qui ne manque pas de lucidité critique en la matière, s'en émeut, arguments à l'appui, cinglant le mimétisme inconscient (elle veut le croire) de l'amant à l'égard de ce qu'il décrit, et surtout l'avertissant de ce qu'il lui parle en une langue étrangère à la leur, qui est tout ce qui lui importe :

> Dis-moi, je te prie, mon cher ami, en quelle langue ou plutôt en quel jargon est la relation de ta dernière Lettre ? Ne serait-ce point là par hasard du bel esprit ? Si tu as dessein de t'en servir souvent avec moi, tu devrais bien m'en envoyer le dictionnaire. [II, 15, 286]

Au point de vue rhétorique, elle pratique ici la rétorsion, qui consiste à reprendre contre l'adversaire son propre argument pour le mettre en contradiction avec lui-même – ce que l'amant reprochait précisément aux Parisiens (283). Au point de vue stylistique, elle relève une sorte de néologie qui détonne dans le genre de la lettre familière, comme au fond dans l'usage. – Voltaire ne manquera pas l'occasion de s'en moquer en observant malicieusement que, de fait, l'amant y déparle en oubliant à qui il parle [1961, p. 397-398]. Ce que n'a garde d'oublier la destinataire, qui rappelle l'oublieux à la vérité de leur relation et du code qui la règle, épinglant dans la fausse gaieté de sa lettre la défaillance du naturel propre à l'amour véritable, dont la joie est "sans ornement, sans art, nue comme lui" (288).

Les excuses de l'amant (lettre 16) attestent autant qu'a bien été entendu ce rappel à l'ordre, qu'elles représentent les embarras et les ambiguïtés dans lesquels se trouvent désormais englués leurs échanges [Mall, 1993]. S'il se voit en "philosophe" plutôt qu'en satirique : "ce ne sont pas les Parisiens que j'étudie, mais les habitants d'une grande ville" (291) ; s'il revendique la liberté d'affronter la représentation de sujets qui le révoltent : "laisse-moi donc [...] m'animer au pur zèle de la vérité par le tableau de la flatterie et du mensonge" (293) ; et s'il avoue enfin sa conscience d'être sensible à une possible contamination par ce qu'il fréquente, c'est qu'il n'a pas d'autre issue dans la situation qu'elle lui a imposée avec cette séparation sans commune mesure avec son premier exil au Valais. D'où un appel à faire l'effort de partager son regard pour qu'elle demeure sa compagne mentale, comme elle l'était dans ses pérégrinations au pays de Vaud : "autrement le découragement va m'atteindre à chaque pas, et il faudra que j'abandonne tout si tu ne veux rien voir avec moi" (*id.*). Cet appel produira chez elle une tentative aussi touchante qu'à peu près désespérée de pallier l'absence par le partage d'un portrait censé capable de matérialiser, pour ainsi dire magnétiquement, la dimension physique de la réciprocité amoureuse. Nous verrons plus loin en quoi l'antidote talismanique dont l'idée était survenue comme thérapie enchantée contre "le mauvais air" du pays mondain, s'est avérée elle-même contaminée par ce qu'elle était censée soigner.

Car elle l'avait bien compris : dès la lettre 17, le propos de l'amant assume sa contamination : de même que le regard doit se plier à la mobilité des objets pour en épouser la forme, de même doit-il plier son discours à la rapidité du torrent pour en exprimer le cours. Le statut d'observateur impartial est présenté comme intenable : "il faut commencer par pratiquer ce qu'on veut apprendre", lui écrit-il en guise de discours de la méthode ethnographique, ce qui, somme toute, coule de source au siècle de Newton et de l'expérimentation scientifique dont l'amante a bien été informée naguère par son maître d'étude ; mais ce qui précède ne peut que la choquer : "dans l'école du monde comme dans celle de l'amour, il faut commencer..., etc." (296-297) Voilà réunis dans le même sac l'amour et la mondanité envisagés au point de vue de la méthode : c'est exactement l'enjeu du rôle du libertin Versac auprès du jeune Meilcour dans *Les Égarements* de Crébillon : le déniaiser au plus tôt de ses illusions romanesques en l'initiant au jeu de rôle des salons et à l'art de saisir l'occasion à la pointe de l'instant, autrement dit du moment favorable dans le flux du torrent mondain. – Les premières réponses de la demoiselle d'Étange à son maître d'études amoureux ne l'envisageaient pas autrement que comme un "vil séducteur", un "homme artificieux" (I, 4) ; et l'Éditeur d'insister en note, le comparant, pour le pire, à Abélard : "si sa grande jeunesse ne l'excusait pas, avec ses beaux discours il ne serait qu'un scélérat" (I, 24, 116). Ambiguïté du nouvel Abélard.

Dans la réponse de Julie qui s'ensuit, c'est pour bonne part le discours sur Claire, mais aussi de Claire, qui prévaut, comme une façon de suppléer provisoirement à l'aporie dans laquelle l'enfermait la lettre précédente : consentir à participer au point de vue contaminé de l'amant pour qu'il y conserve l'illusion d'une communauté de vue perdurante, ou persister à le dénoncer comme étranger à leur propre idiome amoureux, au risque de le désespérer. Il est donc question du mariage de l'Inséparable dont la première conséquence est l'inquiétude d'un retrait relatif de sa présence avertie, la seconde conséquence étant la nécessité de trouver un autre point de chute pour leur correspondance, avec les risques encourus par les expédients auxquels il leur faudra recourir ; l'affirmation de son amour pour la France paraît assez incongrue en ces parages (peut-être est-ce là une précaution de Rousseau lui-même ?) ; conseil irréaliste de prendre un emploi ; demande d'une lettre sur les Parisiennes où se profile de l'inquiétude jalouse (il le lui suggère en II, 21 et elle l'admet en III, 18, 416), mais peut-être est-ce aussi une commande de Claire qui réclame sous son couvert une lettre sur l'Opéra qu'elle obtiendra, comme Julie obtiendra la précédente, l'amant ayant fort bien compris quel jeu de suppléance, là encore, s'en mêlait. Mais comme chez Rousseau rien n'est sans rapports dialectiques, il est vrai que ces deux demandes répondent à sa propre demande d'un partage d'intérêt pour les descriptions qu'il leur envoie. En tout état de cause, les capacités régulatrices de l'image et du discours de l'amante paraissent désormais en perte de vitesse.

Passons rapidement sur la longue lettre 21 à propos des Parisiennes qui n'est pas des plus réussies à toutes sortes d'égards (Julie la démonte sans pitié en II, 27) : lieux communs misogynes dans toute la Ire partie, composition binaire opposant artificiellement le négatif et le positif, etc.

Si elle s'autorise d'une demande de Julie, son premier paragraphe n'est pas tendre avec elle quoiqu'en termes galants ces choses-là soient dites. Julie est d'ailleurs évacuée du propos comme référence *in absentia* dès le paragraphe suivant ; sa mention ne reviendra que tout à la fin, dans une hypothèse au fond quasi blasphématoire : "si Julie n'eût point existé…". Quant à la lettre 23, si elle est destinée à Claire, c'est que désormais les lettres parisiennes ne peuvent plus être adressées à Julie. Seule la "légèreté" de son amie peut autoriser le badinage et la virtuosité factice de cette lettre. Entièrement occupé d'une satire de la musique française qui est "à faire éclater de rire, écrivait D'ALEMBERT, tant il y met de dénigrement et de partialité" [1799, p. 126] (Rousseau paraphrasant ici, jusque dans l'invective, sa propre *Lettre sur la musique française* qui avait tant scandalisé), le discours de l'amant fait l'impasse sur la musique italienne à laquelle pourtant il s'est trouvé initié, dès la première époque de leur amour, comme chant qui parle au cœur. Cette ellipse est donc symbolique.

Le portrait de Julie

Il est temps d'en venir aux échanges autour du portrait de Julie. L'amant s'étant avoué aussi dissemblable de lui-même qu'il est possible, de par l'affaiblissement du pouvoir de son image régulatrice, elle a pris l'initiative de lui envoyer son portrait en miniature, comme "un préservatif durant la journée contre le mauvais air du pays galant" (II, 20, 319), lequel est clairement présenté, sous couvert de badinage, comme un talisman spécifique aux amants platonisants, puisqu'il possède la "vertu électrique très singulière, mais qui n'agit qu'entre les amants fidèles […] de communiquer à l'un l'impression des baisers de l'autre à plus de deux cents lieues de là" (*id.*). Ici encore se réactive en termes de physique moderne un cliché romanesque qu'on suit depuis la miniature d'Astrée peinte d'après le souvenir que Céladon garde de l'aimée jusqu'au portrait dérobé par M. de Nemours, pour une conjuration de l'absence par la jonction des âmes à laquelle l'amante ne cesse de rêver. Lecteur du *Grand Cyrus*, Rousseau s'est certainement souvenu des "assignations d'esprit" que se donnaient Lucrèce et Brutus, selon ce qu'en rapporte Herminius :

> […] car ils convinrent d'une heure chaque jour, pendant laquelle ils se promirent de penser l'un à l'autre ; et ce qu'il y a d'admirable, est qu'effectivement Brutus attendait quelquefois cette heure-là presque avec autant

> d'impatience, que s'il eût dû voir Lucrèce; car il trouvait quelque chose de si doux à être assuré que positivement elle pensait à lui, en même temps qu'il pensait à elle, que quand il se mettait en fantaisie de m'exagérer la douceur que cette espèce d'assignation lui donnait, je ne pouvais douter qu'il fût le plus heureux des hommes." [SCUDÉRY, 1654, IIe partie, livre 2, p. 461]

Par la confection et l'envoi de ce portrait, l'amante s'imagine renforcer son image intérieure affaiblie; or c'est une erreur majeure de sa part (quoique une réussite au point de vue littéraire [LABROSSE, 2012 (a)], car c'est une concession à la mondanité comme culture de l'apparence: elle met ainsi son *image spirituelle active* en concurrence avec une peinture sans âme, d'ailleurs tellement stéréotypée qu'une fois passé le premier émoi avec l'exaltation érotique qui l'accompagne [FORT, 2004], l'amant constate qu'il la rend *dissemblable*, elle aussi, *à elle-même*: "la première chose que je lui reproche est de te ressembler et de n'être pas toi" (II, 25, 351), s'autorisant à juste titre, selon leur code amoureux, de ce qu'il est impossible d'approcher son image intérieure par l'imitation de son apparence: "c'est dans ton cœur, ma Julie, qu'est le fard de ton visage, et celui-là ne s'imite point" (*id.*). Considérant qu'il est seul (avec elle) à connaître intimement cette image, puisqu'il la trouve peinte en son âme, il réagit dès lors en renchérissant d'art par l'envoi de son portrait épistolaire travaillé de mémoire au détail près (jusqu'à oser rendre les irrégularités de son modèle), prélude à la réfection de la miniature avec la collaboration d'un peintre parisien; comme le note Jean-Christophe Sampieri, cela procède à l'évidence "d'une inflation du signe et d'une dérive spectaculaire" [2012, p. 212]; une dérive qui s'achève en noyade dans les bas-fonds selon la lettre suivante.

Rousseau a donc voulu que son philosophe suisse étourdi par l'air de Paris, se prenne ici pour un artiste de la plume et un amateur d'art compétent, ce qu'il n'est en aucune manière – les deux amies le persiflent d'ailleurs ouvertement sur ses prétentions à cet égard, Julie lui reprochant, *mezza voce*, de donner à son esprit "la teinte de celui du pays" (II, 15, 287). Laissant en effet sa vanité l'aveugler sur ce que son exercice de style maniériste redouble l'erreur de son amante, et aggravant la confusion de l'image intérieure dont il s'est inspiré (laquelle inclut naturellement l'idéal) avec l'artifice de la reproduction illusoirement 'réaliste' – emblématique du monde des seules apparences sensibles dont lui-même ne se trouve déjà que trop contaminé. Roger de Piles, l'un des meilleurs théoriciens de l'art au siècle précédent, n'écrivait-il pas: "Ne savez-vous pas que la peinture n'est qu'un fard, qu'il est dans son essence de tromper, et que le plus grand trompeur en cet art est le plus grand peintre?" [cité in LAVEZZI, *AJJR* 44, p. 459]. Les voilà donc pris l'un et l'autre dans un jeu mimétique redoutable, qui accélère encore la dégradation de l'image intérieure de Julie dont l'amant, de son propre aveu, se séparait déjà mentalement durant ses journées pour le moins dispersées, ne la retrouvant qu'au soir, pour l'exalter en gloire, certes – mais combien de temps encore?

Pour sauver la situation, il ne faudra pas moins que l'aveu de sa coucherie d'une nuit, avec la prise de conscience du désastre moral en cours qu'elle déclenche brutalement, puis la découverte de leur correspondance à Vevey, la mort de madame d'Étange, la rupture de Julie, sa petite vérole, l'"inoculation de l'amour" enfin, avec le retour en grâce passionné qu'elle suscite (v. L'épreuve de la mort) – On ne platonise pas au siècle du libertinage sans payer le prix fort en termes de péripéties...

L'aveu et le pardon

En ce qui concerne la visite de l'amant aux courtisanes, elle n'a pas l'importance qu'il suppose aux yeux de l'amante car son aveu atteste qu'elle n'a pas été oubliée, en dépit des "efforts" du premier pour "voiler" son image (II, 26, 358) ; son récit démontre en effet ce qu'elle lui prédisait en II, 11, soit que son image le poursuivrait au milieu des plaisirs au point de l'en dégoûter et de se dégoûter lui-même. Ce qu'il présente en mode dramatisé est lu par elle, au moins pour ce qui le concerne, en mode quasi burlesque; qu'il l'envisage ainsi montre d'ailleurs bien à quel point son discours a dévié de ses prémisses ou de ses racines. Julie lui avait prédit, on l'a vu, qu'une défaillance par les sens le guettait à Paris, mais qu'elle n'avait pas en elle-même d'importance au regard d'une dégradation redoutée de son idée même de l'amour et de la vertu. Or ce qu'écrit l'amant en ouvrant son aveu, c'est que le propos qu'il va tenir échappe au discours même qu'ils partagent: "la plume échappe à ma main tremblante [...] j'ai peine à former les traits d'une lettre qu'il ne fallait jamais écrire". La confession de la faute est désignée comme ce point du discours où la perversion qui l'a contaminé le rend impossible à tenir; mais le pacte de sincérité qui les lie depuis le Ire partie, ainsi que le remords affiché révèlent du même coup la capacité potentielle de leur discours amoureux à accueillir le dire de la faute comme acte libérateur. Par l'aveu, le langage de l'amant retrouve enfin la simplicité dont le discours de la mondanité l'avait éloigné : "De peur d'être tenté de chercher des excuses qui ne me rendraient que plus criminel, je me bornerai à te faire un détail exact de ce qui m'est arrivé. Il sera aussi sincère que mon regret ; c'est tout ce que je me permettrai de dire en ma faveur" (355).

Artifice cousu de fil blanc, certes ; mais que, pour cette fois, l'amant prétende rendre au moins quelque chose de la réalité des faits, dévoile du même coup des lacunes dans ses relations antérieures, relatives à la vulgarité de certaines de ses fréquentations, ce qui en dit long sur tout ce qu'il a tu à l'amante des événements inavouables de sa vie parisienne. Elle ne manquera pas de lui répondre qu'elle en avait deviné l'essentiel au seul vu du ton de ses lettres et du fond de leur propos, à peu près vide de sens à son avis, en particulier les deux dernières ; quant à la supposée sincérité de cette confession, elle n'y croit guère tant elle est farcie d'invraisemblances qui confinent au ridicule, le fond de l'affaire relevant d'un amour-propre invétéré masqué en "mauvaise honte" (le Rousseau du "ruban de Marion" montre ici le bout de l'oreille) ; sans s'y attarder outre mesure, elle se borne à constater la faiblesse intellectuelle des relations qu'il lui a envoyées au regard de ce dont il s'était montré capable naguère à propos du Valais, refusant d'attribuer cette déchéance à autre chose que la qualité déplorable de ses fréquentations, quand Paris lui offrait des maîtres intellectuels capables de l'élever, et des pauvres auprès desquels exercer des bienfaits. Rappel ici de l'affaire Fanchon Regard où il s'était qualifié à ses yeux dans l'ordre de la bienfaisance qui constitue, depuis le début du roman jusqu'à la fin une détermination essentielle du caractère de Julie. Si Valmont saura contrefaire y compris cette vertu, elle échappe encore selon elle à la contagion mondaine : "comme l'esprit s'étrécit à mesure que l'âme se corrompt, vous sentirez bientôt [...] combien un tendre intérêt aux malheurs d'autrui sert à mieux en trouver la source et à nous éloigner en tous sens des vices qui les ont produits" (368) – une façon plus sûre au bout du compte, de ne jamais l'oublier elle-même.

Cela étant, la faute confessée est analysée d'emblée comme produit inéluctable et presque attendu d'une perspective d'emblée faussée sur la vie parisienne : "votre première erreur est d'avoir pris une mauvaise route en entrant dans le monde ; plus vous avancez, plus vous vous égarez" (360). L'amant s'est laissé prendre par le miroir aux alouettes, y révélant un manque de maturité : "était-ce la peine de recueillir avec tant de soin des usages et des bienséances qui n'existeront plus dans dix ans d'ici, tandis que les ressorts éternels du cœur humain, le jeu secret et durable des passions échappent à vos recherches?" (361). Elle avait donc elle-même largement surestimé sa "justesse de sens" acquise par l'amour (II, 11, 269), comme en avertissait laconiquement la note ironique de l'éditeur, qui prévenait d'ailleurs dans la note liminaire de cette seconde partie, que la déraison serait de règle dans les discours des deux amants – Julie la raisonneuse n'étant jamais en reste sur ce plan, cela jusqu'à sa fin: "Je me suis longtemps fait illusion. Cette illusion me fut salutaire; elle se détruit au moment que je n'en ai plus besoin." Pour l'heure, il lui suffit que l'amant ait honoré tant bien que mal le pacte de sincérité exigé bien en amont: son rude sermon n'a de sens que sous-tendu par un pardon tout droit issu de l'amour; un amour toujours exigeant comme le souligne le post-scriptum, qui fait amende honorable des reproches de frivolité au vu des lettres envoyées à Milord Edouard, tout en estimant que l'intelligence de l'amour la qualifie pour en apprécier le prix, d'autant que la perspective d'un mariage demeure la sienne: "Voulez-vous me donner l'humiliation de croire que si le Ciel unissait nos destinées, vous ne jugeriez pas votre compagne digne de penser avec vous?" – Ce qui est vraiment écrire au bord du précipice, puisque le billet suivant annonce la catastrophe de la découverte de leur correspondance à Vevey qui signe leur vocation à la séparation.

L'ÉPREUVE DE LA MORT (III, 1-17)

Mort de Mme d'Étange et ses suites (1-12)

Cette chaîne de lettres voit se succéder à un rythme rapide toute une série de péripéties, les deux premières: découverte des lettres, mort de Mme d'Étange, procurant l'articulation des parties II et III. Il ne s'agit pas de péripéties externes: elles procèdent de la dynamique interne au récit consécutive à la dégradation de l'*ethos* de l'amant au fil de son séjour parisien, ainsi que de l'image de l'amante: en dépit du pardon de Julie, leur relation est en crise latente. Parallèlement à l'épreuve parisienne, la péripétie seconde du mariage de Claire oblige Julie à recourir à la servante Babi (déjà impliquée dans sa fausse-couche), laquelle ne tient pas sa langue en révélant l'existence du dépôt épistolaire à la baronne. Quant à Claire, son rôle devient déterminant : prenant acte d'une rupture aussi urgente que nécessaire afin de protéger Julie, elle fait en sorte que l'amant s'engage auprès de Mme d'Étange à interrompre correspondance et rencontres, ce dont il s'acquitte non sans restriction mentale : "je promets de vivre loin d'elle aussi longtemps que vous l'exigerez" (III, 2), et non sans parallèlement adresser de sanglants reproches à Claire, en fait implicitement destinés à Julie (III,1). Le fond de l'argumentaire de Claire est qu'en s'exécutant noblement il sacrifiera l'amour à l'amour, qu'ils se sont trompés sur l'élection providentielle de leur rencontre, et que l'image morale de Julie s'est dégradée par la faute de l'amant ; cet ange n'est plus qu'une femme ordinaire : "Ah ! quelle âme vous avez ôtée à la vertu !" (*id.*). De sorte que déchoit le sublime dont participait initialement leur relation sous son influence : elle ne rayonne plus guère (ce qu'on a pu observer au fil de l'épreuve parisienne). Son état est ici comparable, en plus grave ou plus décisif pour son avenir, à celui qu'elle manifestait après leur première nuit : "Si elle fait encore un pas vers le découragement, elle est perdue ; mais si cette âme excellente se relève un instant, elle sera plus grande, plus forte, plus vertueuse que jamais, et il ne sera plus question de rechute" (III, 7, 389). – À condition qu'elle oublie.

La mort de Mme d'Étange appuie et contrecarre à la fois le plan de Claire : elle le favorise, parce que le violent sentiment de culpabilité de Julie l'a engagée dans une dynamique sacrificielle où elle implique son amant : "un parricide qui fut votre ouvrage" – ce qui implique expiation radicale en détruisant "les sentiments qui lui ont coûté la vie" (III, 5). Suivant cette logique aussi violente que passionnée, elle convoque l'esprit de sa mère comme témoin de ce sacrifice, se souhaitant perpétuellement hantée par ce surmoi spectral. La conséquence première en est une décision volontariste d'amnésie radicale à l'égard de l'amant, qui est sommé de rompre en vertu du pacte d'obéissance qui le lie. Sa péroraison exprime toutefois une sorte de réticence rhétorique : c'est au nom de l'amour qu'elle renonce à l'amour… Le fantôme de Bérénice ne hante-t-il pas lui aussi ces parages ? En tout état de cause, le profond souhait exprimé dans cette lettre est que la mémoire de la morte efface celle de l'amant ; il faudra s'en souvenir en abordant, en V^e^ partie, le cauchemar de ce dernier à Villeneuve.

Quant au plan de Claire, cette mort lui fait également obstacle, car l'affaiblissement moral et physique qui en résulte pour son amie entraîne sa maladie, comme suite d'un nouvel affrontement avec son père dont le récit ne sera livré à l'amant qu'en III, 18. Une maladie à l'époque redoutable dont la première conséquence sera le retour de l'amant à son chevet d'où s'ensuivra un souvenir hallucinatoire qui scelle l'impossibilité de l'amnésie souhaitée. Quant à celui-ci, ses engagements explicites auprès de Mme d'Étange et de Claire n'incluent pas, jusqu'au billet III, 12, l'assurance que lui a donnée son amante en II, 11, de ne jamais épouser un autre sans son consentement. Mais le billet de Julie, plié dans une lettre insultante du baron, demande précisément que sa parole lui soit rendue : ce qu'il accorde sans aucune réserve, tout en répondant noblement à l'insulteur qu'il lui dénie toute légitimité à s'opposer à ce que veut la Nature. Un billet de Julie envoyé entre-temps élude les circonstances dans lesquelles le précédent avait été écrit (la lettre III, 18 les développera) ; elle dit son désespoir d'un non-revoir qui prépare un mariage donné comme "comble d'horreur", puis interrompt la lettre sur un "Adieu mes uniques amours" témoignant de son incapacité à les oublier en dépit de sa résolution antérieure, annonçant enfin, quasiment 'en direct' qu'elle tombe en défaillance. Julie est donc au plus mal. Quant à l'amant, si son *ethos* apparaissait fortement dégradé à la fin de la IIe partie, il retrouve dans l'ensemble de ces échanges un certain éclat, particulièrement aux yeux de Claire qui le lui écrit à l'*incipit* de la lettre II, 7 : "Comment pourrait-on vous aimer moins en vous estimant chaque jour davantage ?" La suite des échanges va en manifester la puissante dynamique : ce qui est en jeu à l'échelle de l'économie générale du roman, c'est la capacité de la relation amoureuse à se régénérer, dans un contexte où tout pèse, à Paris comme à Vevey, en faveur du contraire ; les souhaits de mort formulés au fil de ses lettres à son propre égard, par la fille endeuillée de Mme d'Étange peuvent ici sembler sur le point de trouver leur accomplissement.

La maladie de Julie (13-14)

Survient une ellipse traitée par analepse dans les lettres 13-14, consacrées au récit de sa petite vérole dont Julie guérit au bout d'un mois. Il s'agit d'une péripétie décisive parce qu'en dépit des obstacles accumulés par les précédentes, cette crise maladive permet, au bord des urnes de la mort, une relance fulgurante de l'énergie amoureuse : une énergie dont l'élan conditionne pour la suite la péripétie centrale du roman qu'est la conversion de Julie, au bord cette fois de cette mort morale que serait l'adultère, et l'acceptation de ses conséquences par l'amant comme moteur de sa propre conversion à l'amour le plus chaste. Pour l'heure, comme lors de la précédente maladie de l'amante alors qu'il se morfondait à Meillerie, à peine informé de son mal quoique ignorant encore sa nature, l'amant se précipite à Vevey en trois jours sans demander cette fois l'avis de personne. Il y demeurera quatre ou cinq jours, ne la voyant qu'en secret, de nuit, pour peu de temps : cela faisait à peu près un an et demi qu'il ne l'avait pas revue. Ce retour spontané contrecarre le plan initial de Claire en faveur de leur rupture, éventuellement doublée d'un amour de loin se nourrissant de ses propres chimères. De fait, la parole amoureuse renaît du sein de la maladie. La lettre III, 13 confirme, d'emblée ou presque, l'incrustation mémorielle de l'image de l'amant dans l'esprit de la malade :

> O Dieu ! faut-il que tout me rappelle incessamment un temps qui n'est plus, et des feux qui ne doivent plus être ? J'ai beau vouloir arracher de mon cœur cette image chérie ; je l'y sens trop fortement attachée ; je le déchire sans le dégager, et mes efforts pour en effacer un si doux souvenir ne font que l'y graver davantage. [395]

C'en est terminé, au moins pour lors, de sa volonté d'amnésie. Suit un récit de rêve supposé engendré par la fièvre, et que l'effet d'hyperréalité qui en subsiste a transformé en souvenir obsédant : elle y voit son amant désespéré à ses pieds, embrassant sa main envenimée, le ressentant tel qu'elle le ressentait naguère et l'entendant gémir alors qu'on l'éloignait. Il s'agit d'une scène de mémoire affective qui n'est pas la première, loin s'en faut, dans l'histoire du genre romanesque [PERRIN, 2017], mais dont l'impact sur ses lecteurs a marqué la littérature ultérieure [GOUBIER-LOJKINE, 2012, p. 40-41]. Qu'elle y lise en outre un pressentiment de la mort possible de son amant pose ici un jalon (Genette dirait une "amorce") vers le cauchemar de Saint-Preux à Villeneuve, à la fin de la Ve partie, en même temps que s'y glisse un air de tragédie puisque, comme dit Corneille : "c'est en contraire sens qu'un songe s'interprète" (*Horace*, I, 2). Quand la fille se maudissait en se souhaitant hantée par l'image de sa morte, c'est l'image de l'amant qui de nouveau l'obsède. Mme d'Orbe avait d'ailleurs éclairé celui-ci à ce sujet bien en amont, alors qu'il l'interrogeait sur la justesse de la culpabilité de Julie relative à la mort de sa mère :

vous dirai-je ce que je pense de ses remords apparents ? L'amour est plus ingénieux qu'elle. Pénétrée du regret de sa mère, elle voudrait vous oublier, et, malgré qu'elle en ait il trouble sa conscience pour la forcer de penser à vous. Il veut que ses pleurs aient du rapport à ce qu'elle aime. Elle n'oserait plus s'en occuper directement, il la force de s'en occuper encore au moins par son repentir. Il l'abuse avec tant d'art qu'elle aime mieux souffrir davantage et que vous entriez dans le sujet de ses peines. [III, 7, 389]

Autre signe de la régénération en cours du discours de l'amour véritable : la thématique de l'échange des âmes fusionne avec celle de leur communication indépendante des corps, déjà amorcée en IIe partie dans le jeu du portrait-talisman : "deux âmes si étroitement unies ne sauraient-elles avoir entre elles une communication immédiate, indépendante du corps et des sens ? L'impression directe que l'une reçoit de l'autre ne peut-elle pas la transmettre au cerveau, et recevoir de lui par contrecoup les sensations qu'elle lui a données ?" (III, 13, 396) Elle a beau se moquer de ses "extravagances", le discours de l'amour qui convertit en réalités ses chimères pour qui les vit authentiquement, reprend le dessus dans l'économie du roman. Dans une perspective religieuse, c'est aussi un jalon ou une amorce à longue portée vers ses conversations avec son pasteur (v. Religion de Julie 3. De la mémoire dans l'au-delà), au cours de sa longue agonie, à propos des possibilités d'un mode de contact des âmes des morts avec celles des vivants qui leur ont été chers (VI, 11, 850-51).

En ce qui concerne la problématique de l'inoculation, il reste à constater qu'il n'est nulle part question de vacciner Julie alors qu'à l'époque où Rousseau rédige le roman, une sommité médicale de l'époque, le médecin genevois Théodore Tronchin, rédige l'article INOCULATION de l'*Encyclopédie*, s'y montrant extrêmement favorable (le duc d'Orléans lui fit vacciner ses enfants). Mais il est vrai qu'à l'époque où se déroule la fiction (c'est en 1737 que Julie attrape la petite-vérole), les choses n'en sont pas encore à ce point [MASON, 1991]. Rousseau fait jouer le côté "*pharmakon*" (remède/poison) dans la régénération brutale qu'il inflige au cliché des flèches empoisonnées de l'amour.

Trois versions nous sont présentées de la scène : Julie raconte son rêve à Claire (13), Claire lui apprend la visite de son amant (14), une estampe de Gravelot programmée par l'auteur en tous ses détails, et dotée d'un titre et d'une légende. La précision extraordinaire du rêve de la malade et l'obsession récurrente qui s'ensuit réactivent en mode inversé l'*incipit* du roman : quand l'amant écrivait "il faut vous fuir [...] il fallait ne vous voir jamais", elle constate que plus elle a cru le fuir, plus intensément elle le voit. L'hallucination inclut toute la sensibilité, tous les sens corporels, mais aussi le sens intime par l'émotion qu'elle en éprouve. La dialectique de la séparation volontaire est ici radicalement contredite par celle d'une reconnaissance spontanée en coprésence, même seulement mentale : "À son aspect j'éprouvai cette vive et délicieuse émotion que me donnait quelquefois sa présence inattendue", que l'hallucination obsédante confirme ou intensifie avec le "tressaillement" que procure l'audition intime de sa "voix plaintive" (395). Dans tout le roman d'ailleurs, c'est la voix des amants, voire celle de l'amie qui signe le contact intime, beaucoup mieux que la vue ; on l'avait entrevu avec les retrouvailles de Saint-Preux et de Mme de Wolmar au début de la IVe partie, on y reviendra en analysant les enjeux du rêve de Villeneuve et du retour rapide de Saint-Preux à Clarens, à la fin de la Ve. Il convient également d'observer que tout en vivant intensément son illusion, Julie s'en distancie par des modalisateurs : "je crus voir...", "je crus entendre...", "il me semble le voir..." : soucieuse de distinguer l'imaginaire du réel, elle se voit néanmoins contrainte de constater "l'effet de réel" du premier au détriment du second. Si bien qu'en dépit de l'ironie qu'elle manifeste à l'égard des chimères heureuses de l'imagination, la raisonneuse les préfère à celles trop douloureuses de sa raison : c'est dire que si le vrai peut quelquefois n'être pas vraisemblable, l'invraisemblable de l'amour est toujours préférable. Quant à l'initiative du baiser de l'amant, elle signe la bravoure héroïque associée à la *furor* amoureuse : le véritable amour s'incarne une seconde fois au péril de la mort, comme l'amante en avait naguère défié l'amant, en l'invitant à une nuit "inconcevable" où elle était prête à mourir avec lui en cas de découverte : ici, aimer à mourir est un acte sublime.

Selon la focalisation de Claire (lettre 14), c'est le discours du réel qui vient appuyer de façon inespérée/inespérable, celui de la chimère : tous ses plans sont par terre, mais elle s'y résout en désespoir de cause, soumise qu'elle s'avoue (pour le moment...) à "l'ascendant" retrouvé de Julie (396). Le récit du retour précipité de l'amant, sa fatigue à l'issue du voyage, sa syncope en apprenant la nature du mal de Julie, sa hâte de la voir au plus vite, son exigence impérieuse face aux réticences de Claire, manifestent une mutation de son caractère : il est devenu une force qui va, et à laquelle rien ne résiste, pas même la très adroite et très volontaire

Inséparable – retrouvant là l'énergie de son commencement, avant qu'il fût passé sous le joug sacrificiel de sa Dame. Cette mutation (ou cette révélation) de sa vocation héroïque, déjà préparée par ses choix dans le dilemme où l'enfermaient les deux cousines depuis III,1, de par la situation même, s'affirme dans la note de l'éditeur qui lui attribue enfin un autre nom que celui de "l'Amant de Julie" – celui de "St. Preux" apparaissant en bas de page comme annonce *signalée* des enjeux de la IVe partie. Il convient ici d'attirer l'attention sur ses paroles, car il faudra s'en souvenir pour ce qu'elles amorcent de son voyage "au bout du monde", comme de son retour, mais aussi pour ce qu'elles affirment de sa hantise de "voir" l'amante :

> N'espérez pas me chasser encore comme vous fîtes à mon exil. Je viendrais cent fois du bout du monde pour la voir un seul instant. Mais je jure par l'auteur de mon être, ajouta-t-il impétueusement, que je ne partirai point d'ici sans l'avoir vue. (398)

On se rappelle qu'il avait dû consentir très difficilement à ne pas lui faire ses adieux en quittant Vevey ; cette fois, il n'est question que de la voir ; d'ailleurs, en dépit du marché que lui fait passer Claire : seulement "un instant" et le silence, il parviendra à s'en faire entendre : "Il te vit, et se tut ; il l'avait promis : mais quel silence !" – éloquence du silence… prélude aux gémissements. Selon la dialectique de la séparation au bord de la réunion que nous avons étudiée, le voile des rideaux lui masque l'amante, mais les émanations de l'énergie amoureuse qui l'emplit s'avèrent telles qu'elles déterminent une réaction de la malade (elle avait dit avoir été sensible à ses gémissements), de sorte qu'advient le contact physique : une rencontre fusionnelle concentrée dans une autre sorte de "baiser mortel" que celui du bosquet, puisqu'il va "fermenter" (encore un terme scientifique, cette fois emprunté au lexique de la chimie) dans un imaginaire enfiévré par la maladie, autant que par l'inoculation réciproque de l'énergie amoureuse poussée à son plus haut degré d'inflammation (ses "baisers de feu" sur cette main où "l'éruption était achevée" – c'est-à-dire parvenue à son comble). Que la babillarde Babi ait tenu sa langue pour l'occasion n'a en rien empêché que la mémoire de la scène demeure gravée dans une âme et dans un corps, au lieu de disparaître au Léthé comme le souhaitait l'amie – étonnamment ignorante, en ces circonstances, de ce qu'elle sait depuis longtemps pour l'avoir même expliqué à l'amant (III, 7), de l'irréductible mémoire de l'amour véritable. Et puisqu'il est question de mémoire, ce nocturne passionné en a bien sûr rappelé un autre à Saint-Preux dont Claire a retenu les paroles : les aposiopèses y suggèrent tout ce qui n'a jamais été dit et ne le sera jamais de l'union érotique qui scella pour jamais dans le souvenir des amants, sa conjugaison sublime au véritable amour. En cette scène bi-focalisée demeurée fameuse, est-il permis de suggérer, pour conclure, que certain conte de fées s'y trouve réécrit , mais à l'envers si l'on veut, en termes d'empoisonnement ?

En ce qui concerne enfin l'estampe de Gravelot, on peut observer que Rousseau rêvait d'une scène en mouvement, d'un 'tableau mouvant' saisi dans une sorte de fulgurance où convergent gestes et regards ; toutefois, un avenir de séparation s'y inscrit déjà, comme l'a bien noté Michel DELON : "Gravelot a réuni, l'un contre l'autre, Julie, prête à se lever, la femme de chambre qui la retient, Saint-Preux qui est encore penché sur sa main et qui est entraîné par Claire. Rousseau commente dans les *Sujets d'estampe* : 'Il faut qu'on remarque dans tous les personnages une action très vive, et bien prise dans l'unité du moment' (899). Dans l'alcôve comme dans le bosquet, Claire autorise, puis interdit, elle circonscrit le lien, introduisant l'amant et suspendant bientôt le contact. Après le mariage de Julie et de M. de Wolmar, Saint-Preux ne peut plus entrer en contact avec elle que par l'intermédiaire de Claire" [2019, p. 6].

De l'impossible oubli à la tentation de l'adultère (15-17)

Le mariage de Julie annoncé en III,17 n'est pas une péripétie à proprement parler car on ne pouvait attendre de son père et de Mme d'Orbe qu'il fût longtemps différé, d'autant que Saint-Preux avait rendu sa liberté à son amante. La résolution de Claire à séparer son amie de son amant afin qu'elle lui reste, est parfaitement acquise depuis ce qu'elle lui a dit, à l'occasion du mariage en Angleterre offert par Milord Edouard, de l'impossibilité où elle se trouve d'en être séparée. De sorte que la brutalité dans l'annonce qu'elle en fait à Saint-Preux, exprime ou signe une victoire en rase campagne sur celui qui a osé revenir à Vevey, sans son agrément, pour revoir celle qu'il ne devait jamais revoir. Lorsqu'à la fin de la Ire partie, elle l'avait accueilli chez elle pour le préparer à quitter Julie sans délai, la façon dont elle l'avait reçu avait déclenché chez lui l'angoisse que son amante, qu'il savait au plus mal, fût morte : "je le sens à vos soins trompeurs, à vos vains ménagements, qui ne font que rendre ma mort plus lente et plus cruelle" (I, 65, 226). "Votre amante n'est plus" est donc l'*incipit* de la lettre III, 17, la suite l'interprétant en deux volets: lui-même n'est plus un obstacle entre elles; "mais j'ai retrouvé une amie" et il dépend de lui de partager son cœur entre elles deux: "et vous en avez acquis une dont le cœur peut vous rendre beaucoup plus que vous n'avez perdu", comme si la perte de l'amante pouvait être ainsi suppléée: il faudra s'en souvenir en lisant la VIe partie. Le mariage est ensuite donné comme la seule issue à une situation morale et sociale intenable pour Julie dont il est rendu entièrement responsable depuis la lettre III,1.

Elle croit donc que son amie vient d'échapper à la déchéance radicale qui menaçait son *ethos*. Mais la lettre de Julie qui précède montre qu'elle se trompe: pendant qu'on prépare son mariage, la convalescente, épuisée, exprime deux choses à son amant: leur amour est indestructible, jamais ils ne s'oublieront; en cela leur discours amoureux est bien régénéré, il aura raison de parler d'une renaissance sur ce plan. Mais sur un autre plan, ils ont perdu la conjugaison de l'amour et de la vertu, donnée pour le cœur de ce qu'il fallait préserver lors de son immersion parisienne: "n'abandonne jamais la vertu, et n'oublie jamais ta Julie" (II, 11). S'il a toujours éprouvé les plus grandes difficultés, à Paris particulièrement, pour respecter le premier point, c'est par la grâce et pour le bien de l'amante qu'il y a tendu, y compris depuis la mort de Mme d'Étange; or, pour la première fois dans l'histoire de leur correspondance, l'amante annonce qu'elle n'a plus foi ni en la vertu, ni en l'honnêteté, ni en la raison: les "chimères de la vertu" sont anéanties par "l'empire que l'amour t'a donné; il ne te sera plus ôté" (III, 15, 402). La réponse de l'amant sur ce point révèle la réalité de la dégradation de son propre *etho*s puisqu'il y fait écho en reprenant à son/leur compte les "maximes" de la mondanité relatives au mariage et à l'adultère, pour justifier qu'ils s'en inspirent en désespoir de cause, une fois épousée (III, 16, 406).

"Devoir, honneur, vertu, tout cela ne me dit plus rien" écrivait Julie; dans sa réponse, la dimension 'cornélienne' de son amante dans sa confrontation aux dilemmes qui se sont jusqu'alors présentés (une dimension il est vrai fortement appuyée à la volonté et à l'adresse de son amie pour que tel choix prévale sur tel autre), lui est amèrement reprochée (mais ce discours-là vient de plus loin): puisqu'elle reconnaît enfin que sa vertu était illusoire, c'est donc que la prêcheuse les a mal orientés tous deux : finalement, l'amour et la vertu sont des incompatibles et s'enticher de l'une, c'est déchoir de l'autre : "un cœur moins pur t'aurait moins égarée" (404). C'est ainsi que s'imaginer pouvoir accorder l'amitié, l'amour filial et l'amour de l'amant – "Formez tous trois ma seule existence, et que votre bonheur me fasse oublier ma misère et mon désespoir", telle était sa conclusion comme nouvelle chimère censée rendre supportable une situation désespérée (403), ne peut que révolter l'amant, qui mobilise contre la rhétorique dépassée des valeurs aristocratiques cornéliennes, celle des tragédies sanglantes à la Crébillon père : "nœud funeste", "poignard", bouillons de sang, suicide après l'assassinat de l'amante, etc. La jalousie de ce plébéien enragé par l'amour est évidente : "j'aime mieux te perdre que te partager" (404). Discours de la possession, discours des 'crimes de l'amour'... Il est étrange que ces fantasmes de meurtre se concentrent sur Julie au lieu de s'en prendre à son père ou à son futur mari : après tout, l'amant de Julie avait recherché un duel avec Milord Edouard pour des motifs analogues. Ce n'est pas la première fois que le discours amoureux tend à souhaiter la mort ou l'inexistence de son objet, cela dès ses débuts ou presque ; il faudra s'en souvenir lorsque Saint-Preux rêvera la mort de Julie dans la Ve partie pour avoir souhaité "Que n'est-elle pas morte !" en méditant avec rage dans la chambre d'auberge qui lui rappelle son exil au Valais, sur l'impossibilité de partager avec la vivante la douceur de penser ensemble à leurs amours révolues : "Elle vit, et sa vie est ma mort, et son bonheur est mon supplice" (V, 9). Dans l'économie narrative qui mène de la mort de Mme d'Étange à la variole de sa fille, puis à la dimension passionnément funèbre de la séquence de l'inoculation, jusqu'à cette fantasmatique meurtrière de l'amant, quelque chose se laisse parallèlement ressentir d'une réciproque nécessité secrète, quoique autrement modalisée, chez Julie se supposant "parricide" de sa mère et virtuellement de son père si elle enfreint sa volonté, et souhaitant à l'occasion, et dès leurs premiers échanges, la mort de l'amant : elle le lui avoue dans la lettre III, 18 (410). Toute cette trame funèbre et tragique de l'amour hanté par le meurtre et le suicide (et non plus seulement par la mort) viendra faire nœud de condensation lors de la promenade sur le lac de Genève, puis dans le sacrifice maternel de Mme de Wolmar de la façon qu'on sait.

En tout état de cause, alors que se prépare son mariage, l'*ethos* de Julie s'avère notablement dégradé aux yeux de l'amant lui-même : "L'espoir que tu me rends est triste et sombre ; il éteint cette lueur si pure qui nous guida tant de fois ; tes attraits s'en ternissent" (406) ; s'il s'en dit d'autant plus touché, c'est qu'il n'a pas hésité à les aligner mentalement sur ceux de toutes celles qui, dans le monde, consentent à l'adultère sans s'en émouvoir. Ils s'imaginaient uniques au monde par la vertu de l'amour véritable ? elle s'imaginait pouvoir tenir cette posture en dépit de ses propres chutes ? – Mais c'était en se réfugiant dans l'estime de l'amant qu'elle pouvait trouver de quoi persister à s'estimer encore. Ce qu'il lui offre, c'est de renoncer à ses "égarements" (c'est son mot) en s'identifiant au commun : "Pourquoi voudrions-nous être plus sages nous seuls que tout le reste des hommes, et suivre avec une simplicité d'enfants de chimériques vertus dont tout le monde parle et que personne ne pratique ?" (405). Qu'elle se résolve donc à tromper son futur époux, elle trouvera toujours en lui le consolateur aimant qu'il a été, la vertu impraticable dans le monde tel qu'il est devant dès lors être suppléée par le seul remords de cette incapacité à ne pas fauter ; c'est sa façon de faire écho à ce qu'elle lui écrivait : "je suis faible et non dénaturée". Satisfaire à la fois amie, père et amant implique à ses yeux de devenir "vile et malheureuse" par bienfaisance à leur égard ? – Eh bien, lui répond-il, la bienfaisance bien comprise comme remède au remords en mémoire de la vertu sera leur viatique désormais, il n'existe nulle autre issue :

> loin d'oser excuser nos fautes, nous en gémirons, nous les pleurerons ensemble ; nous les rachèterons, s'il est possible, à force d'être bienfaisants et bons. Julie ! ô Julie ! que ferais-tu ? que peux-tu faire ? Tu ne peux échapper à mon cœur ; n'a-t-il pas épousé le tien ? [406]

C'est le discours du séducteur, celui de don Juan mimant l'adhésion aux valeurs de sa proie afin de l'emporter. C'est là que Rousseau *prévoit* le théâtre de bienfaisance de Valmont à l'égard de son infortunée victime. La lettre XVIII, en son premier volet, confirmera que l'amante avait consenti, par amour, au désastre des valeurs qui fondaient jusqu'alors son *ethos*. De sa lettre II, 11 à l'échange III, 16-17, le modèle régulateur de l'amour véritable a été rigoureusement mis en pièces. L'enjeu des lettres 18-20 est celui d'un retour à ses racines, ce qui suppose une conversion radicale des anciens amants, donnée pour accomplie par Julie à l'occasion de la cérémonie de son mariage, et proposée à l'ancien amant comme révolution à opérer pour son propre compte en pratiquant l'*amor de lonh :* ils ignorent encore que cette révolution s'accomplira en tour du monde sous les ordres d'un célèbre amiral contemporain.

SECRET ET DISSIMULATION (I-III)

Dans *La Nouvelle Héloïse*, selon Thomas PAVEL, “Rousseau met en scène une problématique qui est redevable aux récits de chevalerie (la passion irrésistible, consommée en secret et sans l’accord explicite des parents)” [2003, p. 250]. C’est surtout vrai de la Ire partie du roman en ce qui concerne l’ancrage chevaleresque, mais quant au secret, c’est de fait un thème central. À cet égard les deux cousines font preuve, chacune dans son style, d’une capacité de dissimulation remarquable. Non sans remords récurrents chez Julie, sans rien de cet ordre chez Claire. Il s’agit en général chez elles de ce que l’époque nomme le mensonge officieux, c’est-à-dire celui qu’on fait pour le bien d’autrui, sans intention de nuire, ou de ce que les confesseurs nomment le mensonge par omission. Ces deux sortes de mensonge seront fermement condamnées par Rousseau dans la IVe promenade de ses *Rêveries* qui livre une synthèse dense de sa réflexion sur la problématique du mensonge telle qu’elle a été travaillée depuis saint Augustin jusqu’aux théoriciens contemporains du droit naturel. Le produit de sa réflexion est clair : on ne doit jamais mentir car on n’est jamais maître des conséquences à plus ou moins long terme d’un mensonge ; le moteur de cette réflexion est son remords persistant d’avoir étourdiment calomnié dans sa jeunesse une innocente servante qui y perdit son emploi et probablement pire encore. Il semble peu niable que son roman dans son ensemble vérifie la thèse selon laquelle “il ne suffit pas que l’intention de nuire ne soit pas expresse, il faut de plus la certitude de l’erreur dans laquelle on jette ceux à qui l’on parle ne peut nuire à eux ni à personne en quelque façon que ce soit. Il est rare et difficile qu’on puisse avoir cette certitude ; aussi est-il difficile et rare qu’un mensonge soit parfaitement innocent” (*OC*. I, p. 1029) [PERRIN, 2021, p. 271-292].

Julie la secrète

Si Julie d’Étange avait lu ce texte plutôt que *Le Temple de Gnide*, sans doute s’en fût-elle trouvée fort mal à l’aise car ce que nous apprenons avec son amant en lisant la première partie de sa lettre III, 18, c’est qu’elle n’a jamais cessé de mentir officieusement ou par omission, dès lors qu’elle l’a connu, non seulement à ses parents, mais aussi à lui-même, en réservant la vérité ou une part de celle-ci à sa seule cousine : “feint enjouement” et naturel forcé pour faire passer des tendresses sans les avouer ; “froideur affectée” ; silence sur le projet de mariage conçu par son père ; “mystère dérobé” à l’amant d’une naissance espérée, raison véritable de ce qu’il vécut comme “nuit inconcevable” ; méfiance à l’égard de son “indiscrète importunité” ; dissimulation délibérée des “engagements” de son père auprès de son ami Wolmar ; encouragements délibérément feints : “je vous flattais d’un espoir que je n’avais pas”, à s’élever socialement à Paris avec l’aide de Milord Edouard ; angoisse jamais dite de l’y voir devenir “homme à bonnes fortunes”, autrement dit déshonoré ; jalousie permanente jusqu’à l’aveu de sa coucherie ; souci constant dissimulé de la santé déclinante de sa mère ; silence sur la violence de son père à son égard, ainsi que sur la façon dont il obtint par ses larmes le billet demandant à l’amant de lui rendre sa liberté ; renoncement à lui faire front et consentement à son mariage ; engagement pris sous menace de suicide paternel à taire ses amours auprès de son futur mari ; résolution secrète à l’adultère. On peut ajouter son double jeu avec ses parents lors du voyage de quinze jours à la faveur duquel elle entend accorder les dernières faveurs à l’amant dans un chalet qui “sera[it] pour eux le temple de Gnide” (I, 36, 146) : “Pour moi, je les embrassais avec un léger serrement de cœur, tandis qu’au dedans de lui-même ce cœur ingrat et dénaturé pétillait d’une odieuse joie” (I, 37, 147) ; ou encore sa feinte discrétion coquette lors d’un dîner d’intellectuels (I, 47) : dans ce domaine, l’ambiguïté séductrice de son naturel rivalise avec celle de la Marianne de Marivaux ; c’est d’ailleurs un lieu commun romanesque [MALL, 2012].

Formée fort jeune par la Chaillot, ainsi que sa cousine, aux manœuvres des galants, initiée par ses lectures et leur amitié native à l’ordre du sentiment, elle est capable de tout dans ce domaine, y compris de traiter l’amant de “vil séducteur” lors de sa déclaration, y compris de le défier d’aller au suicide d’amour, alors qu’elle s’en sait amoureuse “dès la première vue” et sachant la chose réciproque : “Nous éprouvâmes bientôt entre nous ce je ne sais quoi qui rend le silence éloquent, qui fait parler des yeux baissés, qui donne une timidité téméraire, qui montre les désirs par la crainte, et dit tout ce qu’il n’ose exprimer” (III, 18, 409). C’est que la dissimulation est le lot des filles de bonne maison dans la société telle qu’elle est, ce qu’elle explique, cette fois en toute franchise, à l’amant qui l’a couverte de reproches pour l’avoir contraint à se séparer d’elle, alors qu’étant dans les affres, à son insu, à cause de l'offre de Milord Edouard de les marier en Angleterre, elle vient, adroitement orientée par Claire, de la refuser au nom des conséquences pour ses parents et son amie :

> Considère dans nos communes infortunes l'état de mon sexe et du tien, et juge qui de nous est le plus à plaindre ? Dans la force des passions, affecter d'être insensible ; en proie à mille peines paraître joyeuse et contente ; avoir l'air serein et l'âme agitée ; dire toujours autrement qu'on ne pense ; déguiser tout ce qu'on sent ; être fausse par devoir, et mentir par modestie : voilà l'état habituel de toute fille de mon âge. On passe ainsi ses beaux jours sous la tyrannie des bienséances, qu'aggrave enfin celle des parents dans un lien mal assorti. Mais on gêne en vain nos inclinations ; le cœur ne reçoit de lois que de lui-même ; il échappe à l'esclavage ; il se donne à son gré. Sous un joug de fer que le ciel n'impose pas, on n'asservit qu'un corps sans âme : la personne et la foi restent séparément engagées, et l'on force au crime une malheureuse victime, en la forçant de manquer de part ou d'autre au devoir sacré de la fidélité. [...] Qui me consolera donc dans mes peines ? Quel sort affreux j'envisage, moi qui, pour avoir vécu dans le crime, ne vois plus qu'un nouveau crime dans des nœuds abhorrés et peut-être inévitables ! [II, 7, 258]

C'est ainsi qu'à peu près l'essentiel se trouve dit à l'amant et de leur passé et de leur avenir. Elle ne lui en dira pas plus avant longtemps, malgré le PS. de la réponse de celui-ci demandant des explications sur le dernier point, sans s'inquiéter de ce qu'on vient de lire puisque cette lettre est essentiellement consacrée au récit de sa ridicule crise de jalousie avec son compagnon de voyage. Solitude de Julie d'Étange.

Claire l'officieuse

Reste Claire, à qui elle confie presque tout, mais qui ne lui confie que ce qu'elle juge bon en lui dissimulant le reste. Claire dont le prénom dit par antiphrase l'opacité. Dès l'aveu de l'aveu, elle sait qu'il y a péril en la demeure : "l'avenir m'épouvante, et, si tu ne peux te vaincre, je ne vois plus que des malheurs [...]. Le baron d'Étange consentir à donner sa fille, son enfant unique, à un petit bourgeois sans fortune ! L'espères-tu ?..." ; elle voit ce qui résoudrait tout ; elle pourrait même se dévouer pour cela : "deux mots à ta mère, et tout est fini [...]. Ne crains rien toutefois de ma part ; ton secret sera gardé par ton amie. Bien des gens trouveraient plus honnête de le révéler : peut-être auraient-ils raison". Complicité de principe dans la dissimulation donc ? Pas nécessairement ; complicité tactique seulement car elle a vu le jeu romanesque de son amie : “Je te comprends, tu ne veux point d’un expédient qui finit tout : tu veux bien t’ôter le pouvoir de succomber, mais non pas l’honneur de combattre” (I, 7, 70-71). Elle sait fort bien que lancée dans les chimères de l’amour unique qui sont son destin selon la Chaillot, ce n’est jamais la vérité demandée par Julie qu’il faudra lui dire, mais l’illusion qui convient le mieux à sa situation au moment où elle la demande. Ainsi après qu’elle s’est donnée : “Te montrerai-je les objets tels qu’ils sont, ou tels qu’il te convient de les voir ? Sainte et pure amitié, porte à mon esprit tes douces illusions ; et, dans la tendre pitié que tu m’inspires, abuse-moi la première sur des maux que tu ne peux plus guérir” (I, 30, 128). Elle sait que l’amour, tant qu’il dure, ne demande que cela et fait donc en sorte d’illusionner consciencieusement sa cousine, jusqu’à prendre sur elle sa “faute”, qu’elle a “prévue sans la prévenir” (129) – Elle l’avait donc prévue. Claire prévoit toujours, Claire anticipe la suite des événements, Claire sait mais n’en dit rien ou n’en dit pas tout : elle dit ce qui convient, même si c’est faux : “sans avoir été vaincue, je suis moins chaste que toi” (*id.*) : elle sait fort bien que la chasteté est son naturel à elle, que les fastes d’Eros ne passionneront jamais : elle dit tout ce qui peut flatter l’amour-propre, sachant que l’amie a besoin d’entendre cela. Mais elle sait, mais elle voit. Et ce qu’elle voit la concerne directement : l’amant a failli enlever sa cousine, il représente donc une menace : “Vouloir délaisser son amie ! projeter de s’enfuir sans moi ! Tu ne parles point de ta plus grande faute ; c’était de celle-là qu’il fallait cent fois plus rougir. Mais l’ingrate ne songe qu’à son amour…” Elle plaisante : “Tiens, je t’aurais été tuer au bout du monde” (130-31), mais c’est bien l’amant qu’elle parviendra à envoyer autour du monde six ans durant.

Pour y réussir, elle mentira à l’un comme à l’autre en exagérant le danger des rumeurs à Vevey et en mettant dans son jeu le lord anglais chargé de préparer philosophiquement le philosophe amoureux à l’entrevue décisive, puis de l’emmener à Paris en attendant de l’emmener à Londres dans l’illusion (partagée) que la carrière qu’il y fera rendra plus malléable le baron d’Étange. Elle sait qu’elle leur ment sur toute la ligne, elle dira sans fard, plus tard, à l’amant : “Le ciel vous l’avait ôtée même avant qu’elle se donnât à vous ; car son père la promit dès son retour” (III, 1, 374). C’est après le scandale de la découverte des lettres ; mais voici un nouveau miroir aux alouettes : l’engagement obtenu de ne pas chercher à correspondre avec Julie ni à la revoir sans le consentement de sa mère lui vaut une confidence amicale qui devrait entretenir ses espoirs pourvu qu'il soit bien patient: "Elle s'échappa hier jusqu'à dire en sa présence, un peu indiscrètement peut-être: 'Ah! s'il ne dépendait que de moi...'" (III, 4, 378). La note de l'éditeur ne laisse aucun doute sur le calcul stratégique que cèle cette confidence: "Claire, êtes-vous ici moins indiscrète? Est-ce la dernière fois que vous le serez?" Elle sait en effet que Mme d'Étange ne vivra plus longtemps; c'est ce qu'elle lui dira qu'elle savait lorsqu'il s'inquiétera de la réalité des causes de sa mort: "l'on désespérait de sa vie avant même qu'elle eût découvert votre correspondance" (III, 7, 387). Enfin le voici vertueux, le voici héroïque, le voici digne de son estime, le voici enfin "homme", depuis qu'il vient d'écrire qu'il renonce à Julie par amour, "puisqu'elle [le] commande" (III, 6, 383), le voici meilleur Céladon que Céladon lui-même "dans le plus douloureux sacrifice qu'ait jamais fait un amant fidèle" (III, 7, 385). L'amour se nourrit d'illusions, c'est tout ce qu'il lui faut. Moyennant quoi, elle lui dévoile une part de sa stratégie passée, mais une part seulement: "Je favorisai vos feux tant qu'il leur restait un rayon d'espérance. Depuis qu'en vous obstinant d'aspirer à Julie vous ne pouvez plus que la rendre malheureuse, ce serait vous nuire que de vous complaire" (384). Elle sait depuis le début, on l'a vu, qu'en réalité la seule espérance à entretenir était de tirer Julie du guêpier où elle s'était fourrée en faisant en sorte de les séparer aussi rapidement que possible, tout en les ménageant, sachant qu'au fond leur amour, bien compris dans la puissance de son illusion, était son meilleur allié dans cette entreprise. D'où le viatique furieusement romanesque qu'elle lui confie dans la perspective d'un non-revoir définitif:

> Vous serez toujours l'un pour l'autre à la fleur des ans; vous vous verrez sans cesse tels que vous vous vîtes en vous quittant, et vos cœurs, unis jusqu'au tombeau, prolongeront dans une illusion charmante votre jeunesse avec vos amours. [III, 7, 386]

Elle ne croit sans doute pas si bien dire. La réalité concrète n'est pas là, c'est qu'elle sait bien que l'un comme l'autre meurent de désir – c'est le fond de son analyse marivaudienne de la culpabilité de Julie en deuil, voire de sa lettre de rupture, comme "ruse de l'amour" [DÉMORIS, *AJJR* 44, p. 324]: "Pénétrée du regret de sa mère, elle voudrait vous oublier; et, malgré qu'elle en ait, [l'amour] trouble sa conscience pour la forcer de penser à vous"; elle voit donc ce que Julie dira de son état dans la lettre III, 18: pour l'heure, "sa force est nulle, son courage est éteint, sa vertu n'est plus rien" (389), de sorte qu'il importe absolument que l'amant ne bouge pas de Paris et tienne son engagement. Entre temps, le trait de génie du baron renonçant à la violence pour attendrir sa fille afin d'obtenir son consentement au mariage prévu, avec promesse de silence sur ses égarements passés, déclenche l'échange de billets où l'amante obtient le consentement de l'amant à lui rendre la liberté d'épouser qui elle voudra : ce qui donne en principe à Claire l'assurance que son but est près d'être atteint. Mais ce que Julie a cédé la rend malade à mourir : et revoici Saint-Preux, averti par son message (393), qui rompt toutes ses promesses et brise tous les obstacles pour la rejoindre à Vevey, ce qui dérange ses plans, on l'a vu ; si bien qu'elle le force à quitter la pièce aussitôt que Julie le reconnaît, afin d'"éluder" (399) la formation d'un souvenir dont la réalité bien avérée aura le résultat qu'on sait : la reprise de la correspondance. Or même en cette occurrence, elle s'est demandé s'il ne valait pas mieux mentir par omission : "puisque ma discrétion t'est plus nuisible qu'utile, sors d'une erreur qui te tourmente : peut-être la triste vérité te sera-t-elle encore moins cruelle" (397). Autrement dit, la laisser livrée à ses chimères de communication des âmes dans l'absence est plus risqué dans la perspective du mariage attendu que de lui dire pour une fois la vérité. Telle est Claire, dont on a vu que l'*incipit* de sa lettre annonçant le mariage : "votre amante est morte" résonne dans le roman comme un cri de triomphe en écho à celui de l'amant se méprenant sur la cause de sa convocation chez elle : "Julie est morte !" ; une erreur dont elle sut aussitôt tirer parti pour introduire le vrai thème de leur entrevue : "je me suis hâtée de profiter de cet avantage. 'Peut-être ne la verrez-vous plus', lui ai-je dit ; mais elle vit et vous aime" (I, 65, 226). Dans l'économie générale du roman cependant, ce cri de triomphe résonne surtout comme une prophétie et l'on voit bien laquelle. Ce n'est pas la dernière fois que Claire verra clair obscurément dans l'avenir de son amie : c'est son côté Cassandre.

Claire est aussi celle qui prétend enfouir les secrets des amants dont elle est dépositaire : ainsi dans sa lettre succédant au départ de l'amant pour Paris : "Tout est fait ; et malgré ses imprudences, ma Julie est en sûreté. Les secrets de ton cœur sont ensevelis dans l'ombre du mystère" (222). Mais elle se marie, Babi qui a assisté Julie lors de sa fausse couche, devint la dépositaire de sa correspondance, elle en babille, etc. Dans la lettre où Claire presse l'amant de s'engager fermement à renoncer à tout commerce avec Julie, elle lui annonce qu'elle en a fait la promesse à sa place sans lui demander son avis, le mettant au défi de la démentir: “Vous pouvez réparer le mal que vous avez fait; vous pouvez vous rendre digne de Julie, et justifier sa faute en renonçant à elle [...] j’ai promis en votre nom tout ce que vous devez tenir” (III, 1, 373) ; dans la même lettre, c’est au nom de Mme d’Étange qu’elle lui indique la part qu’il doit prendre à l’enfouissement d’un passé dont le secret, s’il était éventé, compromettrait à jamais l’avenir de son amie: “Il s’agit de cacher sous un voile éternel cet odieux mystère, d’en effacer, s’il se peut, jusqu’au moindre vestige, et de seconder la bonté du ciel qui n’en a point laissé de témoignage sensible” (372-373). Elle ajoute que seules “six personnes sûres” le détiennent. Autrement dit, M. de Wolmar ne sait ni ne doit rien savoir. Et non moins le baron dont la violence est redoutée dès que l’honneur de son nom est en jeu. Ces six personnes sont donc Mme d’Étange (encore en vie), sa fille, Mme d’Orbe, M. d’Orbe, Milord Edouard et Saint-Preux lui-même (il semble égarant d’y inclure Regianino, que Julie ne considère pas comme sûr en II, 18, 311-312, lorsqu’elle informe l’amant des changements relatifs au dépôt de leur courrier, découlant du mariage de Claire).

Or l’on apprend de la plume de Mme de Wolmar que le baron avait été mis au courant, on ne sait comment de son “égarement”, ce qui la gêne, dans leur dispute ultime à propos de son mariage, pour développer toute la force des répliques qu’elle aurait pu lui opposer (421). Elle s’est trouvée désarmée, en une passe décisive, à cause de ces lumières inattendues... Parmi les personnes sûres, l’une ne l’était pas – à moins qu’elle ne fût trop sûre d’elle-même? Comment ces indiscrétions sont-elles venues aux oreilles, sinon sous les yeux de M. d’Étange, le roman ne le dit pas *clairement*, encore que la note de l’éditeur en III, 4 (378) délivre un fort indice; en revanche, la lettre 12 de la IVe partie dit explicitement que la correspondance des amants a non seulement été conservée, Babi n’ayant brûlé que des faux (IV, 12, 590), mais encore donnée à lire au futur mari à l’insu de sa future épouse – cela à l’époque où Mme d’Orbe se bat pour forcer l’amant à renoncer à Julie. À Clarens, M. de Wolmar s’entendra fort bien avec l’amie de sa femme dont l’une des lettres de cette époque, la lettre III, 7, l’éclairera, il le lui confiera en IV, 14, sur la conduite à tenir avec les anciens amants. Quant à sa version de l’indiscrétion à la fin de IV, 13: “tu sais que je m’en suis toujours doutée”, elle ne semble pas fort crédible.

CONVERSION (III, 18-20)

S'il y avait un conseil à confier à qui souhaite comprendre ce qu'a voulu Rousseau en écrivant son roman, ce serait de 'potasser' les lettres III, 18 et 20 de Mme de Wolmar à celui qu'elle identifie désormais comme l'ami. On y gagne une appréhension panoramique de son économie générale. Dans la III, 18, Julie espère toucher son amant de telle sorte qu'il finira par accepter de consentir à une complète révolution de ses propres affects. Pour cela, elle entreprend de lui faire vivre en différé toute l'histoire de son âme depuis leur rencontre, jusqu'au jour où elle a pu elle-même expérimenter cette révolution. Ce n'est pas la première fois dans l'histoire des grands romans que celui du couple marié soit appelé à succéder à celui du couple des amants malheureux. La IIe partie de *Pamela* précède à cet égard la seconde moitié de la *Julie*. Mais outre que chez Richardson le séducteur aristocratique épouse la femme de chambre qu'il avait poursuivie sans succès, alors que chez Rousseau le plébéien amoureux doit se résigner au mariage de sa belle avec un homme de son milieu, la conversion de Julie au temple n'a pas d'équivalent antérieur, sinon dans *Polyeucte* [Viglieno, 2019, p. 188 sv.] où la conversion du mari et sa montée au martyre entraîne celles de sa femme et de l'ancien amant – celle de Julie devant non seulement entraîner la conversion de Saint-Preux à devenir l'"amant de son âme", mais aussi la conversion religieuse de l'époux incrédule : une donnée destinée à demeurer voilée jusqu'à la lettre V,5, mais évidemment présente à l'esprit de l'auteur lorsqu'il rédige cette lettre. La première trace en est donnée en IV, 15 où Saint-Preux indique à Milord Edouard qu'un "chagrin secret" (607) ronge Julie. Quoiqu'en ayant appris la cause de sa bouche, il n'en confie pourtant rien dans l'immédiat à Bomston, préférant couper court sous prétexte de la rejoindre. H. Coulet souligne que cette ellipse reflète, de la part de l'auteur, la volonté de garder en réserve ce "fatal secret" jusqu'à la lettre V, 5 (*La Nouvelle Héloïse*, t. I, folio-Gallimard, p. 25). On observe là que, comme le joueur d'échecs qu'il était aussi, Rousseau calcule ses "coups" de fort loin.

Sur le plan des valeurs, la décision que prend l'héroïne engage une réévaluation radicale des rapports jusqu'alors bousculés entre amour, estime, vertu et devoir, autant qu'entre cœur et raison, dont tout l'enjeu des parties suivantes sera d'en observer la mise en œuvre réglée dans une communauté d'élite où le verbe aimer ne doit plus se conjuguer qu'en termes d'amitié. Cette lettre revêt donc un caractère crucial dans l'économie générale du roman. Au point de vue rhétorique enfin, s'il y a un texte de Rousseau où l'on peut observer son art de la périodisation rythmique dans la construction de l'effet pathétique comme clef de la persuasion, c'est sans doute bien celui-ci.

Composition

Dans la première partie de cette lettre, Julie livre une histoire rétrospective de la dégradation des belles-âmes par la passion, depuis leur rencontre initiale jusqu'au jour de son mariage : ils sont passés d'une sorte d'âge d'or à la dénaturation maximale, puisqu'elle est prête à l'adultère alors même qu'elle consent au mariage avec M. de Wolmar ; dans la seconde partie, elle atteste une révolution morale inattendue survenue lors de la cérémonie de son mariage et en développe les suites pour elle-même et pour celui qu'elle ne veut plus considérer que comme l'amant de son âme. Au cœur du dispositif, le récit de la cérémonie et celui de l'examen intérieur qui lui fait suite forment un diptyque où vient se rassembler toute la matière antérieure, pour une transvaluation radicale qui dessine en abyme tout le roman de Clarens jusqu'à sa fin tragique comprise. Pour le lecteur comme pour Saint-Preux, lire la première partie de cette lettre, c'est relire tout ce qu'il a déjà lu, mais selon le point de vue de l'héroïne, avec les révélations qui en résultent touchant la conscience qu'elle avait des enjeux en cours, les décisions qu'elle prenait sans s'en expliquer, les actes, enfin, qu'elle accomplissait sans en rien dire à son amant. C'est aussi parcourir avec elle l'histoire de ses espoirs et de ses illusions, une histoire qu'elle pense définitivement close une fois acquise la certitude que la conversion qui s'est opérée en elle lors de la cérémonie de son mariage restera stable.

Jusqu'à ce moment en effet, ce qui est montré consiste au contraire en une suite de mouvements de vaste amplitude qui lui font éprouver, par cycles successifs, toutes les passions de l'âme en leurs principaux registres et tonalités, selon une sorte de spirale descendante qui la conduit (et les conduit tous deux), sur un rythme de plus en plus rapide, de l'âge d'or de leur rencontre vers une chute à l'abîme dont Julie se borne à soulever rapidement le voile dans les derniers paragraphes de cette partie de son récit. Au cours de cette anamnèse, on est frappé par la récurrence d'un motif : celui de la "première fois". Une fois passé l'exorde, Julie inscrit aussitôt la rencontre avec son précepteur comme l'occasion d'une émotion jamais éprouvée jusque-là : "Il y a six ans à peu près que je vous vis pour la première fois. Vous étiez jeune, bien fait, aimable ; d'autres jeunes gens m'ont paru plus beaux et mieux faits que vous ; aucun ne m'a donné la moindre émotion, et mon cœur fut à vous dès la première vue" (408). Cette première émotion est redite en d'autres termes à l'ultime extrémité du récit de leur progressive corruption : "Plus j'approchais du moment fatal, moins je pouvais déraciner de mon cœur mes premières affections ; elles s'irritaient par mes efforts pour les éteindre. Enfin, je me lassai de combattre inutilement. Dans l'instant même où j'étais prête à jurer à un autre une éternelle fidélité, mon cœur vous jurait encore un amour éternel" (425). Entre ces deux "nœuds" de l'onde des affects, l'adjectif "premier" en dispose une série d'autres, comme en résonance : ainsi sa réaction à l'aveu de son précepteur : "Je sentis mon cœur et me jugeai perdue à votre premier mot" (409) ; ainsi son remords après leur nuit d'amour : "[la vertu] tourmente longtemps ceux qui l'abandonnent, et ses charmes, qui font les délices des âmes pures, font le premier supplice du méchant, qui les aime encore et n'en saurait plus jouir" (413) ; ainsi, encore, de l'accélération de la dynamique de leur chute : "Ah, si le premier désordre est pénible et lent, que tous les autres sont prompts et faciles !" (424).

Conversion/révolution/transmutation

Si la première rencontre et son souvenir, tant comme expérience heureuse que comme source du Mal, sont donc émotivement marqués au sceau de l'inouï, le même sceau marque une expérience ultérieure tout aussi inouïe, celle du Sacré : "Arrivée à l'Église, je sentis en entrant une sorte d'émotion que je n'avais jamais éprouvée. Je ne sais quelle terreur vint saisir mon âme dans ce lieu simple et auguste, tout rempli de la majesté de celui qu'on y sert" (425). Julie aura donc vécu deux *scènes de première rencontre* dans le registre de l'emprise émotionnelle soudaine et sans précédent : celle du transport amoureux et celle du *tremendum* sacré. Et ce qu'elle narre à son amant, c'est le renversement de l'un par l'autre : "je crus sentir intérieurement une révolution subite. Une puissance inconnue sembla corriger tout à coup le désordre de mes affections et les rétablir selon la loi du devoir et de la nature" (426). Ici, trois contextualisations s'imposent : saint Paul, Épître aux

Colossiens III, 10, Télémaque subjugué par l'Oracle au désert d'Oasis: "Je me trouvai un nouvel homme" [FÉNELON 1987, II, p. 143], puis le *Dictionnaire de Trévoux*, dans sa définition du mot RÉVOLUTION: "Les révolutions continuelles de notre esprit et l'inconstance de nos passions ne nous laissent pas dans une assiette tranquille." Ce que souhaite Julie, c'est que cette révolution-là soit la dernière. Mais précisément, elle doit s'en assurer, car elle a vécu jusque-là une suite de révolutions périodiques où toujours revient la même alternance d'illusion et de désillusion dans le combat de la volonté avec les passions de l'âme. Une "première fois" décisive de son histoire émotive fut ainsi l'expérience du baiser qui lui révèle toute la puissance érotique du véritable amour; or elle y apprend qu'il "ne faut rien accorder aux sens quand on veut leur refuser quelque chose. [...] et si ma volonté résistait encore, dès lors mon cœur fut corrompu" (411). Autre échec de la volonté, la dissolution de sa résolution de défier son père de la marier: une menace de suicide et le pathos de l'honneur la font céder au désir paternel armé de "l'ascendant que le terrible mot qu'il [lui] avait dit lui donnait sur [s]es volontés" (422). Enfin, nulle solution ne se présentant soit pour éviter ce mariage soit pour renoncer à son amour, elle s'ouvre mentalement au libertinage: "des horreurs dont l'idée n'avait jamais souillé mon esprit osèrent s'y présenter. La volonté les combattait encore, mais l'imagination s'accoutumait à les voir, et si je ne portais pas d'avance le crime au fond de mon cœur, je n'y portais plus ces résolutions généreuses qui seules peuvent lui résister" (423).

Elle a donc d'excellentes raisons de craindre d'avoir une fois de plus été victime d'une illusion le jour de son mariage; et c'est bien ainsi qu'elle présente l'examen de conscience auquel elle se livre peu après la cérémonie, "craignant de n'avoir éprouvé qu'une fermentation passagère en changeant de condition, et de me retrouver aussi peu digne épouse que j'avais été fille peu sage" (427). Dans les dictionnaires de l'époque, l'essentiel de la définition du mot "fermentation" porte sur la signification *chimique* du mot; on y ajoute l'idée de "fermentation des esprits", mais au seul sens politique. Rousseau renouvelle donc le sens du mot, et c'est dans les *Confessions* qu'on en rencontre une occurrence à la fois proche et éclairante pour son emploi par Julie: "Mes idées s'arrangent dans ma tête avec la plus incroyable difficulté. Elles y circulent sourdement; elles y *fermentent* jusqu'à m'émouvoir, m'échauffer, me donner des palpitations, et au milieu de toute cette émotion je ne vois rien nettement" (*OC*. I, p. 114). Il y a donc une chimie, voire une alchimie des mouvements de l'âme, de ses affects : plus ou moins lente, plus ou moins vive ; il s'agit d'un processus infra-conscient qui se développe en sourdine mais dont les effets physiques sont repérables : émotion, fièvre, palpitations. On retrouve alors ici l'approche *musicale* qu'a Rousseau de l'ensemble de ces mouvements intérieurs, puisque la suite du passage assimile la scène mentale à un opéra :

> N'avez-vous point vu quelquefois l'Opéra en Italie ? Dans les changements de scène il règne sur ces grands théâtres un désordre désagréable, et qui dure assez longtemps : toutes les décorations sont entremêlées ; on voit de toutes parts un tiraillement qui fait peine ; on croit que tout va renverser. Cependant peu à peu tout s'arrange, rien ne manque, et l'on est tout surpris de voir succéder à ce long tumulte un spectacle ravissant. Cette manœuvre est à peu près celle qui se fait dans mon cerveau quand je veux écrire. *Id.*

Du chaos ne semblait devoir naître que du chaos, or c'est l'ordre qui surgit, comme par miracle. Ce passage des *Confessions* nous parle très exactement d'une *conversion* mais au sens chimique du terme : "Ce mot est quelquefois synonyme à transmutation" dit le *Trévoux* à propos de l'alchimie, avant d'ajouter que "CONVERSION, en morale, signifie retour au bien ; changement, soit du cœur à l'égard des mœurs, soit de l'esprit à l'égard des sentiments". C'est en ce double sens qu'on peut effectivement parler de la "conversion" de Julie. Au sens de mutation ou de transmutation. Mais son mariage n'en est pas la première expérience : en effet, elle a expérimenté ce qu'on pourrait appeler *l'œuvre au noir,* lorsque "tiraillée" (je reprends l'expression des *Confessions*) par les exigences paternelles et celles de l'amour, elle comprit, écrit-elle, qu'elle "n'accorderai[t] jamais les droits de l'amour et du sang qu'aux dépens de l'honnêteté" (423) ; c'est alors que se produisit en elle une mutation morale radicale :

> Ainsi tous mes bons sentiments achevèrent de s'éteindre ; toutes mes facultés s'altérèrent ; [...] je me sentis tout autre au dedans de moi ; enfin, les transports effrénés d'une passion rendue furieuse par les obstacles, me jetèrent dans le plus affreux désespoir qui puisse accabler une âme ; j'osai désespérer de la vertu. [*id.*]

Extinction, altération générale, désaffection morale jusqu'au désespoir – la pire des passions en théologie chrétienne ainsi que le souligne le *Trévoux* : "DÉSESPOIR. [...] agitation violente de l'âme, causée par l'idée d'un mal affreux, que l'on regarde comme inévitable [...] ; désespoir signifie aussi le péché par lequel l'homme désespère de son salut et de la miséricorde de Dieu !"

C'est de cette mutation au pire qui l'identifie, dans son imaginaire horrifié, à une "fille perdue" (428), que la sauve pour jamais, elle l'espère, la "révolution" providentielle survenue au temple. Ce destin funeste conjuré *in extremis*, elle le résume plus loin à Saint-Preux, en une sorte de bref roman de la débauchée donné comme un *possible vraisemblable* :

> Quelle sûreté avais-je eue de n'aimer que vous seul au monde, si ce n'est un sentiment intérieur que croient avoir tous les amants qui se jurent une constance éternelle, et se parjurent innocemment toutes les fois qu'il plaît au Ciel de changer leur cœur? Chaque défaite eût ainsi préparé la suivante [...] ; d'une amante abusée je devenais une fille perdue, l'opprobre de mon sexe et le désespoir de ma famille. [*id.*]

Illusion ?

C'est donc cette conversion radicale au mal (dans les termes qui sont les siens) que renverse tout aussi radicalement l'opération intérieure qu'elle affirme avoir vécue, non comme produit d'une commotion superficielle mais comme une régénération durable, laquelle ne saurait s'inscrire dans le cycle des illusions provoquées par ses passions car elle la rend à un état antérieur à leur naissance même : "Quel sentiment de paix effacé depuis si longtemps vint ranimer ce cœur flétri par l'ignominie, et répandre dans tout mon être une sérénité nouvelle ! Je crus me sentir renaître ; je crus recommencer une autre vie" (427). Bien sûr, l'ambiguïté du verbe *croire* fait encore signe vers la possibilité de l'illusion (la fin du roman la confirmera), mais il reste que cette illusion crée les conditions de la régénération de Julie d'Étange par Mme de Wolmar. Plus loin, lorsqu'elle prêche à Saint-Preux la nécessité de sa propre conversion, elle explicite complètement cette problématique, tout en admettant ignorer le 'comment' de l'opération : elle se croyait définitivement dégénérée, puisqu'elle y avait lucidement consenti par désespoir et "qu'une âme une fois corrompue l'est pour toujours, et ne revient plus au bien d'elle-même" (439) ; or elle a dû admettre la possibilité du contraire et "que quelque révolution subite [...] change tout à coup ses rapports, et par un violent ébranlement [...] l'aide à retrouver une bonne assiette. [...] Dans ce bouleversement général on reprend quelquefois son caractère primitif et l'on devient comme un nouvel être sorti récemment des mains de la nature" (439). C'est ainsi un paradoxal éloge du chaos comme chemin de la tranquillité de l'âme qu'elle livre ici, rejoignant la thématique augustinienne de la *felix culpa* et la topique générale de la conversion soudaine illustrée par saint Paul sur le chemin de Damas... ou par Rousseau sur le chemin de Vincennes.

Le lecteur se doute qu'elle n'en a pas terminé avec l'illusion puisque l'éditeur supposé va presque jusqu'à l'ironie à ce propos, dans telle note annonçant que sa certitude d'être heureuse dans son mariage sera compromise par un "fatal secret qui la tourmenta si fort dans la suite" (447). Le lent processus des révolutions intérieures des âmes est en effet calculé par Rousseau à l'échelle de la totalité du roman. Cette lettre est le miroir où l'ensemble se réfléchit en concentré. Julie, quant à elle, devra donc attendre l'éclairement de la mort pour accéder au sens chrétien de ses successives illusions: "cette illusion me fut salutaire; elle se détruit au moment que je n'en ai plus besoin", écrit-elle en effet dans sa lettre d'outre-tombe. Pour autant, c'est tout de même avec prudence qu'elle rapporte à son docte Abélard l'histoire de sa révolution intérieure au temple. S'il y a ici une "conversion" de Julie comme il y eut une "illumination" de Vincennes pour Rousseau, c'est avec les mêmes précautions d'analyse qu'elle est rapportée dans les deux cas. L'accent le plus net est en effet porté sur les circonstances spécifiques de l'événement, autant que sur le caractère exceptionnellement émouvant de la situation en elle-même. Rousseau pense en effet que les "diverses manières d'être", comme il les appelle, sont fortement conditionnées par les circonstances: "je trouvai, écrit-il dans son projet de "morale sensitive", qu'elles dépendaient en grande partie de l'impression antérieure des objets extérieurs, et que modifiés continuellement par nos sens et par nos organes, nous portions sans nous en apercevoir, dans nos idées, dans nos sentiments, dans nos actions mêmes l'effet de ces modifications" (*OC.* I, p. 408).

Le récit de Julie est donc très attentif à l'effet provoqué par les "objets extérieurs" sur les affects *de celle qu'elle était* le jour de la cérémonie. C'est *sans aucune modalisation* qu'elle l'inscrit, reliant la terreur grandissante qu'elle éprouvait à l'atmosphère solennelle du lieu, à sa destination sacrée, à la pénombre qui y régnait, au silence des spectateurs et au spectacle impressionnant qu'ils lui donnaient à leur insu, en la contemplant marchant à son mariage:

> Je ne sais quelle terreur vint saisir mon âme dans ce lieu simple et auguste, tout rempli de la majesté de celui qu'on y sert. Une frayeur soudaine me fit frissonner; tremblante et prête à tomber en défaillance, j'eus peine à me traîner jusqu'au pied de la chaire. Loin de me remettre je sentis mon trouble augmenter durant la cérémonie, et s'il me laissait apercevoir les objets, c'était pour en être épouvantée. (425)

En revanche, c'est *toujours en l'assortissant de modalisateurs* qu'elle rend compte du processus de sa conversion: "*Je crus voir* l'organe de la providence et entendre la voix de Dieu dans le ministre prononçant gravement la sainte liturgie"; "tout cela me fit une telle impression, que *je crus sentir* intérieurement une révolution subite"; "une puissance inconnue *sembla corriger* tout à coup le désordre de mes affections" (426). Julie n'oublie donc pas d'afficher le sens critique de la '*savante Héloïse*'*:* si elle cherche, certes, à toucher son amant en l'émouvant pas le récit de ses propres émotions, elle le sait défiant à l'égard de ses tendances dévotes; il s'agit aussi de désarmer son rationalisme en paraissant au moins en partager les prémisses. Sur un autre plan, l'auteur qu'imprègne sa profonde culture biblique surveille ce qui en survient spontanément sous sa plume, afin d'éviter une identification trop forte de la conversion de l'héroïne à celle de la conversion par la Grâce d'une Pauline ou d'un Polyeucte (la préface dialoguée prévient clairement l'identification: "N. Et cette conversion subite au Temple?... La Grâce, sans doute?... ", 909) ; ainsi remplace-t-il "une fraîcheur pareille à celle de la rosée" (*Job*, 38:28), par "une sérénité nouvelle" (427), et "le pasteur commun qui sait rappeler la brebis égarée" par "l'auteur de toute vérité" (429).

Dramatisation

Cependant, cette prudence n'est pas le tout de la stratégie de Mme de Wolmar car, parallèlement, elle fait jouer les machines de l'opéra pour persuader son correspondant; Julie parle en effet du "ravissement d'un changement si grand, si prompt, si inespéré" comme le Rousseau des *Confessions* verra son chaos cérébral s'ordonner en "spectacle ravissant" (*OC*. I, p. 114). Et ce sont les ressorts de la tragédie qu'elle met en œuvre dans le récit de sa conversion, mais seulement *in fine*, pour émouvoir l'ancien amant par la terreur, la pitié et l'admiration. Pour bien en mesurer la portée, sa lettre doit être reprise un peu en amont: juste avant le récit de son mariage et de sa conversion, elle lui résumait l'histoire de leur dégradation morale dans un tableau où les bergers de l'idylle étaient devenus des libertins résolus dont la chute tragique approchait; et elle concluait sur ces mots: "Mon bon ami, laissons retomber ce voile. Avons-nous besoin de voir le précipice affreux qu'il nous cache pour éviter d'en approcher?" (425). Mais bien avant que ne tombât ce rideau sur la pastorale désenchantée, c'était une Phèdre des Alpes qu'elle faisait apparaître lorsqu'il s'agissait de présenter les affres du combat de sa volonté contre sa passion:

> Je voulus m'empêcher de répondre à ces lettres funestes que je ne pouvais m'empêcher de lire. [...] Je vis l'abîme où j'allais me précipiter. J'eus horreur de moi-même, et ne pus me résoudre à vous laisser partir. Je tombai dans une sorte de désespoir; j'aurais mieux aimé que vous ne fussiez plus que de n'être point à moi: j'en vins jusqu'à souhaiter votre mort, jusqu'à vous la demander. [410]

Elle espère ainsi susciter en lui la catharsis qu'elle avait elle-même éprouvée en recevant sa lettre de Meillerie: "À mes propres douleurs, écrit-elle, se joignit le sentiment de votre désespoir. Hélas! c'est toujours l'âme la plus faible qui porte les peines de toutes deux" (412). C'est alors que sa plume passe en mode cornélien puisque la voici proie d'un insurmontable dilemme suscité par une proposition de fuite:

> Le parti que vous m'osiez proposer mit le comble à mes perplexités. L'infortune de mes jours était assurée, l'inévitable choix qui me restait à faire était d'y joindre celle de mes parents ou la vôtre. Je ne pus supporter cette horrible alternative; [...] Je souhaitai d'être délivrée de la vie. [412]

C'est que si la vertu et la volonté refusent d'abandonner la lutte, les insurmontables obstacles objectifs et la violence de la passion les abattent: "L'innocence et l'amour m'étaient également nécessaires, ne pouvant les conserver ensemble et voyant votre égarement, je ne consultai que vous dans mon choix et me perdis pour vous sauver" (413). La perte même de l'enfant qu'elle espérait pour forcer son père à la laisser épouser son précepteur, est alors interprétée comme signe de disgrâce divine: "Comme si le Ciel eut voulu m'accabler alors de tous les maux que j'avais mérités, et couper à la fois tous les liens qui pouvaient nous unir" (414).

Mais les signes du Ciel sont toujours interprétés à l'envers dans toute bonne tragédie; et la suite de la lettre atteste que cette interprétation se renverse à la lumière de sa conversion, pour peu que son amant s'engage dans le même chemin, lequel n'est autre que celui des valeurs cornéliennes: "Sacrifier les désirs de son cœur à la loi du devoir. Tel est, mon ami, le sacrifice héroïque auquel nous sommes tous deux appelés" (437) ; et c'est la leçon de *Polyeucte* qui dicte la dimension transcendante de cet appel, puisque si leur destin selon Dieu et la Vertu est bien en effet de se séparer à jamais selon la chair, c'est dans la perspective d'une union des âmes renforcée par leur double régénération ; c'est bien là en effet qu'elle entend l'amener, et cela passe par une dramatisation de sa propre situation morale avant le mariage où, comme on l'a vu, s'offre le spectacle d'une âme résolue à sa perdition. C'est sur ce fond de tableau puissamment animé par une dynamique dramatique agencée de main de maître, que le théâtre du temple offre le contre-spectacle étonnant de la révolution que l'on sait : suscitant la terreur et la pitié par l'évocation de l'état intérieur déplorable de l'héroïne brossée en victime expiatoire, et provoquant l'admiration par le double effet son élection décidée par le Ciel et de l'émotion du couple de son amie projetant sur la scène l'avenir vertueux de Mme de Wolmar.

Que ce spectacle tire le meilleur profit possible du pathos dramaturgique alors en vogue dans l'avant-garde théâtrale, semble au demeurant évident. En effet, il n'aura pas même manqué à cette dramatisation à outrance une séquence de 'Drame larmoyant', avec la scène pathétique du renoncement de sa volonté devant celle de son père en pleurs lui rappelant qu'elle est cause de la mort de sa mère et menaçant lui-même de mettre fin à ses jours (Laurence Viglieno en a relevé l'arrière-texte cornélien [2019, p. 185. *Cf. Le Cid* I, 4, v. 282-285]). Mais au-delà de ces excès d'époque, ce qui aujourd'hui demeure encore esthétiquement actif dans cette scène qui émut bien des lecteurs du passé, c'est sans doute sa fonction poétique dans la composition, puisqu'elle esquisse ou annonce le puissant motif de l'abandon à la volonté divine qui orchestre tout le discours de Julie dans la seconde partie de cette lettre. Par où l'on vérifie combien Rousseau est cohérent avec son esthétique de la romance, même quand il fait jouer les grandes-orgues.

Effacement ou oblitération ?

En cet opéra mental miroite (si l'on peut ainsi parler) une *absence signalée ;* dans l'examen de conscience qui suit la cérémonie, l'effacement de l'image de l'amant (ou du moins de l'affect qu'elle provoque) est en effet donné comme pierre de touche de la réalité durable de la mutation morale opérée :

> L'épreuve était sûre mais dangereuse, je commençai par songer à vous. Je me rendais le témoignage que nul tendre souvenir n'avait profané l'engagement solennel que je venais de prendre. Je ne pouvais concevoir par quel prodige votre opiniâtre image m'avait pu laisser si longtemps en paix avec tant de sujet de me la rappeler. [427]

Un tel effacement, qui contrevient de façon provocante, on le sait, à la loi d'inoubli du roman idéaliste depuis *L'Astrée*, comme à l'expérience de l'épouse d'Abélard au moment de prononcer ses vœux de moniale (Julie avait lu leurs lettres - I, 24, 116), n'est pas une 'première' dans son histoire affective ; elle en attestait en effet l'équivalent lors du récit de la disparition de sa mère :

> Le souvenir de ma mère mourante effaçait le vôtre ; nous étions éloignés ; l'espoir m'avait abandonnée ; jamais mon incomparable amie ne fut si sublime ni si digne d'occuper seule tout mon cœur. Sa vertu, sa raison, son amitié, ses tendres caresses, semblaient l'avoir purifié. [417]

Cependant, cet effacement s'avéra n'être qu'une *oblitération* ; l'image de l'amie suppléait celle de l'amant sans l'effacer définitivement : "je vous crus oublié, je me crus guérie. Il était trop tard : ce que j'avais pris pour la froideur d'un amour éteint, n'était que l'abattement du désespoir" (417-18). En revanche, l'examen de soi après son mariage atteste d'une part une 'photo blanche' de l'amant (si j'ose dire) durant la cérémonie religieuse, et d'autre part une représentation sans autre affect que moral durant l'examen intérieur qui s'ensuit : "En me disant combien vous m'étiez cher, mon cœur était ému, mais ma conscience et mes sens étaient tranquilles, et je connus dès ce moment que j'étais réellement changée" (427).

Or cette lettre jusqu'alors, et l'ensemble du roman depuis l'épisode du baiser, témoignaient au contraire du caractère opiniâtrement érotique de la mémoire partagée des amants, lequel s'avère ici littéralement oblitéré. Hormis la transcendance surnaturelle ici supposée par l'héroïne, le seul opérateur qui tente dans ce roman de provoquer une amnésie comparable, mais touchant cette fois la mémoire amoureuse en tant que telle, sera M. de Wolmar (v. La méthode de M. de Wolmar et le cauchemar de Villeneuve). Réciproquement, l'absence de son amant lors de la conversion au temple et sa contre-épreuve méditative signent le *point aveugle* de la destinée de Julie. C'est le prix à payer, elle l'ignore encore, d'une solitude face à l'Invisible dont le feu qui la brûle est le seul chemin.

LES MYSTÈRES DE CLARENS (IV-V)

Le bonheur de Clarens est à la fois, et indissolublement une lentille qui nous permet d'observer la nature et un voile qui nous la cache.
[BUTOR, 1968, p. 95]

Situation

L'économie dialectique de la progression du roman se trouve ainsi résumée par Jean-Michel Racault :

> Transparence initiale de l'amour innocent ; perte de la transparence et contestation d'un ordre social injuste par la revendication individualiste de la passion ; transparence reconquise grâce à la vertu au sein d'un nouvel ordre social régénéré ; dépassement du bonheur purement laïque de Clarens et réintégration dans l'au-delà d'une passion sublimée par la mort [...]. L'identité initiale de l'amour et de l'innocence est ainsi retrouvée au terme du roman. [...] D'autre part, l'action de *La Nouvelle Héloïse* semble faire alterner deux modèles, l'un individuel, l'autre collectif : individualisme de la passion ou de l'aspiration mystique, norme contraignante de la convention sociale ou communauté rénovée de la "petite société. [1991 p. 696].

Il s'agira dans cette section, de se demander s'il y eut jamais quelque transparence que ce soit dans les rapports entre les personnages du roman, initiale ou reconquise, sinon selon la perspective de l'auteur des lettres-relation à propos de Clarens, lui-même impliqué dans un mythe communautaire dont il méconnaît la prégnance illusoire sur son imaginaire amoureux.

L'Astrée emmenait ses lecteurs dans les monts du Forez et sur les bords du Lignon pour y fréquenter des bergers amoureux, *Cleveland* faisait voyager les siens sur l'Océan jusqu'aux forêts américaines au contact des féroces Abaquis, *La Nouvelle Héloïse* leur fait découvrir le pays de Vaud environné de hautes montagnes, baigné par le lac de

Genève, et leur fait rencontrer les communautés montagnardes du Haut-Valais puis l'économie rurale de la région de Vevey. Rousseau avait songé à installer ses personnages aux Iles Borromées ou dans les vallées de Thessalie, l'eût-il fait, il aurait retrouvé les paysages très codés du *locus amoenus* de l'églogue. Celui-ci n'est plus là qu'en filigrane dans son roman, avec l'Élysée de Julie et la scène des vendanges ; en revanche, il y a développé une approche très neuve de la nature en situant ses personnages dans un pays qu'il aimait et dont les beautés et le pittoresque n'avaient encore jamais fait leur entrée dans la bonne littérature d'alors, sauf avec le grand poème *Les Alpes* de Haller et les *Idylles* de Gessner. Pour nourrir son imaginaire, le romancier a puisé dans les noms de personnages fréquentés et aimés dans sa jeunesse : dans ceux de Clarens et de Mme de Wolmar, résonne celui de sa protectrice et "maman", Mme de Warens ; celui de Claude Anet est le même que celui de l'intendant et amant de celle-ci ; celui de Saint-Preux, est à une lettre près celui du village de Saint-Prex, non loin de Vevey ; et puis dans son œuvre antérieure, Claire et Marcellin sont les héros d'un conte moral paysan à la Marmontel, également situé en Suisse.

Dans l'économie de ce roman dont les deux versants sont miroirs l'un de l'autre, les paysages et les lieux forment de grandes rimes narratives : l'économie autarcique du Haut-Valais appelle, comme son double des plaines, l'utopie autarcique de Clarens, mais la communauté traditionnelle peu hiérarchisée des Valaisans contraste avec la stricte hiérarchie qui règle les rapports sociaux à Clarens. C'est par les lettres de l'amant à l'amante qu'on avait appréhendé la mondanité parisienne, le mauvais air du pays galant et son frénétique régime de suppléance généralisée ; c'est par celles de Saint-Preux à Milord Edouard qu'on prend sur Clarens une perspective qui le constitue comme antithèse de la superficialité parisienne, même si l'élite qui le régit demeure une élite. Du lac de Genève on n'avait connu que les rochers de Meillerie en hiver, vécus dans la solitude, et l'amant de Julie l'avait traversé sans nous durant la nuit ; dans le second volet du roman, l'une des pages les plus fameuses et les plus imitées par le romantisme est la séquence de la tempête sur le lac, en compagnie du couple des anciens amants et de leurs bateliers pêcheurs à leurs heures, suivie d'une visite à Meillerie enchanté par le souvenir autant que par la beauté automnale des lieux, puis d'un retour vespéral sur l'eau calme, au chant des bécassines, en ultime duo d'amour partagé silencieusement dans les larmes ; mais comme à Meillerie l'amant menaçait du rocher de Leucate, il s'en faut de très peu que se réalise par son fait ce dont menaçait la tempête de la matinée.

À Clarens, tout a changé depuis le mariage de Julie : l'Élysée est un ancien verger métamorphosé en Île du bout du monde où la nature a tout fait sous la direction de la maîtresse des lieux ; au château, la salle de billard est devenue un pressoir, et au jardin les parterres sont transformés en potagers. Dans l'économie du domaine, on privilégie l'utile sur l'agréable, sauf à l'Élysée qui est son miroir inversé. Les rapports des êtres eux aussi vont changer : dans les bois, le héros chasse désormais la grive avec son vieil adversaire le baron d'Étange ; le trio des maîtres et de leur ami se rend au bosquet où un autre trio avait jadis expérimenté la puissance des sens quand le cœur est de la partie, et c'est cette fois pour en dissoudre la mémoire affective ; le vin qu'on boit à la table des maîtres ou lors des fêtes domestiques – où l'ivresse n'est pas tolérée – est bien un vin de pays, mais l'on a l'art de le préparer pour en tirer toute une variété d'imitations de grands crus ; le côté dionysiaque du roman incarné au Valais ou d'autres occasions, dont la fureur érotique expérimentée à Vevey, est désormais tempéré à Clarens par Apollon, dont le salon est celui de la maîtresse des cœurs de tous ceux qui vivent là, et non plus d'un seul et unique ; du moins en apparence, car règne en ces lieux un œil vivant auquel rien, en principe, n'échappe, et qu'on aime aussi, mais pour d'autres motifs, qui tiennent aux raisons siennes d'avoir rêvé son domaine comme une vaste communauté familiale où chacun serait son enfant, au moins par illusion puisque les maîtres demeurent les maîtres et que domestiques ou paysans sont leurs salariés. – Mais les Inséparables ? Elles sont séparées par quelques lieues et continuent à correspondre. Mme d'Orbe a perdu son mari, elle élève une fille : Henriette ; Mme de Wolmar est mère de deux garçons ; on projette déjà un mariage de l'aîné ("le petit mali") avec Henriette, le cadet se nomme Marcellin. Avant que Saint-Preux invité par les époux Wolmar, ne rejoigne Clarens, Mme d'Orbe avait accepté de s'y installer. Elle ne le fera que vers le milieu de la Ve partie.

Ce second versant du roman introduit explicitement les lecteurs aux problématiques théoriques développées parallèlement dans *Émile* et le *Contrat social* (1762), en ce qui concerne les questions éducatives (V,3), l'économie domestique (IV,10, V, 2 et 7) et la question religieuse (V,5 et VI, 7-8, 11-13). Lorsque la "Profession de foi du Vicaire savoyard" sera attaquée à Paris puis à Genève, Rousseau se défendra en affirmant que tout ce qu'on lui reproche se trouvait dans ses écrits précédents, y incluant la *Julie :* "On trouve dans l'*Émile* la profession de foi d'un Prêtre Catholique, et dans l'*Héloïse* celle d'une femme dévote : ces deux pièces s'accordent assez pour qu'on puisse expliquer l'une par l'autre" (*Lettres écrites de la Montagne* (1764) I, *OC.* III, p. 694). Il y reviendra encore dans *Les Confessions :* "La profession de foi [d'] Héloïse mourante est exactement la même que celle du Vicaire savoyard [...] tout ce qu'il y a de hardi dans l'*Émile* était auparavant dans la *Julie*" (*OC.* I, p. 407). À l'époque moderne pourtant, certains critiques n'ont pas manqué de relever des disparates, voire des incohérences entre les principes démocratiques du *Contrat social* et la société hiérarchisée presque encore féodale de Clarens ; d'autres ont tenté de démontrer la cohérence fondamentale de la pensée de Rousseau en distinguant chez lui la visée théorique des conditions de possibilité du fonctionnement démocratique d'une société moderne, de l'approche concrète d'une société concrète dans le monde tel qu'il est ; enfin, on a pu récemment tenter d'éclairer autrement le problème en partant du rôle des penseurs antiques (Platon, Aristote, les Stoïciens) dans la pensée de Rousseau [Champy, 2012].

Ces discussions, instructives par elles-mêmes, présentent l'inconvénient, en général, de s'en tenir au seul plan de la discussion philosophique, sans réelle prise en compte, sauf à la marge, de l'économie narrative et fictionnelle du roman. Elles négligent en outre la conscience qu'a Rousseau, Louis Althusser l'avait indiqué naguère [1967], des difficultés et des contradictions de sa problématique théorique. En effet : comment faire pour qu'un peuple obéisse à la loi non par contrainte mais parce qu'il y consent, voire qu'il l'aime ? Ou encore, comment "trouver une forme de gouvernement qui mette la loi au-dessus de l'homme ?" (au marquis de Mirabeau, 26 juill. 1767, *CC.* n° 5911). Rousseau comparait à la quadrature du cercle en géométrie, ce problème auquel il réfléchit en écrivant le *Contrat social*, à la même époque où il termine la *Julie*. L'une des solutions, inspirée des Grecs, est l'institution d'un législateur appelé par la Cité, qui lui donne des lois mais n'y commandera pas, la quittant une fois sa mission accomplie. Mais dans les temps modernes, où trouver ce législateur ? Le chapitre du *Contrat social* le concernant s'ouvre ainsi :

> Pour découvrir les meilleures regles de société qui conviennent aux Nations, il faudroit une intelligence supérieure, qui vît toutes les passions des hommes & qui n'en éprouvât aucune, qui n'eût aucun rapport avec notre nature & qui la connût à fond, dont le bonheur fût indépendant de nous & qui pourtant voulût bien s'occuper du nôtre ; enfin qui, dans le

> progrès des tems se ménageant une gloire éloignée, put travailler dans un siecle & jouir dans un autre. Il faudroit des Dieux pour donner des loix aux hommes. [*Contrat social*, II, 7, *OC*. III, p. 381]

C'est ce qui s'appelle une aporie dans la théorie. Mais il est une façon, sinon de résoudre, au moins de poser autrement les questions insolubles, c'est de penser par fiction, en scénarisant dans l'imaginaire les impasses du concept. On peut alors aborder les enjeux du roman en admettant que Rousseau y expérimente certaines hypothèses par leur modélisation dans une forme narrative [Duflo et Revel 2019]. Il ne s'agirait pas pour lui d'allégoriser ses thèses, autrement dit d'en donner une illustration plus 'digeste' que des élaborations conceptuelles accessibles aux seuls pairs, mais de tester par la fiction les possibilités d'affiner ou d'ouvrir la problématique.

Enjeux 1.
Politique de l'économie domestique

Dans les quelques lignes qui ouvrent le chapitre sur le législateur, certains traits correspondent assez bien à M. de Wolmar, dont la personnalité incarne aux yeux de tous l'ordre et la raison, qui se rêve en invisible "œil vivant" omniscient (comme le dieu auquel il ne croit pas), sa passion étant d'observer ses semblables sans pour autant s'identifier à eux "car je n'aime point à faire un rôle, mais seulement à voir jouer les autres : la société m'est agréable pour la contempler, non pour en faire partie" (IV,12, 583) ; il a cependant une autre passion dont il dit qu'avec un tempérament aussi froid que le sien, elle emporte tout si elle survient : "Je n'ai été tenté qu'une fois, et j'ai succombé" (586) dit-il aux anciens amants avant la scène de la profanation du bosquet, à propos de la grave faute qu'il commettait en épousant Julie d'Étange en étant parfaitement au courant de son passé. Il existe une autre différence avec le législateur du *Contrat* puisque, par définition, "celui qui commande aux loix ne doit pas [...] commander aux hommes", son autorité n'étant "rien" dès qu'il est question de les appliquer (*ibid.*, p. 382 et 383). C'est bien Wolmar qui a édicté les lois réglant son domaine, mais comment observer ses semblables à son aise si l'on n'est pas Dieu ou si l'on ne possède pas d'anneau de Gygès ? – "Je me fis acteur pour être spectateur" (584) : ce législateur passionné *a minima*, mais passionné (bien différent à cet égard de celui de *La République* ou du *Contrat social*) satisfait sa passion en dirigeant activement l'économie domestique de Clarens, où son autorité est complétée par celle de sa femme dans un registre plus affectif quoique non moins réglé que le sien ; mais aussi il se mêle des affaires d'autrui de façon fort active, essayant de transformer l'imaginaire mémoriel des anciens amants en les soumettant à certaines épreuves, et testant la progression de Saint-Preux sur ce plan jusque dans la VIe partie, Milord Edouard lui servant de relais : tout cela dans la perspective de son intégration définitive à Clarens comme précepteur des enfants Wolmar. Il s'agit là d'un plan à long terme dont la première étape est l'invitation de Saint-Preux à Clarens (IV, 4) : à cet égard, le héros fait l'objet d'une surveillance systématique, y compris de la part de Claire (associée par Wolmar à cette entreprise, IV, 14, *incipit*), laquelle dès son retour se l'était d'ailleurs fait envoyer par Julie afin d'observer s'il avait changé et comment (IV, 8-9). Un examen que son cauchemar à Villeneuve fait tourner à son désavantage dans l'esprit de Milord Edouard (VI, 3) ainsi que dans l'interprétation mitigée qu'en donne Wolmar (V, 11).

Si celui-ci est athée, il se fantasme incessamment en divinité terrestre omnisciente même en son absence physique, à laquelle son épouse trouve du reste une pénétration hors du commun : "Je te jure, écrit-elle à son amie, qu'il a quelque don surnaturel pour lire au fond des cœurs ; que le ciel le lui laisse toujours !" (IV, 12, 589) – une pénétration qui selon lui échoue pourtant en ce qui la concerne : "Un voile de sagesse et d'honnêteté fait tant de replis autour de son cœur, qu'il n'est plus possible à l'œil humain d'y pénétrer, pas même au sien propre" (I, 14, 602). Mme de Wolmar demeure la secrète Julie : elle serait donc *l'angle mort* de la panoptique rationnelle wolmarienne ? En admettant que l'ami de l'âme de Julie se fût perdu en mer ou installé au bout du monde, Clarens qui a bien fonctionné pendant six ans, pouvait continuer de la sorte ; sans son retour, l'aveu par Julie de ses amours passées à Wolmar (qui au demeurant ne l'avait pas attendu pour les connaître) n'aurait eu d'autre conséquence que de renforcer leur confiance mutuelle. Mais avec ce retour suit une invitation, avec l'invitation s'ouvre la possibilité de maximiser l'ascendant de Julie en acclimatant son ancien amant à Clarens, car Wolmar a compris, il le leur dit : "Qu'aucun des deux ne pouvait oublier l'autre sans perdre beaucoup de son prix" (IV, 12, 588). Entreprise conduite avec esprit de suite mais qui, couplée avec la découverte de son incroyance par sa femme, ruinera en un an l'harmonie de Clarens.

Car l'harmonie règne à Clarens : son peuple aime les lois du domaine et les maîtres qui les appliquent, parfois sans merci, malgré un système d'appel sophistiqué qui fait de Mme de Wolmar celle qui tranche en dernier ressort ; à ces lois il consent même avec plaisir en ce que Bronislaw BACZKO nomme "une sublimation affective des rapports économiques" [1975 ; Moulin, 2001]. Les maîtres seuls savent qu'ils entretiennent là une complète illusion dont la clef est d'avoir su déguiser les rapports de dominants à dominés en servitude volontaire : "Tout l'art du maître est de cacher [la contrainte] sous le voile du plaisir et de l'intérêt, en sorte qu'ils pensent vouloir tout ce qu'on les oblige de faire" (IV,10, 542) [KNEE, 1993 ; LEBRETON, 2004]. En ce qui concerne l'intérêt individuel, dont la tendance dans les rapports sociaux ordinaires, est d'entrer en contradiction avec l'intérêt collectif, l'illusion soigneusement entretenue de la "communauté", et de la communauté comme famille dont le père est le maître et les individus sont frères et sœurs, permet de "les [unir] pour ainsi dire malgré eux par les services qu'on les force en quelque sorte à se rendre" (IV, 10, 552) ; enfin, pour les unir encore plus fermement, Clarens nourrit en eux un sentiment factice d'égalité générale incluant les maîtres eux-mêmes, puisque ceux-ci se mêlent aux jeux et aux divertissements qu'ils organisent au domaine pour éviter les virées au cabaret ou autres, travaillant quelquefois aux grandes occasions comme les vendanges, en se procurant à eux-mêmes la "douce illusion" (V,7, 711) d'être revenus à l'Âge béni des Patriarches, non sans avoir divisé l'organisation du travail entre la préparation du matériel et des locaux réservée à Wolmar, l'organisation de la récolte dévolue à son épouse, Mme d'Orbe s'occupant des "festins de vendange" et du "salaire des ouvriers selon la police établie, dont les lois ne s'enfreignent jamais ici" (V, 7, 712). Ainsi se résout par illusion collective dûment programmée, la quadrature du cercle de l'amour du peuple pour des lois qu'il n'a pas décidées, dans une rude journée de travail acharné où tout est arrangé pour qu'il se donne à lui-même le spectacle d'une fraternité factice de tous avec tous. Tous ? – "On tient ici pour incontestable que qui voit faire un tort à ses maîtres sans le dénoncer est plus coupable encore que celui qui l'a commis [...]. De sorte que, quand la faute est considérable, celui qui l'a commise peut encore quelquefois espérer son pardon, mais le témoin qui l'a tue est infailliblement congédié comme un homme enclin au mal" (IV, 10, 554).

Le meilleur monde possible dans le monde tel qu'il est n'est en rien le meilleur des mondes. N'empêche : "si chaque citoyen, lit-on dans le *Contrat social*, ne peut rien que par les autres, et que la force acquise par le tout soit égale ou supérieure à la somme des forces naturelles de tous les individus, on peut dire que la législation est au plus haut point de perfection qu'elle puisse atteindre" (*op. cit.*, p. 382). Nous y sommes presque, mais sur le mode d'un rêve éveillé collectif où les dominés ont oublié qu'ils le sont, et où les dominants se donnent le plaisir de s'imaginer en dieux bienveillants contemplant leur œuvre bienfaisante. – Une fois la fête des vendanges passée, il y aura du bénéfice et d'autant plus qu'elle aura rendu tous les cœurs heureux; sans doute, cela profitera à tous, dominants et dominés, puisque Clarens produit "l'abondance, les véritables commodités de la vie, et le nécessaire chez [l]es voisins indigents" (III, 20, 446) ; mais dans une certaine *mesure* seulement: car si Wolmar stimule le travail des exploités par toutes sortes de formes d'intéressement, c'est qu'il suit là son intérêt bien compris [pour une approche alternative, SPECTOR, 2007]: "Combien de fois croyez-vous que je regagne cette somme dans mon ménage et dans mes affaires par la vigilance et l'attention que donnent à leur service des domestiques attachés qui tiennent tous leurs plaisirs de leurs maîtres?" (IV, 10, 544). C'est à tout autre chose, pour le coup, que pense l'auteur du *Discours sur [...] l'inégalité*, mais c'est sans doute assez proche de l'esprit des économistes physiocrates contemporains, avec lesquels il n'est pas sans contacts, quoiqu'en désaccord sur le fond avec eux, *Télémaque* oblige [HARTMANN et LOTTERIE, 2007, p. 96] – Julie appréciant d'ailleurs autant que lui le Cygne de Cambrai (II, 18, 312; VI, 7, 803). La question de l'atteinte du bonheur en ce monde par le retour à une forme de ruralité moderne intéressait le siècle au plus haut point (comme le nôtre aujourd'hui... qui sait si c'est plus lucidement?). Au point que l'académicien Duclos suggéra d'éditer à part les lettres sur l'économie domestique de Clarens, celle sur l'Élysée exceptée (v. Chronologie, n° 1170).

Rousseau ne l'a pas suivi, parce que l'économie domestique de Clarens participe fondamentalement de son projet romanesque. En effet, M. de Wolmar ne pratique pas le calcul de l'intérêt bien compris dans ce seul domaine: il prend dans cet ordre, appliqué aux rapports affectifs, des risques qui pourraient coûter honneur et vie à son épouse par suite d'une absence calculée pour mettre à l'épreuve sa valeur ainsi que celle de son ancien amant. Or, épreuve faite – Saint-Preux l'écrit à Edouard –, il semble avoir réussi à apprivoiser l'oiseau rare qui manquait à sa volière: "Depuis le retour de ce digne ami, je ne balance plus à lui donner un nom si cher et dont vous m'avez si bien fait sentir tout le prix" (V, 2, 623).

L'oiseau rare hésitait donc encore à entrer dans le marché qu'on lui offrait : l'amitié du couple Wolmar contre l'oubli du couple des anciens amants. Or le voici enchanté, le voici *à l'unisson :*

> Je passe des jours sereins entre la raison vivante et la vertu sensible. En fréquentant ces heureux époux, leur ascendant me gagne et me touche insensiblement, et mon cœur se met par degrés à l'unisson des leurs, comme la voix prend, sans qu'on y songe, le ton des gens avec qui l'on parle. [*Id.*]

Le voici qui les imite, qui se modèle sur leur ton, le voici donc entré dans le rêve aussi sensiblement accordé que rationnellement tempéré de la communauté des enfants de Clarens, et cela de par l'*ascendant* de ce couple ; mais il ne voit pas que l'attrait qu'il éprouve est le fruit d'un calcul de celui qui ne l'a accueilli à Clarens que pour favoriser une maximisation du potentiel de l'équipe des maîtres ; calcul dont la justesse espérée, moyennant en l'occurrence la mise en danger de sa femme et donc de leur couple, lui procure le bonheur de donner et se donner le spectacle de sa propre équanimité vertueuse. Mais c'est un rêve qui va tourner au cauchemar pour tous car les sentiments des êtres ne se manipulent que jusqu'à un certain point, au-delà duquel se déclenche une réaction en chaîne immaîtrisable qui renverse tout sur son passage en fort peu de temps.

Enjeux 2.
Utopie au pays de Vaud ?

Ces contradictions dont il est évidemment le premier averti, montrent que Rousseau médite tout autre chose qu'une plate allégorie de ses thèses en imaginant la communauté qui vit à Clarens. Une autre piste herméneutique serait de la lire comme une contribution singulièrement originale au genre du voyage en Utopie, une littérature que cet immense lecteur connaît plutôt bien. On est certain qu'il a lu More et le *Télémaque*, l'*Histoire des Sévarambes* (Veiras), *La Basiliade* (Morelly) à quoi s'ajoutent sans doute Foigny (*La Terre australe*) et Tissot de Patot (*Voyages et aventures de Jacques Massé*) – et, *last but not least*, le *Cleveland* de Prévost lu et relu, avec l'épisode utopique de la colonie rochelloise. Notre guide en ces parages sera Jean-Michel Racault pour la perspective amont profonde que ses travaux sur la littérature utopique donnent à la *Julie*.

Au titre du rapprochement, une première convergence apparaît dans la mise en doute, par les préfaces et les notes infrapaginales du roman, de l'authenticité de la correspondance, de l'existence supposée de certains personnages, et de l'exactitude de son référentiel géographique, certes globalement situé non en quelque terre inconnue d'outremer, mais sur les bords du Léman, quoique non sans altérations sensibles expressément soulignées par l'éditeur; ce déni d'exactitude suggéré coïncide avec "l'ambiguïté propre de la forme utopique, [Racault 1991, p. 698, sauf mention contraire les citations qui suivent proviennent de cet ouvrage; Duchet, 1976], qui se plaît à désamorcer les effets de réalité dont elle joue. Une autre convergence consiste dans la focalisation des lettres-relation de Saint-Preux, unique descripteur de Clarens, avec celle du "voyageur-témoin" du récit utopique débarquant en terres inconnues: Saint-Preux arrive de loin dans l'espace et le temps, la mémoire pleine de Vevey et de ses amours, pour découvrir que tout a changé, comme le voyageur en Utopie survient dans l'Ailleurs auquel il lui faudra d'abord être initié. Les "rites habituels" des utopies sont également ceux de son accueil à Clarens: le couple Wolmar fait fonction du "sage vieillard traditionnel" et c'est un parcours initiatique que la visite de Clarens jusqu'en son Élysée. Autre convergence encore: le "va-et-vient du didactique au descriptif" qui caractérise les lettres de Saint-Preux, enrayant la dynamique narrative jusqu'alors assez vive, est homogène au régime foncièrement descriptif du récit utopique; parallèlement, l'absence de co-énonciation de la part du destinataire, de même que la dimension des "reportages" envoyés rompt le régime conversationnel jusqu'alors pratiqué, et continuant d'ailleurs à être pratiqué par les autres épistoliers, retrouvant en revanche là encore une proximité "à la norme" du discours utopique.

Un dernier trait de convergence serait l'ellipse des années de réforme de Clarens sous l'égide de Wolmar, seulement traitées par analepses dans la visite guidée du domaine, qui correspond au défaut du récit de genèse de la Cité/communauté idéale dans les utopies. Enfin, l'origine nationale du noble aristocrate russe Wolmar, législateur d'une micro-communauté au pays de Vaud, correspond bien, outre la figure antique du législateur étranger donnant ses lois à la cité, aux figures "d'Utopus, de Sévarias ou de Cleveland". Au titre des disparates, on observe le caractère pour le moins expéditif (en réalité implicitement connectée à toute une tradition littéraire [Roulin, 2010, p. 259-261 et Berchtold, 2006], ainsi qu'aux options anthropologiques fondamentales de Rousseau) de la relation du voyageur suisse à Mme d'Orbe: elle n'aura guère à en tirer, tout au moins dans cette lettre IV, 3 en forme de litanie énumérative scandée d'anaphores qui, selon Michel Butor, ont pour fonction de rendre le lecteur sensible à la circularité du voyage : "Tout est contenu dans une longue phrase déployée en sept paragraphes, rythmée par les reprises du verbe 'J'ai vu…'. Il parcourt en quatre ans les quatre parties du monde séparées l'une de l'autre par des océans et des îles" [1968, p. 91]. Toujours au titre des disparates, la rapide implication affective et pratique du voyageur dans la communauté où il se trouve accueilli puisqu'il n'y est en rien un inconnu, du moins dans la sphère de l'élite dirigeante ; et dans un registre proche, sa forte implication énonciative très éloignée de la "dépersonnalisation du discours" caractéristique de beaucoup d'utopies.

Au plan thématique, toute bonne utopie présente sous le jour d'un Ailleurs une image systématiquement inverse des rapports économiques et socio-politiques dans les contrées d'où arrivent les voyageurs. C'est le cas de Clarens si on le rapporte aux lettres-relation parisiennes de l'amant de Julie : à la mondanité parisienne s'oppose la ruralité vaudoise ; à la frénésie fourmillante de la grande cité moderne s'opposent l'activité réglée et la temporalité cyclique d'une vie travailleuse réglée par le cycle des saisons ; au régime de l'imitation de tous par tous dans la course à la distinction, s'opposent à Clarens la rigoureuse séparation des espaces féminins et masculins, ainsi que des espaces réservés aux maîtres d'avec ceux dévolus au personnel ; au mépris affiché, aristocratique et grand-bourgeois, du peuple et des inférieurs, s'oppose la mise en scène d'un partage commun dont l'harmonie, pour n'être qu'un rêve collectif, l'unit cependant symboliquement à ses propres yeux ; enfin, l'autarcie de Clarens fondée sur une économie de l'utile préféré à l'agréable, éliminant les médiations coûteuses et fondée sur la régulation réciproque de la production avec la consommation dégageant un profit net réinvesti dans le processus, contraste vigoureusement avec la dépense et le luxe comme moteurs économiques [Diemer, 2013] défendus par Mandeville dans sa fameuse Fable des abeilles, prônés dans les Lettres persanes, loués par le Voltaire du Mondain comme "chose[s] très-nécessaire[s]", et par l'Encyclopédie dans l'article abeille. Cette économie de la dépense est attaquée par Rousseau et par le physiocrate Quesnay, lequel défend d'ailleurs un "ordre naturel" dont les lois reconnues par la "raison éclairée" garantiraient l'abondance de la production et donc de la richesse des nations, garantissant par là la stabilité des institutions politiques [Rétat, 1989 et Fischmann, 1998] : ce qui, sans aligner les idées économiques de Rousseau sur celles des physiocrates [Magnot-Ogilvy, 2020, p. 225-257], fait hypotexte ou intertexte pour la façon dont M. de Wolmar conçoit lui-même ces choses, lui dont le "seul principe actif est le goût naturel de l'ordre" (IV, 12, 583) [Guichet, 2013].

L'autarcie économique et sociale de Clarens recoupe ainsi "la classique configuration insulaire" de la "clôture utopique" qu'évoque J.-M. Racault, qui la situe comme tenant une position médiane "entre la corruption des villes, l''âge d'or' mythique du Valais et la réalité des misères paysannes que le roman exile sur la rive sud du Léman (laquelle appartient au royaume de Savoie) pour mieux l'opposer à la prospérité des cantons suisse". À Clarens fonctionne un système de troc qui renvoie au "communisme agraire des utopies primitivistes" : c'est une société indifférente au commerce et au progrès, une communauté quasi hors du temps comme la plupart des communautés utopiques, à moins que quelque élément perturbateur surgi de l'extérieur ne vienne les mettre à mal (c'est le cas dans *Cleveland*). À cet égard, l'originalité de Saint-Preux est d'être à la fois, par son passé un élément toujours déjà intérieur à Clarens même avant d'y avoir fait retour, en même temps qu'une figure étrangère dont atteste par exemple son physique d'aventurier endurci par son périple tel que le brosse Mme de Wolmar : "Son teint n'est pas reconnaissable ; il est noir comme un More, et de plus fort marqué de la petite vérole" ; mais la suite doit être lue pour ce qu'elle décèle de l'intranéité partagée que décèle cette extranéité apparente : "Ma chère, il te faut tout dire : ces marques me font quelque peine à regarder, et je me surprends souvent à les regarder malgré moi" (IV,7,513). En termes girardiens, Saint-Preux est l'incarnation idéale de la "victime émissaire" qui n'est ni dedans ni dehors (parce qu'à la fois dedans et dehors) vouée à supporter à terme par son exclusion la charge des fautes de la communauté [1972, p. 405-406] : le processus de son intégration porte en lui celui de son exclusion potentielle, qu'une seule faute dans son voyage romain pourrait à tout jamais sceller : "si mon attente eût été trompée, écrit Wolmar à Edouard, de mes jours je n'aurais revu Saint-Preux" (VI, 4). Se reverront-ils ? On ne sait. C'en est une autre que de ses jours il ne reverra plus.

Enjeux 3. Dionysies apolliniennes : les vendanges à Clarens, une fête factice

Les rapports entre Apollon et Dionysos sont bien avérés dans le roman mais ne doivent pas être envisagés dans une lumière nietzchéenne. Les deux principes n'y sont pas opposés mais conciliés. L'image emblématique de cette conciliation, est celle du mélange : celui du vin pur coupé d'eau [HAMMANN, 2012, p. 425]. Dans la I^e^ partie, quand désolé de s'être oublié à l'égard de l'Amante en s'abandonnant à Bacchus, l'amant jure de ne plus toucher au vin, Julie se moque de cette résolution en lui ordonnant un compromis :

> À la collation je t'enverrai une coupe à demi pleine d'un nectar pur et bienfaisant. Je veux qu'elle soit bue en ma présence et à mon intention, après avoir fait de quelques gouttes une libation expiatoire aux Grâces. Ensuite mon pénitent reprendra dans ses repas, l'usage sobre du vin tempéré par le cristal des fontaines, et, comme dit ton bon Plutarque, en calmant les ardeurs de Bacchus par le commerce des nymphes. [I, 52, 180]

Ce sont les compagnes du Musagète qu'il a insultées en lui parlant vulgairement sous l'emprise de l'alcool ; c'est donc à elles qu'il doit sacrifier en modérant son Bacchus par de l'eau. À Clarens, c'est au salon d'Apollon que Madame de Wolmar sert des vins de tout l'univers tirés par art d'un seul cépage voisin (652). Et à la fin de son agonie, elle expérimente pour l'unique fois de sa vie une ivresse légère, procurée par le vin pur que le médecin lui a recommandé d'absorber (854). Enfin, lors de la fête des vendanges, si l'ouverture de la lettre rédigée par le "buveur" (712) Saint-Preux à l'adresse d'un autre buveur anglais, met sous le patronage du "père Liée" virgilien la consommation d'un don que fait aux hommes la bonne Nature, pour les délivrer par l'ivresse des malheurs de leur condition mortelle, c'est l'art apollinien de madame de Wolmar qui règle l'ordre de la vendange et dispense aux vendangeurs, à l'heure du repas du soir, les bienfaits de la multiplication des vins que sa magie opère :

> Outre les vins destinés pour la vente et pour les provisions ordinaires, lesquels n'ont d'autre façon que d'être recueillis avec soin, la bienfaisante fée en prépare d'autres plus fins pour nos buveurs ; et j'aide aux opérations magiques dont je vous ai parlé, pour tirer d'un même vignoble des vins de tous les pays. [V, 7, 713-714]

Ce côté fée, Rousseau le rêve probablement, outre la science tirée de certains traités signalés par Bernard Guyon, à partir de son expérience aux Charmettes avec Mme de Warens, qui se mêlait de pharmacie avec son intendant Claude Anet, en cuisinant des plantes alpines selon certains "secrets" qu'elle disait détenir : "C'étaient des herbes à trier, des drogues à piler, des alambics à gouverner" (OC. I, liv. 3, p. 109). Mais c'est surtout par sa générosité foncière que Mme de W[olmar] est une autre Mme de W[arens], mais une générosité qu'elle sait régler quand la bonne fée de Chambéry ne savait que dépenser tant et plus pour donner, jusqu'à se ruiner – puisqu'à Clarens, dit Wolmar, "tout ce que nous dépensons nous rend de quoi dépenser beaucoup plus" (650). C'est la logique du calcul bienfaisant ; quant à son épouse, elle figure ou symbolise une économie mythico-symbolique : celle de la bonne déesse qui dispense l'abondance, Cérès autrement dit la Nature. Qu'en sait-on au XVIIIe siècle ? Ouvrons un *Dictionnaire de la Fable* contemporain : "Fille de Saturne et de Cybèle, et déesse de l'agriculture. Elle voyagea longtemps avec Bacchus en enseignant l'agriculture aux hommes" [CHOMPRÉ, 1775, art. CÉRÈS]. N'oublions pas que la fête des vendanges est rédigée par Saint-Preux, un lettré dont la tête est farcie de mythologie. Clarens retrouve ou révèle sous sa plume les fastes de l'âge d'or, c'est-à-dire du temps où Saturne détrôné par Jupiter, "se sauva en Italie, écrit Chompré, l'auteur du *Dictionnaire*, où Janus, le roi de cette contrée, le reçut humainement. Ce fut là qu'il enseigna l'agriculture aux hommes" (art. SATURNE). Mais comme la plume du héros est aussi celle de l'auteur de l'*Essai sur l'origine des langues*, pour lequel la grande époque heureuse de l'humanité fut le temps des patriarches, quand les hommes s'étaient déjà rassemblés auprès des fontaines dans les contrées du sud, sans avoir encore inventé l'État, surviennent des allusions à Rachel et à Ruth – celle à la fille de Laban qu'il fallut quatorze ans à Jacob pour l'obtenir de son père au prix d'un quasi esclavage à son service, enrobe ainsi d'une aura biblique le service d'amour du héros : onze ans après l'automne de l'aveu, et treize ans après le coup de foudre réciproque.

Sans séparation imposée, point de roman. Sans privations, point de plaisir bien réglé c'est "l'épicuréisme" de Mme de Wolmar : "Par exemple, elle aime beaucoup le café ; chez sa mère elle en prenait tous les jours ; elle en a quitté l'habitude pour en augmenter le goût ; elle s'est bornée à n'en prendre que quand elle a des hôtes, et dans le salon d'Apollon, afin d'ajouter cet air de fête à tous les autres" (652). Ce profit tiré du manque concerté procède d'un régime de tempérance réciproque des contraires dans les domaines économiques et moraux, en quoi son ascendant apollinien complète et transcende, aux yeux de tous et dans tous les cœurs, la rigueur de fait des obligations de service exigées par l'économie en circuit fermé qui caractérise l'utopie de Clarens. Comme l'écrit Jean-Michel RACAULT : "Vivre en autosuffisance nécessite une rigoureuse répartition des tâches et la généralisation du travail. Ainsi l'oisiveté est-elle le crime capital. Tous travaillent, y compris les maîtres, à qui il revient même de donner l'exemple afin d'entretenir l'émulation" [1991, p. 706]. Il s'agit de tirer parti de tous et de tout à tous moments, en particulier lors des vendanges, qui sont l'occasion, à la faveur du labeur collectif, de mettre en scène rituellement le spectacle de l'égalité dans et par le travail, en mitigeant les renversements hiérarchiques carnavalesques [RICCI, 2020, p. 494 sv.] des Saturnales romaines par une illusion de bonhomme égalité des maîtres et de leurs salariés dans le partage du travail et des réjouissances. À propos des Saturnales, Chompré indique que si les esclaves pouvaient "impunément dire à leurs maîtres tout ce qu'ils voulaient, et même railler leurs enfants en leur présence" (*op. cit*, art. SATURNALES), il précise aussi que durant ces fêtes, les affaires étaient suspendues, les métiers artisanaux également, la cuisine exceptée. Autrement dit, on était en vacances. Mais à Clarens, le tour de force des maîtres est de transformer des journées de travail harassantes en saturnales *a minima*, couronnées certes par un feu d'artifice à la fin duquel l'on élit devant un grand feu le roi ou la reine du carnaval, mais au titre d'une plus grande productivité au teillage durant la veillée.

Quant aux vins concoctés par Mme de Wolmar, leur avantage est aussi qu'ils modèrent les ardeurs de Bacchus : "Vous pouvez voir d'ici le vignoble qui produit toutes ces boissons lointaines. Si elles sont inférieures en qualité aux vins fameux dont elles portent les noms, elles n'en ont pas les inconvénients ; et, comme on est sûr de ce qui les compose, on peut au moins les boire sans risque" (652). Comme tout ce qui est utile à Clarens est issu de Clarens, on évite ainsi les vins contrefaits, mais c'est au prix de contrefaire les grands crus. Comme dans l'arrangement de l'Élysée, c'est une économie de la contrefaçon illusoire, ou plus justement une économie symbolique de l'illusion du meilleur des mondes possibles en ce monde, aux yeux de ceux qui la soutiennent de leur labeur. Et si les maîtres se prêtent aimablement aux manières paysannes au dîner, c'est pour que "voyant qu'on veut bien sortir pour eux de sa place", ils "s'en tiennent d'autant plus volontiers dans la leur" (715). Comme l'écrit Jean STAROBINSKI, "la liberté est un luxe de maître" [1971, p. 122], et les fêtes campagnardes des romans qui prendront la relève dans la suite du siècle n'en donneront guère le démenti [Didier, 2012]. – Mais la durée de cette illusion suppose qu'une harmonie profonde règne entre les maîtres, ce qui n'est plus le cas sur le fond à Clarens, puisque pour Wolmar tout cela est agencement d'un ordre volontariste qui se donne le spectacle de sa propre bienfaisance bien réglée, alors que pour sa femme, ce spectacle n'a de sens que selon la foi en une transcendance bienveillante dont nous savons, depuis la lettre V, 5, qu'elle se désespère qu'il n'y croie pas.

Dans la *Lettre à d'Alembert,* Rousseau valorise la fête populaire au grand air où se confondent spectateurs et acteurs, et où la joie se démultiplie dans le partage commun, cela par opposition à l'artificialité du spectacle en lieu clos qu'est le théâtre citadin où chacun reste avec soi devant le spectacle représenté. Les vendanges à Clarens ont bien l'air d'une fête donnée à tous par tous : "on chante on rit toute la journée", et du coup "le travail n'en va que mieux" (714) ; mais gare peut-être, à qui s'aviserait de ne chanter ni rire ? Et puis si par malheur quelqu'un boit un verre de trop au point de s'oublier lors du fastueux festin vespéral de soupe de légumes, on en prend note en silence pour que la fête continue son train, mais le lendemain, fini de rire : "Il est congédié sans rémission" (717). Quant au héros, il est sous surveillance : que le fainéant s'avise de chaparder pour augmenter son tas de chanvre, et c'est aussitôt la réprimande publique : "Cette impitoyable Mme d'Orbe, s'en étant aperçue, fit signe à Julie, qui, m'ayant pris sur le fait, me tança sévèrement" (718) ; s'il boit du vin pur "à la valaisanne", ce sont les cousines qui le servent en mode apollinien, c'est-à-dire avec mesure ; et si quelquefois sa parole exprime le fond de sa vérité amoureuse, il en va de même : "quand un tendre souvenir y veut renaître, un regard de Claire lui donne le change, un regard de Julie m'en fait rougir" (717) – ce qui n'empêche que les vieilles romances à l'unisson de la veillée ne l'y ramènent en mode dramatique, et elles avec lui il semble bien :

> Nous ne pouvons nous empêcher, Claire de sourire, Julie de rougir, moi de soupirer, quand nous retrouvons dans ces chansons des tours et des expressions dont nous nous sommes servis autrefois. Alors, en jetant les yeux sur elles et me rappelant les temps éloignés, un tressaillement me prend, un poids insupportable me tombe tout à coup sur le cœur, et me laisse une impression funeste qui ne s'efface qu'avec peine. [718]

Si l'unisson du domaine est bien le rêve de Wolmar, alors dans le secret des âmes s'y lève, au terme de la fête, une dissonance de longue portée.

Cela dit, l'adresse de l'*Entretien sur les romans* aux propriétaires terriens provinciaux qui demeurent sur leurs terres pour les exploiter, plutôt que de les affermer en vivant à Paris de leurs revenus, ainsi traduite en ces vendanges parfaitement accordées à la culture de la Fable (la mythologie dans nos mots) partagée par ces élites provinciales, autant qu'aux recherches concernant l'agriculture qui se mènent à l'époque aux alentours de la physiocratie, ne manque ni d'allure, ni de séduction, ni même d'utilité dans le contexte économique et culturel de l'époque. La réception provinciale du roman dans ce champ, en France et en Europe, en administre la preuve.

Enjeux 4.
Éducation

L'éducation des enfants à laquelle Rousseau réfléchit profondément dans l'*Émile* est discutée en V, 3 de façon ouverte, puisque les pratiques des époux Wolmar suscitent des objections chez Saint-Preux, surpris d'une sorte de laisser-faire dans l'approche éducative de Julie : constatant la tranquillité des enfants après le petit incident de la "matinée à l'anglaise", "je leur aurais presque désiré des défauts, dit-il, pour la voir plus empressée à les corriger" (663). C'est que celle-ci a fini par admettre que les "instructions prématurées" aux enfants dont elle défendait naguère avec lui l'utilité pédagogique, leur sont en réalité nocives. Wolmar lui a fait comprendre que la langue de la raison n'est pas spontanément la leur durant assez longtemps, et qu'à la leur parler on en fait des singes des adultes en développant prématurément leur vanité, ce qui les rend insupportables. Comme Rousseau, Julie et son mari pensent qu'il convient de cultiver l'enfance dans l'enfant : beaucoup d'activité physique, aucun livre, attention extrême portée au "tempérament particulier déterminant pour chacun son génie et son caractère", sur le fond de la base physique commune à l'espèce. Il s'agit seulement de modeler l'éducation sur ce que veut la nature en son infinie diversité, laquelle ne commet jamais d'erreur puisqu'il existe un ordre naturel où la diversité s'harmonise au Tout.

Saint-Preux objecte qu'au plan de la formation morale, il importe au contraire de projeter un modèle qui a fait ses preuves, celui de l'honnête homme raisonnable, en formant les enfants à s'y conformer par l'éducation au lieu de se contenter de les observer livrés à eux-mêmes.

Autrement dit, il convient de “corriger la nature”. Sur quoi Wolmar l’interrompt en lui faisant observer qu’il n’a pas répondu sur le fond aux arguments de Julie. Son ancien maître d’études nie alors que la diversité qu’elle évoquait soit un bien puisqu’elle implique de l’inégalité, et donc de l’inégalité dans les esprits et les capacités, sans oublier les passions qui influencent ces mêmes capacités, notamment l’attention; il vaut mieux admettre que cette diversité n’est pas innée mais résulte de l’éducation par les choses, les circonstances, les impressions, une éducation à contrôler dès l’enfance pour former convenablement leur personnalité. Sur quoi Wolmar lui objecte l’observation de deux chiens qui ont été traités exactement de la même façon dès leur naissance et dont les tempéraments se sont rapidement avérés très différents; mettre les enfants “sur la montre”, comme le pensait Montaigne, suffisamment longtemps pour ne pas gâter l’ouvrage de la nature, importe donc au plus haut point. Si les affects et les idées ne sont pas innés mais acquis, les “dispositions à les acquérir” le sont; plutôt que de corriger la nature, au risque certain de la gâter, il convient de cultiver ces dispositions le mieux possible, en attendant que la langue de la raison devienne audible à l’enfant. À quoi Saint-Preux rétorque qu’à ne pas donner de bonnes habitudes aux enfants, on les abandonne aux mauvaises qu’on constate chez les enfants mal élevés. Sur quoi Wolmar lui rappelle que la discussion était partie de l’étonnement de son interlocuteur devant la docilité des enfants de Julie. Laquelle prend alors le relais en développant longuement ce que l’*Émile* nomme “l’éducation négative” confrontant les enfants à la seule nécessité dans les choses, “joug” infiniment préférable à celui de l’autorité des parents ou d’un précepteur.

Il convient d’interrompre ici ce résumé pour en saisir les enjeux au point de vue des Lumières. Une note de l’éditeur à propos de la formule de Wolmar: “il n’y a point d’erreurs dans la nature”, porte: “cette doctrine si vraie me surprend dans M. de Wolmar; on verra bientôt pourquoi” (665): il s’agit de préparer le lecteur à la révélation de l’athéisme du sieur. Dans le manuscrit Rey, cette note est substituée à une autre, beaucoup plus développée:

> Si l’auteur du livre de l’esprit eut considéré la question par ce côté, je doute qu’il eut avancé cette proposition insoutenable que tous les esprits sont égaux par eux-mêmes et ne tirent leurs différences que de l’éducation. Il prouve en détail que la différence sensible dans les organes n’en produit pas dans les esprits, mais il ne s’agit pas ici de la différence des organes,

il s'agit de celle du tempérament, du teint, de la constitution (sauroit-il dire que celle-là n'influe en rien sur l'esprit) et il n'en dit mot. [*OC*. II, p. 1673]

Cette note concerne Helvétius dont le traité *De l'esprit* (juillet 1758 – sous anonymat) avait défrayé la chronique, les autorités s'étant empressées de l'interdire l'année suivante, au motif de son matérialisme, tandis que dans le camp "philosophique", Diderot et Rousseau se trouvaient d'accord pour critiquer de l'intérieur la thèse fondamentale qui réduit toutes les opérations de l'esprit, sans aucune exception, à la sensation. Chacun d'eux insistait dans ses notes (non publiées) sur l'impensé de la spécificité irréductible des principales facultés (mémoire, jugement, attention, etc.), ainsi que sur l'infinie diversité des modalités de manifestation du "physique" organique en termes de tempérament, de constitution et d'apparence [Voir les "notes sur *De l'esprit"* de Rousseau in *OC*. IV, p. 1121 ; la *Réfutation suivie de l'ouvrage d'Helvétius intitulé l'Homme*, par Diderot est sur Wikisource ; pour une édition critique, voir Diderot, 2010].

Helvétius, l'une des rares relations "philosophiques" de Rousseau qui ne fut pas trop affectée par les ruptures des années de l'ermitage (il lui fit parvenir ses annotations et il y eut un échange épistolaire courtois), a utilisé la lettre V, 3 pour mettre en cause les principes éducatifs de Rousseau dans la section V de *De l'homme* (1773, posthume). Montant (fort peu rigoureusement) des citations contradictoires tirées de *La Nouvelle Héloïse* et de l'*Émile*, il prétend relever chez Rousseau une inconséquence essentielle touchant le rapport de l'inné et de l'acquis chez l'homme. C'est par une série d'extraits relatifs à la détermination du caractère par le tempérament que cette inconséquence est illustrée. Une citation (plutôt une paraphrase) de certains passages de la lettre V, 3 donnée comme abrégé des thèses de l'*Émile*, admettrait en effet que par exemple, selon Rousseau :

> pour changer les caractères il faudrait pouvoir changer les tempéraments ; vouloir pareillement changer les esprits, et d'un saut faire un homme de talents, c'est d'un blond vouloir faire un brun. Comment fondrait-on les cœurs et les esprits sur un modèle commun ? nos talents, nos vices, nos vertus, et par conséquent nos caractères, ne dépendent-ils pas entièrement de notre organisation ? [Helvétius, 1989, t. I, sect. V, ch. 1, p. 455]

Dans le roman, Wolmar argumente ici contre Saint-Preux, lequel défend, on l'a vu, le caractère principalement acquis (circonstances et éducation) des différences morales, en lui opposant (comme Diderot dans sa *Réfutation* inédite à cette époque) l'enracinement de ces dernières dans la diversité physique naturelle des individus. Helvétius, qui se garde de préciser que c'est Wolmar qui parle et non l'auteur lui-même, cite ensuite un autre passage de la même lettre montrant au contraire que le moral de l'homme est pure acquisition puisque, chez les enfants, "les défauts dont nous accusons la nature ne sont pas son ouvrage, mais le nôtre" [1989, *ibid.*, p. 456]. Cette fois c'était Julie qui parlait : si l'on pratique vraiment l'éducation négative, les enfants ignorent vices, passions et préjugés : "les inclinations au mal sont prévenues, la nature est justifiée, et tout me prouve que les défauts dont nous l'accusons ne sont point son ouvrage mais le nôtre" (689). La contradiction artificielle qu'a ainsi montée Helvétius en négligeant le dialogisme relativement ouvert de ces pages, est encore illustrée par d'autres exemples du même ordre sortis de leur contexte, cette fois dans l'*Émile*.

La suite de la réfutation consistera d'une part à infirmer ironiquement les thèses de Rousseau à travers le discours de Saint-Preux quand il parle de l'acquis en matière morale ; et d'autre part à détruire la thèse innéiste : les chapitres 3 et 4 de la section V montrent ainsi, contre la thèse fondamentale de Rousseau, que la compassion est un caractère acquis : "j'ai prouvé (prétend-il) que la compassion n'est ni un sens moral, ni un sentiment inné, mais un pur effet de l'amour de soi" [1989, t. I., sect. V, ch. 3, p. 471] – amour de soi qui est lui-même une "acquisition" non une donnée naturelle :

> [Rousseau] oubliera-t-il donc toujours que, nés sans idées, sans caractères et indifférents au bien et au mal moral, la sensibilité physique est le seul don que nous a fait la nature ; que l'homme au berceau n'est rien ; que ses vices et ses vertus, ses passions factices, ses talents, ses préjugés, enfin jusqu'au sentiment de l'amour de soi, tout en lui est acquisition. [*Ibid.*, chap. 4., p. 476]

Le corollaire recherché étant la thèse, chère à Helvétius, de l'influence déterminante de l'éducation et du milieu dans l'hominisation, autant que dans la formation morale des individus. Il faut donc éduquer convenablement les enfants, ce sur quoi les deux penseurs sont bien d'accord, mais le fond de l'affaire est de savoir de quelles prémisses on part quand on parle de la nature humaine ; si Helvétius la définit physiquement comme modèle commun universel, Rousseau et Diderot insistent, comme Wolmar et sa femme, sur l'infinie diversité des physiques et des caractères – c'est d'ailleurs un élément de réponse de R. dans l'*Entretien sur les romans :* "Savez-vous jusqu'où les hommes diffèrent les uns des autres ? combien les caractères sont opposés, combien les mœurs, les préjugés varient selon les temps, les lieux, les âges? Qui est-ce qui ose assigner des bornes précises à la nature, et dire: Voilà jusqu'où l'homme peut aller, et pas au-delà?" (908). Ce qu'ajoute de décisif le théoricien du *Traité d'éducation,* et cette fois contre Diderot, Helvétius et leur maître Locke (qui est aussi le sien, mais seulement jusqu'à un certain point [SCHØSLER, 2000]), c'est que la nature humaine est tellement configurée par les rapports sociaux qu'il est impossible de savoir si elle est même encore pensable avec une certaine vraisemblance, à défaut d'être jamais encore observable, puisque "l'homme de la nature a disparu pour ne plus jamais revenir, et celui qui s'éloigne le plus d'elle est celui que l'art néglige le plus" (*Émile*, Ms. Favre, *OC.* IV, p. 57). Mais ici, l'on sort du débat éducatif mis en scène dans la *Julie* car s'y avère une profondeur méditative proprement abyssale, inconnue d'aucun des personnages du roman.

Enjeux 5. Éthique : du sens des situations, avec une incursion dans la lettre VI,12

Rousseau pense en effet qu'en tant que socialement dénaturée, l'espèce humaine n'a d'autre issue que de travailler par artifice à soigner le mal par le mal, selon un travail éducatif convenablement repensé pour ne pas empirer encore sa dénaturation, d'après une image approchée de ce qu'elle aurait pu/pourrait être – une image qui a toutes chances d'être de l'ordre de la belle chimère, mais qu'y faire? Comme le dira Mme de Wolmar, "hors l'Être existant par lui-même, il n'y a rien de beau que ce qui n'est pas" (VI, 8, 812). C'est au fond retrouver là, non sans ironie, l'esprit des utopies les plus conséquentes. Au reste, comment s'achèvent-elles ces utopies? Dans *Cleveland*, c'est par une faillite. "L'utopie, écrit J.-M. RACAULT, n'y est qu'une modalité inadéquate, décevante, et d'ailleurs vite dépassée, de la quête du bonheur" [1991, p. 646]. Quant à Clarens, elle ouvre, on l'a vu, sur une dissonance annonçant l'échec de l'assimilation de Saint-Preux à l'harmonie artificielle du domaine en tant qu'époux de Claire et précepteur des enfants.

Mais est-ce le fin mot du roman? L'on peut penser que non. Dans sa lecture kantienne, Alexis PHILONENKO jugeait que Rousseau, "à travers ses personnages" avait "fait plus qu'esquisser une phénoménologie de la vie éthique" [1984, p. 11]; une approche que retrouve Francine MARKOVITS en affirmant que "Clarens n'est pas une utopie mais le théâtre d'une autre éthique" [1991, p. 323], une sorte de traité romancé des passions en somme [voir également Étienne BALIBAR, 2011 sur les rapports entre *Éros, Philia* et *Agapè*, notamment pour ce qui concerne ce qu'on pourrait appeler, en reprenant le vocabulaire de la spiritualité, *l'amour d'amitié* des Inséparables]. Elle cite à ce propos une note ajoutée par Rousseau à l'édition de 1763 (*OC.* II, p. 1558), dont l'esprit est qu'aucune passion n'étant vraiment modifiable à force de volonté, ce sont les situations qui les engendrent qu'on doit prendre en considération ; qui veut s'améliorer ou seulement éviter de nuire doit éviter de s'engager dans des situations dont rien de bon ne peut émerger : ce qui suppose d'en envisager prudemment les conséquences. Cette note commente la lettre III, 20 où Mme de Wolmar explique à son ancien amant qu'au cas où son mari décéderait, elle exclut de se remarier : "Pesez cette résolution de Julie dans toutes ses circonstances, commente la note, et vous verrez comment un cœur droit en doute de lui-même sait s'ôter au besoin tout intérêt contraire au devoir". Par cette déclaration, elle prend acte de ce que Rousseau nomme "un intérêt secret" (nous le nommerions désir inconscient) à souhaiter la mort de Wolmar. On pourrait dire qu'excluant *a priori* tout remariage, elle allume-là un contre-feu à l'égard de sa flamme, lequel procède de trois capacités : celle de se connaître soi-même, celle d'analyser les rapports engendrés par les situations concrètes, celle enfin de vouloir avec esprit de suite.

Or ce que révèle sa lettre testamentaire à cet égard, c'est qu'elle s'est trompée sur ces trois points ; elle ne s'est pas suffisamment connue : "Je me suis longtemps fait illusion [...] ce sentiment resté malgré moi fut involontaire" ; elle a mal analysé la situation en acceptant d'abord d'accueillir Saint-Preux à Clarens, puis en tentant *in fine* de lui faire épouser Mme d'Orbe : "Nous songions à nous réunir : cette réunion n'était pas bonne" ; quant à sa constance vertueuse, elle lui a voilé la dynamique du sentiment refoulé – "j'eus beau vouloir étouffer le premier sentiment qui m'a fait vivre, il s'est concentré dans mon cœur" –, mais n'a pu l'anéantir. Cependant, la situation depuis laquelle elle écrit la libère de toute culpabilité à l'avouer, de par l'imminence du mourir : "qui m'eût pu répondre de l'avenir ? un jour de plus peut-être, et j'étais coupable". Ce qui la rend capable d'analyser ses efforts pour le persuader d'épouser son amie comme expression voilée de son propre désir : "sans doute je sentais pour moi les craintes que je croyais sentir pour vous". La désillusion au bord de la mort dénonce ainsi l'illusion d'une réunion à Clarens incluant ce mariage envisagé comme éthiquement correct : autrement dit, celle de créer une situation d'où résulterait, par une sorte de conjugaison de forces incluant son propre ascendant d'épouse vertueuse, la garantie que, quoi qu'il arrive, la promesse de non-remariage en cas de mort de son mari serait tenue.

Mais aussi comme chrétienne, elle analyse le moment où elle quitte le monde comme un moment de grâce, *stricto sensu :* "bienfait du ciel" qui la retire de la vie au "moment favorable", soit le moment exact où une nouvelle révolution pouvait l'entraîner vers ce qui aurait dès lors été le pire pour elle et pour autrui – qu'elle euphémise en "regrettable". Comme l'observe Paul Hoffmann, dans une pénétrante analyse des enjeux éthiques de cette lettre, "la vertu est corrélative au désir. Elle suppose la proximité de l'abîme" [2000, p. 340] ; c'est bien ce qu'exprimait Mme de Wolmar en écrivant à Saint-Preux :

> Qui est ce qui sait triompher de lui-même jusqu'à la mort ? O mon ami ! si la vie est courte pour le plaisir, qu'elle est longue pour la vertu ! Il faut être incessamment sur ses gardes. L'instant de jouir passe et ne revient plus ; celui de mal faire passe et revient sans cesse ; on s'oublie un moment et l'on est perdu. Est-ce dans cet état effrayant qu'on peut couler des jours tranquilles ? [VI, 6, 783]

C'était là lui supposer une exigence morale du même niveau que celle dont ces lignes attestent. Elle ignorait ou voulait ignorer ce qu'il lui indiquera, dans sa réponse, de l'anéantissement de son propre désir à son égard, au regard de sa fixation intime dans la mémoire de leurs amours premières : "ne cherchez point à me tirer de l'anéantissement où je suis tombé, de peur qu'avec le sentiment de mon existence, je ne reprenne celui de mes maux" (798). Les tensions morales qu'amènerait probablement un mariage avec Mme d'Orbe ne sont pas du même ordre que celles éprouvées par Mme de Wolmar : Saint-Preux préfère, il le lui dit de dix façons, éviter la situation qu'elle lui propose avec ce mariage, comme génératrice de contradictions au fond inutiles puisqu'il demeure bienheureusement anéanti dans la nostalgie de Julie d'Étange ; alors qu'à l'opposite, Mme de Wolmar, sa lettre testamentaire en atteste, n'a jamais cessé d'affronter la puissance irréductible de son désir, comme en témoignait, dans cette perspective, sa réponse à Saint-Preux au terme de la journée d'épreuves orchestrée par son époux, qui à cet égard a joué comme un impitoyable miroir : "il est vrai mon ami..." Il lui fallait l'avouer sur fond de larmes silencieuses, parce que "la vertu, à son plus haut niveau de rigueur, est insoutenable" [HOFFMANN, 2000, p. 340]. C'est bien là le fond de ce qu'elle avait écrit à son mari en l'accusant de cruauté d'avoir soumis sa vertu à cette épreuve (607). – Insoutenable, sinon au voisinage de la mort qui, neutralisant le désir en rend dicible la vérité sous la perspective d'un pur amour partagé, elle le croit, pour l'éternité.

Dans ses révolutions précédentes, depuis les premiers échanges, le mot de "crise" était apparu dans le sens médical qu'il avait à l'époque pour la médecine d'inspiration hippocratique, attentive au moment où la maladie hésite, pourrait-on dire, entre l'aggravation fatale et la guérison. Cette crise fut d'abord celle de la "possession" dont elle anticipait qu'elle partagerait leur existence entre un passé merveilleux d'amour platonique et une vie d'épreuves engendrées par la passion amoureuse : "Le moment de la possession est une crise de l'amour, et tout changement est dangereux au nôtre. Nous ne pouvons plus qu'y perdre" (I, 9, 77). Claire avait analysé lucidement, dès l'aveu de son aveu, ses problématiques capacités de résistance au regard de la situation : "si tu ne peux te vaincre, je ne vois plus que des malheurs", envisageant d'emblée les deux aspects de son destin d'amante : sa fatalité dès la première vue selon la quasi prophétie de la Chaillot, l'obstacle mortel d'un père intraitable (I, 7). Après la "faute" initiale, elle lui avait justifié sa passivité-active si l'on peut dire, en arguant de sa conviction que la maladie où elle était tombée, du fait de la première séparation et de la résolution de son père à la marier de force, la tuerait sauf à la guérir par une faute qui lui rendrait son énergie vitale, une faute qu'elle n'a pas voulu empêcher :

> J'aurais trahi ton secret, sans doute, si j'avais pu te sauver ainsi : mais j'ai lu mieux que toi dans ton cœur trop sensible ; je le vis se consumer d'un feu dévorant que rien ne pouvait éteindre. Je sentis dans ce cœur palpitant d'amour qu'il fallait être heureuse ou mourir ; et, quand la peur de succomber te fit bannir ton amant avec tant de larmes, je jugeai que bientôt tu ne serais plus, ou qu'il serait bientôt rappelé. Mais quel fut mon effroi quand je te vis dégoûtée de vivre, et si près de la mort ! [I, 30, 129]

Dans ce roman où Mme de Wolmar, sur son lit de mort, écrit "j'achève de vivre comme j'avais commencé", affirmant à l'amant son bonheur de mourir en conjuguant l'amour et l'honneur, se résout la dissonance originelle d'avoir par la faute dû choisir d'être heureuse plutôt que de mourir. C'est ce qui s'appelle *effacer un tableau par un autre* – mais ici véritablement pour le bien commun, et non pour le seul intérêt bien compris d'une "raison vivante" ci-devant son époux, dont elle croit, devant Dieu, que son salut inclut par nécessité heureuse (*felix culpa ?*) son propre sacrifice.

Enjeux 6. Transparence ou opacité ? De l'amont du roman à la "Matinée à l'anglaise"

C'est l'amitié pour son inséparable, nous l'avons vu, qui du début à la fin du roman oriente la conduite de l'amie Claire, lui donnant d'ailleurs en plusieurs occasions, dont celle qu'on vient de voir, une capacité de seconde vue dont elle ne prend conscience qu'à l'occasion du rêve de Saint-Preux. Une sorte de capacité prophétique relayant, dans ses rapports avec Julie, l'autorité de la Chaillot prophétisant leurs destins à toutes deux :

> Hélas ! combien de fois la pauvre Chaillot m'a t-elle prédit que le premier soupir de ton cœur ferait le destin de ta vie ! [...] Elle nous a beaucoup appris, et nous avons, ce me semble, beaucoup pensé pour notre âge. La vive et tendre amitié qui nous unit presque dès le berceau nous a, pour ainsi dire, éclairé le cœur de bonne heure sur toutes les passions. Nous connaissons assez bien leurs signes et leurs effets ; il n'y a que l'art de les réprimer qui nous manque. [I, 7, 70]

L'amitié qui leur est innée leur aurait donc inculqué *par sentiment* l'essentiel de ce qu'enseignent les discours ou les traités sur les passions de l'âme, d'Aristote à Mme de Lambert (Rousseau en est lui-même imprégné [Lepan, 2014 ; Perrin, 2012]) : ce qui doit se prendre avec un grain de sel, comme une *donnée* de l'expérimentation par fiction qu'est ce roman, des possibles de l'âme aimante dans la plénitude achevée de toutes ses illusions (Rousseau parle d'expérience, ainsi qu'en témoigne l'effet sur son destin de sa connaissance précoce des romans, source d'une "intelligence unique à [s]on age sur les passions. Je n'avois aucune idée des choses que tous les sentimens m'étoient déjà connus", *OC*. I, p. 8).

Un enseignement complété par une initiation poussée par hypothèse selon le même principe expérimental, à la galanterie masculine, la Chaillot relayant ici toute une Romancie classique en la matière qu'elle n'a pas lue, mais Rousseau l'a fait pour elle : "Elle nous entretenait sans cesse, écrivait Julie, des maximes de la galanterie, des aventures de sa jeunesse, du manège des amants ; et [quant à] nous garantir des pièges des hommes, si elle ne nous apprenait pas à leur en tendre, elle nous instruisait au moins de mille choses que des jeunes filles se passeraient bien de savoir" (I, 6, 68). Elles sont en tout cas savantes ou se l'imaginent-elles, sur les signes et les effets de "toutes les passions", mais ignorent à cet âge l'art de les combattre. C'est bien là ce que le roman leur enseignera dans la douleur, Claire apprenant cet art à force de travailler, par fausseté consciente étayée des meilleures intentions, pour contraindre moralement son amie à un mariage au départ abhorré – Julie s'imaginant finalement capable, au milieu du roman, dans la lettre III, 20, après sa "révolution" morale, d'en formuler l'application dans son couple, argumentée *a posteriori*, comme on vient de le voir, par le commentaire de l'éditeur dans une note tardive.

En dépit de ce jeu distancié avec ses lecteurs un peu lettrés, la précocité du partage amical des deux cousines comme initiation à l'ordre des passions n'est en rien, sur le fond, une clause de style sous la plume de Rousseau. C'est en effet par l'initiation à l'amitié qu'Émile sort de l'égoïsme naturel de l'amour de soi chez l'enfant de la nature, pour s'ouvrir à l'amour de l'humanité, c'est-à-dire sa capacité compassionnelle latente à cet âge, celui de la puberté approchante qui doit le confronter à l'amour, cette passion dévorante (*Émile*, liv. IV, *OC*. IV, p. 494) qui peut détruire tous les acquis de l'éducation négative puisqu'elle est un pur produit de la dénaturation sociale. Pour y faire face, il importe d'avoir préalablement éveillé chez le pré-adolescent sa pitié naturelle, en suscitant chez lui la compassion pour la souffrance d'autrui. La passion qui en résultera est précisément la disposition à l'amitié (*ibid.*, p. 502). Et voici à peu près ce que les cousines sont censées avoir expérimenté infiniment plus tôt qu'Émile :

> son cœur compatissant s'émeut sur les peines de ses semblables ; il tressaillit d'aise quand il revoit son camarade, ses bras savent trouver des étreintes caressantes, ses yeux savent verser des larmes d'attendrissement ; il est sensible à la honte de déplaire, au regret d'avoir offensé. Si l'ardeur d'un sang qui s'enflamme le rend vif, emporté, colère, on voit le moment d'après toute la bonté de son cœur dans l'effusion de son repentir [...]. Est-il offensé lui-même ? Au fort de sa fureur, une excuse, un mot le désarme ; il pardonne les torts d'autrui d'aussi bon cœur qu'il répare les siens. [*Ibid.*, p. 502-503]

Il reste à savoir ce que le roman fait de cette amitié compassionnelle censée constituer leur fort dans les épreuves qu'il leur destine [Pulcini, 1998, IIe partie et Fauskevåg, 2008]. Selon Jean Starobinski, le couple qui attire à soi, par rayonnement, tous les personnages du roman, n'est pas tant celui des Wolmar, mais celui formé *ab initio* par les Inséparables, comprises comme "la zone de transparence centrale" autour de laquelle viendrait se modéliser le principe organisateur de l'intrigue et de ses enjeux, la sincérité de leur amitié gagnant progressivement l'ensemble des rapports dans la petite élite de Clarens [1971,

p. 105-106 ; pour un antidote argumenté à cette problématique datée, voir Martin 2016]. Or si l'on nous a suivi jusqu'ici, rien n'est moins assuré, dans les faits observés, que la transparence mutuelle entre la très secrète Julie et l'officieuse Claire – ce qui n'est en rien nier la réalité de leur amitié : il s'agit seulement d'observer que dans la réalité de la fiction proposée par Rousseau, amitié ne rime que par illusion avec sincérité, d'autant qu'on aura beau chercher dans le roman le mot "transparence" ou le verbe et l'adjectif correspondants, on ne les y rencontrera jamais. En revanche, le mot "secret" s'y diffuse en 57 occurrences dans les parties I-III, 56 dans les parties IV-VI, n'étant jamais absent d'aucune, et toujours réparti de façon quasi équivalente.

Voici les emplois de la formule "fatal secret" et de ses équivalents : c'est d'abord celui de l'aveu (63) ; puis celui de la connaissance qu'avait prise Mme d'Étange de la liaison de sa fille, ce dont elle est censée être morte (389) ; le qualifiant de "secret funeste", Mme de Wolmar se résout à n'en pas "décharger [s]on cœur" auprès de son mari, sur le conseil de l'amant consulté à ce propos (III, 20, 451) ; le voici en outre qualifié d'"odieux", ce secret, pour la culpabilité résultant de cette dissimulation, Julie redoutant qu'il ne "lui échappe" à l'adresse de son mari en l'absence de Claire et de son père (IV,1, 481) : ce pour quoi elle prie son amie de venir la rejoindre à Clarens pour y parer ; laquelle, occupée ailleurs, s'inquiète de ne pouvoir le faire pour l'heure, car bien consciente du "risque de [s]on secret toujours prêt à s'échapper de [s]a bouche" (IV, 2, 492), tout en exprimant le soupçon que Wolmar soit déjà au courant, raison de plus pour se montrer prudente :

> Considère, je t'en conjure, que ce qui te porte à le garder est une raison forte et solide, et que ce qui te porte à le révéler n'est qu'un sentiment aveugle. Nos soupçons même, que ce secret n'en est plus un pour celui qu'il intéresse, nous sont une raison de plus pour ne le lui déclarer qu'avec la plus grande circonspection. Peut-être la réserve de ton mari est-elle un exemple et une leçon pour nous ; car en de pareilles matières il y a souvent une grande différence entre ce qu'on feint d'ignorer et ce qu'on est forcé de savoir. [*Id.*]

Deux éventualités sont en effet à envisager : soit l'amant est mort, et il convient de "laisser son histoire et tes malheurs ensevelis avec lui", soit il vit mais le reverront-elles ? Et peut-elle prendre la responsabilité de passer outre aux "derniers conseils d'un infortuné dont tous les maux sont ton ouvrage ?" (*id.*). C'est la même accusation culpabilisatrice qu'essuyait l'amant alors qu'elle bataillait, au début de la IIIe partie, pour l'obliger à renoncer d'urgence à ses amours. Le rapport de Claire aux arguments qu'elle développe est d'ordre proprement sophistique.

Comme on sait, Mme de Wolmar étant passée aux aveux, son mari invite le revenant du bout du monde à leur rendre visite, mais ce n'est pas sans idée derrière la tête, on l'a compris. Enfin, ce n'est que dans la lettre IV, 12 que Julie apprend à son amie (probablement au courant depuis l'époque de son mariage qu'elle s'est tant battue pour faire aboutir), que 1. le secret de la haute naissance de Wolmar vient de lui être révélé : "tu concevras jusqu'où vont le sang-froid et la modération d'un homme capable de taire six ans un pareil secret à sa femme" ; 2. qu'il était au courant de sa liaison dès avant leur mariage ; enfin, 3. qu'il détenait leur correspondance, la leur montrant comme garante de sa sécurité au nom de la vertu qu'ils ont manifestée du sein même de leur faute.

Claire lui répond à ce propos dans une des lettres les plus embrouillées qu'elle ait jamais écrites, comme si elle avait elle-même trempé dans ce complot entretenu à son égard par M. d'Étange et M. de Wolmar avec la complicité de Babi :

> Ce que M. de Wolmar t'a déclaré des connaissances qu'il avait avant ton mariage me surprend peu ; tu sais que je m'en suis toujours doutée ; et je te dirai de plus que mes soupçons ne se sont pas bornés aux indiscrétions de Babi. Je n'ai jamais pu croire qu'un homme droit et vrai comme ton père, et qui avait tout au moins des soupçons lui-même, pût se résoudre à tromper son gendre et son ami. Que s'il t'engageait si fortement au secret, c'est que la manière de le révéler devenait fort différente de sa part ou de la tienne, et qu'il voulait sans doute y donner un tour moins propre à rebuter M. de Wolmar, que celui qu'il savait bien que tu ne manquerais pas d'y donner toi-même. [IV, 13, 599]

Sur quoi, elle coupe court sous prétexte de renvoyer son exprès, promettant d'en parler dans un mois. On n'en entendra plus jamais parler. Nous avons vu à propos de Claire (v. Claire l'officieuse) quel indice l'éditeur avait déposé en note au sujet de ses avérées "indiscrétions" constatées et à venir. Ce qui n'empêchait aucunement Mme d'Orbe de protester en IV, 8, 518 contre le souhait de montrer à l'époux les lettres qu'elles s'écrivent, au motif d'une indiscrétion insupportable : "J'ai peine à comprendre comment la seule idée d'admettre un tiers dans les secrets caquetages de deux femmes ne t'a pas révoltée. Pour moi, j'aime fort à babiller à mon aise avec toi ; mais si je savais que l'œil d'un homme eût jamais fureté mes lettres, je n'aurais plus de plaisir à t'écrire." De fait toutefois, Wolmar a fureté ses lettres au point de lui expliquer en IV, 14, que l'inspire la façon dont elle a persuadé Saint-Preux de renoncer à Julie, au prétexte de la durée mémorielle garantie de la fleur de ses amours – ce qui n'a pas l'heur de la choquer pour ce qu'on en sait. De tout cela ressort à l'évidence que son amie a été manipulée d'un bout à l'autre, à partir de la découverte des lettres dont rien n'assure que Babi est la vraie délatrice, puisque, on l'avait vu, les six personnes décidées à enfouir ce passé dans le plus absolu secret étaient Julie, M. et Mme d'Orbe, Milord Edouard (il convient d'exclure Regianino, puisqu'Edouard l'exclut en II, 3, 244, du cercle du secret partagé d'une possible fuite en Angleterre), l'amant de Julie et Mme d'Étange, alors encore en vie. Babi ne pouvait être considérée comme "sûre" de par sa condition et sa tendance à bavarder, quant à M. d'Étange, il devait l'être pour Julie, mais non pour son amie, au moins probablement.

Le lecteur ignore les circonstances du résistible aveu finalement accordé à Wolmar, mais il sait qu'au plan de l'intrigue, il conditionnait l'invitation de Saint-Preux à Clarens avec les calculs wolmariens qui s'y rattachent. Mais celui-ci n'en a pas fini avec la dissimulation. En IV, 12, il prétendait avoir "dévoilé tous [s]es secrets" aux amants avant de leur faire profaner le bosquet en prenant la place de Claire, mais il faudra attendre la lettre IV, 15 pour qu'émerge dans le roman le "fatal secret" de son athéisme, amorcé en amont par une note énigmatique de l'éditeur : "Apparemment qu'elle n'avait pas découvert encore le fatal secret qui la tourmenta si fort dans la suite, ou qu'elle ne voulait pas encore le confier à son ami" (III, 20, 447). Secret de l'incrédulité de Wolmar ; mais encore long différé de sa confidence à Saint-Preux, lequel finalement mis au courant de la violente difficulté où ce secret plonge Julie, élide auprès du lord anglais l'explicitation de sa nature : Edouard devra en effet attendre la lettre V, 5 pour recevoir une relation complète de la chose. Dans ce roman, les secrets les plus décisifs n'en finissent pas de demeurer tels, peut-être illusoirement, puisque Edouard le stoïcien anglais, incarnation de "l'horizon d'attente" du public en matière de figure philosophique [Hartmann, 2007, p. 92 sv.], n'ignore pas forcément le secret de son ami Wolmar lequel, selon son épouse, figure "réellement ce que Milord Edouard croit être" (III, 20, 445).

Cette culture du secret participe des méthodes de gouvernement des inférieurs, qu'on encourage, on l'a vu, à dénoncer leurs semblables, tout en considérant à part soi qu'il convient absolument, selon les lois non écrites mais rigoureuses de Clarens, de leur retirer toutes les occasions de se voir autrement qu'en public : "Encore un coup, continua Mme de Wolmar [...] ce n'est point dans les assemblées nombreuses, où tout le monde nous voit et nous écoute, mais dans des entretiens particuliers, où règnent le secret et la liberté, que les mœurs peuvent courir des risques. C'est sur ce principe que, quand mes domestiques des deux sexes se rassemblent, je suis bien aise qu'ils y soient tous" (IV, 10, 547) ; et comme on est adroit, on crée des habitudes *ad hoc :* "pour prévenir entre les deux sexes une familiarité dangereuse, on ne les gêne point ici par des lois positives qu'ils seraient tentés d'enfreindre en secret ; mais, sans paraître y songer, on établit des usages plus puissants que l'autorité même" (537) ; le secret de la maîtresse des lieux en ce domaine, sera d'instituer des *situations* rendant impossible ce genre de communication : "Pour prévenir entre eux des liaisons suspectes, son grand secret est d'occuper incessamment les uns et les autres ; car leurs travaux sont si différents qu'il n'y a que l'oisiveté qui les rassemble. Le matin chacun vaque à ses fonctions, et il ne reste du loisir à personne pour aller troubler celles d'un autre" (539). À Clarens règne, parmi les asservis, une transparence forcée par les situations auxquelles les astreignent sans relâche les maîtres, la surveillance de tous par tous étant la règle, avec une prime à la délation.

En revanche, dans les appartements des maîtres, il paraît que :

> Le déjeuner est le repas des amis ; les valets en sont exclus, les importuns ne s'y montrent point ; on y dit tout ce qu'on pense, on y révèle tous ses secrets ; on n'y contraint aucun de ses sentiments ; on peut s'y livrer sans imprudence aux douceurs de la confiance et de la familiarité. C'est presque le seul moment où il soit permis d'être ce qu'on est ; que ne dure-t-il toute la journée ! [IV, 11, 580-581]

Le seul moment du récit de Clarens où l'on observe les maîtres dans l'intimité est la "matinée à l'anglaise", rapportée en V, 3, soit à une époque où Julie est déjà rongée par le "fatal secret" de l'athéisme de son mari révélé à Saint-Preux le jour où il écrit à Edouard la lettre IV, 15. Cependant le reporter de cette matinée nage en plein rêve, tout occupé, dès l'*incipit* de sa lettre, par la supposée transparence régnant dans le trio : "Nous avons eu des hôtes ces jours derniers. Ils sont repartis hier, et nous recommençons entre nous trois une société d'autant plus charmante qu'il n'est rien resté dans le fond des cœurs qu'on veuille se cacher l'un à l'autre" (657). C'est donc admettre qu'auparavant persistait de la dissimulation entre eux-trois ?

Cette lettre est célèbre pour l'éloge poétique qu'elle procure d'une communication des êtres exemptée de la médiation de la parole, toujours à quelque titre impure aux yeux de l'auteur, en ce siècle où elle se pratiquait comme suprême art de société :

> Jamais ce qu'on dit à son ami peut-il valoir ce qu'on sent à ses côtés ? Mon Dieu ! qu'une main serrée, qu'un regard animé, qu'une étreinte contre la poitrine, que le soupir qui la suit, disent de choses, et que le premier mot qu'on prononce est froid après tout cela ! O veillées de Besançon ! moments consacrés au silence et recueillis par l'amitié ! [V, 3, 658]

La preuve que Saint-Preux délire ici peut être administrée par la relecture de certaine scène de jalousie délirante survenue précisément en telle auberge de ladite ville (II, 10). Cela étant, son illusion prend sous sa plume un côté 'Chardin' par où la culture du secret, qui est la dominante du roman dans les rapports entre les personnages de premier plan, engendre sa transmutation en "absorbement" contemplatif, comme l'écrit Amélie Tissoires [2015, p. 184-189], puis en exaltation de l'ascendant de Julie lorsque Wolmar laisse tomber "nous sommes tous vos sujets" (660), comme réplique au souhait qu'elle vient d'exprimer d'être aussi aimée que l'est en France Louis XV, dont la maladie puis la guérison inespérée, en 1744, avaient suscité la plus vive émotion dans le peuple et à Paris. Cette saillie la fait tressaillir au point de laisser tomber son ouvrage : Saint-Preux interprète cette réaction comme une réponse émue à "l'insensibilité même" (*id.*), dont la persuasion muette identifie le trio dans la même émotion émanée de la "douce influence de cette âme expansive". Soit. Mais nous savons que cette âme est déchirée par un "fatal secret" qu'elle lui a confié tant il lui pèse, et l'athée contemplatif qui vient de parler s'avérera bientôt le violeur de l'intimité de son oraison (il n'en était pas à son coup d'essai) selon le récit qu'en fera le témoin en V, 5 ; un viol spirituel si l'on peut dire, qui rime avec le viol moral dont elle avait été auparavant la victime en apprenant brutalement que l'époux avait accédé à toute son intimité passée d'amoureuse.

De cette matinée de silence, nous ne savons que ce que la perspective enthousiaste de Saint-Preux nous en présente, comme d'un enchantement à l'anglaise susceptible d'enchanter son correspondant. Mais qui sait la véritable signification du geste de Mme de Wolmar laissant tomber son ouvrage ? Dans un monde aussi secret, la signification enchantée que l'apprivoisé de la volière-Clarens lui attribue est-elle la meilleure ? Dans ce roman, quand Julie va mal, c'est la sémantique de la chute qui s'approche : on a beau avoir lu dans sa jeunesse

Le Temple de Gnide, la culture calviniste et les lettres d'Héloïse où s'affrontent la Grâce et le Péché laissent une indélébile empreinte, même si l'auteur de ce personnage infiniment complexe refuse la théologie de la faute originelle: "Ne vois-tu pas, lui écrit Claire, qu'après s'être relevée d'une chute, il faut se tenir debout?" (IV,13,593) – c'est la réponse qu'elle donne à son émotion relative aux lettres en possession de Wolmar: "J'ai failli tomber de mon haut" (IV,12) ; lors de l'entrevue décisive avec son père, à l'époque de la mort de sa mère, Julie s'effondre dans ses bras lorsqu'elle le voit en pleurs, cède à son théâtre larmoyant mâtiné de réminiscences de don Diègue [VIGLIENO, 2019, p. 185-186], puis tombe malade dans la soirée (III, 18) ; lors de la première dispute à Vevey, il la faisait chuter en la brutalisant, ce qu'elle lui pardonnait tant elle se reprochait de le tromper tout en l'aimant; écrivant à Claire après sa première nuit avec l'amant, elle se voit "tombée dans l'abîme d'ignominie dont une fille ne revient pas" (I, 29, 128).

Et puis l'on sait ce qui arrive à Chillon, Mme de Wolmar y interprétant, par la volonté de l'auteur, le rôle de la mère éplorée du *Déluge* de Poussin sauvant son enfant des eaux, le seul tableau qui l'eût ému en sa vie d'après le témoignage de François Favre qui lui rendit visite en décembre 1759: "Je ne pouvois ôter mes yeux de dessus cette mère qui ne pense qu'à sauver son enfant et l'élève sur un rocher avant qu'ils périssent tous les deux. Si j'avois le tableau je mourrois de tristesse à force de le regarder" (*CC*. n° 906). La maladie du roi de France, une "fièvre maligne" écrit Voltaire à l'*incipit* du ch. XII de son *Précis du siècle de Louis XV*, qui le met en huit jours "à l'extrémité" alors qu'il se trouve à Metz en campagne militaire (guerre de succession d'Autriche), n'en préfigure-t-elle pas une autre dans l'économie du roman? "La nuit fut cruelle et décisive. Étouffement, oppression, syncope, la peau sèche et brûlante; une ardente fièvre, durant laquelle on l'entendait souvent appeler vivement Marcellin comme pour le retenir, et prononcer aussi quelquefois un autre nom, jadis si répété dans une occasion pareille" (826-827). Mais que fait Marcellin tandis que sous le regard attendri des adultes son frère aîné lui commente un recueil d'estampes, parfois corrigé par Henriette qui le sait par cœur, Henriette sa promise à qui il donne de petits baisers maladroits sous le regard de l'homme à "l'autre nom" condamné par son destin de roturier au renoncement qu'on sait? Marcellin cache des onchets (une sorte de mikado) sous le recueil jusqu'à ce que, lui donnant une tape sur la main, son aîné les fasse voler dans la chambre, en suscitant ses pleurs. Que dissimule l'estampe de la Matinée à l'anglaise ? Qu'est-ce qui suscitera les pleurs de tout Clarens et de ses maîtres, quel rôle y jouera Marcellin ? Mais ce qu'annonce là l'auteur d'une nécessité fatale, ses personnages l'ignorent : "Un air de contemplation rêveuse et douce dans les trois spectateurs ; la mère surtout doit paraître dans une extase délicieuse" (903). Omniscience du créateur, chimères incessantes de ses créations : "je me suis longtemps fait illusion" écrira Mme de Wolmar dans sa lettre posthume à Saint-Preux, donnant sa mort accidentelle comme "un bienfait du Ciel" (864).

Le Ciel ? "Voyez-vous Théotime, que le silence des amants affligés parle de la prunelle des yeux et par les larmes. Certes, en la théologie mystique c'est le principal exercice de parler à Dieu et d'ouïr parler Dieu au fond du cœur ; et parce que le devis se fait par des très secrètes aspirations et inspirations, nous l'appelons colloque de silence" [saint François de Sales, 1969, p. 611]. C'est un fort beau morceau de prose lyrique imitée, en registre laïque, de l'éloge salésien du "colloque de silence" avec la divinité, que file toute la première partie de cette lettre de Saint-Preux comme très singulière conversation sacrée : "douceur du recueillement", "état de contemplation", et "immobilité d'extase". Ainsi, tandis que Méré, à la fin du Grand siècle, affirmait à propos de l'art de la conversation que "ceux qui s'en acquittent le mieux sont à [son] gré les plus éloquents" [in HELLEGOUARC'H, 2014, p. 62], Rousseau retourne au sens ancien du mot "conversation", non un art rhétorique mais une façon de vivre ensemble : "Les amis, ont besoin d'être sans témoin pour pouvoir *ne se rien dire,* à leur aise", écrit assez génialement Saint-Preux (658) ; plus loin, il parle encore de "moments consacrés au silence et recueillis par l'amitié" : le recueillement des amis, leurs gestes et même leurs paroles porteraient le silence vers une plénitude qui serait sa voix.

Fort bien, mais comment accorder ce trio en extase d'amitié silencieuse avec les affres d'une épouse qui se dira bientôt prête à verser son sang pour la conversion de son mari ? Solitude de Mme de Wolmar en ses "chagrins secrets" (V, 5, 698), dévouée à toutes et tous mais contrainte de se réfugier dans son oratoire pour continuer à vivre malgré le "fatal secret" connu du trio ; son ami devant d'ailleurs lui reprocher plus tard de se tourner vers une dévotion qui lui semble suspecte (v. Religion de Julie 1. De l'oraison contemplative), alors qu'elle est devenue sa seule ressource contre des "terreurs involontaires" qui "reviennent la troubler à chaque instant", contre l'angoisse "de ne voir qu'un réprouvé dans le père de ses enfants", et "la peine intérieure que lui donne l'endurcissement d'autrui" (V, 5, 698), etc. Sachant qu'il faut faire bonne figure au-dehors en compagnie d'un époux qui les accompagne au temple, "et fait sur le culte réglé par les lois tout ce que l'État peut exiger d'un citoyen" (*id.*). – Culture du secret et logique de l'intérêt bien compris du domaine oblige.

Dans sa jeunesse, Julie avait écrit à l'amant une lettre où l'égoïsme récurrent de ce dernier, autant que son irresponsabilité à son égard l'avaient mise en colère : elle y dénonçait le secret obligé dans lequel doivent vivre les filles d'un certain monde : "affecter d'être insensible, en proie à mille peines, paraître joyeuse et contente ; avoir l'air serein et l'âme agitée ; dire toujours autrement qu'on ne pense ; déguiser tout ce qu'on sent ; être fausse par devoir, et mentir par modestie : voilà l'état habituel de toute fille de mon âge" (II, 7). N'est-ce pas encore l'état ordinaire de Mme de Wolmar confrontée à l'intenable selon ses valeurs ? Comment peut-on parler de transparence à propos de la communauté de Clarens et de son élite, sinon comme d'une commode idéologie ayant pour rôle et comme fonction de voiler l'opacité du secret dont s'y enveloppe chacun dans le monde des maîtres – Saint-Preux ayant apparemment été dévolu par l'auteur à s'en faire l'aède auprès de son destinataire, et au-delà du public, comme chantre de l'amitié des belles âmes – un chantre évidemment aveugle, comme il sied à sa fonction.

Palimpseste. "Claire, veux-tu de cela ?" ou la folie-Wolmar (VI, 11)

Il existe dans le roman deux scènes qui se font écho par le choc affectif qu'y produit une parole jaillie dans le silence des protagonistes. On vient de voir ce qu'il en est dans la "Matinée à l'anglaise" ; son répondant structurel se lit tout à la fin du roman, dans la séquence qui voit Claire refuser de s'alimenter, dévastée qu'elle est par la mort de son inséparable. M. de Wolmar tente alors, pour la guérir, une expérience dont l'actrice centrale n'est autre que la propre fille de l'endeuillée. Dans le roman français, la mise en scène d'une manipulation de la mémoire affective d'un personnage par un ou plusieurs autres remonte au XVIIIe siècle, où l'abbé Prévost introduit dans sa traduction de *Grandison* un épisode absent de l'original, au cours duquel un médecin guérit par ce moyen la folie de l'héroïne [Charles, 2000] ; l'invention marqua les esprits, et fut fort imitée jusqu'à Mme Cottin, qui met en scène un tel type de guérison dans son roman *Malvina*, mais en faisant mourir peu après l'héroïne du choc qu'elle a subi. Dans ces deux romans, on peut résumer la technique thérapeutique mise en œuvre comme confrontation du sujet délirant à une reconstitution théâtrale soit du traumatisme ayant provoqué le délire, soit de son passé immédiatement antérieur. L'intention qui y prévaut est, dans les deux cas, psychiquement favorable au sujet manipulé, même si l'effet s'en avère physiquement redoutable dans *Malvina*. Mme de Staël reprendra le dispositif dans *Corinne*, en l'animant cette fois d'une intention déformée par la jalousie la plus féroce [Perrin, 2019].

Rousseau avait lu en traduction *Grandison* dont toute une série d'éléments de l'intrigue, nous l'avions vu au début de cette étude (v. *La Nouvelle Héloïse*, roman épistolaire), sont à la fois repris et parfois inversés dans la *Julie* [Charles, 2013]. C'est encore le cas à la fin de *La Nouvelle Héloïse :* confronté à l'anorexie délirante de Claire après la mort de Julie, M. de Wolmar, dans l'intention de la tirer de cet état, tente, au cours d'un repas, de provoquer chez elle un choc affectif en faisant jouer à sa fille le rôle de Julie, étant accordé, selon la prémisse de l'intrigue générale, qu'Henriette et sa mère adoptive se ressemblent et s'accordent, tant au moral qu'au physique, au point que la mère biologique de la fillette l'a confiée à son amie avec le plein consentement des deux intéressées. Tout à fait consciente de sa mission, la fillette s'exécute au mieux de la comédie thérapeutique qui lui échoit; voici donc le petit théâtre que monte le maître des lieux :

> Je fis [...] habiller Henriette le plus à l'imitation de Julie qu'il fût possible, et, après l'avoir instruite, je lui fis occuper à table le troisième couvert qu'on avait mis comme la veille. Claire, au premier coup d'œil, comprit mon intention; elle en fut touchée; elle me jeta un regard tendre et obligeant [...] et j'augurai bien d'un expédient qui la disposait à l'attendrissement. Henriette, fière de représenter sa petite maman, joua parfaitement son rôle, et si parfaitement que je vis pleurer les domestiques. Cependant elle donnait toujours à sa mère le nom de maman, et lui parlait avec le respect convenable ; mais enhardie par le succès, et par mon approbation qu'elle remarquait fort bien, elle s'avisa de porter la main sur une cuiller, et de dire dans une saillie : "Claire, veux-tu de cela?" Le geste et le ton de voix furent imités au point que sa mère en tressaillit. [863]

On voit que la connivence est générale pour partager l'expérience, comme une sorte d'écho, sans doute, à la connivence silencieuse durant la matinée à l'anglaise. Comme à l'occasion du tressaillement de Julie à la suite du mot de Wolmar, le tressaillement de Claire à la saillie d'Henriette marque le *punctum* affectif qui, dans le roman signe invariablement l'affect sensible de l'amitié et de l'amour, *in praesentia* ou *in absentia ;* mais comme en chaque grande scène de réminiscence qu'on y a lue, l'exaltation en est de courte durée, le sujet réévaluant par comparaison le peu qui lui reste au prix de tout ce qu'il a perdu. Ce manque radical, l'endeuillée va en signifier l'insupportable excès en manifestant une boulimie qui transforme l'aimable comédie en drame potentiel, comme si une suralimentation forcenée devait manifester pour tous l'impossible à ses yeux de combler le vide de la perte. Wolmar met donc fin à la scène, échouant, là encore, dans une expérience de chimie morale, toujours conduite avec les meilleures intentions soi-disant, mais au prix exorbitant du risque considérable innocemment encouru par l'enfant à contrefaire pour sa mère la morte qu'elle aimait.

L'ÉLYSÉE DE CLARENS (IV, 11-13)

Rousseau a hésité sur la façon d'introduire cette lettre : son brouillon la donne ainsi comme "une longue récréation sur un sujet frivole" succédant à "une longue lettre sur un sujet important", puis comme "une longue lettre sur un fort petit sujet", ce que Saint-Preux justifie par une formule que retrouveront les *Confessions* : "pour vous instruire exactement de l'état de mon cœur, il faut bien que je vous entretienne de tout ce qui sert à le modifier" (*OC*. II, p. 1607). Le préambule qu'il lui a finalement donné relie l'Élysée à l'économie domestique de Clarens, comme alternative ou équilibre d'un loisir récréatif à l'ordre du travail. Pour autant, l'*incipit* initial indiquait une piste concernant ce que cette visite révèle de l'état d'esprit de chacun des éléments du trio, dont l'examen s'avère fructueux.

De l'art des jardins

Quant à la frivolité supposée du propos, elle est typique de la politesse d'un écrivain qui sait fort bien qu'au point de vue des connaisseurs, son approche de l'économie et de l'esthétique du jardin est à la pointe des débats de son époque à ce propos, comme l'ont vérifié les travaux de Michel BARIDON [1986], puis d'Antoine HATZENBERGER [2015]. La thèse de Baridon est ainsi résumée par Hatzenberger :

> À la remise en cause du modèle classique de Versailles par le jardin anglais succède la critique du jardin politique du "républicanisme aristocratique" par le jardin naturel. Or, on retrouve précisément chacun de ces moments dans le domaine de Clarens [...] inscrits dans l'espace, sous forme de strates ou de palimpsestes. Ce qui nous donne : 1. le jardin baroque du baron d'Étange ; 2. le nouveau jardin de Wolmar ; 3. le verger de Julie ; et à l'intérieur même de l'Élysée, un mélange de styles, évoqués sur un mode critique.

Hatzenberger, pour sa part, soutient que "tout porte à lire" la lettre IV, 11 "comme un essai sur les jardins" incluant trois sortes de critiques : à l'égard des jardins ornementaux, des jardins botaniques (jardins de curieux ou d'apothicaires), des jardins par assemblage (à la chinoise ou le parc de Stowe). Rousseau proposerait une "fiction théorique", une synthèse des modèles critiqués épurés de leurs défauts, un "jardin négatif et minimaliste" en somme. En ce qui concerne la référence au jardin anglais, elle est ambivalente car "d'un côté, Rousseau démontre la connaissance qui était la sienne de la nouvelle esthétique du jardin, et de toute la grammaire horticole [...] ; mais, d'un autre côté, [il] critique le jardin de l''homme riche de Londres' ; il ridiculise une visite dans un '*flower show*' ; et il formule une critique des réalisations de Kent et de Brown à Stowe, à partir de la description qu'il avait pu en lire dans l'*Épître à Lord Burlington* de Pope, ou dans le *Mercure de France* de février 1750." Ainsi, "la place de Rousseau dans l'histoire des jardins est à la fois centrale et marginale. *Centrale*, parce qu'il agit comme un passeur. L'Élysée reflète en effet l'esprit du style nouveau, et sert à son tour de modèle pour de nouvelles créations paysagères. *La Nouvelle Héloïse* est au cœur de la nouvelle esthétique, et le jardin de Julie est devenu un modèle. *Marginale*, pourtant, parce que Rousseau est finalement passé à côté des grands domaines paysagers les plus emblématiques de son temps (notamment Chiswick)."

Eu égard aux limites de cet essai, on s'en tiendra là sur ce point, en suggérant tout de même que l'Antiquité, via le jardin d'Alcinoüs, "critiqué par les gens de goût comme trop simple et trop peu paré" (Rousseau donne en note une traduction d'époque), "jardin dans lequel, à la honte de ce vieux rêveur d'Homère et des princes de son temps, on ne voit ni treillages, ni statues, ni cascades, ni boulingrins" (*OC*. IV,

p. 783), s'il est comparé par Émile au jardin des parents de Sophie, donne sans doute également un éclairage pertinent à celui de Julie, comme réunion ou synthèse anticipée des parterres, vergers et vignobles de Clarens avec cet espace de pure récréation, le seul du domaine où soit sacrifié l'utile à l'agréable.

Contextualisation par l'aval

Selon J.-M. Racault, l'Élysée présente "un exemple à peu près unique d'une utopie sécrétant sa propre utopie" (*op. cit.*, p. 725). Les éléments qui le rattachent au modèle sont les suivants : clôture spatiale et sociale, insularité de "l'asile", dimension initiatique de l'introduction du visiteur, alternance de descriptions et de dialogues explicatifs, mythe de fondation : amendement de l'ancien verger relié à la mort de Mme d'Étange, mythe de régénération. Il s'en écarte par la brièveté du voyage conduisant aux Îles fortunées ; sa république idéale est peuplée d'oiseaux natifs et d'autres survenants, dont certain oiseau des îles revenu au verger après qu'on a repris "possession" de lui, alors qu'il s'était approché de la grille du domaine (IV, 6). Cette république gazouilleuse de la gent ailée n'offre en tout cas d'autre alternative qu'une liberté très surveillée analogue à celle régnant à Clarens sur le mode de l'*unisson* aussi bien réglé que tempéré, tandis que la gent poissonneuse évolue en silence dans un bassin où, certes, ils vivent une vie sauvée *in extremis*, mais à tout jamais exclus de la liberté naturelle du Léman. À cet égard, l'Élysée reflète les contradictions politiques de l'utopie qui l'enclôt [Hatzenberger, 2010 et Guichet, *EJJR* 14-15] : réservé aux maîtres, les domestiques en sont exclus sinon le jardinier et quelques manœuvres qui n'en ont pas la clef ; l'animation de la volière se double d'une domestication, les prédateurs étant exclus, la nourriture assurée, la matière des nids préparée, etc. Comme M. de Wolmar tient à éviter l'exode rural en offrant à la paysannerie de la région les conditions de son maintien à la terre (V, 2), on a fait en sorte d'aider au développement d'une population aviaire originaire du lieu. Si sa transformation a peu coûté en fonds et en peine, son ingéniosité dénote son caractère artificiel : "L'Élysée est un trompe-l'œil" [Racault, *op. cit.*, p. 723], *celare artem* est le principe de son effet. On n'obtient une image de la nature perdue qu'en forçant la nature : puisqu'elle se cache en des sites inaccessibles, "ceux qui l'aiment [...] sont réduits à lui faire violence, à la forcer en quelque sorte à venir habiter avec eux, et tout cela ne peut se faire sans un peu d'illusion" (571). Ce mirage de spontanéité naturelle enclos au sein du miracle économique de Clarens s'y intègre au prix d'une inversion de principes : le *dulci* prime ici sur l'*utile*. Cet ancien verger n'a pas de fonction productive mais uniquement d'agrément ; si l'ordre règne à Clarens, à l'Élysée prévaut un charmant désordre, symétrie et régularité des lignes y sont inconnues ; on s'y promène et l'on y rêve comme délassement aux contraintes rigoureuses de la journée hors de son cercle : c'est un Ailleurs à domicile, non Juan Fernandez, l'île de Robinson, en dépit de l'exclamation initiale de Saint-Preux, assez inaudible aux habitants du lieu, sauf peut-être à Julie, comme on verra finalement.

Rousseau n'aurait-il souhaité là qu'une alternative de son estoc aux jardins chinois ou anglais, sans parler des jardins à la française, selon les polémiques de l'époque sur l'art des jardins ? [Conroy, 1982]. Certes, envisager l'illusion de renaturation au plus proche de là où l'on est, y compris de la flore locale précisément *nommée*, plutôt que d'y convoquer le monde entier ; mettre l'accent sur l'intimité de cet *hortus clausus* cultivé par Mme de Wolmar dont on ne trouve l'équivalent dans aucune utopie classique, signe bien sa manière. Mais est-ce bien là tout ? Certainement non, car comme l'économie de Clarens, son antithèse apparemment gratuite participe complètement à l'entreprise de "guérison" des anciens amants à laquelle s'est voué M. de Wolmar. Pour en prendre la mesure, il convient ici de lire en quelque sorte le roman à l'envers, en partant des lettres 12 et 13 pour ce qu'elles enseignent de l'état d'esprit de Julie. Il y est saisi selon trois points de vue : le sien, celui de son mari, celui de Mme d'Orbe. Ces deux derniers s'accordent pour penser qu'elle n'a pas suffisamment pris conscience du caractère irréversible de son évolution morale, de sa régénération si l'on veut. Si Wolmar voit tout son prix, elle ne le voit pas encore comme lui, du fait d'un remords excessif de ses fautes passées ; or cela peut conduire à sinon réveiller ce qui les a causées, du moins à freiner son anéantissement ; elle doit donc s'entraîner à cultiver l'estime de soi, ne se sous-estimer ni se surestimer, ne se soucier que du présent et de l'avenir et continuer à lui faire confiance. La petite musique personnelle que lui fait entendre Claire sur ce fond, c'est qu'elle risque de tourner à la dévotion par excès de scrupules (elle retrouve là l'esprit des lettres de direction de Fénelon que Rousseau connaît bien), mais surtout par orgueil mal placé :

> Plus sûre de toi que tu ne feins de l'être, tu veux t'humilier de tes fautes passées sous prétexte d'en prévenir de nouvelles, et tes scrupules sont bien moins des précautions pour l'avenir qu'une peine imposée à la témérité qui t'a perdue autrefois [...]. Ta douceur, ta dévotion, t'ont donné du penchant à l'humilité. Défie-toi de cette dangereuse vertu qui ne fait qu'animer l'amour-propre en le concentrant [...]. Cousine, tu fus amante comme Héloïse, te voilà dévote comme elle ; plaise à Dieu que ce soit avec plus de succès ! [IV, 13, 593]

Insistant sur le risque que fait courir la dévotion scrupuleuse à sa calviniste, elle essaie de prévenir ce qu'elle prévoit, soit la découverte imminente de l'athéisme du mari dont elle sait que son amie risque de n'en pas *revenir*. Le roman l'affirme en effet sous la plume de Saint-Preux en V, 5 : "Depuis près de huit ans qu'ils sont unis, la seule Mme d'Orbe est du secret, parce qu'on le lui a confié" (699). Elle appuie donc l'argument central de Wolmar : sa *situation* ayant radicalement changé, en persistant à se reprocher le passé avec "âpreté", elle oublie de l'oublier : "La circonspection que tu fondes sur tes fautes passées est injurieuse à ton état présent : je ne la pardonnerais jamais à ton cœur, et j'ai bien de la peine à la pardonner à ta raison" (595). Comme Wolmar, elle lui dit qu'à se conduire ainsi elle insulte sa propre nature morale fondamentalement belle, et qui ne demande qu'à s'épanouir pleinement. Elle aurait d'ailleurs de quoi s'en assurer selon son passé même : "Toute ta vie n'a été qu'un combat continuel, où, même après ta défaite, l'honneur, le devoir, n'ont cessé de résister, et ont fini par vaincre" (596). C'est ce qu'elle lui répète depuis son aveu à l'amant ; sachant ce qu'elle sait du pire à attendre, elle est à bout d'arguments tout en tentant, vaille que vaille, de lui donner encore une fois le change. Wolmar, pour sa part, rappelle à sa femme sa bienfaisance à l'égard de Fanchon Regard, lui donnant comme garantie de sa valeur à ses propres yeux qu'elle ait alors décidé de suspendre une rencontre avec son amant que favorisait le départ de ses parents : "Je remets ma femme et mon honneur en dépôt à celle qui, fille et séduite, préférait un acte de bienfaisance à un rendez-vous unique et sûr" (IV, 12, 591).

Il le lui dit dans son cabinet, où il l'a conduite avec Saint-Preux pour leur révéler qu'il a lu toute leur correspondance, incluant le jeune homme dans sa confiance en leurs "belles âmes", alors qu'il s'apprête à quitter Clarens quelques jours, les laissant livrés à eux-mêmes : "Je confie Julie épouse et mère à celui qui, maître de contenter ses désirs, sut respecter Julie amante et fille" (*id.*). On sait qu'elle va tout faire, sans succès, pour éviter cette épreuve, d'où sa lettre à Claire pour lui demander conseil. La comparaison de l'antépénultième alinéa de sa lettre avec l'*explicit* atteste son trouble tant ils sont contradictoires : "Plus je veux sonder l'état présent de mon âme, plus j'y trouve de quoi me rassurer. Mon cœur est pur, ma conscience est tranquille, je ne sens ni trouble ni crainte" / "ton âme est calme et tranquille, j'en suis sûre ; les objets s'y peignent tels qu'ils sont ; mais la mienne, toujours émue comme une onde agitée, les confond et les défigure. Je n'ose plus me fier à rien de ce que je vois ni de ce que je sens : et, malgré de si longs repentirs, j'éprouve avec douleur que le poids d'une ancienne faute est un fardeau qu'il faut porter toute sa vie" (591-593).

Retour amont : mémoire du passé/mémoire du présent

Revenons à la lettre IV, 11. En faisant visiter l'Élysée à Saint-Preux, Julie de Wolmar va parcourir avec lui leur histoire à l'envers, depuis la mort de Mme d'Étange (III, 1) jusqu'au "baiser mortel" du bosquet de Clarens (I, 14). C'est en effet "presque d'abord après la mort de sa mère", explique Wolmar, que Julie d'Étange est venue se retirer là en compagnie de son père (563). Techniquement, il s'agit d'une analepse sur ellipse, qui révèle au lecteur, en même temps qu'au héros, qu'alors qu'elle faisait tout pour l'oublier à cause de son intense sentiment de culpabilité, son amante entreprenait la transformation de ce verger aride en *locus amoenus* de sa façon. Nul besoin de souligner l'allégorie latente à la transformation de ce quasi désert en naturel régénéré, d'autant que l'époux y a participé de ses mains. Tout en s'émerveillant, Saint-Preux formule de l'étonnement au constat de ce que toute l'ingéniosité déployée n'a laissé aucune trace ; il lui est répondu, par Wolmar encore : "qu'on a pris grand soin de les effacer". Son vocabulaire est éloquent à cet égard : *cacher*, *couvrir*, *masquer*, *ôter*, cela pour *feindre*, voire *friponner*. Sur quoi Saint-Preux demande à quoi bon avoir pris toute cette peine "pour se cacher celle qu'on avait prise" (570-71). Il suffit de transposer cet échange en termes d'état des apparences dans les rapports du couple pour s'aviser de ce dont il est question *mezza voce*.

Après une conversation prolongée avec Wolmar, à propos de ce qu'on pourrait nommer la sur-artificialité des jardins exotiques où l'art est également caché, hormis leur montage artificiel d''ailleurs' spatio-temporels divers qui détournent à tort du bonheur de l'ici-maintenant, survient une nouvelle objection du visiteur : il ne servait à rien d'arranger cet endroit, puisqu'il était non loin "des bosquets si charmants et si négligés" de Clarens (577). C'est à l'ancienne amante qu'est adressé ce "reproche", le héros ne soupçonnant pas que l'époux n'ignore rien du fond secret de l'allusion ; à l'embarras de Julie qui dit préférer l'Élysée à ces bosquets, succède donc une réplique foudroyante de son mari : l'invité vient de commettre un grave impair, une indélicatesse hypocrite, il a manqué de prudence et surtout de compréhension de l'état des choses : "Jamais ma femme depuis son mariage n'a mis les pieds dans les bosquets dont vous parlez. J'en sais la raison quoiqu'elle me l'ait toujours tue. Vous qui ne l'ignorez pas, apprenez à respecter les lieux où vous êtes ; ils sont plantés par les mains de la vertu" (*id.*). Guère besoin, là non plus, d'expliciter l'allégorie : visiter l'Élysée (qui n'est pas l'Eden d'avant la Chute, mais le "séjour où il n'y a d'admis que les Héros & les hommes vertueux" (*Dictionnaire de l'Académie*, 1762)), s'y promener, y demeurer à rêver, etc., c'est visiter l'âme régénérée de sa maîtresse d'œuvre. Cependant, l'impair du héros vient de révéler où il en est lui-même à cet égard, en dépit de sa prétendue transformation morale. Au fond, jusqu'ici, il n'a visité l'Élysée qu'en songeant au baiser de jadis et c'est ce qu'il a voulu signifier à son ancienne amante dont l'embarras signale qu'elle a bien reçu le message. En ce sens, l'Élysée est bien un "accumulateur de nostalgie" [Butor, 1968, p. 93].

Mais voici que survient une nouvelle analepse, cette fois implicite, avec l'arrivée de Fanchon Regard accompagnée des enfants. Pour Fanchon, il est naturellement son "bienfaiteur", ainsi qu'elle le nomme dans le billet qu'elle écrira pour l'avertir de l'accident survenu au château de Chillon (VI, 9) ; le souvenir de la part qu'il avait prise, sur l'ordre de l'amante, au sauvetage *in extremis* du couple de la jeune fille en I, 41-44, vient donc le confronter à sa meilleure part selon les valeurs des honnêtes gens. Double "réprimande" au fond, qu'accepte sans sourciller cet aventurier basané de retour du monde entier en qualifiant de "juste" l'admonestation de Wolmar (577). Le voici déjà revenu en enfance : c'est l'effet que produit Clarens sur son petit peuple, il n'y échappe pas. L'arrivée des enfants, les embrassades auxquelles il a part, lui rappellent que les "mains de la vertu" sont des mains maternelles, ce qu'illustre Julie en justifiant le nom du lieu comme "donné d'avance" (578), autrement dit avant sa pleine régénération, selon la perspective d'une maternité qui fera d'eux, une fois grandis, ses petits jardiniers de Paradis. Auparavant, le héros avait éprouvé du vague à l'âme devant la volière, en l'écoutant évoquer les amours de la gent ailée ; il est arrivé trop tard : "des époux inséparables, le zèle des soins domestiques, la tendresse paternelle et maternelle, vous avez perdu tout cela" (569). Que n'a-t-il perdu dans sa vie, réplique-t-il : "– Madame, repris-je assez tristement, vous êtes épouse et mère ; ce sont des plaisirs qu'il vous appartient de connaître." Cette fois, c'est lui qu'elle a blessé ; mais le mari s'entremet en ouvrant une longue perspective sur la possibilité d'un avenir radieux, dans une sentence néanmoins ambiguë car elle dit à la fois l'infantilisation et la possibilité du futur préceptorat auquel lui-même songe : "Vous avez des amis, et ces amis ont des enfants ; comment l'affection paternelle vous serait-elle étrangère ?" (*id.*) – ce qui a le don de faire soudainement muter son image mentale dans l'esprit du héros : voici que le père-de-famille y supplante le rival, ce qui importe dans l'économie de ces lettres, pour le déroulé de la journée du lendemain.

Mais revenons au paradis des amours maternelles qu'est son Élysée pour Mme de Wolmar. Rapportant ses paroles empreintes de vertu aimante, la mémoire amoureuse du héros persiste et signe, mais à la seule adresse de son correspondant cette fois, dans une série associative remontant à leurs années d'ardeur : "Milord, cette incomparable femme est mère comme elle est épouse, comme elle est amie, comme elle est fille, et pour l'éternel supplice de mon cœur c'est encore ainsi qu'elle fut amante" (578). Au lendemain de la "nuit inconcevable", il lui avait en effet écrit : "O ma *charmante maîtresse !* ô *mon épouse,* ma sœur, ma douce *amie !* que j'aurai peu dit pour ce que je sens, après avoir épuisé tous les noms les plus chers au cœur de l'homme !" Le Ms. Rey portait : "O ma charmante maîtresse ! ô mon épouse, ~~ma mère, *ma fille*~~, ma sœur, ma douce amie !" En cette visite à l'envers de l'utopie de Clarens, quelqu'un n'était guère à l'Élysée malgré les apparences, hanté qu'il demeurait de son propre paradis perdu.

D'un autre côté, il sent bien la chance qui lui est offerte d'y rêver au moins à son aise, pour peu qu'on l'y laisse errer en solitaire, ce qui lui est accordé, Fanchon Regard étant priée de lui confier sa clef : "Je ne sais pourquoi je la reçus avec une sorte de peine : il me sembla que j'aurais mieux aimé celle de M. de Wolmar" (578). Toujours ce *Regard* de 'sa' *Vertu* qui a été et doit demeurer 'son' *Devoir* malgré qu'il en ait. Levé de bon matin le lendemain, le voici au jardin pour rêver ; et c'est une nouvelle plongée mémorielle dans sa mémoire amoureuse qu'il espère, en métonymisant pour ainsi dire, l'absence de Julie par la nature du jardin, de sorte que soit oublié pour un temps le malheur d'en être séparé par la violence des rapports sociaux dont ils ont tant eu à pâtir :

> Que d'agréables pensées j'espérais porter dans ce lieu solitaire où le doux aspect de la seule nature devait chasser de mon souvenir tout cet ordre social et factice qui m'a rendu si malheureux ! Tout ce qui va m'environner est l'ouvrage de celle qui me fut si chère. Je la contemplerai tout autour de moi. Je ne verrai rien que sa main n'ait touché ; je baiserai des fleurs que ses pieds auront foulées ; je respirerai avec la rosée un air qu'elle a respiré ; son goût dans ses amusements me rendra présents tous ses charmes, et je la trouverai partout comme elle est au fond de mon cœur. [578]

Le lecteur se souvient alors de telle phrase rencontrée bien en amont : "Ma charmante Julie ! je te vois, je te sens partout, je te respire avec l'air que tu as respiré" (I, 54, p. 185). Qu'on relise la séquence du cabinet de Julie : la comparaison est édifiante, si l'on peut dire. La lettre qui suivait était la 55, celle de la "nuit inconcevable" [sur la fantasmatique érotique latente de la lettre, voir BLANC, 1982].

Mais lors de cette matinée à l'Élysée, c'en est l'exact inverse qui surgit dans la mémoire du héros, sous l'espèce d'un souvenir tout récent puisqu'il remonte à la veille, mais dont la puissance d'affect est telle qu'il congédie le précédent sans autre forme de procès ; le ressouvenir soudain de la répartie de M. de Wolmar à son indélicatesse provoque une mutation de son imagerie mentale : celle de "la vertu [...] confondue avec les traits de Mme de Wolmar" se substitue en effet à "celle du plaisir", de sorte que pour "la première fois", apprend le lecteur, depuis l'arrivée du héros à Clarens, l'image actuelle de Julie prévaut sur son image passée quand ils ne sont pas en présence (579). Cette "première fois" rime avec une autre : "Le charme de la jouissance était dans l'âme ; il n'en sortait plus, il durait toujours. Quelle différence des fureurs de l'amour à une situation si paisible ! C'est la première fois de mes jours que je l'ai éprouvée auprès de toi" (I, 55 , p. 186) : Julie lui demandait en III, 18 de devenir "l'amant de son âme" ; qu'il le redevienne, c'est exactement le souhait de M. de Wolmar. Se dévoile ici, déjà, le fond de son projet en réunissant les anciens amants à Clarens : "couvrir le passé du présent", comme il l'écrit à Claire (IV, 14), soit faire en sorte qu'en leur imaginaire mémoriel, se substitue à la mémoire de leur passé d'amants ce qu'on pourrait appeler en paraphrasant saint Augustin, 'le présent du passé récent' (ST. AUGUSTIN, *Confessions*, liv. XI, xx), et la perspective d'un avenir soudé par l'amitié et le soin des enfants. Lesquels apparaissent d'ailleurs aussitôt mentalement au rêveur, en compagnie de leur mère et de leur père dont le regard le fait encore rougir *a posteriori*, et de Fanchon Regard, "vivante preuve du triomphe des vertus et de l'humanité sur le plus ardent amour" (579) ; puis se raniment les paroles prononcées par Julie lors de l'aparté sur le sens de ce nom d'Élysée, de sorte que dans une curieuse formule, le héros se voit "remonte[r] avec elle dans un avenir qu'elle contemple" (579), laquelle en son audace signe tout l'enjeu : plutôt que de remonter dans le passé révolu de l'exquise torture d'amour, c'est à s'élever sous son ascendant vers le meilleur d'eux-mêmes qu'il se sent aspirer.

Comme souvent chez Rousseau, sinon presque toujours, l'essentiel se joue dans l'après-coup, pour le meilleur et pour le pire : il est rare que les effets des situations où il plonge ses personnages s'avèrent immédiatement : il y faut du différé ; mais parfois, comme en cette lettre XI, se forme une sorte de *précipité* où se condensent les principaux enjeux du roman. Le traité expérimental *des passions de l'âme en situation* qu'il est aussi, apparaît d'ailleurs dans la rêverie heureuse qui s'ensuit, où Rousseau médite avec le héros sur un thème que développeront certaines des promenades des *Rêveries* : celui du bonheur des bons sentiments ressentis même par illusion, pour autant que le sujet n'ait pas tout à fait perdu mémoire de sa bonté innée, cette "méditation des pensées honnêtes [offrant] une sorte de bien-être que les méchants n'ont jamais connu" (580). Cependant cette méditation n'est pas encore la conclusion. M. de Wolmar vient en effet tirer le héros de son rêve pour le convier à ce que nous appellerions le petit déjeuner, au cours duquel Julie prononce le développement qu'on a lu plus haut sur la transparence des sentiments en cette occasion privilégiée où n'entrent dans sa chambre ni survenants, ni étrangers, et où l'on est censé dire "tout ce qu'on pense", et révéler "tous ses secrets" (581). Ce qui n'empêche qu'elle soit sur le champ démentie en silence par le héros, qui évite de justesse de prononcer un mot d'esprit à sa louange qui pourrait paraître équivoque. Éternelle illusion de Julie...

Ce n'est pas dans sa chambre en tout cas, que son mari révélera le jour même, lors d'une promenade aux bosquets de Clarens, tous les secrets jusque-là soigneusement gardés qu'on connaît, dont celui de sa très haute naissance, avant de leur faire profaner en riant le fameux bosquet enchanté dont il avait été question la veille : "Ce baiser, avoue-t-elle à Claire, n'eut rien de celui qui m'avait rendu le bosquet redoutable :

je m'en félicitai tristement, et je connus que mon cœur était plus changé que jusque-là je n'avais osé le croire" (IV, 12, 589). Ce qui est un premier pas signalé dans la prise de conscience que son amie et son mari s'évertuent, on l'a vu, à faire prévaloir sur ses hantises. – Premier pas, elle l'ignore encore, en direction d'une épreuve infiniment plus redoutable, secrètement conçue de longue main par Wolmar.

"Comme une onde agitée"

On avait vu, à l'occasion d'une note tardive de Rousseau à la lettre III, 20, que la meilleure façon, selon lui, de lutter contre une passion ressentie comme potentiellement nocive est d'éviter les situations qui la favorisent. C'est une constante de sa pensée éthique que la principale vertu est de ne pas nuire : "Ô quel bien fait nécessairement à ses semblables celui d'entre eux, s'il en est un, qui ne leur fait jamais de mal !", lit-on dans l'*Émile* (liv. II, *OC*. IV, p. 340)*:* sa voie pour s'orienter dans ce sens est pour ainsi dire condensée dans ses *Confessions* sous le nom de "morale sensitive" ou "matérialisme du sage" (*OC*. I, liv. 9, p. 409) : l'esprit en est de tenir le plus grand compte des circonstances extrêmement variées et changeantes dans lesquels nous décidons et agissons, autrement dit des situations où nous le faisons ; une meilleure prise en compte de ces données de fait devrait aider à mieux contrôler ce qu'on pourrait appeler les résonances internes chez le sujet, du jeu des circonstances. Julie n'a rien fait d'autre, au fond, en entreprenant de transformer le vieux verger de Clarens en son Élysée ; mais si celui-ci anticipe en son imaginaire les jouissances d'un au-delà sans nuages, elle n'en est pas là de fait, comme en atteste la perplexité de son aveu à son amie, qu'il importe ici de rappeler :

> Quoi que tu penses de toi-même, ton âme est calme et tranquille, j'en suis sûre ; les objets s'y peignent tels qu'ils sont ; mais la mienne toujours émue comme une onde agitée les confond et les défigure. Je n'ose plus me fier à rien de ce que je vois ni de ce que je sens, et, malgré de si longs repentirs, j'éprouve avec douleur que le poids d'une ancienne faute est un fardeau qu'il faut porter toute sa vie. [IV, 12, 592]

D'un côté, un miroir d'eau calme où se reflète la réalité telle qu'elle est, de l'autre un courant, ruisseau ou lac, agité où tout se brouille et se déforme en illusions indémêlables de la vérité. Retournons à l'Élysée dont l'un des traits dominants est l'abondance de ses eaux, par comparaison avec l'ancienne aridité des lieux: "Vous savez, expliquait Julie, que l'herbe y était assez aride, les arbres assez clairsemés, donnant assez peu d'ombre, et qu'il n'y avait point d'eau. Le voilà maintenant frais, vert, habillé, paré, fleuri, arrosé" (562). Ce sont des eaux "limpides et claires" qui y circulent, alternant ruisselets, ruisseaux et sources jaillissantes – ainsi que "des canaux plus profonds dans lesquels l'eau calme et paisible réfléchissait à l'œil les objets" (563). Ce que murmurent ces eaux, c'est simultanément l'union et le contraste spirituels des Inséparables. Claire la vive et jaillissante, toute en saillies et en folies, du moins dans l'apparence; Julie la calme et raisonneuse, la profonde, du moins dans l'apparence. L'Élysée inclut leur union native en ses eaux nourricières. Mais ce que dit à bas bruit l'*explicit* de la lettre XIII, c'est que les polarités de leurs caractères ont changé de signe à l'heure qu'il est: la culpabilité de Julie fait de son âme une eau troublée par ses mouvements incessants, tandis que l'innocence de Claire la lui représente en miroir limpide. Mais ne manque-t-il pas quelqu'un encore? Rendons-nous au bassin. Y voici des perchettes sauvées de l'enfer de la poêle ou du court-bouillon par la bienfaisante Fanchon; il est vrai qu'elles y sont "un peu à l'étroit": à bienfait, bienfait et demi; au bassin des Mystères de Clarens, tel poisson lettré sauvé de l'enfer du vice pourrait achever de guérir certaines opiniâtres rémanences, puisqu'on lui "a fait grâce" (569)...

Mais ces eaux expriment encore autre chose. Sur la demande de Saint-Preux concernant leur provenance, puisque le lieu était à l'origine dépourvu de source, il lui est répondu qu'elles en ont deux: on a détourné l'alimentation du jet d'eau du parterre du domaine qu'avait fait construire le baron, et qu'on a conservé pour ne pas le blesser en dépit du peu d'attention qu'il suscite; on a également détourné le trop-plein de la fontaine publique qui abîmait le grand chemin vers le lac: "Elle faisait un coude au pied du verger entre deux rangs de saules; je les ai renfermés dans mon enceinte, et j'y conduis la même eau par d'autres routes" (565). Si une rivière canalisée à grands frais pour rien ou presque participe donc à l'alimentation, comme une façon de faire contribuer un faste dérisoire hérité du passé à la modernité du nouvel Élysée (comme il y a une nouvelle Héloïse – les deux noms s'apparentent d'ailleurs phonétiquement), l'eau récupérée du trop-plein de la fontaine publique coule vers l'avenir par redirection de son abondance, mais avec aussi une utilité pour tous, puisqu'elle n'abîme plus le grand chemin menant au lac. Pour autant, avant l'opération, cette surabondance "à pure perte pour tout le monde" désormais conduite "par d'autres routes" au jardin de Julie pourrait faire allégorie de certaine abondance de cœur qui elle aussi conduit au "lac-d'amour où l'on se noie".

Cette formule apparaît en VI, 5 (774-775) dans une lettre envoyée de Genève par Mme d'Orbe en réponse à son amie qui la taquinait sur ses sentiments envers Saint-Preux : "te voilà dans les mêmes las dont tu pris tant de peine à me dégager, et tu n'as pu conserver pour toi la liberté que tu m'as rendue. Mon tour de rire est-il donc venu ?" (V, 13, 736). "Je n'ai pas voulu laisser lacs, écrit Rousseau en note, à cause de la prononciation genevoise remarquée par Mme d'Orbe. VIe partie, lettre V". Dans le Brouillon, il avait écrit "les mêmes pièges", avec "las" en interligne ; puis il a corrigé. Claire, à cet endroit de sa lettre, ironise en effet sur la prononciation genevoise de diverses expressions. Selon le dictionnaire de Trévoux, "LACS D'AMOUR se dit des chiffres ou lettres entremêlées, ou des cordons noués de certaine manière, dont se servent les Amans pour faire des cachets, des gravures sur les arbres, & autres choses qui leur servent de marque pour se connoître. Ils mettent d'ordinaire les premières lettres de leur nom en *Lacs d'Amour* [...]". Puis à l'article LACS : "D'autres l'écrivent *Lags ;* mais de quelque manière qu'on l'écrive, il faut prononcer *las*. C'est un ou plusieurs cordons lacés, noués ou entremêlés pour servir à divers usages. Les muets du Sérail étranglent des princes, des vizirs, avec des *lacs* de soie. [...] Se dit aussi d'un certain nœud coulant, propre pour prendre des oiseaux, des lièvres, etc." La réplique de Claire à l'insinuation de son amie joue donc sur la mauvaise prononciation : "ils disent exactement un *lac-d'amour* où l'on se noie, et non pas où l'on s'étrangle", pour insinuer à son tour le savoir qu'elles ont toutes les deux des dangers encourus à l'occasion de la promenade des anciens amants sur le lac, de ce qu'a montré Saint-Preux à Meillerie du chiffre de Julie gravé un peu partout, du piège qui leur était tendu par l'amour fou avec la complicité objective de Wolmar, et de la tentation meurtrière surmontée de justesse par Saint-Preux. Par surcroît, Claire annonce à son insu le pire à venir.

Tel est l'art terriblement maîtrisé de Rousseau. Pour l'heure, Mme de Wolmar fera tout ce qu'elle pourra, mais sans aucun succès, afin de n'être pas confrontée à l'épreuve qu'impose son mari en créant une situation qu'elle n'aura pas choisie (comme elle choisissait d'informer l'amant qu'elle ne se remarierait jamais étant veuve, comme elle avait choisi de bâtir l'Élysée), et c'est bien tout l'enjeu aux yeux de l'époux :

> Quoi donc [...] Mme de Wolmar se contenterait-elle d'une vertu qui eût besoin de choisir ses occasions ? Pour moi, je suis plus difficile ; je veux devoir la fidélité de ma femme à son cœur et non pas au hasard, et il ne me suffit pas qu'elle garde sa foi ; je suis offensé qu'elle en doute. [590]

Ainsi, les lettres-13 de la Ve partie ont reconduit les personnages et le lecteur vers les péripéties essentielles du premier versant du roman, le départ soi-disant pour affaires à Étange, du mari de Julie rimant explicitement avec celui de ses parents dans la I^e^ partie, également pour affaires, en ce que la situation qu'il créait autorisait de séjour des amants en quelque chalet du pays, promu Temple de Gnide pour l'occasion (I, 36) : ce "rendez-vous unique et sûr" qu'évoque Wolmar comme attestation que son annulation pour le bien de Fanchon justifie la mise à l'épreuve de sa femme et de son ancien amant, afin qu'ils y apprennent l'un et l'autre qu'ils ne sont plus ce qu'ils se furent en tant qu'amants parce qu'ils demeurent ce qu'ils étaient selon l'extraordinaire de leurs âmes singulières. De "belles âmes", c'est son mot, qu'il entend réunir pour le bien qui doit en résulter pour tous, dans la perspective de leur avenir commun, puisqu'"aucun des deux ne pou[rr]ait oublier l'autre sans perdre beaucoup de son prix" selon une idée qu'il garde secrète : "Je ne puis vous en dire aujourd'hui davantage ; mais si mes projets s'accomplissent, et que mon espoir ne m'abuse pas, nos destinées seront mieux remplies" (589). Sa femme s'y sent totalement piégée, d'une part à cause de l'avalanche de secrets dissimulés des années durant par son mari, cela avec un "sang-froid", c'est son mot, qu'elle n'a jamais eu relativement à la rétention de son propre aveu, puisqu'elle en était bourrelée de remords, lui-même l'observant, calmement attentif, n'ignorant rien de son agitation intime. – Une agitation qu'il lui intime désormais de calmer au nom de l'estime qu'il lui porte, tout en s'offensant, lui dit-il, qu'elle puisse douter de sa capacité à résister à la tentation de l'infidélité qu'il provoque à dessein : "Il joue avec les deux amants, commente M. Butor, comme un chat avec des souris" [1968, p. 95]. Un billet de Julie lui répondra sans fard que les moyens qu'il prend sont indignes d'eux : "vous jouissez durement de la vertu de votre femme" (V, 16) : une phrase qu'auraient pu écrire Laclos ou Sade. S'il y eut une profanation matinale du bosquet de Clarens, n'y eut-il pas dans les événements de l'après-midi une profanation cruelle des sentiments profonds de la maîtresse de l'Élysée ?

MEILLERIE REVISITÉ :
L'ÉPREUVE DU RESSOUVENIR (IV, 17)

> *L'art de rendre la nature est si nouveau que les termes mêmes n'en sont pas inventés. Essayez de faire la description d'une montagne de manière à la faire reconnaître : quand vous aurez parlé de la base, des flancs et du sommet, vous aurez tout dit ! Mais que de variétés dans ces formes bombées, arrondies, allongées, aplaties, cavées, etc. ! Vous ne trouvez que des périphrases.* (Bernardin de Saint-Pierre, *Voyage à l'île de France*, lettre XXVIII (1773))

Après être rentré de son tour du monde, après avoir fait à l'Élysée le tour de son passé amoureux en compagnie du couple Wolmar, voici le héros embarqué sur le lac de Genève avec son ancienne amante. Des océans du monde à ce miroir d'eau cristallin que n'osent pas salir les eaux du Rhône dévalant des Alpes, il n'y a que quelques pas, puisque Tinian et Juan-Fernandez apparaissent en surimpression une fois ouverte la porte du jardin de Clarens, enclos au centre du domaine, lequel n'est “pas loin” de l'eau. Cette promenade sur le lac Léman en rappelle une autre qui se déroula hors diégèse, dans un passé contemporain des batailles de noyaux de pêche dans le verger de Clarens, aux temps heureux de la non-déclaration et du non-aveu, Éden pour jamais perdu de l'amour véritable frémissant en silence d'apprendre sa vérité de réciprocité.

La promenade aventureuse

À peine embarqué, le héros *nage* vers le milieu du Léman, soit le centre absolu de l'univers pour le meilleur amant du monde revenu des extrémités de la planète pour y retrouver celle qui *l'aimante*, comme elle lui avait prédit voici dix ans déjà; il y redevient son maître d'études, lui détaillant le panorama circulaire des rives du lac, comparant avec elle comment un même terroir généreux produit en pays de Vaud républicain l'abondance des vivres, le développement des populations et la prospérité des villes, tandis qu'en Chablais sous tyrannie savoyarde, tout dépérit en raison de l'incurie des dominants. Par où ce plébéien lettré et désormais grand voyageur expérimenté, rappelle à l'oreille du lecteur l'enseignement fondamental d'un auteur pour qui l'inégalité parmi les hommes n'a rien de naturel – sachant, le voyageur, puisque telle est son expérience depuis l'orée de leurs amours passées, que ce que nature unit spontanément, les rapports sociaux l'empêchent de vivre et s'épanouir. Cela il le lui suggère au milieu de cet espace lacustre, ce cristal où se reflètent les glacières des monts environnants qui remontent à l'origine du monde, accordant au crépuscule l'azur de ses eaux aux rougeurs d'un soleil déjà couché en bas mais "form[ant] sur ces cimes blanches une belle couleur de rose qu'on aperçoit de fort loin" (612).

Durant la leçon, les bateliers se sont occupés à pêcher dans les eaux poissonneuses, mais Julie la pythagoricienne prêche qu'on remette à l'eau les prises, comme elle avait accordé qu'on versât au bassin de l'Élysée telles prises de guerre qui conservaient là leur vie en échange d'une liberté surveillée ; or le Léman a beau être vaste et profond, la matinée magnifique et le ciel limpide, n'est-ce pas aussi sous l'optique d'un regard omniscient que naviguent les anciens amants ? – La question étant de deviner la nature de ce regard : humanité ou surnature ? La réponse viendra, dans quelques lettres… Ne faut-il pas laisser quelque chose à faire au lecteur ?

Un peu plus tard, un coup de vent tempétueux leur fait vivre à l'échelle locale ce que peut la puissance des éléments expérimentée par le héros sur les Océans, par où le romanesque fait retour dans le calme des jours de Clarens en son mode le plus classiquement aventureux. Rayonnante de compassion, soleil apollinien – "jamais [elle] ne brilla d'un si vif éclat que dans ce moment où la chaleur et l'agitation avaient animé son teint d'un plus grand feu" (610), Julie essuie les fronts des rameurs épuisés, verse le vin coupé d'eau, ranime chacun de son énergie naturellement bienfaisante – s'oubliant dans le danger, malgré une nausée vite maîtrisée. Il faudra qu'une avarie survienne pour que lui échappe une courte plainte en songeant qu'elle pourrait ne plus revoir ses enfants si survenait un naufrage ; le héros a beau savoir d'expérience que l'avarie n'a pas cette gravité, il ne peut s'empêcher d'imaginer cette noyade avec effroi, le voile pâle de la mort couvrant les roses du teint de Julie. Nous apprendrons plus tard qu'il lui avait rapporté des Indes l'un de ces voiles dont les récits des voyageurs disent l'usage chez les femmes, à l'heure de mourir. Ainsi, subrepticement, le destin tisse sa trame vers l'au-delà, depuis le centre de cette vaste plaine d'eau qu'est le lac de Genève. "En admettant, écrit Éric Fougère, que l'eau du lac, sur la foi de recoupements textuels, est celle de l'ordre transparent régnant à Clarens autour de ses rives, c'est l'ordre qui tue Julie" [1997, p. 208] –

"Il me fallait cependant un lac", écrit Rousseau dans *Les Confessions*, à propos du lieu où il situerait ses personnages de fiction, à défaut de les installer aux Îles Borromées : "L'île de Clarens, écrit Michel Butor, est trouée en son milieu ; elle possède un lac en son centre" [1968, p. 96] : un *lac d'amour* comme disent les Genevois ? ou bien un *lacs d'amour*, comme on dit en France, où l'on se laisse enlacer jusqu'à en mourir… Mais qui a tendu le piège, sinon l'auteur du roman ?

À force de rames et contre le courant, la barque aborde enfin à Meillerie, échappant ainsi aux récifs de la côte ; une truite qu'on avait conservée nourrira les bateliers, les maîtres mangeant très peu et à part ; comme on doit réparer avant le retour, Saint-Preux propose une visite au site où il demeurait revenant du Valais, attendant l'autorisation d'un retour en face, à Vevey. C'était en hiver.

> L'occasion de visiter ce lieu si chéri, dans une saison plus agréable et avec celle dont l'image l'habitait jadis avec moi, fut le motif secret de ma promenade. Je me faisais un plaisir de lui montrer d'anciens monuments d'une passion si constante et si malheureuse. [612]

Le substantif "monument" nous est familier en langue courante ; il ne l'était aucunement à cette époque qui le réservait au style élevé, avec le sens d'architecture ou de sculpture consacrées à des hommes illustres, ou bien celui de témoignages de faits historiques, ou encore, mais seulement en poésie, au sens de tombeau. En revanche, le dictionnaire de Féraud (1787-1788) cite ce passage de Fréron à propos d'une inconvenance dans l'usage de ce mot : "*Voilà de notre amour les premiers monumens dit Couci, à l'aspect de ces lieux, témoins de ses pures tendresses.* S'est-on jamais exprimé de la sorte […] en parlant des lieux où l'on aime pour la première fois ?" C'est bien de la sorte que Rousseau fait s'exprimer son héros, sachant très bien ce qu'il fait là, dans la langue, à l'adresse et de ses contemporains comme de la postérité, d'autant que la IXe estampe de l'illustration s'intitule, dans l'orthographe de l'époque : *Les monumens des anciennes amours.*

C'est la seule fois qu'il donne un passage de sa prose en guise d'indications au graveur (901) : un passage descriptif extrêmement travaillé [Tissoires, 2015, p. 178-180] dont on ne trouvera pas d'équivalent avant lui, même chez Haller, en ce qui concerne tout particulièrement l'approche du paysage de montagnes [Reichler, 2002]. C'est l'arrivée sur le site qu'il lui donne donc à lire, mettant l'accent sur ce que l'esthétique de l'époque réélabore du sentiment du sublime [Flécheux, 2018 ;

SAINT-GIRONS, 1995] en tant que le spectateur, confronté à la puissance terrifiante des éléments, peut jouir à son aise, s'il se trouve en sécurité, "de ces sortes de beautés qui ne touchent que les âmes sensibles, et paraissent horribles aux autres" (612). Torrent sonore et bourbeux issu des neiges, "Glacières" éternelles remontant au "commencement du monde", ombrage des sombres sapinaies, bois de chênes par devers le torrent, avec à l'arrière-plan, sous les glaciers, une chaîne montagneuse inaccessible, puis "presque à pic" la vue sur "cette immense plaine d'eau que le lac forme au sein des montagnes", avec une perspective panoramique en fond de tableau sur les cimes du Jura au-dessus du pays de Vaud. S'il y a un "œil vivant" au cœur de Clarens, qui ne croit point au Ciel infini ("Sganarelle, le Ciel !"), il est au sein des Alpes un œil d'eau bleue qui le reflète éternellement pour qui y croit.

Cependant, pour la sérénité des contemplateurs, le "réduit sauvage et désert" où ils se trouvent suspendus entre altitudes et abîmes, se trouve être un abrégé de l'Élysée : ruisselets "roul[ant] sur la verdure en filets de cristal", arbres fruitiers, mais sauvages, ramage des oiseaux, herbes et fleurs à foison. Ce jour d'été-là cependant, en ce "si doux réduit" concentré au milieu des sublimes horreurs de l'univers montagneux, ce n'est pas l'artifice d'une nature cultivée à force d'art dissimulé qui accueille les deux visiteurs, mais la pure nature telle qu'elle apparut aux yeux du dernier couple d'amants ayant miraculeusement survécu à l'on ne sait quel cataclysme : "il semblait que ce lieu désert dût être l'asyle de deux amans échappés seuls au bouleversement de la nature" (613). C'est l'une des thèses de Rousseau que l'espèce humaine n'a pu commencer à se rassembler et se parler que dans des îles : "De grandes inondations ou des tremblements de terre environnèrent d'eaux ou de précipices des cantons habités, des révolutions du globe détachèrent et coupèrent en îles des portions du continent [...] il est au moins très vraisemblable que la société et les langues ont pris naissance dans les îles et s'y sont perfectionnées avant que d'être connues dans le continent" (*OC*. III, p. 168-69) ; c'en est une autre que l'amour ne put naître qu'à proximité des points d'eau, où "du pur cristal des fontaines sortirent les premiers feux de l'amour" (*EOL*, *OC*. V, p. 406) – flamberont-ils en ce jour où, à l'ombre des sapins de Meillerie, "quelques ruisseaux filtraient à travers les rochers, et roulaient sur la verdure en filets de cristal" ? Voilà le rêve du théoricien incarné autant qu'il peut l'être dans la matière romanesque, puisqu'à ce moment du roman, il se lie à la chimère amoureuse du héros. Mais voici la réalité de la temporalité narrative :

“Il y a un intervalle de dix ans entre la première estampe et celle-ci, et dans cet intervalle Julie est devenue femme et mère” (902). C’est ce que Saint-Preux va devoir bon gré, mal gré se fourrer dans le crâne, bien que pour l’heure, sa pauvre tête n’y soit plus…

Provoquer le ressouvenir

En ce qui concerne l’approche de la poétique du ressouvenir amoureux en tant que concentré dans la mémoire d’un site associé soit à la première vue, soit à la séparation, Rousseau n’est pas, comme le pensait Jean ROUSSET, le premier romancier à s’intéresser aux “forces obscures du souvenir affectif” [1962, p. 69]. Par rapport à ses nombreux devanciers [pour les antécédents depuis le roman grec, voir Perrin, 2017], son art, sur le plan strict de la “scène”, est plus de recomposition et de réagencement, ou encore d’amplification, qu’une révolution littéraire à proprement parler. C’est la scène de Villeneuve qui condense le mieux sans doute, son invention en matière de *ressouvenir spontané* [PERRIN, 1995]. Quant à l’art de mettre en scène la *provocation du ressouvenir*, on peut affirmer que *La Nouvelle Héloïse* marque son avènement en grande livrée sur la scène de la littérature française. Rien ne naît de rien bien sûr : par exemple, la profanation du site des premières amours est un ingrédient du roman baroque [PERRIN, 2016], mais l’originalité de *La Nouvelle Héloïse* est de la transposer dans le registre du souvenir *provoqué par un tiers à fin de profanation*. Quant à la scène des “monuments des anciennes amours”, qui est une des scènes les plus goûtées par la critique ancienne et moderne [voir MARTIN, 2004], son originalité tient encore à son caractère de réminiscence provoquée, selon un processus cette fois à double détente : projet général de Wolmar consistant à laisser les anciens amants désenchanter eux-mêmes les sites de leurs amours en y confrontant ce qu’ils étaient à ce qu’ils sont devenus ; dessein arrêté de Saint-Preux : “j’avais mes vues” (611), d’émouvoir Julie en Mme de Wolmar par sa confrontation avec la réalité du site d’où il lui avait écrit, naguère, envisager le suicide par désespoir d’amour. Des “vues” qu’il serait maladroit, si l’on nous a suivi, d’interpréter comme séductrices au sens libertin de “l’occasion” créée ou saisie d’un émoi favorable à la chute de l’élue [LOJKINE, 2002] ; de fait, le héros se montrera presque aveugle aux discrets signes de cet ordre manifestés par Mme de Wolmar, tout occupé qu’il est, en vrai somnambule de l’amour, à invoquer à cor et à cri celle qui n’est plus, là où celle qui l’accompagne ne peut ni ne veut l’y rejoindre.

C'est ici que Rousseau met en œuvre la théorie du "signe mémoratif" plus tard présentée dans le *Dictionnaire de musique*, à propos du *Ranz des vaches* et de ses effets nostalgiques dramatiques sur les mercenaires suisses :

> Ces effets, qui n'ont aucun lieu sur les étrangers, ne viennent que de l'habitude, des souvenirs, de mille circonstances qui, retracées par cet air à ceux qui l'entendent, et leur rappelant leur pays, leurs anciens plaisirs, leur jeunesse et toutes leurs façons de vivre, excitent en eux une douleur amère d'avoir perdu tout cela. La musique alors n'agit point précisément comme musique, mais comme signe mémoratif. [...] Tant il est vrai que ce n'est pas dans leur action physique qu'il faut chercher les plus grands effets des sons sur le cœur humain. [*Dictionnaire de musique*, art. MUSIQUE, *OC*. V, p. 924]

Une thèse déjà présente de façon latente dans sa conception des langues, puisqu'il affirme dès l'*Essai sur l'origine des langues*, que "ce n'est point tant l'oreille qui porte le plaisir au cœur que le cœur qui le porte à l'oreille" (ch. XV, *OC*. V, p. 419) : autrement dit, le sentiment sélectionne et modèle la sensation, et non l'inverse. Lockien, comme ses grands contemporains, il dérive l'identité personnelle de la mémoire ; mais à l'inverse de Condillac et des matérialistes, il nie que la mémoire dérive directement de la sensation : elle procède pour lui de l'attention libre de l'âme à ce qui l'affecte. C'est ainsi qu'une âme vivement affectée aura tendance à se ressouvenir intensément de ce qui l'aura émue, pour peu que les circonstances s'y prêtent – Madame de Sévigné l'avait dit à sa façon piquante : "nous sentons plus que jamais que la mémoire est dans le cœur, car quand elle ne nous vient pas de cet endroit, nous n'en avons pas plus que les lièvres" [SÉVIGNÉ, 1972-78, t. I, p. 340]. C'est ce qu'illustre l'anecdote de la pervenche au livre VI des *Confessions*, où l'assonance mémorielle créée par la rencontre de la fleur dans le contexte d'une herborisation en Suisse rend à Rousseau l'intégralité de sa vie avec Mme de Warens, telle qu'elle avait commencé le jour de la montée aux Charmettes où elle avait aperçu cette fleur.

Quant à Saint-Preux, dix ans après son séjour hivernal à Meillerie, d'où il s'imaginait quotidiennement la journée de Julie à l'aide d'une longue vue, gravait son chiffre (son "lacs-d'amour") entrelacé de vers et méditait la triste destinée des âmes sensibles en proie à l'adversité, il éprouve en revoyant ce site "combien la présence des objets peut ranimer puissamment les sentiments violents dont on fut agité près d'eux" (613), tout l'enjeu étant de les ranimer également chez Mme de Wolmar, quoiqu'elle n'y soit jamais montée. Ce qu'il lui demande c'est de l'imaginer là pensant à elle dans le passé, et c'est pour l'y aider qu'il tente d'abord une sorte d'oblitération mentale des aimables signes de l'été : “On n'y voyait alors ni ces fruits ni ces ombrages : la verdure et les fleurs ne tapissaient point ces compartiments ; le cours de ces ruisseaux n'en formait point les divisions ; ces oiseaux n'y faisaient point entendre leurs ramages” (*id.*), afin d'installer la violence de son hiver remémoré : “le vorace épervier, le corbeau funèbre et l'aigle terrible des Alpes faisaient seuls retentir de leurs cris ces cavernes ; d'immenses glaces pendaient à tous ces rochers ; des festons de neige étaient le seul ornement de ces arbres ; tout respirait ici les rigueurs de l'hiver et l'horreur des frimas”, pour qu'une fois cette scène hallucinatoire installée, il puisse s'y figurer lui-même obsédé par son image au point d'en avoir emblématisé le torrent même : “Voilà la pierre où je m'asseyais pour contempler au loin ton heureux séjour ; sur celle-ci fut écrite la lettre qui toucha ton cœur ; ces cailloux tranchants me servaient de burin pour graver ton chiffre ; ici je passai le torrent glacé pour reprendre une de tes lettres qu'emportait un tourbillon”.

De sorte que ce n'est plus Saint-Preux qui parle à Mme de Wolmar, mais bien l'Amant de jadis à celle qui n'était pas encore mariée et allait se donner à lui peu après l'envoi de sa lettre : “Fille trop constamment aimée, ô toi pour qui j'étais né ! Faut-il me retrouver avec toi dans les mêmes lieux, et regretter le temps que j'y passais à gémir de ton absence ?...” (614). Il s'y montre véhément, presque agressif, retrouvant là des tonalités oratoires caractéristiques de son style épistolaire dans la I^e^ partie. Céladon revenu du bout du monde, atteste la constance de “plus fidèle amant du monde”, s'exhibant en primitif naguère taillant dans la pierre avec la pierre ses lacs d'amour parmi les glaces de l'hiver, en cette île enclose de monts inaccessibles, dévolue aux derniers amants rescapés d'on ne sait quel déluge (la tempête sur le lac en a fait office). Or sa tirade doublée d'une mise en scène approchée de sa tentation d'alors de se jeter dans le lac, est bien la seule à tomber à l'eau de son haut, puisque Mme de Wolmar, émue jusqu'au contact, l'empêche en silence de poursuivre :

J'allais continuer ; mais Julie, qui, me voyant approcher du bord, s'était effrayée et m'avait saisi la main, la serra sans mot dire en me regardant avec tendresse et retenant avec peine un soupir ; puis tout à coup détournant la vue et me tirant par le bras : "Allons-nous-en, mon ami, me dit-elle d'une voix émue ; l'air de ce lieu n'est pas bon pour moi."

Elle lui signifie donc par l'acte et la parole – dans un mode elliptique contrastant avec l'expressionnisme oratoire du héros – son refus d'entrer dans son théâtre de réminiscence sur un autre mode que le partage compassionnel propre au spectateur ému selon l'analyse de la *Lettre sur les spectacles,* pour peu qu'on la paraphrase ainsi : que voudrait-il qu'elle fît de plus ? Il n'y a plus là de rôle à jouer pour Mme de Wolmar ("Au fond, quand un homme est allé [...] pleurer des malheurs imaginaires, qu'a-t-on encore à exiger de lui ? Ne s'applaudit-il pas de sa belle âme ? [...] Que voudrait-on qu'il fît de plus ? Qu'il la pratiquât lui-même ? Il n'a point de rôle à jouer : il n'est pas comédien", *OC.* V, p. 23-24). La formule qu'elle emploie fait d'ailleurs écho à ce qu'elle lui avait écrit de certain "mauvais air du pays galant" à l'époque des lettres parisiennes.

Les indications de Rousseau pour la VIIIe estampe en disent un peu plus sur son intention : "on lit dans les yeux de Julie l'attendrissement que lui causent ses discours et les objets qu'il lui rappelle" (902 – Gravelot n'a pas suivi : son visage n'est pas livré au lecteur) : il y a donc bien eu partage affectif réminiscent entre les anciens amants ; mais pour autant, "on y lit aussi que la vertu préside, et ne craint rien de ces dangereux souvenirs", ce qui est, à ce stade du roman tout au moins, postuler la réalité, chez Mme de Wolmar, d'un contrôle éthique des pouvoirs de la mémoire [LEONE, 2003, p. 419]. Comme l'observe Christophe MARTIN :

> l'estampe conçue par Rousseau [...] semble d'ailleurs parfaitement illustrer cette irrémédiable scission de la communauté des amants. La dissymétrie de l'image, de part et d'autre d'une ligne verticale est, en effet, frappante : du côté de Saint-Preux, l'aplomb des rochers, dont l'aspect "monumental" semble menacer la jeune femme d'écrasement ; et du côté de Julie, un espace végétal et aquatique, avec un vallonnement plus doux [...]. À l'immobilité monumentale des rochers s'oppose le flux ininterrompu du torrent : d'un côté le rocher où s'inscrit la trace inaltérable et, de l'autre, une eau vive et fuyante, qui semble s'échapper de l'image. [2004, p. 5]

Fin de non-recevoir donc à la demande exigeante d'un *duo* des amants *redivivi,* qui est clairement ce que Saint-Preux recherchait, non au départ de la promenade, mais au fil de la montée de son exaltation en présence de celle dont l'image obsédante le hante au point d'effacer la réalité de ce qu'il sait, hors délire, de ce qu'elle est devenue. Une exaltation qu'il convient de considérer comme parfaitement dans la norme du code romanesque de l'amour véritable, comme en atteste, parmi des centaines d'autres, l'exemple suivant, tiré du *Grand Cyrus* : "L'image de Mandane ne revient pas plutôt en ma mémoire que ces chagrins m'abandonnent, que ces ténèbres disparaissent ; et que je ne vois plus que Mandane" [SCUDÉRY, 1654, I, liv. 2, p. 461]. Car si l'obsession de l'image de l'aimé(e) est une donnée *a priori* de ce type de romanesque (sinon de l'expérience universelle de la passion), c'en est une autre qu'il n'est pas de plus grand plaisir que celui du ressouvenir, car si "les plaisirs présents peuvent être troublés par cent accidents, les plaisirs passés sont véritablement à nous" [*Clélie*, 2001-2005, IV, liv. 1, p. 165]. Avoir aimé est donc encore aimer, et plus encore. C'est précisément ce code que Rousseau pousse à l'incandescence dans son roman, tout en le problématisant pathétiquement pour les Modernes dans la tirade exaltée de Saint-Preux à Meillerie, qui *n'est plus de saison* en cette passe périlleuse du roman. De sorte que, sous sa terrible plume, voici Céladon sorti de son rêve somnambule, aussi muet qu'il s'était montré loquace ; le voici redescendant avec Julie sans Julie : "je quittai pour jamais ce triste réduit comme j'aurais quitté Julie elle-même" (614) – sans Julie, mais avec Mme de Wolmar, dont le mari pourrait ici se féliciter de ce que, pour la seconde fois dans la diégèse, le présent paraît effacer le passé dans l'esprit du héros : n'est-ce pas sa "conduite" de l'affaire (sa façon de se conduire, mais aussi de la/les conduire) que sa femme lui reproche après-coup dans le billet qu'on a lu ? Il aurait tort de s'en faire accroire toutefois, du moins à ce stade.

Deuil d'amour et mélancolie

La suite, en effet, ne relève plus de la mémoire provoquée mais du *ressouvenir spontané* dont la puissance est infiniment plus grande car il tire parti de tout. Lors du retour en barque, les deux héros se souviennent de concert, mais sans se le dire, d'une partie de barque qu'avait mentionnée en "ps." la lettre I, 52 de l'amante à l'amant, et qui les fait remonter cette fois à l'époque de leur "première vue", un an avant la lettre inaugurale du roman (616). Le ressouvenir est donc cette fois totalement partagé, les anciens amants se tenant d'ailleurs par la main au début et à la fin de la scène. La scène est traitée en "caméra subjective" selon la perception de Saint-Preux, pour qui la réminiscence s'amorce d'abord en rêverie suscitée par le rythme des rames dans le silence nocturne, au chant des bécassines qui l'entraîne à la mélancolie, en dépit ou à cause de sa gaieté. Et c'est alors que survient le ressouvenir :

> Je commençai par me rappeler une promenade semblable faite autrefois avec elle durant le charme de nos premières amours. Tous les sentiments délicieux qui remplissaient alors mon âme s'y retracèrent pour l'affliger ; tous les événements de notre jeunesse, nos études, nos entretiens, nos lettres, nos rendez-vous, nos plaisirs,
>
> *E tanta-fede, e si dolci memorie,*
>
> *E si lungo costume !*
>
> ces foules de petits objets qui m'offraient l'image de mon bonheur passé, tout revenait, pour augmenter ma misère présente, prendre place en mon souvenir. [IV, 17, 616]

Ce passage et ce qui s'ensuit, exquisement travaillé aux plans rythmique, phonique, rhétorique (et que Lamartine a littéralement *mimé* créativement en certaines strophes de son splendide poème dédié à une autre amante), voudrait une analyse au fil pour laquelle la place manque ici : il conviendra à la lectrice ou au lecteur de ces lignes d'y suppléer, car voilà bien un *lieu* de la prose lyrique qu'invente Rousseau, au rebours du 'brillant' de ses meilleurs contemporains, ou de la médiocrité relative de la pastorale et de l'idylle revisitées par Gessner (qu'il appréciait, il le lui a écrit), par laquelle muni de son Homère, de son Virgile et de son Ovide sus quasi par cœur, il a recherché, sans la trouver, sinon par approximation dit-il, la "langue de la nature que tout nous fait oublier" (*Émile, OC*. IV, p. 601).

Rappelons tout de même que si Rousseau ne manque jamais d'invention, il excelle également à s'approprier le meilleur de ce qu'il a lu, comme le signale l'à-propos, en ces lignes, des vers du *Demofoonte*, III, 9 de Métastase ainsi traduits par lui "Et cette foi si pure et ces doux souvenirs et cette longue familiarité", si l'on recherche leur contexte original : Timante et Dircé s'aiment et s'épousent, puis Timante apprend (III, 3) qu'ils sont frères et sœurs, erreur dont il ne sera désabusé qu'à la scène 11. Au cours de la scène 9, il se plaint à Cherinte de ne pouvoir oublier Dircé (dont il a eu un fils) : "Comment rompre si tôt un nœud formé par l'amour, l'hymen et un fils gage de notre tendresse ? Comment rompre un nœud si fort que nos malheurs ont encore resserré ? Comment oublier une fidélité si pure ? Comment perdre des souvenirs si chers ? Entraîné par une si douce et si longue habitude, comment y renoncer ?

Ah ! par pitié, laissez-moi mourir, Cherinte, laissez-moi mourir avec mon innocence" [MÉTASTASE, 1749, t. I, p. 363].

Plus globalement, Rousseau a su condenser ici dans une structure à la fois souple et ferme des traits épars dans la littérature antérieure de l'absence, des héroïdes ovidiennes jusqu'à Guilleragues [sur les *Lettres portugaises*, voir PAPASOGLI, 2008, p. 276-279], et déjà concentrés dans l'écriture de la mémoire aimante qu'invente Mme de Sévigné pour ses lettres à sa fille. Du "Je ne sais où me sauver de vous" au "J'ai des bouffées et des heures de tendresse que je ne puis soutenir, ma bonne", en passant par "Je vous cherche partout et tous les endroits où je vous ai vue me font mal", la grande épistolière lui a en effet offert la clef de la tonalité dominante des scènes de réminiscence affective, qui est la quasi surimpression du bonheur du ressouvenir et de la mélancolie de l'absence, de même qu'il rencontre chez elle cette poétique du *punctum* ("très souvent, le *punctum* est un 'détail', c'est-à-dire un objet partiel" [BARTHES, 1980 p. 73]), par où le Tout du souvenir se condense en un détail : "Il est bien difficile que je revoie ce lieu, ce jardin, ces allées, ce petit pont, cette avenue, cette prairie, ce moulin, cette petite vue, cette forêt, sans penser à ma très chère enfant" [SÉVIGNÉ 1972-1978, respectivement t. I, p. 200 ; t. II p. 685 ; t. II, p. 682 ; t. I, p. 487]. Saint-Preux n'a plus qu'à poursuivre : "ces foules de petits objets qui m'offraient l'image de mon bonheur passé, tout revenait, pour augmenter ma misère présente, prendre place en mon souvenir."

La suite aurait sans doute paru manquer de tenue aux yeux de la mère de Mme de Grignan, ou de la Bérénice de Racine : "Pour jamais ! Ah, Seigneur ! songez-vous en vous-même/Combien ce mot cruel est affreux quand on aime ?" (IV, 5), dont s'inspire probablement Rousseau en écrivant : "C'en est fait, disais-je en moi-même ; ces temps, ces temps heureux ne sont plus ; ils ont disparu pour jamais. Hélas ! ils ne reviendront plus" (616), puisqu'au ressouvenir douloureux succède, dans l'esprit de Saint-Preux, une projection hallucinatoire suicidaire suscitée par la comparaison de ce qu'il pouvait espérer à la naissance de ses amours, avec l'interdit qui frappe désormais Mme de Wolmar. Ce n'est ni la première ni la dernière fois dans l'économie générale du roman qu'il éprouve une pulsion meurtrière à l'égard de son objet : au point de vue compositionnel, c'est un leitmotiv structurant [SERMAIN, 2013, p. 137-38] ; mais l'Élysée chez les Grecs, n'est-ce pas le pays des ombres ? et puis la page de titre du roman n'indique-t-elle pas déjà le deuil de l'héroïne qui l'intitule, en ce roman qui commence par la fin sur des vers de Pétrarque et où une provocation au suicide, aussitôt relevée, provoque l'aveu dès la IVe lettre ?

La portée de cette crise n'apparaît pas totalement dans cette scène, en dépit de son caractère dramatique ; c'est dans la lettre V de la Ve partie que le contexte spirituel en est révélé, les entretiens des deux anciens amants pendant l'absence de M. de Wolmar ayant été pour l'essentiel dévolus au problème de son incrédulité, qui fait avouer à Mme de Wolmar qu'elle n'est pas heureuse – elle avait affirmé le contraire dans la dernière lettre que Saint-Preux en avait reçue lors de leur séparation (III, 20) –, et que leurs perceptions respectives du monde et de ses beautés sont devenues radicalement antinomiques :

> Imaginez Julie à la promenade avec son mari ; l'une admirant dans la riche et brillante parure que la terre étale l'ouvrage et les dons de l'Auteur de l'univers ; l'autre ne voyant en tout cela qu'une combinaison fortuite où rien n'est lié que par une force aveugle. [...]. Hélas ! dit-elle avec attendrissement ; le spectacle de la nature, si vivant, si animé pour nous, est mort aux yeux de l'infortuné Wolmar. [V, 5]

C'est donc seulement dans le différé de cette lettre de la Ve partie qu'apparaît l'acteur central de la scène de Meillerie, qui est le même que l'auteur de la révolution morale vécue par Julie lors de son mariage :

> Dans l'injuste crainte que lui inspirait sa timidité naturelle, elle n'imagina point de précaution plus sûre que [...] d'appeler en tiers le juge intègre et redoutable qui voit les actions secrètes et sait lire au fond des cœurs. [...] ; je voyais Dieu sans cesse entre elle et moi. Quel coupable désir eût pu franchir une telle sauvegarde ? Mon cœur s'épurait au feu de son zèle, et je partageais sa vertu. [699]

– Non sans mal, mais tel est le lot de l'ancien amant : s'élever à grand peine, et quoi qu'il en coûte, par l'ascendant de sa domna.

RELIGION, CONSCIENCE MORALE, MÉMOIRE AFFECTIVE (Ve-VIe PARTIES)

Le pays des chimères est en ce monde le seul digne d'être habité, et tel est le néant des choses humaines, qu'hors l'Etre existant par lui-même il n'y a rien de beau que ce qui n'est pas. (812)
Julie de Wolmar

Comme on l'a vu dans la section "L'initiation à l'amour", Rousseau a conçu de faire accéder ses lecteurs à la sphère du sentiment amoureux comme réel absolu, autant comme idéal passionnel intensément vécu tant qu'il dure au présent ou dans la mémoire, que comme sentiment moral délivré des heures dans un au-delà où tout est jugé. Il renoue par là avec une filiation platonicienne véhiculée par le roman européen depuis *L'Astrée*, en proposant une alternative radicale à ce qu'offrait alors la littérature libertine courante et alors que l'immense succès du *Clarissa* de Richardson montrait les possibilités ouvertes en ce domaine. Mais pour mesurer la portée considérable d'une entreprise où réenchantant l'amour – fût-ce comme sublime illusion –, Rousseau tente d'y refonder une éthique de la conscience susceptible de régénérer dans l'homme aliéné le sentiment de l'humanité [Bloom, 2018], il est nécessaire d'examiner les rapports précis qu'entretiennent en sa pensée mémoire et conscience morale dans l'approche de la sphère passionnelle. Ce qui demande auparavant d'examiner trois aspects de la religion prêtée à Julie dans le roman.

Religion de Julie 1. De l'oraison contemplative

La langue du sentiment et de l'émotion qu'a inventée le meilleur de la littérature romanesque du XVIIIe siècle, de Marivaux à Rousseau [Mall et Weltman-Aron, 2012], procède peut-être, pour bonne part, d'une conversion sémantique de la langue mystique héritée de la spiritualité salésienne et fénelonienne. Cette conversion était en quelque sorte naturellement appelée par un phénomène que les historiens de la spiritualité européenne constatent sur une échelle temporelle plus vaste, et qui est la psychologisation, depuis François de Sales, de la topologie de l'âme développée au Moyen Âge par la théologie mystique rhéno-flamande [Bergamo, 1994, p. 178-179]. Cette dynamique se prolonge chez

Rousseau, mais dans le cadre d'une problématique nouvelle : celle d'une anthropologie récusant la théologie de la Chute au nom d'une généalogie du mal comme produit des rapports sociaux, et selon une approche de la contemplation pariant sur la possibilité, pour l'individu moderne, de remonter par l'introspection vers ses dispositions naturelles innées.

Cette pratique contemplative adopte les procédures classiques de la spiritualité d'abandon autant que sa topologie dualiste de l'âme puisque Rousseau considère, lui aussi, que la sphère des sens est subordonnée à celle du cœur et non l'inverse (*OC*. V, p. 418), à la différence de la psychologie empiriste des Lumières françaises qui prétend déduire de la sensation les opérations et les facultés mêmes de l'esprit. C'est dans *La Nouvelle Héloïse* qu'il se rapproche (prudemment mais clairement) de la "science expérimentale" des spirituels (la "Science expérimentale des choses de l'autre vie" est le sous-titre de l'autobiographie du père Surin [1990]). Il s'agit du débat épistolaire de la VIe partie entre Saint-Preux et Mme de Wolmar, à propos de l'oraison : avouant à son ancien amant que le bonheur d'ici-bas, aussi complet soit-il, ne la comble pas, Julie affirme avoir découvert dans l'oraison une voie l'introduisant *hic et nunc* "à une autre existence qui ne tient point aux passions du corps" (813) et dans laquelle elle trouve un soulagement aux troubles qui l'affectent dans sa vie quotidienne : "Si quelquefois mon cabinet m'est nécessaire, c'est quand quelque émotion m'agite et que je serais moins bien partout ailleurs. C'est là que rentrant en moi-même j'y retrouve le calme de la raison. Si quelque souci me trouble, si quelque peine m'afflige, c'est là que je les vais déposer. Toutes ces misères s'évanouissent devant un plus grand objet" (815).

L'oraison silencieuse est ici la voie de la tranquillité de l'âme absorbée dans la contemplation et par là débarrassée non seulement des passions mais aussi de l'étroitesse de sa propre sphère : "mon âme, écrit-elle en effet, n'est plus en moi-même, elle est toute dans l'Être immense qu'elle contemple" (813). Force est de constater ici, malgré les réserves qu'elle exprime un peu plus loin à l'égard de Madame Guyon, qu'elle est, dans cette phrase, aussi proche que possible des formules de l'auteur des *Torrents spirituels*, laquelle parle couramment, avec Fénelon et à la suite de François de Sales, de "désappropriation" de l'âme dans la volonté divine, et en décrit l'expérience comme d'un "absorbement" ou d'un "abandon" dans "la mer immense" ou "l'abîme" de Dieu [2004, p. 274, 206, 159, 147]. "La contemplation est un goût expérimental de Dieu présent", écrivait François MALAVAL [1993, Dial. II, Entret. II, p. 138] ; à sa manière et à sa place, Julie aura connu quelque chose de cela [pour une approche alternative, voir WATERLOT, 2012]: "Vous souriez ; je vous entends, mon bon ami ; j'ai prononcé mon propre jugement en blâmant autrefois cet état d'oraison que je confesse aimer aujourd'hui. À cela je n'ai qu'un mot à vous dire, c'est que je ne l'avais pas éprouvé" (813). Ce qu'elle a expérimenté là, c'est une sorte d'harmonie ou d'équilibre entre "vertu effective" et "vertu affective", pour reprendre la dichotomie du dictionnaire de Trévoux (art. AFFECTIF, d'après une citation de Bourdaloue) :

> En sortant de mon cabinet ainsi disposée, [...] tout devient facile et coulant ; tout prend à mes yeux une face plus riante ; la complaisance ne me coûte plus rien ; j'en aime encore mieux ceux que j'aime, et leur en suis plus agréable. Mon mari même en est plus content de mon humeur. [815-816]

Certes, Robert GRANDEROUTE a raison de souligner que la composante de sensibilité qui caractérise l'approche religieuse de l'héroïne l'éloigne en définitive du "pur amour" fénelonien pour lequel "nous ne devons jamais tant faire oraison que quand le plaisir de l'oraison nous échappe" [*AJJR* 44, p. 250] ; pour autant, en un siècle où la bienfaisance émue est considérée comme la pierre de touche de la qualité de la sociabilité humaine telle que l'envisagent les élites des Lumières, la spiritualité dont atteste Mme de Wolmar dans la VIe partie de la *Nouvelle Héloïse* s'y avère bien adaptée.

Religion de Julie 2.
Ceux qui croient au Ciel et ceux qui n'y croient plus

Revenant *a posteriori* dans *Les Confessions* sur l'enjeu de cette entreprise, Rousseau la présentait comme une tentative un peu désespérée pour intervenir en pacificateur dans les débats de l'époque entre matérialistes (les "Encyclopédistes", qu'on nommait aussi les "Philosophes") et spiritualistes, catholiques ou protestants :

> Les deux partis, déchaînés l'un contre l'autre avec la dernière fureur, ressemblaient plutôt à des loups enragés, acharnés à s'entre-déchirer, qu'à des chrétiens et des philosophes qui veulent réciproquement s'éclairer, se convaincre, et se ramener dans la voie de la vérité. [...] J'avais dit franchement aux uns et aux autres des vérités dures qu'ils n'avaient pas écoutées. Je m'avisai d'un autre expédient [...] : c'était d'adoucir leur haine réciproque en détruisant leurs préjugés, et de montrer

à chaque parti le mérite et la vertu dans l'autre, dignes de l'estime publique et du respect de tous les mortels. [...] En attendant que l'expérience m'eût fait sentir ma folie, [...] je dessinai les deux caractères de Wolmar et de Julie, dans un ravissement qui me faisait espérer de les rendre aimables tous les deux, et, qui plus est, l'un par l'autre. [Liv. 9, *OC*. I, p. 435-436]

On sait que la fin du roman laisse ouverte la question de la conversion de l'incrédule Wolmar après l'agonie édifiante de sa femme scrupuleusement rapportée dans son immense lettre à Saint-Preux, alors en Italie (v. Religion de Julie 4). Une noble et simple agonie sans stoïcisme ostentatoire, selon un "épicuréisme" ("s'abstenir pour jouir, c'est ta philosophie ; c'est l'épicuréisme de la raison", lui écrivait Claire depuis Genève, VI, 5, 778) qui, pour cette fois rompt doucement avec l'économie de la privation bien comprise qui règle l'art de jouir à Clarens [Martin, 2014, p. 184-85], dans le goût de manger encore une truite dont la mourante était friande ou de boire un doigt de vin pour se donner quelque allant, sans effort pour jouer à tout prix la gaieté. Cela en perpétuant autant que possible un quotidien lumineux dont la parure n'est pas exclue : "La mort, disait-elle, est déjà si pénible ! pourquoi la rendre hideuse ?" ; "Il y a une coquetterie de Julie au seuil de la mort, écrit Robert Favre [1978, ch. V], qui correspond au soin pris par Claire, par l'auteur lui-même, de voiler un visage voué aux horribles métamorphoses" ; une mort sans mortifications donc, sans confession de dernière heure, une mort platonicienne en somme, celle du bonheur de l'âme heureuse de se séparer en paix du tombeau du corps, dans l'honneur et l'amour de tous et pour tous, et particulièrement de Claire qu'elle trouve la force de consoler ; une agonie sans apparat religieux funèbre dont "chaque épisode, écrit encore Robert Favre, en même temps qu'il atteste la force consolatrice d'un christianisme aménagé en déisme, porte condamnation contre le catholicisme morticole". "Nul besoin d'une préparation ultime, poursuit-il, de par son intime et permanente relation à Dieu 'sous les yeux duquel [elle aima] toujours à vivre' (837) ; cela correspond à une spiritualité de la mort telle que l'entendaient Le Maître de Claville et les mystiques – de Fénelon à l'abbé Grou – et telle que l'ignorait Wolmar".

Pour autant, les apologistes chrétiens contemporains n'ont pas manqué de la mobiliser en renfort de leur paroisse : Formey publie un *Esprit de Julie* en 1763, et l'abbé Gérard accumule les citations des passages du roman relatifs à la morale et à la religion dans *Le Comte de Valmont*, en 1774 [Brucker, 2012], en dépit de la critique de la superstition liée à celle des miracles (Rousseau souligne que Jésus faisait primer la foi sur les miracles : "Ôtez les miracles de l'Évangile et toute la terre est aux pieds de Jésus-Christ", *OC.* III, p. 735), qu'implique la fausse résurrection de l'héroïne (à contextualiser en rappelant qu'une des grandes hantises de l'époque est celle d'être enterré vivant, comme en témoigne Wolmar craignant de passer "pour un mari parricide qui faisait enterrer sa femme en vie", 859-860) ; en dépit également du fait que cette protestante ne prononce jamais le nom du Christ. En ce qui concerne la paroisse d'en face, Rousseau songeait certainement à la mort de l'athée Saunderson dans la *Lettre sur les aveugles* de Diderot (1749) : lui aussi, suscite l'admiration du pasteur qui souhaitait l'assister, par sa sagesse, sa tranquillité, sa foncière honnêteté, sa bonté d'excellent père de famille, en dépit de sa philosophie matérialiste.

On sait aussi qu'interrogé par un pasteur genevois sur le suspens, *in fine*, de la conversion de Wolmar, Rousseau lui répondit que "sa conversion y est indiquée avec une clarté qui ne pouvait souffrir un plus grand développement sans vouloir faire une capucinade" (au pasteur Vernes, juin 1761). Ce qui n'empêche pas qu'on en débatte encore ; Henri COULET a bien résumé ce débat dans l'excellente introduction de son édition du roman :

> Le roman ne conclut pas : l'ambiguïté est essentielle à la fiction romanesque, elle ouvre le champ libre à l'émotion et à la réflexion du lecteur. Wolmar va-t-il croire en Dieu après la mort de Julie ? Julie meurt-elle pour assouvir un profond désir de mort qu'elle laissait deviner, ou par peur d'être coupable et parce qu'elle désespère du bonheur, ou parce qu'elle est sûre de convertir Wolmar par sa mort ? La communauté de Clarens survivra-t-elle ? Certains, en raison des mots par lesquels s'achève le recueil, pensent que Claire ne tardera pas à rejoindre dans la mort son amie. D'autres, tenant pour assuré ce que Rousseau a seulement voulu laisser pressentir, voient dans la conversion de Wolmar la preuve que le problème philosophique était mal posé, que Wolmar n'est pas un véritable athée : comme le dit Julie elle-même : "pour un si honnête homme, et si peu vain, c'était bien la peine d'être incrédule !" [V, 5, 694 ; édition folio, t. I, *op. cit.*, p. 26]

Mais comprend-elle comment raisonne un authentique athée ? Selon la "Profession de foi du Vicaire savoyard" : "Si la Divinité n'est pas, il n'y a que le méchant qui raisonne, le bon n'est qu'un insensé" (*Émile*, liv. 4, *OC.* IV, p. 602). Ce qui vaut pour l'incrédule qu'est Wolmar, qui vertueux par goût de l'ordre, ordonne tout à Clarens par rapport à lui, quand sa femme, qui raisonne en croyante, s'ordonne, et tout avec elle, lui compris, par rapport à Dieu. C'est Saint-Preux qui affirme à Milord Edouard que Wolmar, de par son athéisme, "porte au fond de son cœur l'affreuse paix des méchants", ce qu'il juge paradoxal au regard de sa conduite, qu'il trouve "irréprochable" (694). Il paraît difficile de le suivre sur ce dernier point, y compris en ce qui le concerne depuis son arrivée à Clarens, mais c'est ainsi que l'auteur a voulu qu'il en juge. C'est précisément au nom des vertus qu'elle lui accorde (encore une fois pour bonne part illusoires aux yeux d'un lecteur attentif), que Julie veut croire qu'il sera sauvé, ses actes pesant plus que son incroyance dans la balance du jugement :

> Hélas [Wolmar] est à plaindre ! mais de quoi sera-t-il puni ? Non, non, la droiture, les mœurs, l'honnêteté, la vertu ; voilà ce que le Ciel exige et qu'il récompense [...]. Si Dieu juge la foi par les œuvres, c'est croire en lui que d'être homme de bien. Le vrai Chrétien c'est l'homme juste ; les vrais incrédules sont les méchants. [VI, 8, 818]

Cet argument, pour autant qu'on accorde à Wolmar toutes ces éminentes qualités, n'est en rien indifférent sous la plume de Rousseau : il l'écrivait en effet dans sa lettre à Voltaire d'août 1756 sur la providence : "Je suis sûr que [Dieu] ne refusera le bonheur éternel à nul incrédule vertueux et de bonne foi" (*OC*. IV, p. 1072) ; ce qu'il complète dans les premières pages de la *Lettre sur les spectacles*, en mettant l'accent sur la valeur intrinsèque, aux yeux d'un athée ou d'un agnostique, des preuves qu'il se donne rationnellement de la vraisemblable inexistence d'un Dieu : "Quand un homme ne peut croire ce qu'il trouve absurde, ce n'est pas sa faute, c'est celle de sa raison : et comment concevrai-je que Dieu le punisse de ne pas s'être fait un entendement contraire à celui qu'il a reçu de lui ?" (*OC*. V, p. 11-12).

C'est le fond du débat entamé en V, 5 avec Saint-Preux sur le classique problème de l'incompatibilité entre un Créateur synonyme d'absolue perfection et un globe terraqué hanté par le mal : tout le XVIIIe siècle lettré en débat. Les censeurs auxquels le roman a été soumis sous l'autorité de Malesherbes, directeur de la Librairie et ami de Rousseau, ont d'ailleurs conseillé à celui-ci de modifier cette séquence où l'argumentation de Wolmar est jugée plus puissante que celle de son interlocuteur, ce que Rousseau a refusé d'admettre (OC. II, note de la p. 595, p. 1702). Quoi qu'il en soit, l'argument de la cohérence interne des preuves de l'inexistence de Dieu, qui répond à celle des preuves de cette existence que livre depuis des lustres le thomisme [Sève, 2010] – Rousseau n'en ignore rien de par sa fréquentation des maîtres oratoriens de Montmorency et de leur immense bibliothèque entre 1757 et 1762 –, débouche sur le problème de l'explication que peuvent donner les croyants à l'existence des incrédules au point de vue d'un Dieu de perfection. Ainsi, quand le Vicaire atteste avoir "fait ce qu'il [a] pu pour atteindre à la vérité mais sa source est trop élevée", puis demande "quand les forces [lui] manquent pour aller plus loin, de quoi [il peut] être coupable ?", en concluant que "c'est à elle de s'approcher" (OC. IV, p. 606), Mme de Wolmar lui fait écho, mais comme croyante, en demandant à Saint-Preux : "En quoi mon mari peut-il être coupable devant Dieu ? Détourne-t-il les yeux de lui ? Dieu lui-même a voilé sa face. Il ne fuit point la vérité, c'est la vérité qui le fuit" (VI, 11, 818). Et puis il y a les larmes de Wolmar durant la conversation où sa femme tente de le rassurer quant à la tristesse qu'il éprouve à la croire heureuse de le quitter (842). Franck Salaün [2004] a bien remarqué que quelque chose basculait ici, presque à son insu (il ne se sent pas pleurer, il ne s'y attend pas : il découvre ses larmes sur sa main), l'orientant vers la découverte d'une dimension qu'il ignorait jusqu'à s'en moquer ouvertement (V, 5, 701) : celle du sentiment ; une dimension que l'émouvante fermeté de la croyance de Julie en l'au-delà pour l'amour qu'elle continuera, elle le croit, à y éprouver pour tous ceux qu'elle a aimés, dont lui-même, pourrait faire vaciller, à terme du moins, son système d'incrédulité rationnelle.

Pour autant, comme l'écrit Henri COULET, il ne s'agissait pas dans ce roman de "concilier deux philosophies incompatibles, qui n'ont dans le texte aucun porte-parole qualifié. Le roman n'a pas pour but de résoudre leur conflit, mais de l'humaniser" [1993, t. I, p. 23]. Julie n'est pas Rousseau, non plus que Saint-Preux (les deux anciens amants sont d'ailleurs en désaccord sur le plan religieux, tant sur le crédit à porter aux débats théologiques que sur la dévotion d'oraison) ; quant à Wolmar, il n'incarne ni Diderot, ni Helvétius, ni Spinoza quoiqu'il puisse paraître ressembler à ce dernier par son caractère, à moins qu'ils ne ressemblent tous deux "au sage antique parvenu à l'ataraxie" qu'évoque Pierre HARTMANN [2007, p. 95 sv.]. D'un autre côté, ce n'est pas à force de travail sur soi qu'est obtenue cette ataraxie, mais comme produit pour ainsi dire spontané d'une absence d'empathie, autrement dit de pitié naturelle, ce qui en fait le comble du civilisé dans ce qu'il a de plus dénaturé, selon le système de Rousseau ; en outre, la "conversion dirigée" qu'il complote des affects des anciens amants, n'a évidemment rien de spinoziste ; enfin la rationalité froide de son tempérament l'éloigne au fond de toute sagesse authentique puisque la première passion, même faible, la désarme, l'emportant à un mariage qu'il juge lui-même "inexcusable", mais qui lui confère une sorte de confraternité *a minima* avec Cleveland (lui aussi fameux stoïcien de roman, incapable de maîtriser des passions qu'il a, lui, fort violentes et quasi meurtrières).

En tout état de cause, n'oublions pas que, comme le Vicaire plein de doutes de la "Profession de foi", les personnages du roman sont des fictions, des "personnages conceptuels", c'est-à-dire incarnant une position déterminée, irréductible à celle de l'auteur, dans une fiction organisée par celui-ci pour travailler sa pensée sur le mode dialectique [Deleuze, 1991, p. 62], en même temps que des "êtres selon [le] cœur" de leur créateur (*Confessions*, liv. 7, *OC*. I, p. 427) dont les notes à leur adresse ou à celles du lecteur attestent qu'il les regarde faire d'un œil critique ou amusé ; ce sont des personnalités intenses qui perdent assez souvent la tête en se mêlant de raisonner, et qui incarnent vaille que vaille des postures idéologiques et/ou religieuses (incluant, dans le cas de Rousseau certains possibles, certains pans, voire lors des débats rapportés, certaines apories ou contradictions de sa pensée) – autrement dit des problématiques en tension dont toute l'époque débat avec fièvre, dans un contexte d'incrédulité montante parmi les élites des capitales européennes, quand la "reconquête dévote" de la Réforme catholique jette ses dernières forces jusqu'aux années 1750-1760 [Quéniart, 1978, p. 260-273]. C'est bien elle en effet qu'affrontent sur le fond les Lumières, la défiant de rivaliser sur le terrain de l'art de plaire, en inventant une batterie de formes neuves à l'usage du grand public dont jamais leurs adversaires n'auront le génie, malgré tous leurs efforts pour se mettre au goût du jour [Masseau, 2000] : il n'y a plus de Pascal, ni de Fénelon, ni de Bossuet ou de Malebranche pour répondre aux Voltaire, Diderot, D'Alembert, Helvétius, d'Holbach sans compter les nombreux seconds couteaux qui œuvrent à l'*Encyclopédie* ; sans compter les salons où l'on refait le monde entre soi chez Mme Dupin, Mme du Deffand, Mlle de Lespinasse, Mme d'Epinay, Mme Geoffrin [Lilti, 2005] ; sans compter les grands commis de l'État progressistes comme M. de Malesherbes qui libéralise adroitement la Censure, qui protège Diderot, qui protège Rousseau ; sans compter les Grands ouverts aux idées nouvelles comme les Luxembourg ; sans compter Rousseau lui-même qui fut leur hôte à Montmorency, après sa rupture avec ses congénères "Philosophes" comme on les appelle, aux combats desquels il collabora brillamment dès son entrée sur la scène littéraire, quitte à se présenter par la suite, une fois consommée la rupture (ce sont précisément dans les années de l'Ermitage qu'elle s'accomplit avec Grimm et Diderot), comme le seul défenseur de poids en son temps de ce qu'il appelle "la cause de Dieu" (*Lettre à C. de Beaumont, OC*. IV, p. 931), en dépit des condamnations qui pleuvront, à Genève comme à Paris, sur la "Profession de foi", le contraignant à l'exil [sur la religion de Rousseau, voir WATERLOT, 2014].

C'est cette problématique pour le moins agitée et conflictuelle et dans laquelle Rousseau est profondément impliqué en dépit de qu'il prétend dans le passage des *Confessions* qu'on a lu, que l'*Émile* et la *Julie* mettent en scène. Cela en les articulant, pour ce qui concerne le roman, aux enjeux affectifs découlant des trajectoires des personnages envisagées selon une progression de plus d'une décennie, au cours de laquelle leurs idées évoluent, mûrissent, s'affinent au fil de l'intrigue et des débats ou conflits qu'elle engendre, comme cela a bien été étudié [ALBERTAN-COPPOLA, 2012]. Dans le cas de Mme de Wolmar par exemple, on l'a vu plus haut, l'expérience des consolations découvertes dans l'oraison modifie son opinion sur les mystiques ; et quand Saint-Preux argumente contre sa dévotion, comme Claire l'avait déjà fait mais sur un autre mode, le fond de sa réponse, outre les bienfaits qu'elle en retire, c'est qu'elle se sent peu concernée par les débats "dogmatiques" mais en revanche très sûre du sentiment religieux qu'elle éprouve et qui la libère – ce que Rousseau nomme, dans la *Lettre sur la Providence,* la "preuve de sentiment" relative à l'existence de Dieu : "Je la donne comme une invincible disposition de mon âme, que jamais rien ne pourra surmonter" (*OC*. IV, p. 1071).

Religion de Julie 3. De la mémoire dans l'au-delà

Ce qui nous mène à l'approche, chez lui, du "sentiment intérieur" comme conscience morale. À cet égard, on peut partir de ce que Julie décrit comme le bonheur de l'âme immortelle, selon le récit de ses derniers jours procuré dans la lettre VI, 11. Au cours de sa conversation sur l'au-delà avec son pasteur, Mme de Wolmar réaffirme ses croyances métaphysiques : il y a une vie de l'âme une fois celle-ci libérée du corps, et s'il n'y a pas de communications réciproques possibles entre cette âme et les vivants car il faudrait lui supposer des sens, on peut supposer possible une perception sans médiation physique "par une communication immédiate, semblable à celle par laquelle Dieu lit nos pensées dès cette vie, et par laquelle nous lirons réciproquement les siennes dans l'autre, puisque nous le verrons face à face" (850). Cette hypothèse condense, en le sublimant, un réseau thématique tissé depuis le début du roman : celui de la croyance partagée par les deux amants en une communication spirituelle indépendante de l'espace ou du temps. Mme de Wolmar précise ensuite sa croyance touchant la mémoire de l'âme après la mort, en retrouvant implicitement certains aspects de la théologie piétiste de Marie Huber : dans ses *Sentiments différents de quelques théologiens sur l'état des âmes séparées du corps* (1731), lettre XII, elle admet la nécessité de la mémoire de l'âme après la mort dans la perspective d'une sorte d'auto-jugement. Rousseau a annoté l'édition originale [Masson, 1916, p. 208]. Julie ne croit pas à la résurrection des corps mais elle croit à la permanence de son identité personnelle en tant que sentiment moral perdurant par-delà la mort : "Je me souviendrai donc de ce que j'aurai fait sur la terre ; je me souviendrai donc aussi des gens qui m'y ont été chers ; ils me le seront donc encore" (851). La mémoire de l'âme délivrée du corps sera donc celle de l'amitié et de l'amour, c'est-à-dire de ce que Rousseau nomme la dimension "active" de la "sensibilité morale" dans l'*Émile* et le second entretien de ses *Dialogues (OC.* I, p. 805), en l'opposant à celle purement passive des sens sur laquelle sont fondées les élaborations sensualistes (Condillac) et matérialistes (d'Holbach, Helvétius) de certains de ses congénères.

L'argument de Julie se contextualise aisément dans la pensée de Rousseau, en relisant les *Lettres morales* écrites à Sophie d'Houdetot dans le deuil de leur relation amoureuse nouée au printemps de 1757 et rompue dans l'hiver, en pleine rédaction de la *Julie*. Dans ces lettres qu'il n'enverra pas, le "sentiment intérieur" apparaît en effet moins comme un état que comme une opération évaluative remémorante. Rousseau y affirme avoir vérifié en lui-même l'existence d'une instance mentale ayant la propriété d'évaluer correctement le bien et le mal réels dans l'expérience de la vie : elle opère dans l'implicite, comme "force cachée" procédant d'un "jugement secret" fondé sur sa mémoire, laquelle lui donne accès à l'intégralité de sa vie en lumière de Jugement dernier : "ce principe dont je vous parle ne me sert pas seulement à diriger mes actions présentes [...] mais encore à faire une juste estimation de ma conduite passée, la blâmant souvent quoique bonne en apparence, l'approuvant quelquefois quoique condamnée des hommes" (*OC.* IV, p. 1102-03). Ainsi toute la vie aura-t-elle été vécue à chaque instant comme construction mémorielle inconsciente, en attente d'évaluation après-coup une fois la vieillesse venue : "dans cet état, il est naturel que j'aime à tourner les yeux sur le passé duquel je tiens désormais tout mon être, c'est alors que mes erreurs se corrigent et que le bien et le mal se font sentir à moi sans mélange et sans préjugés" (*ibid.*).

Du "sentiment moral" comme conscience de soi en acte

Il convient maintenant d'en venir aux fondements lockiens de cette problématique. L'argument (et l'espoir) de Julie à l'égard d'une mémoire des affects après la mort suppose en effet l'admission par Rousseau de la thèse développée au chapitre 27 du livre II de l'*Essai philosophique concernant l'entendement humain,* sur le fondement de l'identité personnelle dans la seule mémoire de soi assumée devant un tribunal virtuel – celui de la Cité ou celui de l'au-delà – où chacun se reconnaît auteur et responsable de ses actes comme de ses intentions. Que Rousseau ait cette problématique en tête lorsqu'il écrit la profession de foi de Julie à son pasteur, c'est ce que prouve une note marginale de sa copie personnelle :

> Une autre preuve du sentiment de Mme de Wolmar sur ce point est que pour être les mêmes dans l'autre vie il faut nécessairement que nous nous souvenions de ce que nous avons été dans celle-ci. Car on ne conçoit point à quoi ce mot de même peut s'appliquer dans un être essentiellement pensant, si ce n'est à la conscience de l'identité, et, par conséquent, à la mémoire. S'il ne se souvient plus d'être le même il ne l'est plus [...]. [*OC.* II, p. 1807]

Qu'on lise là une thèse importante de sa propre métaphysique s'atteste par la reprise de la teneur de l'argument dans la "Profession de foi du Vicaire savoyard" :

> Ce que je sais bien, c'est que l'identité du moi ne se prolonge que par la mémoire, et que pour être le même en effet, il faut que je me souvienne d'avoir été. Or je ne saurais me rappeler après ma mort ce que j'ai été durant ma vie que je ne me rappelle aussi ce que j'ai senti, par conséquent ce que j'ai fait, et je ne doute point que ce souvenir ne fasse un jour la félicité des bons et le tourment des méchants. [*OC.* IV, p. 590-591]

Cette évaluation prend ainsi la figure d'un enchaînement nécessaire où l'identité personnelle perdurante est simultanément affect et remémoration auto-évaluante, avec un caractère de spontanéité intuitive qui retrouve certains traits de la problématique du sens moral issue de Shaftesbury [Jaffro, 2000, p. 11-46] ; cependant chez Rousseau, la conscience n'est pas un sens passif (fût-il un sixième sens), non plus qu'une intuition rationnelle ; selon la "Profession de foi" la conscience est active et ses actes sont des sentiments :

> Les actes de la conscience ne sont pas des jugements, mais des sentiments ; quoique toutes nos idées nous viennent du dehors, les sentiments qui les apprécient sont au dedans de nous, et c'est par eux seuls que nous connaissons la convenance ou disconvenance qui existe entre nous et les choses que nous devons rechercher ou fuir. [*Émile*, liv. IV, *OC*. IV, p. 599]

Or le primat intuitif de l'ordre du sentiment, par rapport aux jugements construits propres à la raison, n'en laisse pas moins ouverte la possibilité d'une explicitation rationnelle *a posteriori* : c'est ce dont Rousseau parle dans les passages des *Lettres morales* qu'on vient de voir. Ce sera d'ailleurs le cœur méthodologique de l'entreprise des *Confessions*, où l'évaluation rationnelle du sujet étudié procède de l'étude détaillée de la généalogie concrète des sentiments de son âme, cette "chaîne de ses affections secrètes" qui lui paraît la clef de son caractère et de sa conduite depuis la prime enfance ; or, toutes choses égales d'ailleurs, tel est déjà le principe des réévaluations successives de l'état spirituel et moral des amants dans *La Nouvelle Héloïse*, ce qu'on va maintenant examiner en étudiant un aspect de cette histoire, chez Julie et Saint-Preux mais aussi chez M. de Wolmar.

Après avoir évolué dans un paysage lockien, nous revenons maintenant en terres platonisantes. Il va s'agir du sentiment comme initiation au réel absolu. Une initiation qui suppose l'illusion amoureuse, puisque "l'amour n'est qu'illusion ; il se fait pour ainsi dire un autre univers ; il s'entoure d'objets qui ne sont point ou auxquels lui seul a donné l'être" (912). À cet égard, l'amour constitue une illusion régulatrice, en tant qu'il nourrit la part spirituelle de l'être, et il l'est encore en tant qu'il oriente et exalte la chair : "Réalisez une héroïne de roman, elle goûtera des voluptés plus exquises que les Laïs et les Cléopâtre" (*OC*. IV, p. 744) ; il l'est enfin en tant qu'il ouvre accès au sanctuaire intérieur selon l'enseignement de l'amante à l'amant en partance pour Paris : "Rentre au fond de ton âme ; c'est là que tu retrouveras toujours la source de ce feu sacré qui nous embrasa tant de fois de l'amour des sublimes vertus ; c'est là que tu verras ce simulacre éternel du vrai beau dont la contemplation nous anime d'un saint enthousiasme" (II, 11, 270).

Posons ici un jalon, en remarquant le caractère d'"image active" – au sens des *imagines agentes* de la mnémonique ancienne ["il faut [...]

employer des images saillantes, à vives arêtes, caractéristiques, qui puissent se présenter d'elles-mêmes et frapper vivement notre esprit", Cicéron, *De oratore*, II, 87, in Yates, 1975, p. 29-30] – que présente ici le thème du "simulacre éternel du vrai beau" ; c'est en effet la culture et la méditation de ce simulacre intérieur où Julie figure en gloire, qui devra réguler la vie intérieure de Saint-Preux au milieu du torrent parisien (v. L'épreuve de la mondanité). Si le torrent mondain figure pour ainsi dire le monde de la dissemblance et de l'égarement, pour reprendre ici la terminologie platonicienne, l'image mentale de Julie constituera, de fait, le seul ancrage stable du héros dans la sphère de l'amour électif réciproque, quels que soient par ailleurs ses errements et ses faux pas. Dans le passage cité, ce simulacre est simultanément générateur du sentiment moral puisqu'il est donné pour universel par Julie, y compris pour les méchants, et pour générateur de remords : "Nos passions [le] souillent sans cesse sans pouvoir l'effacer", "il est celui de tous les hommes, et souvent même en dépit d'eux" (271). Il fonde enfin une mémoire éthique qui sauve de la finitude, ainsi que l'écrit encore Mme de Wolmar en III, 18, comme *vademecum* pour la régénération morale de l'ancien amant : "Ne vaut-il pas mieux épurer un sentiment si cher pour le rendre durable ? [...] pour nous aimer toujours, il faut renoncer l'un à l'autre. Oublions tout le reste et soyez l'amant de mon âme" (438).

L'idée que la réalité du sentiment transcende le temps a été auparavant développée par Claire en III, 7 pour pousser Saint-Preux à accepter le mariage de Julie : son argument, nous l'avons vu (v. De l'impossible oubli à la tentation de l'adultère), est que cette séparation, pourvu qu'ils y consentent tous deux, est leur chance de sauver leur amour de la finitude : "Vous serez toujours l'un pour l'autre à la fleur des ans ; vous vous verrez sans cesse tels que vous vous vîtes en vous quittant, et vos cœurs unis jusqu'au tombeau prolongeront dans une illusion charmante votre jeunesse avec vos amours" (386). Posons ici un second jalon pour la nouvelle "image active" qui surgit là : printemps de l'amour, jeunesse des amants, accomplissement émotionnel et moral pendant et après l'union charnelle dans la chambre de Julie. Nous verrons que cette *chambre de la mémoire* amoureuse développe une puissante ombre portée dans la suite du roman. Il importe d'insister sur ce que cette fixation de l'amour en sa jeunesse dont parle Claire, n'est pas une mise en léthargie, une muséification : elle est garante d'un processus de perfectionnement du sentiment. L'épanouissement de l'amour sur le plan moral, et le surcroît de puissance qui peut en être attendu, sont conditionnés par la résolution héroïque au sacrifice : "On jouit en quelque sorte, ajoute Claire, des privations qu'on s'impose par le sentiment même de ce qu'il en coûte et du motif qui y porte" (385). On a là une belle occurrence de la notion de "sentiment" comme synonyme d'évaluation coextensive à l'action et aux affects qu'elle engage.

Ainsi, selon Claire, la séparation irrémissible sauve la meilleure jeunesse de l'amour. Désormais les amants quittent le temps dans leurs âmes, jusqu'à la mort des corps. Ils accèdent déjà, de cette façon, à leur éternité bienheureuse, et c'est du point de vue de celle-ci que tout sera dorénavant jugé. Qu'elle n'y croie sans doute guère elle-même, argumentant seulement dans le sens de qu'elle sait capable de persuader l'amant dans la circonstance, n'importe pas ici. Son argument *porte* à bon droit. En tout état de cause, on y retrouve donc, dans un cadrage platonisant et sous la modalité de l'imaginaire amoureux, la problématique de l'auto-jugement de la conscience de soi sous l'instance du Jugement à venir examinée plus haut. On retrouve parallèlement ce que dit Rousseau pour lui-même dans la quatrième *Lettre morale :* comme lui, les amants tiendront désormais tout leur être de leur passé revécu dans l'imagination, mais cela dès leur jeunesse ; on peut ajouter jusqu'à la mort et au-delà, puisque le charme persistera dans ce qu'en croit Julie mourante ou de ce qu'en vit mémoriellement Saint-Preux, pour ce qu'il lui en attestera depuis l'Italie, en déclinant fermement, au nom de sa "foi" jurée naguère (VI, 7) et toujours active en lui, la proposition d'épouser Mme d'Orbe comme condition de son intégration définitive à Clarens.

La méthode de M. de Wolmar et le cauchemar de Villeneuve

C'est ici qu'il sied d'en revenir aux rapports entre mémoire de l'âme et mémoire des faits, en se demandant si le sentiment de l'amour comme expérience active des valeurs est soluble dans la méthode de M. de Wolmar. Celui-ci a lu la lettre de Claire comme toutes celles des amants. Il pense y avoir fait une "découverte" qui lui dicte une méthode pour détruire le charme. Écrivant à Claire à ce propos, il décrit dans la lettre IV, 14 un composé chimique instable (si l'on ose dire, mais après tout la problématique de la "physique expérimentale de l'âme" est un lieu commun des Lumières) ; Saint-Preux et Mme de Wolmar sont en même temps parfaitement amoureux et quasiment "guéris" de leur passé passionné : "ces deux opposés [sont] vrais en même temps ; qu'ils brûlent plus ardemment que jamais l'un pour l'autre ; et qu'il ne règne plus entre eux qu'un honnête attachement." Il lui faut stabiliser ce composé pour réaliser son grand projet : intégrer Saint-Preux à Clarens comme précepteur de ses enfants et le marier à Claire promue intendante du domaine. Projet auquel il conditionne l'accomplissement du bonheur de tous et du sien en particulier.

Pour le réaliser, il lui faut – pense-t-il – remodeler l'imaginaire des deux intéressés, autrement dit, se mêler de la chimie spéciale du sentiment. Il pense pourtant difficile de pénétrer les sentiments de sa femme, qu'il juge par trop voilés de scrupules. Saint-Preux lui paraît en revanche plus aisément déchiffrable : il s'effraie moins des sentiments qui lui restent, en quoi il fait bien selon lui, car ceux-ci s'appliquent exclusivement à Julie d'Étange : "ôtez-lui la mémoire, conclut Wolmar, il n'aura plus d'amour" (603). On trouve donc ici une double évaluation : degré de culpabilité spontanément éprouvée par les deux sujets observés mais distinction, dans la sphère affective de Saint-Preux, entre son amour persistant pour un objet passé et un respect attesté pour un objet présent. D'où le diagnostic, tiré par Wolmar de la lettre de Claire plus haut citée : "l'erreur qui l'abuse et le trouble est de confondre les temps et de se reprocher souvent comme un sentiment actuel, ce qui n'est que l'effet d'un souvenir trop tendre" (*id.*). Autrement dit, c'est totalement à tort que le héros se croit encore affecté : chez lui le sentiment moral se trompe simplement d'objet. L'ironie de l'affaire, c'est bien sûr qu'ici le fameux "œil vivant" se trompe lui-même (et tragiquement), comme le révèle la lettre ultime de Mme de Wolmar, qui donne cependant cette erreur et ses conséquences comme une grâce de la Providence : "vous m'avez cru guérie, écrit-elle à Saint-Preux, et j'ai cru l'être. Rendons grâce à celui qui fit durer cette erreur autant qu'elle était utile." Celui-là n'est pas son mari, c'est évident.

Celui-ci a cru à la possibilité de cette "guérison" ; il a même réussi à en persuader sa femme en dépit des scrupules persistants de celle-ci ; il a pensé l'obtenir en manipulant les consciences des anciens amants. Le principe central de sa méthode appliquée à Saint-Preux est de lui faire oublier la Julie passée au profit de Julie présente, en créant des situations où l'image actuelle de Mme de Wolmar oblitère progressivement celle de Mlle d'Étange. Le vocabulaire qu'il emploie est celui de l'effacement et de la substitution. Il s'agit de "donner le change à son imagination", de "substitu[er] adroitement d'autres idées à celles qui lui sont si chères", d'"efface[r] un tableau par un autre", de "couvr[ir] le passé du présent" (604).M. de Wolmar n'est pas le premier à avoir réfléchi aux techniques de l'oubli provoqué : les traités de mnémonique de la Renaissance en parlent déjà, et tous disent qu'il n'y a rien de plus difficile que d'effacer les *imagines agentes* une fois gravées dans l'esprit, surtout quand elles sont liées à des composantes érotiques [je me réfère ici aux travaux de Lina Bolzoni, 2005, p. 221-225 et d'Harald Weinrich, 1999, p. 276-277] : entre autres procédés mentionnés dans ces traités, figure celui pratiqué par M. de Wolmar, soit recouvrir mentalement les images ; on peut dérouler une tenture opaque sur les images mentales ou bien repeindre en imagination le lieu où elles sont inscrites, voire les brûler imaginairement. Mais cela ne fonctionne pas toujours très bien, et souvent les images réapparaissent assez vite à travers le repeint ou la cendre imaginaire [Bolzoni, 2005, p. 221-225].

Chez Saint-Preux, nous avons repéré deux images fondamentales (je parlais de deux jalons) qui condensent sa mémoire amoureuse : l'icône platonicienne de Julie en gloire incrustée dans son cœur (dans son imaginaire amoureux), et puis la chambre de Julie lors de la "nuit inconcevable" de leur union charnelle. Compte tenu de ce que nous avons vu, il est inutile de démontrer la vocation de l'image platonicienne à perdurer comme symbole actif de la constance de l'amour en sa jeunesse comblée. Quelques mots en revanche s'avèrent nécessaires touchant la seconde image (ou le second tableau, pour parler comme M. de Wolmar). Ce tableau réapparaîtra au cours de la Ve partie du roman – et sur un mode fortement surdéterminé dans l'imagination du héros –, lors du cauchemar qu'il fait à Villeneuve, alors qu'il accompagne

Milord Edouard en route vers Rome. (Ce voyage est conçu par Wolmar comme la dernière des épreuves auxquelles il soumet le jeune homme : s'il aide efficacement Bomston à se tirer dans l'honneur d'une histoire passionnelle compliquée, il aura prouvé qu'il est prêt pour la mission qui l'attend à Clarens.)

À Villeneuve (V, 9), Saint-Preux retrouve dans l'imaginaire la chambre qu'il avait occupée à Sion dans sa jeunesse, lors de la première séparation qui l'avait exilé au Valais ; il y est le sujet d'une fameuse scène de réminiscence involontaire (dont la structure rénove la topique de ce genre de scène au point que tout le XIXe siècle avant Proust la reprendra à son compte [PERRIN, 1995]), où le sentiment de ce qu'on appellera bientôt le *nevermore* l'amène finalement à souhaiter que Julie fût morte ; s'ensuit, durant la nuit, un cauchemar plusieurs fois répété où il se trouve au chevet de Julie mourante. Trois traits y sont notables : d'une part, la scène superpose en surimpression celle de la mort de la mère de Julie (que lui avait racontée Claire en II, 7) et celle de "l'inoculation de l'amour" (scène dont il est partie prenante et que Claire raconte à Julie en III, 14) ; rappelons que la scène s'est déroulée dans la chambre même de la nuit d'amour des deux jeunes gens, Saint-Preux y murmurant lui-même une allusion en pénétrant de nuit chez la malade). D'autre part, il reconnaît certes Julie agonisante dans son cauchemar : "Je voulus lever les yeux sur [sa mère] ; je ne la vis plus. Je vis Julie à sa place" ; mais le visage de celle-ci est voilé : "je la vis, je la reconnus, quoique son visage fût couvert d'un voile" (725). Enfin, ce qui lui reste en mémoire au réveil, c'est la "voix plaintive" de la mourante dont il "n'entendi[t] jamais, écrit-il à Claire, le son sans émotion" (726). Ce cauchemar est donc par excellence une "image active" au sens de la mnémonique : une image ultra dramatisée par Éros et Thanatos ; s'y associent l'interdit de la représentation (le voile ne peut être écarté ni même touché) et le *signe mémoratif* de la voix et de son accent : ainsi, ce qui est oblitéré comme image figurale perdure néanmoins, par déplacement, comme image auditive.

Dans la suite du récit, Edouard tente de tirer Saint-Preux de ce rêve funèbre qui obsède désormais son esprit, en le ramenant à son insu à Clarens (au lieu de poursuivre leur voyage) ; son ami semble émerger de son cauchemar en reconnaissant le *bruit des pavés* de Clarens (728) – un son donc, qui fonctionne ici comme signe mémoratif, mais hésite à rencontrer Wolmar, en prétextant de sa "mauvaise honte" selon l'analyse qu'il en présente à Claire. En revanche, entendant le bruit de la porte de l'Élysée qui s'ouvre et se ferme (nouveau signe sonore), il rejoint le jardin par l'extérieur et tombe en arrêt derrière la haie de la volière, en entendant les voix deux cousines de l'autre côté, sans d'ailleurs comprendre un mot de leur échange. Claire lui apprendra qu'elle l'avait discrètement repéré (VI, 10, 732) ; on retrouve alors le vocabulaire de l'affect, qu'il s'agisse de la voix de Claire : "je trouvai dans le son de votre voix je ne sais quoi de languissant et de tendre qui me donna de l'émotion", ou qu'il s'agisse de celle de Julie : "et dans la sienne un accent affectueux et doux à son ordinaire, mais paisible et serein, qui me remit à l'instant et qui fut le vrai réveil de mon rêve" (729).

Non-rencontre à Clarens : l'accent *vs* la vue

Il n'était donc, de son propre aveu, jamais sorti de son mauvais rêve jusque-là, mais on se tromperait en croyant qu'il a dès lors cessé de rêver tout éveillé. Car ce qu'avait prédit Claire s'est actualisé pour lui, la fleur de sa jeunesse amoureuse vit désormais en lui à l'abri des vicissitudes du temps. Saint-Preux a en effet échangé un cauchemar obsessionnel morbide pour un rêve définitif en compagnie de Julie d'Étange dont l'accent reconnu efface pour lui l'utilité de voir Mme de Wolmar, à l'inverse de ce que souhaitait Edouard, comme le souligne d'ailleurs ostensiblement le texte : "À trois cents pas de la grille, Milord fit arrêter, et me tirant à l'écart, *vous voyez*, me dit-il, mon projet ; il n'a pas besoin d'explication. Allez, *visionnaire*, ajouta-t-il... mais surtout ne revenez qu'après avoir *déchiré ce fatal voile tissu dans votre cerveau*" (728). Pour Edouard, que Saint-Preux voie Julie en présence doit à coup sûr anéantir son fantasme morbide. Mais il se trompe : une fois reconnue la voix de Julie d'Étange perdurant dans celle de Mme de Wolmar, il n'y a désormais plus *rien à voir* à Clarens pour le héros : le texte y insiste fortement par la répétition qui marque précisément son indifférence à ce mode de reconnaissance : "je me déterminai sans peine à repartir, même *sans la voir*. Claire, je vous le jure, non seulement *je ne la vis point;* mais je m'en retournai *fier de ne l'avoir point vue* [...]" ; et lorsque Édouard le lui demande : "je lui ai caché, écrit-il encore, que je ne *vous avais point vues*. Quand il me demanda *si le voile était levé*, je l'affirmai sans balancer" (729, italiques miennes).

Ce qui réunit donc le cauchemar de Villeneuve et le soi-disant réveil de Clarens, c'est le couplage de l'interdit de la représentation de Julie avec la métonymisation de sa présence mentale dans le seul accent de sa voix : on sait que chez Rousseau, l'accent est le garant de la vérité de l'affect : "l'accent ment moins que la parole" (*Émile*, liv. I, *op. cit.*, p. 296).

Ainsi, la mémoire de l'amour est fixée à "ce chant qui se sent dans l'âme", selon le vers de Pétrarque cité dans la I[e] partie du roman : "[ta voix] naturellement si légère et si douce, écrit l'amant à l'amante, à propos de leçons de chant italien, prendra facilement ce nouveau pli ; tu trouveras bientôt dans ta sensibilité l'énergie et la vivacité de l'accent qui anime la musique italienne, *E'l cantar che nell' anima si sente*" (I, 48, 171). La méthode de M. de Wolmar n'a pas atteint le cœur de Saint-Preux. Sa thérapeutique n'a œuvré que dans le plan des représentations, lesquelles dans la pensée de Rousseau, ne fnt signe que si elles font sens pour le sujet en affectant la sphère active du sentiment recélant son identité ; comme le dit l'*Essai sur l'origine des langues* à propos de la musique : "ce n'est point tant l'oreille qui porte le plaisir au cœur que le cœur qui le porte à l'oreille" (*OC*. V, p. 419). Wolmar, en un mot, a eu tort d'assimiler la sensation au sentiment, en bon disciple du matérialisme sensualiste courant, et sur ce plan même d'avoir privilégié la vue, déclenchant probablement une réaction en chaîne aussi tragique qu'imprévue car la chimie des affects a ses lois paradoxales : c'est en effet un phénomène de prescience visuelle qui se déclenche à Villeneuve car ce n'est pas Julie d'Étange, mais Julie de Wolmar qui agonisait sous le voile dans la chambre du cauchemar de son ancien amant, ce que soulignera l'intuition de Claire dans la lettre qu'elle adresse ensuite à Saint-Preux : "Depuis votre fatale lettre un serrement de cœur ne m'a pas quittée ; je n'approche point de Julie sans trembler de la perdre…" (VI, 10, 731). Dans le hors-temps des âmes aimantes, tout est sensible même s'il n'est pas encore visible, car en un sens, tout y a déjà eu lieu : Mme d'Orbe n'avait-elle pas tout anticipé, à son insu, de cette perte inéluctable, dans une saillie jouant avec la prononciation genevoise : "ils disent […] un lac-d'amour où l'on se noye et non pas où l'on s'étrangle" (775) ; et Saint-Preux non moins, lors de la tempête sur le lac Léman où voguaient les amants : "Je croyais voir de moment en moment le bateau englouti, cette beauté si touchante se débattre au milieu des flots, et la pâleur de la mort ternir les roses de son visage" (611).

À l'inverse de Wolmar, Rousseau pense donc que la mémoire centrale de l'individu est concentrée dans la seule "chaîne" immatérielle de sentiments qui l'ont moralement affecté, celle-ci conditionnant en fait la possibilité de la remémoration factuelle, "ne me rappelant, écrit-il dans la quatrième *Lettre morale*, les événements de ma jeunesse que comme une mémoire locale des diverses affections qu'ils ont occasionnées en moi" (*OC*. IV, p. 1103) – la notion de "mémoire locale" appartient à la terminologie des arts mnémoniques : elle est, selon Littré, "celle qui retient particulièrement la disposition et l'état des lieux, des choses, des idées et même des mots". Ainsi lorsqu'il présente le tableau mouvant tout en images de son esprit à la fin du livre IV des *Confessions*, cette imagerie doit être saisie comme plastiquement structurée par le schème moral invariant qu'il nomme "enchaînement des affections secrètes" ou "chaîne des sentiments" de son âme (*OC*. I, p. 1149 et 278) ; de sorte que lorsqu'il écrit : "les premiers traits qui se sont gravés dans ma tête y sont demeurés, et ceux qui s'y sont empreints dans la suite se sont plutôt combinés avec eux qu'ils ne les ont effacés" (*Les Confessions*, IV, *OC*. I, p. 174), l'on doit comprendre que c'est proprement le *fond de l'âme* qui structure l'identité mémorielle du sujet, selon une causalité métonymique par laquelle, écrit-il, "il y a une certaine succession d'idées qui modifient celles qui les suivent" (*id.*). Le fond transparaît (ou reparaît) donc indéfectiblement à travers tous les repeints auxquels la vie et les circonstances procéderont. Comme plus tard les *Confessions*, la *Julie* est un chemin de ronde semé d'*imagines agentes* elles-mêmes intégrées à des *loci* mémoriels ("un *locus* est un lieu aisément retenu par la mémoire, comme une maison, un entrecolonnement, un angle, un arc, etc. […] Les lieux ressemblent beaucoup à des tablettes enduites de cire […]" [YATES 1975, p. 18]), où toute la vie des deux héros vient se projeter en surimpression simultanée où qu'ils se trouvent, en dépit de leur quasi constant état de séparation physique. C'est ainsi que Mme de Wolmar, prétextant des risques que son ancien amant ferait courir aux femmes de Clarens s'il demeurait célibataire en vivant avec eux, dévoile spontanément ce qu'il en est de sa propre mémoire affective car la voici prophétisant le *retour du même* sur le chemin de ronde :

> [Saint-Preux] va s'exposer à tout ce qui peut réveiller en lui des passions mal éteintes ; il va s'enlacer dans les pièges qu'il devrait le plus redouter. […] Où est-elle donc cette grande force d'âme à laquelle il ose tant se fier ? Qu'a-t-elle fait jusqu'ici qui lui réponde de l'avenir ? Le tira-t-elle à Paris

> de la maison du colonel ? Est-ce elle qui lui dicta l'été dernier la Scène de Meillerie ? L'a-t-elle bien sauvé cet hiver des charmes d'un autre objet, et ce printemps des frayeurs d'un rêve ? [...] Il sait, quand le devoir l'exige, combattre les passions d'un ami ; mais les siennes ?... Hélas ! sur la plus belle moitié de sa vie, qu'il doit penser modestement de l'autre ! [782-783]

Il importe de remarquer ici que, si nous faisons abstraction des présupposés métaphysiques propres à Rousseau, ce palimpseste mémoriel dynamique partagé par ses deux héros n'a rien d'original en tant que topique ou modèle : il est caractéristique de la mémoire travaillée de l'orateur ou du moine, selon ce qu'en disent les traités de mnémonique anciens, qui décrivent probablement là une forme très méthodiquement élaborée et entraînée des processus ordinaires de la remémoration, comme le démontrent les travaux de Mary Carruthers [1990 et 2002]. Les surimpressions de la chambre de la mémoire amoureuse dans le cauchemar de Villeneuve illustrent également fort bien cette dimension de surimpression dynamique. Et quand M. de Wolmar se trompe, c'est uniquement en prétendant *effacer le fond du tableau* qui, selon la métaphysique de Rousseau, condense dans ses figures la vérité inaltérable d'un sentiment dont Saint-Preux atteste explicitement la prégnance dans son imaginaire : une prégnance en un sens renforcée par l'efficace même de la méthode de Wolmar, laquelle n'a oblitéré la vision mentale du visage de Julie qu'au prix d'un transfert métonymique sur une trace infigurée quoique fort sensible, c'est-à-dire l'*accent* de sa voix : une voix qui rend Julie telle qu'en elle-même dans la mémoire du héros, c'est-à-dire hors du temps. Ce qui signe l'échec de la tentative de Wolmar pour effacer un passé amoureux ayant puissance de transcender la mort par la persistance de la mémoire heureuse dans la vie éternelle (comme le rêvera Julie en filigrane de son débat avec son pasteur) – et par là de s'accomplir en jugement dernier selon l'amour de la vertu au péril de la passion, comme l'enseigne sa dernière lettre.

RELIGION DE JULIE 4.
UNE AGONIE RADIEUSE (VI, 11)

Cette lettre contient le dénouement de l'action et récapitule, en même temps que la vie de Julie, les problèmes que le roman devait poser, sans chercher à résoudre ceux qui devaient rester pendants. [Coulet, 1993, t. 2, p. 556]

La lettre de M. de Wolmar à Saint-Preux, quelques temps après la mort de sa femme, si elle est comparable en ses enjeux à la lettre XVIII de la IIIe partie pour l'éclairage rétrospectif qu'elle livre sur l'ensemble de la trajectoire de l'intrigue envisagée sous le rapport moral et religieux, n'est pas indépendante du contexte de l'époque où elle est conçue, comme l'a montré Paul Pelckmans, en l'abordant au point de vue des thèses de Philippe Ariès sur la transformation du rapport à la mort au XVIIIe siècle par les progrès de la médecine, la laïcisation des rituels, l'intimisation de la mort de soi, mais aussi la crainte d'être enterré vivant, la répulsion des cimetières etc. : "[Rousseau] cherche à décrire une *mort sublime*, alors que de son temps, ni la simplicité banale de la *mort apprivoisée*, ni la simple grandeur de la *mort de soi* ne s'enracinent encore dans une sensibilité réelle" [1976, p. 248, ses italiques]. Elle n'est pas moins indépendante du contexte des 'grandes morts féminines romanesques' dans la littérature antérieure, de la retraite en langueur endeuillée de Mme de Clèves à l'agonie de Clarisse Harlowe, en passant par la mort de Manon. C'est de celle-ci que Julie de Wolmar se rapproche le plus par l'amour passionnel retrouvé à l'approche de la mort ; c'est de la première qu'elle s'éloigne le plus par la volonté de rendre son agonie aimable et aussi belle que possible à tous égards, dans le maintien du courant quotidien de l'existence au plus près des proches, auprès d'un mari que l'aveu n'a pas tué, et loin d'un amant qui n'a pas été rejeté mais confirmé dans l'honneur. Comme Clarisse, Mme de Wolmar lit sa vie parvenue à son terme en clef providentialiste ; pour toutes deux, l'instant de la mort n'est rien et seule compte la promesse d'une éternité bienheureuse en dépit des fautes et des malheurs désormais révolus ; pour elles deux également, tout est pardonné à ceux qui demeurent ; toutes deux enfin meurent entourées de celles et ceux qui les ont aimées. En revanche, il n'y a pas de cercueil derrière un paravent dans la chambre de Julie, mais une fenêtre grande ouverte à la lumière et aux parfums du dehors, et personne ne pleure ni ne se lamente en sa présence car on n'oserait pas, tant est puissant son ascendant décuplé par la joie qui l'habite de partir par Grâce au *summum*, elle l'affirme devant tous, du bonheur qu'elle pouvait atteindre ici-bas. Du côté de sa postérité romanesque au XVIIIe siècle enfin, “la protestante et libérale Julie subit une catholicisation en règle” dans *Le Comte de Valmont* (1774) de l'abbé Gérard [BRUCKER, 2012, p. 3].

L'économie artistique et argumentative de cette lettre est très adroitement combinée et mériterait toute une étude de composition. Il ne peut en être question dans les limites de cet essai. On se bornera à reprendre, ici encore, quelques mots d'Henri Coulet qui délivrent le *la* de la partition : “on notera l'art avec lequel Wolmar ménage ses effets, laisse entendre les explications nécessaires, fait alterner l'attendrissement, le pathétique violent, la sérénité, les discussions religieuses, en appelle à Saint-Preux par des interpellations ou des prétéritions. Comme le lecteur est déjà informé de la mort de Julie, il peut s'intéresser à ces suspens et à ces modulations” [COULET 1993, t. 2, p. 558 ; pour une analyse de l'estampe correspondante, on pourra se reporter à LOJKINE, 2001].

La profession de foi de Mme de Wolmar

“Je ne serai rien ou je serai bien”, écrivit Rousseau à un ami, dans ses dernières années [*CC*. n° 6673bis], s'inspirant une fois de plus de son cher Plutarque [ROUSSEAU, 2016, p. 962]. Ni M. de Wolmar ni son épouse ne pourraient contresigner cette alternative. Le premier pense que ni l'un ni l'autre ne sentiront rien une fois morts, la seconde est assurée qu'elle sera superlativement bien. Elle aura deux conversations avec le pasteur venu remplir son office auprès de la mourante, la seconde consacrée, on l'a vu, à l'état de l'âme après la mort (v. Religion de Julie 3). La première consiste en une profession de foi dont les meilleurs commentateurs ont constaté qu'elle recoupe pour l'essentiel celle du Vicaire savoyard, ce que Rousseau, on l'a vu, affirmait lui-même dans les *Lettres de la Montagne*. Croyance à l'Écriture selon la perspective protestante de libre examen rationnel : “J'ai vécu et je meurs dans la communion protestante, qui tire son unique règle de l'Écriture sainte et de la raison” (835) ; certitude de l'impossibilité d'atteindre par la seule raison à la connaissance de Dieu, cette faculté étant limitée : “Si Dieu n'a pas éclairé ma raison au-delà, il est clément et juste ; pourrait-il me demander compte d'un don qu'il ne m'a pas fait ?” (*id.*) : ce qui la guide dans son rapport aux dogmes qu'elle ne comprend pas, autant que dans son refus de la raison-raisonneuse des "Philosophes" qui est le fond de son débat avec Saint-Preux en VI, 8, p. 811-819. En effet, c'est la conscience qui ouvre accès, intérieurement, à la divinité :

> Ne trouvant donc rien ici-bas qui lui suffise, mon âme avide cherche ailleurs de quoi la remplir ; en s'élevant à la source du sentiment et de l'être, elle y perd sa sécheresse et sa langueur : elle y renaît, elle s'y ranime, elle y trouve un nouveau ressort, elle y puise une nouvelle vie. [813]

Elle rejette instinctivement le dogme de l'enfer : "Voulons-nous donc être humains ? Jugeons les actions et non pas les hommes. N'empiétons point sur l'horrible fonction des Démons : n'ouvrons point si légèrement l'enfer à nos frères" (817) ; elle a la certitude que les morts seront jugés selon leurs œuvres qu'ils croient ou ne croient pas (ce qui concerne son mari au premier chef) : "O mes amis, de quel poids vous avez soulagé mon cœur ! En m'apprenant que l'erreur n'est point un crime, vous m'avez délivrée de mille inquiétants scrupules" (*id.*) (elle évoque ici une lettre de Bomston retirée du recueil, relative à l'athéisme de son mari, *cf.* 703 et 799). Enfin, quoique priant quotidiennement avec bonheur, elle rejette une dévotion coupée du réel et d'autrui : "ce qui m'a donné le plus d'éloignement pour les dévots de profession, c'est cette âpreté de mœurs qui les rend insensibles à l'humanité [...] l'on dirait qu'ils ne s'élèvent à Dieu que pour exercer son autorité sur la terre" (816-817).

En ce qui concerne ses articles de foi, elle croit en l'immortalité de l'âme avec la possibilité, comme on a vu, d'une mémoire des aimés et d'une certaine participation à leur vie morale, sans médiation physique car elle ne croit pas à la résurrection des corps (c'est le thème de la seconde conversation avec le pasteur). Quant à l'objet de cette foi, l'invocation solennelle qu'elle formule devant son mari et le pasteur en définit tous les attributs : c'est le Créateur éternel, un dieu d'absolue bonté, omniscient et tout puissant, non-trinitaire (nulle part le Christ n'est mentionné), avec lequel on communique par la prière et la contemplation, et qui dispense la grâce (ce que soutient la grande rétrospection de sa vie en clef providentielle, 845-849, ainsi que la lettre VI, 12).

> O grand Être ! Être éternel, suprême intelligence, source de vie et de félicité, créateur, conservateur, père de l'homme et Roi de la nature, Dieu très puissant, très bon, dont je ne doutai jamais un moment, et sous les yeux duquel j'aimai toujours à vivre ! Je le sais, je m'en réjouis, je vais paraître devant ton trône. Dans peu de jours mon âme, libre de sa dépouille

> commencera de t'offrir plus dignement cet immortel hommage qui doit faire mon bonheur durant l'éternité. [837]

En ce qui concerne les conséquences de la foi dans la conduite de la vie, celle-ci se déroule dans le respect de la religion établie ; la pratique quotidienne de la morale en usage dans le privé comme dans la sphère publique ; la pratique de la bienfaisance par amour d'autrui – “vous avez vécu pour la charité ; vous mourez martyre de l'amour maternel” lui dit son pasteur (838) – ; la conjugaison de la prière (qui est de contemplation et non de demande) avec l'action : “Il faut premièrement faire ce qu'on doit, et puis prier quand on le peut. Voilà la règle que je tâche de suivre” (814), ce qui favorise une présence à Dieu à tout instant dans un abandon confiant au *fiat voluntas tua*. De ces principes découle une attitude face à la mort imminente dont son mari se trouve fort déconcerté, habitué qu'il est aux rituels mortuaires orthodoxes et catholiques qu'elle réprouve, comme d'ailleurs son pasteur :

> On nous regarde, disait-il, comme des messagers de mort, parce que, dans l'opinion commode qu'un quart d'heure de repentir suffit pour effacer cinquante ans de crimes, on n'aime à nous voir que dans ce temps-là. [...] il faut affecter un air sévère ; on n'épargne rien pour nous rendre effrayants. Dans les autres cultes, c'est pis encore. Un catholique mourant n'est environné que d'objets qui l'épouvantent, et de cérémonies qui l'enterrent tout vivant. [838-839]

À cet égard du reste, elle conserve quelques doutes vis-à-vis du futur précepteur de ses enfants et en avertit discrètement son mari : “J'espère, dit-elle en me regardant, que celui qui doit élever nos enfants prendra des maximes tout opposées, et qu'il ne leur rendra point la religion lugubre et triste en y mêlant incessamment des pensées de mort. S'il leur apprend à bien vivre, ils sauront assez bien mourir” (*id.*).

Comme pour Clarisse chez Richardson [1999, t. 2, p. 620], sa préparation à la mort est sa vie entière, en sa conduite comme en ses méditations ; et si tel n'était pas le cas, il serait trop tard pour s'en acquitter :

> Quant à la préparation à la mort, Monsieur, elle est faite ; mal, il est vrai ; mais de mon mieux, et mieux du moins que je ne la pourrais faire à présent. [...] Je priais en santé ; maintenant je me résigne. La prière du malade est la patience : la préparation à la mort est une bonne vie ; je n'en connais point d'autre. [836]

Sa meilleure prière, c'est ce qu'elle a fait et fera jusqu'à la fin : s'occuper des autres encore et toujours, c'est continuer à exécuter le dessein divin selon l'état des forces qui restent, puisque la conscience est calme en dépit des fautes :

> Mes derniers plaisirs sur la terre sont aussi mes derniers devoirs ; n'est-ce pas le servir encore et faire sa volonté que de remplir les soins que l'humanité m'impose, avant d'abandonner sa dépouille ? [...] Je lui porte ma vie entière, pleine de péchés et de fautes, mais exempte des remords de l'impie et des crimes du méchant. [836-837]

Au cours de la grande récapitulation qu'elle fera plus loin de sa vie, elle la relit tout entière en clef providentielle, la main de Dieu la conduisant depuis sa jeunesse vers le plus grand bonheur dont elle était capable, et la délivrant par la mort (elle a trente ans à cette heure) de tous les maux qui l'attendaient après avoir atteint ce sommet. Il y a dans cette rétrospective systématiquement optimiste quelque chose qu'avait ironiquement démoli Voltaire avec le personnage de Pangloss, mais s'y délivre aussi une pratique de la *praemeditatio malorum* stoïcienne dont nous avons parlé (v. Généalogie de la *Julie* 1), puisque cette mort précoce la délivre de l'inévitable détachement de ses enfants à son égard, de la mort de ses proches, du risque de mourir vieillie et abandonnée, alors qu'elle part environnée de tous ceux qu'elle aime (hormis son père retenu à Blonay à cause de la chute survenue à l'annonce maladroite de l'état de sa fille), et qu'elle part croyant profondément que son âme les conservera en mémoire de sorte qu'elle veillera sur eux depuis l'éternité : "Vous me verrez sans cesse entre vous ; vous vous sentirez sans cesse environnés de moi... Et puis nous nous rejoindrons, j'en suis sûre ; le bon Wolmar lui-même ne m'échappera pas" (849).

C'est là d'ailleurs une paraphrase d'une parole du Christ : "En quelque lieu que se trouvent deux ou trois personnes assemblées en mon nom, je m'y trouve au milieu d'elles" [Matthieu XVIII, 20, trad. Lemaistre de Sacy]. Ce sera un leitmotiv des dernières pages du roman : "Venez vous réunir à tout ce qui reste d'elle", écrit Wolmar à Saint-Preux (864) ; "Que son cœur demeure au milieu de vous. Que tout ce qu'elle aima se rassemble pour lui donner un nouvel être", lui écrit-elle d'elle-même (865). Et Mme d'Orbe :

> vivons toujours sous ses yeux. J'aime à croire que du lieu qu'elle habite, du séjour de l'éternelle paix, cette âme encore aimante et sensible se plaît à revenir parmi nous, à retrouver ses amis pleins de sa mémoire à les voir imiter ses vertus, à s'entendre honorer par eux, à les sentir embrasser sa tombe et gémir en prononçant son nom. [869]

Elle entend cela au sens chrétien, comme une sorte de féminisation protestante de l'*Imitation de Jésus-Christ*, mais cet espoir d'une réunion en mémoire d'elle, tous ceux qui l'ont aimée se constituant en mémorial incarné de son existence, peut également se comprendre au point de vue agnostique, sinon athée : tout ce qui reste d'elle, ce sont eux pourvu qu'ils se souviennent de celle qu'elle fut. Le lecteur retrouve la citation de Pétrarque par où il avait commencé sa lecture, et se voit ainsi implicitement appelé à croire en la réalité réelle ou virtuelle de Julie, ce qui, outre ce qu'en ont cru tant de lecteurs de l'époque, n'est certainement pas pour rien dans la reviviscence de ce roman au programme de l'agrégation de lettres, plus de deux siècles et demi après sa publication.

"J'ai peine à croire qu'elle n'est plus rien"

En ce qui concerne l'approche de Wolmar telle qu'elle résulte de ses "doutes" exprimés au début et de ses commentaires au fil, quels indices Rousseau a-t-il disposés ? Tout d'abord sa perplexité relative au choix d'informer ou non Julie du diagnostic de sa mort imminente sous trois jours :

> Sur quel principe est-ce que je raisonne, Est-ce sur son système ou sur le mien ? Qu'est-ce qui m'est démontré sur l'un ou sur l'autre ? Je n'ai pour croire ce que je crois que mon opinion armée de quelques probabilités. Nulle démonstration ne la renverse, il est vrai, mais quelle démonstration l'établit ? Elle a, pour croire ce qu'elle croit, son opinion de même, mais elle y voit l'évidence ; cette opinion à ses yeux est une démonstration. Quel droit ai-je de préférer, quand il s'agit d'elle, ma simple opinion que je reconnais douteuse à son opinion qu'elle tient pour démontrée ? Comparons les conséquences des deux sentiments. Dans le sien, la disposition de sa dernière heure doit décider de son sort durant l'éternité. Dans le mien, les ménagements que je veux avoir pour elle lui seront indifférents dans trois jours. Dans trois jours, selon moi, elle ne sentira plus rien. Mais si peut-être elle avait raison, quelle différence ! Des biens ou des maux éternels !... Peut-être !... ce mot est terrible... malheureux ! risque ton âme et non la sienne. [827-828]

Cette fois, il tente de se mettre à la place de la croyante, en admettant que les certitudes de sa femme sont plus assurées que les siennes de par leur nature : l'évidence de sa foi est plus puissante que ses convictions philosophiques qui ne tiennent que jusqu'à ce qu'un autre système les mette en question. Il y a chez lui un doute rationnel, tandis que chez elle le doute est exclu. Au point de vue du mourir, l'incroyant se donne trois jours jusqu'au néant sans retour ; tandis que sa femme a trois jours pour se préparer à l'enfer ou au paradis. La dernière phrase est importante : Wolmar admet qu'il prend un risque en demeurant incroyant (c'est le pari de Pascal qu'il intègre ainsi *a minima* dans son raisonnement), mais refuse d'engager le destin de sa femme dans ce pari. On ajoutera que ce raisonnement ne tient pas compte de ce que Mme de Wolmar est vraisemblablement la première à savoir de quoi il retourne en ce qui concerne la réalité de son état. C'est l'orgueil de Wolmar qui lui fait méconnaître cette évidence : il ne sait pas se mettre à la place de sa femme, il ne le peut parce que son manque d'empathie le définit *a priori*. "Croyez-vous me l'apprendre", lui répond-elle donc lorsqu'il se résout à l'avertir (828). Pour autant, Wolmar avoue à Saint-Preux que sa méditation a eu sur son système d'incroyance un effet déstabilisant à longue portée : "Voilà le premier doute qui m'ait rendu suspecte l'incertitude que vous avez si souvent attaquée. Ce n'est pas la dernière fois qu'il est revenu depuis ce temps-là" (828).

Le lendemain, après le départ des enfants embrassés dans une scène touchante à la Greuze et confiés à Claire comme leur future mère sans qu'ils y comprennent grand-chose, hormis Henriette (831-832), Wolmar constatant au cours du dîner l'enjouement serviable et la liberté d'esprit de la maîtresse de maison qu'est demeurée Julie, éprouve le sentiment d'avoir peut-être été trop loin en déstabilisant sa foi à force d'argumenter :

> Car enfin quoique je ne m'attendisse pas à lui trouver toute la petite cagoterie des dévotes, il me semblait pourtant que c'était le temps de songer à ce qu'elle estimait d'une si grande importance, et qui ne souffrait aucun retard. Si l'on est dévot durant le tracas de cette vie, comment ne le sera-t-on pas au moment qu'il la faut quitter, et qu'il ne reste plus qu'à penser à l'autre ? [...] Je commençai presque d'être inquiet que mes opinions indiscrètement soutenues n'eussent enfin trop gagné sur elle. Je n'avais pas adopté les siennes, et pourtant je n'aurais pas voulu qu'elle y eût renoncé. Si j'eusse été malade, je serais certainement mort dans mon sentiment, mais je désirais qu'elle mourût dans le sien, et je trouvais, pour ainsi dire qu'en elle je risquais plus qu'en moi. [834]

Revient donc l'argument du pari : le joueur Wolmar persiste à parier sur le néant pour son compte mais redoute d'avoir doublé le risque en l'y impliquant, car si elle est dans le vrai, le mal sera irréversible pour l'un et l'autre. La suite va lui apprendre qu'il se trompe encore par méconnaissance profonde de la réalité de la foi vécue par son épouse à ses côtés, non sans affection sincère pour lui en dépit des circonstances de leur rencontre. Pour l'heure, lors la radieuse profession de foi de Julie, ce sont des mots et des images de croyant qui lui viennent à l'esprit pour qualifier ce qu'il en ressent : "Les yeux de celle qui le prononça brillaient d'un feu surnaturel ; un nouvel éclat animait son teint, elle paraissait rayonnante, et s'il y a quelque chose au monde qui mérite le nom de céleste, c'était son visage tandis qu'elle parlait" (837). Ce qu'il est en train de découvrir, c'est que Julie est unique au monde *en ce qu'elle n'est pas du monde*, ce qu'il ne l'a pas reconnue telle jusqu'alors ; il l'affirmait d'emblée au début de sa lettre :

> L'accident, la fièvre, la mort, sont de la nature : c'est le sort commun des mortels ; mais l'emploi de ses derniers moments, ses discours, ses sentiments, son âme, tout cela n'appartient qu'à Julie. Elle n'a point vécu comme une autre : personne, que je sache, n'est mort comme elle. [824]

Ce qui fait écho aux vers de Pétrarque qu'il devra *in fine* reprendre à son compte en les paraphrasant à peu près ainsi : *"Je la possédai sans la connaître, et maintenant que je l'ai connue, je reste ici-bas, incapable de pleurer malgré ma tristesse." Telle est l'ironie tragique du roman à son égard. D'autant qu'il a osé douter de l'amour de sa femme, en interprétant la joie qu'elle manifeste comme motivée par le bonheur de le quitter, s'égarant là une fois de plus puisque cette joie provient de la lettre testamentaire écrite la veille à l'ancien amant, et des consolations dispensées à Claire durant la nuit qu'elles ont passée ensemble.

Elle lui répondra la vérité qui le concerne, excellente pour lui à tous égards, confirmant ce qu'après son mariage, elle écrivait de son époux à Saint-Preux (III, 20, 449-450) : elle n'a pas dévié d'un iota de la ligne qu'elle s'était fixée, mais nous avons vu de quel prix il lui a fallu le payer au cours de l'épreuve des journées passées seule à seul avec l'ancien amant – épreuve à l'occasion de laquelle elle lui avait écrit : "vous jouissez durement de la vertu de votre femme" (607). Le prix à payer pour M. de Wolmar sera certainement de lire la lettre qu'il joint à sa longue missive, d'où il ressort que la joie de mourir de sa femme tient à ce qu'elle voit comme une grâce divine, accordée au moment où la force de sa vertu n'était plus humainement tenable (v. Enjeux 5. Éthique), face à la puissance, renforcée d'avoir été longtemps refoulée, de sa passion pour Saint-Preux. Pour le dire autrement, M. de Wolmar est remis à sa place, toute sa place, mais rien que sa place. Il lui suffira de lire, comme elle l'y invite :

> Cependant, repris-je, vous mourez contente... je l'ai vu... je le vois... Arrêtez, dit-elle ; il est vrai, je meurs contente ; mais c'est de mourir comme j'ai vécu, digne d'être votre épouse. Ne m'en demandez pas davantage, je ne vous dirai rien de plus ; mais voici, continua-t-elle en tirant un papier de dessous son chevet, où vous achèverez d'éclaircir ce mystère. Ce papier était une Lettre, et je vis qu'elle vous était adressée. Je vous la remets ouverte, ajouta-t-elle en me la donnant... [841]

La remettant à son destinataire, Wolmar ajoute : "J'ai beau savoir que celle qui l'a écrite est morte ; j'ai peine à croire qu'elle n'est plus rien" (*id.*). À ce qu'en écrira Claire, cette peine et ce doute s'avéreront profonds et durables : "Il a beau faire, il ne peut la croire anéantie [...] il parle d'elle, il lui parle, il soupire" (868). Touché par des paroles aimantes de la mourante qui ont su l'atteindre, Wolmar va recevoir à son insu le don des larmes (842) ; par la suite, il ne pleurera plus mais dira plusieurs fois sa profonde tristesse. Et d'entrée à l'*incipit* de cette lettre : "Vous n'avez plus que des pleurs à lui donner, écrit-il à Saint-Preux ; vous aurez la consolation d'en verser pour elle. Ce plaisir des infortunés m'est refusé dans ma misère ; je suis plus malheureux que vous" (823). Il le lui redit à la fin : "Le sort du plus à plaindre est d'avoir encore à consoler les autres. C'est ce qui me reste à faire auprès de mon beau-père, de Mme d'Orbe, des amis, des parents, des voisins, et de mes propres gens" (860). Lors de l'épisode de la fausse résurrection, il constate, après avoir vérifié l'illusion, dans le contexte d'une nouvelle scène émouvante à la Greuze, qu'il a spontanément espéré non pas un miracle, certes, mais peut-être un délai, voire une guérison inexplicable comme il s'en produit parfois :

> Je monte à pas précipités dans l'appartement de Julie. Je trouve plus de vingt personnes à genoux autour de son lit, et les yeux fixés sur elle. Je m'approche ; je la vois sur ce lit habillée et parée ; le cœur me bat ; je l'examine... Hélas ! elle était morte ! Ce moment de fausse joie sitôt et si cruellement éteinte fut le plus amer de ma vie. [858]

"Il fallait qu'elle ressuscitât, écrivait-il plus haut, pour me donner l'horreur de la perdre une seconde fois" (*id.*). Ce que signifie cette mort pour lui, il le dit presque d'emblée : c'est l'envol de son espoir de vivre une vieillesse entourée, un espoir qui avait motivé son mariage et que le pronostic négatif du médecin a détruit sans recours, le contraignant à méditer, note-t-il mélancoliquement, "sur le sort qui me ramenait dans ma vieillesse à cet état solitaire dont je m'ennuyais même avant d'en connaître un plus doux" (827). Avec cette femme, il a perdu la seule qui pouvait l'aimer et le comprendre en dépit de son tempérament froid ; un tempérament que ne supporte pas Mme d'Orbe qui aurait besoin d'une sensibilité comme celle de Saint-Preux pour s'épancher :

> Loin de me savoir gré de mes soins, elle me les reproche ; mes attentions l'irritent, ma froide tristesse l'aigrit ; il lui faut des regrets amers semblables aux siens, et sa douleur barbare voudrait voir tout le monde au désespoir. Ce qu'il y a de plus désolant est qu'on ne peut compter sur rien avec elle, et ce qui la soulage un moment la dépite un moment après. [...] J'ai beaucoup à souffrir. [861-862]

Souffrance de l'insensible : comment est-elle concevable aux âmes sensibles ? D'où l'aveu discret d'une amertume à leur égard : Claire n'est plus bonne à rien, elle repousse violemment Marcellin... Elle se roule par terre, mord les meubles, elle est effrayante et burlesque à la fois : "Tout ce qu'elle fait, tout ce qu'elle dit, approche de la folie, et serait risible pour des gens de sens-froid" (*id.*) ; mais nous avons vu (v. Palimpseste. "Claire, veux-tu de cela ?") combien son expérimentation thérapeutique à son égard s'avère dangereuse : Wolmar reste lui-même, faisant encore fausse route avec les meilleures intentions du monde, accomplissant vaille que vaille les tâches qui s'imposent, murmurant *in petto* que les âmes sensibles ne sont bonnes qu'à se lamenter au lieu de pourvoir à ce que la nécessité impose : "Gens sensibles, qu'eussiez-vous fait à ma place ? Ce que faisait Mme d'Orbe" (857). Or ces âmes sont croyantes : sont-elles cohérentes avec leur foi ? sont-elles bienfaisantes pour les autres en se fourvoyant dans de tels états ? Autant la conduite et les paroles de Julie ont introduit le doute dans son système, autant leur comportement l'y confirmerait, celui de Mme d'Orbe en particulier :

> Adorateur de Dieu, Julie n'était plus... [...] Revenu du premier saisissement, je m'informai de Mme d'Orbe. J'appris qu'il avait fallu la porter dans sa chambre, et même l'y renfermer : car elle rentrait à chaque instant dans celle de Julie, se jetait sur son corps, le réchauffait du sien, s'efforçait de le ranimer, le pressait, s'y collait avec une espèce de rage, l'appelait à grands cris de mille noms passionnés, et nourrissait son désespoir de tous ces efforts inutiles. [856]

Amertume de M. de Wolmar qui se sait condamné, dans le meilleur des cas, à vivre sa vieillesse avec ces têtes folles et trois enfants, sachant que son seul ami ne survivra guère à la mort de sa fille : "je prévois de loin le dernier coup qui manque au malheur de son ami" (857) – c'est-à-dire lui-même. Néanmoins, il appelle Saint-Preux à les rejoindre, lui qui s'imaginant l'avoir moralement guéri, en attend à son tour des soins :

“venez partager et guérir mes ennuis : je vous devrai peut-être plus que personne” (864). Peut-être… Claire ne veut pas entendre parler de mariage avec Saint-Preux, elle le lui écrit noir sur blanc, mais on savait qu’il n’y songeait pas. L’argument de Claire, outre la nécessité d’entretenir la mémoire de Julie en vrais croyants qu’ils sont, c’est d’entraîner son époux veuf dans cette entreprise entamée par la mourante :

> il a beau faire, il ne peut la croire anéantie ; son cœur, malgré qu’il en ait, se révolte contre sa vaine raison. Il parle d’elle, il lui parle, il soupire. Je crois déjà voir s’accomplir les vœux qu’elle a faits tant de fois, et c’est à vous d’achever ce grand ouvrage. Quels motifs pour vous attirer ici l’un et l’autre ! Il est bien digne du généreux Edouard que nos malheurs ne lui aient pas fait changer de résolution. [868-869]

– Mais nous savons qu’elle n’est jamais à court d’arguments pour orienter Saint-Preux selon sa volonté, sans forcément y croire elle-même ; car comment trouver cohérence à son propos, lorsqu’elle se montre errant sur la tombe de la défunte dans l’attente de la rejoindre au plus vite ?

Lord Edouard et son ami reviendront-ils à Clarens ? le roman se tait à ce propos. En tout état de cause, avec la mort de *Madame*, Clarens n’est déjà plus en Clarens : son avenir est désormais dans les mémoires : les souvenirs de ses habitants certes, mais surtout la longue mémoire de la littérature. Wolmar recevra-t-il “le coup de la grâce” selon l’ironique formule de RIMBAUD [2009, p. 251] ? Pourquoi non ? L’ont reçu le juif Saul de Tarse, le manichéen Augustin d’Hippone, l’athée matérialiste Paul Claudel, avec les vastes conséquences qu’on sait. Wolmar, après tout, est entraîné à la méditation et il n’est pas dit que les portes de la sensibilité lui soient à jamais fermées, pour peu que le maître des mystères de Clarens s’ouvre aux mystères de la foi. Le roman laisse les croyants y rêver, et les incroyants sourire de leurs rêves, oubliant qu’ils poursuivent eux aussi leurs chimères : “affreuse illusion des choses humaines…”, écrira l’auteur au livre VI des *Confessions* (*OC*. I, p. 270).

CONCLUSION

De quoi souffres-tu ?
De l'irréel intact dans le réel dévasté.
(René Char, "Rémanence", 1978, p. 73)

Dans la perspective de ce que Thomas PAVEL appelle la tradition idéographique du roman où la crédibilité de "l'univers imaginaire est façonné par une idée unificatrice" dont la vocation est "de mettre à jour le sens profond du monde dans lequel vit le lecteur" et non pas, comme dans la tradition réaliste, de prétendre détailler la vérité du réel à force d'effets de vraisemblance descriptive et morale [2003, p. 253-254], l'éclairage platonisant de *La Nouvelle Héloïse* présente la sphère du sentiment comme l'absolu même auquel ouvre, tant qu'elle dure, l'illusion amoureuse. Dans ce roman, qui fut ressenti par toute son époque comme résolument moderne, l'ancien idéalisme romanesque issu de *L'Astrée* se trouve à la fois dépassé et relancé par l'expérience, désormais ouverte à tout lecteur, de ce que l'intériorité passionnément vécue de l'âme sensible est bien pour elle *toute la réalité :* une réalité sublimée en tous ses *possibles* – l'amour et l'amitié en étant la voie royale.

Cependant, si Rousseau a pu relancer créativement cette problématique spiritualiste et l'imposer aux temps modernes, c'est sans doute moins par ses raisons philosophiques que par les raisons du cœur ; s'il a su réenchanter l'amour, c'est évidemment qu'il l'a passionnément vécu, mais c'est aussi que son génie de poète et de musicien lui donnait le pouvoir "de parler à l'oreille et au cœur dans une langue sans articuler de mots" (I, 48, 169) – c'est-à-dire d'y moduler cette voix secrète qu'il appelle dans *Émile* "la langue de la nature que tout nous fait oublier" (*OC*. IV, p. 601), une langue dont étaient infiniment plus proches les langues antiques, particulièrement la grecque et la romaine, fortement accentuées, "sonores, prosodiques, harmonieuses", faites pour l'Agora et le Forum, que les langues modernes "faites pour le bourdonnement des divans" sous des régimes tyranniques [*EOL*, *OC*. V, XIII, p. 428, suivant ici DU BOS et DUCLOS] – une langue oubliée donc mais dont toute son œuvre vise à réveiller l'écoute et l'entente en chacun.

"La poésie est le réel absolu. Plus une chose est poétique, plus elle est vraie", affirmera bientôt Novalis, en donnant cette thèse (ou cette expérience) comme l'essence de sa pensée philosophique [*Fragments*, *in* BÉGUIN 1967, p. 207]. *Mutatis mutandis*, cette thèse pourrait valoir pour Rousseau pourvu qu'on l'entende au sens des Tragiques depuis Eschyle, tels qu'il les comprenait dans sa *Lettre sur les spectacles*, c'est-à-dire émanant d'un peuple "enthousiaste de sa liberté jusqu'à croire que les Grecs étaient les seuls hommes libres par nature" (*OC*. V, p. 71), et par cela même capables de supporter l'intenable des destins représentés, parce que la cité républicaine s'y donnait "en corps le spectacle de la tyrannie à laquelle elle s'était arrachée et dont l'odieux même entrait dans leurs vues" (*ibid.*, p. 31) [*cf.* Perrin, 2014]. La poésie tragique des Grecs serait ainsi l'expression dramatique de la crise de civilisation dont est issue la démocratie et tout ce qui l'accompagne dans l'ordre moral et intellectuel. Voilà peut-être ce qui se rêve comme rémanence chimérique ou idéale dans ce poème symphonique en prose rythmée qu'est *La Nouvelle Héloïse* – nous savons comment s'y trame partout l'alexandrin des Tragiques du Grand siècle, la dynamique générale de l'intrigue pouvant être interprétée comme une reprise dialectique inversée du fameux parallèle de La Bruyère :

> [Corneille] peint les hommes comme ils devraient être, celui-ci les peint tels qu'ils sont. Il y a plus dans le premier de ce que l'on admire, et de ce que l'on doit même imiter ; il y a plus dans [Racine] de ce que l'on reconnaît dans les autres, ou de ce que l'on éprouve dans soi-même. [Lafond, 1992, p. 709]

Rousseau n'a pas réussi à terminer sa tragédie *Lucrèce*. Fort heureusement, son génie l'appelait à créer dans un genre dont le public n'était pas confiné dans les salles obscures des capitales, mais se rencontrait partout où se colporte le livre, jusque dans les provinces. L'agonie radieuse de Julie est le fruit de la mutation romanesque d'une héroïne racinienne en héroïne cornélienne contemporaine de Clarisse Harlowe mais aussi de Margot la Ravaudeuse, Mlle Éradice ou Fanny Hill, en attendant la Merteuil et Justine, à l'époque de la diffusion, dans les élites urbaines européennes, des morales agnostique ou athée du primat prosaïque de l'intérêt bien conçu. Pari globalement gagné au regard de la réception contemporaine du roman (encore réédité sous la Restauration [Roussel, 1972, p. 429-430]) et de son impact sur la formation de grands créateurs européens des XVIIIe-XIXe siècle jusqu'à Nerval [Brix, 2011]. Pour autant, beaucoup renièrent par la suite leur engouement de jeunesse ; et quant à l'histoire de la *Julie* dans les manuels et à l'université jusqu'au renouveau des études dix-huitiémistes qui suivit la seconde guerre mondiale, elle s'avère celle d'un "interminable purgatoire" [Trousson, 1993, p. 35].

Demeure un roman résolument moderne lors de sa conception, conçu dans l'intuition profonde des révolutions morales et politiques inéluctables qui allaient bouleverser l'Europe, roman philosophique ancré au vif des contradictions de son siècle en crise, mais avant tout élégie dramatique hantée par la poésie d'Italie, construite comme une "romance", avec des lettres qui sont des "hymnes", composée enfin selon des rythmes – alors inouïs dans la prose – conçus pour que circule à l'échelle de la partition tout entière la modulation des affects de l'âme passionnée. Mais conçus sans nul doute aussi pour que chacun y puisse expérimenter, et d'abord en soi-même, qu'à toute échelle qu'on l'envisage, la vérité de cette œuvre où se condense le cœur de la pensée de Rousseau est d'ordre tragique. Pour nos temps dévastés, elle se résumerait peut-être toute en ce vers d'un poète privé à vingt ans de son corps physique par une balle allemande lors de la première guerre mondiale, Joë Bousquet : "Ce qui nous mène est perdu" [1981, p. 63].

TRAVAIL DU

TEXTE

DE LA LANGUE AU STYLE : DES MOTS AU DISCOURS

Nous proposons ici au candidat un “parcours”, fléché, mais libre. En effet, nous allons tenter de construire un continuum, partant de l’analyse du lexique pour aboutir à des entrées qui permettront de caractériser certains aspects de l’écriture de Rousseau dans *La Nouvelle Héloïse*, en continuité et complémentarité avec l’approche littéraire présentée *supra*. Au centre de ce parcours, on trouvera des rubriques pouvant recevoir un traitement plus strictement grammatical ou linguistique, ou plus largement “stylistique”. Nous essaierons de faire des passerelles entre étude de la langue et étude de style, pour montrer comment une question centrale de grammaire posée notamment à l’écrit de l’agrégation externe de Lettres modernes, peut être réexploitée d’un point de vue stylistique.

Pour guider utilement le candidat dans son propre “travail du texte”, nous proposerons deux types de traitement des questions retenues : les unes recevront un traitement complet (v. La surbodination, l’attribut, par ex.), assorti d’une contextualisation et d’une problématisation, les autres ne seront abordées que comme des pistes de lecture, plus synthétiques, davantage destinées à attirer l’attention du candidat sur tel et tel point, qu’il sera libre de développer à sa guise (v. Les marques de la première personne, le subjonctif, hyperbole et paradoxe). Nous renonçons à établir des relevés exhaustifs des occurrences dans l’ensemble de la première partie seule mise au programme restreint de l’épreuve écrite de Français moderne (pages 54 à 231), car ce travail n’aurait pas de sens. Sur le site en ligne de l’ATILF (www.atilf.fr), les candidats trouveront une mise à disposition des œuvres au programme de l’agrégation à partir de la base FRANTEXT, qui permet des extractions de données et des calculs de fréquence. En revanche, s'aidant de notre méthode et de notre démarche, le candidat doit faire ce travail de relevé, qui lui permettra de se familiariser grandement avec le texte. Rappelons qu'à l'oral, pour l'explication de textes et l'exposé de grammaire, à l'agrégation externe comme à l'interne, il n'y a plus de programme restreint, mais que la démarche demeure la même.

À l'égard de la langue et du style, Rousseau revendique hautement toute liberté : "Quand il s'agit de style, je veux qu'on me laisse le mien jusque dans mes fautes", écrit-il à son éditeur Marc-Michel Rey en 1758, à propos de *La Nouvelle Héloïse*. L'éditeur fictif de la préface pose de même les fautes de langue et maladresses de style comme une composante de *La Nouvelle Héloïse* : "Quiconque veut se résoudre à lire ces lettres doit s'armer de patience sur les fautes de langue, sur le style emphatique et plat, sur les pensées communes rendues en termes ampoulés" (p. 50). Et dans le roman lui-même, il défend son droit à ne pas corriger les fautes de ses personnages : "Qu'aura-t-on gagné à faire parler un Suisse comme un Académicien ?", lance la note de la lettre XIX (p. 98) ; à lire cette déclaration, on attendrait des audaces linguistiques exceptionnelles. Quand on relit la phrase qui suscite cette note : "Il n'y a pour moi qu'un seul moyen d'être heureux et des millions d'être misérable", on s'aperçoit cependant qu'elle ne présente pas de réelle incorrection ; tout au plus pourrait-on juger un peu exigeante la reprise anaphorique du singulier "moyen" par le pluriel "des millions", et légèrement équivoque le tour "des millions d'être misérable", où la première lecture présente "d'être misérable" comme complément du nom "millions" alors qu'il faut le rapporter à "moyen". Rien ici toutefois qui contrevienne aux règles de la grammaire. En dépit de la posture affichée, *La Nouvelle Héloïse* se signale plutôt, on va le voir, par le classicisme de son lexique et de sa syntaxe.

ÉTUDE DU LEXIQUE

Alors que la deuxième moitié du XVIIIe siècle a favorisé la néologie qui est revendiquée et assez bien attestée dans d'autres œuvres de Rousseau [DELOFFRE, 1985 ; STEUCKARDT, 2012], les innovations lexicales sont quasi-inexistantes dans *La Nouvelle Héloïse*. Des formes, comme l'adverbe *impoliment* (I, p. 55) et l'adjectif *imitative* ("musique imitative", XLVIII, p. 169), qui servent de premières attestations aux dictionnaires, sont en fait déjà usitées dans des journaux et opuscules de l'époque ; Rousseau reprend des mots déjà en circulation. Dans le domaine du lexique, les hardiesses de *La Nouvelle Héloïse* consistent principalement dans l'emploi de quelques provincialismes, qu'il s'agisse d'archaïsmes ou d'emprunts au dialecte suisse.

MOTS ARCHAÏQUES, DIALECTAUX, FAMILIERS

Il convient de ne pas confondre ce qui est archaïque aujourd'hui et ce qui l'est au XVIIIe siècle, pour Rousseau. Par exemple, l'emploi de *ne… point* (p. 78, par exemple) plutôt que *ne… pas*, de *connaître* au sens de *savoir* (p. 80) ou de *déplaisir* au sens fort de "profonde douleur" (p. 131), *souris* pour *sourire* (p. 188) ne sont pas pour Rousseau les marqueurs d'un usage ancien

En revanche, le mot *derechef*, utilisé par Julie (22, 105) et par Fanchon (40, 153), est déjà archaïque du temps de Rousseau : dès sa 2e édition [1718], le *Dictionnaire de l'Académie française* notait "Il vieillit".

Certains mots dialectaux sont aussi des mots attestés en ancien français, ainsi *rêche* (44, 158 ; 45, 160), que l'éditeur glose par la note : "Terme du pays, pris ici métaphoriquement" (44, 158). Littré corrige : "Rousseau se trompe, *rêche* n'est pas particulier au pays romand, il appartient à la langue générale, mais, probablement, il est le premier qui en ait fait un emploi métaphorique". Le mot n'est cependant pas suffisamment usuel pour figurer dans le dictionnaire de l'Académie, qui ne l'enregistrera que dans sa sixième édition [1835]. Une glose est donc nécessaire, que l'éditeur formule ainsi : "Il signifie au propre une surface rude au toucher et qui cause un frissonnement désagréable en y passant la main, comme celle d'une brosse fort serrée ou du velours d'Utrecht" (44,158). Les allitérations en r, s et ch de cette définition et la paronomase *rêche/Utrecht* rappellent l'intérêt que Rousseau portait au cratylisme. Il déclarait dans l'*Essai sur l'origine des langues*: "le Cratyle de Platon n'est pas si ridicule qu'il paroit l'être" [1782, p. 369]. *Rêche* est donc un vieux mot, conservé par le dialecte genevois, mis en circulation par Rousseau avec un sens figuré : Julie l'utilise pour qualifier l'esprit de Milord Édouard, dont les discours manquent, selon elle, de grâce (44, 158) ; Saint-Preux contestera la péjoration, préférant à la politesse de classe des Français un respect égalitaire des hommes chez les Anglais (45,160).

Quelques mots désignent des réalités spécifiques à l'univers régional : *séchard* (26, 121), nom d'un vent de nord-est à Genève, *patagon* (23, 110), glosé par l'éditeur "écu du pays", *chalet*, que l'éditeur décrit en note : "sorte de maisons de bois où se font les fromages et diverses espèces de laitage dans la montagne" (145). Des spécialités de la région seront nommées plus loin à l'occasion du goûter offert par Madame de Wolmar à Saint-Preux : la *céracée*, fromage frais, les *écrelets*, sorte de pain d'épices (IV, 10 540). Avec 13 occurrences, dont quelques-unes portent une majuscule, le mot *chalet* est un lieu important dans le roman : "amis de la simplicité rustique" selon Julie, les chalets "peuvent couvrir l'amour et le plaisir" (36, 145). Le chalet qu'elle compare au "Temple de Gnide", remis au goût du jour par Montesquieu, est à la fois le refuge idéal rêvé par les amants et, après l'échec du projet d'excursion aux Chalets de M. d'Orbe lancé par Julie dans la lettre 36, un lieu symbolisant l'impossible accomplissement de leur idylle. Le mot *chalet* sera repris notamment par Senancour, Chateaubriand, Balzac ; il entre dans le dictionnaire de l'Académie en 1835.

Si quelques helvétismes émaillent donc *La Nouvelle Héloïse*, on est loin d'une restitution d'une langue populaire. Le lecteur ne saura jamais quelles étaient les expressions échappées à un Saint-Preux pris de vin, qui n'avaient frappé l'oreille de Julie qu'"en passant auprès du port" et qui “n’entrèrent jamais dans le dictionnaire des amants” (50, 173-174). Quelques mots viennent tout de même marquer la proximité entre les correspondants: Claire, écrivant à sa Cousine, appelle Chaillot “la pauvre Mie”, qui est le “nom que les enfans donnent à leur gouvernante” [Académie, 1762]. Julie utilise le mot *chucheterie*, allomorphe de *chuchoterie*, et *recorder* (“apprendre par cœur”), que l’Académie juge familier (à partir de sa 4e édition, [1762]).

La lettre de Fanchon Regard aurait pu être l’occasion d’introduire un lexique dialectal et populaire. Mais Rousseau s’en tient à quelques marquages, comme une syntaxe paratactique plutôt qu’hypotactique et, au niveau morphosyntaxique et lexical, l’usage de *bien du chagrin* plutôt que *beaucoup de chagrin*, *bien riche* plutôt que *très riche*, *et puis* plutôt que *puis*, *bon Dieu* plutôt que *Dieu*. La part du pittoresque régional reste donc fort limitée dans *La Nouvelle Héloïse*, dont le vocabulaire appartient dans l’ensemble à un registre soutenu.

MOTS SAVANTS

À côté de ces touches provinciales et familiales, on relève quelques indices de la relation professeur-élève qu’entretiennent Saint-Preux et Julie. L’appropriation par Julie du vocabulaire savant fait l’objet d’un badinage dans les lettres xi et xii. “Nos âmes, écrit Julie dans la lettre 11, p. 81 sont pour ainsi dire touchées par tous les points, et nous avons partout senti la même cohérence”: comme le montre le modalisateur *pour ainsi dire*, Julie est à la recherche d’une expression qui permette de manifester le lien qui l’unit à Saint-Preux; elle la trouve dans une analogie tirée de la physique, avec cette notion de cohérence. Dans l’*Encyclopédie*, d’Alembert définit la *cohésion*, ou *cohérence*, “par laquelle les particules primitives qui constituent tous les corps sont attachées les unes aux autres, pour former les parties sensibles de ces corps, & par laquelle aussi ces parties sensibles sont unies & composent le corps entier” [“Cohésion”, 1753]. Mais quelle est cette force par laquelle les particules tiennent ensemble? La question passionne les savants de l’époque. D’Alembert cite l’opinion de Newton: “Pour moi j’aime mieux conclure de la *cohésion* des corps, que leurs particules s’attirent mutuellement par une force qui dans le contact immédiat est extrêmement puissante, qui à de petites distances est encore sensible, mais qui à de fort grandes distances ne se fait plus apercevoir" [*ibid.*]. Julie reprend ce modèle de la physique contemporaine pour représenter le lien amoureux, transposant dans la rhétorique amoureuse les connaissances scientifiques de son temps, à la manière de Diderot dans ses lettres à Sophie Volland.

Selon les bienséances de l'époque, comme d'après les principes professés par Rousseau dans l'*Émile* et dans *La Nouvelle Héloïse*, cet étalage de culture scientifique n'est guère supportable chez une femme . Julie se reprend aussitôt, faisant suivre le terme *cohérence* de cette parenthèse: "(Corrigez-moi, mon ami, si j'applique mal vos leçons de physique)", où l'impératif *corrigez-moi* affiche la parfaite soumission de l'écolière à son maître. Par le commentaire métadiscursif, Julie fait le pas de côté nécessaire pour montrer qu'elle ne se prend pas au sérieux dans son personnage de savante; elle se met à l'abri, par l'humour, d'un vraisemblable reproche de pédantisme, qui ne manque pas de venir dans la réponse de Saint-Preux. Dans le plan d'études qu'il y expose, où il fait table rase d'à peu près toutes les disciplines, le chevalier se moque aimablement du goût de Julie pour les termes de physique, en déclarant vouloir l'épargner: "nous quitterions même la physique si les termes qu'elle vous fournit m'en laissaient le courage" (12, 86). Julie entre dans le jeu, répondant: "si vous ne m'aviez pas défendu la géométrie, je vous dirais que mon inquiétude est en raison composée des intervalles du temps et du lieu" (13, 88). En utilisant la locution prépositionnelle *en raison composée de*, employée depuis le XVIIe siècle avec le sens de "en faisant le produit des rapports", et en la transposant dans le discours amoureux, Julie montre qu'elle s'est approprié aussi le vocabulaire de la "géométrie" (ou plus exactement ici d'arithmétique) et n'entre pas complètement dans les vues révolutionnaires de Saint-Preux en matière d'instruction.

L'intérêt de Julie pour les lois de la physique se manifestera encore par la transposition du mot *attraction*: "C'est l'union des cœurs qui fait leur véritable félicité; leur attraction ne connaît point la loi des distances et les nôtres se toucheraient aux deux bouts du monde" (II, 15, 285). Elle se réfère ici à la loi de l'attraction universelle de Newton pour exprimer par une hyperbole la force du lien qui l'unit à Saint-Preux: un lien qui défie les lois de la physique.

Le "philosophe" recourt quelquefois à une terminologie spécialisée. À l'interface entre physique et art pictural, on relèvera les "illusions de l'optique" dans sa description des paysages de montagne (23 , 107) et dans le domaine musical, la "musique imitative", chère à Rousseau (48, 167). Un peu paradoxalement, alors que Julie brillait par son vocabulaire scientifique, c'est dans le domaine des beaux-arts que Saint-Preux se montre savant.

LES MOTS LES PLUS FRÉQUENTS

La base Agrégation de Frantext (www.atilf.fr) permet d'avoir une vue d'ensemble sur le vocabulaire de *La Nouvelle Héloïse*. Il est possible de formuler une requête par forme ou par lemme (forme canonique du mot, incluant l'ensemble de ses flexions), mais aussi de mener une enquête plus générale, portant sur l'ensemble des fréquences.

Caractéristiques générales

Le repérage des dix noms communs les plus fréquents donne un aperçu de la physionomie lexicale de l'œuvre. Si l'on écarte les noms qui entrent dans des locutions (comme *fois* dans *une fois*, ou *monde* dans *tout le monde*), les dix noms les plus fréquents dans *La Nouvelle Héloïse* sont: *cœur* (848), *Julie* (625), *homme* (478), *vie* (470), *amour* (469), *lettre* (376), *âme* (376), *ami* (475), *raison* (307), *bonheur* (262).

Ce premier panorama laisse entrevoir la trame d'un roman par "lettre" (voir *infra*) et d'un roman d'"amour", où sont aux prises le "cœur" et la "raison", et dont les personnages principaux sont "Julie" et son "ami", désignation dissymétrique, sur laquelle on reviendra (v. *infra* et Problématiques. L'initiation à l'amour).

Nous pouvons comparer cette liste d'une part aux dix noms les plus fréquents dans l'ensemble des œuvres de Rousseau enregistrées dans Frantext: *homme* (2782), *cœur* (2086), *hommes* (1649), *vie* (1499), *nature* (1079), *raison* (1054), *force* (954), *amour* (945), *esprit* (934), *gens* (927), et d'autre part aux dix noms les plus fréquents dans les *Confessions*:

cœur (452), *homme* (421), *vie* (306), *tête* (210), *lettre* (195), *gens* (193), *maison* (176), *femme* (162), *goût* (155), *musique* (148).

À l'intersection de ces ensembles, trois mots, qui fonctionnent comme des clés de voûte dans le vocabulaire de Rousseau: *homme*, *cœur*, *vie*. "C'est de l'homme que j'ai à parler", commence Rousseau dans son premier ouvrage, et, tout au long de son œuvre, c'est l'homme, dans sa vie sociale et dans sa vie intime, qu'il explore sans désemparer. La place primordiale qu'occupe le mot *cœur* chez Rousseau a été remarquée et commentée [SGARD, 1980; STEUCKARDT, 2012, p. 183-185].

Cœur

Dans *La Nouvelle Héloïse*, le cœur fait l'objet d'une observation attentive de la part des deux amants. Ils portent des jugements sur leur cœur, comme le marquent la prédication "j'avais mal jugé de mon propre cœur" (Saint-Preux, 3, 61), ou les qualifications axiologiques *injuste*, *trop tendre*, *ingrat* et *dénaturé* dans "ce cœur injuste ose désirer encore" (Saint-Preux, 8, 72-73), "mon cœur trop tendre a besoin d'amour" (Julie, 9, 76), "mon cœur ingrat et dénaturé pétillait d'une odieuse joie" (Julie, 37, 147). Ils le scrutent, dans ses derniers retranchements: "les sentiments droits sont tous au fond de mon cœur" (Saint-Preux, 5, 67). Rousseau "n'oublie jamais la réalité concrète de ce muscle qui se resserre, se dilate, bat, palpite, échauffe le sang", remarque Jean SGARD [1980, p. 17]. Saint-Preux et Julie, secondés par Claire, auscultent les moindres mouvements de ce muscle. L'amant est pris par "l'emportement d'un cœur agité" (Saint-Preux, 5, 66), son cœur est "palpitant d'amour" (Claire, 30, 129), capable de "rassembler [...]des mouvements incompatibles" (Saint-Preux à propos de Julie, 31, 131), il se contracte en un "léger serrement" (Julie, 36, 144), est agité de "battement" (Julie, 46, 163). Ce cœur est aussi capable de sensations: il peut éprouver "une impression délicieuse" (Saint-Preux, 12, 82), trouver du "charme" à "un état de langueur" (Saint-Preux, 23, 106). Le cœur apparaît dès lors comme un moteur de la sensation: "les sensations ne sont rien que ce que le cœur les fait être" (Saint-Preux, 14, 91). C'est à partir de ces sensations que se construit le sentiment: "un cœur agité me fournira des sentiments et des soupirs" (Saint-Preux, 14, 90), "Sens-tu combien un cœur languissant est tendre" (Julie, 25, 119).

Le cœur, moteur de la faculté de sentir, se distingue de la faculté de juger : "le jugement se tait, mais le cœur parle" (Julie, 46, 163). Pour autant, ses mouvements ne se confondent pas avec les délires, chimères et autres égarements où se trouvent assez souvent (avec respectivement 33, 23 et 21 occurrences) emportés les amants : "je sais fort bien distinguer en vous l'empire que le cœur a su prendre du délire d'une imagination échauffée" (Julie, 11, 80). Il ne s'oppose donc pas diamétralement à la raison, avec laquelle il peut se trouver à l'unisson : "L'esprit s'orne, la raison s'éclaire, l'âme se fortifie, le cœur jouit : que manque-t-il à notre bonheur ?" (Julie, 9, 78).

Le cœur est enfin le fondement d'un bonheur spécifique aux amants : "le cœur fait le vrai bonheur quand on s'aime" (Julie, 50, 175) et cela, même dans la situation où ils se trouveront par la suite : "malgré l'absence, les privations, les alarmes, malgré le désespoir même, les puissants élancements de deux cœurs l'un vers l'autre ont toujours une volupté secrète ignorée des âmes tranquilles" (Saint-Preux, II, 16, 295).

QUESTIONS DE SYNTAXE

CONSEILS GÉNÉRAUX DE SYNTAXE

Après les considérations plus générales sur l'état de langue du texte de Rousseau, nous proposons à présent d'entrer dans le détail du texte, pour explorer quelques questions. Nous ne ferons que des rappels essentiels de méthode [v. CALAS et ROSSI, 2011, p. 33-38]. Il convient de bien différencier les libellés proposés, car ils n'induisent pas le même traitement des unités. L'indication "morphosyntaxe" nécessite un double traitement de la question, puisque le candidat devra consacrer un premier temps de son étude à la formation des unités, que ce soit dans une perspective diachronique et/ou synchronique. Ce n'est qu'ensuite qu'il abordera les considérations syntaxiques. L'indication "syntaxe" seule exclut le traitement de la morphologie et invite le candidat à se consacrer à l'examen des modalités de combinaison des unités entre elles pour construire une phrase. Très souvent, un intitulé "grammaire" est proposé, qui a pour inconvénient de neutraliser la distinction entre morphosyntaxe et syntaxe et de laisser au candidat le choix de tel ou tel traitement.

QU'EST-CE QU'UNE PROBLÉMATIQUE GRAMMATICALE ?

Élaborer une problématique sur une question de grammaire consiste à conférer une orientation à l'analyse grammaticale et linguistique, car on ne saurait plaquer ou réciter des éléments pris dans une grammaire. Il convient d'une part de les appliquer judicieusement à la spécificité du texte, et d'autre part de se livrer à une analyse critique des notions théoriques présentes dans le sujet. Il s'agit donc de s'intéresser également au métalangage servant à faire la description grammaticale. Qui plus est, le texte au programme présente des particularités, qui vont orienter le traitement des questions de langue et s'inscrire dans la problématique. Il s'agit de particularités diachroniques [v. Quelques traits de langue classique], c'est-à-dire liées à l'évolution de la langue. On décrira le système de la langue à l'époque du texte, puis on le comparera à celui du français moderne. Il s'agit aussi de particularités diaphasiques, liées à la question des registres, à l'idiolecte de certaines figures convoquées dans le texte, à des régionalismes, ou enfin de particularités stylistiques, c'est-à-dire liées aux choix de l'auteur. On décrira le système de la langue utilisé par l'auteur, en identifiant ses spécificités ; pensons, par exemple, aux techniques liées au genre épistolaire, à l'abondante déixis qui soutend l'organisation linguistique, aux jugements de valeurs des personnages, lesquels nécessitent une abondante caractérisation, adjectivale notamment. Cependant le candidat ne confondra pas la question de grammaire et le commentaire stylistique. Dans la partie grammaticale de l'épreuve, il ne faut en aucun cas se préoccuper de l'interprétation du passage, mais il convient de proposer une analyse des faits de langue.

QUELQUES TRAITS DE LANGUE CLASSIQUE

Dans la deuxième moitié du XVIIIe siècle, les grandes tendances syntaxiques, encouragées dans un désir de clarté par les remarqueurs, se sont renforcées: l'ordre des mots s'est stabilisé selon la succession déterminé-déterminant, et, pour la proposition, sujet-verbe-objet; l'explicitation du déterminant dans le groupe nominal et celle du sujet dans la proposition sont devenues systématiques. Si l'on peut lire sous la plume de Julie: "Ce faisant aurez l'accolade et serez reconnu vassal unique et loyal Chevalier" (35, 144), c'est qu'elle s'amuse à parodier la poésie courtoise: l'absence de sujet participe ici à l'imitation de la syntaxe de l'ancien français. Certains traits donnent cependant à la langue de Rousseau une allure classique. Soulignons pour commencer deux caractéristiques ponctuelles du français classique présentes dans *La Nouvelle Héloïse*: la montée du clitique ou encore l'usage du mot *de* devant infinitif.

Montée du clitique

Les constructions du type *je le dois faire*, avec pronom clitique placé avant le verbe modalisé, coexistent encore au XVIIe siècle, avec les constructions du type *je dois le faire*, où le clitique est placé avant le verbe à l'infinitif [FOURNIER, 2002, § 106]. Sur ce point, la langue du XVIIIe siècle se rapproche de l'usage moderne, sans dégager "aucune loi claire" [SEGUIN, 1972, p. 150]. Dans *La Nouvelle Héloïse*, comme dans les *Confessions* [STEUCKARDT, 2012, p. 199], la "montée du clitique", si elle est loin d'être systématique, présente plusieurs occurrences, avec les auxiliaires de modalité:

pouvoir: *quoi que vous en puissiez dire* (réponse, 63),

devoir: *votre raison me doit dédommager* (12, 82),

savoir: *quand j'ai du plaisir, je n'en saurais jouir seul* (23, 113),

vouloir: *j'en veux dire* (33, 137)

ainsi que le verbe *oser : mon honneur s'ose confier au tien* (4, 65), l'auxiliaire de temps *aller : J'ai interrompu ma lettre pour m'aller promener* (13, 89).

De, indice d'infinitif

En moyen français et en français classique, l'infinitif en fonction sujet, attribut, séquence d'impersonnel, complément direct, est volontiers précédé du marqueur *de*, qu'on pourra analyser comme un partitif, dérivé de la préposition *de* [FOURNIER, 2002, § 399]. Le français moderne et contemporain conserve ce *de* dans des constructions attributives à détachement: "c'est le premier soin de la vie de s'unir à qui doit nous la rendre douce" (26, 123), notamment en modalité exclamative: "Quel tourment de se voir et de se contraindre !" (33, 136) ; "Quel étrange empire est le vôtre, de pouvoir rendre les privations aussi douces que les plaisirs" (43, 156) ; "Quel état cruel, de ne pouvoir ni supporter son crime, ni s'en repentir" (44, 173) ; ou encore, en phrase averbale: "La singulière marque d'attachement, que de vous plaindre de ma santé !" (9, 75).

Dans les constructions attributives à extraction, le français contemporain fait généralement l'économie de l'indice *de*, alors que le français classique et moderne l'utilise: "C'est un excellent moyen de bien voir les conséquences des choses que de sentir vivement tous les risques qu'elles nous font courir" (11, 82) ; "Apprenez, dit-il, que c'est offenser l'honneur d'une maison que d'oser en solliciter l'alliance sans titres pour l'obtenir" (43, 215).

Dans les structures comparatives, les deux formes, avec ou sans indice d'infinitif, sont possibles. Rousseau peut écrire : "J'aimerais mieux vous voir m'outrager que vous avilir" (II, 27, 360), sans faire précéder *avilir* de l'indice *de*. Il semble cependant préférer la forme *de* suivi d'infinitif : "est-il une mort plus cruelle que de survivre à l'honneur ?" (4, 63) ; "Je n'imaginais pas même une autre félicité, que de sentir ainsi ton visage auprès du mien, ta respiration sur ma joue, et ton bras autour de mon cou" (55, 186) ; "j'ai mieux aimé l'accabler d'abord pour lui ménager des adoucissements, que de multiplier inutilement ses douleurs" (45, 226).

En fonction complément d'objet direct, le français contemporain a conservé l'utilisation de l'indice *de* devant un certain nombre de verbes transitifs directs dénotant les mouvements de l'âme [Le Goffic, 1993, § 184], tels que *accepter, craindre, douter, imaginer, oublier, promettre*, etc. Bien qu'introduit par *de*, l'infinitif est alors en fonction de complément d'objet direct : en français classique comme en français contemporain, l'infinitif *partir*, dans *j'accepte de partir*, pronominalisable en *je l'accepte*, est complément d'objet direct du verbe *accepter*. Cette construction en *de* suivi d'infinitif est plus étendue en français classique. Rousseau construit encore avec *de* suivi de l'infinitif le verbe *désirer* ou le verbe *compter* : "Il a désiré de savoir en détail l'histoire de nos amours" (60, 206) ; "Comptiez-vous de me respecter aussi longtemps que je ferais peur, et de vous rétracter quand je deviendrais supportable ?" (9, 75). Ces usages s'inscrivent dans un système ancré dans la syntaxe du français classique, comme on peut l'observer à d'autres niveaux.

LA SUBORDINATION

La phrase de Rousseau “sait suivre remarquablement le mouvement du sentiment” [SIOUFFI, 2020, p. 209], elle suit remarquablement aussi le mouvement de la pensée, posant l’hypothèse, accordant la concession, construisant la corrélation comparative ou consécutive. Cette phrase, qui se déploie volontiers en période, mais peut aussi se resserrer en maxime, déploie toutes les ressources de l’hypotaxe.

Définition [RIEGEL *et al.*, 1994, p. 472-474]

La subordination instaure une relation de dépendance entre les propositions. Cette dépendance est habituellement hiérarchique : une des propositions, appelée *proposition principale*, régit la ou les subordonnées. La relation de dépendance peut être non hiérarchique : ainsi dans *Il le dirait, je ne le croirais pas*, les propositions *il le dirait* et *je ne le croirais pas* sont en interdépendance. Cette interdépendance peut être marquée par des adverbes : ainsi dans *Plus il parle, moins je le crois*, ou, dans notre corpus, “mieux elle augurait de ta raison, plus elle craignait pour ton cœur” (7, 70), les adverbes *plus/moins* et *mieux/plus* marquent la corrélation entre les deux propositions.

La description de la subordination est déjà bien avancée au XVIIIe siècle, où l’on oppose la “proposition principale” à ce qu’on appelait alors non *proposition subordonnée*, mais *proposition incidente* : “Dans la proposition complexe on distingue la proposition principale, et les propositions incidentes. Celles-ci sont attachées au sujet, ou à l’attribut. *La crainte de ceux qui parlent en public est raisonnable. La crainte est raisonnable*, c’est la proposition principale ; *de ceux qui sont parlans en public*, c’est la proposition incidente ; puisqu’elle s’appuie, qu’elle tombe sur le sujet de la proposition principale” [BATTEUX, 1753, III, I]. Par la suite, la dénomination de *proposition principale* a pu être critiquée. Dans *On m’a dit que la terre a tremblé*, il peut paraître curieux d’appeler principale la proposition *on m’a dit*, et subordonnée la proposition *que la terre a tremblé* : il est clair que *on m’a dit* n’est pas, d’un point de vue sémantique, l’information “principale” ; aussi n’est-ce que d’un point de vue syntaxique que la proposition *on m’a dit* est qualifiée de principale. Dans la deuxième moitié du XXe siècle, la dénomination de *matrice*, qui reste moins courante a été également utilisée .

La dénomination de *proposition subordonnée*, utilisée par Condillac pendant la deuxième moitié du XVIIIe siècle, est employée concurremment à celle de *proposition incidente* pendant tout le xixe siècle. Elle devient dominante au XXe siècle, l'étiquette de *proposition incidente* étant recyclée pour un autre usage (voir *infra*).

Classement des subordonnées

On utilise deux classements des subordonnées: un classement fonctionnel, qui se fonde sur le rôle syntaxique de la proposition dans la phrase, et un classement plus formel, qui se fonde sur la nature du mot introducteur ou sur le mode du verbe. Le classement fonctionnel distingue trois catégories: les complétives; les circonstancielles; les relatives.

La dénomination de *relative* est ancienne: la *Grammaire de Port-Royal* l'utilise déjà; celles de *complétive* et de *circonstancielle* se sont mises en place au XIXe siècle. Ce classement fonctionnel a été critiqué pour plusieurs raisons: on comprend bien l'opposition fonctionnelle entre complétives et circonstancielles, mais les relatives, qui peuvent jouer le rôle d'un adjectif ou d'un substantif et en occupent les fonctions diverses, s'intègrent difficilement dans cette structuration. On pourrait préférer une terminologie opposant les subordonnées qui dépendent d'un verbe (*je pense qu'il viendra*) à celles qui dépendent d'un nom, qu'elles soient complétives (*l'idée qu'il viendra*) ou relatives (*le voyage qu'il fera*). Par ailleurs, le terme de *complétive* paraît assez inadéquat: les complétives, en effet, peuvent être non seulement complément, mais aussi sujet ou attribut.

On présentera ici les subordonnées selon leur classement formel. Mais le classement fonctionnel sera utilisé dans un second temps pour indiquer la fonction de la proposition étudiée. Les exemples seront généralement tirés de la première lettre de *La Nouvelle Héloïse*.

Le classement formel des subordonnées se fonde d'une part sur le mot introducteur, distinguant: les conjonctives, les interrogatives indirectes, les relatives, et d'autre part sur le mode du verbe de la subordonnée, distinguant: les infinitives, les participiales. Si les trois premières catégories sont partout admises, en revanche les deux dernières sont plus discutées.

• **Les conjonctives**
[Riegel *et al.*, 1994, p. 491-495 et 506-518]

Les conjonctives sont introduites par les conjonctions de subordination : *que*, *quand*, *comme*, *si* (hypothétique), et les composés de *que*. La plus fréquente d'entre elles est *que*, qui marque seulement la subordination, sans donner d'indication sémantique particulière. Les autres conjonctions apportent une information de type circonstanciel.

On peut réintroduire ici la distinction fonctionnelle entre conjonctives complétives du type : *qu'on vous puisse imaginer plus belle encore* (p. 56) et conjonctives circonstancielles : *si je souffre* (p. 55).

La conjonctive complétive : fonction et mode

La conjonctive complétive peut occuper les fonctions objet direct (*il dit qu'il vient*) ou indirect (*il veille à ce qu'il vienne*) ; séquence d'impersonnel (*il faut qu'il vienne*), ainsi que, moins fréquemment, sujet (*qu'il vienne me réjouit*), attribut (*l'essentiel est qu'il vienne*), apposition (*ce projet, qu'il vienne, me réjouit*), complément du nom (*l'idée qu'il vienne me réjouit*). Dans *Je consens qu'on vous puisse imaginer plus belle encore*, la proposition conjonctive *qu'on vous puisse imaginer plus belle encore* est complément d'objet indirect du verbe *consentir*. Malgré l'absence d'une préposition, il s'agit bien d'un complément indirect, comme l'atteste la pronominalisation : *je consens à cela*, *j'y consens*. Le mode de la conjonctive complétive peut être l'indicatif, ou, avec les verbes permettant une virtualisation du prédicat : les verbes de relation logique, mouvements de l'âme, action sur autrui [Le Goffic, 1993, § 179], le subjonctif (voir *supra*). Le verbe *consentir* appartient à la catégorie des verbes de volonté ("mouvements de l'âme"), il permet de poser le prédicat de la complétive comme une idée et non comme un procès réel, d'où l'emploi du subjonctif.

La conjonctive circonstancielle : classement et mode

Les conjonctives circonstancielles sont traditionnellement classées en fonction de leur valeur sémantique : ce classement sémantique n'est pas limitatif et varie selon les grammaires. On trouve cependant le plus souvent les catégories suivantes : le temps (indiqué par les conjonctions *quand, lorsque, avant que*, etc.), la cause (*parce que*, *puisque*,...), la conséquence (*de sorte que*, *si...que*,...), le but (*pour que*, *afin que*,...), la comparaison (*comme*, *plus...que...*), l'hypothèse (*si*), la concession (*bien que*, *quelque... que*,...). Dans *si je souffre, j'ai du moins la consolation de souffrir seul*, la conjonctive *si je souffre* est complément circonstanciel d'hypothèse.

Quand elles indiquent une prise de position subjective sur la prédication première, les circonstancielles sont au subjonctif : il peut s'agir de propositions de temps (*Pierre est venu avant que Paul ne soit parti*), de conséquence (*Paul a insisté de manière que Pierre vienne*), de but (*Paul a insisté pour que Pierre vienne*), d'hypothèse (*Paul sera content, à moins que Pierre ne vienne pas*), de concession (*Paul est content, bien que Pierre ne soit pas venu*). Les conditionnelles par *si* sont à l'indicatif, comme c'est le cas dans *si je souffre* (voir toutefois *supra*, pour l'emploi du subjonctif en système conditionnel, en langue classique).

• Les interrogatives indirectes [Riegel *et al.*, 1994, p. 499-501]

De même que l'on a deux types d'interrogation dans l'interrogation directe, de même on distingue logiquement deux catégories d'interrogatives indirectes : les interrogatives indirectes totales, introduites par la conjonction *si* interrogative (à ne pas confondre avec le *si* hypothétique) (*je demande s'il vient*) et les interrogatives indirectes partielles, introduites par un pronom, un adjectif ou un adverbe interrogatif (*je demande qui vient ; je demande quel étudiant vient ; je demande quand il vient*).

Les mots introducteurs de l'interrogation partielle se répartissent comme suit :

- des formes simples : le pronom *qui*, *que*, *quoi*, éventuellement accompagné du démonstratif *ce ;* l'adjectif interrogatif : *quel* et ses formes fléchies ; les adverbes : *où, quand, comment, pourquoi, combien* :

- des formes composées (*lequel* et ses formes fléchies).

Les interrogatives appartiennent à la catégorie des complétives. Elles se trouvent habituellement en fonction complément d'objet, avec, outre le verbe *demander*, des verbes de connaissance, notamment lorsqu'ils sont niés (*je ne sais pas s'il vient*), des verbes déclaratifs, notamment à la modalité injonctive ou à la forme négative (*il n'a pas dit s'il viendrait*). Elles peuvent être complément de nom ou d'adjectif (*incertain s'il viendrait, il ne l'a pas attendu* ; *l'incertitude s'il viendra me trouble*).

Dans la lettre 1, *si mes sentiments sont purs* (p. 57), l'interrogation totale introduite par la conjonction *si* est complément d'objet direct de *jugez*, verbe de connaissance à l'impératif ; dans la phrase précédente, *quel tourment mon cœur se prépare* est une interrogation partielle, complément d'objet direct de *je vois*, verbe de connaissance, elle est introduite par l'adjectif interrogatif *quel*, qui détermine *tourment*.

Les subordonnées exclamatives fonctionnent comme les interrogatives indirectes, mais sont introduites par les termes exclamatifs (*comme, quel*...) de l'expression directe, plus *si*. Elles se trouvent en fonction de complément d'objet de verbes de perception, d'appréciation, de déclaration : *regarde comme il est sage ; imagine s'il est jeune !*

La première lettre ne comporte pas d'exclamative indirecte. On relève plus loin : *Vois combien les amants sont maladroits en injures !* (46, 163). La subordonnée exclamative indirecte est complément d'objet direct du verbe *vois ;* elle est introduite par l'adverbe interrogatif *combien*.

• Les relatives [Riegel *et al.*, 1994, p. 479-489]

Les relatives sont introduites : par des pronoms/déterminants relatifs composés : *lequel* et ses formes fléchies, par des pronoms relatifs simples : *qui, que, quoi, dont, où*, par des pronoms relatifs indéfinis *quiconque, qui que ce soit qui*, à valeur concessive *qui que, quoi que, où que, quel que, quelque* (déterminant) *que*.

On peut considérer que les combinaisons du pronom démonstratif et du pronom relatif *ce qui, ce que, celui qui* (ainsi que *tel qui*, combinaison du relatif avec l'indéfini *tel*) forment une locution relative. Le mot relatif a deux rôles : comme subordonnant, il marque la dépendance de la proposition qu'il introduit ; il occupe aussi une fonction dans la subordonnée qu'il introduit.

Les relatives substantives

Les relatives sans antécédent, ou substantives, ont les fonctions du substantif : dans *qui ne peut se rendre heureux peut au moins mériter de l'être* (3, 62), la relative substantive *qui ne peut se rendre heureux* est sujet du groupe verbal *pouvoir mériter*.

On rattache les relatives périphrastiques introduites par *celui qui* ou *ce qui* à cette catégorie. *Celui, ce* sont, d'un point de vue étymologique, des antécédents, mais leur contenu sémantique est extrêmement général ; on peut considérer que *ce qui* et *celui qui* forment une périphrase relative. On analyserait donc *celui qui ne peut se rendre heureux* de la même façon que *qui ne peut se rendre heureux*.

Les relatives adjectives

Les relatives avec antécédent, ou adjectives, ont les fonctions d'un adjectif. Par exemple, dans: *j'espère que je ne m'oublierai jamais jusqu'à vous tenir des discours qu'il ne vous convient pas d'entendre* (1, 55), la relative *qu'il ne vous convient pas d'entendre* est épithète de l'antécédent des discours.

On distingue deux grands types de relatives adjectives: les relatives déterminatives et les relatives explicatives. La relative déterminative restreint l'extension de l'antécédent, ainsi dans *Pierre cueille les cerises qui sont rouges* (et laisse les vertes), la relative est alors nécessaire pour identifier le référent dont il est question. On ne peut pas la supprimer. La relative explicative en revanche ne modifie pas l'extension de l'antécédent. Elle apporte une information complémentaire: *Pierre cueille les cerises, qui sont rouges* (c'est-à-dire Pierre cueille toutes les cerises ; c'est parce qu'elles sont rouges qu'il les cueille), on peut la supprimer. La présence de la virgule est un indice pour identifier une relative explicative ; cependant, même dans la ponctuation contemporaine, la virgule devant la relative explicative n'est pas systématique ; la distinction doit se fonder sur une analyse sémantique. Dans *je ne m'oublierai jamais jusqu'à vous tenir des discours qu'il ne vous convient pas d'entendre*, la relative est nécessaire pour identifier le référent: ce n'est pas *à tenir des discours quelconques* que se refuse Saint-Preux, mais seulement *à tenir des discours qu'il ne convient pas à Julie d'entendre*. La relative est ici déterminative.

Relative clivée

Dans *c'est du poison que j'ai cueilli sur tes lèvres* (14, 90), on ne peut pas considérer que *poison* soit antécédent de la relative: il ne s'agit ici pas d'apporter une détermination ou une explication sur *poison* ; la relative *que j'ai cueilli sur tes lèvres* ne le détermine en rien et n'explique rien. L'enjeu de ces tours est de mettre en évidence un mot ou groupe de mots en le transformant en prédicat: il s'agit d'une mise en relief par extraction. Dans le cadre de l'extraction, la relative est appelée relative clivée. Il conviendra de distinguer les véritables extractions (*c'est du poison que j'ai cueilli sur tes lèvres* [et non un baume de guérison]) des structures introduites par *c'est* mais ne présentant pas nécessairement d'extraction: dans *c'est un poison qu'on se procure aisément*, la relative détermine le mot *poison* (elle restreint le référent visé à la classe des poisons qu'il est facile de se procurer, par opposition à celle des poisons difficiles à obtenir).

• La proposition infinitive [Riegel *et al.*, 1994, p. 497, § 2.2.]

Certaines grammaires n'admettent pas son existence. En effet l'infinitif apparaît comme une forme intermédiaire entre le verbe et le substantif. On peut analyser de deux manières la phrase. Soit la séquence *je cultivais l'espérance, et la vois flétrir tous les jours* (25, 118) :

- si l'on considère que *flétrir* fonctionne comme un verbe: *la* [l'espérance] *flétrir* est une proposition avec son constituant nominal et son constituant verbal,

- si l'on considère que *flétrir* fonctionne comme un nom: *vois* reçoit deux compléments d'objet, *la* et *flétrir*. Pour les textes classiques, où l'empreinte de la syntaxe latine reste puissante, on peut opter pour la première analyse. Elle rend mieux compte du lien prédicatif unissant *flétrir* à *la*.

Traditionnellement, on ne parle de proposition infinitive que si le sujet du verbe à l'infinitif est distinct de celui du verbe principal. Ainsi il n'y a pas de proposition infinitive dans: *j'osai me charger de ce dangereux soin* (1, 55) ; en effet *de ce dangereux soin* est complément d'objet indirect du verbe pronominal *me charger* et le groupe *me charger de ce dangereux soin* est complément d'objet indirect de *osai*. On analysera *me charger de ce dangereux soin* comme une "construction infinitive" [Riegel *et al.*, 1994, p. 495-499], mais non comme une "proposition infinitive".

Les cas de proposition infinitive sont donc peu fréquents. Ils se limitent à la construction des verbes de perception (*voir*, *entendre*, *sentir*...), auxquels on peut adjoindre les verbes *laisser* et *faire*. Dans *vous ne me laissassiez prendre un baiser* (1, 57), on peut analyser *me /prendre un baiser* comme une proposition infinitive complément d'objet direct du verbe *laisser*; on pourrait aussi considérer *laisser prendre* comme un opérateur diathétique ou causatif [Riegel *et al.*, 1994, p. 229]: dans cette seconde analyse, on envisage *laisser prendre* comme une périphrase causative, dont *un baiser* est complément d'objet direct. On peut signaler l'ambiguïté du pronom *me :* si on l'a interprété ici comme un complément d'objet direct, il pourrait aussi être analysé comme un complément d'objet indirect: dans cette interprétation, l'analyse par la proposition infinitive serait exclue.

• La proposition participiale [Riegel *et al.*, 1994, p. 340 et 510]

Elle est aussi contestée que la proposition infinitive. Le participe est une forme intermédiaire entre le verbe et l'adjectif qualificatif: il "participe" de l'une et l'autre classe. Soit la phrase: *l'affaire s'étant passée entre nous, il serait mieux qu'elle se terminât de même* (59, 202). On peut en proposer deux analyses:

- si l'on considère que *s'étant passée* fonctionne comme un verbe: *l'affaire s'étant passée entre nous* est une proposition avec son constituant nominal et son constituant verbal,

- si l'on considère que *l'affaire s'étant passée entre nous* fonctionne comme un nom: cette séquence s'analyse comme un complément circonstanciel (*s'étant passée* ayant fonction d'épithète de *l'affaire*).

Là aussi, nous retiendrons la première analyse qui rend mieux compte du lien prédicatif unissant *s'étant passée* à *l'affaire*.

Pour proposer une analyse par la proposition participiale, il convient de s'assurer qu'on a bien affaire à une proposition distincte de la principale, ayant son sujet propre. Ainsi dans: *Sachant que j'avais cultivé quelques talents agréables, elle a cru qu'ils ne seraient pas inutiles* (1, 50), *sachant* est en fonction d'épithète détachée de *elle* et il n'y a pas lieu de parler de proposition participiale.

De même dans *la perspective des monts étant verticale frappe les yeux tout à la fois* (23, 106), *étant* est en fonction épithète de *la perspective* et fonctionne comme simple épithète. Il y aurait eu proposition participiale si un pronom personnel avait repris le groupe nominal *la perspective des monts :* dans une séquence: *la perspective des monts étant verticale, elle frappe les yeux tout à la fois*, chacun des deux verbes possède son sujet propre, on a alors deux propositions distinctes, dont la première est participiale.

• **L'insertion**
[Riegel *et al.*, 1994, p. 470]

L'insertion est l'introduction dans une phrase d'éléments qui ne dépendent d'aucun constituant de la phrase. Les propositions sont de deux types : l'incidente et l'incise.

La proposition insérée est appelée *incidente* quand le verbe de la proposition insérée n'est pas un verbe déclaratif : ainsi *il est vrai* dans *je sais, il est vrai, le parti que dicte en pareil cas la prudence* (1, 55), ou plus loin *nous sommes jeunes tous deux, il est vrai* (5, 67) ; *je le vois* dans *vous en êtes affectée, je le vois* (3, 61) ; ou encore *je le sais* dans *je pouvais, je le sais, différer cet aveu* (4, 65). La proposition incidente conserve la place canonique du sujet, avant le verbe qu'il régit.

Quand le verbe de la proposition insérée est un verbe déclaratif, la proposition insérée est appelée *incise* : *le temps est précieux, dites-vous* (10, 78) ; *mais, dit Montaigne, on nous dresse à l'emprunt et à la quête* (12, 84). L'incise, en style normé, contraint à l'inversion du sujet.

• **Subordination implicite, subordination inverse**
[Riegel *et al.*, 1994, p. 138]

Il peut arriver qu'une proposition se trouve dans une relation sémantique de dépendance par rapport à une autre, bien qu'elle lui soit simplement juxtaposée. Cette subordination implicite est observée dans l'expression du temps (*à peine fut-il sorti, tout le monde se mit à rire*), de la condition (*il dit un mot, on lui obéit*) et de la concession (*il le jurerait, je ne le croirais pas*).

Le rapport sémantique de dépendance peut paraître formellement inversé quand la "principale" est introduite par la conjonction *que*, qui fonctionne alors comme un indice de subordination (*à peine fut-il sorti, que tout le monde se mit à rire ; il dit un mot, qu'on lui obéit*) et de la concession (*il le jurerait que je ne le croirais pas*). *La Nouvelle Héloïse* abonde en temporelles construites en subordination inverse, introduites par *à peine* : *à peine se pose-t-elle sur la mienne qu'un tressaillement me saisit* (1, 57) ; *à peine le paquet était-il ouvert que je me nomme* (21, 101) ; *à peine avais-je achevé que j'ai vu avec l'étonnement que tu peux concevoir Milord Édouard à genoux devant moi* (60, 203) ; *à peine avons-nous été seuls qu'il est revenu m'embrasser d'une manière plus tendre et plus amicale* (60, 204). Ces structures marquent une sorte de précipitation et de désordre émotionnel chez les personnages.

LE SUBJONCTIF

Introduction et présentation du cadre théorique retenu

Le subjonctif est, avec l'indicatif, le seul mode comportant les six personnes, c'est-à-dire offrant une flexion complète. Il est dénommé "mode personnel", par contraste notamment avec l'infinitif, traité comme le mode "non personnel" ou "impersonnel". Trop souvent présenté encore comme le mode de l'irréel, par opposition à l'indicatif, qui serait le mode du réel et du vrai, le subjonctif mériterait d'être traité comme un marqueur de modalité, comme un modificateur du point de vue du locuteur sur les conditions de réalisation (et/ou de vérité) de l'énoncé. Dans *je suis content que les étudiants prennent des notes*, le procès décrit par le verbe de la subordonnée est non seulement réel mais réalisé : *les étudiants prennent des notes*. L'indicatif voit le procès comme actuel, c'est-à-dire certain ou probable, là où le subjonctif le traite comme virtuel, c'est-à-dire comme possible ou potentiel. On dit généralement que le subjonctif possède quatre temps : le présent, l'imparfait, le passé et le plus-que-parfait. Il serait plus exact de dire que le subjonctif compte deux temps : le présent et l'imparfait. L'opposition entre présent et passé, d'une part, et imparfait et plus-que-parfait, d'autre part, n'est pas d'ordre temporel mais d'ordre aspectuel, et se situe respectivement entre inaccompli et accompli.

Parmi l'ensemble des théories permettant de rendre compte des spécificités du subjonctif, nous retenons celle de la psychomécanique, due au linguiste français Gustave Guillaume et diffusée par son élève, Gérard Moignet [1981]. Dans la théorie de G. Guillaume, le subjonctif présente le "temps en devenir" (temps *in fieri*), par opposition à l'indicatif (temps *in esse*) et à l'infinitif (temps *in posse*). Le subjonctif envisage en effet l'idée verbale en cours de génération, avant sa complète actualisation, qu'exprimerait l'indicatif. Pour expliquer le subjonctif dans les subordonnées, Guillaume met en contraste l'idée regardante, portée par les éléments de la proposition principale, et l'idée regardée, portée par la proposition subordonnée. L'actualisation (à l'indicatif) ou la virtualisation (au subjonctif) de l'idée regardée résulte de sa mise en relation avec l'idée regardante. Nous adopterons dans cette fiche la position théorique d'Olivier Soutet [2000], largement nourrie de guillaumisme : c'est par référence à la notion d'actualisation applicable à un événement (procès ou processus) perçu par l'énonciateur comme existant, ayant existé ou ayant de fortes chances d'exister. Si l'énonciateur a une vision actualisante de l'événement, le système de la conjugaison lui fournit les formes du mode indicatif. On reconnaîtra alors, par contraste, au subjonctif une aptitude particulière à situer l'événement qu'il décrit hors du champ de l'actualisation :

Soit qu'il le déclare en deçà de celui-ci : **préactualisation**. C'est le monde des possibles, dans lequel la prise en charge de la vérité de la subordonnée s'avère encore impossible, mais envisageable dans l'ordre des choses selon le point de vue du locuteur.

Soit qu'il le place au-delà : **désactualisation**, dans un autre monde que celui qui est tenu pour vrai.

Le plan retenu pour l'étude est celui de l'ouvrage d'O. SOUTET [2000], qui offre une synthèse sur la question.

Emplois autonomes en proposition indépendante

Dans ces tournures, l'effet de sens est à orientation assertive. Il s'agit de subjonctifs de **préactualisation**, puisque c'est un "avenir" ou un "devenir" qui est visé. On ne relève dans le texte que des *tournures optatives :*

> Dieu veuille que ton jeune philosophe connaisse mieux que nous cet art-là, p. 70
>
> Eh ! Qu'il passe et qu'il soit heureux (le temps), p. 78
>
> Périsse le vil mortel qui tentera jamais d'en souiller une, p. 79

Ces tournures sont limitées à l'expression du souhait (ou de la prière). Sémantiquement contraints, ces tours sont syntaxiquement typés, recourant à un subjonctif présent de rang trois, supplétif de l'impératif défectif et précédé du morphème *que*, béquille nécessaire à l'actualisation de ce tour pour le second. Présent dans le texte à plusieurs reprises, ce tour marque la surprise, l'étonnement, ou comme page 78, une sorte de soupir parenthétique, exprimant un souhait dont Saint-Preux sait qu'il est vain ou inutile. Ces tournures sont l'expression de la subjectivité du locuteur et la marque du style affectif, particulièrement marqué dans *La Nouvelle Héloïse*.

Les emplois historiquement marqués

On isolera l'occurrence suivante, qui offre un cas de subjonctif de désactualisation :

> Il l'eût été peut-être de tomber d'abord entre de plus sûres mains, p. 70
>
> J'eusse été la première à t'exhorter à les lui rendre, p. 69

La forme *eût été* est un subjonctif plus-que-parfait passif du verbe *avoir*, à la troisième personne du singulier. Il apparaît en indépendante ou en proposition coordonnée en modalité assertive (positive ou négative). Il a une valeur d'irréel du passé et correspond à un emploi historiquement marqué, que la langue moderne exprimerait par un conditionnel passé (*il aurait été*). Cet emploi est assez fréquent dans le texte et relève d'un usage propre à la langue classique encore teintée de latin, il montre à la fois la survie du tour et l'appartenance de Rousseau à la langue classique. Cet emploi a longtemps été appelé "conditionnel passé deuxième forme" par les grammaires scolaires. Il marque en propre l'irréel du passé : ce qui aurait pu être, mais qui n'a pas été, par un autre possible qui s'est mis en place.

Emplois en propositions subordonnées

Ce sont les emplois les plus nombreux, ce qui a fait dire à certains grammairiens que le subjonctif était le mode de la subordination (v. La subordination). Cette remarque est fondée si l'on ne lui prête pas une interprétation strictement mécanique. La forte présence du subjonctif dans les subordonnées est à mettre en relation avec son rôle de modalisateur. Par définition, une subordonnée est dépendante d'une principale (d'un élément de celle-ci ou d'un verbe) ce qui oriente la portée du procès. Le subjonctif témoigne du point de vue de l'énonciateur porté sur l'énoncé et sur le (ou les) procès qui dépendent de la principale.

Pour traiter de cette question au concours, plusieurs plans sont envisageables. Le plus simple est cependant d'opter pour une répartition des emplois du subjonctif selon le type de subordonnée dans lequel il apparaît.

• **En proposition subordonnée relative**

Si le mode le plus fréquent des subordonnées relatives adjectives est l'indicatif, le subjonctif n'apparaît que dans les subordonnées relatives restrictives, où l'antécédent et la relative ne font qu'un. C'est parce que la restriction porte sur la séquence [antécédent + relative], et non sur l'antécédent seul, que le choix du mode varie. Le subjonctif entre dans ce cadre en opposition avec l'indicatif. L'indicatif reste de règle dans les relatives explicatives, parce que ces dernières ne réduisent pas l'extension de l'antécédent.

Il convient d'examiner les facteurs qui influent sur le choix du subjonctif. Toute restriction pesant sur la séquence [antécédent + relative] diminue la probabilité de l'événement, ce qui privilégie le subjonctif. Lorsque le référent désigné par le syntagme nominal antécédent fait l'objet d'une sélection, c'est-à-dire d'un parcours dans la classe concernée, le subjonctif signifie que le mécanisme sélectif est ce sur quoi l'énonciateur veut insister.

Relative à antécédent nié

> Je ne vois rien dans ce séjour terrestre qui soit digne d'occuper mon âme et les sens. (p. 79)
>
> Il n'y a nulle cause possible et funeste de ce retard que mon esprit troublé ne se figure. (p. 98)
>
> Elle sent qu'il n'y a rien de bien qui ne puisse encore sortir de ton âme. (p. 130)

Lorsque l'antécédent tombe sous la portée d'une négation, c'est-à-dire lorsqu'une commande lexicale empêche ou entrave l'assertion pleine et entière de la caractérisation, la relative requiert le subjonctif. L'existence du référent de cet antécédent est ici niée. Le subjonctif signale cette "affirmation d'inexistence" [Martin, 1983, p. 118]. Aux pages 79 et 130, l'antécédent du relatif est le pronom indéfini *rien*, totalement négatif, c'est l'expression hyperbolique de l'amour exclusif et de la personne unique que le tour permet de mettre en valeur.

On rappellera ici que les relatives restrictives relèvent du même acte énonciatif que les principales et tiennent d'elles leur valeur de vérité. C'est donc bien l'idée regardante qu'il faut examiner, et elle est véhiculée par l'ensemble de la principale. C'est un cas de subjonctif de désactualisation.

Relative à antécédent impliquant une sélection

> J'ai imaginé une espèce de plan qui puisse réparer par la méthode le tort que les distractions ont fait au savoir, p. 83

On rencontre encore dans ces tours une forte sélection qui pèse sur l'antécédent, et qui est rendue ici par la présence d'un morphème indéfini, dont la valeur de faible quantité est marquée ("une espèce"), "un" est déterminant indéfini, mais très proche du numéral cardinal. C'est ce trait qui opère la sélection et déclenche le subjonctif dans la relative déterminative qui suit. Il s'agit de trouver en quelque sorte la solution la plus adaptée pour poursuivre la relation éducative, tout en restant concentré sur les sujets abordés, ce qui est l'occasion pour Rousseau de faire suivre cette relative au subjonctif de préactualisation d'un long paragraphe abritant une réflexion sur l'éducation.

- **Dans les constructions concessives extensionnelles non scalaires à focalisation indéfinie**

> Quoi qu'il en soit de mon sort, je sens que j'ai pris une charge au-dessus de mes forces, p. 74
>
> Quoi que vous puissiez dire, votre cœur est plus content du mien qu'il ne feint de l'être, p. 75
>
> Quelque traitement que ta rigueur me destine, p. 92
>
> Quelque regret que j'aie au retour de ma santé, je ne saurais le dissimuler plus longtemps, p. 135

Ces structures sont encore fréquentes en langue classique et postclassique. Sans avoir complètement disparu du français moderne, elles ne sont plus aussi courantes et sont senties comme relevant aujourd'hui d'un usage littéraire ou archaïque. Par ailleurs, lorsqu'elles sont soumises à l'analyse, deux types de classement se rencontrent. Soit on les classe, comme nous le faisons, parmi les relatives, et ce, en donnant la primauté à un critère historique qui fait que ces subordonnées furent formellement des relatives, soit on les range parmi les propositions subordonnées relationnelles concessives, en privilégiant le sens du système qui est concessif.

Le premier terme est le déterminant indéfini *quelque*, qui varie en nombre mais pas en genre, et provient de *quel* + *que*, par coalescence. Ce morphème, paraphrasable par "n'importe quel", confère une indétermination maximale au nom qu'il accompagne. Le second terme est un pronom relatif, qui pouvait anciennement varier. Depuis le milieu du XVIIe siècle ne subsiste que le morphème *que*, dont l'uniformité masque une grande richesse fonctionnelle.

Les systèmes relatifs extensionnels signifient que le fait principal se déroule indépendamment de l'identité de l'élément nominal mis en jeu dans la subordonnée mais non pas de la réalité du fait subordonné comme dans la concession simple, Dans ces constructions, la classe parcourue réunit un ensemble de variables actantielles ou circonstancielles : ensemble des sorts, des traitements, etc.

• **En proposition subordonnée conjonctive pure**

La commande lexicale impose le subjonctif chaque fois que le procès n'est pas pris en charge par le sujet de l'énoncé

L'apparition du subjonctif dans les propositions subordonnées conjonctives complétives est liée à la présence d'une **idée regardante** dans la principale, qui virtualise le procès de la subordonnée, ce que l'on appelle "**idée regardée**". Dans un *continuum* allant de l'absolument certain au possible, voire moins que possible, une ligne de partage, placée autour du probable, sépare l'indicatif et le subjonctif. Trois cas de figure se présentent :

Seul l'indicatif est possible, quand l'idée regardante inscrit le procès dans l'univers du certain ou du probable. C'est le cas notamment des verbes de déclaration, de jugement, comme *affirmer, déclarer, dire, penser*, et des adjectifs comme *certain, probable, sûr, vrai.*

L'indicatif et le subjonctif sont utilisés concurremment. Le probable est susceptible de basculer dans le possible. Il convient de repérer les facteurs expliquant cette opposition, parmi lesquels on compte la négation, l'interrogation, certains adverbes modalisateurs.

Seul le subjonctif est possible, quand l'idée regardante inscrit le procès dans l'univers du possible, voire du moins que possible. C'est le cas notamment des verbes de sentiment, d'ordre, comme *aimer, craindre, détester, dire, exiger, ordonner, vouloir*, et des adjectifs comme (*im*)*possible, important, nécessaire merveilleux, surprenant.*

La vérité du procès de la subordonnée est mise en cause

> Doutez-vous que vous ne me soyez aussi cher que moi-même, p. 81
>
> Je doute qu'aucune agitation violente, aucune maladie de vapeurs pût tenir contre un pareil séjour prolongé, p. 108

Le subjonctif apparaît quand "la commande lexicale" empêche ou entrave l'assertion pleine et entière de la vérité du contenu propositionnel. Le sémantisme du verbe recteur, *douter*, intercepte la visée et conduit à un divorce entre l'énoncé posé dans la principale et celui de la subordonnée. Cette désactualisation sert à profiler un monde autre que celui qui est tenu pour vrai par l'énonciateur.

La vérité du procès de la subordonnée n'est pas évaluable (projection prospective, préactualisation)

> Dieu veuille que ton jeune philosophe <u>connaisse</u> mieux que nous cet art-là, p. 70
>
> Je veux que vous habitiez un séjour moins rude, p. 105

le contenu du procès de la subordonnée n'est pas évalué du point de vue de sa valeur de vérité, mais fait l'objet :

<u>D'un constat de nécessité</u>

> Faut-il que les morts te fassent oublier les vivants ? p. 68
>
> Nous n'avons pas besoin qu'on nous apprenne à connaître ni l'un l'autre, p. 85

On voit bien comment le subjonctif participe ici d'une modalité déontique, notamment avec le verbe *falloir*. La seconde occurrence abrite une construction à verbe support, *avoir besoin que* V_{subj}., qui marque l'expression de la nécessité. Ce subjonctif de préactualisation montre que le procès verbal référé à l'époque de la principale n'est que potentiellement réalisable : la prise en charge de la vérité de la subordonnée s'avère encore impossible, mais envisageable dans l'ordre des choses ou selon le désir ou le point de vue du locuteur.

<u>D'un jugement de valeur</u>

> Il est important que vous vous en remettiez à moi du soin de notre destin commun, p. 81
>
> Ne craignez pourtant pas que je vous importune encore de mes indiscrètes plaintes, p. 102

Il semble qu'en s'élevant au-dessus du séjour des hommes on y laisse tous les sentiments bas et terrestres, p. 108

Ce fier gentilhomme n'imagine pas même qu'un roturier puisse être amoureux de sa fille, p. 135

Pour reprendre la métaphore optique de Gustave Guillaume, intervient "une vision prismatique", dans laquelle l'interprétation du processus l'emporte sur son actualisation. Pour le dire autrement, ce sont des cas où l'appréciation affective déclenche (automatiquement) le subjonctif, car l'idée regardante véhicule un jugement de valeur : celle d'urgence et de nécessité pour l'occurrence de la page 81, celle de peur pour la page 102, par exemple.

La commande lexicale autorise l'un ou l'autre mode

Le rôle des modalités

Ces modalités sont désactualisantes, puisqu'elles tendent à mettre en cause le contenu de la proposition principale *p*.

La modalité négative

Ne croyez pas que j'aie oublié les lois qui me sont imposées, p. 73

Ne crois pas que je t'en parlasse ainsi, p. 143

La négation est d'interprétation essentiellement réfutatoire et laisse entendre que le contenu de *q* n'est pas pris en charge par le locuteur de chaque énoncé. C'est *croire* qui domine largement dans le texte comme verbe recteur, d'une approche ou d'une expérience épistémique qui va à l'encontre des convictions ou des réactions attendues de l'autre en matière de sentiment, de bonheur, de malheur. C'est bien d'un subjonctif de désactualisation dont il s'agit.

La modalité interrogative

Pensez-vous qu'il pût exister pour moi quelque félicité que vous ne partageriez pas ? p. 81

L'interrogation suspend le mouvement de vérité du propos et le laisse en quelque sorte ouvert et indécidé ou indécidable, ce dont témoigne également le subjonctif de désactualisation, notamment avec un verbe comme *penser*, qui permet de confronter les points de vue des deux épistoliers.

• **En proposition subordonnée conjonctive relationnelle**

Le partage entre indicatif et subjonctif est rarement libre (voir quelques cas de consécutives), mais est contraint par le sémantisme de la conjonction qui ouvre la “circonstance” et par la nature de celle-ci. Examinons à présent quelques formes plus majoritaires dans le texte que d’autres :

Les temporelles (ou l’anticipation chronologique, un cas de commande automatique)

C’est parce qu’une anticipation chronologique, relevant d’une visée **préactualisante**, intervient dans ces propositions que le marquage se fait au subjonctif.

La locution conjonctive marque également l’idée d’une limite : un *terminus ad quem*, qui doit être atteint. Mais le subjonctif suggère ici que ce temps de parcours, tout nécessaire qu’il est, est aléatoire. Le recours au subjonctif témoigne également de cette anticipation qu’on ne saurait maîtriser totalement.

Avant que

> Ah ! crois-moi tu pourrais beaucoup perdre avant qu’aucune autre plus sage que toi te valût jamais, p. 130
>
> Hâte-toi donc, avant que je sois forcée de reprendre mes occupations ordinaires, p. 135

La locution conjonctive *avant que* signale un intervalle d’étendue variable entre le procès de *p* et celui de *q* (la subordonnée).

Les finales

> J’adresse cette lettre à notre maître, afin qu’elle te parvienne plus sûrement, p. 72
>
> Je donnerais ma vie pour qu’il ne te fût pas propre, p. 130

Les propositions subordonnées circonstancielles de but expriment l’une des relations logiques, celle de finalité entre le procès de la principale (*p*) et celui de la subordonnée (*q*). Ce dernier expose les “mobiles”, les “intentions” ou les “visées” de la principale. Le but est l’une des formes du rapport de causalité : la causalité finale. La relation de finalité exprimée par la subordonnée se donne comme un prolongement, une suite chronologique de la principale, qui n’est pas encore effective au moment de l'énonciation, mais constitue une simple visée : de ce fait, le mode attendu des finales est le subjonctif de **préactualisation**, apte à marquer cette visée, cette intentionnalité d'un procès simplement envisagé, mais non réalisé.

Les concessives

Le quasi-monopole du subjonctif

Les subordonnées concessives du français se construisent usuellement au subjonctif, qui semble cumuler plusieurs valeurs, toutes rattachables à la notion de *désactualisation*. Dans l'ensemble du système, le subjonctif tient à *une visée négativante*, d'ailleurs diversement interprétable :

soit le fait, affirmé dans son existence, est nié dans son efficience, par une *négation descriptive* qui met en avant son improductivité et finit par lui enlever tout ou partie de son statut événementiel,

soit la relation concessive se lit comme un écart logique par rapport à une implication généralement admise comme vraie. La *négation polémique ou réfutatoire* prend alors en charge la discordance ou les incompatibilités entre la situation générale et la situation particulière qui s'inscrit en faux contre la précédente,

soit enfin le subjonctif laisse affleurer des phénomènes de polyphonie interne, dans une négation de l'unité, ou de la simplicité, du sujet parlant. Que le fait subordonné soit essentiellement perçu comme inopérant, contradictoire ou difficile à penser sans une scission des points de vue, il ne peut y avoir de pleine actualisation du procès, l'assertion est comme suspendue.

Dans les systèmes corrélatifs, la pensée parcourt l'intérieur d'une classe (*qui que tu sois*, *quoi que tu penses*) ou une échelle d'intensité (*si / pour grand que tu paraisses*) ; elle n'actualise aucun élément précis, aucun degré particulier. Le subjonctif, déjà pleinement justifié par la négation, reçoit une "surdétermination" : il s'explique aussi, et en plus, par l'indistinction qualitative ou quantitative qui marque la phrase.

Le type *Bien que*

Bien que ma raison soit à jamais perdue, p. 66

Bien que le trouble de mes sens s'accroisse, p. 66

L'outil introducteur : étude historique et morphosyntaxique

Apparue en Moyen-français en 1326 mais significativement utilisée depuis le milieu du XVIe siècle, la locution conjonctive *bien que* semble aujourd'hui affectée d'une connotation légèrement littéraire. On l'explique soit comme une traduction du latin *bene habet quod* (lequel ne semble pas attesté), soit comme une aphérèse de *combien que*, qui lui préexiste et qui se maintient jusqu'au XVIIe siècle. Quelle qu'en soit l'origine, *bien que* prend appui sur la valeur propre de l'adverbe *bien* "qui hors toute situation hypotaxique, fonctionne de bonne heure – et fonctionne encore – comme outil de renforcement d'assertion, à fin réfutatoire [*Il peut bien venir, on ne le recevra pas*]" [SOUTET, 1992, p. 221].

Le sens du système et la place de la subordonnée concessive

C'est la relation prototypique : on définit souvent la concession grammaticale comme l'expression *d'une cause inopérante ou inefficiente*. La relation concessive en effet laisse "entendre qu'un phénomène, entraînant normalement pour conséquence un autre phénomène, se trouve, dans le cas considéré, n'avoir pas eu d'effet" [BONNARD, 1972, t. 2, p. 850].

Le type *Quoique*

> Quoique je trouve à cette bonne mère beaucoup trop de sécurité, je ne puis me résoudre à l'en avertir, p. 69

La valeur de la proposition subordonnée concessive varie selon qu'elle se trouve avant ou après la principale. Placée à droite, comme dans l'occurrence de la page 69, elle a la valeur restrictive d'une correction ou fonctionne comme un aparté. Les inférences, ou conséquences implicites, de l'énoncé se trouvent nettement amendées par l'ajout de la concessive. C'est donc un subjonctif de désactualisation qui se trouve dans ces tours concessifs, manifestant pleinement le divorce entre deux univers ou deux énoncés, ou révélant une "face cachée".

Le type *Sans que*

> Que vous êtes changée depuis deux mois, sans que rien ait changé que vous ! p. 73

La locution conjonctive est constituée d'une préposition *sans* qui note l'idée regardante négative et de la conjonction *que*, introduisant l'idée regardée, présentée comme écartée du réel (c'est un cas de désactualisation) et comme contrefactuelle. On peut hésiter entre valeur causale ou valeur concessive, dans tous les cas, il s'agit bien de l'expression d'un lien de causalité présenté comme inefficient. Cela revient à dire que la relation causale attendue ne s'opère pas entre *p* et *q*. Olivier SOUTET [2000, p. 93] parle de "corrélation avortée".

Le type *Non que*

> Non que je croie le danger aussi pressant que tu l'imagines, p. 69

Les hypothétiques

Dans l'œuvre au programme, ce sont surtout les formulations d'hypothèse avec des tours d'irréel du passé au subjonctif plus-que-parfait qui dominent. Rappelons que cette forme latinisante est courante en langue classique, mais sera remplacée par un système au conditionnel en français contemporain.

Si vous eussiez plié dans vos leçons de philosophie à vos vues, si vous eussiez tâché d'établir des maximes favorables à votre intérêt, en voulant me tromper vous m'eussiez bientôt détrompée, p. 88

> J'eusse été amoureux de cette aimable Cousine, si Julie n'eût pas existé, p. 149

L'hypothèse après *que* vicaire en remplacement de *si*

> Si la faute était à commettre, que j'eusse la bassesse de te parler ainsi, et toi celle de m'écouter, nous serions toutes deux les dernières créatures, p. 130

Il convient de noter un emploi dit *vicaire* ou *vicariant* de la conjonction *que:* quand deux subordonnées circonstancielles sont coordonnées ou juxtaposées, *que,* à la tête de la seconde, peut remplacer le subordonnant de la première, en se teintant, tel un caméléon, de sa valeur de sens. N'exprimant pas spécifiquement l'hypothèse, il est alors nécessairement suivi d'un subjonctif de désactualisation qui prend en charge les valeurs hypothétiques. Il y a quelques emplois dans le texte.

Cas délicats :
les subordonnées circonstancielles avec *que* seul suivi du subjonctif

> Je n'aurai pas un moment de repos que je ne sois auprès de toi, p. 70
>
> Je ne faisais pas un pas que nous ne le fissions ensemble, p. 113
>
> Tu n'as pas une peine que je ne doive sentir, p. 132

Cet emploi, également propre à la langue classique, permet de construire le morphème *que* seul, alors qu'il revêt une valeur circonstancielle, qui peut varier selon le contexte. Le subjonctif est alors un marqueur supplémentaire de la valeur circonstancielle à la différence de la conjonction pure employée en complétive, où les deux modes (indicatif et subjonctif) sont possibles. Ainsi la valeur temporelle domine pour l'occurrence 39, et la valeur concessive pour 40.

L'ATTRIBUT
ET LES CONSTRUCTIONS ATTRIBUTIVES

Nous traiterons cette question dans une perspective grammaticale, comme s'il s'agissait d'un sujet de grammaire pour l'écrit ou pour l'oral des différentes agrégations, puis dans la sous-section dédiée à la stylistique, d'un point de vue interprétatif et littéraire, car les constructions attributives sont très nombreuses dans *La Nouvelle Héloïse*, et nous en examinerons les raisons.

Toutes les formes d'attributs sont présentes dans le texte.

Introduction

Pour la grammaire traditionnelle, les verbes introduisant l'attribut du sujet sont appelés "verbes d'état" (*être, demeurer, devenir, paraître, rester, sembler*, etc.), car elle considère qu'ils renvoient à l'"état" dans lequel le sujet se trouve (*être*), se trouve toujours (*rester, demeurer*), se trouvera (*devenir*), semble se trouver (*paraître, sembler*). Cette étiquette sémantique est ambiguë et de surcroît floue, dans la mesure où l'état décrit peut certes être passager, mais aussi permanent jusqu'à l'essence. Du point de vue de la logique classique, opposant sujet à prédicat, l'attribut participe du prédicat qui est le commentaire du sujet. L'attribut indique la manière d'être du sujet.

Les grammaires traditionnelles définissent ainsi la relation attributive. Sans être totalement inexacte, cette définition est trop restrictive. Elle présuppose que le rôle d'attribut est exercé par un adjectif qualificatif.

Certains auteurs, par souci de transparence, parlent de verbes attributifs [Riegel *et al.*, 1994, p. 235]. Nous préférons la dénomination de copule, qui permet de dissocier clairement *être*, copule vide, des autres verbes (*demeurer, devenir, paraître, rester, sembler*, etc.), copules pleines.

Il existe trois types d'attributs : l'attribut du sujet, l'attribut de l'objet et plus rarement, l'attribut accessoire (*Paul est rentré content de son cours de grammaire sur* La Nouvelle Héloïse).

Nous ne ferons jamais de relevés exhaustifs, ce qui n'aurait pas de sens à l'échelle de l'œuvre, mais nous rappelons au candidat qu'il devra, lui, à l'écrit comme à l'oral, sur un extrait d'une trentaine de lignes relever et classer toutes les occurrences relevant de la catégorie qu'il a à traiter.

N.B.: Conseil de méthode pour choisir le plan de l'étude: pour un sujet portant sur une fonction, il convient de faire le plan par nature (catégorie) des éléments exerçant cette fonction; pour un sujet portant sur une classe, il faudra faire le plan par les différents types de fonction que les éléments de ladite classe peuvent exercer.

L'attribut du sujet

• L'attribut est un adjectif

(1) Tu seras vertueux ou méprisé, p. 65

(2) Vous étiez bien plus aimable quand vous étiez moins belle, p. 73

(3) Votre cœur est plus content du mien qu'il ne feint de l'être, p. 75

(4) Les reproches [...] qui semblent d'abord mieux fondés, p. 76

La fonction attribut du sujet exercée par un adjectif qualificatif est très représentée dans l'ensemble de l'œuvre au programme. Comme on le voit dans la sélection retenue, alternent adjectifs qualificatifs purs (*vertueux, belle, content*) et participes passés en emploi adjectival (*méprisé, fondés*). Les adjectifs attributs sont rapportés au thème par le biais de la copule vide *être* (1, 2, 3) ou pleine, *sembler* (4), et sont accordés avec le sujet, ce qui est très clair en (4), où le sujet est un substantif masculin pluriel: *reproches* > *fondés*. Lorsque le sujet est un pronom personnel déictique (*je, tu, vous*), l'accord se fait selon le genre du locuteur, il est alors essentiel de se reporter à l'en-tête de la lettre (*De Julie, A Julie*) pour savoir qui est le locuteur et comprendre les phénomènes d'accord induits par la référence déictique que les formes des pronoms personnels ne manifestent pas. *Vertueux* et *méprisé* sont coordonnés et se réfèrent au même support, le pronom personnel sujet (*tu*).

On rappellera et on démontrera que la fonction attribut est une fonction primaire essentielle, comme le sujet ou le COD, elle est donc non supprimable, l'attribut est rarement déplaçable (mais c'est possible quand c'est un adjectif), et il est pronominalisable par le pronom personnel neutre *le*, comme on le voit d'ailleurs dans l'occurrence (3): *il ne prétend l'être*, où "*l*" reprend l'adjectif *content*, déjà attribut du nom *cœur*.

L'attribut est le plus souvent immédiatement postposé au verbe, quelle que soit la classe dont il relève, sauf lorsqu'il est représenté par un pronom personnel ; il est alors antéposé au verbe comme en (3) (*ne prétend l'être*). Cet ordre, le plus souvent adopté par Rousseau, est intéressant car il montre la démarche de prédication partant du thème (sujet de la phrase) vers la caractérisation prédicative. Cette structure, simple, demeure très efficace pour énoncer des appréciations sur l'autre, notamment dans l'espace étroit de la relation épistolaire, seule sphère à laquelle le lecteur a accès.

Quand l'attribut est un adjectif (ou un nom sans déterminant, ce qui, en termes de constituants, est l'équivalent d'un adjectif), la relation sémantique instaurée entre l'attribut et le sujet est dite "de caractérisation". Ceci est très net sur les trois premières occurrences, dont les sujets sont Julie ou Saint-Preux selon la logique d'alternance de la configuration épistolaire. La caractérisation, très subjective et hautement axiologique, affecte la manière d'être de l'amant, selon des systèmes de valeurs fondés sur des antithèses fortes (*vertueux ou méprisé*), même si l'antithèse ici n'est pas symétrique mais établie sur une inférence et un implicite (non vertueux donc méprisé).

• L'attribut est un nom

(5) si tu n'es pas le dernier des hommes, p. 65

(6) Tu deviendras ma sauvegarde, p. 65

(7) Tes désirs vaincus seront la source de ton bonheur, p. 65

(8) Je ne suis point un vil séducteur comme tu m'appelles, p. 67

(9) Ce qui serait prudence à d'autres, à moi serait perfidie, p. 71

(10) L'amour le plus pur me paraissait le comble du déshonneur, p. 76

Si l'attribut est un nom, la relation sémantique entre l'attribut et le sujet est dite d'égalité [Arrivé *et al.*, 1986, p. 86] ou d'équivalence référentielle [Riegel *et al.*, 1994, p. 238] . (7) *Tes désirs vaincus seront la source de ton bonheur* ; l'inversion du sujet et de l'attribut produit une paraphrase : *La source de ton bonheur seront tes désirs vaincus.* La relation sémantique instaurée entre le sujet et l'attribut se fondant sur une analyse syntaxique en constituants, ce qui est mis en regard, ce sont les syntagmes et non les noyaux de ces syntagmes : *tes désirs vaincus* et non *désirs* seul. Plus précisément, il s'agit des référents des syntagmes. On notera qu'en réalité, dans de nombreux cas, cette relation n'est pas d'égalité. Lorsque le sujet n'est pas un nom, mais, en termes de constituants, une proposition, l'inversion est impossible, car il n'y a plus égalité : *Ce qui m'inquiète est que quatre ou cinq jours font je ne sais combien d'heures* est plus difficilement transposable en *quatre ou cinq jours font je ne sais combien d'heures est ce qui m'inquiète*. De plus, cette relation dépend de la nature du verbe d'état. Seul *être*, notionnellement vide, permet cette relation d'égalité. Si le verbe d'état est autre, il exprime une modalisation, d'ordre aspectuel (*tu deviendras ma sauvegarde*) ou épistémique (*l'amour le plus pur me paraissait le comble du déshonneur*).

Les phrases à attribut du sujet nominal prennent, lorsque le verbe copule est *être*, une teinte de sentence, due à l'ordre des mots et à la nature même du verbe *être*, verbe utilisé pour les définitions. (6) *Tu deviendras ma sauvegarde* ; (7) *Tes désirs vaincus seront la source de ton bonheur.* Lorsque, de plus, le temps est le futur de l'indicatif, des colorations jussives et prophétiques affectent la prédication. L'axe paradigmatique sur lequel s'opère la sélection des noms attributs est largement affecté, chez Rousseau, par les échelles sémantiques axiologiques et métaphoriques, concourant au style lyrique : *sauvegarde*, *source*, pour les deux occurrences relevées.

• L'attribut est un pronom

(11) le savoir ne sera rien pour eux, p. 83

Quelques pronoms, comme les indéfinis ou les relatifs, peuvent exercer une fonction attribut. C'est le cas de *rien*, qui bien que forclusif du système négatif (*ne…rien*) est attribut du sujet *le savoir*.

(12) Je ne suis plus le même, p. 92

Outre l'intérêt littéraire et stylistique de la construction, *le même* est un pronom indéfini de l'ipséité, un qualifiant, attribut du sujet pronominal *je*, désignant Saint-Preux dans cette occurrence.

(13) Tout aimable, toute piquante qu'elle est, p. 91

Dans ce tour en voie de figement, il est encore possible, en langue classique, de conduire une analyse fonctionnelle des constituants de ce qui se nomme une relative extensionnelle pseudo-scalaire. Le pronom relatif simple *que* est attribut du sujet *elle* par l'intermédiaire du verbe copule *être*. *Que* sans avoir de véritable antécédent, anaphorise le groupe adjectival modalisé “tout aimable et toute piquante”. Le premier terme n'est autre que l'adverbe *tout*, quantificateur de la totalité, le second, le relatif neutre *que*. La corrélation, qui s'est créée et développée aux XVe et XVIe siècles, porte indifféremment sur un adjectif comme en (13), ou sur un substantif (*tout adulte qu'il est*, cas non représenté). Grâce à *tout*, la gradation notionnelle atteint un terme, donné comme ultime et indépassable. Contrairement aux autres systèmes corrélatifs, c'est l'indicatif qui signale ce caractère absolu du degré. Il n'y a pas parcours d'une quelconque échelle, ce dont témoigne l'appellation de "pseudo-scalaire".

• L'attribut est une proposition subordonnée conjonctive pure

(14) Ce qui m'inquiète est que quatre ou cinq jours font je ne sais combien d'heures, p. 71

Parmi les classes qui peuvent occuper la fonction attribut, on trouve des subordonnées, et notamment les subordonnées conjonctives pures, comme en (14). *Que quatre ou cinq jours font je ne sais combien d'heures* est une conjonctive attribut du sujet, *ce qui m'inquiète*, qui est lui-même une subordonnée relative périphrastique (ou semi-substantive). Dans ce cas la prédication est plus analytique que dans le cas des catégories simples que sont le nom ou l'adjectif.

L'attribut est une proposition subordonnée relative

(15) Sans songer que de tous les Sophistes, notre propre raison est presque toujours celui qui nous abuse le moins, p. 85

La relative (*celui qui nous abuse le moins*) est attribut du sujet (*notre propre raison*). Cette relative est hybride, en raison de la relation entre le pronom démonstratif *celui* et le relatif *qui*, car tout en nominalisant la relative, le démonstratif continue à entretenir un lien anaphorique avec le groupe (*tous les Sophistes*) sur lequel il vient prélever un échantillon.

L'attribut de l'objet

• Avec des verbes de perception

(16) À peine peut-on vous voir seule, p. 73

(17) Je ne suis plus le même et ne te vois plus la même, p. 92

(18) Je ne te vois plus comme autrefois réprimante, p. 92

• Avec des verbes d'attitude propositionnelle

(19) Puis-je te croire assez vil pour abuser de l'aveu fatal que mon délire m'arrache, p. 65

(20) Je vous trouve attentive à les prévenir, p. 73

(21) Vous me trouvez à présent trop paisible, p. 76

(22) La vanité [...] nous fait regarder comme chimériques les qualités que nous ne sentons pas en nous-mêmes, p. 85

• Avec des verbes factitifs

(23) Pour me rendre digne de toi, p. 68

(24) On nous rend méchants en confondant tout cela, p. 71

(25) Ce cœur [...] me rend inquiet au sein du bonheur, p. 73

(26) Employons à nous rendre bons et heureux, p. 85

(27) Ils me rendraient furieux, p. 92

(28) Je vous ai laissée maîtresse de mon sort, p. 94

• Après les présentatifs

(29) Me voilà comme une orpheline délaissée, p. 72

Les attributs de l'objet sont très fréquents dans *La Nouvelle Héloïse* et méritent une attention particulière. Outre la grande variété catégorielle d'unités qui peuvent exercer cette fonction (adjectifs, adverbes, nom, pronom, relative), les verbes capables de construire une prédication seconde sont aussi très variés et leur analyse relèvera autant de la syntaxe que de l'étude stylistique.

On parle d'attribut du complément d'objet direct lorsque la relation ne s'établit plus entre l'attribut et le sujet, mais entre l'attribut et l'objet :

(18) je ne te vois plus réprimante.

Il convient de distinguer deux types de verbes introduisant un attribut de l'objet :

– Ceux qui n'admettent pas d'être suivis par une proposition conjonctive : (24) *On nous rend méchants en confondant tout cela* (p. 71) > **on rend que nous sommes méchants*.

– Ceux qui admettent d'être suivis par une proposition conjonctive : (18b) *je vois que tu n'es plus réprimante*. L'objet et l'attribut de l'objet de l'occurrence (a) sont mis en relation par la copule *être* en (b), à l'intérieur de la proposition conjonctive. La grammaire générative considère, dans ses travaux récents, que l'objet et l'attribut de l'objet forment une "proposition réduite [qui s'analyse comme] un seul constituant sélectionné par le verbe" [TELLIER, 2003, p. 56].

– Lorsque la paraphrase par une proposition conjonctive est possible, on notera qu'elle s'appuie généralement sur la copule *être*. C'est la raison pour laquelle l'analyse sémantique développée *supra* pour l'attribut du sujet s'applique de la même manière.

– Comme la copule suppléée est *être*, certains grammairiens [FEUILLARD, 1989] reconnaissent en l'attribut de l'objet le pivot d'une proposition dépendante et parlent, d'un point de vue syntaxique, de "prédicat second". L'attribut de l'objet est une prédication seconde qui se construit non pas avec le sujet de la phrase mais avec le complément d'objet.

Si l'on prend l'occurrence (21) *vous me trouvez à présent trop paisible* : elle est analysable en : *vous trouvez que je suis à présent trop paisible*. Dans la paraphrase proposée, *paisible* vient caractériser *je*, qui dans la phrase d'origine est le COD du verbe d'attitude propositionnelle *trouver*.

• La place de l'attribut de l'objet dans la phrase

L'attribut est le plus souvent immédiatement postposé au complément d'objet direct, (22) *La vanité nous fait regarder comme chimériques les qualités que nous ne sentons pas en nous-mêmes*, sauf lorsque ce dernier est représenté par un pronom personnel : (27) *Ils me rendraient furieux*. Or c'est cet ordre qui domine dans *La Nouvelle Héloïse* ; en raison de la nature épistolaire du texte qui suppose que chaque lettre est un "dialogue à distance" et que chacune a un scripteur différent. La trame est donc entre "je" et "tu" et les attributs du COD sont donc placés directement après le verbe et non après le COD.

(30) Après la leçon, j'en sortirai plus instruit que vous, p. 84

(31) Je t'aborde comme transporté, p. 91

(33) J'étais parti, triste de mes peines, et consolé de votre joie, p. 106

C'est une construction moins fréquente que les deux précédentes et qui ne doit pas être confondue avec un complément circonstanciel de manière (il ne faut pas poser la question *comment*?). En fait, après certains verbes, notamment les verbes de mouvement, peut se trouver un adjectif construit directement (*instruit, transporté*), qui caractérise la manière d'être du sujet au moment où il effectue l'action. Cet adjectif est attribut du sujet pronominal *je*. On peut paraphraser le tour synthétique par: *je sortirai et je serai alors plus instruit*. L'attribut est dit accessoire, car il est généralement supprimable. On notera cependant qu'il serait délicat dans l'occurrence (30) de le supprimer, au risque de compromettre la grammaticalité de la phrase.

Dans la seconde occurrence (31), le lien est plus lâche car il est modalisé par *comme*, adverbe ici *quasiceptif* (terme de Damourette et Pichon signifiant que ce *comme* n'est qu'un modalisateur de la perception et non un adverbe pleinement incident), dont Rousseau fait un grand usage. Cette modalisation fait cependant bien ressortir la caractérisation attributive du sujet. *Transporté* est un participe passé en emploi adjectival attribut du sujet pronominal *je*, désignant Saint-Preux, on peut paraphraser par *je t'aborde et je suis transporté en t'abordant*. On notera comme dans d'autres exemples qu'on verra *infra* que *comme* est effaçable.

La troisième occurrence relevée aurait pu être classée dans les cas délicats, car deux hypothèses sont possibles, en raison de la construction et de la ponctuation. Soit *triste* et *consolé* sont épithètes détachées du pronom sujet *je*, soit ils sont attributs accessoires du sujet. Cette deuxième lecture paraît meilleure après un verbe de mouvement *(partir)*, car elle montre mieux l'état d'être de Saint-Preux dans le départ imposé, mais l'ambiguïté de construction et d'interprétation est possible pour cette occurrence.

• Ellipse de la copule

(33) Heureux celui que le sort eût placé pour le [héros] devenir, p. 87

Cette construction présente plusieurs points d'intérêt. Tout d'abord elle est elliptique et le verbe copule *être* a été effacé, ce qui se voit à la mise en première position dans la phrase de l'adjectif attribut à la place du sujet. Cette construction, fréquente déjà chez Du Bellay (*Heureux qui comme Ulysse…*), permet de mettre le prédicat (l'attribut) avant le thème et de donner du relief au propos. *Celui que le sort aurait placé pour devenir héros est heureux.* Le thème est ici une relative substantive.

• Tournures attributives et passif

(34) Mes sens sont altérés, toutes mes facultés sont troublées par ce baiser mortel, p. 90

L'ambiguïté des séquences participes après *être* peut être grande. Il faudra être vigilant lors de l'établissement du corpus d'étude de bien distinguer les passifs des attributs, en raison du caractère résultatif du passif avec *être* qui peut donner l'impression d'être face à une caractérisation. Ici, soit *altérés* est un participe passé en emploi adjectival (du type *une eau altérée*) et donc attribut du sujet *mes sens*, soit il s'agit du verbe *altérer* conjugué au présent passif (cette lecture semble la meilleure), car le retournement est possible, ce que vient confirmer la suite de la phrase où le complément d'agent est explicite (*par ce baiser mortel*), mis en facteur commun. On peut retourner la phrase à l'actif : *ce baiser mortel a altéré mes sens et troublé mes facultés.*

• La construction infinitive (objet et prédicat de l'objet)

(35) Je te vis pâlir, p. 91

La proposition infinitive est encore fréquente en langue classique, même si elle tend à s'estomper. Faut-il la traiter comme telle ? la relever ? l'exclure de l'étude ? Il convient de bien lire l'intitulé qui sera proposé au candidat. Si le sujet porte sur la subordination et la prédication, il faudra traiter de la proposition infinitive (v. la question sur la subordination et l'infinitive *supra*), s'il porte, comme ici, sur l'attribut, non. Attribut et prédicat ne sont pas des notions qui se superposent totalement, même si des liens existent. Dans *je te vis pâlir*, le pronom personnel de forme fléchie (*te*) est COD du verbe *voir* et contrôleur de l'infinitif *pâlir*, pour lequel il joue le rôle sémantique de siège du procès. L'infinitif *pâlir* est prédicat du verbe *voir*. C'est parce qu'il y a des parallèles entre la construction infinitive après verbes de perception et construction à attribut de l'objet, que l'on a relevé et commenté ce cas, qui sera, de toutes les façons à considérer comme un cas délicat au concours.

• Attribut ou construction à verbe support

(36) Il faut vous humilier pour le mal dont vous êtes cause, p. 96

Cette construction est intéressante, car elle présente des propriétés particulières. Spontanément on voudrait analyser "cause" comme l'attribut du sujet "vous", mais l'absence d'article et le complément de nom montrent que la construction avec le verbe est en réalité une construction à verbe support, qui ne s'analyse pas en termes de prédication ni d'attribution : *vous êtes cause de ce mal*. La construction à verbe support avec *être* comme noyau est déjà largement lexicalisée sans qu'il soit possible ici d'y voir une relation attributive.

LA CATÉGORIE DE LA PERSONNE : L'EXPRESSION DE LA PREMIÈRE PERSONNE DANS LE TEXTE

La catégorie de la personne ne concerne, en grammaire traditionnelle, que celle de la conjugaison des verbes et relève essentiellement de la morphologie. On distingue, sur la base de l'apprentissage des langues flexionnelles comme le grec ou le latin la première, la deuxième et la troisième personne, du singulier et du pluriel. La catégorie de la "personne" est présentée comme une variation du verbe, au même titre que le temps, le mode et la voix. La GMF identifie la personne à "la personne du verbe [qui] est déterminée par son sujet" [Riegel *et al.*, 1993, p. 244].

Dans la tradition grammaticale, les pronoms personnels sont traités comme une partie du discours à part entière en dehors du SN et du SV, et en général avec tous les autres pronoms.

On posera donc ici à la suite des travaux des linguistes de l'énonciation, comme Émile Benveniste, qu'il faut distinguer la catégorie de la personne des pronoms personnels, et on posera aussi que la personne est une catégorie conceptuelle à part entière. C'est une catégorie conceptuelle qui est composée des êtres qui participent à l'acte de communication selon différents rôles langagiers : la personne qui parle (locuteur), la personne à qui l'on parle (allocutaire), la personne dont on parle (délocuté). Ce sont les sujets de l'acte de langage. La catégorie de la personne grammaticale permet de spécifier la relation entre l'instance d'énonciation et l'énoncé.

La première personne correspond à la personne qui parle, appelée "locuteur" et qui participe à l'interlocution. On rappellera qu'il ne saurait y avoir de "personne qui parle", donc de première personne sans interlocuteur, sans personne à qui l'on parle. C'est très net dans le texte de *La Nouvelle Héloïse*, qui, en raison de son genre épistolaire, connaît un fonctionnement référentiel proche de celui du théâtre. Les formes déictiques dominent, notamment le couple *je/vous*, couple des épistoliers, Julie et Saint-Preux, essentiellement. La première personne, déictique, pour recevoir son interprétation doit être référée à la mention initiale (*De Julie, A Julie*), pour que le lecteur sache qui parle.

Ce type de sujet de grammaire serait en lien étroit avec l'appartenance générique du texte au genre épistolaire, qui suppose comme principe organisateur la déixis. L'étude doit se dérouler sur les plans syntaxiques, sémantico-référentiels et pragmatiques afin de faire apparaître les particularités de la première personne.

L'expression de la première personne comme personne unique

C'est la première personne qui inaugure spectaculairement le texte par ces mots de Saint-Preux (lettre 1) : "Il faut vous fuir, Mademoiselle, je le sens bien" (p. 55), en lien avec le *vous* de l'allocutaire, Julie. Le pronom personnel de première personne est sujet du verbe épistémique *sentir*. La première personne est ensuite déclinée en formes atones ou toniques selon les fonctions exercées (*Comment m'y prendre, vous m'avez promis de l'amitié, conseillez-moi*) par les pronoms et apparaît également sous la forme du déterminant possessif (*voyez mes perplexités*).

• Particularités sémantiques de la première personne

La forme *je* désigne explicitement un locuteur unique. Ce pronom est porteur dans la situation d'énonciation de sa propre identification, ce qui permet d'indiquer que tout l'énoncé produit doit être rapporté au locuteur. Il relève donc de la référence dite déictique.

• Particularités syntaxiques de la première personne

Je est la forme utilisée quand la première personne est le sujet grammatical du verbe conjugué. On ne relèvera que quelques exemples *passim* dans la Lettre 1 : (1) *Je le sens*, (2) *j'aurais dû moins attendre*, (3) *je ne suis entré dans votre maison*, (4) *j'avais cultivé quelques talents*, (5) *je m'aperçois que sans y songer*. Quand il est sujet, le pronom personnel *je* est le support grammatical et sémantique de l'expression de la première personne. Il impose l'accord des verbes en personne de rang 1. Il est clitique et atone, il ne peut être séparé du verbe conjugué que par d'autres clitiques (5) ou par des adverbes, notamment de négation (3).

Je prend les formes *me, m', moi*, lorsque la première personne apparaît dans d'autres fonctions syntaxiques, pour lesquelles on peut parler non pas de déclinaison (ce que faisait la grammaire traditionnelle qui se situe souvent dans une perspective morphologique) mais de substituts ou de fonctions de substitution. C'est ce qui se passe lorsque l'on quitte le rôle sémantique d'agent pour celui de patient d'un procès: *le trouble que j'y sens naître*, p. 57, ou dans les très nombreuses constructions pronominales, où il est souvent inanalysable: *je me suis abusé*, p. 59.

Je et *me* dans la relation réflexive. On commentera ici l'une des spécificités du texte de Rousseau: l'abondance des constructions pronominales, réfléchies, à valeur réflexive. Cette construction syntaxique qui fait apparaître dans la valence verbale un pronom de même rang que le sujet, ici donc que la première personne, apparaît souvent dans le texte dans les passages d'auto-analyse ou de la réception de la caractérisation opérée par l'autre que le récepteur évalue alors. Il convient de regarder la nature des verbes employés dans la construction pronominale, comme *se voir, se regarder, s'apercevoir, se dire*...

L'expression de la première personne comme personne multiple

Nous désigne explicitement un locuteur multiple aux mêmes conditions que *je*. L'émergence du *nous* est particulièrement intéressante, pour suivre, notamment, la constitution du couple *Saint-Preux/Julie*. Ce sont les marques obliques des déterminants possessifs qui apparaissent dès la lettre 1, page 56: *J'ose me flatter quelques fois que le Ciel a mis une conformité secrète entre nos affections, ainsi qu'entre nos goûts et nos âges. Si jeunes encore, rien n'altère en nous les penchants de la nature, et toutes nos inclinations semble. se rapporter [...]... quelques soupirs nous échappent.*

Ces marques de la personne 4 sont très intéressantes. Les déterminants commencent à poser une symétrie de situation et de ressentir entre les deux protagonistes (Saint-Preux, locuteur de la lettre 1 et Julie, sa destinataire). De référence déictique, toujours selon le code épistolaire, ces déterminants possessifs désignent en fait l'ensemble sous la forme 1 + 1 (Julie + Saint-Preux) et non pas une personne unique. C'est encore très clair dans le pronom COI "*quelques soupirs nous échappent*", où il signifie "à l'un et à l'autre". Cependant, formellement, la tactique argumentaire de Saint-Preux permet de créer l'illusion d'un couple, puisque la forme est grammaticalement unique: *nous, nos, en nous*. C'est bien ici la valeur de base de *nous* comme personne multiple qui est utilisée. Malgré l'aveu de Julie dans la lettre 4, le *nous* multiple réapparaît lettre 8, p. 74: *insensiblement nous allons reprendre nos premières manières de vivre et notre ancienne circonspection.*

C'est sous la plume de Julie qu'apparaît, lettre 9, un *nous*, plus intime, tout en restant affecté par un procédé d'énallage, dans la mesure où l'énoncé qui le contient s'apparente à une sentence: *Les charmes de l'union des cœurs se joignent pour nous à ceux de l'innocence; nulle crainte, nulle honte ne trouble notre félicité; au sein des vrais plaisirs de l'amour nous pouvons parler de la vertu sans rougir,* p. 77. Il fait écho au premier *nous* du couple, lettre 5, p. 67, de Saint-Preux: *je t'en conjure au nom du tendre et pur amour qui nous unit.*

Alors que Saint-Preux ne peint que le couple "élève/précepteur" sous la forme unique *nous*, des lettres 1 à 8, Julie convoque un pronom personnel plus intimiste et plus personnel, sous la forme du complément de but (*pour nous*), et surtout sujet d'une périphrase modale évoquant une liberté singulière offerte à ces amants singuliers, du moins à ce stade précoce du roman: *nous pouvons parler de la vertu.* Le couple qui se dessine est alors celui des deux belles âmes vertueuses parce que, malgré l'aveu de leur amour, elles n'ont pas cédé au désir. Le *nous* est ensuite confirmé dans la même lettre de Julie: *nous jouissons du seul temps heureux que le Ciel nous ait destiné* (énoncé prémonitoire) *[...]un lien plus doux nous unirait*, p. 77.

Enfin, le couple des amants se construit sur des modalités tragiques dans la lettre 11, dont les accents ne sont pas sans rappeler ceux des *Lettres portugaises* de Guilleragues: *C'est qu'en dépit de la fortune, des parents et de nous-mêmes, nos destinées sont à jamais unies et que nous ne pouvons plus être heureux ou malheureux qu'ensemble. [...] Le sort pourra bien nous séparer, mais non pas nous désunir,* p. 81. D'un point de vue grammatical, c'est la fonction objet direct des verbes *séparer* et *désunir*, construits en antithèse syntaxique, qui scelle le tragique de ce couple.

L'expression de la première personne par des substituts indirects (énallage)

Par le phénomène de l'effacement énonciatif, la première personne, pour diverses stratégies, énonciatives ou argumentatives, peut s'effacer et s'exprimer par d'autres biais. C'est le cas dans l'énallage du pronom indéfini *on*, dont la plasticité permet de désigner d'autres personnes que l'indéfini humain. Il va de l'énallage stricte de personne (*on* = *je*), vers des emplois de plus en plus généraux (*on* = *nous*), pour finir par désigner l'homme en général, tout homme. Relativement bien représenté dans l'ensemble du texte, il revêt des emplois particuliers qui ne sont appréciables qu'en contexte. On retiendra quelques valeurs que l'on tentera de classer selon un *continuum* allant par cercles concentriques de la proximité du *je* vers l'indéfini :

p. 73 : *à peine peut-on vous voir seule :* énallage de *je*. Inquiet par le changement d'attitude de Julie après l'aveu, Saint-Preux déploie beaucoup de diplomatie pour comprendre ce qui se passe, tout en se plaignant de ce revirement. Le pronom personnel sujet *on* est ici mis à la place de *je*, dans un effet d'adoucissement du reproche.

p. 74: élargissement inclusif: *On mérite de succomber quand on s'impose de si périlleux devoirs*. Compte tenu de la coloration généralisante de l'énoncé sentencieux, *on* abrite ici le locuteur en l'incluant dans une communauté plus large.

L'expression de la première personne par les subjectivèmes

Si l'on entre dans le champ de l'énonciation, en se détachant encore davantage de la syntaxe, l'on pourra s'intéresser à l'expression de la première personne par d'autres marques que les marques morphosyntaxiques proposées par la langue (pronoms personnels et déterminants) en regardant les autres marques qui "trahissent" ou "manifestent" l'expression "marquée" de la première personne. C'est ce que Catherine Kerbrat-Orecchioni a appelé, en prolongeant les travaux d'Émile Benveniste, les subjectivèmes [Kerbrat-Orecchioni, 2002, p. 70]. Il est impossible d'en faire l'inventaire ici, mais il faut noter qu'ils sont très nombreux dans le texte de Rousseau. Cette haute fréquence s'explique par le sujet du roman (l'amour et ses avatars) et par la forme épistolaire, plaçant la première personne au centre du roman, comme principe organisationnel des échanges par lettres. Tous les locuteurs (alors qu'ils ne sont pas différenciés par des parlures spécifiques, du moins les principaux, Julie, Claire, Saint-Preux, etc.) expriment constamment leurs points de vue et leurs réactions aux dires des autres, et surtout manifestent leurs sentiments et leur ressenti. Ces différents "filtres" produisent des grossissements qui accentuent donc le point de vue du locuteur sur son dit, sur son dire et sur le dit et le dire des autres ou de l'autre, dans les relations souvent à deux (bilatérales, en quelque sorte, dans ce roman "polyphonique", dans une perspective très différente de celle que créera Laclos quelques années après). Quelques exemples :

> Cependant je languis et me consume ; le feu coule dans mes veines ; rien ne saurait l'éteindre ni le calmer, et je l'irrite en voulant le contraindre, p. 80, l. 8

> Ce doute affreux empoisonnerait pourtant ma vie ; je gémirais sans me plaindre et mourrais inconsolable sans avoir cessé d'être aimée, p. 142, l. 35

> J'abjure, je déteste un forfait que j'ai commis, [...] que je vais l'abhorrer, cette fatale intempérance qui me paraissait favorable aux épanchements du cœur, p. 178

Ce sont ici des emplois verbaux qui portent les marques de la subjectivité, dans la mesure où le choix d'un lexique hyperbolique témoigne de l'investissement du scripteur dans son dire. Les mots relèvent du registre du haut degré et du vocabulaire tragique : *abjurer, abhorrer*, sont des verbes sémantiquement forts (v. Hyperbole).

Si l'étude de grammaire porte sur les adjectifs qualificatifs, il conviendra de consacrer une partie de l'étude au commentaire des axiologiques, très fréquents et porteurs de la plus "claire" marque de subjectivité des locuteurs, surtout lorsque les adjectifs concernent la caractérisation de l'amour, du sentiment ou de l'attitude de l'autre. Beaucoup d'adjectifs relèvent du vocabulaire tragique, d'autres sont rendus axiologiques par leur place ou le sens étymologique encore présent sous la plume de Rousseau :

> Quel triste pressentiment s'élève dans mon sein, p. 77

> Ce baiser mortel, p. 90

> Quel prodige du Ciel es-tu donc, inconcevable Julie ? et par quel art connu de toi seule peux-tu rassembler dans un cœur tant de mouvements incompatibles ? Ivre d'amour et de volupté, le mien nage dans la tristesse, je souffre et languis de douleur au sein de la félicité suprême, p. 13

PISTES POUR L'ÉTUDE STYLISTIQUE DU TEXTE

Pour conduire une étude de style sur *La Nouvelle Héloïse*, il sera nécessaire de garder à l'esprit l'ensemble des éléments présentés dans le volet "littéraire" de cet ouvrage, en particulier dans la section "Questions de poétique", [v. Problématiques]. En effet, si pour les besoins de la clarté, nous dissocions la partie "langue" de la partie "littéraire", cette séparation a cependant peu de sens pour tout texte littéraire, et sans doute pour *La Nouvelle Héloïse*, dont la forme épistolaire est tout autant forme que contenu et forme-sens, même pour un roman qui a connu un succès si grand et influencé toute la production romanesque suivante. Certes, les épreuves écrites et orales de grammaire des agrégations supposent des approches particulièrement techniques des textes, mais la partie "stylistique" de l'épreuve écrite de l'agrégation externe de Lettres modernes ne saurait séparer le fond de la forme, ne saurait dissocier les grandes questions de poétiques abordées *supra* de leur mise en mot, de leur "textualité". La difficulté de l'exercice de style sur *La Nouvelle Héloïse* sera d'adapter les approches poétiques et littéraires à un épisode en particulier, de vérifier dans le détail des mots et des phrases telle perspective critique. Pour éviter donc les redites ou les reprises d'éléments présentés dans le cadre des "problématiques" globales posées par l'œuvre de Rousseau, nous faisons le choix de proposer au candidat des entrées qui pourraient être réinvesties dans différents sujets. Ce sont des "pistes" de réflexion, elles ne sont qu'ouvertes, il reste au candidat à les parcourir ou à les labourer à sa guise.

SPÉCIFICITÉ DE LA NARRATION ÉPISTOLAIRE : LA CONTINUITÉ DISCURSIVE

Dans un roman épistolaire, il faut que l'ensemble du texte se construise par les lettres, et que celles-ci soient le support de la narration et le moteur de l'action. Ce qui confère à un roman la forme épistolaire, c'est le fait que la narration soit entièrement déléguée au(x) personnage(s) épistolier(s). Dans le cas des récits incluant des lettres, nous nous trouvons en présence d'un narrateur différent du personnage ; dans le cas des lettres-mémoires s'opère un dédoublement du narrateur et du personnage l'un étant le "je-narrant" et l'autre le "je-narré". Ce clivage temporel a des conséquences nettes sur la narration qui est alors médiate et indirecte. Le roman par lettres suppose, quant à lui, le chevauchement de ces deux instances (narrée et narrante) et leur fusion dans le présent de l'énonciation (v. le présent). Cette configuration suppose aussi un centrage très fort sur la première personne (v. la première personne) comme principe organisationnel de la référence et de l'énonciation. Il faut aussi que les lettres forment une suite permettant à l'action de se développer ou de se construire, soit en donnant naissance à une confidence épistolaire, soit en libérant une action dont les lettres seront le moteur et le support. Dans un roman épistolaire l'action doit avoir lieu dans l'écriture.

La communication est transparente dans *La Nouvelle Héloïse* parce que chaque lettre est un "portrait de l'âme". Julie et Saint-Preux écrivent des lettres fleuves où ils dévoilent leurs sentiments, où se met en place l'analyse de leur passion, de leur résistance, de l'épanouissement de leur Moi. De plus leurs promenades et leur découverte de la nature, des paysages se reflètent dans leurs écrits et deviennent de véritables paysages états d'âme (v. partie "Littérature").

La critique littéraire rattache *La Nouvelle Héloïse* au type "polyphonique" dans les différentes sous-catégories de romans par lettres qui existent entre 1669 et 1782, pour ne citer que la période la plus féconde de sa production. Ce terme est à nuancer pour *La Nouvelle Héloïse*, car il y a moins de relations et d'échos polyphoniques que dans *Les Liaisons dangereuses*, par exemple, car l'ensemble est dominé par l'échange des deux amants (ils s'écrivent 81 lettres) qui choisissent la lettre comme mode d'expression privilégié des sentiments personnels et comme moyen de se livrer à l'introspection. Il y a des réseaux parallèles de confidence

(Claire/Julie; Saint-Preux/Édouard), qui sont réciproques, nous lisons chaque fois les deux versants de ces correspondances. Les échanges multiples, imbriqués, les croisements sont moins nombreux, car c'est le face-à-face des deux amants qui forme l'économie du roman et sa structure. Cependant, il y a polyphonie au sens plus linguistique du terme dans tous les effets de reprise et de citation, de reformulation, qui sont, eux, les principes mêmes de l'écriture et de la progression d'un roman par lettres. En effet, la progression d'un roman épistolaire est tout autant due aux événements qui se produisent dans la vie des personnages (voyages, départ, aveux, mariage, etc.) qu'elle réside dans les commentaires que le destinataire fait des mots et du dire du destinateur précédent. Ces points de suture et de continuité mériteront un examen attentif dans l'étude de style, car ils convoquent de nombreux micro-procédés. Très rapidement, nous en examinons deux:

Les lettres s'enchaînent sur la mention de la réception d'une autre lettre et commentent globalement le dit antérieur. Cette technique a rendu les lettres de Mme de Sévigné célèbres et a conféré à sa correspondance la densité similaire à celle d'un roman, tant le réseau "narratif" et la continuité d'écriture est dense et fortement tissée chez elle. On retrouve cette technique de concaténation dans *La Nouvelle Héloïse :*

> Lettre 12, A Julie.
>
> Ma Julie, que la simplicité de votre lettre est touchante!. Que j'y vois bien la sérénité d'une âme innocente, et la tendre sollicitude de l'amour! Vos pensées s'exhalent sans art et sans peine; elles portent au cœur une impression délicieuse que ne produit point un style apprêté. (p. 82)

L'enchaînement des lettres et la progression du roman se réalisent grâce aux termes métalittéraires, notamment la lexie *lettre* extrêmement fréquente, laquelle reçoit différentes appréciations qualitatives (*simplicité de votre lettre*) et de l'effet produit sur le récepteur (*touchante*). La suite est une glose large de la lettre dans son ensemble, comme en témoigne le discours narrativisé (*pensées*). Le choix du terme est très intéressant car le réseau lexical du discours narrativisé ne se limite pas aux termes de parole, mais aussi à la vie intérieure des personnages, dans la grande lignée des romans qui va, par ex., de *La Princesse de Clèves* au *Planétarium*, où plusieurs écrivains explorent les modalités stylistiques de rendu de ce qui a été dit, mais aussi de ce qui a été pensé, consciemment ou inconsciemment. Ces termes (*lettre, pensées, style*) restent des génériques et permettent donc d'introduire un commentaire portant sur l'ensemble de la lettre précédente, sur le dit et le dire antérieur, dans une saisie globale.

Les lettres s'enchaînent sur le commentaire plus précis d'un dire antérieur.

Lettres 49 et 47

"Mon ami tu crains de me perdre et me parles de chansons !" (p. 171) répond à "Tu sais bien qu'il s'agit de ma vie ; daigne donc me dire un mot là-dessus. Un mot de Julie, et je suis tranquille à jamais" (p. 165). Les termes *jalousie* et *jaloux* sont repris d'une lettre à l'autre dans le contexte plus large de cette citation. L'enchainement des lettres se fait sur la reformulation des propos tenus et non leur reprise littérale, mais ne relève plus du même métalangage que dans le cas de la réception globale d'une lettre. C'est un cas de dialogisme interdiscursif portant tout à la fois sur la manière de dire et sur les sentiments des personnages. La prédication "tu crains de me perdre" est mise en relation avec "daigne me dire un mot là-dessus". Dans le cas précis des lettres 49 et 47 le passage revêt une résonance tragique et un effet de prolepse puisque le tiers est Milord Édouard. L'analyse sur la jalousie résonne étrangement. Elle permet ici l'enchaînement des lettres, à distance, puisqu'entre les deux, il y a une longue lettre sur la musique.

Sur le plan thématique, propre à l'univers dépeint par Rousseau dans *La Nouvelle Héloïse*, cette structure de correspondance carrée, en quelque sorte, où les face-à-face sont la configuration privilégiée, fait sens. Les thèmes de la vertu, du bonheur et de la transparence trouvent un traitement en parfait accord avec la leçon de l'auteur. Ces correspondances sont à l'image des rapports qui unissent les personnages les uns aux autres, mais aussi à l'image des relations qu'ils nourrissent avec la nature ou la société. La vertu, par exemple, devient un mode d'être lié à l'individu seul et non aux pressions sociales ni aux conventions: *l'honneur d'un homme comme vous [Saint-Preux] n'est point au pouvoir d'un autre ; il est en lui-même et non dans l'opinion du peuple* (57, 197). Toute l'œuvre développe le thème de la vertu, sans cesse tentée par la passion, mais qui résiste dans des combats violents occupant l'espace des lettres, et se disant ouvertement à tous, ami, amant, mari.

Enfin, un texte contient toujours en lui-même une notice sur son mode d'emploi ; dans le cas du roman par lettres, elle se trouve dans le péritexte pseudo-éditorial, la préface (p. 49-51). Le péritexte est là pour rappeler que tout roman repose sur une "convention", mais dans ce cas précis, cette mention est intégrée à la production romanesque, c'est-à-dire à la fiction (v. Repères. Un roman épistolaire novateur). Ce n'est pas un discours extérieur, même s'il cherche à le paraître, mais une voix de la fiction. Le péritexte voudrait imposer un protocole de lecture, qui n'aurait pas l'air d'en être un, parce que l'auteur est obnubilé par le souci de faire vrai et naturel comme s'il fallait "des signes qui n'aient pas l'air de signes" [BARTHES, 1977, p. 45].

Le statut postulé par une littérature qui feint d'être une émanation du réel est complexe et ambigu, car cette transposition du réel vécu n'est jamais un pur reflet pour autant de la vie. Vers 1761, en raison de l'éclatant succès de *La Nouvelle Héloïse*, s'affirme un imaginaire nouveau, qui offre aux lecteurs de nouveaux modes de pensée. Plongeant dans la sphère de l'intime et de la confidence, le roman par lettres propose au lecteur un miroir où se reflètent ses préoccupations. Le XVIIIe siècle découvre les pouvoirs du roman et surtout sa capacité à représenter la vie individuelle. Le roman par lettres, par sa forme même, permet la participation directe du lecteur à la vie intérieure des personnages. Le drame auquel il est permis d'assister a une intensité exceptionnelle parce qu'il est écrit à la première personne par ceux qui le vivent. Ces deux paramètres constitueront des points d'ancrage forts pour toute étude de style d'une lettre et d'un passage. C'est la vérité de leur cœur et de leurs sentiments qu'examinent et que (se) disent en permanence les épistoliers, essentiellement Julie et Saint-Preux et tout le dispositif linguistique du texte concourt à produire cet "effet de vérité" pour parodier la formule de Barthes sur l'effet de réel.

LA TRANSPARENCE DES VOIX DE *LA NOUVELLE HÉLOÏSE*

Avec *La Nouvelle Héloïse*, l'épistolaire atteint la perfection. Dans ce roman, grâce à ce choix d'écriture et de composition, Rousseau propose une vision accomplie de la naissance des sentiments chez les protagonistes, leur évolution, leur essor et les retombées sur la vie de chacun d'eux. L'étude psychologique évolue de lettres en lettres, s'affine, se diversifie pour calquer tous les mouvements du cœur, car, ce qui prime, c'est l'immédiateté de l'affect, vécu dans le moment même de l'acte d'écriture qui le supporte et le fait être. La vérité des sentiments se dévoile alors pleinement dans un mouvement qui fait coïncider la naissance de la sensation et son écriture, mais aussi, privilège suprême de l'effet épistolaire, sa lecture et sa découverte par le lecteur comme s'il assistait lui aussi à la scène.

Le titre de cette section, on le voit, est directement inspiré et même emprunté à la célèbre étude de Jean STAROBINSKI, notamment au chapitre V de *Jean-Jacques Rousseau. La transparence et l'obstacle*, dédié à *La Nouvelle Héloïse* [1971, p. 102-148], dans lequel il démontre que le principe fondateur du roman est "comme un rêve éveillé, où Rousseau cède à l'appel imaginaire de la limpidité qu'il ne trouve plus dans le monde réel et dans la société des hommes: un ciel plus pur, des cœurs plus ouverts, un univers à la fois plus intense et plus diaphane" [*ibid.*, p. 105].

Ce sont les procédés stylistiques de cette recherche de "transparence" que nous allons étudier, inventorier, sans viser l'exhaustivité. Ces procédés sont intrinsèquement liés au choix de la forme épistolaire, comme principe même d'examen de soi et de "confession", ou de présentation de soi à l'autre, principe donc d'une démarche visant la transparence en disant le vrai sur soi (là où Laclos s'amusera à faire de l'épistolaire, notamment dans l'usage du couple Valmont/Merteuil, une manipulation de la vérité et un masque).

Cette recherche de transparence passe notamment par:

La nomination des personnages

Comment, dans *La Nouvelle Héloïse*, les personnages sont-ils nommés ? Dans cette première partie, les deux amants dominent la correspondance, même si quelques lettres sont écrites par d'autres (Claire, Fanchon Regard, Milord Édouard, Monsieur d'Orbe). Ce sont d'abord les noms des amants qui occupent l'espace de la nomination. Pas plus que ses prédécesseurs, Rousseau ne fait figurer, dans ces lettres fictives, les habituelles formules d'ouverture et de clôture : pas d'adresse en *Chère Julie* en début de lettre, encore moins de *Cher Saint-Preux*, nom qui ne sera forgé qu'un peu plus loin dans le roman. L'éditeur fictif se contente d'indiquer "À Julie", quand c'est Saint-Preux qui écrit, et quand c'est Julie, "De Julie". Le procédé a pour effet de rendre omniprésent le prénom du personnage éponyme du roman alors que le nom de l'amant demeure dans l'ombre.

La Nouvelle Héloïse ne révèlera pas ce nom : la signature S.G. (III, *Billet*, 393) ne fait qu'épaissir le mystère. Le nom "St. Preux" surgit dans la IVe partie, sous la plume de Claire, qui en revendique l'usage dans une glose métadiscursive : "Bien arrivé ! cent fois le bien arrivé, cher St. Preux, car je prétends que ce nom vous demeure, au moins dans notre société" (IV, 5, 500). S'appuyant sur l'analyse des manuscrits, Nathalie FERRAND [2015, p. 175-180] a identifié une source probable de cette création dans le poème du Tasse, cité deux lettres avant celle-ci (IV, 3, 495), dans l'univers des croisades qu'il évoque. Ce premier emploi, par Claire, donne lieu à une note de l'éditeur fictif, expliquant qu'il s'agirait du nom substitué imaginé par les cousines, pour pouvoir parler de lui en toute discrétion "devant [leurs] gens" (III, 14, 398). À partir de la lettre de Claire, la dénomination "St. Preux" sera reprise 27 fois dans le roman. Rousseau a beaucoup tardé à donner un nom à ce personnage. Dans les deux premiers tiers du roman, il n'est désigné que par des noms communs. Cet anonymat lui permettait-il de s'identifier plus aisément à la figure de l'amant ? ou de laisser planer le doute sur le statut social du personnage, dont la naissance est "honnête" (22, 104), selon la mère de Julie, mais que son père regarde comme un "quidam sans asile" (62, 210) ? Il permet en tout cas à Julie de varier la nomination de Saint-Preux au gré de son humeur et de ses intentions.

Si Julie utilise d'abord l'apostrophe distante *Monsieur* (second billet, p. 62), sa première lettre déploie plusieurs appellatifs. Dans un premier moment, elle l'interpelle par les apostrophes péjoratives

Homme artificieux et *malheureux* (4, 63), puis, dans la dernière partie de la lettre, par les apostrophes connotées positivement *âme généreuse* et *Ami* (65). Ces nominations participent à l'argumentation: l'adjectif *artificieux* entre dans le champ sémantique du piège, posé dans la phrase précédente; l'adjectif substantivé *malheureux* signifie "un méchant homme", d'après le *Dictionnaire de l'Académie* [1762], lequel précisera dans sa dernière édition que, dans cette acception vieillie, il "s'emploie en apostrophe pour exprimer à quelqu'un la surprise, la réprobation, la colère, le dépit" [1992]. La première partie de la lettre est une mise en accusation, il s'agit d'abord de faire reproche à Saint-Preux de la séduction qu'il a exercée sur elle. La dernière partie formule une demande: il s'agit alors de convaincre Saint-Preux de s'en tenir à une relation chaste, et, pour cela, Julie fait appel à un argument *ad hominem*: c'est parce qu'il est une "âme généreuse" et un "Ami" qu'il doit se comporter comme tel.

Au-delà des apostrophes, que ROUSSEAU aurait aimé pouvoir distinguer par le "point vocatif" [*Essai sur l'origine des langues*, 1782, note 10], la lettre met en œuvre des nominations sans fonction phatique, dans de simples phrases assertives. Dans la phrase: "Entraînée par degrés dans les pièges d'un vil séducteur, je vois, sans pouvoir m'arrêter, l'horrible précipice où je cours" (2, 63), le groupe nominal indéfini *un vil séducteur* désigne Saint-Preux. En n'écrivant pas *dans vos pièges*, mais *dans les pièges d'un vil séducteur*, Julie s'extrait de l'interaction particulière que poserait l'emploi d'une 2e personne: elle raconte à Saint-Preux son histoire comme s'il n'était pas directement concerné, comme s'il en était un spectateur extérieur, et non son acteur direct. Le procédé est remarqué aussi chez Racine par Leo SPITZER, qui le décrit comme une "désindividualisation par l'article défini" et souligne que "l'emploi de l'article indéfini crée une certaine distance entre le locuteur et son compagnon" [1970, p. 210]. Sans doute en effet, dans *un vil séducteur*, l'article indéfini *un* évite-t-il que le trait péjoratif du nom *séducteur* n'apparaisse comme une agression frontale. Mais l'indéfini fait plus: en écrivant d'*un vil séducteur* plutôt que *du* ou *de ce vil séducteur*, Julie envisage Saint-Preux non en tant qu'individu, mais en tant qu'exemplaire d'une catégorie générale. Par ce pouvoir de "désindividualisation", qui tient au fait que le déterminant indéfini *un* saisit le référent non en tant que personne bien identifiée mais en tant qu'exemplaire d'une classe, elle met "une certaine distance" non seulement avec son interlocuteur, mais aussi avec la spécificité de son histoire.

Elle envisage ainsi sa propre résistance comme un combat non contre un individu défini, mais contre une figure plus abstraite, pour ainsi dire contre la séduction même, élevant ainsi le registre de la narration. Elle amène conjointement Saint-Preux et le lecteur à adopter ce point de vue plus abstrait et élevé sur leur histoire. L'actualisation par le déterminant indéfini, du fait de la prise de distance qu'elle permet, remplit donc à la fois une fonction d'atténuation dans l'interaction, de généralisation dans la portée du récit, d'élévation dans le registre stylistique. Du point de vue argumentatif, la stature conférée à l'attaquant par cette détermination indéfinie, ainsi que la puissance de la péjoration portée par le nom séducteur, renforcée par l'épithète axiologique négative *vil*, contribuent à excuser la défaite de Julie.

Julie utilise ce groupe nominal indéfini en tant que complément du nom; ce faisant, elle ne donne pas prise à une remise en question de la catégorisation, qui laisse enfouie la prédication impliquée *vous êtes un vil séducteur*. Saint-Preux, qui se présentait dans sa première lettre comme "un infortuné", pour exciter la "commisération naturelle aux âmes bien nées", parmi lesquelles devait se reconnaître Julie (1, 58), reviendra sur cette catégorisation: "Je ne suis point un vil séducteur comme tu m'appelles dans ton désespoir, mais un homme simple et sensible, qui montre aisément ce qu'il sent, et ne sent rien dont il doive rougir" (5, 67). La modalisation autonymique par la subordonnée *comme tu m'appelles* signale le retour métadiscursif sur la nomination imposée par Julie; si, dans la principale, la négation *ne... point* en accomplit la réfutation, dans la subordonnée le circonstanciel *dans ton désespoir* atténue l'antagonisme et excuse l'erreur de Julie. Saint-Preux lui propose dans cette lettre des catégorisations plus positives: *un homme qui l'adore*, *un ami fidèle*, *un homme simple et sensible* (5, 66). Ces auto-désignations indéfinies, fondées sur un schéma actantiel dont le procès est l'amour, l'objet Julie et le sujet une classe générique qui inclut Saint-Preux, lui permettent de poser, en prédication enfouie, la déclaration de son amour.

À côté de l'actualisation indéfinie, les personnages recourent à des nominations spécifiques, qui marquent également une distance, mais moindre. Dans le groupe nominal déterminé par l'article défini, la catégorisation par un nom commun pose toujours le référent comme un élément d'une classe, mais l'article défini suppose ce référent connu de l'allocutaire. Saint-Preux se nomme par exemple lui-même *l'amant de Julie* (5, 67), où le complément du nom *Julie* fournit l'ancrage référentiel que l'article défini présuppose. Cette nomination est moins distante que ne le serait la nomination indéfinie *un amant de Julie*, mais moins proche que la nomination déictique *votre amant*. Elle permet d'instancier une catégorie "amant de Julie", dont la prédication précise les contours : "L'amant de Julie aurait une âme abjecte !" Le conditionnel d'indignation signale l'incompatibilité entre le sujet et le prédicat : l'âme de l'amant de Julie ne saurait être abjecte. Cette dénomination, qui sera reprise par Milord Édouard (60, 207), confirme que l'identité des personnages s'organise autour de Julie.

Deuxième nom dans l'index hiérarchique des fréquences (voir *supra*), *Julie* est généralement employé seul. Saint-Preux l'utilise généralement en apostrophe et lui donne quelquefois une extension : le déterminant possessif (*ma Julie*, 52 occurrences), l'adjectif *chère* (*chère Julie*, 5 occurrences, dont une en coordination avec *tendre* : *chère et tendre Julie*), les adjectifs *belle* (3 occurrences), *charmante* (3 occurrences), *aimable* (une occurrence), *céleste* (une occurrence), *redoutable* (une occurrence). Il s'agit alors de souligner le lien affectif qui l'unit à Julie ou les charmes de son amante, l'adjectif *aimable* réunissant ces deux intentions. Julie reprend à son compte le patron : possessif suivi du nom propre *Julie* ; passant à la deuxième personne, elle utilise 15 fois *ta Julie*, adoptant le point de vue de Saint-Preux sur elle-même. Elle se regarde alors de l'extérieur, comme une 3e personne. Cette mise à distance peut prendre un tour ludique, comme dans la phrase "Aussi bien, je sens que le cœur, de ta Julie vole un peu trop tôt habiter le chalet" (36, 146), où Julie se moque d'elle-même et de sa hâte à rejoindre le chalet, nouveau temple de Gnide.

Le travail des personnages sur la nomination, et particulièrement sur leur propre nomination, peut ainsi participer d'une forme d'humour. C'est le cas en particulier chez Claire, qui fait preuve d'autodérision en se nommant elle-même *une Duègne de dix-huit ans* (7, 71), qui fait descendre Julie de son piédestal en l'appelant *chère et bonne Julie* (30, 130) ou *la prêcheuse* (44, 157) et à laquelle on doit, comme on l'a vu, la nomination gentiment moyenâgeuse de Saint-Preux. Les amants lui retournent la politesse : c'est d'abord Saint-Preux qui nomme *votre inséparable cousine* (8, 73-74) ce chaperon sans doute un peu encombrant ; sur le mode du jeu, Julie réduit la nomination à *l'inséparable* (35, 143), surnom que lui conserveront les deux amants, de connivence.

Le dynamisme communicationnel au service de la communion des amants

Rousseau joue de toutes les potentialités énonciatives offertes par le genre épistolaire, et place l'accent sur la modalité allocutive, qui met le destinataire privilégié au cœur du dispositif: l'être aimé, Julie, lorsque Saint-Preux s'adresse à elle, ou symétriquement Saint-Preux, lorsque la lettre émane de Julie. Mais le pôle énonciatif premier demeure totalement présent et marqué dans les lettres d'amour, pour dire le lien indéfectible qui s'est établi entre les deux amants, et que la relation épistolaire vient encore renforcer (v. la première personne, les principes de l'épistolaire). Ce maillage étroit entre le locutif et l'allocutif s'établit souvent grâce aux constructions syntactico-énonciatives (*ô toi que j'aime le mieux au monde après les auteurs de mes jours*, p. 110, *Tandis que je parcourais avec extase ces lieux si peu connus et si dignes d'être admirés, que faisiez-vous cependant, ma Julie ?*, p. 113), où l'anticipation de la subordonnée temporelle met en scène le *je* du voyageur et du scripteur de la lettre, pour laisser, dans la principale, toute la place à l'allocutaire (*vous*), dont la mention se particularise sous les projecteurs de l'apostrophe (*ma Julie*), forme prosaïque et presque familière d'appropriation de l'autre par le déterminant possessif. Symétriquement, c'est par le vocatif (*ô toi*) et la périphrase désignative visant le haut degré que Julie désigne Saint-Preux (*que j'aime le mieux au monde*). Sans faire le relevé complet de ces constructions où le *je* et le *vous* alternent sans cesse, il est important de les étudier dans un commentaire stylistique, car comme la concaténation des lettres étudiée plus haut, ces tournures créent le couple, couple des amants et couple épistolaire, sans doute plus fortement que ne le fait la petite cheville (*nous*, v. *supra*). En effet, ces constructions syntaxiques réalisent le maillage et l'association du moi et du vous, et les périphrases abondantes caractérisant l'autre font de ce couple, après les célèbres amants Héloïse et Abélard, Roméo et Juliette, l'un des plus importants de la littérature française et mondiale, tant le succès de *La Nouvelle Héloïse* fut grand.

Le choix fréquent de la phrase complexe, réalisant l'interdépendance de la principale et de la subordonnée, est propre à dire le lien indissoluble qui s'est établi entre les deux amants, et que le texte de la missive redit à l'envi (*je vois, mon ami, que vous sentez le véritable amour, puisqu'il ne vous a point ôté le goût des choses honnêtes*, 13, 88 ; *Tandis que je parcourais avec extase ces lieux si peu connus et si dignes d'être admirés, que faisiez-vous cependant, ma Julie?*, p. 113). La phrase complexe (v. La subordination), dont l'expansion est une circonstancielle de temps, sert la dialectique du lieu, du temps et de la personne (*vous* et *moi*). Pour le temps, l'adversation que portent la locution conjonctive *tandis que* et l'adverbe *cependant* se résout dans la simultanéité : sorte d'inverse contextuel de l'évolution en langue, qui a conduit ces formes de la concomitance temporelle à l'opposition logique. Pour la personne, la structure fermée du chiasme (*je parcourais /faisiez-vous*) a tendance à fusionner les actions comme les agents.

En effet, la lettre est par essence le médium qui permet de compenser l'absence et la distance, tout en relatant l'actualité vécue par le scripteur : *J'ai interrompu ma Lettre pour m'aller promener dans des bocages qui sont près de notre maison. Ô mon doux ami ! je t'y conduisais avec moi, ou plutôt je t'y portais dans mon sein [...] nos cœurs s'épanchaient d'avance dans ces retraites délicieuses* (13, 89). C'est bien la transparence des cœurs qui se met en place dans les paramètres chers à Rousseau : le lieu, le moi et l'autre, la rêverie. Toute la syntaxe fonctionnelle (relation entre les fonctions sujet et compléments) vient dire la communion des âmes, la fusion même avec l'image clichéïque mais revivifiée ici (*dans mon sein*). Le *sein* et le *cœur* devenant, pour Rousseau, les médiums privilégiés de la vérité de la sensation et du sentiment (v. Lexicologie : les mots les plus fréquents). Ces trois paramètres fondamentaux de la scène d'énonciation se trouvent au cœur même du dispositif épistolaire, qui relève pleinement (malgré son caractère écrit) du genre du discours. Ils sont repris et répétés très souvent dans les lettres, notamment celles écrites dans des lieux ouverts et spectaculaires (*lacs, bocages, montagnes*, etc.) et permettent au sens propre la "communication" des espaces, des lieux et des personnes en les insérant dans un autre lieu non plus géographique mais discursif : la lettre (le topos au sens étymologique). Cette dialectique à trois termes sera scandée tout au long de l'œuvre et se retrouve à plusieurs moments de la lettre 23 : par exemple dans la phrase *Tout me rappelait à vous dans ce séjour paisible*, où la rection du verbe permet de placer les deux amants en fonction équative de complément (*me* vs *à vous*), et le complément locatif en fonction intraprédicative.

Une fois cet axiome posé, le texte décline toutes les formes pronominales ou déterminatives qui viennent témoigner des modulations subtiles soit de la relation vécue, soit de la relation fantasmée, soit de la relation épistolaire: *moi qui ne suis plus rien que par vous? c'est ce que j'éprouvais en vous quittant, je vous conduisais partout avec moi*, p. 113. On ne peut qu'être frappé par la densité des formes pronominales et la proximité quasi-systématique du *je* et du *vous*, rapprochés par l'artifice de l'écriture épistolaire et par les choix syntaxiques de Rousseau. Cependant le *nous* inclusif de la deuxième personne reste rare (*notre* existence, je ne faisais pas un pas que *nous* ne le fissions ensemble, *notre* bonheur). En effet, le texte s'intéresse plus à la relation entre le *je* et le *vous* qu'à l'évocation du couple, encore fragile et menacé à ce stade du roman. Le déterminant possessif n'apparaît que devant des abstraits (*existence, bonheur*), qui intellectualisent le lien plus qu'ils n'en donnent une image incarnée, à la différence de la dialectique des pronoms personnels, qui le concrétisent et le scandent tout au long du passage.

Le pôle du locuteur est toutefois plus nettement marqué que celui de l'allocutaire. Il convient de s'appuyer sur l'étude faite en langue (v. la première personne), si le sujet était posé en grammaire. Très souvent, le *je* est le point de départ de l'énonciation, alternativement sujet et objet, de forme atone ou de forme renforcée:

> J'ai reçu vos dons, je suis parti sans vous voir, me voici bien loin de vous. Êtes-vous contente de vos tyrannies et vous ai-je assez obéi? (18, 97)

> Ne m'oublierais-je pas plutôt moi-même, et que pourrais-je un moment seul, moi qui ne suis plus rien que par vous? je n'ai jamais mieux remarqué avec quel instinct je place en divers lieux notre existence commune selon l'état de mon âme. Quand je suis triste [...]; c'est ce que j'éprouvais en vous quittant. Quand j'ai du plaisir [...]. (18, 113)

Si ce centrage sur la première personne n'a rien d'exceptionnel dans une lettre ou dans un roman par lettres, son accentuation, en revanche, montre que la scénographie épistolaire fait place, par moments, comme un voile qui se déchire, à une autre scène, plus intime: celle de la confidence ou de la confession. Elle abrite aussi des élargissements vers des questions plus larges sur l'éducation, le goût, la vertu, les voyages. La lettre est ainsi rendue vivante et rythmée, comme le flux et le reflux, tendue entre les moments de resserrement sur le moi et les passages de réflexion sur des sujets plus généraux.

DIALOGISME INTERLOCUTIF : TENSIONS ENTRE TRANSPARENCE ET OBSTACLE

Toujours dans cette même perspective, la lettre 4, lettre de l'aveu (donc lettre clé), par exemple, se construit sur un important dialogisme interlocutif anticipant sur le dire et sur les réactions du récepteur de la lettre, ce qui permet de resserrer la sphère intime que la scénographie a posée. Tout se joue entre "elle" et "lui", notamment lorsque les fonctions sujet et objet des pronoms personnels s'entrecroisent en chiasme et sur fond d'antithèse sémantique (*Je t'estimais et tu me déshonores*, p. 63). Plus marqués encore sont les passages où le scripteur recourt au pronom allocutif *tu*, sujet de verbes épistémiques conjugués au présent d'énonciation : autant d'actes discursifs dans lesquels Julie implique Saint-Preux dans son acte d'énonciation pour lui imposer le contenu de l'énoncé (*Tu vois l'égarement de mon cœur ; tu le sais, tes remords en augmenteront*). Le présent d'énonciation (v. *infra*) cumule plusieurs fonctions : contemporain de l'écriture (sa valeur de base), il se colore ici, conjugué à la deuxième personne, d'une capacité à rendre également contemporain le moment de la lecture ; le choix des épistémiques (*vois, sais*) anticipe sur le décryptage du message, qu'il prescrit à l'autre. C'est en quelque sorte un présent biface dans sa temporalité et sa visée : rendant synchrones les moments pourtant distincts de la rédaction et de la réception, il les affecte de polarités contradictoires : une acceptation quand il est locutif, un refus, à tout le moins un détournement, quand il est allocutif.

L'anticipation sur le dire de l'autre inscrit la lettre dans sa vocation dialogale et dialogique, reconstituant par écrit un échange différé, comme en témoignent les fragiles futurs de réassurance qui émaillent le discours. Ce sont ces futurs qui vont prendre le relais des présents d'énonciation pour "programmer" des comportements : *tu soutiendras ma faiblesse, tu deviendras ma sauvegarde, tu protègeras ma personne* (p. 65). Cette première série de futurs élargit la vision en esquissant un devenir rassurant, comme en témoigne le rythme ternaire où l'allocutaire est en fonction sujet et le scripteur désigné obliquement par métonymie de l'objet. Une deuxième série de futurs vient même dresser le tableau de la rédemption (*Tes désirs vaincus seront la source de ton bonheur, et les plaisirs dont tu jouiras seront dignes du Ciel même*, p. 65). Le futur se colore ici de sa valeur prophétique et résultative par anticipation. Cette valeur est confirmée en clausule de la lettre par une forme plus lapidaire, présentée comme une alternative : *Tu seras vertueux ou méprisé ; je serai respectée ou guérie*, p. 65. Pour aller plus loin dans une perspective plus micro-stylistique, il faudrait analyser le choix des constructions attributives (v. L'attribut), qui permettent cette haute fréquence de caractérisation de l'autre (*vertueux, méprisé)* ou de soi (*respectée, guérie)*. La prédication (première ou seconde, car les attributs de l'objet sont un signe de l'analyse permanente que les épistoliers font d'eux-mêmes et de l'autre) est la marque de l'analyse. Par le jeu des termes en fonction attribut (surtout des adjectifs) se voient le maillage interprétatif, la recherche pour comprendre l'autre, pour le rendre transparent à soi, ou pour dénoncer les choix qu'on ne comprend pas (v. Paradoxe). Les attributs participent à la construction de l'*ethos* discursif des personnages, à la fois dans le versant d'auto-caractérisation (discursivité du sujet) et de peinture de l'autre (discursivité allocutive).

Dans un roman des sentiments et du cœur, l'un des procédés les plus efficaces pour rendre compte de la naissance des sensations et des perceptions intérieures, de l'impression, de la naissance des sentiments et pour les évaluer est le recours à la catégorie verbale des épistémiques. Les épistémiques *voir* et *savoir*, en symétrie selon qu'ils concernent le scripteur ou l'allocutaire, dressent des visions complémentaires de l'analyse des sentiments et de la situation que vivent les épistoliers. Appliqués au scripteur, ils servent la peinture de l'intériorité, seule modalité possible d'accès en régime épistolaire qui suppose comme point organisationnel la première personne en fonction de sujet (*je vois sans pouvoir m'arrêter l'horrible précipice ; tel est l'état affreux où je me vois ; je vois trop,* lettre 4), et les déictiques personnels et possessifs (*me, mon*). L'épistémique perceptuel concrétise et intellectualise à la fois le sentiment tragique d'une extrême lucidité frappée d'impuissance. *Savoir* et *voir* ne peuvent qu'entrer en tension avec le modalisateur *vouloir*, qui constate une aboulie, d'autant plus frappante qu'elle est moins rapportée à une fatalité extérieure que profondément intériorisée (*j'ai voulu me garantir, j'ai voulu me jeter au pied, j'ai voulu leur ouvrir mon cœur coupable*) et comme aggravée par un passé composé témoignant d'échecs récents et répétés de l'esprit pour reprendre le dessus sur les forces du cœur.

Cette analyse est reproductible à de très nombreuses lettres du roman, notamment quand les amants ne sont pas à l'unisson parfait, ou craignent de ne plus y être et cherchent alors à ajuster la vision et à vérifier si la transparence est toujours bonne ou si elle s'est altérée.

Transparence et jeux de lumière du présent de l'indicatif

La saisie immédiate d'un sujet par lui-même est rendue par le choix de la temporalité, en l'occurrence le présent de l'indicatif. Les lettres de *La Nouvelle Héloïse* tendent au compte rendu instantané et contemporain de l'événement vécu. Cet effet de direct efface toute différence entre le discours narratif et l'univers représenté. La lettre ne s'écrit qu'en fonction du présent et permet des effets de direct. Le caractère pragmatique de cet acte de narration immédiate se lit dans la mesure où l'émotion du personnage ou sa réaction influencent le destinataire. Le lecteur découvre les choses en même temps que le personnage. Saint-Preux est dans le cabinet où il attend Julie et se met à lui écrire en l'attendant (*J'arrive plein d'une émotion qui s'accroît en entrant dans cet asile*, p. 184). Il continue même sa lettre au moment où la jeune fille apparaît: *"Ô désirs! ô crainte! ô palpitations cruelles!... on ouvre!... on entre!... c'est elle! c'est elle! je l'entrevois, je l'ai vue, j'entends refermer la porte. Mon cœur, mon faible cœur, tu succombes à tant d'agitations. Ah! cherche des forces pour supporter la félicité qui t'accable!"* (54, 185). Le présent déborde le cadre de la lettre dans cet exemple puisqu'il est absolument contemporain de l'événement décrit. La scène devient transparente aux yeux du lecteur.

Le présent du discours épistolaire est identique à celui utilisé par le théâtre, ce qui fonde une grande parenté entre ces deux genres du point de vue de l'emploi de l'énonciation et dans l'économie de la gestion de la question "qui parle ?". Le présent a pleine valeur de cautionnement, de transparence par son emploi systématique dans ce roman. Il développe à lui seul une mythologie du vrai. Il nie le mensonge du roman, car il confère à la lettre le statut de "vraie" lettre. L'usage du présent dans la forme épistolaire romanesque donne à l'imaginaire du lecteur la caution formelle du réel. Il cherche toujours à rendre l'actualité du sentiment, de l'action, de l'idée ; à la limite, il transcrit des affirmations vérifiables dans l'instant même de l'énonciation et se trouve investi d'une valeur ontologique. C'est en effet la conjugaison de la spontanéité de l'écriture et de la spontanéité du sentiment dans le présent qui assure l'authenticité de la narration épistolaire. Dans la lettre LIV, le premier verbe est cinétique (*j'arrive*) et donc apte à abriter une forme simplifiée de présent de narration au sens strict de ce terme.

Il faut cependant noter que cette parfaite adéquation du temps de la narration et du temps de l'action, que Richardson nommait « *writing to the Moment* », est rare. La narration épistolaire ne remonte jamais bien au-delà de quelques heures. Le récit rétrospectif à caractère autobiographique sera senti comme artificiel. Mais Rousseau aime ces tensions soudaines au cœur d'une lettre qui donnent l'impression de cette écriture sur le moment, écriture où narration et énonciation se confondent, où le temps semble suspendu, où le lecteur ressent l'illusion et l'ivresse de vibrer à l'unisson avec le personnage. Saint-Preux recourt plus souvent que les autres épistoliers à ce présent tellement saillant qu'il en est presque cru :

> Nous nous rendons à Clarens, je t'aperçois, et mon sein palpite ; le doux son de ta voix y porte une agitation nouvelle ; je t'aborde comme transporté [...] (14, 91)

L'effet est particulièrement frappant, lorsque l'épistolier commente le moment de réception d'une lettre de l'autre :

> J'attendais le Courrier à la poste. A peine le paquet était-il ouvert que je me nomme, je me rends importun ; on me dit qu'il y a une lettre ; je tressaille ; je la demande agité d'une mortelle impatience : je la reçois enfin. [...] j'ouvre la lettre au premier détour ;[...] je la dévore [...] (21, 101)

Dans la lettre, le temps qui sert de référence est le temps de la situation d'énonciation (v. la première personne) : *je le sens bien* (1, p. 55), *je promets, je jure* (1,57), *la tienne me l'arrache* (4, 63). Il conviendra pour l'étude de style d'étudier le présent (forme unique morphologique en français), qui couvre en réalité une large palette d'emploi et peut même cumuler différentes colorations. Pour ce faire, il faut regarder la nature catégorielle du verbe. Entre un épistémique, comme sentir en l. i (*je le sens bien*) et un verbe promissif (*je promets*), les effets de sens du présent varient d'un présent élargi mais contemporain de l'acte d'écriture alors que le verbe *promettre* conjugué au présent devient presque un performatif, réalisant par la parole l'acte auquel il renvoie. À ces présents d'énonciation s'ajoutent les présents de vérité générale, car Rousseau recourt souvent à des énoncés sentencieux pour donner de la profondeur (au sens de donner du champ) aux considérations sur l'amour, la vertu, le savoir, etc.

> L'esprit s'orne, la raison s'éclaire, l'âme se fortifie, le cœur jouit : que manque-t-il à notre bonheur ? (9, 78)

> La science est dans la plupart de ceux qui la cultivent une monnaie dont on fait grand cas, qui cependant n'ajoute au bien-être qu'autant qu'on la communique, et n'est bonne que dans le commerce. (12, 83)

Y compris dans les énoncés sentencieux, des nuances apparaissent selon que le verbe est *être*, auquel cas on tend vers la définition (*La science est*...), alors que lorsqu'il s'agit d'autres types de verbe, en série imagée (*s'orne, s'éclaire, se fortifie, jouit*) le présent cumule vérité générale, énonciation, narration et perspective élargie. Les candidats devront être attentifs à la large palette qu'utilise Rousseau, car le présent de l'indicatif est l'un des procédés stylistiques et linguistiques qui lui permet de faire de la forme épistolaire un vrai choix compositionnel et un choix d'écriture, en jouant sur toutes les potentialités qu'offre le genre. Le présent permet aussi ce "trucage", qui donne l'impression que toute l'action se déroule par lettre et qu'elle est mise sous les yeux du lecteur, surprenant en quelque sorte la vie et la vie intérieure des personnages.

Le succès de *La Nouvelle Héloïse* est dû en grande partie à cette technique de composition. De plus, la souplesse de la forme épistolaire permettait d'ajouter aux débats intérieurs des personnages des considérations plus générales touchant à la politique, l'économie et surtout à l'occasion du mariage de Julie, à l'éducation des enfants. Ces thèmes à portée plus générale et plus philosophique se trouvent parfaitement intégrés à la trame romanesque.sans la trahir.Leur mention suit la même évolution que celle des protagonistes que l'on voit à différentes étapes de leur vie. Les personnages se construisent, ici, dans leur discours, qu'il soit discours intérieur, c'est-à-dire examen de conscience, ou discours frotté à la parole de l'autre, quand la lettre se fait dialogue ou débat. La progression et la construction psychologique y gagnent en profondeur et en vraisemblance.

Transparence de l'émotion

Les personnages principaux de l'œuvre possèdent chacun des traits de caractères qui leur confèrent une psychologie nettement individualisée. Julie se distingue par la finesse de son âme et de son caractère, par sa propension à la passion et à la rébellion. Saint-Preux a l'imagination vive, la rêverie lui sert de refuge. On voit évoluer au fil des lettres leurs caractères. Julie se résigne et accepte un rôle de mère, dans lequel elle trouve un certain épanouissement. Après un long voyage Saint-Preux revient plus serein, plus sage de cette expérience. Dans ce roman-fleuve règne cependant un ordre décelable dans la figure de Wolmar : celui de la morale et de la religion, pôles vers lesquels tendent tous les personnages. Mais ce désir de morale est contrebalancé par les puissances de l'amour et de la passion. En effet le couple Julie/Saint-Preux est brisé d'emblée par la volonté du père de Julie. Leur relation est alors inéluctablement marquée par le sceau de cette déchirure qui nourrit le douloureux discours de leur passion entravée. Ils tâchent cependant de vivre cette séparation, propice à l'épanchement épistolaire, sous le signe de la lucidité, conçue dans le roman sur le mode de l'examen de conscience, comme dans la lettre 18: *je ne puis vous parler de mon voyage, [...] je voulais vous décrire ce que je verrais. Je n'ai rien vu que vous et ne puis vous peindre que Julie [...] c'est ainsi que j'ai trouvé le secret d'éluder votre rigueur,* p. 97.

Le langage des lettres et des cœurs est moins transparent qu'il n'y paraît au premier abord. On lit un désir de morale, mais on décèle rapidement le désir inverse, fait de passion, de fusion des êtres et des cœurs. Se voulant par essence la forme de l'expression des sentiments et des émotions, le roman épistolaire utilise toutes les ressources de la fonction émotive pour livrer les variations des "cris du cœur" et leur expression au moment où elles voient le jour. Omniprésente dans le texte de Rousseau, cette fonction jakobsonnienne participe de cette "connotation", propre à la forme épistolaire de cette période, voulant mimer le vrai, livrer le réel à l'état brut. Elle fait entendre tous les états d'âme des personnages dans leurs moindres intonations. Elle permet de capter l'émotion immédiate et les vibrations momentanées de la sensibilité et concrétise ainsi l'émotion subjective. Elle s'apparente à un type de discours très personnel, en étroite liaison avec l'emploi de la première personne et du présent de l'indicatif. Il s'agit de révéler l'intimité, la menue réalité de la vie des personnages, de les faire parler pour les rendre réels, pour qu'ils se différencient les uns des autres. La syntaxe affective signale que le lieu de l'événement se déplace vers le for intérieur et le temps de l'action se concentre sur l'instant vécu: *J'arrive plein d'une émotion qui s'accroît en entrant dans cet asile. Julie! me voici dans ton cabinet, me voici dans le sanctuaire de ce que tout mon cœur adore. [...] ô spectacle de volupté... la baleine a cédé à la force de l'impression... Empreintes délicieuses, que je vous baise mille fois!... Dieux! Dieux! que sera-ce quand........ [...] Julie! [...] Ô viens, vole, ou je suis perdu.* (54, 184)

L'ouverture de la lettre LIV se fait sur le mot fracassant d'"émotion", porté au haut degré par la formule quantifiante "plein de". Cette émotion va déferler sur le texte puisqu'elle "s'accroît", créant un phénomène d'hyperbole. Le relais de ce vocabulaire marqué se fait par les exclamations propres à traduire la surcharge affective "*Julie! ô ma Julie!*". C'est un vrai cri qui couvre le texte. L'exclamation accompagne les temps forts du sentiment et apparaît comme figure dominante du texte, combinée aux points de suspension pour signifier le comble de l'émotion, l'impossibilité à s'exprimer dans laquelle se trouve le personnage. La fin du texte n'est qu'une cascade d'exclamations: "*Ciel! [...] Ô désirs! ô crainte! ô palpitations cruelles!... on ouvre!... on entre!... c'est elle! c'est elle!*" L'interrogation relaie l'exclamation pour susciter la présence de l'autre puisqu'elle est une version souvent plus affirmée de la fonction persuasive, créant presque la proximité d'un dialogue. Elle fait dans ce passage de Rousseau le commentaire de la situation dans laquelle se trouve Saint-Preux: "Serait-ce ton barbare père?" Enfin l'emploi des présentatifs, en ouverture confirme cette imprégnation du texte par la syntaxe affective. Saint-Preux nous fait pénétrer dans cette chambre par un jeu savamment agencé sur les pronoms personnels suscitant la proximité: "Me voici dans ton cabinet." Le présentatif est le constituant de base, la manifestation première d'une parole et d'une situation qu'il annonce en la soulignant.

RYTHME ET ÉNERGIE : LES MODALITÉS DU STYLE DE L'ÉMOTION

La parole et son rythme

Dialogue différé, le roman épistolaire qu'est *La Nouvelle Héloïse* mime la parole vive. Modalités interrogatives et exclamatives, apostrophes, interjections, entre autres, contribuent à produire un effet d'oralité. On attirera ici l'attention sur deux points saillants de cette écriture de l'oral dans *La Nouvelle Héloïse* : les points de suspension et le travail du rythme.

• Les points de suspension

Si, depuis le XIXe siècle, la ponctuation est appréhendée d'abord comme un marquage syntaxique, elle faisait l'objet, à l'époque de Rousseau, d'une approche à la fois grammaticale et respiratoire. Selon BEAUZÉE par exemple, la ponctuation "est l'art d'indiquer dans l'écriture par les signes reçus, la proportion des pauses que l'on doit faire en parlant" [1765]. Rousseau considère quant à lui la ponctuation comme un pâle reflet de la prosodie. Dans son *Essai sur l'origine des langues*, il estime en effet qu'elle aurait pu suppléer la perte de vivacité induite par le passage de l'oral à l'écrit, mais qu'on l'a laissée par trop imparfaite [1782, chapitre 2] ; il regrette l'absence du "point vocatif" et d'un signe de ponctuation dédié à l'ironie. tout imparfaite qu'elle soit, la ponctuation de *La Nouvelle Héloïse*, sur laquelle les éditeurs de l'édition au programme sont par bonheur intervenus avec parcimonie, aide à restituer l'intonation, par le point "interrogant" et le point "admiratif" (exclamatif), pour reprendre la terminologie de l'époque.

Le lecteur moderne sera sans doute frappé par l'abondance des points de suspension dans les lettres. Comme la ponctuation en général, ces points "suspensifs" font l'objet d'une double interprétation, d'une part prosodique, d'autre part syntaxico-sémantique : soit la suite de points annonce "un repos plus long que le point seul", soit elle annonce "la suppression d'une partie de la phrase" [LEQUIEN in RAULT, 2014, p. 133]. Mais pourquoi ce "repos" ou cette "suppression" ? *La Grammaire des Dames* de l'abbé Barthélémy explique les valeurs de la suspension : "il est des morceaux de sentiment ou de force qu'on veut faire remarquer. La voix les désigne par des pauses plus ou moins grandes, et l'écriture par les signes suivants (.. (... (....) selon le degré d'emphase que ces morceaux exigent" [1785, p. 160]. À l'oral, les "morceaux de sentiment ou de force" sont signalés par la pause, les études contemporaines de prosodie l'ont confirmé [Hirsch *et alii*, 2015] ; les points de suspension apparaissent comme les équivalents à l'écrit de la pause à l'oral : ils sont ainsi des marqueurs de l'émotion, capables même d'en noter le "degré".

La rhétorique classique connaît et utilise cette représentation des mouvements de l'émotion par la pause. Les traités la décrivent sous le nom d'*aposiopèse* : "figure de Rhétorique, autrement appellée réticence ou suppression : elle se fait lorsque venant tout d'un coup à changer de passion, ou à la quitter entierement, on rompt brusquement le fil du discours qu'on devroit poursuivre, pour en entamer un différent. Elle a lieu dans les mouvemens de colere, d'indignation, dans les menaces, comme dans celle-ci, que Neptune fait aux vents déchaînés contre les vaisseaux d'Enée. *Quos ego... sed motos proestat componere fluctus*" [Mallet, 1751]. Colère, indignation, menaces : tels ne sont pas exactement les mouvements du cœur dans *La Nouvelle Héloïse*. Comment Rousseau utilise-t-il les points de suspension ? Quelles émotions, quelle intensité d'émotion notent-ils ?

Ils font leur apparition dès la première lettre de Saint-Preux : "Quelquefois nos yeux se rencontrent ; quelques soupirs nous échappent en même temps ; quelques larmes furtives...... ô Julie ! si cet accord venait de plus loin..... si le ciel nous avait destinés.... toute la force humaine...... Ah ! pardon ! je m'égare" (1, 56). Du point de vue syntaxique, les premiers notent un inachèvement de la structure syntaxique : le discours se développe en structures dont le parallélisme est soutenu par l'anaphore rhétorique *quelquefois*, *quelques*, *quelques*. On attend que, dans une construction syntaxique parallèle à *quelques soupirs nous échappent*, la séquence *quelques larmes furtives* soit le sujet d'un prédicat tel que *coulent*, ou *s'échappent de nos yeux*. Mais ce prédicat ne vient pas, le sujet reste en suspens. Les deux premiers indices de concordance (la rencontre des regards, la simultanéité des soupirs) semblent suffire à déclencher l'hypothèse d'un "accord" des sensibilités. Cette hypothèse est posée par une subordonnée conditionnelle, qui reste elle-même en suspens, dans un schéma qui n'est pas rare en modalité exclamative pour l'expression du souhait (*Ah, si tu étais là !*) ou du regret

(*Ah, si j'avais su!*). Un redémarrage de l'hypothèse est accompli par la seconde conditionnelle. À nouveau, la subordonnée reste en suspens. Une principale semble pourtant commencer, avec le groupe nominal toute la force humaine, mais, à nouveau, ce sujet ne reçoit pas de prédicat. La parole est encore une fois arrêtée, Saint-Preux enchaîne avec une interjection et un mot-phrase exclamatif: *Ah! pardon!* Les points de suspension imitent ainsi les inachèvements syntaxiques de la parole spontanée.

Cette demande d'excuse finale fait retour sur les mots lâchés et suggère l'interprétation des émotions marquées par les pauses. Si Saint-Preux craint d'en avoir trop dit, c'est que les propos tenus sortent du cadre des propos bienséants d'un précepteur à son élève. Dans l'ensemble du passage, les points de suspension marquent une retenue à la découverte et la révélation de la concordance entre les sensibilités des amants, comme s'ils étaient entravés par les émotions qu'elle déclenche. Excès de joie? Peur de se tromper? Crainte d'effaroucher Julie? Les émotions elles-mêmes ne sont pas formulées et restent à déduire de ces silences ménagés par les points de suspension.

Du moins, la quantité de points donne-t-elle une indication sur l'intensité des émotions: six points à la première pause, qui marque un temps d'arrêt long pour la prise de conscience; cinq points puis quatre, pour les formulations d'hypothèse par les conditionnelles, comme si Saint-Preux se laissait emporter dans un enchaînement d'espoirs qui se précipitent; six points au moment d'exprimer la puissance du sentiment: l'intensité est soulignée ici par le sémantisme du mot *force* et son déterminant indéfini *toute*. Cette dernière pause ménage aussi le temps du mouvement de retrait et du changement de ton, qui de l'exaltation retombe à la demande d'excuse. Les points de suspension "sont à lire comme les soupirs qu'un musicien place sur une portée" [LEBORGNE, LOTTERIE, 2018, p. 37], et participent, plus généralement, au travail de Rousseau sur la musicalité de la prose.

• Le travail du rythme

Que se passe-t-il en effet entre ces “soupirs” ? Relisons le passage du point de vue rythmique :

“Quelquefois nos yeux se rencontrent ;

(8) 3/2/3

quelques soupirs nous échappent en même temps ;

(10) 4/3/3

quelques larmes furtives……

(6) 3/3

ô Julie ! si cet accord venait de plus loin…..

(12) 3/4/5

si le ciel nous avait destinés….

(9) 3/3/3

toute la force humaine……

6

Ah ! pardon ! je m’égare”

(6) 3/3

Le tempo est donné par le premier mot : ce sera une mesure à trois temps. Le mouvement fait alterner les longueurs : le premier segment est suivi d’un segment plus long, en cadence majeure, comme si le discours prenait de l’élan pour se donner plus d’ampleur. L’effet de cadence majeure est accentué dans le segment *ô Julie ! si cet accord venait de plus loin*, structuré en trois ensembles dont chacun ajoute une syllabe au précédent ; l’exaltation se déploie et s’épanouit alors. Le raccourcissement progressif des deux segments suivants met en scène l’impossibilité de l’amplifier encore, qu’elle soit arrêtée par sa force même, ou par un mouvement de retenue que déclarera l’excuse et que prépare ce reflux rythmique.

“L’harmonie me paraît d’une si grande importance en fait de style que je la mets immédiatement après la clarté, même avant la correction” [Lettre à Rey, 8 juillet 1758, [1967], p. 111], écrit-il à propos d’un “s” malheureusement ajouté par l’éditeur dans sa *Lettre à d’Alembert sur les Spectacles*, lequel aurait ruiné la régularité rythmique de la phrase : “Non, Monsieur, cette question ne viendra pas d’un philosophe : c’est un discours de femme, ou de jeune homme qui traitera nos cercles de corps de garde, et croira sentir l’odeur du tabac” (3/4/4/4//6/4/6/4/5/5).

L'ajout du "s" à *femme* aurait amené à compter une syllabe supplémentaire et à rompre l'isocolie.

La première lettre de Saint-Preux s'ouvre sur un trimètre de tétrasyllabes : "Il faut vous fuir, Mademoiselle, je le sens bien" (4/4/4). La première lettre de Julie commence en pentasyllabes : "Il faut donc l'avouer enfin, ce fatal secret, trop mal déguisé !" (5/3/5/5). Si la recherche de musicalité est partout sensible, on l'observe particulièrement dans les débuts de lettre. Citons pour finir le début de la lettre 48, où Saint-Preux s'extasie sur la musique italienne, chantée par Julie :

> "Ah ! ma Julie ! qu'ai-je entendu ?
>
> 4/4
>
> Quels sons touchants ! quelle musique !
>
> 4/4
>
> quelle source délicieuse de sentiments et de plaisirs !
>
> 6/4/4

Saint-Preux n'est pas en reste : par la récurrence des tétramètres, par le travail de l'intonation exclamative et interrogative, il déploie la virtuosité musicale de *La Nouvelle Héloïse*.

HYPERBOLE et PARADOXE : deux figures de l'énergie du discours

• L'hyperbole

Dans son traité *Des tropes*, DUMARSAIS juge l'hyperbole étrangère à la rhétorique française : "excepté dans quelques façons de parler communes et proverbiales, nous en usons très rarement en français" ; elle est, selon lui, "ordinaire aux Orientaux", ainsi qu'aux Grecs qui avaient pour elle "une grande passion" [1988, p. 133]. DUMARSAIS la juge sévèrement : "Cette figure est la ressource des petits esprits qui écrivent pour le bas peuple", et recommande : "on en doit user sobrement et avec quelque correctif ; par exemple, en ajoutant, *pour ainsi dire*, *si l'on peut parler ainsi*" [*ibid.*]. L'opinion évolue cependant au cours du siècle. Dans l'article "Hyperbole" de l'*Encyclopédie*, Jaucourt prononce un avis un peu plus nuancé. Sur le fond, il partage l'opinion négative de DUMARSAIS : "Dans les choses sérieuses, il faut très rarement employer l'*hyperbole*, & l'on doit d'ordinaire la modifier quand on s'en sert; je croirois assez que c'est une figure défectueuse en elle-même, puisque par sa nature elle va toujours au-delà de la vérité"; il admet pourtant certaines circonstances: "Cette figure appartient de droit aux passions véhémentes, parce que les actions & les mouvemens qui en résultent, servent d'excuse, & pour ainsi dire, de remede à toutes les hardiesses de l'élocution. Cependant les *hyperboles* sont aussi permises dans le comique, pour émouvoir le public à rire; c'est une passion qu'on veut alors produire". Les passions, la recherche de l'effet comique excusent l'hyperbole; et Jaucourt s'enhardit même jusqu'à dire: "je pourrois citer quelques exemples rares, où l'*hyperbole* sans aucune modification, frappe noblement l'esprit" [*Encyclopédie*, 1765]. La défiance affichée à l'égard de cette figure "défectueuse en elle-même" s'accorde mal avec cette dernière appréciation. C'est Marmontel qui permettra de sortir de la contradiction, en justifiant l'expression hyperbolique quand elle correspond, non nécessairement au référent, mais à la perception du locuteur: "chacun doit parler d'après sa pensée et peindre les choses comme il les voit" [MARMONTEL, [1787] 2005, p. 631].

Les préventions de l'esprit classique, relayées sur cette question par Dumarsais, n'entraînaient pas que l'hyperbole fût totalement bannie de l'usage; comme le rappelle Jacques VOISINE, "l'emploi du superlatif relatif, ou du comparatif dans les phrases négatives, relève des conventions du bon ton" [2011, p. XLII]; l'hyperbole fait partie de ces manières de parler que le courant précieux a installées dans les usages de la civilité. Les hyperboles de Rousseau relèvent-elles de ce bon ton, et deviennent-elles dès lors "un automatisme au fond sans conséquence" [*ibid.*, p. XLIII] ? Ou correspondent-elles à un changement dans le rapport au langage, chargé de dire non le vrai mais le sentiment ressenti ?

C'est pourtant l'hyperbole qui apparaît comme figure saillante de *La Nouvelle Héloïse* et qui donne au style et au ton du roman cette couleur "pré-romantique", ce lyrisme teinté d'élégie si immédiatement reconnaissable. Saint-Preux d'ailleurs la commente implicitement en disant: *Cent fois, en lisant des Romans, j'ai ri des froides plaintes des amants sur l'absence* (I. 19, p. 99). Par contraste donc, on peut dire que l'élégie et le lamento de Saint-Preux (et c'est plus vrai de lui que de Julie) sont marqués par des expressions toujours hyperboliques, qui ne connaissent pas la froideur, mais révèlent l'intensité et l'ampleur du sentiment ressenti. L'hyperbole, dans ce roman par lettres donnant accès au cœur des épistoliers et aux battements même de ce cœur, permet de retranscrire le haut degré du sentiment ressenti, le caractère spontané de son expression, et le caractère exceptionnel de l'amour ressenti par les protagonistes. Elle est donc parfaitement adaptée au projet de Rousseau.

Dans de nombreux passages que nous avons cités *supra*, que ce soit les lettres 4, 23, 54, par exemple, se trouvaient de nombreuses hyperboles. Cette figure, dans *La Nouvelle Héloïse* en particulier, et en lien avec le genre discursif épistolaire, donne autant d'informations sur la configuration et le positionnement énonciatif du locuteur (Saint-Preux quand c'est lui, Julie, etc.) que sur l'axiologie qui est convoquée pour rendre compte de la situation, d'un événement, d'un sentiment, etc. Cette axiologie est toujours orientée vers le haut degré. Rien n'est banal pour les épistoliers de Rousseau, même pas les choses simples de la vie, comme le spectacle offert par les Alpes ou d'autres paysages. Cette contemplation elle-même est rendue sur le mode de l'hyperbole, filtre qui intensifie les couleurs des choses vues et ressenties, comme dans la lettre 23 : *Enfin le spectacle a je ne sais quoi de magique, de surnaturel qui ravit l'esprit et les sens ; on oublie tout, on s'oublie soi-même, on ne sait plus où l'on est* (p. 109). Les adjectifs axiologiques (*magique* et *naturel*) en clausule de la description qui vient d'être faite du paysage inscrivent la peinture dans l'hyperbole, par l'association de registres qui n'étaient pas ceux utilisés dans la description, mais qui servent de filtre à l'expression du sentiment ressenti devant le spectacle de la nature. L'hyperbole dit alors le caractère remarquable et "hors norme" du paysage, de la nature... et l'investissement du locuteur dans le plaisir qu'il a pris à contempler la nature et à en faire la relation.

Pour dire la profondeur et l'intensité du sentiment, l'hyperbole est la figure la mieux adaptée au projet de Rousseau. Elle permet de montrer l'engagement du locuteur (Saint-Preux) dans son dire: *Cependant je languis et me consume ; le feu coule dans mes veines ; rien ne saurait l'éteindre ni le calmer, et je l'irrite en voulant le contraindre. Je dois être heureux et je le suis, j'en conviens ; je ne me plains point de mon sort* (18, p. 80). Dans cette envolée élégiaque et lyrique à la fois, l'axiologie qui affecte le lexique (notamment verbal), *languir, consume, feu, irriter, contraindre* inscrit l'énoncé dans l'hyperbole. La radicalisation du propos s'appuie sur les négations et les symétries. Dans ce cas, l'hyperbole dit le haut degré de l'investissement du scripteur dans son dire et dans ses sentiments ou ses sensations.

• **Le paradoxe**

La tradition rhétorique n'aime guère le paradoxe; Aristote n'enseigne-t-il pas que, pour convaincre, l'orateur doit s'appuyer sur la doxa? Aller contre elle ne semble donc guère recommandable, et les traités de rhétorique, jusqu'au XIXe siècle, ne décrivent pas de figure nommée *paradoxe*. À la fin du XVIIIe siècle, Beauzée s'inquiète de ne pas trouver de nom pour désigner cette figure qui assemble des termes contradictoires. Elle est connue, bien sûr; DUMARSAIS cite par exemple Cyprien: "[Jésus-Christ] s'est fait homme pour nous faire vivre", formule que nous catégoriserions comme un paradoxe parce que l'orientation argumentative du prédicat et celle du complément de but sont opposées, mais que DUMARSAIS appelle antithèse, sans la distinguer d'un exemple tiré de Paul: "on nous maudit, et nous bénissons" ([1730] 1988, p. 331-332), où nous verrions une authentique antithèse. Beauzée ne se satisfait pas de cette ambiguïté terminologique; pour donner un nom à la figure de la contradiction, il introduit dans l'article "Paradoxe" de *l'Encyclopédie méthodique* le néologisme *paradoxisme*: "Paradoxisme, Imitation du Paradoxe, comme Hébraïsme signifie Imitation de l'hébreu. C'est un terme que j'ai ôsé faire par analogie pour une figure très-réelle qui avoit besoin dans notre langue d'un nom distinctif et convenable. [...] Cette figure en effet déguise la raison sous un air d'absurdité. La raison n'en devient que plus piquante; le tour réveille, étonne d'abord et plaît enfin" [1784, "Paradoxe", p. 756]. Figure nouvellement identifiée, le "paradoxisme" est apprécié positivement par Beauzée; son schème argumentatif est jugé propre aux Modernes par l'abbé Morellet, qui lui consacre un traité, intitulé *Théorie du Paradoxe*. Il s'agit d'un libelle, où, sous couvert de théorie, Morellet s'en prend au journaliste Linguet; le propos y est teinté d'ironie, mais donne bien la topique qui entoure la notion de paradoxe: "Les Orateurs et les Écrivains Grecs et Romains ne nous paroissent pas avoir employé le Paradoxe, soit que leurs contemporains se refusassent à ce qu'on se servît auprès d'eux de ce moyen, soit que traitant des sujets neufs qui se trouvent aujourd'hui épuisés, cette ressource leur ait été moins nécessaire qu'à nous. C'est à cette omission que nous nous proposons de suppléer. Les modernes ayant découvert cette mine féconde, et en ayant tiré des richesses inestimables, nous fournissent des modeles nombreux et parfaits" [1775, p. 3-4]. Le propos, qui tend à faire valoir la nouveauté de l'ouvrage, est évidemment très excessif; les Anciens sont loin d'avoir ignoré le paradoxe, assidument pratiqué par les logiciens, les sophistes, les stoïciens. Les moralistes classiques ont eux aussi connu cette ressource: Pascal, La Rochefoucauld, La Bruyère, ou, après eux, Chamfort ont mis en place dans les lettres françaises un "style paradoxal". La modernité du paradoxe est donc relative, mais il lui reste à conquérir une forme de reconnaissance, et, comme le remarque Beauzée, une place dans l'art de parler. À la vérité, le goût classique se méfie de ce type d'expressions, qui participent de l'art de la pointe. Dans les dialogues de Bouhours, le nom même du personnage d'Eudoxe dit ses mauvaises dispositions à l'encontre des paradoxes. MORELLET, dans sa *Théorie du Paradoxe*, qui concentre son attaque sur Linguet, cite en Rousseau "un autre Écrivain à paradoxes", mais le laisse à l'écart de la polémique, considérant qu'il a mêlé trop de "vérités communes" aux "opinions extraordinaires qu'il a défendues" [1775, p. 7] ; Rousseau ne serait, aux yeux de Morellet, pas assez paradoxal pour illustrer la "théorie du paradoxe". Il s'est cependant, on le sait, revendiqué tel, dans une célèbre formule, venant justifier une des maximes paradoxales de l'*Émile*: "Lecteurs vulgaires, pardonnez-moi mes paradoxes ; il en faut faire quand on réfléchit, et quoique vous puissiez dire, j'aime mieux être un homme à paradoxes qu'un homme à préjugés" [1762, II]. Homme à paradoxes, Rousseau l'est d'abord en tant que philosophe parce qu'il soutient des thèses qui vont à contre-courant des opinions de son temps, son paradoxe inaugural étant celui qui lui fait prendre le contrepied de l'opinion commune de son temps, selon laquelle le progrès des sciences et des arts irait de pair avec celui des mœurs. Une relecture de *Rousseau juge de Jean-Jacques* suffira à nous en persuader.

Les paradoxes abondent dans *La Nouvelle Héloïse*.

> Tes désirs vaincus seront la source de ton bonheur (4, 65)
>
> J'imagine que chaque relation, chaque âge a ses maximes, ses devoirs, ses vertus, [...] qu'au lieu de nous rendre sages, on nous rend méchants en confondant tout cela. (7, 71)
>
> Les plaisirs du vice et l'honneur de la vertu vous feraient un sort agréable ? est-ce là votre morale ? (9, 75)
>
> Dans la même lettre vous vous plaignez de ce que vous avez trop de peine, et de ce que vous n'en avez pas assez (9,. 75)
>
> Que d'inexplicables contradictions dans les sentiments que vous m'inspirez ! (10, 79)

> Ô souvenir immortel de cet instant d'illusion, de délire et d'enchantement, jamais, jamais, tu ne l'effaceras de mon âme, et tant que les charmes de Julie y seront gravés, tant que ce cœur agité me fournira des sentiments et des soupirs, tu seras le supplice et le bonheur de ma vie. (14, 90)

Le métaterme *contradictions* montre la prédilection de Rousseau pour la figure du paradoxe et toutes les potentialités qu'elle permet d'énoncer. Elle est la figure des "mouvements du cœur et de l'âme", la figure emblématique des déchirements successifs que connaissent les personnages. Le paradoxe exprime le contrepied de l'opinion commune, de ce que l'on devrait ressentir ou penser, notamment dans les quelques extraits cités, en termes de bonheur. De ce fait, la figure, par sa saillance marquée dans le roman, présente les amants comme des êtres exceptionnels, de "belles âmes", qui ressentent ce que le commun des mortels n'a pu connaître et qui le vivent sur le mode décalé de l'hyperbole. Car les deux figures ont largement partie liée dans *La Nouvelle Héloïse*. Le paradoxe présente des énoncés ou des prédications *a priori* incompatibles : *supplice* et *bonheur*, par ex, forment des antithèses notionnelles et encyclopédiques, qui ne sont pas normalement possibles.

Plusieurs orientations sont cependant possibles grâce à l'énoncé figural du paradoxe. Soit il est au service de la recherche de la vertu, comme dans la citation de la page 65, où l'antithèse se situe sur une échelle faible entre les termes *désirs vaincus* et *bonheur*. Il dessine un modèle de conduite. En revanche, la tension et l'échelle de valeurs sont au maximum dans l'énoncé prophétique : *tu seras le supplice et le bonheur de ma vie*. S'y retrouvent les accents lyriques d'une Louise Labbé, par ex., dans l'expression du haut degré lié aux souffrances de l'amour (*je vis, je meurs, je me brûle et me noie*.) Cette vision hyperbolique et paradoxale de l'amour inscrit Rousseau dans une conception "pré-romantique", et en héritier de la Renaissance pétrarquiste.

Les égarements du cœur sont contenus chez les personnages de Rousseau par le corset du paradoxe, car ils sont, grâce aux configurations discursives de la figure, conçus comme une coexistence dans laquelle un nouvel horizon moral est possible, celui de la pureté et de la vérité des sentiments éprouvés, de la transparence des cœurs et des âmes, qui fait qu'on ne saurait mal les juger.

Concluons cette brève enquête sur l'expression et les modalités de la transparence et du haut degré en rappelant que les procédés sont toujours imbriqués. Ce que l'on peut retenir, c'est que l'expression du moi et des sentiments s'origine dans un ressenti perceptuel qui se donne comme la vérité, le naturel des mouvements du cœur et de l'âme. Le choix de la forme épistolaire permet de retranscrire ce naturel au moment où il est vécu, ressenti, formulé, commenté par les épistoliers. Le roman par lettres est la forme même capable de recueillir le récit de la transparence des amants dans une actualité troublante pour le lecteur, qui vit à l'unisson des (més)aventures des personnages.

BIBLIOGRAPHIE

ÉTUDE
LITTÉRAIRE

Sont uniquement mentionnés les ouvrages assimilés et/ou cités dans le présent volume, sans préjudice de ce qu'ont apporté, ici ou là, quelques ouvrages critiques anciens dont l'utilité demeure pour qui les a parcourus. À l'égard de qui se soucierait, à bon droit, d'un approfondissement, l'on conseille vivement de se reporter à la très riche bibliographie établie par Christophe Martin pour le site de la Société française d'étude du dix-huitième siècle (SFEDS). Outre un répertoire des travaux critiques actuels sur l'économie du roman en son/ses contextes, on y trouvera de précieuses références aux études les plus récentes concernant sa genèse (ses avant-textes et ses manuscrits), son paratexte (titre, préfaces notes infrapaginales), ses estampes et leur postérité, ses sources et intertextes. Dans la présente bibliographie, le lieu d'édition n'est indiqué que pour les publications étrangères ou françaises extérieures à Paris.

Éditions de *La Nouvelle Héloïse*

Toutes les citations du roman dans le présent volume renvoient à *Julie ou la Nouvelle Héloïse*. Établissement du texte, présentation, notes, chronologie et bibliographie par Érik Leborgne et Florence Lotterie. GF Flammarion, 2018.

Autres éditions utilisées : *La Nouvelle Héloïse*, texte établi par Henri Coulet et annoté par Bernard Guyon, J.-J. Rousseau, *Œuvres complètes* II, Gallimard, Pléiade, 1964. *La Nouvelle Héloïse*, 2 tomes, édition d'Henri Coulet, Gallimard, folio-classique, 1993.

Illustrations

Les estampes d'après Gravelot sont reproduites dans le "Cahier d'illustration" inséré dans *Voix et mémoire : Lectures de Rousseau*, A-M. Mercier-Faivre et M. O'Dea éds., PU. Lyon, 2012. En ligne sur OpenEdition.

Études générales sur le roman au XVIIIe siècle

Calas, Frédéric, *Le Roman épistolaire*, Nathan Université, 1996.

Coulet Henri, *Le roman jusqu'à la Révolution*, A. Colin [1967], 1990.

Huet Marie-Hélène, *Le héros et son double. Essai sur le roman d'ascension sociale au XVIIIe siècle*, Corti, 1975.

Lafon Henri, *Les décors et les choses dans le roman français du XVIIIe siècle*, Oxford, *SVEC* n° 297, 1992.

Martin Christophe, *Espaces du féminin dans le roman français du XVIIIe siècle*, Oxford, *SVEC* 2004 : 01.

Montandon, Alain, "Le roman épistolaire", in *Le roman au XVIIIe siècle en Europe*, PUF, 1999.

Pavel, Thomas, *La pensée du roman*, Paris, Gallimard, 2003.

Perrin, Jean-François, *Poétique romanesque de la mémoire avant Proust*, t. 1. *Éros réminiscent (XVIIe-XVIIIe siècle)*, Classiques Garnier, 2017.

Racault, Jean-Michel, *L'utopie narrative en France et en Angleterre 1675-1761,* Oxford, Svec, 1991.

Rousset, Jean, *Forme et signification. Essai sur les structures littéraires de Corneille à Claudel*, Corti, 2006.

Sgard, Jean, *Le roman français à l'âge classique (1600-1800)*, Livre de Poche, 2000.

VERSINI, Laurent, *Laclos et la tradition*, Klincksieck, 1968.

–, *Le roman épistolaire*, PUF, 1979.

Ouvrages consacrés en tout ou parties à *La Nouvelle Héloïse*

Bournonville, Coralie et Duflo, Colas, *Rousseau et le roman*, Classiques Garnier, 2012.

Challandes, Laure, *L'âme a-t-elle un sexe ? Formes et paradoxes de la distinction sexuelle dans l'œuvre de Jean-Jacques Rousseau*, Classiques Garnier, 2011.

Fauskevåg, Svein-Eirik, *Philosophie de l'amitié. Essai sur le "Traité de l'amitié" de Madame de Lambert et "La Nouvelle Héloïse" de Rousseau*, Oslo, L'Harmattan-Solum Forlag, 2008.

Labrosse, Claude, *Lire au dix-huitième siècle : La Nouvelle Héloïse et ses lecteurs*, PU. Lyon/CNRS, 1985. En ligne sur OpenEdition.

Lecercle, Jean-Louis, *Rousseau et l'art du roman*, A. Colin, 1969. Partiellement en ligne sur Google books.

Mall, Laurence et Weltman-Aron, Brigitte (éd.), "De l'émotion chez Rousseau", *L'Esprit créateur*, Winter 2012, Vol. 52, N° 4.

Mead, William, *Jean-Jacques Rousseau ou le romancier enchaîné*, Princeton U., New Jersey, PUF, 1966 (sur les rapports avec *L'Astrée*).

Philonenko, Alexis, *Jean-Jacques Rousseau et la pensée du malheur*, t. II, L'espoir et l'existence, Vrin, 1984.

Pulcini, Elena, *Amour-passion et Amour conjugal. Rousseau et l'origine d'un conflit moderne*, Champion, 1998.

Séité, Yannick, *Du livre au lire. "La Nouvelle Héloïse", roman des Lumières*, Champion, 2002.

Van laere, François, *Une lecture du temps dans "La Nouvelle Héloïse"*, Neuchâtel, La Baconnière, 1968.

Collectifs consacrés à *La Nouvelle Héloïse*

L'amour dans La Nouvelle Héloïse. Texte et intertexte, éd. J. Berchtold et F. Rosset, *AJJR* n° 44, 2002.

Lectures de La Nouvelle Héloïse, éd. par O. Mostefai, *Pensée Libre*, n° 4, 1993. En ligne.

La Nouvelle Héloïse aujourd'hui, *EJJR*, n° 5, 1991.

Sources et postérités de la Nouvelle Héloïse de Rousseau. Le modèle de Julie, éd. G. Goubier et S. Lojkine, Desjonquères, 2012.

Articles et chapitres d'ouvrages concernant *La Nouvelle Héloïse*

Albertan-coppola, Sylviane, "La mise en roman du débat sur la religion dans *La Nouvelle Héloïse*. La dévotion de Julie et l'incrédulité de Wolmar", in C. Bournonville et al., *Rousseau et le roman*, Cl. G, 2012, p. 69-81.

Altachina, Veronika : “Cleveland et Julie” in G. Goubier et S. Lojkine, *Sources et postérités...*, p. 133-140.

Balibar, Étienne, “Aimances de Rousseau : sur *La Nouvelle Héloïse* comme traité des passions”, in *Citoyen sujet et autres essais d'anthropologie philosophique*, PUF, 2011, p. 155-181.

Baridon, Micchel, “Utopie et sensibilité : le jardin des Lumières”, *Les Lumières*, vol. 2, N. Jonard (dir.), U. de Bourgogne, 1986, p. 117-136.

Berchtold, Jacques, “Distension temporelle et dispositif épistolaire dans *La Nouvelle Héloïse*”, in M. Escola & al., *La partie et le tout, La composition du roman [...]*, Louvain, Peeters 2011, p. 373-384.

–, “Émotions sincères ou lieux communs rhétoriques ? L'expression de la passion dans la lettre I, 26 de *La Nouvelle Héloïse*”, *L'Esprit créateur*, Vol. 52, n° 4, 2012 (a), p. 31-41.

–, “Le roman en tension”, in *Rousseau et le roman*, Cl. G, 2012 (b), p. 17-32.

–, “Rousseau et la pastorale antique”, in *Die Antike der Moderne [...]*, éd. V. Elm, & al., Wehrhahn Verlag, 18, 2009, p. 95-108.

–, “Le tour du monde de Saint-Preux : désillusion du visionnaire et saccage du romanesque dans *La Nouvelle Héloïse*”, *Études françaises* vol. 42, n° 1, 2006, p. 127-140. En ligne sur doi.org.

–, “Rivages d'oubli, lac de mémoire : lire Rousseau sous l'éclairage d'Ovide”, in *Mélanges Méla*, Champion-Slatkine, 2002, p. 161-182.

Blanc, Alain, “Le jardin de Julie”, *DHS* 14/1982, p. 357-376. En ligne sur le Cairn.

Bloom, Allan, “Rousseau”, in *L'amour et l'amitié* (1993), Les Belles lettres, 2018, p. 43-190.

Brix, Michel, “La Nouvelle Héloïse et l'‘Eros’ platonicien”, *AJJR* 44, p. 25-44.

–, “De ‘Julie’ à ‘Sylvie’. Gérard de Nerval, légataire de Jean-Jacques Rousseau”. In P. Knee (éd.), *Rousseau et le romantisme* (Vol. 5, pp. 119-135). Société Internationale des Amis du Musée Jean-Jacques Rousseau.

Brucker, Nicolas, “Julie dans la gloire des saints. Construction/déconstruction du modèle de la piété ordinaire” (2012), in *Sources et postérité [...]*, *op. cit.*, p. 190-198.

Butor, Michel, “L’Ile au bout du monde” *Répertoire* III, Minuit, 1968, p. 59-102.

Challandes, Laure, “D’Abélard à Julie : un héritage renversé”, *AJJR* 44, p. 55-80.

Champy, Flora, “Les relations de pouvoir à Clarens : un équilibre voué à l’échec ?”, *DHS* n° 44, 2012, p. 519-543. En ligne sur le Cairn.

Charles, Shelly., “Rappeler, varier, combiner. La mémoire romanesque de *La Nouvelle Héloïse*”, *Poétique* n° 173, 2013, p. 63-86.

–, ” De la traduction au pastiche, l’*Histoire de Grandisson*”, *Eighteenth Century Fiction*, vol. 13, n° 1, 2000, p. 19-40.

–, Introduction à S. Richardson, *Histoire de Clarisse Harlove*, Desjonquères, 1999.

–, *Pamela ou la vertu récompensée*, Classiques Garnier, 2018 (a).

–, *Pamela ou la Vertu, du roman : d’une poétique à sa réception*, Classiques Garnier, 2018 (b).

Conroy, Peter V., “Le jardin polémique chez J.-J. Rousseau”, *CAIEF* 34, 1982, p. 91-105. En ligne sur Persée.

Coulet, Henri, “*La Nouvelle Héloïse* et la tradition romanesque française”, *AJJR* n° 37, 1966-68.

–, “Couples dans *La Nouvelle Héloïse”*, *Littératures* 21, 1989, p. 69-81.

–, “Rousseau et Gellert : de *La Comtesse suédoise* à *La Nouvelle Héloïse”*, *EJJR* n° 5, 1991, p. 5-16.

Crogiez-labarthe, Michèle, “Le bonheur de Julie”, in *Le Bonheur au* XVIII*e siècle*, *La Licorne* n° 115, 2015, p. 39-53.

–, “‘La fantaisie me prit…’ : *La Nouvelle Héloïse* dans l’œuvre de Rousseau”, *Travaux de littérature*, n° 20 (“Le Statut de l’écrivain”, éd. Lise Sabourin), 2007, p. 321-335.

Delon, Michel, “*Julie* ou la dissémination” (2012), in *Sources et postérités ... op. cit.*, p. 31-44

–, “Julie, le couple, la communauté”, *Sens public*, 2019. En ligne.

Démoris, René “Rousseau et le discours sur la peinture”, *AJJR* n° 45, 2003, p. 237-70.

–, “De Marivaux à *La Nouvelle Héloïse*. Intertexte et contre-texte, entre fantasme et théorie”, *AJJR* 44, p. 317-340.

Didier, Béatrice, "La fête champêtre dans quelques romans de la fin du XVIIIe siècle (de Rousseau à Senancour", in J. Ehrard et Paul Viallaneix, *Les Fêtes de la révolution*, Société des études robespierristes, 2012, p. 63 sv. En ligne sur G. Books.

Duchet, Michèle, "Clarens, 'le lacs-d'amour où l'on se noie'", *Littérature* n° 21, 1976, p. 79-90. En ligne sur Persée.

Duflo, Colas, "Du dissertatif. Les lettres "fastueusement raisonnées de *La Nouvelle Héloïse*"" (2012), in *Rousseau et le roman*, *op. cit.*, p. 51-67.

–, et Eevel, Ariane, "La philosophie politique au risque du romanesque : fictions politiques et politique fiction chez Rousseau", *Sens public* 2019, https://doi.org/10.7202/1067458ar

Favre, Robert, *La Mort au siècle des Lumières*, PU. Lyon, 1978, ch. V. En ligne sur OpenEdition.

Ferrand, Nathalie, "Dans l'atelier de *la Nouvelle Héloïse*. Rassembler, transcrire, interpréter les manuscrits de J.-J. Rousseau", dans *Sources et postérités...*, p. 55-63.

– "Rétrograder avec Jean-Jacques. Une édition des manuscrits de *Julie, ou la Nouvelle Héloïse*", *AJJR*, n° 51, 2013, p. 381-406.

Fort, Bernadette, "Peinture et féminité chez J.-J. Rousseau", *RHLF*, 2004, n° 104, p. 363-94.

Fougère, Éric, "Le vin dans *La Nouvelle Héloïse. In vino veritas"*, *DHS* n° 29, 1997, p. 199-210. En ligne sur Persée.

Gilson, Étienne, "La méthode de M. de Wolmar", dans *Les idées et les lettres*, Vrin, 1955, p. 275-298.

Granderoute, Robert, "Passion, pur amour et sagesse divine, ou comment l'auteur de *La Nouvelle Héloïse* dialogue avec Fénelon", *AJJR* 44, p. 241-256.

Guichet, Jean-Luc, "L'Elysée de *La Nouvelle Héloïse entre nature et politique"*, *EJJR* 14-15, p. 195-209.

–, "Rousseau : la nature, Dieu et le moi", *DHS* 2013/1 N°45, p. 249-268. En ligne sur le Cairn.

Hammann, Christine (a), "La vie de J.-J. Rousseau ou l'éternel retour du Tasse", *RHLF*, 2006/4, vol. 106, p. 859-883. En ligne sur le Cairn.

–, (b) “Rousseau citant Le Tasse ou les séductions de l’artifice”, *DHS* 2006/1, n° 38, p. 511-28. En ligne sur le Cairn.

–, *Déplaire au public : le cas Rousseau*, Classiques Garnier, 2012.

Hartmann, Pierre, “Où est ce philosophe ? La figure du philosophe dans *La Nouvelle Héloïse*”, in P. Hartmann et Fl. Lotterie, *Le philosophe romanesque*. L’image du philosophe dans le roman des Lumières, PU. Strasbourg, 2007, p. 83-104.

Hatzenberger, Antoine, “La double utopie de Clarens : l’utile et l’agréable dans les jardins de Rousseau”, in A. Hatzenberger (dir.) *Utopies des Lumières*, Lyon, ENS éditions 2010, p. 109-139. En ligne sur OpenEdition.

–, “Retour à l’Elysée : le jardin anglais revisité”, *Interfaces* 2015/36, p. 305-318. En ligne sur OpenEdition.

Hochard, Patrick, “Fatal aveu”, in J-L. Guichet, *La Question sexuelle* [...], Classiques Garnier, 2012, p. 53-74.

Hoffmann, Paul, “Julie, une éthique de la mauvaise foi”, in P. Hoffmann, *Cœur et corps dans la pensée des Lumières*, PU. Strasbourg, 2000, p. 335-46. (Remarquable analyse des enjeux éthiques de la lettre VI, 12 comme relecture et mise en perspective de la VIe partie).

Labrosse, Claude “Des bords du Lignon aux rives du Léman. La ‘mise en lieu’ de la scène amoureuse”, *AJJR* 44, p. 149-168.

–, “La figure de Julie dans la *Nouvelle Héloïse*”, in *Voix et Mémoire* (2012), *op. cit.* (a), p. 55-64.

–, “Les estampes de *La Nouvelle Héloïse* ou les déceptions d’un créateur”, *Voix et mémoire* (2012), *op. cit.* (b), p. 91-102.

Kelly, Christopher, “Taking Readers as they Are : Rousseau’s Turn from Discours to Novels”, *Eighteenth Century Studies* 33/, 1999, p. 85-101.

Knee, Philip, “Wolmar comme médiateur politique”, in O. Mostefai (dir.), *Lectures de La Nouvelle Héloïse*, *op. cit.*, 1993, p. 117-127. En ligne.

Lavezzi, Elizabeth, “Le portrait de Julie au risque du *Cours de peinture par principes* de Roger de Piles”, *AJJR* n° 44, p. 439-460.

–, “Un rêve pictural : l’illustration de *Julie ou La Nouvelle Héloïse*”, *Francofonia* n° 24, 1993, pp. 53-76.

Leborgne, Érik, “De Saintré à Saint-Preux : culte amoureux et vassalité dans la première partie de *La Nouvelle Héloïse*”, *AJJR* n° 44, p. 45-53.

Lebreton, Capucine, “Esthétique et politique dans *La Nouvelle Héloïse*, in J. Salem et A. Charrak (dir.), *Rousseau et la philosophie*, éd. Sorbonne 2004, p. 117-139.

Leone, Maria, “La matinée à l’anglaise ou l’expérience du supplément heureux”, *L’Information littéraire* 2001/2 Vol. 53, p. 38-45.

–, “Face à ce qui se dérobe : *La Nouvelle Héloïse*, IVe partie, lettre 17”, *AJJR* 45, 2003, p. 411-426 (a). Partiellement en ligne sur Google books.

–, “Jean-Jacques Rousseau, de Lucrèce à Julie”, *RHLF*, 2003, vol. 103, n° 1, p. 31-48. DOI : 10.3917/rhlf.031.0031(b)

–, “La seconde préface de *La Nouvelle Héloïse ou les enjeux philosophiques d’une pensée de la contradiction*”, *DHS* 2006/1. En ligne sur cairn.info

–, “*La Nouvelle Héloïse* et ses lecteurs philosophes [...]”, in M. O’Dea éd., *Rousseau et les philosophes*, Oxford, SVEC, 2010, p. 193-204.

Lepan, Géraldine, “L’amitié et l’attachement”, in B. Bachofen & al., *Philosophie de Rousseau*, Classiques Garnier, 2014, p. 319-335.

Lojkine, Stéphane, *La scène du roman*, A.-Colin, 2002, p. 252-256.

–, “Le rideau, le voile, l’écran”, in S. Lojkine, *L’Écran de la représentation*, L’Harmattan, 2001. En ligne sur *Ut pictura.*

Lotterie, Florence, “*Amabam amare*. Aspects et enjeux de la langue amoureuse dans les *Lettres portugaises* et *La Nouvelle Héloïse”*, *AJJR* 44, p. 229-240.

Magnot-Ogilvy, Florence, “Hantise de la perte dans *La Nouvelle Héloïse*, in *Le Roman et les échanges au XVIIIe siècle* [...], Classiques Garnier, 2020, p. 225-257.

Mall, Laurence, “L’intérieur et l’extérieur : étude des lettres parisiennes”, *Pensée libre* n° 4, Ottawa, 1993, p. 163-173. En ligne, rousseauassociation.

–, “Le physique de ‘l’art de plaire’. L’érotique de la parure féminine au XVIIIe siècle (Marivaux, Rousseau, Laclos”), in J.-L. Guichet (dir.), *La Question sexuelle* [...], Classiques Garnier, 2012, p. 75-89.

Mariette-clot, Catherine, "Stendhal et Rousseau : *La Nouvelle Héloïse"*, in J-F. Perrin et Y. Citton (dir.), *Jean-Jacques Rousseau et l'exigence d'authenticité, une question pour notre temps*, Classiques Garnier, 2014, p. 349-358.

Markovits, Francine, "Rousseau et l'éthique de Clarens : une économie des relations humaines", *Stanford French Review*, n° 15, 1991, p. 323-348.

Martin, Christophe, –, "'*Les monuments des anciennes amours'* : lieux de mémoire et art de l'oubli dans *La Nouvelle Héloïse*", *Eidôlon* n° 72, P.U. Bordeaux, 2004, p. 333-346. En ligne sur Hal.

–, "L'émergence d'un nouvel objet de recherche : le roman illustré au XVIIIe siècle", in Le Second Triomphe du roman du XVIIIe siècle, éd. Ph. Stewart et M. Delon, *SVEC* 2009: 02, p. 193-204. En ligne sur Hal.

–, "Le premier baiser de l'amour", *Textimage*, 2012 (a). En ligne.

–, "Donner corps aux chimères. *Julie* ou la Nouvelle Galathée ?", 2012 (b) dans *Rousseau et le roman, op. cit.*, p. 105-122.

–, "'L'empire des sens'. Julie et le plaisir dans *La Nouvelle Héloïse"*, in *Genuss bei Rousseau*, éd. H. Pfeiffer & al. Würzburg, Verlag Königshausen und Neumann, 2014, p. 173-190.

–, "Logiques du secret : *Julie ou La Nouvelle Héloïse"*, dans *Éthique, poétique et esthétique du secret de l'Ancien Régime à l'époque contemporaine*, éd. Fr. Gevrey & al., Louvain, Peeters, 2016, p. 407-424. En ligne sur Hal.

Masson, Pierre-Maurice, *La Religion de J.-J. Rousseau*, Paris, Hachette, 1916.

Montoya, Alicia, "La restitution des dernières lettres d'Héloïse et d'Abélard" (2012) dans *Sources et postérités, op. cit.*, p. 179-89.

Moulin, Fabrice, "Les trois formes du contrat dans *La Nouvelle Héloïse"*, *L'information littéraire*, 2001/1, p. 13-21. En ligne.

Osmont, Robert, "L'exploration de la durée intérieures dans *La Nouvelle Héloïse*, partie 1", *La Licorne*, n° 2, 2014. En ligne.

Pelckmans, Paul, "Julie et ses doubles : les amours de Milord Edouard", in P. Pelckmans, *La sociabilité des cœurs, pour une anthropologie du roman sentimental*, Leyde, Brill, 2013, p. 193-212.

–, "La mort de toi, une mort interdite : une lecture de la lettre VI, 11 de *La Nouvelle Héloïse"*, *Neohelicon*, 1976, p. 229-248.

Perrin, Jean-François, “La scène de réminiscence avant Proust”, *Poétique*, n° 102, avril 1995.

–, “Poétique du ressouvenir, de *L'Astrée* à *Clélie*”, *Poétique*, 2016-2, p. 155-173.

Ramond, Catherine, “L'influence racinienne sur *La Nouvelle Héloïse”*, *AJJR* n° 44, p. 203-214.

Rougemont, Denis de, *L'Amour et l'Occident*, Plon, 1939. https://www.unige.ch/rougemont/livres/ddr1939ao

Rétat, Pierre, “L'économie rustique de Clarens”, *Littératures* 21, 1989, p. 59-68. En ligne sur Persée.

Ricci, Consuelo, “Le défi de l'authenticité. Pour une lecture carnavalesque de l'œuvre de Rousseau”, Firenze U. Press, 2020. En ligne, https :// doi.org/10.13128/LEA-1824- 484x-12453.

Roulin, Jean-Marie, “De Tinian à Clarens, les enjeux du retour de Saint-Preux”, *RHLF*, 2010/2, p. 259-274.

Rousset, Jean, “Rousseau romancier, *La Nouvelle Héloïse*”, dans *Jean-Jacques Rousseau,* Neuchâtel, 1962, p. 67-80.

Rueff, Martin, “De la rectitude des noms. Note sur le pétrarquisme français”, *Po&sie* 2010/1-2 p. 283-302.

Salaün, Franck, “Les larmes de Wolmar. Rousseau et le problème du matérialisme” (2004), in *Rousseau et la philosophie*, *op. cit.,* p. 71-86.

–, “L'Être de deux amants. Voix de l'âme et voix des ‘philosophes’ dans *La Nouvelle Héloïse”*, *AJJR* 44, p. 377-404.

Sampieri, Jean-Christophe, “Le portait de Julie : un modèle du roman ?” (2012), dans *Sources et postérités, op. cit.* p. 209-21.

Séité, Yannick, “Autour des ‘Amours de Milord Edouard Bomston”, *AJJR* 44, p. 353-376.

–, “*La Nouvelle Héloïse* et le problème des maximes” (2012), in *Rousseau et le roman, op. cit.*, p. 33-50.

Sermain, Jean-Paul, “La mort de Julie”, in Cl. Habib et P. Manent (dir.), *Penser l'homme,* Classiques Garnier, 2013, p. 129-141.

–, “Le spectacle de *La Nouvelle Héloïse”*, in Ch. Martin & al., *Rousseau et le spectacle*, Armand-Colin, 2014, p. 227-36.

Spector, Céline, "Rousseau : éthique et économie. Le modèle de Clarens dans *La Nouvelle Héloïse*", *Cahiers d'économie politique* 2007/2 N° 53, p. 27-53. En ligne sur le Cairn.

–, *Au prisme de Rousseau : usages politiques contemporains*, Oxford, SVEC, 2011.

Starobinski, Jean, *La Transparence et l'obstacle*, Gallimard, 1971, ch. V.

–, "Rousseau et l'éloquence" (1982), in *Accuser et séduire : Essais sur Jean-Jacques Rousseau*, Gallimard, 2012, p. 100-115.

–, *Le Remède dans le mal. Critique et légitimation de l'artifice à l'âge des Lumières*, Gallimard, 1989.

Stewart, Philip, "L'intertexte libertin de Julie" *AJJR* n° 44, p. 341-352.

Trousson, Raymond, "*La Nouvelle Héloïse* devant la critique et l'histoire littéraire au XIXe siècle", Pensée libre n° 4, 1993, p. 11-36. En ligne sur rousseauassociation.com

Viglieno, Laurence "Amour profane, amour sacré. Résonances cornéliennes dans *La Nouvelle Héloïse*, *AJJR* 44, p. 169-202. Repris dans *Psychocritique de Rousseau*, Hermann, 2019.

–, "Julie ou la nouvelle Eurydice : mort et renaissance dans *La Nouvelle Héloïse"*, in *Psychocritique de Rousseau*, *op. cit.*, p. 137-50.

Waterlot, Ghislain, "Julie. L'invention d'une nouvelle attitude religieuse" (2012), dans *Sources et postérités*, *op. cit.*, p. 199-208.

–, "Une foi qui s'épure : la pensée religieuse de Rousseau" in B. Bachofen *et al.*, *Philosophie de Rousseau*, Classiques Garnier, 2014, p. 485-498.

Travaux divers sur Rousseau et le XVIIIe siècle

Althusser, Louis, "Sur le *Contrat social"*, *Cahiers pour l'analyse* n° 8, Seuil, 1967, p. 5-43. En ligne, cahiers.kingston.

Bachofen, Blaise et Bernardi, Bruno éds., *Rousseau : politique et esthétique*, Lyon, ENS éditions, 2011. En ligne sur OpenEdition.

Baczko, Bronislaw, *Rousseau, solitude et communauté*, Mouton, 1975 (IVe partie).

Becq, Annie, *Genèse de l'esthétique française moderne* (1680-1814), Albin Michel, 1994, p. 243-265.

Béguin, Albert, *L'âme romantique et le rêve* (Corti, 1939), rééd. 1967.

Birn, Raymond, "Rousseau et ses éditeurs", *RHMC*, 1993, 40-1, p. 120-136. En ligne sur Persée.

Cassirer, Ernest, *La Philosophie des Lumières*, ch. 7, rééd. Fayard, 1990.

Chappuis, Alfred et Droz, Edmond, *Les automates : figures artificielles d'hommes et d'animaux, histoire et technique*, Neuchâtel, éd. du Griffon, 1979. Cf. www.guichetdusavoir.org/viewtopic.php?t=30379

Cicéron, *Tusculanes*, III, 15. In *Les Stoïciens* I, Gallimard, "Tel", 1962.

Cuche, François-Xavier, "L'économie du *Télémaque*, l'économie dans le *Télémaque*", *Littérature classique* n° 23, 1995, p. 99-113. En ligne sur Persée.

Darnton, Robert, *Le grand massacre des chats, attitudes et croyances dans l'ancienne France*, Laffont, 1985.

Diemer, Arnaud, "Quand le luxe devient une question économique : retour sur la querelle du luxe au XVIIIe siècle", *Innovations* 2013/2 n° 41, p. 9-27. En ligne sur le Cairn.

Domenech, Jacques, *L'Éthique des Lumières,* Vrin, 2008.

Ferry, Luc, *Homo Aestheticus, L'invention du goût à l'âge démocratique*, Grasset, 1991, ch. 2-3.

Fischmann, Marianne, "Le concept quesnayen d'ordre naturel", *Cahiers d'économie politique* n° 32, 1998, p. 66-97. En ligne sur Persée.

Flecheux, Céline, "Embarquement pour le sublime : sens et fonction d'un concept", in C. Flécheux & al. dir., *Le Sublime*, P.U. Rennes, 2018, p. 7-27. En ligne.

Goldschmidt, Victor, *Les Principes du système de Rousseau*, Vrin, 1983.

Gouhier, Henri, *Les méditations métaphysiques de J.-J. Rousseau*, Vrin, 1970.

Hoffmann, Paul, *Théories et modèles de la liberté au XVIIIe siècle*, IVe partie. PUF, 1996.

Hulliung, Mark, *The Autocritique of Enlightenment, Rousseau and the Philosophes*, Harvard U. Press, 1994.

Jaffro, Laurent, (dir.), *Le sens moral, une histoire de la philosophie morale de Locke à Kant*, PUF, 2000.

Kelly, Christopher, *Rousseau as Author, Consecrating Life to the Truth*, University of Chicago Press, 2003.

Levi-strauss, Claude, "Jean-Jacques Rousseau fondateur des sciences de l'homme", *Anthropologie structurale* II, Plon, 1962. www.espace-rousseau.ch/f/textes/levi-strauss1962.pdf

Lilti, Antoine, *Le Monde des salons. Sociabilité et mondanité au XVIIIe siècle*, Fayard, 2005.

Mason, Haydn, "L'article "inoculation" de *L'Encyclopédie* et Voltaire", in *L'Encyclopédie Diderot, L'esthétique*, Mélanges Chouillet, PUF, 1991. En ligne sur Cairn.info.

Masseau, Didier, *Les ennemis des philosophes : l'antiphilosophie au temps des Lumières*, Albin Michel, 2000.

Ozouf, Mona, "Le concept d'opinion publique au XVIIIe siècle", in *L'Homme régénéré, Gallimard*, 1989, p. 21-53.

Perrin, Jean-François, "La vérité au risque du mensonge", in *Politique du renonçant, le dernier Rousseau,* Classiques Garnier, 2021, p. 271-292.

–, "Politique de l'affect : la *Lettre sur les Spectacles"*, in *Rousseau, Le chemin de ronde*, Hermann, 2014, p. 87-120.

–, "Un questionnement radical de la civilité des Lumières : la question de l'amitié dans la correspondance de Rousseau durant la crise des années 1757-1758", in M. O'Dea éd., *J.-J. Rousseau en 2012*, Oxford, Svec, 2012, p. 9-28.

Queniart, Jean, *Les Hommes, l'Église et Dieu dans la France du XVIIIe siècle*, Hachette, 1978.

Reichler, Claude, *La Découverte des Alpes et la question du paysage*, Genève, Georg, 2002.

Roussel, Jean, *Jean-Jacques Rousseau en France après la Révolution*, A. Colin, 1972.

Saint-Girons, Baldine, *Fiat lux, une philosophie du sublime*, Vrin, 1995.

Schøsler, Jørn, "Rousseau disciple de Locke ?", *EJJR* n° 12, 2000. En ligne sur rousseaustudies.

Seth, Catriona, *Les rois aussi en mouraient*, Desjonquères, 2008, ch. XI.

Sgard, Jean, “L’échelle des revenus”, *DHS* 1982/14, p. 425-33. En ligne sur Persée.

Starobinski, Jean, *Action et réaction. Vie et aventures d’un couple*, ch. 7, Seuil, 1999.

Stern, Martin, *Jean-Jacques Rousseau, la conversion d’un musicien philosophe*, Champion, 2012.

Stewart, Philip, *L’Invention du sentiment : roman et économie affective au XVIIIe siècle*, Oxford, SVEC, 2010:02.

Strauss, Léo, *La persécution et l’art d’écrire*, Gallimard, 2009.

Tissoires, Amélie, *L’Opéra mental : formes et enjeux de l’écriture du spectacle chez J.-J. Rousseau*, Champion, 2015. IIe partie (sur les estampes de *La Nouvelle Héloïse*).

Vincent-buffault, Anne-Marie, *L’Exercice de l’amitié – pour une histoire des pratiques amicales au XVIIIe siècle*, Seuil, 1995.

Wyss, André, *J-J. Rousseau, l’accent de l’écriture*, Neuchâtel, La Baconnière, 1988.

Études sur la mémoire affective et les arts mnémoniques

Bolzoni, Lina, *La Chambre de la mémoire*, Genève, Droz, 2005.

Carruthers, Mary, *Le Livre de la mémoire, La mémoire dans la culture médiévale* (1990), Macula, 2002.

–, *Machina memorialis* (1998), Gallimard, 2002.

Papasogli, Benedetta, *La mémoire du cœur au XVIIe siècle*, H. Champion, 2008.

Perrin, Jean-François, : “Toutes mes idées sont en images : scénographie mentale et culture des arts mnémoniques chez Rousseau” in J. Berchtold & al., *Rousseau et le spectacle*, A. Colin, 2014, p. 269-285.

–, “De la mémoire affective comme instrument compositionnel, : *Corinne* de Mme de Staël”, *DHS*, 2019/1, n° 51, p. 347-59.

Weinrich, Harald, *Léthé, art et critique de l’oubli*, Fayard, 1999.

Yates, France, *L’art de la mémoire* (1966), Gallimard, 1975.

Divers

Aragon, Louis, *Je n'ai jamais appris à écrire ou les incipit*, Skira, 1969.

Barthes, Roland, *La Chambre claire*, Cahiers du cinéma & al., 1980.

Bergamo, Mino, *L'anatomie de l'âme, de François de Sales à Fénelon*, Grenoble, J. Millon, 1994.

La Bible, trad. Louis-Isaac Lemaître de Sacy, éd. Philippe Sellier, Paris, Éditions Robert Laffont, coll. "Bouquins", 1990.

Binoche, Bertrand et Dumouchel, Daniel, *Expériences de pensée et autres dispositifs fictionnels de Descartes à Mme de Staël*, Hermann, "Fictions pensantes", 2013.

Blanchard, Gérard, "Le structuralisme de Michel Butor", *Communication et langages* n° 11, 1971.

Bousquet, Joë, *La Connaissance du soir* [1947], Poésie/Gallimard, 1981.

Butor, Michel, "L'espace du roman", in *Essais sur le roman,* idées/Nrf, 1969.

Char, René, *Le Nu perdu et autres poèmes 1964-1975*, Poésie/Gallimard, 1978.

Chompré, *Dictionnaire abrégé de la Fable pour l'intelligence des Poètes des Tableaux et des Statues dont les sujets sont tirés de l'Histoire Poétique*, 12e édition, Saillant & Nyon & veuve Desaint, 1775.

D'alembert, Jean Le Rond, *Œuvres posthumes* I, 1799.

Deleuze, Gilles et Guattari, Félix, *Qu'est-ce que la philosophie ?* Minuit, 1991.

De Sales, saint François de, *Traité de l'amour de Dieu*, *Œuvres*, Gallimard, Pléiade, 1969.

Diderot, *Œuvres philosophiques*, Gallimard, Pléiade, 2010.

–, *Éloge de Richardson*, in Richardson, *Histoire de Clarisse Harlowe, op. cit.*, t. 2, p. 699-718.

Fénelon, *Les Aventures de Télémaque*, Classiques Garnier, 1987.

Festugière, Jean, *La philosophie de l'amour de Marsile Ficin* (1941), Vrin, 2016.

Ficin, Marsile, *Commentaire sur* Le Banquet *de Platon. De amore*, trad. P. Laurens, Les Belles Lettres, 2002.

Flaubert, Gustave, “Notes sur Jean-Jacques Rousseau” (vers 1864), https://flaubert.univ-rouen.fr/manuscrits/rousseau/index.php

Foucault, Michel, *L'Herméneutique du sujet*, Gallimard/Seuil, 2001.

–, *L'Usage des plaisirs*, Gallimard, 1984.

Fraisse, Jean-Claude, *Philia: la notion d'amitié dans la philosophie antique*, Vrin, 1974.

Girard, René, *La Violence et le Sacré*, Grasset, 1972.

Gueullette, Jean-Marie, *L'amitié, une épiphanie*, Cerf, 2004.

Guilleragues, *Lettres de la religieuse portugaise*, folio-Gallimard, 1990.

Guyon, Jeanne, *Les Torrents spirituels* (1730), in *Les Torrents [...]*, Grenoble, J. Millon, 2004.

Haller, Albrecht von, *Les Alpes*, traduction de Tscharner (1751) Berne, Société typographique, 1795.

Hellegouarc'h, Jacqueline, *L'art de la conversation* (anthologie), Classiques Garnier, 2014.

Helvétius, *De l'Homme*, Fayard, 1989.

Huber, Marie, *Sentiments différents de quelques théologiens sur l'état des âmes séparées du corps* (1731).

Jouve, Vincent, *L'effet-personnage dans le roman*, PUF, 1998.

Lafond, Jean, *Moralistes du XVIIe siècle*, Laffont, “Bouquins”, 1992.

Malaval, François, *La belle ténèbre, Pratique facile pour élever l'âme à la contemplation* (1670) Grenoble, J. Millon, 1993.

Mallarmé, Stéphane, *OC.*, Gallimard, Pléiade, 1945.

Marivaux, *La Vie de Marianne*, éd. J-M. Goulemot, Livre de poche, 2007.

–, *Pensées sur différents sujets*, in *Journaux et œuvres diverses*, Classiques Garnier-Bordas, 1988.

Métastase, *Œuvres de M. l'abbé de Metastase*, t. I, Delormel, 1749.

Montaigne, *Essais*, Gallimard, Pléiade, 1946.

Montalvo, G. R. de, *Amadis de Gaule*, Lyon, 1577.

Perse, *Satire* I, in *Satires de Perse traduction nouvelle* par M. l'abbé Le Monnier [...], Jombert & Cellot, 1771.

Pétrarque, *Canzoniere – Le Chansonnier*, éd. bilingue de P. Blanc, Classiques Garnier/Bordas, 1988.

–, *La vie solitaire*, livre I, 2, Rivage/poche, 1999.

–, *L'ascension du mont Ventoux*, première traduction française par V. Devet, Librairie des bibliophiles, 1880.

Queneau, Raymond, *Bâtons, chiffres et lettres*, Paris, folio-Gallimard, 1965.

Racine, Jean, *Théâtre complet* I, éd. J-P. Collinet, folio Gallimard, 1982.

Richardson, Samuel, *Histoire de Clarisse Harlowe* (2 tomes), éd. Shelly Charles, Desjonquères 1999.

Rimbaud, Arthur, *Une saison en enfer, Œuvres*, Gallimard, Pléiade, 2009.

Rousseau, Jean-Jacques, *Œuvres complètes*, t. XVIII, éd. J-F. Perrin, Classiques Garnier, 2016.

Salem, Jean : "*Tel un dieu parmi les hommes", L'éthique d'Épicure*, Vrin, 1994.

Sévigné Mme de, *Correspondance de Mme de Sévigné*, éd. R. Duchêne, Gallimard, Pléiade, 1972-1978.

Scudéry, Madeleine et Georges de, *Artamène ou le grand Cyrus*, A. Courbé, 1654.

–, *Clélie, Histoire romaine*, éd. Chantal Morlet-Chantalat, H. Champion, 2001-2005.

Sève, Bernard, "La question des preuves de l'existence de Dieu", *La question philosophique de l'existence de Dieu*, ch. 1, PUF, 2010.

Surin, Jean-Joseph, *Triomphe de l'amour divin sur les puissances de l'Enfer et Science expérimentale des choses de l'autre vie* [1653-1660], Grenoble, J. Millon, 1990.

Urfé, Honoré d', *L'Astrée*, éd. H. Vaganay, Lyon, 1927.

Voltaire, *Mélanges*, Gallimard, Pléiade, 1961

TRAVAIL DU TEXTE

Sources primaires

Académie française, *Dictionnaire*, 1re éd., 1694; 2e éd., 1718; 4e éd, 1762, 6e éd., 1835; 9e éd., 1992-2021, URL: https://www.academie-francaise.fr/

Barthélémy, Louis, *Grammaire des Dames*, Genève, Paul Barde, 1785.

Batteux, Charles, *Cours de Belles-Lettres ou Principes de littérature*, Paris, Desaint, Saillant et Durand, 1753.

Beauzée, Nicolas, « Ponctuation », dans Diderot D., D'Alembert J. Le Rond (dir.), *Encyclopédie des sciences et des arts*, Paris, Le Breton, Durand, Briasson, David, 1765, URL: https://encyclopedie.uchicago.edu/node/161

D'Alembert, Jean Le Rond, "Cohésion", dans Diderot D., D'Alembert J. Le Rond (dir.), Encyclopédie des sciences et des arts, Paris, Le Breton, Durand, Briasson, David, 1753, URL: https://encyclopedie.uchicago.edu/node/161

Dumarsais, *Des tropes ou des différents sens* [1730], Paris, Flammarion, 1988.

Lequien, E.-A., *Traité de la ponctuation contenant plus de quatre cents exemples divisés en douze chapitres*, chez l'Auteur, 1812.

Littré, Émile, *Dictionnaire de la langue française*, Paris, Hachette, 1873-1874.

Mallet, E.-F., « Aposiopèse », dans Diderot D., D'Alembert J. Le Rond (dir.), *Encyclopédie des sciences et des arts*, Paris, Le Breton, Durand, Briasson, David, 1751, URL: encyclopedie.uchicago.edu/node/161

Marmontel, Jean-François, *Éléments de littérature* [1787], éd. S. Le Ménahèze, Paris, Desjonquères, 2005.

Morellet, André, *Théorie du Paradoxe*, Amsterdam, 1775.

Rousseau, Jean-Jacques, *Essai sur l'origine des langues*, Collection complète des œuvres, Genève, sans nom [Moultou et du Peyron], 1782.

Correspondance complète de Jean-Jacques Rousseau, éd. critique établie et annotée par R. A. Leigh, Genève, Madison, Banbury, Oxford, Voltaire Foundation, 1965-1998.

Émile ou de l'éducation [1762], éd. André Charrak, Paris, GF Flammarion, 2009.

Les Confessions [1765-1767 ; 1782], éd. Jacques Voisine, Paris, Garnier, 2011.

Julie ou la Nouvelle Héloïse, éd. É. Leborgne et Fl. Lotterie, Paris, Flammarion, GF, 2018.

Sources secondaires

Arrivé, Michel, Gadet, Françoise, Galmiche ,Michel, *La Grammaire d'aujourd'hui. Guide alphabétique de linguistique française*, Paris, Flammarion, 1986.

Barthes, Roland, *Introduction à l'analyse structurale des récits*, *Poétique du récit*, Paris, Seuil, Points, 1977.

Bonnard, Henri, *Code du français courant*, Paris, Magnard, 1981.

Calas, Frédéric, *Leçons de stylistique*, Paris, Dunod, 2021.

Calas, Frédéric, Garagnon, Anne-Marie, "'Je me crus perdue aussitôt que j'aurais parlé...": étude stylistique de l'aveu de Julie (*La Nouvelle Héloïse*, Première partie, lettre IV)", *L'Information grammaticale*, n° 170, octobre 2021.

Cinq études sur le style de Rousseau, Lisbonne, La ligne d'ombre, 2020.

Calas, Frédéric, Rossi-Gensane, Nathalie, *Questions de grammaire pour les concours*, Paris, Ellipses, 2011.

Deloffre, Frédéric, *Stylistique et poétique françaises*, Paris, Sedes, 1985.

Ferrand, Nathalie, "Un voyage au long cours dans l'écriture de Rousseau", *Genesis*, n° 41, 2015, p. 165-186.

Feuillard, Colette, *La Syntaxe fonctionnelle dans le cadre des théories linguistiques contemporaines*, 2 vol., Thèse d'État, Paris V, 1989.

Fournier, Nathalie, *Grammaire du français classique*, Paris, Belin, 2002.

Hirsch, Fabrice, Perea, François, Steuckardt, Agnès, Verine, Bertrand, "La rédemption est dans la pause. Émotion et prosodie dans l'interview de DSK au vingt heures du 18 septembre 2011", dans Rabatel A. *et alii* (éd.), *Comment les médias parlent des émotions*, Limoges, Éditions Lambert Lucas, 2015, p. 177-194.

Kerbrat-Orecchioni, Catherine, *L'Énonciation. De la subjectivité dans le langage*, Paris, A. Colin, 2002.

Le Goffic, Pierre, *Grammaire de la phrase française*, Paris, Hachette, 1993.

Lorenceau, Annette, "Sur la ponctuation au 18e siècle", *Dix-huitième Siècle*, n° 10, 1978, p. 363-378.

Martin, Robert, *Pour une logique du sens*, Paris, PUF, 1983.

Moignet, Gérard, *Systématique de la langue française*, Paris, Klincksieck, 1981.

Rault, Julien, *Poétique du point de suspension. Valeur et interprétation*, Thèse de doctorat, Poitiers, 2014.

Riegel, Martin, Pellat, Jean-Christophe, Rioul, Réné, *Grammaire méthodique du français*, Paris, Presses Universitaires de France, 1994.

Seguin, Jean-Pierre, *La Langue française du XVIIIe siècle*, Bordas, Paris, 1972.

Sgard, Jean et Gilot, Michel, *Le Vocabulaire du sentiment dans l'œuvre de J.- J. Rousseau*, Genève, Slatkine, 1980.

Siouffi, Gilles, Marcello-Nizia, Christiane, Combettes, Bernard, Dürrenmatt, Jacques, Watine Marie-Albane, Gautier Antoine, *Histoire de la phrase française*, Arles, Actes Sud, 2020.

Soutet, Olivier, *Études d'ancien et de moyen français*, Paris, PUF, [1992], 2000.

Spitzer, Leo, *Études de style*, Paris, Gallimard, 1970.

Starobinski, Jean, *L'Œil vivant*, Paris, NRF / Gallimard, 1961.

Jean-Jacques Rousseau. La Transparence et l'obstacle, Paris, Gallimard, "Tel", 1971.

Accuser et séduire. Essais sur Jean-Jacques Rousseau, Paris, NRF / Gallimard, 2012.

Tellier, Christine, *Éléments de syntaxe du français : méthodes d'analyse en grammaire générative* [1995], Boucherville, Gaëtan Morin éditeur, 2003.

Tissoires, Amélie, Calas, Frédéric, Siouffi, Gilles, Steuckardt, Agnès, *Rousseau. Les Confessions*, Neuilly, Atlande "Clefs concours", 2012.

Éditions Atlande
F - 92200 Neuilly
www.Atlande.eu

Achevé d'imprimer sur les presses de Laballery
à Clamecy (Nièvre) en novembre 2021.
Numéro d'impression : 111210

Dépôt légal novembre 2021.